rororo

Guido Dieckmann, geboren 1969 in Heidelberg, arbeitete nach dem Studium der Geschichte und Anglistik als Übersetzer und Wirtschaftshistoriker. Heute zählt er als freier Schriftsteller mit seinen historischen Romanen, u. a. dem Bestseller «Luther» (2003), zu den bekanntesten Autoren dieses Genres in Deutschland. Im Rowohlt Taschenbuch Verlag erschienen bislang «Die Jungfrau mit dem Bogen» (rororo 24566) und «Die Meisterin der schwarzen Kunst» (rororo 24806). Guido Dieckmann lebt mit seiner Familie an der Deutschen Weinstraße.

H.C.

Guido Dieckmann

Die Königin der Gaukler

Historischer Roman

Rowohlt Taschenbuch Verlag

Originalausgabe

Veröffentlicht im Rowohlt Taschenbuch Verlag,
Reinbek bei Hamburg, Oktober 2010

Umschlaggestaltung any.way,
Barbara Hanke / Cordula Schmidt
(Foto: The Detroit Institute of Arts, USA / Gift of
Edsel B. Ford / bridgemanart.de)
Satz Poliphilus MT PostScript
bei Dörlemann Satz, Lemförde
Druck und Bindung CPI – Clausen & Bosse, Leck
Printed in Germany
ISBN 978 3 499 25410 9

Prolog

Niklashausen im Hochstift Würzburg,
Sommer 1476

Die junge Bürgersfrau zweifelte nicht daran, dass seine Absichten ehrenwert waren. Gebannt lauschte sie seinen Worten, obwohl jedem Folter und Tod drohte, der ihn als Propheten und heiligen Mann verehrte. Doch genau das war er für sie.

Was ist schon der Tod, hatte sie ihn einmal sagen hören. Nichts anderes als der Übergang zu einem Leben in Herrlichkeit. Im Jenseits treffen sich die Liebenden wieder, dort sind sie für immer vereint, und kein Bischof oder Grundherr kann sie trennen.

Es gefiel ihr, wenn er so sprach und ihr dabei mit einem Blick aus seinen tiefblauen Augen zu verstehen gab, dass er ihre geheimsten Gedanken erriet. Auch schmeichelte ihr die Art, in der sie umworben wurde. Dabei hatte er sie nie aufgefordert, seinetwillen ihre Familie und das Leben als Gemahlin eines der einflussreichsten Würzburger Patrizier hinter sich zu lassen. Dass sie es dennoch getan hatte, war in den Augen des Klerus Ketzerei, etwas, wofür sie den Scheiterhaufen und ewige Verdammnis verdiente. Doch daran mochte sie im Augenblick nicht denken.

Große Dinge ereigneten sich in dem unbedeutenden Marktflecken, und die junge Bürgersfrau war glücklich, Zeugin der Geschehnisse zu sein, statt in Würzburg hinter einem Webrahmen zu sitzen oder Heinrichs ständigen Klagen zuzuhören. Sie gab dem heiligen Jüngling ein Stück ihrer Seele und unterstützte ihn, so, wie die meisten Wallfahrer ihre bescheidenen Zelte in Niklashausen aufgeschlagen hatten, um ihn, den sonderbaren Propheten, predigen zu hören. Vierzigtausend waren es seit Beginn des Sommers, und täglich wurden es mehr. Eine wahre Armee.

An diesem Abend hatte sich die Menge früher als sonst zerstreut. Die meisten Pilger waren erschöpft; die Bußübungen und Gebete strengten bei dieser Hitze an. Diejenigen, die es sich leisten konnten, kehrten in den Wirtshäusern der Umgebung ein, doch die meisten Pilger waren arm. Als die Bürgersfrau über den Anger schritt, hörte sie aufgeregtes Gemurmel. Überall wurde über die letzten Prophezeiungen des Jünglings diskutiert, der nicht für die Reichen sprach, sondern für Menschen, die so arm waren wie er selbst und an den Missständen zu zerbrechen drohten, die im Reich herrschten. Die Kirche mit ihren ungebildeten Priestern, weltabgewandten Mönchen und überheblichen Gelehrten war ihnen längst kein Trost mehr, und der Kaiser, der bisweilen versprach, die alte Ordnung im Reich wiederherzustellen, war weit weg.

Woher der Jüngling kam und was für ein Mensch er war, wusste niemand. Einige behaupteten, er sei ein heimatloser Viehhirte, der gelegentlich auf Jahrmärkten und Bauernhochzeiten die Pauke schlug oder mit seiner Fiedel zum Tanz aufspielte. Ein Gaukler, der zum fahrenden Volk gehörte und um den man besser einen Bogen machte. Doch wie wollten diese Lästermäuler erklären, dass er es geschafft hatte, Hunderte, ja Tausende von Anhängern nach Niklashausen zu locken? Längst war die Wallfahrt zu einer Massenbewegung geworden, die den Bischöfen von Mainz und Würzburg den Schlaf raubte. Zunächst hatte der Jüngling noch wie ein einfacher Wanderprediger von einem umgestürzten Waschzuber zur Menge gesprochen, aber inzwischen gab es einfach zu viele, die ihn bedrängten, ihnen die Zukunft zu offenbaren. Die Bürgersfrau, die zu ihrem Schutz eine Mönchskutte trug, wenn sie sich mit ihm gemeinsam zeigte, hatte vorgeschlagen, dass er sich von der Menge zurückzog und nur noch ins

Freie trat, um das Feuer vor der Marienkapelle neu zu entfachen. Seine Predigten hielt er nun vom Dachfenster eines Bauernhauses aus, dessen Bewohner beinahe vor Stolz darüber platzten, dass sie einen heiligen Mann beherbergen durften.

Zwei Stunden verbrachte die Bürgersfrau im Lager der Pilger, dann suchte sie ihr Quartier auf, wo sie endlich die verschwitzte Kutte abstreifen und ihr Gesicht mit ein paar Spritzern Wasser erfrischen konnte. In dem Dachstübchen war es stickig und heiß; ein unangenehmer Geruch von altem Stroh und saurer Milch ließ sie husten, dennoch war sie erleichtert, dass ihr Geheimnis auch heute unentdeckt geblieben war. Ein vorsichtiger Blick hinter die schäbigen Bettvorhänge überzeugte sie, dass die beiden Krämerinnen, mit denen sie die Kammer teilte, schliefen.

Verstohlen knüllte sie den rauen, kratzenden Stoff zusammen und stopfte ihn in das Bündel mit ihren Habseligkeiten. Dann setzte sie sich ans Fenster und starrte auf die Überreste der Feuerstelle, die jenseits des Kirchplatzes errichtet worden war. Wie an jedem Abend hatten die Pilger Holz und Opfergaben verbrannt. Auch einige Würzburger hatten sich daran beteiligt, die sie in ihrer Verkleidung nicht erkannt hatten. Sie fragte sich, ob es sich um Spitzel des Fürstbischofs handelte. Oder ob die Männer in Heinrichs Diensten standen und sie suchten. Die Bürgersfrau atmete tief durch. Ihr Mann war jähzornig; vor ihm musste sie auf der Hut sein. Sie selbst stammte aus einer angeseheneren Familie als er, ein Umstand, der sie für seine ehrgeizigen Ziele brauchbar machte. Als ihr eine Magd von Wundern und prophetischen Zeichen erzählt hatte, die sich angeblich in Niklashausen ereigneten, war das für sie wie eine Nachricht des Himmels gewesen, eine Botschaft, die sich nur an sie richtete.

Sie hatte keine Zeit verloren. Da sie damit rechnen musste, dass Heinrich sie ihres hohen Standes wegen nicht mit dem einfachen Volk nach Niklashausen ziehen lassen würde, war sie ihm davongelaufen. Heinrich konnte sie dafür bestrafen. Nicht einmal der

Fürstbischof würde ihm das übelnehmen, aber besitzen würde er sie nicht mehr. Von nun an war sie keine Bürgersfrau mehr.

Bewegungslos verharrte sie vor dem geöffneten Fenster und starrte in die stille Nacht hinaus, bis das zu Asche zerfallene Holz und Reisig des Scheiterhaufens in der Dunkelheit nicht mehr auszumachen waren. Plötzlich empfand die Bürgersfrau die Enge ihrer Kammer als bedrückend. Sie musste noch einmal hinaus, an die Luft.

Auf der Gasse war Stille eingekehrt. Nicht einmal aus dem Wirtshaus drangen noch Stimmen. Als sich die Bürgersfrau dem Zeltlager der Würzburger zuwandte, bemerkte sie, dass es leer war. Die Männer hatten sich mitsamt ihren Decken und Zelten aus dem Staub gemacht.

Ich habe es gewusst, dachte sie, als sie durch die nächste Gasse zum Dorfgatter eilte, der einzigen Befestigung, die Niklashausen vor Räubern und wilden Tieren schützte. Zwei bärtige Männer hielten davor Wache, doch sie wussten angeblich nichts von Pilgern aus Würzburg.

Eine düstere Ahnung trieb die Bürgersfrau über den Steg, der den Anger mit dem Kirchplatz verband. Als sie an einem der Reisewagen vorbeikam, stockte ihr plötzlich der Atem. Hinter der Abdeckung des Gefährts erklang eine bekannte Stimme. Sie gehörte einem Soldaten des Würzburger Schlosshauptmanns Konrad von Hutten, der dem Fürstbischof seit Jahren treuergeben war. Der Mann schien wütend zu sein, denn es gelang ihm kaum, leise zu sprechen. Sie blieb stehen; das Herz klopfte ihr bis zum Hals, als sie ihr Kopftuch tiefer in die Stirn zog. Sie überlegte, ob sie es wagen durfte, näher an den Wagen heranzutreten, als der bischöfliche Soldat wieder das Wort ergriff. «Ich habe das Herumsitzen unter all den Betbrüdern satt», brummte er. Das schleifende Geräusch, das seiner Äußerung folgte, ließ darauf schließen, dass er sein Schwert aus der Scheide gezogen hatte. Die Männer waren demnach bewaffnet.

«Warum schlagen wir nicht sofort zu und erledigen das frömmelnde Ketzerpack? Der Fürstbischof wird uns mit Gold überschütten, wenn wir ihm diese peinliche Angelegenheit vom Halse schaffen.»

«Halt dein Maul, dummer Kerl», wies ihn ein anderer Mann zurecht. «Wir holen uns die Ketzerbrut, wenn *ich* den Befehl dazu gebe. Hast du das endlich kapiert? Eine Abteilung Bewaffneter wartet eine halbe Meile vom Dorf entfernt. Dieser Betrüger und sein Mönchlein mit dem frechen Schandmaul werden schon bald am Galgen zappeln, darauf hast du mein Wort. Aber wir dürfen hier keinen Aufruhr anzetteln. Nicht, solange wir uns inmitten Tausender von Wallfahrern befinden, die bereit sind, ihren Prediger zu beschützen. Der Fürstbischof wünscht kein Blutbad im Angesicht des Marienbildes.» Er lachte bitter auf. «Der alte Narr glaubt inzwischen selbst, dass es Wunder wirken kann.»

«Oder dass es ihm und seiner Herrschaft ein baldiges Ende bereitet», warf einer der anderen Männer prustend ein.

Die Bürgersfrau hatte genug gehört. Diese Kerle hatten offensichtlich vor, ihren Jüngling dem Fürstbischof auszuliefern. Ihn und den Mönch, dessen wahre Identität sie jedoch nicht zu kennen schienen. Sie durften es nie herausfinden, sonst war sie verloren. Im Schutz der Dunkelheit schlich sie zu dem Bauernhaus, in dem der Jüngling schlief.

Die Frau, die ihr die Tür öffnete, war jung und hübsch. Kupferrote Locken fielen ihr keck in die Stirn. Sie trug ein bodenlanges Nachthemd, das sie mit einer Hand anheben musste, um nicht über den Saum zu stolpern. Ihr gewölbter Bauch verriet, dass sie ein Kind erwartete.

«Was gibt's denn noch so spät? Ich sag dir gleich, wenn du gekommen bist, um unserem Gast auf die Nerven zu fallen, solltest du besser wieder verschwinden.»

Die Bürgersfrau hob die Augenbrauen. «Ich muss euren Gast

sprechen», sagte sie eindringlich. «Es geht um Leben und Tod. Wenn du mich nicht auf der Stelle einlässt, wird möglicherweise bald sein Blut an deinen Fingern kleben.»

Der Jüngling hob den Kopf, als er die Bürgersfrau bemerkte. Überrascht sah er aus. Und verlegen. Er schien verwirrt darüber, dass sie das Ordensgewand abgelegt hatte, mit dem sie ihre weiblichen Körperpartien verhüllte, wenn sie sich mit ihm in der Öffentlichkeit zeigte. Doch schnell überwand er seine Verwunderung. Mit einem scheuen Lächeln zeigte er ihr, was er in der Hand hielt. Es war eine Fiedel aus rötlich schimmerndem Birkenholz. Im Unterschied zu der schwangeren Bäuerin, zu der sich nun auch ihr Ehemann, ein hünenhafter Bursche mit zerzaustem schwarzem Haar, gesellte, war er vollständig bekleidet. Der Jüngling schien wenig Schlaf zu brauchen. Es ging das Gerücht um, er verbringe ganze Nächte im Gebet auf seinen Knien.

«Nun, wenn das nicht mein Engel ist», rief er erfreut. «Verzeihst du mir, dass ich die Pauke verbrannt, aber meine Fiedel behalten habe?» Seine vollen Lippen rundeten sich zu einem reumütigen Lächeln, das ihn noch kindlicher wirken ließ als sonst. Mit diesem Blick war es ihm gelungen, Männer und Frauen, Bauern und Ritter für sich einzunehmen.

«Ich weiß, was du sagen willst, meine Liebe», sagte der Jüngling. Noch immer führten seine schlanken Finger den Bogen über die Saiten. «Meine Wirtsleute haben mich auch schon deswegen gescholten. Es ist wahrhaftig nicht gerade ehrenvoll, den Pilgern draußen zu predigen, sie müssten weltlichem Tand entsagen, während ich selbst nachts auf der Fiedel spiele. Aber wie du siehst, bin auch ich nur ein Mensch. Ohne Musik kann ich nicht leben.»

«Ein Gaukler bist du», warf die schwangere Bäuerin ein. «Ein unverbesserlicher Gaukler und Possenreißer. Verbrenn nur Pauke, Flöte und Fiedel, aber für die Menschen deiner Heimat wirst du immer der Pfeifer von Niklashausen bleiben.»

Bestürzt blickte der Jüngling die Frau an. Dann seufzte er. Langsam ließ er das Instrument sinken. «Ihr habt ja recht, ich sollte nicht mehr darauf spielen. Ich darf mich nicht mehr wie ein Gaukler aufführen. Den Gauklern wird nachgesagt, mit dem Teufel im Bunde zu stehen. Ich aber habe die Jungfrau Maria gesehen, so, wie ich euch jetzt vor mir sehe. Es gibt noch viel zu tun, um das ich mich kümmern muss, bevor die Pilger wieder den Heimweg antreten.» Er sprang auf und schlang beide Arme um seine Wirtsleute. «Ich bin froh, dass ihr mich in eurem Haus aufgenommen habt. Ihr schreckt nicht davor zurück, mir die Ohren langzuziehen, wenn ich Dummheiten mache.» Er lachte fröhlich.

«Dein Name?», wandte sich die Bürgersfrau an den breitschultrigen Mann. Ihr war plötzlich, als risse sie das Gelächter des blonden Knaben, der sich wieder auf die Truhe gesetzt hatte, unsanft aus einem tiefen Schlaf. Ein bitterer Geschmack legte sich auf ihre Zunge, dennoch war sie davon überzeugt, dass sie der Bauersfamilie vertrauen konnte.

«Ich bin Bernt, mir gehört der Hof», antwortete der junge Bauer. «Und das da ist Friederike. Aber wer bist du?»

Die Bürgersfrau unterrichtete ihn und die Bäuerin. Während sie sprach, legten sich die Hände der Frau schützend über ihren Bauch. «Dann ist das alles deine Schuld», stieß Friederike hervor. «Wenn du deinem Mann nicht davongelaufen wärst, würden uns jetzt nicht die bischöflichen Soldaten bedrohen, nicht wahr?» Sie wandte sich fragend an ihren Mann, der jedoch stumm blieb.

«Ich habe nichts Unrechtes getan», rief der Jüngling. Offensichtlich begriff er nicht, was es bedeutete, dass Konrad von Huttens Bewaffnete keine hundert Schritte von hier auf ihn lauerten. «Die Wallfahrt zum Gnadenbild der Jungfrau Maria wurde vom Papst in Avignon bereits vor über hundert Jahren genehmigt. Der Mainzer Erzbischof sichert jedem Pilger, der nach Niklashausen zieht, einen Sündenerlass von vierzig Tagen zu. Ich habe nichts anderes getan, als die armen Sünder zur Buße aufzurufen.»

«Du musst fliehen, ehe sie dich verhaften», entschied der Bauer mit einer knappen Handbewegung, die den Jüngling zum Schweigen brachte. «Am besten bringen wir euch noch heute Nacht zur Tauber hinunter, dort liegt ein Boot, das meinem Vater gehört. Friederike, pack ein paar Kleider zusammen.» Er fasste den verwirrten Knaben scharf ins Auge. «Wir haben dich gern unter unserem Dach beherbergt, mein Freund, aber meine Frau ist schwanger. Ich darf sie nicht in Gefahr bringen.»

Die Bürgersfrau musste ihm recht geben. Die Bauern hatten bereits mehr als genug für den Jüngling gewagt.

Es vergingen einige Augenblicke, bevor die Bäuerin wieder erschien. Entgegen der Aufforderung ihres Mannes hatte sie weder Kleider noch etwas zu essen bei sich. Dafür war sie weiß wie ein Leintuch und zitterte. Bernt hob die Augenbrauen.

«Friederike, was ist los?»

Die Bäuerin gab ihrem Mann mit den Augen ein Zeichen, davonzulaufen, doch im nächsten Moment wurde sie auch schon brutal in die Stube gestoßen. Sie schrie auf. Hinter ihr tauchten vier Männer auf, die mit Schwertern und klirrenden Kettenhemden in die Stube stapften.

«Einen guten Abend wünsche ich Euch, edle Frau», rief Konrad von Hutten der Bürgersfrau mit einem höhnischen Grinsen zu. Er hatte sie sofort wiedererkannt.

«Was wollt Ihr von mir? Ich habe Euch nichts zu sagen.»

«Dankt Gott, dass Euer Verwandter, der Fürstbischof, Euch nicht in dieser ärmlichen Aufmachung sehen kann. Er hält nichts davon, wenn sich Angehörige adeliger Familien mit dem Bauernpack verbrüdern. Noch dazu mit Ketzern. Ihn würde glatt der Schlag treffen.»

«Der Schlag wird meinen lieben Vetter treffen, wenn er weiterhin zu viel Wein säuft und sich mit Männern wie Euch umgibt», rief die Bürgersfrau. Sie betonte den Grad ihrer Verwandtschaft, obwohl ihr klar war, dass die Bauersleute sie dafür hassen mussten. Es kostete sie eine Menge Überwindung, bevor sie von Hutten ein falsches Lächeln schenkte.

«Ihr seid also die Base des Fürstbischofs», zischte die Bäuerin hasserfüllt. «Dann habt Ihr uns verraten.» Sie spuckte ins Stroh. «Ich verfluche dich, Weib!»

Die Bürgersfrau spürte einen Stich in der Brust. Sie wollte empört aufbegehren, als ihr Gemahl über die Schwelle der Bauernbehausung trat. Er wirkte abgekämpft, gehetzt, als hätte er Tage im Sattel zugebracht. Vermutlich war er geritten wie der Teufel. Als er seine Frau in der nur schwachbeleuchteten Bauernstube erkannte, ballte er wütend die Fäuste.

Nun ist alles aus, dachte sie. Ich habe verloren. Ohnmächtig musste sie mit ansehen, wie die Waffenknechte, die das Wappen des Fürstbischofs auf ihren Röcken trugen, den Jüngling auf die Beine zerrten und mit Stricken banden. Danach legten sie auch den Bauern und ihr selbst Fesseln an. Ihr Gemahl ließ es geschehen, ohne einzuschreiten.

Von Hutten überragte den Jüngling um mehr als zwei Handbreit. «Du bist also der Ketzer, der es gewagt hat, unseren gnädigen Fürstbischof zu verspotten und seine Verwandte zu verhexen. Wo steckt dieser Mönch, der sich immer in deiner Nähe aufhielt, wenn du zum Ungehorsam gegen die Obrigkeit aufgerufen hast? Meine Späher haben mir berichtet, dass er Niklashausen nicht verlassen hat. Also hält er sich noch irgendwo verborgen. Ist er dein Dämon? Dein Schatten? Hast du ihn durch teuflische Kräfte in Luft aufgelöst?»

Der Jüngling gab keine Antwort. Er schwieg auch noch, als von Hutten ihn schlug.

Die Bewaffneten stießen ihre Gefangenen aus dem Haus. Den Bauern steckten sie einen Knebel in den Mund, um sie am Schreien zu hindern.

Vor einem Schuppen befahl man der Bürgersfrau und den Bauern zu warten. Es lag auf der Hand, dass sie das Dorf nicht wiedersehen würden. Die Bürgersfrau konnte die Blicke der jungen Bäuerin nicht lange ertragen. Mit aller Kraft zerrte sie an den Fesseln, die ihr immer tiefer ins Fleisch schnitten. Endlose Augenblicke später sah sie ihren Mann. Heinrich hatte die Fiedel des Jünglings bei sich.

«Er möchte, dass du sie bekommst. Am liebsten hätte ich das lästerliche Ding auf seinem Kopf zertrümmert und den Bogen durch beide Ohren geschoben.»

Sie holte Luft. «Ich werde von Hutten sagen, dass er unschuldig ist. Der Mönch, den er sucht, ist kein Dämon ...»

«Du kannst von Glück reden, dass ich noch rechtzeitig eingetroffen bin, um das Schlimmste zu verhindern», unterbrach sie Heinrich. «Noch weiß der Fürstbischof nicht, dass du hier im Dorf unter dem Pilgervolk warst. Er darf es auch nicht erfahren. Hast du gehört? Es würde uns alle vernichten.»

«Uns alle?»

Heinrich kam ihr so nahe, dass sie sein Barthaar auf ihrer Wange spüren konnte. «Man hat mir erlaubt, mit diesem verdammten Gaukler zu reden, nachdem du draußen warst. Der Narr hat mir geschworen, dass dein Name vorerst in keinem Verhörprotokoll auftauchen wird, vorausgesetzt, ich verwende mich für ihn.» Er zögerte.

«Und weiter? Das ist doch nicht alles.»

Er lachte. «Der Kerl behauptet, die Jungfrau Maria habe dein Flehen erhört. Du wirst doch noch ein Kind bekommen. Mein Kind. Und obwohl ich der Meinung bin, du hättest besser zum Grab des heiligen Jakobus nach Spanien pilgern sollen, glaube ich ihm. Keine Ahnung, warum. Vielleicht hat er mich ja auch verhext.»

Noch während Heinrich sprach, begannen sich ihre Gedanken wie eine Spindel im Kreis zu drehen, doch allmählich fing sie an zu begreifen. Sie hatte den Jüngling warnen wollen. Und nun war er es, der ihr den Strohhalm reichte, an dem ihr Leben hing. Ihr Blick fiel auf die junge Bäuerin, die soeben zu einem Karren geschleppt wurde. Sie hätte der Ärmsten gern noch etwas Tröstendes gesagt, bevor die Männer sie fortbrachten, doch ihr fiel nichts ein.

«Du kommst mit mir», befahl Heinrich, während er sein Messer zückte, um ihre Hände von den Fesseln zu befreien. «Ich schätze, hier wird es bald sowieso ungemütlich werden, also versuche erst gar nicht, dich zu sträuben. Wenn dieses verfluchte Gesindel merkt, dass sein falscher Prophet entführt wurde, könnte es leicht zu Sense und Dreschflegel greifen. Wie man hört, sollen sich ein paar Ritter unter den Pilgern befinden. Du wirst von Hutten ihre Namen verraten.»

Das würde sie nicht tun. Lieber starb sie im Kerker.

«Du wirst jede Buße annehmen, die unser Beichtvater dir auferlegt. Danach kannst du wieder in meinem Haus leben. Aber rechne damit, dass meine Diener und ich dich künftig genau im Auge behalten werden. Du wirst den Ort, an den ich dich nun bringe, nicht mehr verlassen, bis du das Kind zur Welt gebracht hast.»

Sie schwieg beharrlich. Dieses Kind, mochte es geboren werden oder nicht, würde sie für den Rest ihres Lebens daran erinnern, welch große Dummheit sie begangen hatte. Auch wenn es einmal Heinrichs Erbe antreten würde, würde es doch niemals etwas anderes als ein Gauklerkind sein. Sie würde dafür sorgen, dass es die Fiedel des Jünglings spielen lernte.

Würzburg

Kloster der Benediktinerinnen zu St. Afra
zwanzig Jahre später

1. Kapitel

Regina Babel lief ungeduldig an der Mauer entlang, die den stattlichen Klostergarten umgab. Im Sommer duftete es hier betörend nach Minze, Kamille und den Rosen, die von Schwester Berthe, der Klosterapothekerin, gezüchtet wurden. Regina ging der älteren Nonne hin und wieder zur Hand, und manchmal bekam sie dafür eine der hübschen Blumen, die in üppigen Stauden an der Mauer wuchsen.

Im Winter war der Garten jedoch alles andere als einladend. Er war still und einsam. Kahle Sträucher und Bäume mit verkrüppelten Ästen, wohin man auch blickte. Alles Leben schien aus ihm verbannt, daran mochte auch der frischgefallene Schnee nichts ändern, der die Beete unter einer dichten Decke begraben hatte.

Regina und die übrigen Mädchen, die im Kloster der Benediktinerinnen von St. Afra Unterricht erhielten, hatten den Schnee von den Fenstern ihrer Kammern aus freudig begrüßt, weil er das erste wirklich Aufregende war, was sich seit Wochen ereignete. Doch mit der weißen Pracht hatten auch Kälte und Krankheit in das zugige Gemäuer Einzug gehalten. Der Frost bahnte sich unbarmherzig seinen Weg durch die nur schwer beheizbaren Räume. Die meisten Nonnen litten unter Husten und waren erschöpft; daher reagierten sie gereizt auf die lebenslustigen jungen Ritter- und Bürgertöchter, die ihnen zur Erziehung anvertraut worden waren. Die Frauen bestraften nun sogar die kleinsten Fehler und Verstöße gegen die strengen Regeln des Klosteralltags. Unter ihrer Härte hatten insbesondere die Mädchen zu leiden, die aus weniger wohlhabenden Familien stammten und die Schwestern nicht mit Geschenken oder Versprechungen milde stimmen konnten.

Regina kuschelte sich tiefer in das warme Wolltuch, das sie vor ihrem Spaziergang um ihre Schultern gelegt hatte. Sie war ein hübsches Mädchen, vielleicht ein wenig zu rundlich. Auch verfügte sich nicht über die vornehme Blässe des Gesichts und das wie Seide glänzende Haar, das adelige Jungfrauen für gewöhnlich auszeichnete. Ihr Gesicht war immer ein wenig gerötet, um die Nase verteilten sich Sommersprossen, die im Winter nur geringfügig schwächer wurden, und ihr Haar war so widerspenstig, dass die Nonnen die Meinung vertraten, Regina sei wohl auch später im Kloster und unter dem schwarzen Schleier am besten aufgehoben. Dessen ungeachtet besaß Regina eine Anmut, um die sie viele ihrer Freundinnen beneideten. Sie war zweifellos begabt; außer der lateinischen hatte sie auch die griechische Sprache mit Leichtigkeit erlernt. Ihre große Leidenschaft galt jedoch nicht dem Auswendiglernen frommer Verse oder den Handarbeiten, sondern der Musik. Sie liebte den Chor der Schwestern und stand klaglos vor dem ersten Tageslicht auf, um den Gesängen in der Klosterkirche zu lauschen.

Regina beobachtete ein paar Amseln, die in einem steinernen Wasserbecken nach Futter suchten. Der Boden der Schale, in der sich etwas Wasser gesammelt hatte, war gefroren. Etwas Essbares war dort gewiss nicht zu finden. Regina verspürte Mitleid mit den hungrigen Tieren und nahm sich fest vor, bei ihrem nächsten Spaziergang ein paar Brotkrumen in die leere Wasserschale zu legen. Das war zwar verboten, aber Regina hatte nicht vor, sich erwischen zu lassen. Wenn der heilige Franziskus den Vögeln gepredigt hatte, so konnte nichts Schlimmes daran sein, ihre kleinen hungrigen Mägen zu füllen.

Als Regina die Kälte nicht mehr ertrug, schlug sie den Weg zur Klosterpforte ein, die jenseits des großen, gepflasterten Hofs lag und mit einem Klingelstrang versehen war. St. Afra besaß auch ein großes Rundbogentor mit einer Einfahrt, die breit genug für einen Pferdewagen war, doch dieses wurde nur selten benutzt. Während der Wintermonate ließ die Äbtissin es sogar verriegeln und nur in der Weihnachtsnacht öffnen. Dann zogen die Nonnen von St. Afra in einer stummen Prozession zum Dom, um mit dem Fürstbischof und sämtlichen geistlichen und weltlichen Würdenträgern der Stadt Würzburg das Hochamt zu feiern.

An der Pforte, die fast hinter einer Weißdornhecke verschwand, klopften nun Tag für Tag Bettler, die ein Almosen erbaten.

Regina sah durch das Fenster des Pförtnerhäuschens und stellte erleichtert fest, dass ihre Freundin Dorothea schon ihren Dienst angetreten hatte. Die Hände der Frau lagen auf einem Tisch und waren andächtig um einen Rosenkranz gefaltet, doch ihr Kopf war auf ihre Brust gesackt, und selbst außerhalb des Pförtnerhäuschens konnte Regina das Geräusch kräftigen Schnarchens vernehmen. Na warte, dachte Regina, als sie heftig gegen die Tür pochte. Die Nonne fuhr mit einem erschrockenen Schnaufen in die Höhe. Verschlafen starrte sie Regina an.

«Hast du dir nicht fest vorgenommen, nie wieder an der Pforte einzuschlafen?», fragte Regina mit einem schadenfrohen Lächeln. Sie mochte Dorothea, die wie sie die Klosterschule besucht, sich dann aber entschieden hatte, den Schleier zu nehmen und die Gelübde abzulegen. Dorothea war eine Nonne aus Überzeugung und hatte den Schritt, in St. Afra zu bleiben, nie bereut. Nun unterdrückte die rundliche junge Frau mühsam ein Gähnen, während sie ihrer Freundin scherzhaft mit dem Finger drohte. «Wenn du der Priorin auch nur ein Sterbenswörtchen davon erzählst …»

«Wofür hältst du mich denn?» Regina hob die Augenbrauen. «Ich bin doch keine Verräterin wie Jutta von Hochstein.»

«Du meinst die Tochter des Ritters von Hochstein?»

Regina schnitt eine Grimasse, indem sie ihre Nase mit dem Zeigefinger nach oben bog. «Wen denn wohl sonst?», näselte sie. «Dieses eingebildete Ding versteht es, sich bei der Priorin einzuschmeicheln, indem sie jede unbarmherzig meldet, die gegen die Regeln verstößt.»

Dorothea schüttelte den Kopf. «Nun, dann kann ich mir vorstellen, dass ihr beide nicht die besten Freundinnen seid. Allerdings hoffte ich insgeheim, du kämest besser mit unserer Priorin aus, nachdem die ehrwürdige Mutter dich ins Gebet genommen hat. St. Afra ist nämlich kein Ort für Müßiggänger, die nur Flausen im Kopf haben.»

Regina seufzte, fühlte sich aber keiner Schuld bewusst. Sie hatte nie den Wunsch gehabt, im Kloster zu leben. Das hatte ihr Vater entschieden, der sie offenkundig nicht um sich haben wollte. Ihre Mutter hatte zu seiner Entscheidung geschwiegen. Während sie noch überlegte, ob Dorotheas Einschätzung wirklich auf sie zutraf, trat sie an die Pforte und schob die Klappe zurück, hinter der sich ein etwa handbreites Guckloch verbarg. Regina hatte es sich zur Gewohnheit gemacht, hinauszuschauen, sooft sich eine Gelegenheit dazu bot. Hinaus in die wahre Welt, wie sie es nannte. Für die Zöglinge der Klosterschule galt die Regel, dass sie im Schutz der Mauern bleiben mussten, was auch geschah. Nur hin und wieder erlaubte ihnen die Priorin, den Sonntag nach der Messe bei ihren Familien zu verbringen. Sofern diese in der Stadt lebten. Regina, die sich seit ihrem fünften Lebensjahr in St. Afra befand, sah ihre Eltern dennoch nur selten. Das lag nicht daran, dass sie weit entfernt wohnten oder es sich nicht leisten konnten, der Tochter einen Knecht zur Begleitung durch die Straßen der Stadt zu schicken. Reginas Familie gehörte zum Würzburger Stadtadel und war weithin bekannt, ein Umstand, der vor allem ihrem Vater viel bedeutete. Das Haus am Tuchmarkt, in dem der Stadtvogt Heinrich Babel wohnte, gehörte zu den prächtigsten von ganz Würzburg. Vor ihm hatte Reginas Großvater, der Vater ihrer Mutter, dort sein Kontor gehabt. Doch nachdem die Geschäfte immer schlechter gelaufen waren, hatte er sein Haus dem erfolgreichen Schwiegersohn überschrieben und sich in ein bescheideneres Domizil an der südlichen Stadtmauer zurückgezogen. Es hieß, dass er die Ehe seiner Tochter mit dem strengen Vogt nicht billigte, daher setzte er auch nie einen Fuß in sein ehemaliges Haus. Wenn Regina an den meisten Wochenenden im Kloster blieb, so also nicht, weil ihr St. Afra viel bedeutete. Ihr behagte vielmehr die kühle Atmosphäre nicht, die seit dem Auszug des Großvaters am Tuchmarkt herrschte. Reginas Mutter, eine wortkarge Frau, die selten jemand lachen sah, kränkelte seit dem Herbst. Sie verließ ihr Zimmer nur, um die Messe zu hören. Ansonsten blieb sie für sich. Reginas Vater träumte von größerem Einfluss im Hochstift, das seit kurzem von dem kunstsinnigen Fürstbischof Lorenz von Bibra regiert wurde. Der Fürstbischof rief Bildhauer und Maler an seinen Hof und hatte begonnen, die alte, zugige Festung seines verstorbenen Vorgängers, die hoch oben über dem Main lag, in eine feudale Residenz umzubauen. Heinrich Babel arbeitete wie ein Besessener in seiner Kanzlei und hoffte, dem altersschwachen Kanzler des Fürstbischofs bald im Amt nachzufolgen.

«Erspähst du was Besonderes da draußen?», lenkte Schwester Dorotheas kratzige Stimme Reginas Gedanken zurück zum Pförtnerhäuschen. «Oder erwartest du, dass dein Verehrer Tag und Nacht vor der Pforte auf ein Zeichen deiner Gunst wartet?»

Reginas Ohren brannten plötzlich, als hätten sie Feuer gefangen. «Verehrer», hatte die Pförtnerin gesagt und mit ihrer spöttischen Bemerkung ins Schwarze getroffen. In der Tat verbarg sich hinter Reginas täglichen Spaziergängen eine Sehnsucht, die so überwältigend an ihr rüttelte, dass sie sogar die beißende Kälte und den Zorn der Priorin in Kauf nahm. Sie hoffte auf eine Nachricht von dem Mann, mit dem sie sich seit einigen Wochen heimlich traf. Von dem Mann, in den sich Regina unsterblich verliebt hatte.

«Bitte, Dorothea», schmeichelte Regina nun kleinlaut.

«Nein, oh nein!»

«Liebste Freundin, die Zunge soll mir herausfallen und auf der Stelle verdorren, wenn ich dich jemals wieder verspotten sollte ...»

«Ha, sei besser vorsichtig mit dem, was du gelobst.» Dorothea gab sich noch ein Weilchen spröde, doch angesichts der bittenden Blicke, mit denen Regina um sie herumschlich, begann der Widerstand der jungen Klosterschwester zu bröckeln.

«Nun gut, dann will ich mal nicht so sein. Der junge Herr von Weikersheim, der dich interessiert, kam heute schon ganz früh ins Kloster gelaufen. Es war noch nicht einmal ganz hell, als er von Schwester Diemut in Empfang genommen und sogleich über die Stiege hinter dem Refektorium zu den Wohnräumen der ehrwürdigen Mutter geführt wurde. Ich wunderte mich, weil doch die anderen Schwestern noch bei der Matutin saßen. Ich konnte ihren Gesang in der Kirche bis zur Pforte hören. Außer mir waren nur Schwester Cordula befreit, die mit einem schweren Fieber im Infirmarium liegt, und natürlich Schwester Berthe, die sich um sie zu kümmern hat. Ach ja, die ehrwürdige Mutter nahm auch nicht an den Gebeten teil, vermutlich geht es ihr noch immer nicht besser. Die Ärmste. Ihre Krankheit bereitet mir große Sorge.» Als Dorothea wieder auf den jungen Mann zu sprechen kam, der an der Pforte um Einlass gebeten hatte, begannen ihre Augen schwärmerisch zu leuchten. Offensichtlich war ihr die Erinnerung an die Begegnung mit Reginas heimlichem Verehrer nicht unangenehm. Regina konnte sich vorstellen, was ihre Phantasie anregte. Mit seinen schulterlangen kastanienbraunen Haaren, der scharfgeschnittenen Nase und dem ordentlich gestutzten Bärtchen sah Hartmut von Weikersheim nicht nur gut aus, er war der schönste Mann, den sie in Würzburg jemals gesehen hatte.

Dorothea darf gern von ihm träumen, befand sie großzügig, denn erstens hatte sie als Nonne Keuschheit und Gehorsam gelobt, und zweitens lag es auf der Hand, dass ein Mann von Hartmuts Format eine unscheinbare Klosterschwester wie sie niemals beachten würde. Etwas an Dorotheas Bericht machte Regina indes stutzig. Warum hatte sich die hochnäsige Priorin persönlich dazu herabgelassen, Hartmut von Weikersheim an der Pforte in Empfang zu nehmen? Soweit Regina bekannt war, hielt er sich nur vorübergehend in Würzburg auf, um eine lange anstehende Familienangelegenheit zu klären. Sie hatte keine Ahnung, wo genau in der Stadt er wohnte, vermutete jedoch, dass seine Verwandten oder Freunde ihm eine Bleibe angeboten hatten. Aber warum führte ihn sein Weg an einem kalten Wintermorgen ausgerechnet nach St. Afra? Und warum bemühte sich Diemut um ihn? Hatte sie etwas zu verbergen, oder wollte sie lediglich vermeiden, dass er von den Nonnen gesehen wurde?

Regina zitterte bei dem Gedanken, die Priorin könnte etwas von dem Briefwechsel erfahren haben, den sie seit Wochen mit dem jungen Mann führte. Von den wenigen Begegnungen außerhalb der Klostermauern ganz zu schweigen. Das Kloster war kein Ort, an dem Geheimnisse lange Zeit überlebten. Zu neugierig waren einige der Nonnen. Von den Mädchen, die hier unterrichtet wurden, und dem Gesinde ganz zu schweigen. Regina nahm sich vor, in Zukunft vorsichtiger zu sein und vor Personen wie Jutta von Hochstein, die sich in St. Afra wie eine Herrscherin aufspielte, auf der Hut zu sein.

Dorothea gelang es schließlich, sie zu beruhigen. «Die Alte weiß bestimmt nichts von deiner Schwärmerei, Kindchen», sagte sie ein wenig gönnerhaft. «Aber vielleicht solltet ihr in Zukunft etwas vorsichtiger sein und euch nach einem anderen Boten umsehen. Schwester Diemut mustert mich neuerdings immer so misstrauisch. Dabei zieht sie ein Gesicht, als verdächtige sie mich, die Zuckervorräte zu plündern.»

Regina lächelte. Es war kein Geheimnis im Kloster, dass die rundliche Dorothea eine große Schwäche für Naschwerk jeder Art hatte. Aber die junge Nonne war auch grundehrlich und hätte sich eher die Zunge abgehackt, als auch nur ein Krümelchen aus den behüteten Vorräten der Klosterküche zu nehmen, das ihr nicht zustand.

«Keine Angst, ich würde niemals zulassen, dass die Priorin dich für etwas bestraft, was ich ausgefressen habe», versprach Regina mit ernster Miene, auch wenn sie sich nicht vorstellen konnte, womit die Stellvertreterin der Äbtissin ihre Freundin noch härter züchtigen konnte als mit der Aufgabe, bei Wind und Wetter an der zugigen Pforte zu hocken und sich mit den Bettlern und Gauklern herumzuschlagen, die um Einlass baten. Regina hätte längst dagegen aufbegehrt und der Priorin die Meinung gesagt. Wie gut, dass sie keine Klosterschwester war, die Frauen wie Diemut von Pinzburg ewigen Gehorsam schuldeten. Eines hoffentlich nicht mehr allzu fernen Tages würde die Priorin oder Jutta von Hochstein ihr nichts mehr vorzuschreiben haben.

«Ich glaube, du überschätzt deinen Einfluss», sagte Dorothea. Die füllige Nonne befeuchtete ihre spröden Lippen. «Ist der alte Kanzler oben auf der Burg inzwischen abgetreten, damit dein Vater ihn beerben kann? Oder braucht dich die ehrwürdige Mutter in ihren Gemächern, damit du ihr auf deiner merkwürdigen Gauklerfiedel vorspielen kannst? Ich frage mich schon seit langem, warum du so an der hängst.»

«Nichts von alldem», sagte Regina kurz angebunden. Auch wenn sie dem Ehrgeiz ihres Vaters nur wenig abgewinnen konnte, mochte sie es nicht, wenn Witze über ihn gerissen wurden. Er war immerhin Stadtvogt von Würzburg und gehörte zu den Vertrauten des Fürstbischofs. Stumm wartete sie, bis Schwester Dorothea ein kleines, mehrfach gefaltetes Blatt Papier unter ihrer Ordenstracht hervorzog und es ihr in die Hand drückte. «Da!»

Regina verschlang die Zeilen mit einem Eifer, der Dorothea belustigte. «Mein Gott, du wirst ja ganz blass um die Nase herum. Schlechte Nachrichten?»

Regina faltete das Papier wieder zusammen und verbarg es sorgfältig unter ihrem Schultertuch. «Ganz im Gegenteil, Dorothea. Wenn wahr ist, was hier steht, werde ich unserem langweiligen Kloster St. Afra bald für immer Lebewohl sagen. Keine Altartücher mehr, die ich besticken muss, kein Unkrautjäten. Und vor allem keine Auseinandersetzungen mehr mit der Priorin. Gibst du mir noch ein letztes Mal den Schlüssel zur Pforte?»

«Du träumst wohl! Niemals!»

«Oh bitte, Dorothea. Nur für ein paar Minuten heute Abend. Ich kann nicht bis zum Sonntag nach der Messe warten. Da bleiben stets nur wenige Minuten, die ich mit Hartmut reden kann, ohne dass mein Vater mich erwischt. Vielleicht steht meine Zukunft auf dem Spiel.»

«Ist dir klar, dass ich einen Verstoß gegen die Regel des heiligen Benedikt im Kapitelsaal vor meinen versammelten Mitschwestern und der ehrwürdigen Mutter auf Knien bereuen muss?», schimpfte Dorothea missmutig. «Dabei wäre das nicht das Schlimmste, denn die Äbtissin ist eine nachsichtige Frau. Aber solange sie krank ist, übernimmt Schwester Diemut ihre Pflichten, und mit der ist nicht zu spaßen. Die alte Eule bringt es fertig und beschneidet mir wieder die Mahlzeit, so, wie sie es vorige Woche getan hat, weil ich während des Komplets eingenickt bin.» Dorothea hatte sich in Rage geredet, doch es war nicht zu übersehen, dass auch sie inzwischen die Neugier gepackt hatte. Daher überlegte sie nur kurz, bevor sie schließlich widerstrebend nickte. «Aber nur, weil mich die Apothekerin gebeten hat, ihr nach dem Vesperläuten ein wenig zur Hand zu gehen. Sie sieht immer schlechter, trotz der geschliffenen Gläser, die ihr ein Krämer im Tausch für Heilsalben überlassen hat, und fürchtet, die Arzneien zu verwechseln, die sie für unsere Kranken im Spital zubereitet. Wie man hört, ist in der Stadt mal wieder ein Fieber ausgebrochen. Wenn du mich fragst, wurde es von diesen vermaledeiten Teufelsknechten eingeschleppt, die sich in der Stadt aufhalten und beim Adamshof ihrem gotteslästerlichen Treiben hingeben.»

Regina vermutete, dass ihre Freundin von dem abgelegenen Hof sprach, auf dem seit einiger Zeit Gaukler mit Billigung des Fürstbischofs einen Unterschlupf fanden, solange sie sich in der Stadt aufhielten. Von dort zogen sie auf den Marktplatz, wo sie ihre Kunststücke vorführten, sangen oder auf der Sackpfeife bliesen. Ehrbaren Bürgern war das Anwesen nicht geheuer; sie mieden es und nahmen lieber einen Umweg in Kauf, als sich in die Nähe des Hauses zu begeben. In der Stadt hielt sich das Gerücht, der Teufel selbst habe den Hof in Besitz genommen. Die Spielleute seien nichts anderes als Betrüger, Spione der ungläubigen Osmanen, die das Heilige Römische Reich bedrohten. Feinde des gesamten Menschengeschlechts.

Dorothea schimpfte noch eine Weile auf die Fahrenden, auf ihre Bleibe und sogar auf den Fürstbischof, der einfach zu milde war. Sie traute dem fremden Gauklervolk und seinen Wirtsleuten noch Übleres zu als den Osmanen. Doch Regina hörte längst nicht mehr zu. Ihre Gedanken waren zu ihrem heimlichen Verehrer zurückgekehrt, der sie in seinem Schreiben um ein Treffen am Klostertor bat. Noch in dieser Nacht wollte Hartmut von Weikersheim sie sehen. Was er ihr sagen wollte, musste sehr wichtig sein, sonst würde er nicht wagen, sie ohne Begleitung zur Pforte zu bitten. Er wusste, was sie riskierte, wenn sie einen Mann traf, der kein Familienangehöriger war, noch dazu bei Dunkelheit.

«Mir gefällt das nicht», unkte Dorothea. «Der Bursche mag gut aussehen und auf einem Rittersitz leben, doch wenn er ehrliche Absichten hätte, würde er deinen Vater am Tuchmarkt aufsuchen und in aller Form um deine Hand anhalten. Aber was tut der feine Herr stattdessen? Er verlangt von einer ehrbaren Jungfrau, dem Kind einer der angesehensten Familien Würzburgs, dass sie ihm nachts die Klosterpforte öffnet wie eine Magd, die auf einen Fuhrknecht wartet.»

«Du kennst doch seine Gründe gar nicht!»

Dorothea schnaubte. «Gründe? Was für Gründe sollen das denn bitte schön sein? Ich glaube allmählich, dass du dich in einen Herumtreiber verguckt hast, der nur auf ein Stelldichein mit einem Klostermädchen aus ist. Hast du dich wenigstens vergewissert, dass seine Ohren nicht aufgeschlitzt wurden? Nein? Wie dumm von dir! Dabei weiß doch jeder, dass den Betrügern und Dieben die Ohren mit einem glühenden Stift durchstoßen werden.»

«Ich kann dir versichern, dass seine Ohren heil sind», meinte Regina trocken. «Und mit meinem Vater will er sprechen, sobald er ein wichtiges Geschäft unter Dach und Fach gebracht hat. Er muss es geschickt anstellen. Ich meine, er kann nicht einfach zu meinen Eltern laufen und sie fragen: Gebt Ihr mir Eure Tochter zur Frau? Genau, das Mädchen, das Ihr hinter Klostermauern versteckt, weshalb ich es eigentlich gar nicht kennen darf. Dafür weiß ich aber über Euren Besitz und Euren Einfluss in der Stadt Bescheid. Beides käme mir gelegen. Nein, Dorothea, sobald mir Hartmut seinen Antrag gemacht hat, muss ich Vater überzeugen, dass er mich aus der langweiligen Klosterschule nimmt und nach Hause zurückkehren lässt.»

Stürmisch drückte sie Dorothea einen Kuss auf die Wange, dann stapfte sie mit großen Schritten durch den knirschenden Schnee, geradewegs auf das mit roten Schindeln bedeckte Gebäude hinter der Klosterkirche zu, das den Laienschwestern, Mägden und Schülerinnen als Schlafsaal diente.

2. Kapitel

Regina wartete ungeduldig, bis der Abend endlich hereinbrach und sie von ihrer wachsenden Aufregung erlöste. Während der endlosen Übungen im Lateinischen, die wegen der frostigen Kälte im großen Kapitelsaal vorgenommen wurden, war sie ungewohnt schweigsam und mit den Gedanken ganz woanders gewesen. Mehrmals wurde sie wegen ihrer Unaufmerksamkeit gemahnt. Beim Abendbrot, das von einer griesgrämigen älteren Nonne mit Frostbeulen an den Zehen beaufsichtigt wurde, fiel es ihr nicht schwer zu schweigen. Dafür erntete sie misstrauische Blicke von einigen der jungen Mädchen. Insbesondere Jutta von Hochstein schien sie argwöhnisch zu beobachten.

Nach dem Vespergebet begab sich Regina auf dem schnellsten Wege zu ihrem Schlafquartier. Während den Schwestern für die kurzen Nächte zwischen den vorgeschriebenen Gebeten kleine kahle Zellen zustanden, teilten sich die Zöglinge der Klosterschule einen großen Raum mit strohbedecktem Fußboden, der von zwei mächtigen Säulen in zwei Hälften geteilt wurde. Reginas Lager befand sich gleich links neben der Tür, was sich als vorteilhaft erwies, denn so konnte sie sich bei Bedarf hinausschleichen, ohne dass ihre Gefährtinnen oder die Aufseherin, die hinter einem Vorhang schlief, etwas davon bemerkten.

Regina setzte sich auf ihr Bett und nahm die Geige zur Hand, die ihre Mutter ihr vor Jahren geschenkt hatte. Dorothea nannte sie ein wenig abfällig Gauklerfiedel, aber Regina liebte das Musikinstrument, auch wenn es alt und abgegriffen aussah. Im Laufe der Jahre hatte Regina das rötliche Holz immer wieder sorgfältig poliert, um ihm etwas Glanz zu verleihen, doch die Geige wirkte dennoch schäbig. Regina hatte niemals erfahren, wie ihre Mutter an die Fiedel gekommen war. Dies war wohl eines der Geheimnisse ihrer Familie, an dem nicht gerüttelt werden durfte.

«Ich wundere mich wirklich, dass die Priorin dir dieses fürchterlich vulgäre Ding nicht schon längst abgenommen und es ins Feuer geworfen hat», hörte Regina plötzlich eine schrille Stimme. Sie blickte auf und sah Jutta von Hochstein, die sich mit einem Lächeln die hüftlangen Haare bürstete. Einige der Mädchen, die zur Anhängerschaft der jungen Ritterstochter gehörten, kicherten belustigt.

Jutta war im Kloster nicht wirklich beliebter als Regina, schon gar nicht unter den hart arbeitenden Nonnen, die für weibliche Eitelkeiten kein Verständnis hatten. Anders als Regina hatte Jutta es jedoch früh verstanden, sich mit Schmeicheleien und Geschenken Gunst sowie ein treues Gefolge zu erkaufen, das sie auf Schritt und Tritt begleitete. Jutta von Hochsteins Familie stammte nicht aus Würzburg, das Mädchen verriet auch nicht, wohin sie an den Feier- und Märtyrertagen ging, wenn den Schülerinnen Besuche bei ihren Angehörigen gestattet wurden. Zuweilen prahlte sie damit, dass ihr Vater zu den engsten Vasallen Kaiser Maximilians zählte und eine der stattlichsten Festungen Frankens befehligte. Doch für gewöhnlich hüllte sie sich bezüglich ihrer Abkunft in eisernes Schweigen. Im Unterschied zu den meisten Klosterzöglingen, die ihre Zeit bei den Nonnen äußerst widerwillig absaßen und nur darauf warteten, dass ihre Väter sie standesgemäß verheirateten, klagte Jutta von Hochstein nie über ihren Aufenthalt in St. Afra. Im Gegenteil, sie schien ihn zu genießen. Die strengen Regeln des Konvents machten ihr offensichtlich nicht zu schaffen. Jutta stand manchmal sogar vor dem Morgengrauen auf, um in der Kapelle zu beten. Sie wusch sich mit eisigem Brunnenwasser und jammerte auch nicht über die triste Kleidung, die im Kloster vorgeschrieben war. Für die Schwärmereien ihrer Altersgenossinnen hatte sie nur Hohn und Spott übrig.

Regina hatte Jutta vom ersten Tag an verabscheut. Sie hielt sie für hinterlistig und eigennützig. Die Bemerkung über Reginas Geige kam daher nicht von ungefähr. Ihr ging ein langer, zermürbender Streit mit der Priorin voraus, aus dem Regina schließlich siegreich hervorgegangen war. Diemut von Pinzburg, die Musik mit Ausnahme von geistlichen Gesängen verabscheute, war der Ansicht, dass Instrumente wie Reginas Fiedel in einem Kloster nichts zu suchen hatten. Sie seien die Stimme des Gauklers, so verkündete es auch der Beichtvater des Konvents bei seinen Predigten im Dom. Der Gaukler aber, darin stimmten Priester und Priorin überein, habe sich in die Dienste des Teufels begeben, um unbescholtene Menschen zu verderben und sie zu einem sittenlosen Leben zu verführen.

Reginas Fiedel wäre längst ins Herdfeuer der Klosterküche gewandert, wenn nicht ausgerechnet die alte Äbtissin in den Streit eingegriffen und Regina erlaubt hätte, das Instrument zu behalten. Regina war von Herzen dankbar dafür und besuchte die Klostervorsteherin wenigstens einmal im Monat in ihren prunkvoll eingerichteten Räumen, um ihr vorzuspielen.

Nun aber war die Äbtissin schon seit geraumer Zeit krank; niemand wusste genau, was ihr fehlte, doch die Apothekerin und Schwester Dorothea machten sich große Sorgen um sie. Zu Appetitlosigkeit und bleierner Müdigkeit schien sich nun auch noch eine Schwäche in den Gelenken der älteren Frau gesellt zu haben, was zu den schwersten Befürchtungen Anlass bot. Seit den ersten Schneefällen erlaubte Diemut von Pinzburg niemandem mehr, die Krankenstube der Äbtissin zu besuchen. Nicht einmal die Apothekerin wurde vorgelassen.

«Hoffentlich fängst du nicht an, auf diesem schmutzigen Kasten zu kratzen», sagte Jutta von Hochstein. Es klang verächtlich.

Sie legte ihre Haarbürste in ein kirschrotes Kästchen, auf dem ein Wappen in tiefblauer Farbe zu sehen war. «Wir sind hier schließlich nicht auf einem Jahrmarkt! Oder wirst du gleich anfangen, mit Bällen zu jonglieren?»

«Keine Sorge, ich spiele für Menschen, die hübsche Melodien erfreuen. Da dir nur das Geräusch des Rosshaars auf deiner strähnigen Mähne gefällt, darf ich von dir wohl weder Geschmack noch ein gutes Gehör erwarten.» Regina zeigte auf Juttas Decke. «Siehst du das Tier, das da sitzt und dich angrinst? Ich glaube, es ist eine Wanze, die du dir vom Kopf gebürstet hast. Sie scheint deine Gegenwart zu genießen. Vermutlich seid ihr beide vertraut miteinander?»

Einige der Mädchen stießen angewidert die Luft aus. Jutta von Hochsteins Augen wurden so schmal wie ihre Lippen. «Elendes Biest», war alles, was sie hervorbrachte. Während eine ihrer Anhängerinnen Strohsack und Leinen von Juttas Bettkasten riss, starrte das Edelfräulein Regina mit unverhohlenem Hass an. «Du glaubst, du seiest etwas Besseres als wir anderen, weil dein Vater in Würzburg Stadtvogt ist, nicht wahr?»

Regina zuckte mit den Schultern. «Wenigstens muss ich keine Lügengeschichten über meine Familie erfinden, um mich interessant zu machen.»

«Ach, wirklich nicht? Die Priorin scheint da anderer Meinung zu sein!», gab Jutta von Hochstein zurück. Einen Moment lang genoss sie Reginas Verwirrung, bevor sie nachschickte: «Ich hörte sie erst vor wenigen Tagen zu Schwester Agneta sagen, dass der Name Babel einst mit einem Skandal in der Stadt verbunden war, der aber von deinem Vater mit Hilfe seines Reichtums vertuscht wurde.»

Regina warf Jutta einen wütenden Blick zu. Vermutlich spielte das Mädchen auf den Ruin ihres Großvaters an. Wie man sich erzählte, hatte dessen Schwiegersohn sich in der Angelegenheit nicht gerade mit Ruhm bekleckert. Regina war damals noch zu klein gewesen, um die Zusammenhänge zu verstehen, doch aus einigen aufgeschnappten Bemerkungen ihrer Mutter hatte sie sich im Laufe der Zeit ihr eigenes Bild zusammengesetzt. Heinrich Babel hatte sich an der Notlage seines Schwiegervaters bereichert und ihm nicht geholfen. Das trug gewiss nicht dazu bei, ihn zu einem beliebten Bürger zu machen. Andererseits kamen solche Dinge vor. Gerade unter den Patriziern, die sich oftmals beneideten und Fehden ausfochten. Von einem anderen Skandal wusste Regina nichts. Sie hatte auch gewiss nicht vor, sich von Jutta herausfordern zu lassen. Ohne das Mädchen noch eines Blickes zu würdigen, steckte sie den Brief, den Dorothea ihr an der Pforte ausgehändigt hatte, in den Hohlraum ihrer Fiedel. Dann wickelte sie das Instrument vorsichtig in ein rotes Wolltuch, schob es in ihren Kasten und ging zu Bett. Sie hörte, wie im Schlafsaal die Lampen gelöscht und Gebete gemurmelt wurden, drehte sich aber nicht mehr um. Sie wollte mit ihren Gedanken allein sein.

Nach einer Weile kehrte Ruhe im Saal ein. Bis auf einige erkältete Mädchen, die leise in ihre Kissen husteten, sowie dem verhaltenen Knistern des Feuers im Kohlebecken war nichts mehr zu hören.

Regina wartete noch eine Weile, dann richtete sie sich vorsichtig auf. Aufmerksam lauschte sie, ob sich draußen, auf dem Korridor, etwas regte. Obwohl der verwinkelte Raum nicht wirklich warm geworden war, setzten sich kleine Schweißperlen auf ihre Stirn. Ihr Haar roch nach dem beißenden Rauch, der durch die Luft waberte. Zu dumm. Sie würde später weder besonders vorteilhaft aussehen noch gut riechen, aber das ließ sich nicht ändern. Keinesfalls durfte sie den Fehler machen, in ihrem Kasten nach einem Kamm zu wühlen und damit Jutta von Hochstein zu wecken. Vor ihr musste sie noch mehr auf der Hut sein als sonst. Die Demütigung würde sie ihr sicher heimzahlen wollen.

Regina vertrieb sich die Zeit damit, die lateinischen Vokabeln zu wiederholen, die sie heute gelernt hatte, damit sie die Vita der heiligen Barbara verstehen konnte. Ihre Geschichte wurde in diesem Monat im Kapitelsaal während der Mahlzeiten vorgelesen, doch Regina erinnerte sich nicht mehr, warum die Heilige ihr Leben hatte lassen müssen. Irgendetwas mit Feuer hatte sie zu tun gehabt. Aber was? Die meisten Mädchen interessierten sich für die Erlebnisse der frommen Heiligen nicht mehr als für das Gezänk der Fischkrämerinnen auf dem Marienmarkt. Regina indessen mochte den Wohlklang der alten Sprache.

Als die anderen Mädchen endlich eingeschlafen waren, erhob sich Regina und tastete in der Dunkelheit nach ihrem warmen Schultertuch. Lautlos schlüpfte sie in die weichen Lederschuhe und hoffte, dass sie bis zum Morgen wieder trocken sein würden. Sie konnte sie ja später in die Nähe des Feuers stellen. Bei dem Gedanken, mitten in der Nacht in den einsamen Klosterhof zu schleichen, wurde ihr nun doch ein wenig mulmig. Die Fensterläden klapperten. Das Geräusch des Windes klang klagend wie eine Frau, der ein Leid widerfahren war. Als Regina durch den eisigen Kreuzgang huschte und den trostlosen Innenhof erreichte, wäre sie am liebsten wieder umgekehrt und unter ihre Decke gekrochen. Aber sie durfte Hartmut nicht enttäuschen. Vielleicht wartete er schon in der Kälte auf sie und sehnte sich danach, ihr über das Haar zu streichen.

Bei den letzten beiden Säulen, die das von Schnee bedeckte Dach des Kreuzgangs trugen, blieb sie unvermittelt stehen. Neben dem Pförtnerhäuschen fiel ein dünner Lichtschein auf den schmalen Torweg. Regina biss sich auf die Lippe. Am liebsten hätte sie laut geflucht. Wenn am Tor noch Licht brannte, konnte das nur bedeuten, dass Dorothea es sich anders überlegt hatte und nicht zur Apothekerin ins Hospital gegangen war. Regina spürte, wie die grimmige Kälte ihre Waden lähmte. Ihr Herz begann stärker zu klopfen. Vielleicht hatte die Priorin aber auch eine andere Nonne zum Dienst an der Pforte eingeteilt. Regina beschloss, es herauszufinden. Langsam näherte sie sich der Pforte, wobei sie aufpassen musste, in der Dunkelheit nicht über den Saum ihres Kleides zu stolpern. Der Weg, den die Mägde des Klosters im Sommer stets ordentlich harkten, hielt nun so manches Hindernis bereit, das auch noch von einer Schneedecke überzogen war. Im Schein der Öllampe, die an einer eisernen Halterung neben dem Tor hing, konnte Regina jetzt erkennen, dass die Pforte eine Handbreit geöffnet worden war. Der Wind, in den sich einige dünne Schneeflocken mischten, bewegte die Tür hin und her, sodass sie ein schrilles Geräusch von sich gab. Es hörte sich an wie das jämmerliche Winseln eines Hundes, der vergeblich um Einlass bettelt.

Regina spürte, wie ihr Unbehagen wuchs. Einerseits hätte sie gern gewusst, ob Dorothea an der Pforte saß und einfach eingeschlafen war, andererseits war es gefährlich, sich hier draußen am Tor aufzuhalten. Was, wenn eine andere Nonne als die gutmütige Pförtnerin sie erwischte, am Kragen packte und zeternd zur Priorin schleppte? Während Regina noch überlegte, was sie tun konnte, wurde plötzlich die Tür aufgestoßen. Sie fand gerade noch Zeit, sich hinter einer knorrigen Weinranke zu verstecken, die entlang der Klosterhofmauer wuchs, als auch schon zwei Gestalten auf die Pforte zuhielten. Eine von beiden war Diemut von Pinzburg. Die Priorin bewegte sich vorsichtig, geradezu katzenhaft waren ihre Bewegungen. Während sie die Hand nach dem Riegel ausstreckte, schienen ihre eng zusammenstehenden Augen unter dem strengen Gebände des Schleiers die Umgebung abzusuchen. In ihrer Begleitung befand sich ein Mann, den Regina noch nie gesehen hatte. Er überragte die Priorin, die für eine Frau nicht eben klein war, um mindestens zwei Handbreit. Sein stämmiger Körper, den er wie ein Greis nach vorne beugte, steckte in einem wadenlangen Überwurf, der aus einer Unmenge von Fellstücken zu bestehen schien. Auf dem Kopf des Fremden thronte eine Art türkischer Turban aus rotgefärbtem Filz, und an seinen

Füßen bemerkte Regina Schuhe mit langen, nach innen gebogenen Schnäbeln. Insgesamt sah der Fremde nicht gerade wie ein Würzburger Bürger aus, was nicht nur an seiner merkwürdigen Aufmachung lag, sondern auch an der dunklen Haut und dem krausen Haar, das auf Regina wie das Nest eines Raben wirkte. Entgegen seiner Körperhaltung bewegte er sich leichtfüßig, beinahe geschmeidig; gewandt tauchte er unter dem ausgestreckten Arm der Priorin hindurch, die ihm die Pforte aufhielt, um ihn hinauszulassen.

«Und vergiss bloß nicht, dass du einen Schwur geleistet hast», zischte Diemut. Ihre Stimme war heiser vor Anspannung. Mochte es ihr auch unangenehm sein, mit dem wunderlich gekleideten Fremden zu reden, so lag in ihrem Ton doch auch eine bedrohliche Schärfe, die in krassem Gegensatz zu ihrem frommen Gewand stand. «Du wirst mich noch dreimal aufsuchen, bevor sich das Jahr dem Ende zuneigt. Aber wehe dir, wenn du jemanden die Fläschchen sehen lässt.»

Regina sah, wie der Fremde den Kopf neigte. Dann hörte sie ihn fragen: «Aber was geschieht, wenn Eure Äbtissin nach mir fragt? Oder wenn sie sich gegen Euren Rat entschließen sollte, den Arzt des Fürstbischofs ins Vertrauen zu ziehen?» Er machte einen Schritt auf Diemut von Pinzburg zu. «Ich mag nur ein Quacksalber sein, den seine Geschäfte von Ort zu Ort führen. Heute bin ich in Würzburg, morgen könnte ich schon am Ende der Welt sein. Doch Euch, meine verehrte Priorin, wird man büßen lassen, wenn herauskommt, dass Ihr, die Priorin von St. Afra, …»

«Schweig, du frecher Kerl! Ich will kein Wort mehr hören!» Diemut von Pinzburg warf dem Mann einen zornigen Blick zu, der ihn beschwichtigend die Hände heben ließ.

«So habe ich es nicht gemeint», beeilte er sich zu versichern. «Drei Phiolen also. Ich werde sie Euch beschaffen und verbürge mich dafür, dass sie nach Ablauf einer angemessenen Frist ins Kloster geliefert werden. Aber das kann teuer werden.» Er tat, als würde er Geld zählen und rieb Daumen und Zeigefinger aneinander.

«Lass das meine Sorge sein», erwiderte Diemut von Pinzburg. «Du wirst dein Geld bekommen. Aber hüte dich davor, mich zu betrügen.» Sie stieß die Pforte ganz auf und kam dann auf die Ranken zugelaufen. Regina hielt den Atem an. Aber sie hatte Glück. Die Aufmerksamkeit der älteren Ordensfrau galt weder ihr noch dem Fremden; sie schien von einem plätschernden Geräusch irritiert, welches von fern an ihr Ohr drang. Möglicherweise leerte jemand seinen Nachttopf auf die Gasse. Diemut wich hinter das Tor zurück. Sie wollte nicht gesehen werden.

«Was habt Ihr?», wollte der Gaukler wissen.

«Das geht dich nichts an, Fahrender. Was willst du denn noch? Habe ich nicht dafür gesorgt, dass keines dieser dummen Weibsbilder hier mehr die Äbtissin besucht? Die Berichte an den Generalvikar der Benediktiner und den Fürstbischof schreibe und siegle ich selbst. Die ehrwürdige Mutter hat mir sogar ihre Schlüssel anvertraut, was unter den gegebenen Umständen nicht leichtsinnig, sondern eine weise Entscheidung war. Niemand wird Verdacht schöpfen, und es wird sich auch für dich lohnen. Einen verschwiegenen Bediensteten vergesse ich nicht.»

«Ich diene nur Gott allein, ehrwürdige Schwester», erhob der Fremde aufgebracht Einspruch. «Meine Leute werden verachtet und gemieden wie Sklaven, das ist wahr. Sobald das ehrbare Volk unserer Späße und Künste überdrüssig ist, jagen sie uns vor die Stadtmauern. In Würzburg mag das zwar seit einiger Zeit anders sein, aber wer kann mir versprechen, dass der Fürstbischof nicht schon morgen früh seine Meinung ändert, weil ihn nachts sein Leib gezwickt hat? Was auch immer uns in diesem Bistum noch blühen mag, wir sind und bleiben freie Leute. Daran werden weder Könige noch geistliche Würdenträger etwas ändern.»

Diemut von Pinzburg lachte auf. Offensichtlich amüsierte sie der leidenschaftliche Einspruch des Mannes, auch wenn sie keine

Silbe von dem ernst zu nehmen schien, was er sagte. «Vogelfrei seid ihr Fahrenden», erwiderte sie mit einer abfälligen Geste. «Aber ich habe weiß Gott Besseres zu tun, als mit dir darüber zu diskutieren. Unsere Pförtnerin wird bald aus der Klosterapotheke zurückkehren. Und sie ist neugierig wie ein Welpe. Also verschwinde durch die Pforte und vergiss gleich, wer dich heute Nacht eingelassen hat! Tust du es nicht, werde ich dafür sorgen, dass dich ein Feuerchen erwartet, auf dem du langsam geröstet wirst. Das hat vor einigen Jahren schon ein anderer Gaukler in Würzburg zu spüren bekommen.»

Der Fremde mit dem Turban gab einen grunzenden Laut von sich. Er schien zu wissen, von wem die Priorin sprach, und die Erinnerung setzte ihm merklich zu. Einen Herzschlag lang befürchtete Regina in ihrem Versteck, er werde Diemut von Pinzburg anspringen wie ein wildes Tier. Doch er beherrschte sich. Ohne ein weiteres Wort stapfte er durch die Pforte und warf die Tür hinter sich zu. Die Priorin gab einen verächtlichen Laut von sich. Dann lief sie mit wehendem Ordensgewand zum Pförtnerhäuschen, wo sie sich bückte und einen Gegenstand aufhob, der, wie sich im Schein der Lampe zeigte, eine mit Bast umwickelte kleine Korbflasche war. Die Frau schlug einen ihrer weiten Ärmel über die Flasche und eilte über den sich windenden Weg auf das Refektorium zu.

3. Kapitel

Regina war halb erfroren, als sie es endlich wagte, ihr Versteck hinter der Ranke zu verlassen. Was sie gesehen und mit angehört hatte, überforderte sie so sehr, dass sie einer Ohnmacht nahe war. Sie fragte sich, ob sie nicht eingeschlafen und alles nur geträumt hatte. Bei rechter Überlegung wäre ihr das sogar lieber gewesen, aber sie wusste, dass es nicht stimmte. In ihrem Kopf bewegten sich die Gedanken mit der Schwerfälligkeit einer Tretmühle. Es war ihr einfach nicht möglich, in dieser Kälte ruhig zu überlegen. Nur eines war gewiss: Priorin Diemut von Pinzburg und dieser Mann führten etwas Schreckliches im Schilde. Was auch immer die Flasche enthielt, die der Fremde ins Kloster gebracht hatte, es würde die Krankheit der Äbtissin weder lindern noch heilen. Ihr Leibarzt wusste jedenfalls nichts von einer neuen Medizin, die der Klostervorsteherin verabreicht werden sollte.

Regina spürte, wie ihr vor Kälte die Tränen in die Augen schossen. Oder war es Hilflosigkeit, die sie weinen ließ? Sie hatte sich nie zuvor so ohnmächtig gefühlt. Sie musste etwas tun, um das abscheuliche Treiben der Priorin, welche die Krankheit ihrer Vorsteherin so gnadenlos ausnutzte, ans Licht zu bringen. Aber wer würde ihr schon glauben? Ihr Wort stand gegen das einer angesehenen Klosterschwester. Man würde sie für eine Schwindlerin halten und bestrafen, wenn sie behauptete, die Priorin von St. Afra öffne nachts heimlich einem Giftmischer die Pforte. Außerdem würde man fragen, was sie zur selben Zeit dort draußen zu suchen gehabt hatte. Diemut würde Mittel und Wege finden, sie mundtot zu machen, wenn sie verriet, was sie gehört hatte. Traf sie nun die falsche Entscheidung, so würde ihr Leichnam möglicherweise schon morgen im Main treiben.

Was soll ich tun?, überlegte Regina, während sie auf das winterlich zugeschneite Dach der Klosterkirche blickte. Hartmut von Weikersheim fiel ihr ein. Doch konnte sie ihn mit einer so heiklen Angelegenheit behelligen? Wie gern hätte sie sich in seine Arme geworfen und den Kopf an seine Brust gedrückt wie ein kleines Mädchen. Sie hätte ihm alles erlaubt, wenn er sie nur tröstete, vielleicht sogar das, was Männer für gewöhnlich mit Frauen taten, wenn sie miteinander allein waren. Wenn sie darüber nur Diemut und ihre fürchterliche Giftflasche aus ihrem Kopf bannen konnte.

Regina ahnte jedoch, dass sie nicht ein einziges Wort des Gesprächs je wieder vergessen würde. Wie sollte sie auch aus ihrem Gedächtnis streichen, dass die Äbtissin in höchster Gefahr schwebte. Zu schwer wog das Netz aus Falschheit, das Diemut von Pinzburg knüpfte, um alle einzuschüchtern, die ihre Pläne störten – wie auch immer diese Pläne aussahen. Vermutlich würde sogar Reginas Freundin Dorothea sich in Kürze in diesem Netz verfangen. Was hatte die Priorin doch gleich gesagt? Sie hielt Dorothea für zu neugierig, vermutlich stellte sie eine Gefahr dar, weil sie an der Pforte saß und genauer als jede andere Nonne über Besucher Bescheid wusste, die ins Kloster kamen. Regina schluckte verzweifelt, als ihr einfiel, dass sie es war, die ihre Freundin in eine gefährliche Lage gebracht hatte.

Regina traf einen Entschluss. Sie würde ihren Vater aufsuchen. Heinrich Babel mochte kein großer Menschenfreund sein und noch weniger ein Freund der Äbtissin von St. Afra, aber er war Advokat. Der begabteste Rechtsgelehrte Würzburgs. Seine Kenntnisse des kirchlichen wie des römischen Rechts befähigten ihn zu entscheiden, wie in einem solch wirren Fall zu verfahren war. Möglicherweise konnte er die Angelegenheit gleich morgen früh dem Fürstbischof vorlegen und um eine offizielle Untersuchung bitten. Dann war Regina die Last der Verantwortung genommen, und kein schlechtes Gewissen konnte sie plagen, nichts gegen Diemut unternommen zu haben. Unter Umständen brachte das ihrem Vater sogar seinem ersehnten Ziel näher, zum bischöflichen Kanzler berufen zu werden. Er würde ihr noch dankbar dafür sein, dass sie ihn aus dem Schlaf riss.

Zu Reginas Erleichterung hatte Diemut von Pinzburg nur den Riegel vor die Pforte gelegt, nicht aber abgeschlossen. Mit einem Anflug tiefsten Bedauerns dachte sie daran, dass Hartmut nun vergeblich auf sie warten würde. Er verspätete sich, vielleicht hatte ihn ja auch der Mut verlassen. Sie konnte es ihm nicht übel nehmen. Diese Nacht war nicht geeignet für ein Stelldichein. So rasch sie konnte verließ sie den Klosterhof und tauchte in die schmale Gasse gegenüber der Mauer ein, deren Fachwerkhäuser so nah beieinanderstanden, dass sich die Nachbarn an den Fenstern über dem Pflaster die Hände reichen konnten. Es war dunkel. Ungemütlich. Bei dieser Kälte verkroch sich sogar der Nachtwächter in einem windgeschützten Winkel. Regina hoffte es zumindest. Mit schnellen Schritten lief sie über den Marienplatz, auf dem sich die Silhouette der prächtig geschmückten Kapelle abzeichnete, bis sie schließlich die Gasse der Kerzenzieher erreichte. Hier lag der Schnee so hoch, dass Regina ihren Rock anheben musste, um sich einen Weg zu bahnen. Das Schild eines Wirtshauses schaukelte im Wind. Glücklicherweise mündete die Gasse hinter dem zur Schenke gehörenden Pferdestall schon nach wenigen Schritten ins Viertel der Tuchmacher mit seinen stattlichen Patrizierhäusern, wo sich Regina auskannte.

Das Haus, das ihre Familie bewohnte, besaß zur Straße hin eine Reihe hübscher Bogenfenster, die an den Kreuzgang einer Abtei erinnerten. Die Giebel liefen wie die stolzen Zinnen einer wehrhaften Festung in sorgfältig angeordneten Stufen aufwärts. Über dem mit Ornamenten verzierten Portal hatte der Stadtvogt einen Erker bauen lassen, der ihm eine vortreffliche Aussicht über halb Würzburg bescherte. Regina erinnerte sich, wie gern sie sich als Kind auf der mit Lederkissen gepolsterten Erkerbank niedergelassen und den Kaufmannsgehilfen beim Beladen der Wagen und Karren zugesehen hatte.

Nun aber blieb keine Zeit für Kindheitserinnerungen. Regina klopfte nicht an die Tür des Haupteingangs, sondern lief um das Haus herum, bis sie auf eine schmale Steintreppe stieß. Trotz des frischen Schnees roch es nach Fischabfällen. Regina stieg die Treppe hinab, die zur Küche führte. Hier herrschte Freigard, die Köchin ihrer Eltern, mit eiserner Hand. Sie stand schon so lange im Dienste der Familie Babel, dass manche Würzburger glaubten, sie sei im Haus geboren worden. Tatsächlich aber hatte sie in jungen Jahren Reginas Großvater, dem Ritter zu Wolffenstern, gedient und erst nach dessen geschäftlichen Schwierigkeiten die Stelle beim Stadtvogt angetreten. Freigards Kochkünste waren in der ganzen Stadt berühmt, und es ging das Gerücht um, dass der Fürstbischof sie regelmäßig hinauf in die Burg kommen ließ, wenn er hohe Gäste zu bewirten hatte. Dies wurde von Heinrich Babel nicht nur geduldet, sondern auch gefördert. Was Freigard dazu sagte, war den hohen Herren egal. Regina liebte die alte Köchin, die ihr so manchen Zuckerkrapfen zugesteckt hatte, weil sie der Meinung war, dass die Tochter ihres Herrn im Kloster der Benediktinerinnen immer dünner wurde. Regina wusste, dass Freigard auf einer Bank neben dem Herd schlief, daher klopfte sie leise. Tatsächlich regte sich bereits wenig später etwas in der Küche. Eine weibliche Stimme rief voller Streitlust: «Wer ist da draußen? Gib dich zu erkennen, oder ich schreie das ganze Haus zusammen. Mein Herr ist der Stadtvogt Babel, der weiß, wie man mit Dieben und Einbrechern umzugehen hat!»

«Ich bin's, Freigard», gab Regina zurück. Sie klopfte noch einmal energisch gegen die Tür. «Rasch, wenn ich bitten darf. Ich muss sofort zu meinem Vater!»

Unter dumpfem Gemurmel wurde ein Riegel zurückgeschlagen und die schwere Eichentür geöffnet. Die Köchin schlug die Hände über dem Kopf zusammen, als sie die blaugefrorene Tochter ihres Dienstherrn in die Küche treten sah.

«Meine Güte, Kind, du bist ja ganz steif vor Kälte. Warum läufst du mitten in der Nacht durch den Schnee?» Ohne eine Antwort abzuwarten, führte die alte Frau Regina vor den Herd, in dem noch einige Holzscheite knisterten. Das Feuer verbreitete eine angenehme Wärme in der mit Töpfen, Schöpfkellen, Hackbrettern und Tonschalen vollgestopften Küche. Freigard kochte zwar vorzüglich, hielt es mit der Ordnung jedoch nicht so genau. In der Regel überließ sie es einer der Mägde, aufzuräumen, nachdem sie die Mahlzeiten für den Ratsherrn und dessen Frau zubereitet hatte.

«Anna, das faule Geschöpf, das in der Küche hilft, ist gestern krank geworden», sagte Freigard, als sie Reginas Blick bemerkte. «Dieses schreckliche Fieber greift um sich. Ich nehme an, du hast schon davon gehört, wie es in Würzburg wütet. Es soll von den Gauklern eingeschleppt worden sein, die draußen auf dem alten bischöflichen Gut hausen. Eure Äbtissin soll auch davon befallen sein.»

Regina stieß die Luft aus. Was die Köchin andeutete, gefiel ihr nicht. Gerüchte dieser Art verbreiteten sich meist zu schnell, und wenn die Würzburger erst einmal glaubten, dass die Äbtissin der Seuche zum Opfer gefallen war, würde sich niemand mehr finden, der bereit war, ihrer Beobachtung nachzugehen. Dann kamen Diemut und ihr finsterer Giftmischer ungeschoren davon.

«Schläft mein Vater schon?»

Die Köchin zuckte die Achseln. «Ach, der Stadtvogt kommt doch nie zur Ruhe. Immer ist er mit irgendwas beschäftigt. Gott allein weiß, wann er jemals die Augen zumacht. Das hat schon vor deiner Geburt angefangen. Zuweilen höre ich ihn, wie er ruhelos durch das Haus wandert, als habe er Angst vor Gespenstern, die ihn quälen. Ich bringe ihm dann oft einen Becher heißen Kräuterwein, damit er sich beruhigt. Bevor ich mich auf die Ofenbank legte, habe ich ihn in seine Amtsstube gehen sehen. Deine Mutter ist in der Hauskapelle. Sie spricht schon seit Stunden ihre Gebete.»

Regina machte sich auf die Suche nach ihrem Vater. Wie Freigard angedeutet hatte, war er noch wach. In einen Mantel mit Pelzkragen gehüllt, saß er am Kamin und wärmte sich die Füße. Seine Hand ruhte auf dem Haupt einer aus Holz geschnitzten Figur, die kämpferisch aussah.

«Ist sie nicht wunderschön», murmelte der Stadtvogt, ohne sich umzudrehen. «Sie stammt von der Hand eines begabten Holzschnitzers, der hier in Würzburg lebt. Unser Fürstbischof verehrt den Mann, als wäre er ein Heiliger. Die St.-Lukas-Gilde kann sich nur beglückwünschen, dass sie ihn aufgenommen hat. Ich selbst hatte 1485 die Ehre, seinem Antrag auf das volle Bürgerrecht stattzugeben.»

Regina legte ihr Schultertuch auf das Schreibpult ihres Vaters, das unter der Last der vielen Urkunden und Briefe, die sich auf ihm stapelten, beinahe zusammenbrach. Der Stadtvogt schien seit Tagen nicht mehr gearbeitet zu haben. War er krank?

«Vater, ich bin froh, dass du noch wach bist. Ich … brauche deine Hilfe.»

Verblüfft wandte sich der Stadtvogt Regina zu. Er hatte sie zwar eintreten hören, aber offensichtlich für jemand anderes gehalten. Nun runzelte er die Stirn und schüttelte langsam den Kopf, als sei er soeben aus einem tiefen Schlaf hochgefahren.

«Regina, du? Was um alles in der Welt hast du noch so spät hier zu suchen? Ich kann nur für dich hoffen, dass du nicht aus dem Kloster weggelaufen bist, um einer Bestrafung zu entgehen.»

Regina schluckte. Plötzlich kam ihr die Idee, ihren Vater ins Vertrauen zu ziehen, gar nicht mehr so gut vor. Wie hatte sie auch annehmen können, dass ausgerechnet er, der ihre Gegenwart kaum ertragen konnte, ihr helfen würde? Allerdings würde sich Heinrich Babel nicht mit Ausflüchten abspeisen lassen, nicht umsonst war er als Stadtvogt überall gefürchtet. Umständlich schenkte sich Reginas Vater aus einem silbernen Schnabelkrug einen Becher Wein ein, den er hastig hinunterstürzte.

«Also, was führt dich zu mir?», fragte er. Dabei sah er Regina streng an. Heinrich Babel war ein großer, beinahe grobschlächtiger Mann, in dessen rotem Bart sich ständig etwas zu verfangen schien. Seine buschigen Brauen wuchsen über den Augen zusammen, was seinem Gesicht einen besonders strengen Zug verlieh. Dazu passte auch sein Mund, dessen Winkel stets herabhingen. Im grotesken Gegensatz zu seiner stämmigen Figur standen seine Hände. Sie waren schmal und blass, die langen, gepflegten Finger wirkten beinahe weiblich und waren dauernd in Bewegung. Hielten sie keine Feder, so strichen sie über den Bart oder spielten mit den silbernen Knöpfen seines Wamses. Heinrich Babels Nägel waren stets sauber und die Finger frei von Tinte, obwohl er lieber selbst zum Gänsekiel griff, anstatt seinem Schreiber etwas zu diktieren.

Regina spürte, dass ihr Vater an diesem Abend von einer inneren Unruhe erfüllt war, die sie sich nicht erklären konnte. Zwar hatte er nie einen wirklich glücklichen Eindruck gemacht, doch kannte sie auch in Würzburg kaum einen Menschen, dessen Leben sich prächtiger hätte entwickeln können als das seine. Heinrich Babels Einfluss erstreckte sich bis zum Fuß des Marienberges. Dort allerdings endeten seine Befugnisse, was ihn schmerzte.

«Ich muss dir mitteilen, dass ich in St. Afra unfreiwillig Zeugin einer furchtbaren Verschwörung gegen die ehrwürdige Mutter wurde», erklärte Regina schließlich. Sie hatte sich dafür entschieden, ihrem Vater die Wahrheit zu sagen. Die Sache war verworren genug. Da musste sie nicht auch noch versuchen, etwas hinzuzuerfinden. Sie erzählte ihrem Vater die ganze Geschichte, nur für ihre Anwesenheit an der Klosterpforte wählte sie eine unverfänglichere Erklärung. Sie gab an, Kopfschmerzen gehabt und daher einen kurzen Spaziergang an der frischen Luft unternommen zu haben. Das war zwar ebenfalls eine Übertretung der Regeln, doch würde ihr Vater ihr deswegen nicht die Hölle heiß machen.

Nachdem Regina mit ihrem Bericht zu Ende gekommen war, wartete sie gespannt auf eine Reaktion. Doch Babel blieb stumm. Unablässig strich er sich über den stacheligen Bart. «Willst du damit etwa andeuten, die fromme Priorin sei eine Giftmörderin?», fragte Heinrich Babel schließlich. Er lachte bitter auf. «Eine falsche Beschuldigung könnte uns teuer zu stehen kommen. Ich hoffe, dass du dir als Tochter eines Vogtes darüber im Klaren bist.» Er begab sich zu seinem Schreibpult und entnahm diesem einige Urkunden. Regina erkannte das Siegel, das ihr Vater als Rechtsgelehrter der Stadt Würzburg benutzte. Im Schein der Lampe leuchtete es blutrot. Heinrich Babel hatte bald nach seiner Eheschließung damit angefangen, der Kirche fromme Stiftungen zu machen. Viel Geld war aus seiner Schatulle in die Dörfer geflossen, deren Kirchengebäude sich oftmals in einem erbarmungswürdigen Zustand befanden. Aber auch das Kloster der Benediktinerinnen verdankte der Großzügigkeit des Hauses Babel eine Menge. Heinrich Babel und seine Gemahlin hatten das Chorgestühl für den Kapitelsaal gestiftet sowie den Anbau an die Krankenstube, in dem Berthe, die Klosterapothekerin, wohnte.

«In den letzten zehn Jahren habe ich für dein Kloster eine schöne Stange Geld aufgewendet», murmelte der Stadtvogt, während seine Finger über das wächserne Siegel der Urkunde glitten. Als Stadtvogt ließ er sich alles beurkunden, selbst seine Spenden. Wer wusste schon, ob die guten Taten der Frommen im Himmel auch wirklich so peinlich genau aufgezeichnet würden wie in seiner Schreibstube? «Niemand sollte mir jemals nachsagen, ich hätte meine Pflichten als Hausvater vernachlässigt. Krummgelegt habe ich mich, damit meine Tochter lernt, was es heißt, das fromme, bescheidene Leben einer Edeldame zu führen. Für gewöhnlich werden die Töchter wohlhabender Patrizierfamilien ja von ihren Müttern erzogen, aber in deinem Fall ...» Er seufzte. Unwillkürlich wanderte sein Blick hinauf zum Deckengebälk. Ein leises Knarren verriet, dass sich dort oben jemand bewegte, der ebenso wenig schlafen konnte wie er.

«Aber lassen wir das Thema besser ruhen. Es genügt zu sagen, dass deine Mutter nicht wie andere Frauen ist. Damit habe ich mich längst abgefunden. Dich aber habe ich zu den frommen Schwestern geschickt, damit wenigstens du unsere Familie eines Tages am fürstbischöflichen Hof repräsentieren kannst. Du hattest die Möglichkeit, dich zu bilden. Latein und sogar ein wenig Griechisch durftest du lernen. Wie viele Mädchen deines Alters können überhaupt lesen und schreiben?» Plötzlich verkrampfte sich seine Hand über der staubigen Urkunde, die er seinem Pult entnommen hatte. Mit einem ärgerlichen Laut hielt er seiner Tochter das Schriftstück unter die Nase.

«Glaubst du, ich hätte mich nicht erkundigt, wer bei den frommen Frauen von St. Afra das Sagen hat? Hier steht alles, was ich wissen muss. Diemut von Pinzburg ist eine Ordensfrau, die über jeden Zweifel erhaben ist. Sie ist nicht nur die rechte Hand der Äbtissin, sondern entstammt auch einem der ältesten ritterlichen Geschlechter Frankens. Ihre verstorbene Mutter soll sogar mit dem Fürstenhaus der Wettiner in Kursachen verwandt sein.»

«Das bezweifle ich ja gar nicht, Vater», erwiderte Regina. Sie war nun auch aufgebracht. «Niemals würde ich einen Menschen zu Unrecht beschuldigen. Aber ich bin durchaus in der Lage, zwei und zwei zusammenzuzählen. Ich kann vor Seiner Eminenz, dem Fürstbischof, beschwören, dass ich gesehen habe, wie die Frau Priorin diesen merkwürdigen Mann an der Pforte empfangen hat. Aber das ist nicht alles.»

«Das habe ich befürchtet. Also? Was hast du noch gehört?»

«Ich weiß von meiner Freundin Dorothea, die inzwischen die Gelübde abgelegt hat und als Pförtnerin am Haupttor tätig ist, dass Diemut von Pinzburg nicht zum ersten Mal einen Mann im Kloster empfangen hat.»

Heinrich Babel wurde hellhörig; seine Mundwinkel zuckten nervös. «Und hat sie dir auch gesagt, um wen es sich bei diesem anderen Besucher handelt? Ich nehme nicht an, dass es der Priester ist, der täglich nach St. Afra kommt, um dort die Messe zu lesen.»

Regina zögerte die Antwort hinaus. Unter dem strengen Blick ihres Vaters spürte sie, wie sie wieder zu schwitzen begann. Doch sie bemühte sich trotz ihrer Erregung, klar zu denken. Ihr Vater war Stadtvogt und im Umgang mit Lügnern und Betrügern geübt. Sie aber durfte auf keinen Fall Hartmut von Weikersheim in die unerfreuliche Angelegenheit hineinziehen.

«Dorothea hat nur gesehen, dass die Priorin ihn an der Pforte erwartete und dann ins Refektorium begleitete», log sie. Sie hoffte inständig, dass er nicht weiter in sie drang. Wozu auch? Hartmut von Weikersheim war in einer Familienangelegenheit nach Würzburg gekommen. Vielleicht ging es um einen alten Streit, der mit Hilfe der Kirche beigelegt werden konnte. Es kam vor, dass Klöstern aus diesem Anlass wertvolle Geschenke gemacht wurden. Hatte Hartmut nicht so etwas angedeutet? Er hatte jedenfalls nichts mit den sonderbaren Lieferungen an die Priorin zu tun, entschied Regina. Für sie stand das fest.

«Wirst du morgen früh den Fürstbischof aufsuchen, Vater?», wollte Regina wissen. Unsicher blickte sie Heinrich Babel an, der sich bereits wieder voller Ehrfurcht dem heiligen Georg widmete. Warum hatte er das Ungetüm überhaupt in seine Studierstube bringen lassen? Ungeduldig wartete Regina, während ihr Vater die Figur betrachtete.

«Vater?»

«Was sagst du, mein Kind? Ach so, diese Priorin.» Er dachte nach, schüttelte dann aber energisch den Kopf. «Nein, ich kann den Fürstbischof damit nicht behelligen. Das wäre diplomatisch gesehen sehr unklug. Lorenz von Bibra wurde erst vor einem Jahr auf den Bischofsstuhl gesetzt. Seine Herrschaft über das Erzbistum ist noch nicht gefestigt genug, um es sich nun ausgerechnet mit den hiesigen Klerikern zu verderben. Und Diemut von Pinzburg hat, wie ich schon erwähnte, einflussreiche Freunde. Unser verstorbener Fürstbischof, Konrad von Scherenberg, war ein harter Mann, der beim Volk nicht besonders beliebt war. Ich kann daher nicht begreifen, dass sich Lorenz noch immer seines Kanzlers bedient. Dieser alte Trottel. Aber ich schweife ab. Mir als Vogt steht jedenfalls nicht das Recht zu, in ein Nonnenkloster einzudringen und aufgrund eines Verdachts eine Untersuchung anzuordnen. Ich würde zum Gespött des städtischen Magistrats. Aber warte … lass mich überlegen.»

Heinrich Babel ging wieder zu seinem Pult zurück. Es war aus feinpoliertem Kirschbaumholz gearbeitet und ruhte auf vier ausladenden, hübschgerundeten Füßen, die mit allerlei Schnitzereien versehen waren. Noch einmal nahm der Stadtvogt die engbeschriebene Urkunde mit dem blutroten Siegel in Augenschein, die er zuvor gelesen hatte. Dann traf er eine Entscheidung.

«Ich werde dem Kloster zu St. Afra eine weitere Stiftung in Aussicht stellen», verkündete er nach einem Moment des Schweigens. Lächelnd schloss er die Lade seines Pultes und drehte den Schlüssel herum. «Vielleicht mache ich dem Konvent sogar meinen frommen Drachentöter zum Geschenk. Deine Mutter mag ihn nicht besonders.»

Das zu glauben fiel Regina nicht schwer. Sie musste an das staubige Heiligenbild in der Kapellenstube denken, die ihr jedes Mal beim Beten einen Schauer über den Rücken trieb.

«Aber wenn das Haus Babel schon beschließt, den Klosterbesitz zu vergrößern, möchte ich mich auch davon überzeugen, dass dieses Kunstwerk in die richtigen Hände kommt», fuhr Heinrich Babel gutgelaunt fort. Er wirkte nun gar nicht mehr antriebslos und melancholisch. Vielmehr sprach ein ungezügelter Tatendrang aus seinen Worten. «In den nächsten Tagen werde ich mich zusammen mit dem Arzt Marcello di Landri nach St. Afra begeben, um die Äbtissin aufzusuchen.»

«Man wird dich aber nicht vorlassen, Vater», wandte Regina zaghaft ein. Sie fürchtete sich davor, die Stimmung ihres Vaters zu dämpfen. Doch so einfach, wie er es sich vorstellte, war es nun einmal nicht. «Diemut von Pinzburg hat alle Besuche bei der ehrwürdigen Mutter verboten. Angeblich, weil es ihr Gesundheitszustand nicht erlaubt, jemanden zu empfangen. Sie bewacht die Gemächer der Äbtissin ebenso misstrauisch wie Zerberus den Eingang zum Hades.»

Heinrich Babel warf seiner Tochter einen irritierten Blick zu. «Dummes Zeug. Hat diese Frau nichts Besseres zu tun? Außerdem nehme ich den Arzt nicht zu meinem Vergnügen mit. Der Mann ist ein ausgezeichneter Gelehrter, ein Heilkundiger, der an den Universitäten von Padua und Bologna studiert hat. Er hält sich vorübergehend in Würzburg auf, weil unser Fürstbischof mit ihm über seine Studien und vor allem seine Erfolge bei der Behandlung des Heiligen Vaters sprechen möchte. Wie meine Gewährsmänner beim Augsburger Handelshaus Fugger berichten, kann der Papst inzwischen wieder zur Jagd ausreiten.»

Regina war so verblüfft, dass sie nicht wusste, was sie darauf antworten sollte. Die Verbindungen ihres Vaters reichten offensichtlich weit. Ein Netz aus Informanten und Kontakten, das es ihm ermöglichte, jede Neuigkeit zu erfahren, von jedem Gerücht zu hören, noch bevor es seine Kreise zog. Ob Holzschnitzer oder päpstlicher Arzt – Heinrich Babel schien sich nicht davor zu scheuen, jeden in seine Dienste zu spannen, der ihm nützlich sein konnte. Ob es demjenigen bewusst war oder nicht.

«Nun, wenn du mit einem berühmten Arzt an die Klosterpforte klopfst, der sogar den Papst in Rom behandelt hat, wird die Priorin sich nicht weigern können, euch zu empfangen», gab Regina zu. Wenn man es recht bedachte, klang der Einfall ihres Vaters gar nicht so schlecht. Für sie bedeutete sein Plan aber auch, dass sie – zumindest vorläufig – ins Kloster zurückkehren und sich bedeckt halten musste, damit Diemut von Pinzburg keinen Verdacht schöpfte. Bei dem Gedanken daran beschleunigte sich ihr Herzschlag. Sie wäre gern nach oben in ihre alte Kammer gegangen, um sich dort in die Kissen zu verkriechen und einfach abzuwarten, was als Nächstes geschah. Aber das war unmöglich. Sie musste auf der Stelle den Heimweg antreten, um das Vorhaben ihres Vaters nicht zu gefährden. Wenn sie Glück hatte, war die kleine Pforte immer noch offen. Oder Dorothea saß schon wieder auf ihrem Schemel hinter dem Guckloch.

«Ich würde gern Mutter begrüßen», sagte sie. «Sie scheint noch nicht zu schlafen.» Heinrich Babel wirkte erschrocken. «Das tut sie nicht, aber du kannst jetzt nicht mehr zu ihr. Wenn sie in der Kapelle ist, möchte sie nicht gestört werden. Am besten, du machst dich sofort auf den Weg. Ich werde dir einen Diener mitschicken, damit dir unterwegs nichts zustößt. Die Straßen sind nachts ziemlich unsicher.»

4. Kapitel

Eine Weile später hörte Heinrich Babel, wie die Tür langsam geöffnet wurde. Er hob den Kopf und sah, wie seine Frau mit geschmeidigen Bewegungen die Stube betrat. Sie trug eine Kerze in der Hand, die auf einem eisernen Dorn steckte. Heinrich starrte sie an. Manchmal vergaß er, dass Johanna noch immer so schön war wie an jenem Tag, als er mit ihr in einer Schar fröhlich lärmender Menschen hinauf zum Dom von St. Kilian gezogen war, um sich mit ihr vermählen zu lassen. Wie stolz war er damals gewesen, dass sie, eine Jungfer von altem Adel, ihn genommen hatte. Bewundernd ließ er auch jetzt seinen Blick über ihre festen kleinen Brüste wandern, die sich unter ihrem Gewand wie zwei lockende Früchte abzeichneten. Dabei spürte er ein Ziehen in der Lendengegend, gleichzeitig ein Stechen in seinem Kopf, das ihm sein Alter unbarmherzig vorhielt. Bei Gott, wie ungerecht das Schicksal doch zuweilen sein konnte. Johanna Babel lächelte ihn an. Spöttisch, wie es ihre Art war. Sie hatte sich noch nicht für die Nacht umgekleidet, sondern trug ihr weinrotes, in der Taille enggeschnürtes Hauskleid mit den bis zum Fußboden fallenden Ärmeln, unter denen ein hauchzartes Gewebe aus Seide zu sehen war. Ihren schlanken Hals, den noch keine einzige Falte verunzierte, schmückte ein zierlicher Anhänger an einer goldenen Kette, in welchen das Wappen ihrer Familie eingeprägt worden war: ein zum Sprung ansetzender Wolf und ein kleiner Stern. Standesbewusst legte sie den Anhänger nicht einmal ab, wenn sie die Badestube aufsuchte. Über ihrem streng gescheitelten Haar prangte ein steif abstehender Kopfputz aus hellem Leintuch, der von zwei schlangenförmig gewellten Goldspangen gehalten wurde.

«Mir war, als hätte ich vom Erker aus unsere Tochter mit deinem Schreiber das Haus verlassen sehen. Was gab es denn?»

«Ja, Regina war kurz hier. Das Mädchen scheint nicht recht bei Verstand zu sein, wenn du mich fragst. Sie faselte etwas von einer Verschwörung gegen die Äbtissin von St. Afra, die sie unfreiwillig belauscht haben will. Offenbar glaubt sie, dass deine alte Freundin Diemut von Pinzburg sich mit Mordgedanken trägt.»

Johanna Babel zuckte zusammen, als ihr Mann diesen Namen aussprach. Er klang unheilvoll in ihren Ohren, und sie hatte dafür gebetet, nicht mehr mit den Angelegenheiten des Klosters behelligt zu werden. Aber natürlich war ihr klar, dass diese Gebete nicht erhört werden konnten, solange ihre Tochter in St. Afra erzogen wurde. Damals, als Regina noch klein gewesen und sie von ihrem eigenen Vater unterstützt worden war, hatte sich Johanna gegen Heinrichs Wünsche aufgelehnt. Sie hatte dafür gekämpft, Regina nicht ins Kloster schicken zu müssen. Aber letztlich hatte Heinrich sich durchgesetzt.

Und nun? War Regina in die Falle geraten, die eigentlich ihr, der Mutter, galt? «Diemut von Pinzburg», zischte sie. «Du musst etwas gegen sie unternehmen, sonst wird sie niemals aufhören, uns nachzustellen.» Erschrocken blickte sie zu dem einzigen Fenster des Raumes hinüber. Es war rund, hatte dünnes, in Blei gefasstes Glas und ging direkt zur Straße hinaus. Wenn Heinrich laut mit seinem Schreiber oder den Bütteln redete, die ihm regelmäßig in der Amtsstube Bericht erstatteten, konnte sie draußen jedes Wort verstehen.

«Vielleicht sollten wir hinauf in unser Schlafgemach gehen, Heinrich», schlug sie vor. Sie fürchtete sich. Und ihr Mann wusste auch genau, wovor.

«Es ist lange her, seit du eine solche Einladung zum letzten

Mal ausgesprochen hast, meine Liebe», sagte er und hob die buschigen Brauen.

«Hast du denn jemals auf eine Einladung von mir gewartet?»

Heinrichs Nacken verspannte sich. Diese Frau reizte ihn bereits seit Jahren. Sie war ein Stachel in seinem Fleisch, eine Mahnung, dass seine Schwächen, allen voran sein Ehrgeiz und seine Eitelkeit, ihm eines Tages den Hals brechen würden. Am liebsten hätte er ihr den Hals umgedreht, um endlich Ruhe zu finden. Oder sie wenigstens durchgeprügelt. Nein, eine Einladung hatte sie in der Tat niemals ausgesprochen. Doch was wäre aus dem Haus Babel geworden, wenn er darauf gewartet hätte, dass Johanna ihm ihre Gunst erwies? So hatte sie ihm wenigstens ein Kind geboren. Ein Mädchen zwar, aber Töchter waren gar nicht so überflüssig, wie man gemeinhin glaubte. Im Unterschied zu vielen seiner Freunde hatte Heinrich Babel sich nie darüber beklagt, dass Johanna ihm nur eine Tochter geschenkt hatte. Ein Mädchen konnte zwar weder Ratsherr noch Gildemeister oder geistlicher Würdenträger werden, dafür ließ es sich jedoch vorteilhaft vermählen oder in die fürstbischöfliche Residenz einführen. Bischof Lorenz von Bibra schien zwar den weltlichen Genüssen weniger zuzusprechen als sein Vorgänger, doch auch er war letzten Endes nur ein Mann. Und wenn man den Gerüchten Glauben schenkte, so verfügten selbst die Päpste über ihre Kurtisanen. Frauen, die reicher und mächtiger waren als jede Reichsgräfin. Und Regina war zweifellos eine Jungfrau mit vielen Vorzügen. Sie war zwar kleiner als ihre Mutter und bedeutend lebhafter, doch sie hatte ganz gewiss Johannas Schönheit geerbt. Je schneller er dem Mädchen die wirren Gedanken austrieb, die ihr momentan im Kopf herumspukten, desto besser für sie. Auf keinen Fall durfte sie so werden wie ihre Mutter.

Die er plötzlich inniger begehrte als jemals zuvor.

Noch bevor Johanna widersprechen konnte, hatte er seinen Hausmantel abgeworfen und sie am Handgelenk gepackt. Sein derber Griff entlockte ihr einen überraschten Aufschrei, doch als er anschließend mit einer rüden Handbewegung Briefe, Schriftrollen, Federn und die Streusandbüchse von seinem Pult fegte, um sie bäuchlings über die breite Lade zu werfen, presste sie die Lippen aufeinander, um ihm keinen weiteren Laut aus ihrem Mund zu gönnen. Das hässliche Geräusch reißenden Stoffes in ihren Ohren und der kühle Windzug, der über ihr entblößtes Gesäß glitt, trieben ihr die Tränen in die Augen. Er demütigte sie, weil er ihr nur so zeigen konnte, dass er noch etwas für sie empfand. Sie war klug genug, seine Anstrengungen zu durchschauen und ihrerseits Genugtuung zu empfinden. Johanna streckte ihre Arme aus und tastete die Dielenbretter ab, bis sie den Schnabelkrug, der unter ihrem Kopf auf dem Boden stand, ergreifen konnte. Wein spritzte aus der Öffnung der Kanne und benetzte die Ärmel ihres Kleides, als sie den Krug anhob. Heinrich Babel bemerkte es. Noch ehe sie ihn damit schlagen konnte, entwand er ihr die Kanne und schüttete den Inhalt aus.

Heinrich war schneller fertig, als sie erwartet hatte. Nach einigen schwerfälligen Versuchen, in sie einzudringen, ließ er von ihr ab und schnürte sich die verrutschten Beinkleider zu. Dann fuhr er sich mit der Hand über den wirren Bart. Er schämte sich. Nicht dafür, dass er seine Frau wie gewöhnlich hatte zwingen müssen, ihm zu Willen zu sein, sondern dafür, dass er es hier getan hatte. In der Schreibstube seiner Kanzlei, unter den steinernen Augen der Figur, die ihm der neue Bildhauer des Fürstbischofs ins Haus geschickt hatte. Seine Frau hatte hier nichts verloren. Wie konnte Johanna es wagen, ihn in der Schreibstube zu belästigen und ihm die Zeit zu stehlen.

«Warte in deiner Kammer auf mich», herrschte er sie an. Dabei bemühte er sich, seine Unsicherheit zu überspielen. «Und lass dich vorher von deiner Dienerin ein wenig herrichten.»

Sie beobachtete ihn aus den Augenwinkeln. Der Wein, ging es ihr durch den Kopf. Beinahe hätte sie vor Schadenfreude aufgelacht, aber das einzige Gefühl, das sich in ihrer Brust regte, war die Sorge um Regina. Warum hatte Heinrich sie weggeschickt?

Nachdem sich ihr Herzklopfen ein wenig gelegt hatte, richtete Johanna sich auf, brachte ihre Kleidung in Ordnung und begann, die heruntergefallenen Schriftstücke ihres Mannes aufzusammeln. Natürlich half er ihr nicht dabei. Er stand lediglich da, die Arme hinter dem Rücken verschränkt, und starrte die Figur des heiligen Georg an, in deren Schatten er über sie hergefallen war. Johanna aber hatte nicht vergessen, weshalb sie zu ihm gekommen war.

«Es geht um die Äbtissin von St. Afra, nicht wahr? Sie ist es, um deren Leben Regina fürchtet. Was hast du ihr geraten?»

Er stieß einen brummigen Laut aus. «Ich habe Regina versprochen, mich der Sache anzunehmen, und ich stehe zu meinem Wort.» Er nahm ihr eine Feder und das silberne Tintenhorn aus der Hand, das sie soeben vom Fußboden aufgehoben hatte. «Du wirst schon sehen. Es wird sich alles aufklären.»

5. Kapitel

Diemut von Pinzburg aß für gewöhnlich nur wenig. Eine Schüssel Haferbrei und ein Becher Wasser genügten ihr, um morgens zu Kräften zu kommen. Davon abgesehen hielt sie nichts von Ordensfrauen, die sich sinnloser Prasserei hingaben; obschon es neuerdings in Mode gekommen war, dass wohlhabende Klöster ihren Reichtum zur Schau stellten, indem sie regelmäßig Gastmähler abhielten, um vor ihren zumeist adeligen Gästen zu protzen.

An diesem Morgen genehmigte sich Diemut ausnahmsweise einen Schluck Dunkelbier, da sie ihren Besucher nicht allein trinken lassen wollte. Ein Bote hatte schon kurz nach dem Morgengrauen verschiedene Nachrichten ins Kloster gebracht, die Diemut nun studierte. Gelegentlich hielt sie inne, runzelte die Stirn und blickte zu dem jungen Mann hinüber, der es sich auf der mit Lammfellen gepolsterten Ofenbank gemütlich gemacht hatte, als wäre er hier zu Hause.

Draußen schneite es zwar nicht, aber es war noch kälter geworden. Die ganze Stadt schien unter einer dicken Eisschicht zu ruhen. Menschen und Tiere bewegten sich langsamer, als seien sie in eine Art Winterstarre gefallen. Die Resignation angesichts des Kälteeinbruchs machte auch vor dem Kloster nicht halt, was Diemut befürchten ließ, dass ihre Ordensschwestern das Tagwerk nicht mit dem üblichen Fleiß erledigen würden. Die Kellermeisterin beschwerte sich schon darüber, dass ihre beiden Mägde nicht zur Arbeit erschienen waren. Angeblich fühlten sie sich nicht wohl. Die Apothekerin berichtete von drei weiteren Erkrankungen, die Anlass zur Sorge gaben. Es handelte sich vornehmlich um ältere Schwestern, die während des Laudesgebetes vor Tagesanbruch ohnmächtig aus dem Chorgestühl zu Boden gefallen waren. Eine Nonne hatte es nicht einmal geschafft, ihr Strohlager in der Zelle zu verlassen. Außerdem ließ die Kellermeisterin melden, dass ihr ein Schlüssel abhanden gekommen sei, der zu einem der Keller gehörte, wo Wein und Bier aufbewahrt wurden. So musste die beleibte Frau durch ein Fenster einsteigen, das so eng war, dass sie stecken zu bleiben drohte. Probleme über Probleme.

«Du findest das wohl lustig! Für dich ist alles nur ein Spiel!» Mit einem düsteren Blick bedachte Diemut den jungen Mann, der sie spöttisch anlächelte. «Vielleicht sollte ich dich vor die Tür setzen, bevor der Biervorrat auch in meinen Gemächern zur Neige geht. Wenn die Schwestern heute zum Mittagsmahl Wasser trinken müssen, werde ich mir viele lange Gesichter anschauen müssen. Glaube mir, das ist kein hübscher Anblick.»

Hartmut von Weikersheim ergriff den prächtigen Zinnpokal, der noch zur Hälfte gefüllt war, und hielt ihn der aufgebrachten Priorin mit einem frechen Zwinkern entgegen. Seine Wangen waren gerötet. «Wer über ein Kloster herrschen will, der muss auch mit den verdrießlichen Seiten der Macht fertig werden.»

Diemut machte eine abweisende Handbewegung. «Ach, was verstehst du schon davon? Dein Vater bewirtschaftete ein heruntergekommenes Rittergut, das kein freier Bauer geschenkt haben wollte. Was fängt man auch mit einem Haus an, durch dessen Dach der Regen fällt, weil es kaum noch heile Schindeln hat? Wie man hört, warteten seine Gläubiger vor dem Sterbezimmer darauf, dass er seinen letzten Atemzug machte, um ihm die Ringe von den Fingern zu streifen und die Knöpfe vom Wams zu schneiden, damit sie nicht mit ihm begraben werden. Oder sind das nur Gerüchte?»

«Keineswegs, meine Liebe», erwiderte Hartmut. Gleichmütig streckte er die Hand aus und bewegte die Finger. «Die wertvollsten Ringe habe ich mir genommen. War ganz einfach, sie dem alten Geizkragen abzunehmen. Es wäre doch ein Jammer gewesen, mein Erbe in die gierigen Rachen dieser Aasgeier zu werfen, bei denen er Schulden hatte.»

Diemut von Pinzburg starrte den jungen Mann auf der Ofenbank an, als habe sie dem Leibhaftigen selbst erlaubt, dort Platz zu nehmen. Rasch schlug sie ein Kreuz über der Brust und berührte das Medaillon, das über ihrem strengen schwarzen Gewand hing. «Ich will so etwas in meinem Kloster nicht hören», sagte sie schließlich. «Der Alte hat gegen mehr Gebote der Kirche verstoßen, als mir einfallen. Aber dafür wird er im heiligen Feuer büßen, bis seine Seele geläutert ist. Wenn du so werden willst wie er, kannst du weitermachen wie bisher. Ich jedoch würde dir empfehlen, künftig etwas mehr Verstand einzusetzen und einer geregelten Arbeit nachzugehen. Du bist keineswegs dumm.»

«Verbindlichsten Dank!»

«Bloß faul und anmaßend, als wärst du ein reicher Pfeffersack, in dessen Beutel die Taler klimpern. Ich warne dich. Unternimm etwas Vernünftiges, solange du in Würzburg bist, ansonsten kannst du wieder in Weikersheim die Säue hüten.»

«Oh, mach dir um mich keine Sorgen», sagte Hartmut. «Ich habe kürzlich bei der Messe in St. Kilian jemanden kennengelernt, der mir aus meiner momentanen Not heraushelfen wird. Auf höchst vernünftige Weise.»

«So? Ich bin gespannt.» Das war Diemut keineswegs. Ihre Aufmerksamkeit galt längst wieder den Schriftstücken, die sich mit den Geschäften des Klosterbetriebs befassten. Dies waren Angelegenheiten, die sie angingen und die keinen Aufschub duldeten. Da war die Anfrage eines Benediktinerinnenklosters in Nürnberg, das eine Gebetsverbrüderung vorschlug, welche die Äbtissin niemals beantwortet hatte. Diemut dachte angestrengt nach; rasch überschlug sie im Kopf die neuesten Zahlen des Wirtschaftsbuches und kam zu dem Schluss, dass sie den Nürnbergern schreiben würde. Eine Verbrüderung sah vor, dass die

Nonnen des einen Klosters für die Verstorbenen des anderen Klosters Gebete sprachen und dies in ihren Büchern niederschrieben und feierlich besiegelten. So ließen sich wertvolle Verbindungen knüpfen.

Schwungvoll setzte Diemut ihre Unterschrift unter die Anfrage und nahm sich das nächste Papier vor. Dessen Inhalt war unerfreulicher. Das gepökelte Hammel- und Schweinefleisch wurde knapp, bis zum Frühling würde es keinesfalls reichen. Dabei drängten sich in den Tagen vor dem heiligen Christfest wieder lange Schlangen von Bettlern an der Klosterpforte, die um eine warme Mahlzeit anstanden. Sie würde Schwester Eulalia und ihren Küchenmägden ins Gewissen reden müssen, nicht zu verschwenderisch zu sein. Die Äbtissin hatte die Frauen schalten und walten lassen, wie sie es wollten. Nun aber trug sie, Diemut, die Verantwortung.

Das dritte Pergament, das auf ihrem Pult lag, war ein Brief, mit dem Diemut nicht gerechnet hatte. Während sie die wenigen Zeilen überflog, wurde sie so bleich, dass ihre Haut sich kaum noch von dem Gebände unterschied, das ihr kurzes Haar unter dem Schleier bedeckte. Ihre Hand zitterte, als sie das Schreiben sinken ließ.

«Du siehst aus, als sei dir soeben ein Gespenst begegnet», spottete Hartmut von Weikersheim, dem die sichtbare Erschütterung der älteren Frau nicht entgangen war. «Hast du schlechte Nachrichten bekommen? Steckt deine Kellermeisterin etwa schon im Fenster fest?»

«Verschon mich mit deinen albernen Witzen, ich muss nachdenken!»

«Vielleicht kann ich dir dabei helfen. Eine ehrenwerte Ordensfrau bescheinigte mir erst heute, ich sei anmaßend und faul, aber nicht dumm. Aus ihrem Mund wiegt ein solches Urteil mehr als ein Magistergrad der hohen Schule von Prag oder eine Erhebung in den Ritterstand.»

Diemut war viel zu durcheinander, um auf Hartmuts Geplapper Widerworte zu finden. Sie begann ruhelos in dem Gemach hin und her zu laufen. Der Brief hatte sie völlig aus der Bahn geworfen, doch möglicherweise war es gar nicht so schlecht, dass Hartmut ausgerechnet jetzt aufgetaucht war. Manche Schwierigkeiten ließen sich nun mal nur aus dem Weg räumen, wenn man sich einem Mann wie ihm anvertraute, und Diemut hatte zu schwer für St. Afra geschuftet, um nun alles zerstören zu lassen. Noch dazu von dieser Familie. Nein, das durfte nicht geschehen. Sie musste es verhindern. Hartmut mochte ein Schwätzer und Weiberheld sein, doch aufgrund seiner Studien an mehreren geachteten Universitäten des Reiches galt er als Ehrenmann. Zudem brachte seine finanzielle Notlage es mit sich, dass er sich nicht lange von ihr bitten lassen würde. Hartmut fürchtete nichts so sehr wie einen leeren Geldbeutel. Seine Bemerkung über den Tod seines Vaters hatte ihr das einmal mehr bewiesen. Und bei einem leeren Geldbeutel konnte sie Abhilfe schaffen.

«Nun sag schon», drängte Hartmut. Er war neugierig geworden. «Was steht denn in dem Brief, der dich so erschreckt hat?»

«Er stammt von einem Emporkömmling, der inzwischen dank seiner Heirat zu den einflussreichsten Bürgern Würzburgs zählt. Sein Name ist Heinrich Babel. Seine Tochter lebt seit ihrer Kindheit in St. Afra.»

«Du sprichst doch nicht etwa von Regina Babel», warf Hartmut ein. Seine Miene spiegelte Überraschung wider.

Diemut blickte auf. «Nun sag nicht, dass du das Mädchen kennst.»

«Und ob ich sie kenne. Sag mal, hörst du mir nicht zu? Ich habe dir doch vorhin erzählt, dass ich hier in Würzburg eine Eroberung gemacht habe. Erst gestern habe ich deine hübsche kleine Klosterschülerin um ein Stelldichein an der Pforte gebeten.» Bedauernd zuckte er mit den Schultern. «Sie schien mir durchaus geneigt, sich mit mir zu verabreden. Eure Pförtnerin war eingeweiht, doch als ich zur verabredeten Stunde klopfte, öffnete mir niemand. Ich wartete vergebens.»

Diemut von Pinzburg sagte nichts dazu, doch durch ihren Kopf wütete ein Hagelsturm an Gedanken, scharf wie geschliffene Dolche. Konnte man dies alles noch einen Zufall nennen? Diemut tat es nicht. Sie war überzeugt, dass der Stadtvogt Wind von dem Handel bekommen hatte, den sie in der Nacht am Tor getätigt hatte. Vermutlich hatte sich seine Tochter in der Nähe herumgetrieben und sie belauscht, während sie auf ihren Buhlen gewartet hatte. Und dieser Buhle war ausgerechnet Hartmut. Diemut hätte vor Wut und Ohnmacht aufheulen können wie ein getretener Hund.

«Ist die Familie Babel wirklich so reich und mächtig?», erkundigte sich Hartmut, der keinen Grund mehr sah, sein Interesse an Regina zu verbergen.

«Wieso willst du das wissen?», schrie Diemut, die sich in diesem Moment nichts mehr wünschte, als ihren jungen Besucher zu verletzen. «Glaubst du im Ernst, ein Mann wie Heinrich Babel wird einen Schwiegersohn akzeptieren, der lieber die Badestuben und Hurenhäuser besucht, als einer ehrlichen Arbeit nachzugehen? Wenn du das glaubst, bist du nicht nur ein Faulpelz, sondern auch ein Narr.»

Hartmut von Weikersheim ballte die Fäuste. Allmählich hatte er genug von den Beleidigungen der Priorin. Die Alte war eine Schwarzseherin, die einem den ganzen Tag verderben konnte. Es würde ihr noch leidtun, ihn so zu behandeln.

«Ich bin schon mit anderen Männern fertig geworden», erwiderte er schließlich kühl. «Außerdem glaube ich, dass Babels Tochter meinem Werben nicht gleichgültig gegenübersteht.»

«Dann sollst du sie haben!»

«Wie bitte?» Hartmut glaubte, nicht richtig gehört zu haben. Verblüfft starrte er die Ordensfrau an.

«Du kannst sie dir nehmen und mit ihr anstellen, was du

möchtest», erklärte Diemut. «Ich nehme an, du hast ihr auf galante Weise den Hof gemacht. Nun solltest du einen Schritt weiter gehen. Verführe sie von mir aus im Pferdestall oder auf dem Mist. Mir ist es gleich, solange ich weiß, wo genau und wann es geschieht. Davon abgesehen darf man dich nicht erkennen. Besorg dir am besten eine dieser Kappen, unter denen auch die Ohren verschwinden.»

«Angenommen, ich tue, was du mir aufträgst. So kann ich mir eine Vermählung mit Regina doch aus dem Kopf schlagen. Sie wird mich bestimmt nicht mehr mit offenen Armen empfangen, nachdem ich sie … du weißt schon. Dann war all mein Werben umsonst. Und wenn sie es ihrem Vater erzählt …»

Diemut zuckte mit den Schultern. «Was dann? Dass sie sich mit dir seit Wochen heimlich trifft? Sogar nachts, an der Pforte? Die Pförtnerin wird es bezeugen müssen, denn sie hat Gehorsam gelobt.» Diemuts Lippen umspielte ein Lächeln, als sie nach der Kanne griff, um Hartmuts Becher zu füllen. «Natürlich kannst du nicht mehr in das Haus Babel einheiraten. Aber mir schwebt da schon eine weitaus lohnenswertere Entschädigung für dich vor. Wurdest du eigentlich schon dem Fürstbischof vorgestellt?»

Sie reichte ihrem Gast den Becher und sah mit einem Gefühl tiefer Zufriedenheit zu, wie er ihn mit kräftigen Zügen leerte. Plötzlich fiel ihr etwas ein. Mit raschen Schritten durchquerte sie die Stube, öffnete eine Truhe und wühlte darin herum, bis sie einen Schlüssel zutage förderte.

«Die Kellermeisterin sollte besser auf ihre Sachen aufpassen», murmelte sie. «Auf niemanden ist mehr Verlass.» Sie warf Hartmut den Schlüssel zu, der ihn mühelos auffing.

«Den wirst du noch brauchen!»

Dorothea war vom Laufen noch ganz außer Atem. Die schmale, versiegelte Rolle hielt sie so weit von sich, als habe sie Angst, sich daran zu verbrennen.

«Der wurde abgegeben», japste sie. «Eigentlich müssen sämtliche Briefe von der Priorin durchgesehen werden, aber …»

Regina hatte es nicht eilig, das Siegel zu brechen. Seit ihrer Rückkehr ins Kloster, die glücklicherweise unbemerkt erfolgt war, lebte sie in einem Zustand äußerster Unruhe. Sooft die Tür geöffnet wurde oder sich eine der Nonnen ihr näherte, zuckte sie zusammen.

Immer wieder musste sie an das Gespräch mit ihrem Vater denken. Hatte er ihr nicht versprochen, rasch zu handeln? Immerhin hatte er sie hierher zurückgeschickt, sozusagen in die Höhle des Löwen. Das bedeutete, dass er nicht an eine unmittelbare Bedrohung glaubte. Sie selbst hielt es inzwischen für abwegig, dass Diemut von Pinzburg misstrauisch gegen sie geworden war. Bei den Stundengebeten, die sie gemeinsam mit den Ordensfrauen in der Klosterkirche sprach, verhielt sich die Priorin wie immer. Nichts wies darauf hin, dass sie sich fürchtete. Dennoch war Eile geboten. Worauf wartete ihr Vater nur? Was hielt ihn auf? Warum war er nicht längst mit diesem Arzt aus Italien ins Kloster gekommen, um die Äbtissin zu untersuchen? Wenn der gelehrte Mann sein Handwerk verstand, würde er doch sogleich durchschauen, was der Klostervorsteherin wirklich fehlte. Ein Beweis für die Schuld der Priorin war das freilich noch nicht, denn ihr Wort würde gegen Reginas stehen. Überdies war Diemut von Pinzburg bestimmt nicht so unvorsichtig, die Giftflaschen, die sie dem Gaukler abgekauft hatte, in ihren oder den Gemächern der Äbtissin aufzubewahren. Aber irgendwo mussten sie noch sein.

«Von diesem Herrn von Weikersheim, nehme ich an», stieß Dorothea hervor. Ihr Atem beruhigte sich allmählich, doch sie blickte sich argwöhnisch in der muffig riechenden Wäschekammer um, in der sie Regina aufgestöbert hatte. Einige der jüngeren Bürgerstöchter, die erst zu Mariä Himmelfahrt in die Obhut des Klosters gekommen waren, waren bei ihr. Sie standen vor einem Eichenschrank und sortierten Bänder, Borten, Schleier und Tafeltücher unterschiedlicher Qualität. In den oberen Regalreihen lagen Dutzende von Ballen Leinen, die ordentlich auf hölzerne Spindeln gerollt waren, allerdings teilweise vergilbte Stellen aufwiesen. In der Kammer wurde auch die Mitgift aufbewahrt, welche die Novizinnen aus bürgerlichen und adeligen Familien beim Eintritt ins Kloster zu entrichten hatten. Vielfach bestanden diese Morgengaben zukünftiger Bräute Christi aus feinem Tuch und Silber. Dorothea schluckte, als sie ein hübschgesäumtes Altartuch wiedererkannte. Vor Jahren hatte ihre Mutter es bestickt. Nun gammelte es in der Wäschekammer des Klosters vor sich hin.

Regina ging mit ihrer Freundin vor die Tür, damit die Mädchen ihr Gespräch nicht mithören konnten. In dem kahlen Gang war niemand zu sehen, daher wagte sie es, das Siegel zu brechen und den Brief sofort zu lesen. Am Abend würde sie ihn im Ofenloch verbrennen müssen.

«Und?» Dorothea hauchte sich in die vor Kälte erstarrten Finger. «Ich muss zurück an die Pforte, also sag schon, was dieser hochwohlgeborene Kerl von sowieso schon wieder von dir will.»

«Diesmal schreibt er viel ernster», erwiderte Regina nachdenklich. «Er macht sich Sorgen um mich, daher will er mich unbedingt sehen, um mir von einer ungeheuren Entdeckung zu berichten.» Hastig rollte Regina das Papier wieder zusammen und verbarg es in einem ihrer weiten Ärmel. Sie dachte nach. Hartmut hatte also etwas entdeckt, das er ihr mitteilen wollte. Vielleicht beantwortete das all ihre Fragen.

«Du willst doch heute Nacht nicht wieder in die Kälte hinaus? Vergiss es lieber gleich. Meinen Schlüssel bekommst du jedenfalls nicht noch einmal! Außerdem weißt du nicht, ob dieser Mann es ernst mit dir meint.»

«Keine Angst, ich brauche deine Schlüssel nicht. Herr von Weikersheim wird gleich nach dem Angelusläuten vor dem Pferdestall auf mich warten. Du brauchst dir also keine Sorgen zu machen, dass mir um die Mittagsstunde etwas zustößt.»

«Vor dem Stall? Aber da kann dich jeder beobachten, der vorbeikommt», sagte Dorothea. «Die Kellermeisterin, die Mägde und Stallburschen ...»

Einem plötzlichen Bedürfnis nach Nähe folgend, legte Regina ihre Hand auf die Schulter der rundlichen Nonne und drückte ihr einen Kuss auf die Wange. Ihr wurde schmerzlich bewusst, dass die Freundin ihr fehlen würde. Trotz ihrer ewigen Nörgelei hatte sie Dorothea ins Herz geschlossen. «Ich werde deine guten Ratschläge vermissen.»

«Du glaubst also wirklich, dass dieser Mann dich glücklich machen wird?»

«Ja. Nein, ich meine ...» Regina wand sich um eine Antwort herum, denn sie wollte ihre einzige Freundin nicht mit Dingen belasten, die für sie als Nonne noch schwerer zu ertragen gewesen wären als für sie. Nach der verhängnisvollen Nacht an der Pforte sah sie jedenfalls klarer als je zuvor. Die Gefühle, in die sie sich verrannt hatte, hatten vermutlich viel weniger mit Liebe zu tun, als sie erhofft hatte. Sie hatten vielmehr die Hoffnungen einer gelangweilten Klosterschülerin ausgedrückt, endlich diese kalten Mauern verlassen zu können. Aber eine Ehe ließ sich nicht auf Torheiten aufbauen. Eine innere Stimme sagte Regina, dass ihr Vater das ähnlich sehen würde. Sie musste es Hartmut sagen und um Geduld bitten. Auch aus diesem Grund musste sie seiner Aufforderung Folge leisten.

«Geh nicht!», versuchte Dorothea ein letztes Mal, sie umzustimmen. «Ich war nie besonders abergläubisch, nun aber spüre ich förmlich in den Zehen, dass sich Unheil über uns zusammenbraut.»

Regina zuckte die Schultern und seufzte. «Ich muss gehen. Einen anderen Weg gibt es nicht.»

6. Kapitel

Diemut von Pinzburg empfing Heinrich Babel sofort, nachdem ihr die Nachricht von dessen Eintreffen überbracht worden war. Höflich plaudernd führte sie ihn und den schmächtigen, etwas griesgrämig dreinblickenden Mann, der ihn begleitete, durch unzählige hallende Flure, bis sie schließlich vor einem hübschen Rundbogenportal stehenblieb. Hinter diesem befand sich der Kapitelsaal des Klosters, den nur besonders ehrenwerte Besucher zu sehen bekamen.

Heinrich Babel zeigte sich dieser Ehre gegenüber unbeeindruckt. Leise über das schlechte Wetter schimpfend, klopfte er sich die letzten Reste des Schnees von den Kleidern. Dann blickte er sich in dem Raum mit den hohen Wänden um, fand zu seiner Enttäuschung jedoch nichts, was den Verdacht bestätigte, die Benediktinerinnen verschrieben sich einem verschwenderischen Lebensstil. Im Gegenteil. Der Kapitelsaal war ein länglicher, in düstere Farben getauchter Raum, der sein spärliches Licht lediglich von den frischgekalkten Wänden, zwei spitz zulaufenden Fenstern an der Ostseite sowie einigen Öllampen erhielt, die auf der Tafel standen. Auf dem Fußboden waren keine Binsen ausgebreitet, die rötlichen Steinplatten sahen zum größten Teil schadhaft aus und bedurften dringend einer Erneuerung. Einzig das Chorgestühl, in dem die Nonnen während des morgendlichen Gottesdienstes saßen, wies ein paar hübsche Schnitzereien auf, doch sie wirkten matt und vermochten nicht, dem Kapitelsaal Leben oder wenigstens eine Form von Ehrfurcht einzuhauchen. Heinrich Babel musste sogleich an den Kunsthandwerker denken, dessen Werkstatt er unterstützte, seit ihm bekannt war, dass der Mann in der Gunst des Fürstbischofs stand. Mit Bedauern hatte er festgestellt, dass der Fürstbischof den fleißigen Meister gar nicht mehr zur Ruhe kommen ließ. Soweit Babel bekannt war, hatte Bischof Lorenz von Bibra sogar schon sein eigenes Grabmal bei dem Mann in Auftrag gegeben. Ein gigantisches Epitaph aus edlem Marmor, das im Dom aufgestellt werden sollte. Die Arbeit daran würde den Künstler sehr lange Zeit beschäftigen.

«Es ist uns eine Freude, dass Ihr nach all den Jahren die Gelegenheit findet, den Ort zu besuchen, der Eurer Tochter ein zweites Zuhause geworden ist», riss ihn die Stimme der Priorin aus seinen Gedanken. Sie lächelte einnehmend, doch ihre Augen blickten den unangemeldeten Gast kühl an.

Heinrich Babel murmelte eine Erwiderung.

«Und wie ich sehe, habt Ihr einen Freund mitgebracht. Auch er ist uns von Herzen willkommen.» Diemut nickte dem unscheinbaren alten Mann an Babels Seite zu, der in seiner knielangen wollenen Schaube mit Pelzkragen zu schwitzen schien. Die aufgebauschten Ärmel der Jacke ließen den Kopf des Mannes zwischen die Schultern sacken, als habe er keinen Hals, der ihn tragen konnte. Seine Wangen waren hohl und trotz der klirrenden Kälte, die draußen herrschte, nur wenig gerötet. Der Schädel, den der Alte beim Betreten des Kapitelsaals respektvoll entblößt hatte, wies außer einigen ergrauten Strähnen keinen Haarwuchs mehr auf. Lebhaft wirkten an dem weitgereisten Gelehrten lediglich die Augen. Sie hatten etwas Forsches. Das bemerkte auch Diemut, denn Babels Begleiter fiel es nicht schwer, ihrem stechenden Blick gleichmütig zu begegnen.

«Ich bin Doktor Marcello di Landri», stellte er sich in perfektem Deutsch selbst vor, da der Stadtvogt offensichtlich nicht daran dachte, das zu tun. Er verneigte sich. «Stadtvogt Babel bat mich, ihn heute nach St. Afra zu begleiten.»

Diemut erwiderte den Gruß, indem sie leicht die Lippen schürzte. «Ich fühle mich geehrt, doch möchte ich Euch bitten, nun Euer Anliegen vorzubringen. Wie Ihr sicher wisst, werden meine Schwestern zum Angelusläuten im Kapitelsaal erwartet, damit wir gemeinsam das Mittagsgebet sprechen können. Ich möchte nicht, dass etwas die Regel des heiligen Benedikt stört. Selbstverständlich seid Ihr eingeladen, danach mit uns an der Tafel zu speisen.»

«Danke, aber ich werde oben in der Burg erwartet», erwiderte der Doktor steif. Er bemühte sich nicht sonderlich um Höflichkeit. Zudem war ihm anzusehen, dass er der Bitte des Stadtvogts, ihn zu begleiten, nur widerwillig nachgekommen war und bereits darauf brannte, das Kloster wieder verlassen zu können. Er stellte den kleinen hölzernen Kasten, den er an einer Trageschlaufe mit sich führte, auf dem Fußboden ab. Im nächsten Moment begannen die Glocken der nahen Kirche die Mittagsstunde einzuläuten.

«Ihr werdet vom Fürstbischof empfangen?» Diemut hob eine Braue; offensichtlich konnte sie sich nicht erklären, was dieser farblose Mensch in der Residenz verloren hatte. «Wie aufregend», sagte sie freundlich. «Würdet Ihr ihm bitte meine Grüße und die unserer ehrwürdigen Mutter bestellen? Sie ist leider noch immer zu krank, um ihre Gemächer zu verlassen.»

«Aus diesem Grund ist mein Freund ja überhaupt mitgekommen», ergriff Babel das Wort. «Doktor di Landri genießt als Medicus das Vertrauen des Heiligen Vaters in Rom sowie das vieler einflussreicher Männer der Kurie. Er hat sich erboten, Eure Äbtissin zu untersuchen, und wird dem Fürstbischof Bericht erstatten.»

Diemut hob den Kopf wie ein Raubtier, das sich beim Verzehr seiner Beute gestört fühlt. In ihren Blick schlich sich etwas Lauerndes, und einen Herzschlag lang hätte der Stadtvogt geschworen, dass den Lippen der nicht mehr jungen Frau ein unfeiner Fluch entwichen war. Doch da der Arzt weiterhin gelassen blieb, nahm er an, dass er sich verhört hatte. Möglicherweise hat mich Regina mit ihren Hirngespinsten schon angesteckt, dachte er, denn die Reaktion der Ordensfrau, die nun folgte, war völlig anders, als er erwartet hatte.

Diemut faltete die Hände; ihre Gesichtszüge wurden nun von einem verklärten Lächeln überzogen. «Das ist eine wunderbare Neuigkeit», rief sie erfreut aus. «Meine Gebete wurden also doch noch erhört. Endlich wird sich ein richtiger Heilkundiger unserer armen Äbtissin annehmen. Dem heiligen Rochus sei Dank. Ich werde Euch auf der Stelle zu unserer Äbtissin führen.»

Verdutzt blickte der Stadtvogt von Diemut zum Medicus, machte aber keine Anstalten, sich vom Fleck zu rühren. «Wirklich? Das wollt Ihr tun?»

«Nun, warum nicht?»

Marcello di Landri nahm seinen Arzneikasten und hob erwartungsvoll den Blick. «Nun, Heinrich Babel, was ist mit Euch? Kommt schon, ich habe meine Zeit nicht gestohlen!»

«Ich hörte, Ihr ließet niemanden zu Eurer Äbtissin!» Babel klang so enttäuscht, dass Diemut von Pinzburg sich ein Lächeln nicht verkneifen konnte.

«Aber wer behauptet denn so etwas? Die ehrwürdige Mutter braucht Ruhe, das ist wahr. Aber letzten Endes haben die Ärzte, die wir riefen, nichts anderes getan, als ihr Ruhe zu verordnen. Aber wenn der Herrgott uns einen Mann ins Haus bringt, der den Heiligen Vater kennt, werde ich ihn doch nicht abweisen. Soweit die strengen Regeln, nach denen wir Benediktinerinnen leben, es erlauben, dürft Ihr Euch hier frei bewegen. Ich sage das, weil ich normalerweise keinen Mann ins Refektorium führen darf, es sei denn, der Fürstbischof würde es genehmigen. Aber Euer Freund sagte ja, dass Ihr …»

Ein wilder Aufschrei, der die kärglichen Wände des Flurs beben ließ, drang durch die Tür. Er zerbrach die Stille dieses Ortes wie ein Schürhaken, der einen Tonkrug in tausend Scherben schlägt. Dem Schrei folgte eine Flut von aufgebrachten Stimmen, die sich dem Kapitelsaal näherten.

Heinrich Babel stockte der Atem; seine Hand legte sich an die Schlaufe im Gürtelband, in der er für gewöhnlich seinen Dolch befestigte, bevor er das Haus verließ. Heute hatte er das natürlich unterlassen. Niemand betrat ein Frauenkloster bewaffnet.

Die Tür wurde aufgestoßen. Heinrich Babel sah, wie zwei schimpfende Nonnen ein Mädchen an den Armen hereinzerrten, das sich aus Leibeskräften wehrte. Doch damit reizte sie die Nonnen nur noch mehr; sie gaben ihrer Gefangenen einen so heftigen Stoß, dass diese mit beiden Knien auf den Fußboden schlug. Unter den entsetzten Blicken der Priorin und der beiden Männer verharrte die junge Frau. Keuchend, zerzaust und vor Angst und Kälte schlotternd. Ansprechbar war sie nicht. Sie blutete aus einer Schramme, die von der Stirn bis unter das linke Auge reichte. Ihr Kleid war zerrissen und schmutzig. Auf dem weißen Schnürkittel waren deutlich frische Blutflecke auszumachen. Außerdem roch sie nach Pferdestall.

«Regina», schrie der Stadtvogt auf, als er in dem erbarmungswürdigen Geschöpf seine Tochter erkannte. «Was ist geschehen?» Erschüttert machte er ein paar Schritte auf die Priorin zu, die sich hinter den mit einer hohen Lehne versehenen Stuhl der Äbtissin geflüchtet hatte, doch Marcello di Landri hielt den Aufbrausenden zurück, bevor er aus Unüberlegtheit eine Dummheit begehen konnte.

«Ruhig, mein Freund», flüsterte der Arzt. «Verliert jetzt nicht den Kopf. In einem Kloster sind Eure städtischen Befugnisse nichts wert.»

«Das werden wir noch sehen! Ich verlange eine Erklärung!»

«Darf ich vielleicht endlich einmal erfahren, was ihr mit diesem armen Mädchen angestellt habt?», herrschte Diemut von Pinzburg die beiden Nonnen an, die Regina in den Kapitelsaal geschleppt hatten. Eilig erklärte sie Babel und dem Arzt, dass es sich bei den rabiaten Ordensschwestern um die Kellermeisterin und ihre Gehilfin handelte.

«Wir haben diese Hure dabei erwischt, wie sie im Stall Unzucht getrieben hat!» Anklagend zeigte die Kellermeisterin auf Regina, die noch immer auf den eisigen Steinplatten kauerte. Sie schien benommen, als habe ein Schlag ihren Kopf getroffen. Marcello beugte sich über sie und reichte ihr die Hand, um ihr aufzuhelfen. Ohne die Priorin um Erlaubnis zu bitten, führte der Medicus das am ganzen Körper bebende Mädchen zum Gestühl und forderte es mit einigen beruhigenden Worten auf, Platz zu nehmen. Seine Verabredung mit dem Fürstbischof schien er vergessen zu haben.

«Ihr nehmt diese dreiste Anschuldigung auf der Stelle zurück», brüllte Babel die Kellermeisterin an. Er erhob die Faust gegen die Frau. «Meine Tochter entstammt einer der ehrenwertesten Familien Würzburgs und würde so etwas nie tun.»

«Wir haben sie doch erwischt, noch bevor sie ihren Kittel zuschnüren konnte. Wir beide und ein anderes Mädchen, das hier im Kloster erzogen wird. Jutta von Hochstein. Fragt sie doch. Sie wird bei den Splittern des heiligen Kreuzes schwören, dass sich dieses schamlose Geschöpf mit einem fremden Kerl im Heu gewälzt hat. Vermutlich hat sie ihn schon öfter heimlich eingelassen, während alle anderen schliefen. Leider konnten wir den Mann nicht mehr erwischen, obwohl wir es versucht haben. Er war recht flink, auch ohne Hose, und flüchtete, bevor ihn jemand aufhalten konnte. Sieht so aus, als würde er sich in St. Afra bestens auskennen. Na ja, ist auch kein Wunder.» Die Frau wies auf ihr Gürtelband, an dem einige Schlüssel befestigt waren. «Einer meiner Schlüssel war verschwunden. Ich fand ihn im Stall, nachdem ich die Hure aus dem Stroh gezerrt habe.»

«Ich bin ratlos», sagte Diemut. Sie klang niedergeschlagen. «Und sehr enttäuscht. Ausgerechnet die Tochter des ehrenwerten

Würzburger Stadtvogts benimmt sich in St. Afra wie eine gemeine … Aus Rücksicht auf Heinrich Babel widerstand sie der Versuchung, das Wort auszusprechen. Stattdessen ging sie zu Regina und hob deren angeschwollenes Gesicht an, indem sie ihr mit den Fingern derb unter das Kinn griff. Mit der anderen Hand ergriff sie das an einer Kette vor ihrer Brust befestigte Kreuz und hielt es Regina unter die Nase. «Meine Tochter, du hast den Vorwurf gehört, der gegen dich erhoben wird. Es ist eine schwere Sünde, sich der Fleischeslust hinzugeben. Zu lügen und zu betrügen.»

«Wer lügt hier?» Babel sah aus, als würde ihn jeden Augenblick der Schlag treffen. «Ich finde das Geschwätz der beiden Nonnen nicht besonders erhellend. Wenn meine Tochter schwört, dass sie es nicht gewesen ist, solltet Ihr sie gehen lassen.»

Die Kellermeisterin räusperte sich. Sie warf Babel einen vernichtenden Blick zu.

«Was denn noch?»

«Draußen wartet die Tochter des Ritters von Hochstein. Sie muss Euch etwas anvertrauen, das mir beinahe die Sprache verschlug, als ich es hörte.»

«Dann kann es so vertraulich ja nicht sein. Herein mit ihr. Aber sorgt um Himmels willen dafür, dass die Schwestern nicht eintreten. Ich höre schon einige auf dem Flur flüstern. Das Mittagsgebet soll heute ausnahmsweise in der Kapelle gesprochen werden. Wir werden den Raum erst einmal reinigen und ausräuchern müssen.»

Jutta von Hochstein machte kein glückliches Gesicht, als sich vor ihr die Flügeltür zum Kapitelsaal öffnete. Sie war blass und blickte sich scheu um, während sie sich dem hohen Stuhl der Priorin näherte. In respektvollem Abstand blieb sie stehen und schlug demutsvoll die Augen nieder. Die Anwesenheit der fremden Männer, von denen der eine sie mit unverhohlener Wut, der andere kühl und forschend ansah, schien ihr Unbehagen zu verursachen.

«Du musstest mit ansehen, wie dieses Mädchen, Regina Babel, sich versündigte, indem sie auf dem Grund und Boden des Klosters Unzucht trieb?», eröffnete Diemut von Pinzburg die Befragung. Jutta sandte einen Blick hinüber zum Gestühl. Dort kümmerte sich der italienische Arzt um Reginas Kopfverletzung, indem er ihr mit einer nach Ringelblumen duftenden Salbe die Schläfe einrieb.

«In der Tat, ehrwürdige Schwester Priorin. So war es»

«Erkanntest du den Mann, mit dem sie sich vergnügte? Antworte wahrheitsgemäß, denn das Leben eines Menschen hängt davon ab.»

Jutta schüttelte so heftig den Kopf, dass ihre dunklen Locken rauschten. «Nein. Es war zu dunkel im Stall.»

«Was hattest du überhaupt im Pferdestall zu suchen?», meldete sich der Stadtvogt zu Wort. Streng sah er das Mädchen an.

«Die Kellermeisterin hatte mich gebeten, ein Pfund Bohnen aus dem Vorratshaus zu holen. Sie selbst konnte es nicht, weil sie ihren Schlüssel nicht fand. Es gibt aber eine Fensteröffnung, die vom Pferdestall in die Lagerräume führt. Sie ist sehr eng. Man muss sich förmlich hindurchzwängen.»

«Warum habt Ihr nicht Eure Gehilfin damit beauftragt?», wollte Babel wissen. In seiner Aufregung war ihm entgangen, wie beleibt die beiden Nonnen waren. Keine von ihnen wäre fähig gewesen, durch eine Fensteröffnung zu kriechen.

«Vogt, bitte überlasst es mir, die Fragen zu stellen», ertönte da auch schon Diemuts schrille Stimme. «Wir sind hier nicht in Eurer Amtsstube!»

Die Zurechtweisung schmerzte Babel fast sosehr wie der Anblick seiner Tochter, die sich den Kopf hielt. Allmählich begann Regina aus ihrer Starre zu erwachen. Gehetzt streifte ihr Blick durch den Kapitelsaal, als ob sie jemanden suchte.

«Als ich den Stall durchquerte, sah ich, wie die beiden im

Stroh lagen. Der Fremde trug einen schwarzen Wollumhang. Er hatte seine Mütze tief in die Stirn geschoben, sodass ich sein Gesicht nicht erkennen konnte. Er rief immer wieder, dass er Reginas Wunsch erfüllen werde, zum Dank, dass sie ihn endlich erhört habe.»

«Ihren Wunsch?» Diemut runzelte die Stirn. «Welchen Wunsch denn?»

Der Blick, der aus Juttas grauen Augen drang, war so kalt wie die Luft im Saal. «Ich habe deutlich gehört, dass es um Euch ging, ehrwürdige Schwester. Der Mann versprach der Jungfer Babel, Euch aus dem Weg zu räumen.»

Heinrich Babel erbleichte. Die Angelegenheit hatte eine Wendung genommen, die gefährlicher gar nicht hätte sein können. Er war ins Kloster gekommen, um der Priorin auf den Zahn zu fühlen. Nun war aber seine Tochter in einen schlimmen Verdacht geraten, und mit ihr das ganze Haus Babel. Unbeholfen fuhr er mit der Hand durch seinen struppigen Bart, wie er es immer tat, wenn ihn etwas erregte.

Hatte Regina ihn genarrt? Ja, so musste es sein. Sie hatte ihn getäuscht und in ein übles Ränkespiel gezogen. Vermutlich hatten sie und ihr Liebhaber über ihn gelacht, während sie sich im Pferdestall miteinander vergnügten. Dann jedoch musste etwas schiefgelaufen sein. Sie wurden überrascht. Ausgerechnet zu der Zeit, als er und Marcello im Kapitelsaal mit der Priorin gesprochen hatten. Babels Knie wurden weich, als er sich die Folgen der Schmach ausmalte, die er erlitten hatte und noch erleiden würde. Der Fürstbischof würde davon erfahren, das war so sicher wie das Amen in der Kirche. Wenn Marcello ihm keinen reinen Wein einschenkte, dann die Priorin, die er unschuldig verdächtigt hatte. Großer Gott, warum hatte er nur auf Regina gehört? Selbst wenn man ihn nicht mit Schimpf und Schande aus dem Amt jagte, würden Spott und Häme doch an ihm haften bleiben wie siedendes Pech.

«Vater!» Babel hörte Reginas Stimme, die nach ihm rief. Sie klang verzweifelt. Voller Angst.

«Vielleicht sollten wir uns anhören, was die Tochter des Stadtvogts zu sagen hat», sagte Marcello di Landri. Er klappte seinen Kasten zu.

Doch Babel hörte dem Arzt nicht zu. Wie ein Blinder taumelte er auf die Tür zu, neben der noch immer die fetten Nonnen mit ihrem hämischen Grinsen standen.

Nur fort aus diesem Kloster, war der einzige Gedanke, der seine Schritte begleitete. Fort. Fort. Fort. Er konnte und wollte nichts mehr hören. Nie zuvor hatte er die Frauen seiner Familie so sehr gehasst wie in diesem Augenblick. Sie hatten ihm alles genommen, nun auch noch die Hoffnung, Kanzler des Fürstbischofs zu werden. Dafür würden sie in der Hölle schmoren. Dafür würde er sorgen.

«Vater, geh nicht! Lass mich nicht allein!» Regina klammerte sich an den Arm des Arztes, der sie stützte, so gut er es vermochte. «Ich bin unschuldig. Merkst du denn nicht, was hier vor sich geht? Ich wollte das nicht. Frag die Pförtnerin, sie wird bestätigen ...»

«Was wird unsere Pförtnerin bestätigen?», fragte Diemut eisig. «Dass der Mann dir völlig unbekannt ist und sich heute zum ersten Mal ins Kloster geschlichen hat, um dich zu sehen?»

Regina schwieg. Ihre Augen füllten sich mit Tränen.

«Wer ist der Kerl?», donnerte Heinrich Babel, der die Reaktion seiner Tochter als Eingeständnis ihrer Schuld wertete. Er drehte sich nicht um, ballte aber die Fäuste. «Ich breche dem Kerl das Genick, das schwöre ich dir!»

«Ich kann es dir nicht sagen.»

«Willst du uns für dumm verkaufen?»

Regina ließ die Hand des Arztes los und bedauerte es im nächsten Moment. Die Erinnerung an die schlimmste Stunde ihres Lebens kehrte wieder unbarmherzig zurück. Ohne jede

Unterstützung musste sie sich ihr stellen. Zunächst hatte es so ausgesehen, als wollte Hartmut von Weikersheim ihr tatsächlich etwas zeigen, das Diemuts geheimen Handel an der Pforte bewies. Sie war arglos gewesen, als er sie in den Stall gezogen hatte, denn zu dieser Stunde eilten immer wieder Knechte und Mägde über den Hof, der die beiden Wirtschaftsgebäude und die alte Kelterei mit den übrigen Klostergebäuden verband. Völlig unvorbereitet war er dann über sie hergefallen, kaum dass sie beide in die Dunkelheit des Stalles eingetaucht waren. Er hatte behauptet, sie habe ihm gestattet, sich ihr zu nähern, es wäre doch schließlich nur ein verdienter Vorgeschmack auf ihre baldige Vermählung. Eine Entschädigung dafür, dass sie ihn hingehalten und des Nachts in der Kälte habe warten lassen.

Sie hatte sich gewehrt, woraufhin er ihr gedroht hatte, er würde Dorothea verraten und das Leben ihrer Mutter vernichten, falls sie es wagen sollte, ihn zu verraten. Sie zweifelte nicht, dass er die Macht hatte, seine Drohung wahr zu machen. Irgendetwas schienen er und Diemut gegen ihre Eltern in der Hand zu haben.

Was Regina jedoch nicht gehört hatte, war die Äußerung, die Jutta aufgeschnappt haben wollte. Sie fragte sich, wie das Mädchen darauf kam. Erregt lief sie auf die dunkelhaarige Klosterschülerin zu, die unbeteiligt und scheinbar eingeschüchtert neben der Priorin stand. Sie ergriff ihre Hände. «Jutta, ich beschwöre dich bei allem, was dir heilig ist. Sag meinem Vater, was du wirklich gehört hast.»

«Wovon redest du?»

«Du weißt genau, wovon ich rede. Ich habe mich aus Leibeskräften gewehrt, habe geschrien. Nur deshalb kannst du in der Dunkelheit überhaupt die Ecke gefunden haben, in die ich gezerrt wurde.»

Brüsk schüttelte Jutta ihren Lockenkopf und gab sich betroffen. Als Einzige erkannte Regina, wie sehr das Mädchen ihre Demütigung genoss.

«Gefunden habe ich dich, weil du so wollüstig gestöhnt hast. Es war widerwärtig.» Sie drehte sich zu Diemut um und faltete die Hände. «Ehrwürdige Schwester, bitte erlaubt der Jungfer Babel nicht, mich weiter so zu bedrängen. Mir geht es nicht besonders gut seit diesem … Zwischenfall.»

«Eine Jungfer scheint mir Babels Tochter nach alldem nicht mehr zu sein», sagte Marcello di Landri. Bedächtig kratzte er sich am Kopf.

«Ihr bestätigt also das schändliche Vergehen dieses Mädchens?», wollte die Priorin wissen.

«Ich habe genug gehört und gesehen, um mir meine eigene Meinung zu bilden.» Der italienische Arzt warf Heinrich Babel einen vorwurfsvollen Blick zu. «Und Ihr solltet das auch tun.»

Die Augen des Stadtvogts verengten sich. Es war ihm offenbar egal, dass er sich in einem Kloster befand. Der Tobsuchtsanfall war nicht mehr aufzuhalten. Wütender hatte Regina ihn nie zuvor erlebt. «Regina, du hast mich beschämt und dich selbst ins Gerede gebracht. Vom heutigen Tag an bist du kein Mitglied der Familie Babel mehr. Verschwinde zu deinem Liebhaber, wer immer das sein mag, aber wage es nicht, dich jemals wieder bei uns blicken zu lassen.»

7. Kapitel

Während Marcello den vereisten Pfad emporstieg, der zur Burg des Fürstbischofs führte, gingen ihm die merkwürdigen Geschehnisse durch den Kopf, deren Zeuge er im Kloster der Benediktinernonnen geworden war. War es wirklich nur ein Zufall gewesen, dass die Tochter des Stadtvogts in dem Moment vor die Priorin geführt wurde, als er in Begleitung ihres Vaters St. Afra besucht hatte? Das verstörte Gesicht des Mädchens verfolgte ihn, während er schnaufend einen Fuß vor den anderen setzte. Der Boden war gefroren und lud zum Ausrutschen ein. Ein falscher Schritt, und er würde den Hang hinunterstürzen und womöglich mit den kalten Fluten des Mains Bekanntschaft machen. Vorsichtig bewegte er sich weiter; sein Atem löste sich in dichten Wolken auf.

Obwohl ihn die Auseinandersetzungen der Familie Babel nichts angingen und er sich auch nicht in sie hineinziehen lassen wollte, hätte Marcello dem Stadtvogt doch gern noch die eine oder andere Frage gestellt. Doch ob er vor seiner Weiterreise dazu die Gelegenheit haben würde, war fraglich. Heinrich Babel hatte sich tobend aus dem Staub gemacht, ohne seine Tochter noch eines einzigen Blickes zu würdigen. Er war so schnell gelaufen, dass Marcello, der um einiges älter war als der Stadtvogt, ihn nicht hatte einholen können.

In welch peinliche Lage ihn sein Ausflug ins Kloster zu St. Afra wirklich gebracht hatte, wurde dem Arzt klar, als er auf halbem Weg stehenbleiben musste, um sein heftig klopfendes Herz zu beruhigen. Seine bequemen Lederstiefel, die mehr für die milden Winter seiner südländischen Heimat taugten, waren bereits durchnässt von Schnee und Eis. Seine Zehen kribbelten und stachen, als bohrten sich hundert Nadeln in sie hinein. Gab er nicht acht, würde er sich hier in Würzburg den Tod holen. Marcello wandte sich um und ließ seine Blicke über das Tal schweifen. Der Main floss gemächlich unter ihm dahin. Nicht, dass der Fluss Marcello an den Tiber erinnerte. Und doch verschaffte der Anblick des Gewässers ihm ein wenig Ruhe. Am Ufer, unweit einer Kirche mit spitzem Turm, tobten Kinder im Schnee. Marcello konnte ihr fröhliches Jauchzen hören. Zwei Frauen, zum Schutz vor der Kälte in dicke Tücher eingemummt, mühten sich mit einem Karren voller Brennholz ab, dessen Räder im Schnee stecken geblieben waren.

Irgendetwas Unheilvolles ging in St. Afra vor, gestand sich Marcello ein. Die Erkenntnis gefiel ihm gar nicht, doch sie ließ sich nicht so einfach verdrängen wie ein schlechter Traum. Heinrich Babel hatte ihn aufgefordert, sich der ans Bett gefesselten Äbtissin anzunehmen. Die hohe Frau zu untersuchen, so, wie er bereits Dutzende von geistlichen Würdenträgern untersucht und behandelt hatte. Doch dann hatte in dem ganzen Durcheinander niemand mehr auch nur einen Gedanken an die Kranke verschwendet, obwohl Diemut von Pinzburg einverstanden gewesen war, ihn und den Stadtvogt in ihre Gemächer zu führen.

Nun war es zu spät, um noch einmal nach St. Afra umzukehren. Der Fürstbischof erwartete Marcello und den Klatsch, den er aus Rom mitbrachte, bestimmt schon sehnsüchtig.

In dem großen, elegant eingerichteten Rittersaal der Burg, der noch aus der Zeit ihres Erbauers Konrad von Querfurt stammte, wurde Marcello mit einer Herzlichkeit willkommen geheißen, die ihn wenigstens für kurze Zeit die schweren Gedanken vergessen ließ. Erfreut, den steilen Anstieg hinter sich gebracht zu haben und der Kälte entronnen zu sein, wärmte der Arzt seine steifen Hände rasch über der Glut eines Kohlebeckens, bevor ihn ein

Diener an die reichlich gedeckte Tafel führte. Dort hatten der Fürstbischof und seine etwa zwanzig Gäste bereits Platz genommen, um sich das Mittagsmahl schmecken zu lassen. In dem mächtigen, aus dem rauen Fels des Berges geschlagenen Kamin prasselte ein einladendes Feuer, dessen Wärme Marcellos Lebensgeister weckte. Beeindruckt schaute er sich um. In Rom hatten ihm seine Kontaktleute den Fürstbischof von Würzburg als großen Liebhaber der Künste geschildert, und tatsächlich entdeckte er an den Wänden kostbare Teppiche, die zum Teil Wappen alter Adelsgeschlechter, zum Teil aber auch biblische Szenen zeigten. Auf Kommoden standen geschnitzte und sorgfältig bemalte Figuren, zumeist Heilige oder Madonnen, deren Gesichter so schön und gleichzeitig so verklärt aussahen, dass es selbst Marcello, der trotz seiner Bekanntschaft mit einigen der besten römischen Bildhauer kein Kunstkenner war, schwerfiel, seinen Blick von ihnen abzuwenden. Pagen eilten auf leisen Sohlen um die Tafel herum und füllten die Becher der Männer mit Wein. Andere trugen Platten mit Speisen auf. Bald mischte sich ein köstlicher Duft von goldbraunem Spanferkel, Wildbret und Gänsebrust in Pfefferminz mit dem würzigen Geruch verschiedener Harze und orientalischer Öle, mit denen die am Deckengebälk befestigten Lampen gespeist wurden. Diese und zahlreiche Kerzen tauchten die bischöfliche Halle, die an diesem Dezembertag trotz der Mittagsstunde schon fast im Dunkeln lag, in ein warmes Licht.

Von Bischof Lorenz war Marcello angenehm überrascht. Er kannte den Herrn des Hochstifts Würzburg bislang nur aus Erzählungen sowie aus einem Briefwechsel, der im vergangenen Jahr seinen Anfang genommen hatte. Die Briefe des Fürstbischofs waren zu Marcellos Freude in ausgezeichnetem Latein abgefasst, doch hatte der Arzt zunächst angenommen, dass es der Bischof den Schreibern seiner Kanzlei überlassen hatte, seine Korrespondenz zu übersetzen. Als Lorenz von Bibra ihm nun aber mit formvollendeten lateinischen Worten einen Platz an seiner Seite anbot und ihn den übrigen Gästen vorstellte, blieb ihm nichts anderes übrig, als in Gedanken Abbitte zu leisten. Der Fürstbischof beherrschte die lateinische und vermutlich auch die griechische Sprache besser als er.

Lorenz von Bibra war ein großer, athletisch gebauter Mann, der das vierzigste Lebensjahr noch nicht erreicht hatte. Sein feingeschnittenes, aber durchaus männlich wirkendes Gesicht wurde von strahlend blauen Augen mit langen Wimpern beherrscht und war gerötet; trotzdem glaubte Marcello nicht, dass dafür der Wein verantwortlich war, dem er als Einziger an seiner Tafel nur mäßig zusprach. Lorenz von Bibra verfügte vielmehr über das Erscheinungsbild eines gesunden, muskulösen Mannes in den besten Jahren, der es sich zur Gewohnheit gemacht hatte, etliche Stunden am Tag an der frischen Luft zu verbringen. Vielleicht, so überlegte Marcello, ging er gern auf die Jagd. Viele Bischöfe taten das. Ja, sogar vom Papst erzählte man sich, dass er der Engelsburg so oft wie möglich entfloh, um in der Tracht eines einfachen Falkners auszureiten.

Der Bischof trug ein schlichtes Kapuzengewand aus hellem Leinen, das ihm bis über die Knöchel fiel. Seine Füße steckten in bequemen Sandalen aus dunklem Leder. Zum Schutz vor der Kälte lag ein mit Zobelpelz verbrämter Umhang über seinen breiten Schultern. Der einzige Schmuck, den der Bischof sich gönnte, war ein goldenes Kreuz, das an einer feingliedrigen Kette hing, sowie der obligatorische Rubinring, der ihn als geistlichen und weltlichen Herrn des Hochstifts Würzburg auswies.

Eine Weile bestürmte Lorenz von Bibra seinen Gast mit Fragen über Rom, den Papst, den er persönlich hatte kennenlernen dürfen, und die augenblickliche Situation im Lateranpalast. Marcello antwortete mit Bedacht, denn er fand rasch heraus, dass Lorenz sich nicht für Klatsch und Gerüchte interessierte, sondern für die Meinung des Heiligen Vaters zu bestimmten Missständen in der Kirche, die der Fürstbischof zu Marcellos Verwunderung offen und ohne jede Scheu ansprach.

«Es ist traurig, dass unsere Priester auch nach dem großen Konzil von Konstanz noch immer nicht besser ausgebildet werden», erklärte der Fürstbischof. «Wie sollen sie dem Volk den Trost des Evangeliums und die heiligen Sakramente nahebringen, wenn sie nicht einmal selbst in der Lage sind, das Messbuch fehlerfrei zu lesen.»

«Solange sie einigermaßen wohlhabenden Familien entstammen, haben sie die Möglichkeit, sich eine Pfarrstelle zu kaufen», warf Marcello zaghaft ein. «Dann ziehen sie den Zehnten ein und verwalten ihre Pfründe. Zum Ausgleich taufen sie Neugeborene und spenden Brautleuten das Sakrament.»

«Zur Priesterwürde gehört aber mehr als das», entschied der Bischof. «Ich wünschte mir, der Papst würde einsehen, wie dringend die Kirche Reformen braucht.» Er hielt kurz inne, um in die Gesichter der Anwesenden zu blicken. Die meisten speisten ungerührt weiter, nur ein, zwei Augenpaare begegneten seinem Blick. In ihnen erkannte Marcello Erstaunen, Unsicherheit und Missbilligung. Offensichtlich teilten nicht alle geistlichen Würdenträger die Gedanken des neuen Fürstbischofs. Marcello jedoch war beeindruckt. Auch er gehörte zu den Männern, die an den Missständen in der Kirche verzweifelten und, wann immer ein neuer Papst gewählt wurde, hofften, dieser werde es sein, der die Christenheit wieder zum Ursprung aller Dinge zurückführte. Einer Zeit, in der die geistlichen Hirten arm waren und nicht daran dachten, in herrlichen Palästen zu leben. Marcello hätte gern mehr über die Pläne erfahren, die der Fürstbischof mit seinem Hochstift hatte, doch zu seinem Bedauern schweifte die Unterhaltung an der Tafel bald in eine andere Richtung ab. Verantwortlich dafür war ein pompös ausstaffierter junger Mann, dessen blondgelocktes Haar ihm über die Schultern seines aus kostbarem violettem Samt geschneiderten Rockes fiel. Marcello bekam mit, dass er von der Burg Hochstein kam, eine der zerstrittenen Adelsparteien des Hochstifts vertrat und nun vom Fürstbischof verlangte, ihn und seine Leute mit den Privilegien zu versehen, die sein verstorbener Vorgänger dem Adel in Aussicht gestellt hatte.

Lorenz von Bibra war höflich genug, den jungen Ritter nicht zu unterbrechen, während dieser seine Liste anmaßender Forderungen herunterleierte. Doch sein abwesender Gesichtsausdruck deutete an, dass er nicht gewillt war, sich während des Mittagsmahls eine Entscheidung aufzwingen zu lassen. Ungerührt schlug er seine Zähne in eine Gänsekeule. Dann wischte er sich das Fett von seinem glattrasierten Kinn und erklärte dem Ritter von Hochstein gelassen, dass er sich zu gegebener Zeit mit seinem Kanzler über die Forderungen des Adels zu beraten gedachte.

«Es ist unklug von Euch, die Ritterschaft des Hochstifts nur zu vertrösten», rief der Hochsteiner verärgert aus. «Euer Kanzler Albrecht von Eichstätt mag zu Zeiten Eures Vorgängers ein kluger Kopf gewesen sein, der so manchen Aufstand im Keim erstickt hat. Doch damit ist es jetzt vorbei. Der Alte weiß doch nicht einmal mehr, ob Sommer oder Winter ist. Warum wurde er nicht an Eure Tafel geladen? Vermutlich liegt er mal wieder krank zu Bett. Ihr solltet den Römer in seine Kammer schicken, um nachzuschauen.» Der Hochsteiner klang trotzig wie ein Kind, das fürchtete, nicht ernst genommen zu werden. In Marcellos Brust regte sich Widerwillen. Er mochte den Mann nicht, fand dessen Auftreten respektlos, um nicht zu sagen frech. Doch das allein war es nicht, was ihm übel aufstieß. Bereits zum zweiten Mal an diesem Tag verspürte er das beklemmende Gefühl, Zeuge einer Auseinandersetzung zu sein, die nicht für seine Ohren bestimmt war. Gewiss, der Disput wurde öffentlich ausgetragen, und keiner gab sich Mühe, seinen Standpunkt zu verschleiern, dennoch wäre es Marcello lieber gewesen, der Fürstbischof hätte ihn nicht an seine Tafel geladen. Er war ein Mann aus einfachen Verhältnissen, der nie verleugnet hatte, dass er nur durch harte Arbeit und einige glückliche Umstände ein bedeutender Arzt geworden war. Während ein Page seinen Teller mit duftenden Zimtwaffeln füllte, fiel ihm das arme Mädchen aus dem Kloster wieder ein. Was mochte wohl nun mit ihm geschehen? Verbannte die Priorin es wirklich mitten im eisigen Winter und nur wenige Tage vor dem Christfest aus St. Afra? Wohin sollte es gehen, wenn selbst seine Familie es für schuldig hielt? Das Kind würde in den Gassen der Stadt erfrieren, bevor es auch nur einen klaren Gedanken gefunden hatte, um die entsetzliche Situation zu begreifen. Irgendwie konnte Marcello nicht glauben, dass die junge Babel der Priorin nach dem Leben getrachtet hatte. Sie schien ihm zu einfältig für ein derart kaltblütiges Vorhaben. Er überlegte, ob er den Fürstbischof auf die Begebenheit ansprechen sollte, wagte es aber nicht, unaufgefordert davon anzufangen. Die Gäste des Bischofs mochten allesamt zu den vornehmsten Angehörigen des Hochstifts Würzburg gehören, doch auf Marcello machte keiner von ihnen einen vertrauenerweckenden Eindruck. Vermutlich würden sie sich nur über das Mädchen und ihren Vater lustig machen, und damit war niemandem geholfen. Der Ritter von Hochstein war diesbezüglich ein besonders abschreckendes Beispiel.

Hochstein, Hochstein. Marcello sog scharf die Luft an. Dieser Name kam ihm bekannt vor, doch fiel ihm nicht ein, wo und in welchem Zusammenhang er ihn schon gehört hatte. Marcello verfluchte das Alter, welches ihm sein gutes Gedächtnis geraubt hatte und es ihm unmöglich machte, so messerscharf zu denken wie früher. Offensichtlich kam ihm heute nicht mehr zu, als hohen Herren Aderlässe zu verabreichen und sie mit Nachrichten aus seiner italienischen Heimat zu versorgen.

Marcello steckte so tief in trüben Gedanken, dass er den Ausgang des hitzigen Wortwechsels zwischen Lorenz von Bibra und dem jungen Ritter nicht mitbekam. Der Hochsteiner zog ein finsteres Gesicht und knurrte, dass er sich nicht länger so behandeln lassen würde.

«Vielleicht sollte die Ritterschaft des Hochstifts Euch einmal vor Augen führen, was passieren kann, wenn Ihr sie weiterhin ignoriert. Der Markgraf von Ansbach ist froh über jeden fränkischen Ritter, der in seine Dienste tritt.» Dies war eine unverhohlene Drohung, die sogar an Hochverrat grenzte, denn jedermann wusste, dass zwischen der Markgrafschaft und dem Hochstift seit Jahren eine erbitterte Feindschaft herrschte. Marcello erschrak bis in die Knochen. Doch zu seiner Verwunderung schienen die bitteren Worte des Hochsteiners an Bischof Lorenz abzugleiten wie Öl. Er erwiderte nicht ein einziges Wort. Stattdessen erhob sich ein junger Mann, dessen strenggeschnittenes Gewand mit dem weißen Stehkragen ihn als Magister der freien Künste auswies. Er warf dem Hochsteiner einen Blick zu, in dem Verachtung, aber auch noch etwas anderes lag, was Marcello trotz seiner guten Beobachtungsgabe nicht zu deuten vermochte. «Ihr solltet vorsichtig sein mit dem, was Ihr von Euch gebt, mein Freund», sagte der junge Magister mit schneidender Stimme. «Ihr und Eure Leute glauben, das Hochstift sei nach dem Tod des Bischofs Rudolf von Scherenberg geschwächt worden. Aber Ihr irrt, mein Herr. Ich weiß, dass Würzburg unter dem Haus Bibra zu einer Blüte gelangen wird, von der Menschen Eures Schlags nichts ahnen.»

«Ach, und das alles wisst Ihr?», konterte der Hochsteiner. «Was seid Ihr denn? Der Sterndeuter des Bischofs? Ein verfluchter Hexenmeister?»

Der junge Mann schüttelte den Kopf. «Ich bin nur ein treuer Diener des Hochstifts, der nicht zulassen wird, dass in Würzburg Chaos und Gewalt regieren, nur, weil Ihr und Euresgleichen glaubt, dem Fürstbischof mit der Macht Eurer Waffen drohen zu können. Vielleicht habt Ihr vergessen, was vor einigen Jahren geschah, als die Rotten eines Mannes auf die Burg zuhielten, der vom gemeinen Volk als ‹heiliger Jüngling› bezeichnet wurde …»

«Sprecht diesen Namen nicht aus!» Der Bischof war bleich geworden. «Ich danke Euch, mein junger Freund, für Eure freundlichen Worte, aber es wird nicht nötig sein, hier und heute alte Gespenster heraufzubeschwören. Es gibt keinen ‹Jüngling› und hat nie einen gegeben. Die Tage meines Vorgängers sind vorüber. Lassen wir ihn und alles, was während seiner Regentschaft in diesen Mauern geschehen ist, in Frieden ruhen. Keiner von uns wünscht sich böse Träume.» Seine Stimme senkte sich zu einem Flüstern. «Keiner von uns will erinnert werden. Und ganz gewiss wünscht sich niemand in Würzburg, dass die Fehde zwischen Würzburg und dem Markgrafen von Ansbach sich aufgrund einiger politischer Meinungsverschiedenheiten zu einem Höllenbrand ausweitet. Also setzt Euch wieder hin, Ihr Herren, und genießt, was ich mir zu Eurer Unterhaltung ausgedacht habe.»

Marcello hatte keine Ahnung, was er von den Andeutungen des Fürstbischofs zu halten hatte. Unscharf erinnerte er sich an einen Aufruhr, der vor vielen Jahren vor den Mauern der Stadt zu Blutvergießen geführt hatte, doch ob es ein Bauernaufstand oder eine Revolte des stets unzufriedenen Adels gewesen war, vermochte er nicht zu sagen. Seine Landsleute hatten zu dieser Zeit ihre eigenen Schlachten geschlagen. Er beobachtete, wie Fürstbischof Lorenz dem jungen Mann im Magistergewand einen verschwörerischen Blick zuwarf. Danach klatschte er in die Hände, worauf sein Kammerdiener, ein alter, kahlköpfiger Mann, heranwackelte, um den Befehl seines Herrn entgegenzunehmen. Die Augen des Kirchenfürsten blitzten schalkhaft auf, doch er verriet nicht, worauf er sich freute. Es vergingen noch einige Augenblicke, in denen nur das leise Gemurmel der Männer am Tisch zu hören war, dann ertönten Fanfarenklänge.

Marcello blieb fast der Bissen im Halse stecken. Verblüfft

wandte er sich um und entdeckte auf der Galerie eine Handvoll Spielleute. Unter dem Beifall des Bischofs und seiner Gäste setzte sich der Zug buntgekleideter Männer und Frauen in Bewegung. Einer nach dem anderen lief die Stiege hinunter. Dabei wurde auf der Sackpfeife oder Flöte gespielt sowie mit Bällen und eisernen Ringen jongliert. Auch ein, zwei Spaßmacher befanden sich unter der zusammengewürfelten Schar. Sie verbargen ihre Gesichter hinter Masken aus rotem Ton, wie sie Marcello aus römischen Theatern kannte. Würdevoll und ohne jede Scheu folgten sie ihren Kameraden in die bischöfliche Halle.

Der alte Arzt schnappte nach Luft. Obwohl der Auftritt der Gaukler den Streit an der Tafel beendet hatte, war er ein wenig enttäuscht. Alles hatte er erwartet, jedoch nicht, im Haus des Lorenz von Bibra Gaukler anzutreffen. Das war mehr als fragwürdig. Rittersleute und wohlhabende Kaufherren ließen zuweilen Possenreißer auftreten, um sich an Winterabenden zu zerstreuen. Das ungebildete Volk klatschte den Fahrenden auf den Marktplätzen Beifall, bevor es ängstlich in den Stall schlich, um sicherzugehen, dass nicht die eine oder andere Ziege fehlte. Aber ein Bischof und Humanist, der einen ausgezeichneten Ruf genoss?

Geschickt waren die Gaukler allerdings schon, das musste Marcello zugeben, als er ihre Darbietung beobachtete. Der Fürstbischof hatte seinen Lehnstuhl von einem Diener ans Feuer ziehen lassen und saß nun aufrecht und mit einem Ausdruck schier kindlicher Freude vor der tanzenden und feixenden Schar. Marcello schien es, als sei Lorenz geradezu verzückt vom Tanz eines dunkelhaarigen Mädchens, das grazil auf die Schultern eines hünenhaften Mannes mit nacktem Oberkörper sprang und von diesem durch die Luft gewirbelt wurde, als sei sie nicht schwerer als ein Federkissen. Das Mädchen war, obgleich selbst für eine Frau außergewöhnlich klein und zierlich, wirklich eine Schönheit, die einen Mann zum Träumen bringen konnte. Mit ihren rabenschwarzen, bis zur Hüfte reichenden Haaren und der milchig blassen Haut erinnerte sie Marcello an einige gefangene junge Maurinnen, die er als junger Mann einmal am Hafen von Venedig gesehen hatte. Ihr Schicksal war die Sklaverei gewesen. Ob Gaukler ein angenehmeres Leben führten?

Noch bevor die Fußspitzen der Kleinen die Erde berührten, hatte sie sich zweimal um die eigene Achse gedreht. Wie ein Kreisel wirbelte sie über den mit feinem Sand bestreuten Boden. Sie tanzte so voller Hingabe, dass sich keiner der Männer ihrem Zauber entziehen konnte. Als das Mädchen sich unter dem Beifall der Anwesenden verbeugte, erklommen zwei ihrer Gefährten die Galerie und befestigten ein rotes Seil, das hoch über den Köpfen der Anwesenden quer durch den Saal gespannt wurde. Während unweit des Kamins zwei Männer mit bronzefarbenen Gesichtern und Schnurrbärten scharfgeschliffene Türkensäbel und Dolche zückten, um damit zu jonglieren, stieg das Mädchen, dessen Anblick Marcello zuvor schon fast den Atem geraubt hatte, mit gewandten Bewegungen die Treppe hinauf. Dabei entblößte es in geradezu verführerischer Pose die Knie. Marcello konnte hören, wie die beiden Kleriker an der Tafel sich empört räusperten. Doch sie wendeten ihre Blicke keineswegs ab.

Mit einem verklärten Lächeln setzte die zierliche Gauklerin ihren Fuß auf das gespannte Ende des Seils, ließ es einige Male prüfend schwingen und stieß sich dann von der Brüstung ab. Mit einer katzenhaft geschmeidigen Anmut begann die junge Frau hoch über den Köpfen des Fürstbischofs und seiner Gäste über das Seil zu gehen.

An der Tafel stöhnten einige der Männer laut auf. Die Geistlichen waren von ihren Plätzen aufgesprungen und scharten sich um den Stuhl des Fürstbischofs, unsicher, ob es angebracht war, dem Treiben der Gaukler Beifall zu zollen oder eher würdevolle Distanz zu bewahren. Da Bischof Lorenz dem gefährlichen

Tanz hoch über dem Boden nach wie vor gebannt zusah, bewahrten sie Ruhe. Einige lächelten sogar.

Marcello wollte sich nicht anmerken lassen, wie sehr ihn das Spiel der Gaukler berührte. Insgeheim hoffte er, das Mädchen würde sich noch recht lange über das schwingende Seil bewegen. Bei jedem ihrer Sprünge hüpfte sein Herz, und er spürte, wie ein Schauer längst verloren geglaubter Begierde über seinen gebeugten Rücken jagte. Er bewunderte die kleine Tänzerin für ihren Mut, zitterte jedoch bei dem Gedanken, sie könne abrutschen und sich unter dem Hohngeschrei der Männer verletzen. Noch stärker quälte ihn der Gedanke, der Fürstbischof könnte sie nach ihrer Vorstellung in seine Gemächer führen. Er schämte sich für diesen Gedanken, denn immerhin befand er sich als Gast auf der Burg, und der Bischof hatte ihn wie einen alten Freund willkommen geheißen. Ablegen konnte er seinen Verdacht jedoch nicht. In Rom war ein solches Verhalten sogar im Palast des Papstes nichts Ungewöhnliches. Mancher Kardinal brüstete sich gar offen mit seinen Eroberungen.

Marcellos Befürchtung, das Mädchen könnte den Halt verlieren, schien indes unbegründet. Sie erwies sich als wahre Meisterin ihrer Kunst. Nicht nur, dass sie wie ein feiner Nebelschweif über das Seil glitt, sie setzte auch zu immer gewagteren Luftsprüngen an. Mit geschlossenen Beinen stieß sie sich ab und öffnete dann die Arme, als ob sie sich danach sehnte, dem Himmel entgegenzuschweben.

Die beiden Männer unter ihr jonglierten immer wilder mit ihren türkischen Säbeln herum. Dabei stießen sie Rufe in einer fremdländisch klingenden Sprache aus, die Marcello in den Ohren wehtaten. Wieder ergriff ihn nackte Angst. Obwohl er sich sagte, dass die Gaukler ihre Darbietung nicht zum ersten Mal vorführten, sah er das Mädchen bereits aufgespießt vor sich liegen und wunderte sich, dass der Fürstbischof dem Treiben in seinem Saal nicht Einhalt gebot. Dieses Spiel war offenkundig nichts für die Nerven eines alten Mannes, der in seinem Leben schon zu viel Blut hatte fließen sehen. Erst recht nicht nach dem, was er gerade im Kloster der Benediktinerinnen erlebt hatte.

Die Männer an der Tafel warfen der Gauklerin Münzen und anzügliche Worte zu. Die Geldstücke fing die Dunkelhaarige gekonnt auf, während sie die derben Sprüche mit einem Blitzen aus ihren schwarzen Augen parierte.

«Wer ist dieses Mädchen?», hörte sich Marcello ungewollt flüstern. Er erwartete keine Antwort, spürte jedoch plötzlich die warme Hand des Fürstbischofs auf seiner Schulter.

«Ihr Name ist Tamar Nachtlicht. Klingt wunderschön, nicht wahr? Sie soll aus dem ehemals maurischen Granada kommen. Nachdem das Reich des Kalifen fiel, musste sie fliehen, um nicht unter der Herrschaft des Halbmonds leben zu müssen.»

Marcello staunte. Das Mädchen war demnach eine Ungläubige, und ihre Begleiter mit den Krummsäbeln wirkten so finster, dass der Arzt ihnen nicht zu nahe kommen wollte. Dennoch schien Lorenz von Bibra etwas mit ihnen zu verbinden. Marcello war kein neugieriger Mann, doch am liebsten hätte er den geistlichen Würdenträger danach gefragt.

Eine Weile später verbeugte sich das Mädchen tief vor dem Fürstbischof. Es stand fast reglos auf dem Seil, mehrere Ellen trennten sie noch von den sicheren Dielen der Empore. Die Säbeltänzer neigten ebenfalls ihre Köpfe, doch ihre Arme hielten sie weiterhin ausgestreckt. Die Klingen wiesen auf das Mädchen.

Mit einem erleichterten Aufatmen beobachtete Marcello, wie die junge Frau ihren Rock anhob und sich mit tänzelnden Bewegungen auf den Rückweg zur Galerie begab. Derweil stießen die Gäste des Bischofs, die sich glänzend unterhalten hatten, mit ihren Bechern und Pokalen an. Nur der Platz des blondgelockten Ritters war leer. Marcello blickte sich suchend nach ihm um. Der Bursche hatte ihm missfallen. Nicht nur sein arrogantes Auftreten gegenüber dem Gastgeber, sondern auch seine verschlagenen Gesichtszüge verrieten dem Arzt, dass dem jungen Adeligen nicht zu trauen war.

Ein schriller Schrei, der dem Mund des Mädchens auf dem Seil entwich, bestätigte Marcellos Verdacht. Es war ein Schrei, der Todesangst erkennen ließ. Er hob den Blick. Im nächsten Moment glaubte er, sein Herz würde aussetzen.

Der Hochsteiner Ritter hatte sich unbemerkt auf die Galerie hinaufbegeben, wo er das dunkelhaarige Mädchen mit einem boshaften Grinsen erwartete. In seiner Hand blitzte ein Dolch auf, an dem noch das Fett und der Bratensaft seiner Mahlzeit klebten. Mit einer schnellen Bewegung setzte er die Klinge an das Ende des Seils.

«Unser gütiger Bischof, der sich nur allzu gern mit Gauklerpack umgibt, scheint zu glauben, dass diese kleine Hexe durch die Luft fliegen kann», rief er. Obwohl er leise sprach, hallte seine Stimme von den Wänden wie ein stürmischer Wind. «Nun denn, kleine Taube, zeig uns und deinem hohen Gönner, welch teuflische Kräfte in dir stecken.»

Der Fürstbischof wurde kreidebleich. Blitzschnell sprang er auf und durchbohrte den jungen Ritter mit einem Blick, aus dem Entsetzen und Angst sprachen. «Ihr seid betrunken, Hochstein», donnerte er hilflos. «Oder habt Ihr den Verstand verloren? Ich warne Euch, lasst sofort Euren Dolch sinken, oder meine Wachen werden Euch festnehmen. Dann könnt Ihr im Kerker über Eure Dreistigkeit nachdenken.»

Marcello zuckte zusammen, als er das Geräusch eiliger Schritte auf den hallenden Steinplatten hörte. Wie es aussah, hatte der alte Leibdiener des Fürstbischofs keine Zeit vergeudet und sogleich ein paar bewaffnete Männer, die vor dem Tor und dem Bergfried Wache hielten, zu Hilfe gerufen. Die Männer polterten durch den Saal, blickten kurz zu ihrem Herrn und hielten dann, als sie ihn bei bester Gesundheit vorfanden, auf die hölzerne Stiege zu. Deren Stufen waren allerdings so schmal, dass jeweils nur ein Wachsoldat nach dem anderen hinaufsteigen konnte. Der Hochsteiner schien dies einkalkuliert zu haben. Noch bevor der Fürstbischof einen Befehl geben konnte, zertrennte er mit einem grimmigen Aufschrei das Seil der kleinen Tänzerin.

Die Augen des jungen Mädchens weiteten sich, als sie den einzigen Halt unter den Füßen verlor, der ihren Sturz auf die steinernen Bodenplatten verhinderte. Doch was nun geschah, ließ Marcello vor Aufregung zittern. Er sah, wie der Fürstbischof aufsprang, seinen Mantel abstreifte und dann mit ausgebreiteten Armen in die Mitte der Halle preschte. Die weiten Ärmel seines Gewandes flatterten wie das Gefieder eines Vogels. War er etwa so tollkühn, das Mädchen auffangen zu wollen? Ein sinnloses Unterfangen, fand Marcello. Sie würde ihn durch ihr Gewicht zu Boden reißen. Der Fürstbischof war ein stattlicher Mann, dennoch würde die Wucht des Aufpralls beide töten. Marcello sah mit starrer Miene, wie das zerschnittene Seil wie der Schwanz einer gereizten Kobra quer durch die Halle peitschte. Geistesgegenwärtig war es der Gauklerin gelungen, sich ein Seilende um das Handgelenk zu winden, doch nun wurde sie vom Gewicht ihres eigenen Körpers schwungvoll durch den Saal befördert. Marcello riss die Augen auf, als sich der Kopf des Mädchens verbog, als bräche gerade ihr Genick. In wenigen Augenblicken musste ihr zierlicher Körper gegen den rauen Fels der gegenüberliegenden Wand prallen, an der eine Reihe eiserner Dornen und Pechfackeln hingen. Bevor das Mädchen jedoch gegen den Stein geschleudert wurde, ließ es unvermittelt das Seil los. Sie überschlug sich in der Luft, breitete die Arme aus und stürzte dann, begleitet von den erstickten Schreien ihrer Kameraden, hinab.

Einen Atemzug lang herrschte lähmende Stille, sah man von dem Getöse ab, das auf der Galerie einsetzte. Dort empfing der Ritter von Hochstein die Männer des Fürstbischofs, breitbeinig und mit gezogenem Schwert. In blinder Wut hieb er auf zwei der

Wachsoldaten ein, die ihn zu überwältigen suchten. Sein Wutgeheul glich einem in die Enge getriebenen Raubtier, aber keiner der Männer, die betreten die Hälse reckten, kümmerte sich darum. Zu tief saß der Schreck über die kleine Tänzerin, der die Ehre, vor dem Herrscher über das mächtige Hochstift auftreten zu dürfen, zum Verhängnis geworden war.

Marcello grub seine Zähne in die Unterlippe, bis er Blut schmeckte. Stumm schüttelte er den Kopf, unfähig zu verstehen, was er soeben erlebt hatte. Den Ritter, der oben auf der Empore einen Mann nach dem anderen niederschlug, musste der Wahnsinn gepackt haben. Eine andere Erklärung fand er nicht. Wollte er so die Ansprüche des fränkischen Adels vorantreiben? Hielt er Lorenz von Bibra für einen Mann, den er mit einer blutrünstigen Demonstration seiner Macht einschüchtern konnte? Mit zitternden Fingern ergriff der alte Arzt seinen Arzneikasten, dann bahnte er sich einen Weg durch die Menge der Leute, die zum Ort des Unglücks strömten. Die Gaukler hatten derweil eine Mauer aus Leibern gebildet, die alle schaulustigen Blicke aussperrte.

«Herr, bitte erlaubt mir, meiner Pflicht als Wundarzt nachzukommen!» Marcello verneigte sich tief vor dem Fürstbischof, während er die ratlos dreinblickenden Gaukler zur Seite schob. Die Blicke, die ihn trafen, waren kalt wie Eis. «Nehmt Vernunft an und lasst mich nach dem Mädchen sehen. Vielleicht ist es noch nicht zu spät.» Ich hoffe es, fügte er in Gedanken hinzu.

Die Mauer aus schwitzenden Körpern, bunten, geflickten Kleidern, Rüstungen und Waffen löste sich auf. Marcello hielt den Griff seines Kastens fest umklammert, dabei blickte er sich suchend um. Ein weiterer Fanfarenlaut ließ ihn jäh zusammenfahren. Er wandte sich zu der mit wunderschönen Ornamenten verzierten Tür um, durch die ihn der Diener bei seiner Ankunft geführt hatte, und sah, wie der Hochsteiner Ritter mit gezogenem Schwert die Halle verließ. Doch das war es nicht, was den Arzt erschütterte.

«Das Mädchen …», stammelte er, ohne seine eigene Stimme wiederzuerkennen. «Aber das ist doch unmöglich, ich habe mit eigenen Augen gesehen, wie sie gestürzt ist!»

Die Stelle auf den Steinplatten, die wenige Augenblicke zuvor noch vom Blut der kleinen Tänzerin gefunkelt hatte, war leer. Von dem Mädchen fehlte jede Spur.

Sie war verschwunden.

8. Kapitel

«Wie konntest du so etwas tun?»

Johanna Babel stürmte mit wehenden Gewändern in die Amtsstube ihres Mannes. Mit ihrem drohenden Blick glich sie einem Racheengel. Vermutlich hielt sie deshalb niemand auf. Ihr dichtes Haar, das sie für gewöhnlich sorgfältig frisierte und flocht, fiel offen über ihre Schultern, in der Eile hatte sie keine Zeit gefunden, es sittsam unter eine Haube zu stecken. Als Heinrich die Augen seiner Frau wild aufblitzen sah, hätte er sich am liebsten hinter seinem Pult verkrochen und dort gewartet, bis sich der Sturm wieder gelegt hatte. Doch in Gegenwart der beiden Stadtbüttel, die wie an jedem frühen Nachmittag angetreten waren, um von ihren Rundgängen durch die Stadt zu berichten, musste er Haltung bewahren.

Verstohlen bedeutete er seiner Frau, die Stube zu verlassen und in der Halle auf ihn zu warten, doch da kannte er Johanna schlecht. Was scherten sie die beiden ungepflegten Männer, die grinsend die Köpfe senkten. Sie hatte mit den Bütteln ihres Gemahls nie auch nur ein Wort gewechselt und gedachte nicht, sich heute von ihnen stören zu lassen. Ihre Wut ließ sich nicht aufschieben. Auch nicht von Heinrich, der Wert darauf legte, dass sie sich aus allem, was die Stadt betraf, heraushielt. Weiber hatten sich seiner Meinung nach um den Haushalt zu kümmern und dafür Sorge zu tragen, dass die Mägde ihre Aufgaben erfüllten. Nicht einmal die Frau des Bürgermeisters oder die Frauen der Ratsherren bildeten hierbei eine Ausnahme.

«Du siehst doch, dass ich nicht allein bin», herrschte Heinrich seine Frau an, als er feststellen musste, dass er Johanna nicht loswurde. Ein wenig hatte er sich wieder gefangen. Nun begann sich auch in ihm der Ärger zu regen. «Lass uns später reden, wenn ich hier fertig bin!» Er wies mit dem Kopf zur Tür, die halb offen stand. Diesmal war seine Geste unmissverständlich und zeugte keineswegs von Schwäche. Johanna zuckte die Achseln. Es kümmerte sie nicht, dass sie die Tür nicht geschlossen hatte, wiewohl ihr klar sein musste, dass ihre Dienerschaft neugierig lauschen würde. Heinrich jedoch war dies nicht egal. Es fehlte ihm gerade noch, dass sein Hausknecht und die Büttel, die den Ruf hatten, lieber Badestuben und Hurenhäuser aufzusuchen, als bei der winterlichen Kälte ihre Runden zwischen Schmalzmarkt und Karmeliterkloster zu drehen, heute Abend im Wirtshaus auf seine Kosten Witze rissen.

Doch Johanna zeigte sich der Anordnung ihres Mannes gegenüber unempfindlich.

«Du hast sie einfach davongejagt. Sag mir nur eines: Bist du von Sinnen? Wie konntest du deine eigene Tochter verstoßen? Glaubst du dem dummen Geschwätz einiger hysterischer Nonnen?»

Babels Hals schien sich zusammenzuschnüren, als steckte er in der Schlinge eines Henkers. Sein Mund wurde plötzlich so trocken, dass er befürchtete, seine Zunge könnte anschwellen, sodass er nicht mehr zu schlucken vermochte. «Woher weißt du davon?», krächzte er. Noch bevor Johanna etwas erwidern konnte, bedeutete der Stadtvogt seinen beiden Untergebenen mit einem strengen Blick, die Amtsstube zu verlassen. Sie waren hier überflüssig. Auf ihren Bericht war er nun nicht mehr gespannt. Der konnte warten. Seine Frau, das spürte er, würde es nicht tun.

Johanna rührte sich nicht von der Stelle. Der eisige Blick, mit dem sie Babel streifte, war so voller Verachtung, dass der Stadtvogt glaubte, ein Windstoß dringe durch das geschlossene Fenster. Doch das verwunderte ihn nicht. Von Johanna war schon immer Kälte ausgegangen. Eine Kälte, die ihn sogar im heißesten Sommer zuweilen zittern ließ. Im Herbst hatte er ein halbes Dutzend Schaffelle in die Kammer legen lassen, dann die Fenster mit Butzenscheiben und Vorhängen versehen lassen. Genützt hatte es nichts. Das Haus des Stadtvogts war erkaltet wie ein Körper, der allmählich zu atmen aufhörte, weil das Leben aus ihm entwich.

Johanna schnaubte wütend. «Würzburg ist wie ein Dorf. Die Spatzen pfeifen schon von den Dächern, dass du aus dem Kloster gerannt bist, als wäre der Leibhaftige hinter dir her gewesen.»

Heinrich Babel sog scharf die Luft ein. So unrecht hatte sie nicht mit ihrer Einschätzung; in der Tat hatte ihn blanke Angst getrieben. Unvermittelt schlug er mit der Faust auf sein Pult und senkte den Kopf. Als er ihn wieder hob, schwammen seine Augen in Tränen. «Ich hatte so gehofft, das Gerede würde noch etwas auf sich warten lassen», presste er zwischen den Zähnen hervor. «Eine drei Pfund schwere Kerze habe ich der heiligen Jungfrau gestiftet, bevor ich nach Hause gegangen bin. Ich hatte mir überlegt, dass wir Regina zunächst einmal heimlich aufs Land schicken könnten. Aber die Priorin wird das nicht zulassen. Sie hat einen Verdacht gestreut, der Regina, mich, ja sogar dich vernichten kann. Wenn sie das Gerücht verbreitet, Regina habe sich mit einem gedungenen Meuchelmörder zusammengetan und Unzucht getrieben, wird sie nicht nur ihre Tugend verlieren, sondern möglicherweise sogar ihr Leben.»

Johanna erstarrte vor Schreck über die Worte ihres Mannes. So genau hatte sie die Tragweite dessen, was sich in St. Afra ereignet hatte, nicht erfasst.

«Dir muss doch klar sein, dass Diemut von Pinzburg eine raffinierte Lügnerin ist», sagte sie. «Sie selbst führt Böses im Schilde.» Mit nur wenigen Schritten war sie um das Schreibpult herumgelaufen und stand nun so dicht vor ihrem Mann, dass ihre Brüste unter dem enggeschnürten Kleid das steife Tuch seines Wamses berührten. Unter anderen Umständen hätte Babel diese

Situation als erregend empfunden, doch nun wünschte er, sie würde vor ihm zurückweichen und Abstand halten, wie sie es für gewöhnlich tat.

«Ich wette, weder du noch dieser merkwürdige kleine Mann aus Rom haben die erkrankte Äbtissin sehen dürfen. Habe ich recht?»

Babel gab einen Seufzer von sich. Eine Antwort erschien ihm überflüssig, doch nach einigem Hin und Her gab er zu, dass er nicht mehr in der Lage gewesen war, an den Zweck seines eigentlichen Vorhabens auch nur zu denken.

«Ich wusste es», rief Johanna triumphierend aus. «Deine Tochter hat dich um Hilfe gebeten, aber du hast versagt. Wie üblich. Nicht ihr sollte man das Haus verbieten, sondern dir, du armer Narr.»

«Und was ist mit dem Kerl, der sie ins Heu gezogen hat?» Babel hatte das Gefühl, sich verteidigen zu müssen. «Sie wurde von einem jungen Edelfräulein ertappt, wie sie sich ihm hingegeben hat.»

«Vermutlich so, wie ich mich dir erst gestern hingegeben habe.» Sie holte aus und wischte mit dem Handrücken ein paar Papiere von Babels Pult. «Weil wir voller Wollust sind und euch Männer so lange zusetzen, bis ihr die Beherrschung verliert. Das glaubst du doch, nicht wahr? Pater Armin scheint diese Überzeugung zu teilen, denn seit er mein Beichtvater geworden ist, lässt er keine Gelegenheit mehr aus, mir einzureden, dass ich unkeusch sei, du dagegen ein wahrer Heiliger.

«Ich hatte von Anfang an kein gutes Gefühl, Johanna», klagte Babel, der sich nicht gerade wie ein Heiliger fühlte. Ganz im Gegenteil; das Gefühl, schmählich versagt zu haben, und das bei seinem eigenen Kind, marterte sein Gewissen. Daran änderte auch die teure Kerze für das Bildnis der Jungfrau Maria nichts. Schwerfällig bückte sich der Stadtvogt, um einige seiner Urkunden aufzuheben. Noch vor gar nicht langer Zeit hätte er Johanna am Gelenk gepackt und auf die Knie gezwungen, um diese Arbeit für ihn zu erledigen. Doch nun wagte er es nicht einmal, sie darum zu bitten. Lieber tat er es selbst und entging auf diese Weise wenigstens einen Moment lang ihren anklagenden Blicken. Er musste einen Ausweg aus der leidigen Situation finden. Bei allen Teufeln, noch war er Stadtvogt von Würzburg. Wie konnte eine unverschämte Betschwester es nur wagen, seine Familie anzugreifen?

Der italienische Medicus fiel ihm ein. Vielleicht war es dem Mann möglich, seiner Tochter zu helfen, ohne seinem Ansehen zu schaden. Das Mädchen durfte auf keinen Fall eines Verbrechens angeklagt werden. Diemut von Pinzburg musste schweigen. Aber wie brachte man sie dazu?

Babels Finger strichen über das Siegel der Polizeiordnung Würzburgs, die er im Auftrag der Ratsherren auf feines Pergament geschrieben hatte. In wenigen Tagen würde er seine besten Kleider anlegen, zur Burg hinaufsteigen und das Dokument dem Fürstbischof überreichen.

«Ist dir bereits eingefallen, wie du Regina finden willst?», riss ihn die Stimme seiner Frau aus seinen Gedanken. Ungeduldig starrte sie ihn an.

«Finden?»

Johanna nickte. «Entweder hat Diemut von Pinzburg sie einsperren lassen, was ich allerdings nicht glaube. Oder sie wurde mit ihren Habseligkeiten vor die Tür gesetzt. Dies halte ich für wahrscheinlicher. Mein Gott, das unschuldige Kind. Während wir hier miteinander reden, irrt Regina allein durch Schnee und Eis. Und das alles nur, weil du ihr das Haus verboten hast.»

Babel winkte müde ab. Er hatte jetzt keine Zeit für das Gejammer seiner Frau. Selbst für eine Klosterschülerin war es kein Ding der Unmöglichkeit, eine Unterkunft für die Nacht zu finden. Wichtiger war die Frage, wie er es anstellen sollte, die Gerüchte über Regina im Keim zu ersticken. Sie musste aus der

Stadt verschwinden, so viel stand fest. Möglicherweise konnte Marcello ihm auch dabei helfen. Wenn er sie nun mit nach Rom nahm und in seinem Haus wohnen ließ? Die Idee gefiel ihm. In Rom konnte Regina abwarten, bis Gras über die Sache im Kloster gewachsen war. Vielleicht brachte Marcello ihr ein wenig über die Kunst des Heilens bei, damit sie ihm zur Hand gehen konnte. Oder er fand einen Mann, mit dem er seine Tochter verheiraten konnte. Dann kehrte sie nie wieder nach Würzburg zurück. Die Mitgift, die er dem Arzt zahlen würde, war nicht fürstlich, sollte aber einen nicht allzu wählerischen römischen Handwerksmeister oder Schreiber zufriedenstellen. Redete er Marcello gut zu, so half dieser ihm vielleicht auch, die Gunst des Fürstbischofs wiederzugewinnen. Der Arzt schien über mehr Einfluss am bischöflichen Hof zu verfügen als er und die meisten anderen Honoratioren Würzburgs. Dies bewies schon die Tatsache, dass er zum Mittagsmahl in die Burg eingeladen worden war. Eine Ehre, die weder Babel noch einem seiner Freunde bislang zuteil geworden war.

Noch in Gedanken, legte der Stadtvogt die Hand auf den Arm seiner Frau und geleitete sie zur Tür. Erstaunt über die ungewöhnlich galante Geste runzelte Johanna die Stirn. Argwöhnisch forschte sie in seinen Zügen nach Antworten auf ihre Fragen, doch Babel dachte nicht daran, ihr seine Pläne auseinanderzusetzen, die sie mit ziemlicher Sicherheit nicht gutgeheißen hätte. Er traute ihr nicht. Ihr Auftritt eben hielt ihm deutlich vor Augen, dass in ihrer Brust kein furchtsames Herz schlug. Sie war nicht so leicht einzuschüchtern, wie sie ihm immer weismachte, wenn sie sich in der Hauskapelle verkroch. Sein Trost war, dass Diemut von Pinzburg das eines Tages ebenfalls herausfinden würde.

«Deine Tochter befindet sich in Gottes Hand», sagte er kurz angebunden, bevor er Johanna hinausbeförderte. «Geh und bete für das Heil ihrer Seele. Deine Magd wird dir nachher eine Mahlzeit zubereiten. Sollte Regina wider Erwarten doch nicht gegen Gottes Gebote verstoßen haben, wird er sie behüten. Den Rest kannst du getrost mir überlassen.»

In der bischöflichen Residenz sah sich Marcello einem Rätsel gegenüber, das ihn mit wachsendem Verdruss erfüllte. Das ganze Spektakel war mehr als lächerlich. Ein Mensch verschwand nicht einfach in Gegenwart zahlreicher Zuschauer. Die Gaukler erwiesen sich als wenig hilfreich. Marcello löcherte sie mit Fragen, erhielt jedoch nur ausweichende Antworten. Es schien, als hielte allein die Aura eines Paares mittleren Alters, das die Gruppe anführte, die Gaukler davon ab, sich mit ihm zu unterhalten. Dies war ein Jammer, brannte Marcello doch darauf zu erfahren, wie das Mädchen es geschafft hatte, sich unbemerkt aus dem Staub zu machen. Hatte er nicht mit eigenen Augen gesehen, wie sie am Seil gehangen hatte und dann gestürzt war?

Unter den durchdringenden Augen ihrer Anführer packte die Gauklertruppe Bälle, Ringe und bunte Bänder zusammen und verstaute alles in einem großen, aus Binsen geflochtenen Korb. Einen besonders niedergeschlagenen Eindruck machten sie auf Marcello nicht. Als der ältliche Diener des Fürstbischofs sie auf dem Burghof mit Silberpfennigen bezahlte, blitzten die Augen der Anführerin, einer auffallend großen Frau mittleren Alters, verschwörerisch. Als sie bemerkte, dass Marcello sie durch ein Fenster beobachtete, lächelte die Frau auf eine eigentümliche Weise, wobei sie den Kopf leicht neigte. Offensichtlich hatte ihr das Leben auf der Straße bisher nicht geschadet. Sie verfügte nicht nur über eine gute Figur, volles dunkles Haar und ein frisches Gesicht, sondern auch über Zähne, um die sie so manche römische Patrizierin beneidet hätte. Marcello wandte sich ab. Der Blick der Gauklerkönigin hatte ihm Angst eingejagt.

Wenig später verschwanden die Fremden durch das Burgtor, ohne sich noch einmal nach Marcello umzudrehen.

Als Marcello nach dem Fürstbischof fragte, teilte ihm ein mürrischer Page mit, sein Herr habe sich mit seinen Getreuen zur Beratung zurückgezogen. Unschlüssig, ob er sich empfehlen oder klammheimlich aus dem Staub machen sollte, wartete er, bis er allein in der Halle zurückblieb. Dann richtete er sein Augenmerk auf den roten Fleck unter der Galerie, den er für das Blut des Mädchens gehalten hatte. Versonnen nahm er ein wenig von der Flüssigkeit mit dem Finger auf und schnupperte. Der stechende Geruch einer Substanz, die ihm bekannt vorkam, stieg ihm in die Nase. Kein Blut. Vielmehr die Mischung aus rotem Traubensaft und einer Wiesenpflanze, die er selbst hin und wieder verwendete, um Geschwüre auf der Haut zu behandeln. Normalerweise fand man die Gewächse nur in den Sommermonaten, doch es gab Apotheker und Kräuterhändler, die sie auch auf Vorrat trockneten.

Demnach hatten die Gaukler ihm einen Bären aufgebunden. Er hatte es doch gleich geahnt. Das Weib mit den blitzenden Augen hatte es ihm ja auf dem Burghof geradewegs zugerufen. An diesem Ort war zu keiner Zeit Blut geflossen. Wie es die kleine Gauklerin geschafft hatte, sich dennoch vor seinen Augen in Luft aufzulösen, blieb ihm schleierhaft, und doch war er nun überzeugt, dass sie am Leben war. Der Fürstbischof schien dies ebenfalls zu glauben. Kein Wunder, er schien die Vorstellung der sonderbaren Gaukler nicht zum ersten Mal gesehen zu haben.

Erleichtert rundeten sich die Mundwinkel des Arztes zu einem vorsichtigen Lächeln. Der Umgang, den Lorenz von Bibra pflegte, ging ihn nichts an; gewiss war es besser, in Rom kein Wort darüber zu verlieren.

Eine Weile blieb Marcello noch still inmitten der Halle stehen und grübelte. Dabei ließ er sich weder von den schwatzenden Frauen stören, welche die Tafel reinigten, noch von den Männern der Burgmannschaft, deren schwere Stiefel geräuschvoll über die steinernen Platten polterten.

Erst als die mit hübschen Ornamenten verzierte Tür aufgestoßen wurde und ein junger Mönch ihn zu sich winkte, löste sich Marcellos Erstarrung. Sogleich ergriff er seinen Arzneikasten und ging dem Klosterbruder entgegen, weil er damit rechnete, dass sein Geschick als Heilkundiger gebraucht wurde.

«Der Ritter wurde gestellt und überwältigt», raunte der Mönch Marcello zu. Dabei blinzelte er schadenfroh. «Dieser Narr hat tatsächlich geglaubt, einfach so über den Hof spazieren zu können, ohne jemandem in die Arme zu laufen. Tatsächlich hatte er das Scherenbergtor schon fast erreicht, bevor er aufgehalten und nach einem kurzen Handgemenge entwaffnet wurde. Dabei hat er eine Stichwunde davongetragen, die ihm bestimmt Schmerzen verursacht.» Der junge Mönch redete eifrig weiter. Er schien bestens informiert zu sein; womöglich hatte er sich aber selbst auf dem Burghof befunden und war Zeuge der Ereignisse geworden. Mit leuchtenden Augen schilderte er Marcello die Niederlage des Ritters, der die Gastfreundschaft des Bischofs so schändlich verraten und ihn sowie seine tapfersten Burgwachen verhöhnt hatte. Marcello, der mit wachsender Ungeduld zuhörte, kam es so vor, als bedauerte der Mönch, den entscheidenden Stoß nicht eigenhändig ausgeführt zu haben.

Großer Gott, bewahre uns vor heimtückischen Mönchen, die sich mehr für den Schwertkampf als für das Gebet begeistern, dachte er. Eigenartig fand er indessen, dass sich der Hochsteiner so leicht hatte überwältigen lassen, nachdem er zunächst mehrere Soldaten abgeschmettert hatte. Zunächst sein ungebührliches Verhalten in der Halle. Und nun das. War ihm die Puste ausgegangen? Oder legte er es darauf an, Verwirrung zu stiften? Doch was mochte er damit bezwecken?

«Selbstverständlich ist Seine Eminenz sich darüber im Klaren, dass normalerweise nur Bader und Wundchirurgen blutige Stichwunden säubern», schnarrte der Mönch. «Für einen Medicus aus Rom ist das gewiss entwürdigend, nicht wahr?»

Marcello runzelte die Stirn, winkte aber ab. Er hatte in seinem Leben oft genug zur Knochensäge greifen müssen, um Körperteile zu amputieren, bevor der Verwundete, den er behandelte, am Brandfieber starb. Ein blutiges Gewand ließ sich ersetzen. Ein Menschenleben nicht.

«Oh, Ihr werdet also gleich mitkommen?» Der Mönch wirkte beinahe enttäuscht. Vermutlich hatte er erwartet, dass Marcello entrüstet das Weite suchte.

Diesen Gefallen tat Marcello ihm nicht. Der Fürstbischof hatte gewiss gute Gründe dafür, keinen Bader zu rufen. Seine Beziehung zur städtischen Bürgerschaft, so viel hatte er mitbekommen, stand ebenso wie zum fränkischen Adel auf tönernen Füßen. Verblutete nun auch noch ein Vertreter der Ritterschaft in seiner Burg, konnte das ernsthafte Konsequenzen nach sich ziehen. Ein Mann wie der Fürstbischof war aber auf kampferprobte Verbündete angewiesen, die das Hochstift schützten und gegen seine Feinde verteidigten.

Obwohl Marcello keine große Lust verspürte, dem jähzornigen Ritter noch einmal zu begegnen, war er doch neugierig darauf zu erfahren, wem es gelungen war, ihn einzufangen.

Nachdenklich folgte er dem jungen Mönch, der ihn über eine schmale, sich mehrmals windende Treppe in die oberen Gemächer des bischöflichen Wohntrakts führte. In einer geräumigen, weißgekalkten Kammer, die in aller Eile mit zwei staubigen Teppichen, einer gelblichen Ochsenhaut für das Fenster und einer rauchenden Kohlenfeuerschale wohnlicher gemacht worden war, traf Marcello zu seiner Überraschung nicht nur auf den Fürstbischof und zwei seiner Leibwächter, sondern auch auf den jungen Mann im Gelehrtengewand, der es an der Tafel gewagt hatte, dem Hochsteiner die Stirn zu bieten. Den Ritter selbst sah er auf einer hölzernen Bettstatt liegen. Er stöhnte steinerweichend und presste dabei ein mit Blutflecken beschmiertes Leintuch an seine rechte Schulter. Offensichtlich hatte ihn dort der Streich seines

Gegners getroffen. Fesseln oder gar Ketten konnte Marcello nicht entdecken; offensichtlich waren dem Ritter keine angelegt worden. Dafür sahen die beiden Wachen, die zu beiden Seiten der Tür standen, nicht so aus, als würden sie den Hochsteiner noch einmal entkommen lassen.

«Ich muss Euch danken, mein Freund», sagte der Fürstbischof. «Ihr seid ein Mann von Ehre und, wie ich hoffe, auch von Verschwiegenheit.»

Marcello setzte seinen Arzneikasten ab und nahm dem jungen Verletzten das Tuch aus der Hand, um die Stichverletzung besser untersuchen zu können.

«Ihr werdet eine Weile kein Schwert führen können», erklärte Marcello schließlich, nachdem er die Wunde genäht, mit einer kühlenden Salbe bestrichen und verbunden hatte. Er wollte hinzufügen, dass er sich das selbst zuzuschreiben hatte, unterdrückte die Rüge aber. Obwohl er den jungen Mann nicht leiden konnte, war es nicht seine Aufgabe, ihm ins Gewissen zu reden. Das sollte der Fürstbischof tun.

«Was soll nun aus dem Heißsporn werden?», wandte er sich an Lorenz von Bibra, nachdem alle die Kammer verlassen hatten. Die schwere, mit Eisen beschlagene Tür fiel hinter ihm geräuschvoll ins Schloss.

«Wieso wollt Ihr das wissen? Euren Worten habe ich entnommen, dass der junge Mann wieder gesund wird.»

«Das schon, doch Euren Worten entnehme ich, dass Ihr gar nicht vorhabt, den Hochsteiner für seinen dreisten Aufruhr in der Halle zur Verantwortung zu ziehen.» Marcello atmete tief durch. «Wolltet Ihr ihn bestrafen, so läge er gewiss nicht in einer warmen Burgkammer, sondern machte im Verlies Bekanntschaft mit den Ratten. Ihr hättet ihn auch nicht von einem Medicus behandeln lassen, sondern einen Mann aus der Stadt geholt. Ist das Geschlecht der Hochsteiner wirklich so einflussreich, dass es Euch Ärger machen könnte?»

Marcello erschrak, als sich die gutmütige Miene des Fürstbischofs verfinsterte. War er zu weit gegangen? Vermutlich gehörte es sich nicht, einem hochwohlgeborenen Kirchenfürsten mit aufdringlichen Fragen zur Last zu fallen. Selbst wenn dieser so gutmütig war, einen Medicus an seine Tafel zu laden.

«Verzeiht, wenn ich mir erlaube, Eure Frage für den Fürstbischof zu beantworten», mischte sich nun der junge Magister in das Gespräch ein. «Es kommt nicht darauf an, wie viele Ländereien, Dörfer und Frongüter die Familie besitzt, sondern mit welchen Sippen sie verwandt oder verschwägert ist. Ich habe Seiner Eminenz empfohlen, zunächst einige Erkundigungen über das Rittergeschlecht der Hochstein einzuholen, denn wenn ich mich richtig erinnere, steht ein Angehöriger in der Gunst unseres erlauchten Kaisers Maximilian.»

Dieser Rat schien vernünftig, zumal sich die Geschichte von der Großmut des Fürstbischofs vermutlich ebenso schnell verbreiten würde wie die Kunde von der Unverschämtheit des Hochsteiners. Ein geschickter Schachzug, der dem Herrn des Würzburger Hochstifts möglicherweise Sympathien einbringen würde.

Der Fürstbischof machte ein zufriedenes Gesicht. Flüchtig klopfte er seinem jungen Gast auf die Schulter, dann flüsterte er dem Mönch etwas zu und stieg mit würdevollen Schritten die Stufen der Wendeltreppe hinunter.

Die drei Männer folgten ihm in gemessenem Abstand.

Im Wappenraum, dessen Wände von wuchtigen Fachwerkbalken durchzogen waren, auf denen bemalte Tafelbilder standen, lud Lorenz von Bibra Marcello und den Magister ein, sich zu ihm ans Feuer zu setzen. Heißer Wein wurde serviert.

«Wie war doch noch gleich Euer Name, junger Freund?», fragte der Fürstbischof. Er hatte es sich unter dem Wappenschild des Hauses Bibra bequem gemacht. In seinem Pokal aus kostbarem grünlichem Glas funkelte der Wein.

«Hartmut von Weikersheim, Eure Eminenz.» Der junge Mann verbeugte sich höflich. «Rechtsgelehrter und Lizenziat der Universität Heidelberg.»

«Vortrefflich, ich habe auch in Heidelberg studiert.»

Marcello folgte der Unterhaltung mit wachsender Langeweile. Zudem wurde ihm heiß unter seinem gefütterten Wams. Schweißtropfen sammelten sich auf seiner Brust, und die Schmeicheleien des jungen Gelehrten, das naive Grinsen des Fürstbischofs und sein schwerer Kopf ließen ihn kaum noch atmen. Am liebsten wäre er aufgebrochen, doch das wäre unhöflich gewesen. Davon abgesehen wurde sein Becher schneller nachgefüllt, als er ihn austrinken konnte. Wenn das so weiterging, würde er die ganze Nacht im Wappenraum sitzen. Dabei drängte es ihn, zu Heinrich Babels Haus zu gehen und noch einmal mit ihm über die Geschehnisse im Kloster zu sprechen.

«Wenn ich aufrichtig bin, so habe ich schon lange auf eine Gelegenheit gehofft, nach Würzburg zu kommen, um mich vor Euren Augen zu bewähren», erklärte Hartmut von Weikersheim. «Vielleicht könnte ich Eurer Eminenz von Nutzen sein, denn ich weiß nicht nur mit dem Schwert, sondern auch mit der Feder umzugehen.»

Vor allem verstehst du, einen einsamen und unsicheren Mann einzuwickeln, du Maulheld, dachte Marcello. Der Fürstbischof war kein einfältiger Narr, beruhigte er sich. Er wird dem jungen Burschen gleich die Tür weisen.

Doch nichts dergleichen geschah.

«Wollt Ihr damit sagen, dass Ihr in meine Dienste treten möchtet, junger Mann?», rief Lorenz von Bibra erfreut.

Natürlich will er das, dachte Marcello, der wieder ins Grübeln verfiel. Warum auch nicht? Wem es gelang, sich die Freundschaft des Fürstbischofs zu sichern, war zu beneiden. Er, Marcello, besaß nicht die Gabe, Menschen von seinen Vorzügen zu überzeugen, aber bei diesem Magister sah das anders aus. Lorenz von Bibra hing förmlich an den Lippen des jungen Mannes. Marcellos Gedanken wanderten zurück zu dem stöhnenden Ritter, der mit einem harmlosen Kratzer im Bett lag und so tat, als würde er den nächsten Morgen nicht mehr erleben. Wozu dieses Schauspiel? War denn ganz Würzburg eine einzige Gauklerbühne?

Voller Argwohn musterte er Hartmut von Weikersheim, der auf ihn zwar keinen schwächlichen Eindruck machte, aber auch nicht so aussah, als habe er jemals das Schwert geführt.

Mit halbem Ohr hörte Marcello zu, wie der Fürstbischof seinem neuen Günstling einige belanglose Fragen zu seiner Herkunft stellte. Ob er nicht auf seinen Gütern gebraucht werde, welche Städte er bereist hatte und ob seine Familie noch am Leben war.

«Außer mir ist nur noch eine ältere Schwester übrig», antwortete Hartmut von Weikersheim bereitwillig. «Aber sie erfreut sich bester Gesundheit und bat mich, herzliche Grüße zu bestellen.» Er lächelte verlegen. «Ihr erinnert Euch vielleicht, dass Ihr mich deshalb eingeladen habt, mit Euch zu speisen?

Der Fürstbischof erinnerte sich offensichtlich nicht, gab dies jedoch nicht zu. «Eure Schwester … hm, ja. In der Tat eine fromme Frau. Ich danke für ihren Gruß.»

«Darf ich erfahren, wer Eure Schwester ist?» Marcello beschlich ein Verdacht, doch er wagte gar nicht, den Gedanken zu Ende zu bringen. Solche Zufälle gab es nicht. Oder doch?

«Meine Schwester, oder genauer gesagt Halbschwester, ist Diemut von Pinzburg, Priorin des Benediktinerinnenordens zu St. Afra», erwiderte Hartmut von Weikersheim. Es klang gönnerhaft. Der scharfe Blick des Magisters ließ zudem erkennen, dass er den Arzt loswerden wollte. Für ihn war er ein Störenfried. «Ihr werdet sie nicht kennen, Meister Marcello.

«Oh, da irrt Ihr Euch, ich hatte sogar erst heute das Vergnügen, die Bekanntschaft der Priorin zu machen», gab der Arzt verärgert zurück. «Eine wahrhaft reizende Dame.» Und eine Natter, deren Giftzähne ich mit Freuden persönlich ziehen würde. Er lehnte sich zurück und führte seinen Becher an die Lippen. Warum sollte er sich noch bemühen, seinen Unmut zu verbergen? Er war ein Arzt auf Reisen. In wenigen Wochen würde er wieder nach Rom zurückkehren, in die Schlangengrube, die er kannte und nicht mehr fürchtete. Wenn der deutsche Fürstbischof sich unbedingt einen Emporkömmling ins Haus holen wollte, war das nicht sein Problem. Zu seiner Befriedigung bemerkte er, dass der Magister unruhig wurde. Er lächelte nicht mehr, stattdessen starrte er mit düsterer Miene in seinen Weinbecher, an dem er bislang bestenfalls genippt hatte. Offensichtlich hatte er nicht damit gerechnet, dass Marcello schon Beziehungen zu St. Afra geknüpft hatte.

«Ihr wart im Kloster, mein Freund?» Die Stimme des Fürstbischofs klang eine Spur zu schrill, um höflich zu wirken. Er sah verwirrt aus. «Etwa in Eurer Eigenschaft als Arzt?»

«Der alten Äbtissin geht es schlecht. Ein Freund überredete mich, ihn nach St. Afra zu begleiten, um sie zu untersuchen.»

Der Fürstbischof schob forschend die Unterlippe vor. «Wie heißt dieser Freund? Im Namen des Heilands, redet schon!»

«Der Stadtvogt Heinrich Babel», gab Marcello widerstrebend zu. «Leider bot sich mir keine Gelegenheit mehr, der Äbtissin meine Hilfe anzubieten, denn noch bevor man mich zu ihr führte, wurde ich Zeuge eines recht unerfreulichen Vorfalls.»

Marcello verspürte einen Anflug schlechten Gewissens, fand jedoch keine Möglichkeit, den Fragen des Kirchenfürsten auszuweichen. Schleppend berichtete er daher, was er in St. Afra erlebt hatte. Als er geendet hatte, blickte er hinunter auf die Spitzen seiner Schuhe. Ihm war schrecklich zumute. Heinrich Babel würde ihm diesen Verrat vermutlich übelnehmen, auch wenn er davon ausgehen musste, dass der Fürstbischof ohnehin bald erfahren hätte, was man Babels Tochter vorwarf.

Doch dem Überbringer schlechter Neuigkeiten wurde selten gedankt. So war das Leben.

«Dann hat der alte Stadtvogt Babel seine Tochter vor die Tür gesetzt!» Lorenz von Bibra streckte seine Handflächen in Richtung Feuer aus, bis seine Fingerkuppen rot zu glühen schienen. «Nun, das ist verständlich, wenn sie sich wie eine käufliche Dirne aufführt. Man sollte sie ins nächste Hurenhaus stecken. Aber damit wäre der Stadtvogt ruiniert.» Er lachte. «Babels Ziel war, bischöflicher Kanzler zu werden, stellt Euch das vor. Der Vater einer Hure hier auf der Marienburg. Ungeheuerlich.»

Marcello blickte den Kirchenfürsten entsetzt an. Mit einer derart heftigen Reaktion hatte er nicht gerechnet. Nicht, nachdem Lorenz von Bibra bezüglich des Ritters von Hochstein und seines beleidigenden Verhaltens so viel Milde gezeigt hatte. Er lud Gaukler in sein Haus ein, belohnte sie fürstlich, aber das Schicksal einer Bürgerstochter ließ ihn kalt.

«Vielleicht käme ja auch ein Kloster für das Mädchen in Betracht?», warf Marcello zaghaft ein. Er hatte das Gefühl, etwas sagen zu müssen.

Das Lächeln auf Hartmut von Weikersheims Gesicht verzog sich zu einer hämischen Grimasse. «Aber da kommt sie doch her, Meister Marcello. Habt Ihr das vergessen? Hat sie der Aufenthalt in St. Afra etwa daran gehindert, das Vertrauen meiner Schwester so schändlich zu missbrauchen? Nein, bei allem Verständnis für die Familie dieses Stadtvogts, aber in diesem Fall halte ich ein hartes Durchgreifen für erforderlich.»

«So?», knurrte Marcello finster. Die herablassende Haltung des Magisters begann ihn aufzuregen. Was bildete sich dieser Mann eigentlich ein. «Haltet Euch besser aus der Angelegenheit heraus. Sie betrifft Euch nicht.»

Der Fürstbischof zog seine Hände vom Kaminfeuer zurück, als hätte er sich die Finger verbrannt. Mit einem vorwurfsvollen Blick sagte er: «Ich möchte Euch raten, selbst etwas mehr Zurückhaltung zu üben, teurer Marcello. Vergesst bitte nicht, dass der junge Weikersheim im Interesse Würzburgs und seines geistlichen Regenten gehandelt und mir damit eine wertvolle Geisel in die Hand gespielt hat. Einem Mann wie Euch brauche ich wohl nicht zu erklären, dass es oft besser ist, sich von einem unverdorbenen Menschen beraten zu lassen als von einem der berechnenden Speichellecker, der nur darauf wartet, dass mein armer Kanzler das Zeitliche segnet. Für wackere Männer, die für mich zudem ihr Leben aufs Spiel setzen, habe ich auf der Marienburg immer Verwendung.»

«Schon, aber …»

«Ihr dürft Euch zurückziehen, mein Freund», sagte der Fürstbischof, der keinen Zweifel daran ließ, dass die Unterhaltung mit Marcello für ihn beendet war. «Habt nochmals Dank für Eure Hilfe. Ich werde Euch in meinem nächsten Brief an die Kurie lobend erwähnen.»

Marcello verabschiedete sich mit einer knappen Verbeugung. Den Ring, den der Fürstbischof ihm entgegenstreckte, übersah er. Mochte der es seinen schlechten Augen zuschreiben oder ihn für einen Rüpel halten. Marcello kümmerte das herzlich wenig. Er nahm sich vor, seinen Besuch in Würzburg abzukürzen und so rasch wie möglich die Heimreise anzutreten.

9. Kapitel

Regina hatte kein Gefühl mehr in ihren Händen, so steifgefroren waren sie. Sie stapfte durch den Schnee und wich den Blicken der Menschen aus, die ihr neugierige Blicke zuwarfen. Wie lange sie nun schon durch die Stadt irrte, wusste sie selbst nicht zu sagen. Je länger sie unterwegs war, desto betäubter fühlte sie sich. Vielleicht war das aber auch gut, denn wenn sie ihr Schicksal überdachte, fiel ihr ein, dass sie eine Ausgestoßene war und kein Zuhause mehr hatte.

Aber sie war zu müde, um darüber nachzudenken. Ihr Blick fiel auf die rote Fiedel, die aus dem Bündel herausschaute, das eine der Schwestern ihr geschnürt hatte, bevor Regina aus dem Kloster gejagt worden war. Es war ein Akt der Barmherzigkeit gewesen, für den die Frau vermutlich Buße tun musste, denn auf Anordnung der Priorin war es keiner der Nonnen von St. Afra erlaubt gewesen, noch ein Wort mit der Verstoßenen zu wechseln. Schweigend war sie über den Hof zur Pforte geführt und dann hinausgestoßen worden. Hinaus in eine Welt, die ihr feindlich gesinnt war. Es schmerzte sie, dass sie an der Pforte nicht Dorotheas gutmütiges Gesicht gesehen hatte. Diemut von Pinzburg hatte eine andere Schwester auf ihren Platz gesetzt, eine hagere Person mit mitleidlosen Augen, die Regina voller Verachtung angeschaut hatte. Selbst die Steine der mit Schnee bedeckten Mauer schienen geflüstert zu haben: «Hier kommt sie, die Hure. Die Verschwörerin! Stoßt sie auf die Gasse hinaus. Sie soll froh sein, dass ihr Rutenstreiche oder die Peitsche erspart bleiben. Nur fort mit ihr. Schafft das Böse hinfort aus eurer Mitte.»

Es fing an zu schneien. Die wenigen Menschen, die unterwegs waren, beeilten sich, nach Hause zu kommen. Niemand hatte Lust, in ein Schneegestöber zu geraten. Dies dachten vermutlich auch die Bauern aus den umliegenden Dörfern, die an diesem Tag ihre spärliche Ware zum Markt getragen hatten. Eilig wurden eingesalzener Kohl, Bienenwachs, Gänsefedern und Winteräpfel in Körbe geworfen. Ochsenkarren wurden beladen; die Tiere stampften ungeduldig auf. Aus ihren breiten Mäulern stiegen weiße Dampfwolken auf.

Regina sah eine Weile schlotternd dabei zu, wie sich der Markt auflöste. Eine Frau, die bemerkt hatte, wie sie müßig herumstand, lächelte und warf ihr einen runzligen Apfel zu, doch Regina war viel zu unbeholfen, um ihn aufzufangen. Die süße Frucht landete in einem Schneehaufen, und ehe Regina sich nach ihr bücken konnte, sauste blitzartig ein schwarzes, haariges Wesen aus einem Verschlag für Brennholz hervor und stürzte sich auf sie.

Erschrocken wich Regina vor dem Hund zurück. Sie war noch nicht hungrig genug, um sich mit dem Tier um einen alten Apfel zu streiten. Doch ein ziehendes Gefühl in ihrem Magen verriet ihr, dass es bald so weit sein würde. Tränen der Verzweiflung schossen dem Mädchen in die Augen. Mit schleppenden Schritten überquerte sie den Markt, bis sie vor der Marienkapelle stand. Ob sie es wagen durfte, das Gotteshaus zu betreten? Warum nicht, sagte sie sich. Sie hatte nichts getan, wofür sie sich schämen musste. Nicht sie hatte sich versündigt, sondern der Mann, dem sie vertraut hatte.

Regina zog an der schweren Kirchentür, um ins Innere der Kapelle zu schlüpfen, als ihr plötzlich jemand auf die Schulter tippte. Erschrocken fuhr sie herum. Vor ihr stand ein rothaariges Weib, das sie noch nie im Leben gesehen hatte. Ihrer schillernden Aufmachung und den stark geschminkten Augen nach gehörte die Frau zu den Gauklern, über die zurzeit so viel geredet wurde.

Verärgert trat Regina einen Schritt zurück. Ihre Hand schloss sich um den Griff ihres Instruments, das sie aus dem Bündel zog und wie eine Waffe erhob. Das Weib glaubte doch hoffentlich nicht, dass ausgerechnet sie ihr ein Almosen geben konnte. Doch sie musste zugeben, dass die Fremde, die sie durchdringend musterte, nicht den Eindruck machte, als habe sie es auf das Geld anderer Menschen abgesehen. In ihrem Blick erkannte Regina einen Stolz, der untypisch für das fahrende Volk war, das sich für gewöhnlich auf Gedeih und Verderb den Launen der Stadtbürger aussetzen musste.

«Und nun willst du deine Fiedel auf meinem Kopf zerschlagen?», fragte die fremde Gauklerin. Sie grinste spöttisch. Regina stutzte, dann ließ sie die Fiedel sinken. Es war lächerlich, am Portal einer Kirche mit einer Gauklerin zu zanken.

«So ist es schon besser, Kindchen. Ich habe schließlich nicht vor, dir etwas zu tun. Der Jokulator hat gesehen, wie dir das verlauste Vieh des Schwarzkesselwirts den Apfel geklaut hat, den dir die Bäuerin zuwarf.» Sie lachte, wobei sie eine Reihe schiefer Zähne sehen ließ. Ihre Stimme klang weich und warm; Regina glaubte aber auch eine Spur von Trauer und Wehmut in ihr zu entdecken. Vermutlich hatte sie ihre Erfahrungen gemacht und bereits all das erlebt, was Regina noch bevorstand.

Neugierig musterte Regina die Fremde, wobei sie nicht darauf achtete, dass einige Frauen, die die Kirche betraten, ihr und der Frau hochmütige Blicke zuwarfen. Warum sollte sie sich denn noch darum kümmern, was andere über sie dachten? Ihr Vater hatte sie verstoßen; ihr Ruf war ruiniert. Sie war allein, ohne einen Freund und besaß nicht einmal einen roten Heller. Die Gauklerin stieg vermutlich noch in dieser Stunde in einen Wagen, schmiegte sich an ihren Liebsten oder verkroch sich unter einem Berg wärmender Schaffelle, während Regina, sofern kein Wunder geschah, die Nacht in der Kälte nicht überleben würde.

«Sei froh, dass das zottelige Vieh den Apfel gefressen hat. Diese Sorte taugt nichts. Sie verursacht beim Menschen Krämpfe und Übelkeit. Vor allem, wenn die Frucht so alt ist, dass die Haut Falten wirft. So ähnlich, wie wir Weiber die Kerle das Fürchten lehren, wenn wir ein paar Jährchen mehr auf dem Buckel haben.»

Die Frau lachte über ihren Scherz, aber Regina stimmte nicht mit ein. Sie erinnerte sich, wie brutal Hartmut von Weikersheim über sie hergefallen war, und schwor sich, nie wieder im Leben einem Mann zu vertrauen. Das schloss auch Angehörige wie ihren Vater ein, der sich nicht einmal die Mühe gemacht hatte, ihr zuzuhören. Kraftlos kämpfte sie gegen die aufsteigenden Tränen an und konnte nicht verhindern, dass diese ihr über die eiskalten Wangen liefen.

«Ich verstehe», sagte die Gauklerin leise. «Dachte mir gleich, dass du nicht auf die Gasse gehörst. Bist wohl heute Morgen noch in einer warmen Kammer aufgewacht, aber nun …» Sie sprach nicht gleich weiter, stattdessen nahm sie Regina behutsam die Geige aus der steifgefrorenen Hand und fuhr mit dem Zeigefinger langsam über das polierte Holz. Dabei summte sie leise eine Melodie, die sich fremdländisch anhörte. Regina unterbrach sie nicht; sie hätte schwören können, dass die Frau ihre Fiedel kannte. Aber das war unmöglich: Regina hatte sie nie aus der Hand gegeben, seit sie sie als kleines Mädchen mit ins Kloster genommen hatte.

Eine Weile summte die Fremde noch vor sich hin, dann fasste sie Regina scharf ins Auge und stellte die Frage, die kommen musste: «Woher hast du die? Aber lüg mich nicht an!»

Regina wischte sich über die Augen; trotz ihrer Verzweiflung war es ihr peinlich, sich in der Gegenwart dieser Gauklerin wie ein kleines Kind zu benehmen. Außerdem weckte die schroffe Reaktion der Frau nun erneut ihren Argwohn. «Warum willst du das wissen?»

«Weil ich nicht verstehe, warum dieses Instrument nach all diesen Jahren wieder in Würzburg auftaucht. Noch dazu in der Hand eines Mädchens, das viel zu jung ist, um seinen Besitzer noch gekannt zu haben.» Die Gauklerin schrie gegen den immer heftiger werdenden Schneewind an, der jammernd über die weißen Dächer der angrenzenden Häuser fegte. Die Wand aus eisigen Flocken, die ihr und Regina entgegenpeitschte, drängte beide mit dem Rücken gegen das breite Eichentor der Marienkapelle, aus der das Gemurmel der Betenden drang. Die Frau schlang ihr langes, wollenes Tuch um den Hals. Ihre Finger zitterten, und sie machte ein Gesicht, als ob eine längst verschüttete Erinnerung in ihr aufstiege. Eine Erinnerung, die sie mit Kummer zu erfüllen schien, denn ihr Ton wurde kühler, als sie hinzufügte: «Jedenfalls gehört das gute Stück nicht dir, mein Herzchen. Ich kannte den Mann, der einst auf ihr spielte.»

«Du willst meinen Großvater gekannt haben?» Regina war verwirrt. Das wurde ja immer schöner. Nein, es war beinahe grotesk, anzunehmen, dass der Vater ihrer Mutter, der trotz seiner Armut noch immer stolz darauf war, ein Edelmann zu sein, sich jemals mit lichtscheuem Gesindel wie Gauklern abgegeben haben sollte.

Der Gauklerin fiel darauf offensichtlich nichts ein, denn sie starrte Regina an, als versuchte sie, sich jede Stelle ihres Körpers genau einzuprägen. Schließlich begannen ihre Lippen zu beben, was Regina Furcht einflößte. Hatte sie die Fremde zunächst für den Gleichmut in Person gehalten, so musste sie nun feststellen, dass die Gauklerin sich nur mühevoll beherrschte. Eine Weile sagte keine der beiden Frauen ein Wort. Dann gab die Gauklerin Regina die Fiedel zurück und bemühte sich um ein Lächeln, das allerdings höchst halbherzig ausfiel.

«Wie es aussieht, hast du kein Zuhause, nicht wahr?»

Reginas Augen verengten sich; sie fand es unerträglich, ausgerechnet von dieser Frau daran erinnert zu werden, dass man sie fortgejagt hatte. Was wollte die Fremde? Sich über sie lustig machen? Gewiss hatte sie nicht jeden Tag das Glück, sich an der Angst eines in Not geratenen Bürgermädchens zu weiden. Regina dachte allerdings gar nicht daran, ihr diesen Triumph zu gönnen. «Was erlaubst du dir?», gab sie zurück und bemühte sich, so hochmütig wie möglich zu klingen. «Mein Großvater lebt nicht weit von hier. Er ist ein wohlhabender Mann, und seine Tür steht mir jederzeit offen.» Leider entsprach das nicht der Wahrheit. Regina war gleich nach ihrer Vertreibung zu dem kleinen, heruntergekommenen Gemäuer gelaufen, in dem ihr Großvater lebte. Doch auf ihr Klopfen hatte niemand geantwortet. Verärgert über den Lärm, den sie veranstaltete, hatte irgendwann eine Nachbarin den Kopf aus ihrem Fenster gestreckt und ihr mitgeteilt, dass der alte Mann das Haus in Begleitung einer dicken Frau verlassen habe und seitdem nicht zurückgekehrt sei. Einen Schlüssel für die Tür habe der Alte ihr nicht gegeben. Regina war nichts anderes übriggeblieben, als den Hof wieder zu verlassen. Die Beschreibung der Nachbarin passte auf die Gemahlin eines Vetters, der mit dem wenigen liebäugelte, was ihr Großvater noch besaß. Hatten diese Verwandten den alten Mann bei sich aufgenommen, so brauchte sich Regina keine Hoffnung auf Hilfe zu machen. Die würde sie bei ihren Verwandten ebenso wenig finden wie bei Diemut von Pinzburg.

«Dein Großvater ist also der Besitzer der alten Fiedel?» Die Gauklerin riss Regina mit ihrem wilden Gelächter aus ihren Gedanken. Dabei stemmte sie ihre Hände in die Hüften. Eine Magd, die an der Seite ihrer Herrin aus der Kirche trat, rümpfte verächtlich die Nase, beeilte sich aber, die Finger zu kreuzen, als die Gauklerin ihr die Zunge herausstreckte. Das sollte, wie Regina von Dorothea wusste, vor dem bösen Blick der Fahrenden schützen.

«Unverschämtes Pack», hörte Regina die Magd schimpfen, bevor sie ihrer Herrin die verschneiten Stufen hinunter folgte.

«Ich wollte dich nicht beleidigen», versuchte die Gauklerin Regina zu besänftigen. Aber ich sehe doch, dass du verzweifelt bist, weil du mitten im Winter nicht weißt, wohin du gehen sollst. Du wärst nicht die erste Magd, die wegen eines Fehltritts vor die Tür gesetzt wurde.»

Eine Magd? Regina runzelte beleidigt die Stirn. Diese Frau hielt sie tatsächlich für eine vertriebene Dienstbotin. Doch wenn sie darüber nachdachte, lag der Verdacht nahe. Ihr konnte es gleich sein, für wen die Fahrende sie hielt, wenn sie sie nur endlich in Ruhe ließ. Dank Diemut von Pinzburgs Intrige konnte sie froh sein, wenn sie irgendwo in einem Dorf weit weg von Würzburg eine Arbeit als Dienstmagd verrichten durfte. Vielleicht sollte sie der Apfelbäuerin nacheilen und sie fragen, ob sie nicht jemanden brauchen konnte. Sie hatte laut gedacht und erschrak, als die Gauklerin ihr diesen Einfall energisch ausredete.

«Wir Gaukler und Spielleute sind freie Menschen und dienen keinem Herrn außer Gott, dem wir nicht nur unser Schicksal, sondern auch unsere Geschicklichkeit verdanken.» Sie lachte, als hätten sie ihre Worte selbst belustigt. «Man könnte sagen, dass wir seine wahren Auserwählten sind, Nachkommen der Kinder Israel, die bei den Klängen der Zimbel und der Flöte durch das Rote Meer marschierten.»

«Schön für euch, aber was soll das mit mir zu tun haben? Ich wurde in einem Kloster erzogen, nicht in einem Gauklerwagen.»

Die Gauklerin hörte auf zu lächeln. «Wenn dieses Instrument wirklich dir gehört, dann gehörst du auch zu uns. Ob du willst oder nicht.»

«Ich will nicht», entgegnete Regina angriffslustig. Sie hatte genug gehört und kein Verlangen danach, sich länger mit dieser Frau auseinanderzusetzen. Offensichtlich war sie verrückt. «Ich glaube, du träumst. Ich bin keine Gauklerin, mit fahrendem Gesindel habe ich nichts zu schaffen.»

«Solltest du es dir anders überlegen, mein Name ist Rieke. Frag auf dem Adamshof nach den Buntrocks. Und keine Angst, wir mögen Gaukler sein und merkwürdige Menschen beherbergen, die sonst auf der winterlichen Landstraße erfrieren würden. Aber der Adamshof ist nicht das Tor zur Hölle, auch wenn manche das behaupten. Ich muss es schließlich wissen, denn das Anwesen gehört mir.» Sie lachte. «Und der einzige Teufel, der mir bislang dort begegnet ist, ist ein hübscher Geselle, der nachts in mein Bett steigt, um mich zu wärmen.»

Regina war viel zu erschöpft, um über die anzügliche Bemerkung der Fremden die Nase zu rümpfen. Geistesabwesend folgte sie dem Spiel der Schneeflocken, die immer dichter wurden. Inzwischen war es bereits dunkel, und der Platz vor der Marienkapelle hatte sich geleert. Die Frauen, die nach dem Abbruch der Marktstände ihre Gebete gesprochen oder vor dem alten Pater Cyprian die Beichte abgelegt hatten, eilten an ihr vorbei, aber diesmal blieben sie nicht stehen, um zu tuscheln oder ihr abschätzige Blicke zuzuwerfen. Alle hatten es eilig, nach Hause zu kommen und das Feuer in den Herdstellen zu schüren, denn diese Nacht versprach kälter zu werden als alle vorangegangenen.

Regina wandte sich zum Portal des Gotteshauses um. Sie hatte nur noch den Wunsch, zu beichten und die Absolution zu empfangen. Vielleicht würde sie sich danach nicht mehr so beschmutzt fühlen. Doch als sie eintreten wollte, fand sie die mächtige Tür verschlossen. Die Lampe, die neben dem Eingang in einer Halterung steckte, war erloschen. Heute würde ihr kein Priester mehr die Beichte abnehmen. Langsam trat sie auf die Straße, wo die Fußspuren der Menschen sich allmählich mit neuem, pulvrigem Schnee füllten. Zu ihrer Überraschung spürte sie die Kälte gar nicht mehr so beißend in den Armen und Beinen. Stattdessen empfand sie nur ein dumpfes Taubheitsgefühl, das ihre Glieder schwer wie Blei werden ließ. Sie brauchte einen Unterschlupf, auf der Stelle. Denn sonst würde die Schläfrigkeit, die sich in ihr ausbreitete, sie zwingen, irgendwo im Freien zu schlafen. Und sie würde erfrieren.

Die Gauklerin mit dem vor Kälte erstarrten Gesicht war immer noch in ihrer Nähe. Sie verfolgte Regina. Wurde sie dieses Weib denn nie mehr los? Verschwinde, dachte sie zornig. Ich bin keine von euch und werde es auch niemals sein.

Ich bin ehrlich.

Ehrlich? Konnte sie das behaupten? Nach dem, was in St. Afra geschehen war? Die Nonnen und ihr eigener Vater betrachteten sie als schamlose Hure. Sie hatte großes Glück gehabt, dass die Priorin nicht darauf bestanden hatte, sie einzusperren. Wofür mochte diese Rieke sie halten? Wer war der Mann, der angeblich auf ihrer Fiedel gespielt hatte? Vor dem grausigen Adamshof hatte Dorothea sie mehr als einmal gewarnt, und sie hatte keinen Grund, der Freundin nicht zu glauben. Sie nahm sich vor, niemals auch nur einen Fuß in das düstere Gemäuer vor der Stadtmauer zu setzen, selbst wenn alle Teufel dort wie Engel aussahen. Sie wusste aus dem Unterricht im Kloster, dass der Satan überall lauerte und es vor allem auf Jungfrauen abgesehen hatte, die er verführte, um einen Bund mit ihnen schließen zu können. Vor einigen Jahren war es in Würzburg schon einmal zu einem Prozess wegen Teufelsbuhlschaft gekommen, und Regina zitterte bei dem Gedanken, jemand könnte ihr auch das noch zur Last legen. Aber sie wehrte sich auch nicht, als die Gauklerin ihr unvermittelt die Hand auf die Schulter legte. Ein bereits feuchtes, aber doch wärmendes Wolltuch wurde ihr um den Kopf geschlungen, um ihr ohnehin nasses Haar nicht länger dem Schneeregen auszusetzen. Ergeben senkte sie den Blick, damit ihr kein Schnee mehr in die Augen flog. Und sie gehorchte der Anordnung der Gauklerin, ihr zu folgen.

10. Kapitel

«Na komm schon, bevor wir beide hier festfrieren», kommandierte die Gauklerin barsch. Geschickt wich sie einer spiegelglatten Fläche aus, doch beim Atmen gab sie rasselnde Geräusche von sich. Sie durchquerten die Gasse, in der die Korbmacher ihre Werkstätten hatten, und folgten dem Weg, der zum Stadttor führte. An den rußgeschwärzten Mauern spendeten einige brennende Pechfackeln gerade so viel Licht, dass die beiden Frauen nicht hinfielen, denn hier, nahe der Stadtmauer, befanden sich die Holzhütten der ärmeren Stadtbewohner. Angefrorener Unrat lud zum Stolpern geradezu ein. Regina folgte der Gauklerin, als diese sie mit einer Handbewegung durch einen Torbogen winkte, der in ein finsteres Loch zu münden schien. Als Tochter des Stadtvogts wusste Regina, wo sie sich befanden. Der schlauchartige Gang, dessen rauer Stein mit Moos bewachsen war, endete nur wenige Schritte vor dem Südportal der Stadtmauer. Durch dieses Tor ging kein ehrbarer Bürger, befand sich in unmittelbarer Nähe doch eine Senke, in der die sterblichen Überreste all jener verbrannt wurden, denen die Kirche ein christliches Begräbnis verweigerte. Krähen und Wölfe waren die heimlichen Herrscher über dieses Reich des Todes, von dem nicht weniger schaurige Geschichten im Umlauf waren als vom Gehöft der Gaukler. Regina hob scheu den Kopf; auf dem Wehrgang der Stadtmauer nahm sie verschwommen die Umrisse einiger Gestalten wahr, die sich über die Brüstung beugten und über das scheußliche Wetter fluchten. Als die Wachen Regina und die Gauklerin entdeckten, regneten Anzüglichkeiten und obszöne Gesten auf die beiden Frauen herab. Rieke schien dies nicht zu stören, im Gegenteil, sie erwiderte die frechen Späße der Stadtwachen so scharfzüngig, dass Regina mit einem Schlag aus ihrer Lethargie erwachte.

«Wie kannst du nur so schamlos sein und mit den Männern scherzen», jammerte sie. «Wenn sie nun die Treppe hinuntersteigen.»

Rieke seufzte ungeduldig. «Das will ich ja, du dummes Ding. Oder glaubst du, ich allein kann uns das schwere Tor öffnen? Nein, die Burschen kennen mich und meine Leute. Manchmal lasse ich eines der heißblütigen Mädchen, die bei uns Zuflucht gefunden haben, ein wenig zu ihrer Unterhaltung tanzen. Dann machen sie auch keinen Ärger, wenn wir mal nach Toresschluss aus der Stadt müssen.»

Regina funkelte die Gauklerin an. Wenn Rieke glaubte, dass sie nun ebenfalls für die Torwächter tanzte, war sie verrückter, als sie aussah. Glücklicherweise erwies sich wenigstens diese Sorge als unbegründet. Dem frierenden jungen Mann, der wenig später mit einem Schlüsselbund die hölzerne Stiege heruntergelaufen kam, war anzusehen, dass ihm der Sinn eher nach einem Schluck Wein stand als nach einem Gauklertanz im Schneesturm. Er lud Rieke und Regina weder ein, ihm hinauf in die Wachstube zu folgen, wo seine Kameraden würfelten, noch bestand er auf einer Bezahlung dafür, dass er für die beiden Frauen die südliche Pforte öffnete.

Regina atmete auf, als das schwere Tor hinter ihnen geräuschvoll ins Schloss fiel. Sie freute sich, dass der junge Stadtwächter in ihr nicht die Tochter des Vogts erkannt und sie verspottet hatte. Das Leben, das sie bislang geführt hatte, gab es nicht mehr; das dumpfe Geräusch erinnerte sie unbarmherzig daran, dass sie den Schutz und die Geborgenheit der Stadt endgültig verloren hatte.

«Hoffentlich war dieser Nichtsnutz von Jokulator so freundlich, uns nicht die ganze heiße Suppe wegzufressen», sagte Rieke glucksend. Sie schien gedanklich bereits am warmen Feuer ihres Hauses zu sitzen. «Er ist ein gutmütiger Mensch, aber wenn es ums Essen geht, vergisst er alles, was ich ihm an Umgangsformen beigebracht habe.» Sie begann, von den Bewohnern ihres Gehöfts zu erzählen, schilderte deren Vorzüge und Befindlichkeiten. Regina war sich nicht sicher, ob die Gauklerin dies tat, um ihr einen ersten Eindruck zu vermitteln, mit wem sie es zu tun bekommen würde, oder ob sie einfach von ihrem Heim schwärmte. Immerhin musste Rieke nicht umherziehen, wie das fahrende Volk es für gewöhnlich tat. Dank der Großzügigkeit des Fürstbischofs bewohnte sie mit ihren Leuten einen Besitz, der früher einmal einem Landedelmann gehört hatte, nach dessen Tod aber mitsamt seinen Ländereien an das Hochstift gefallen war.

Regina beeilte sich, den Brückenweg zu überqueren, der über den zugefrorenen Stadtgraben führte. Sie verspürte keine Lust, noch mehr über Riekes Freunde zu erfahren. Die würde sie wohl oder übel noch früh genug kennenlernen.

Während die grauen Mauern und Türme Würzburgs allmählich hinter der Wand aus Schnee und Dunkelheit verschwanden, blickte sich Regina nach der berüchtigten Grube um, in der, wie man ihr erzählt hatte, von Zeit zu Zeit die Asche verstorbener Heiden, Verbrecher und Aussätziger verscharrt wurde. Doch alles, was sie in der Finsternis ausmachen konnte, waren eine dichte Ansammlung kahler Bäume mit verkrüppelten Zweigen, die den Stadtgraben säumten, und ebenen schneebedeckten Grund, der sich bis zum Waldrand erstreckte. Auf diesen steuerte die Gauklerin mit energischen Schritten zu. Regina runzelte die Stirn. Sie hatte damit gerechnet, der Landstraße zu folgen, denn die Abkürzung, die die Gauklerin wählte, sah nicht gerade vertrauenerweckend aus. Doch die Frau schien zu wissen, was sie tat. Seufzend beeilte sich Regina, Schritt zu halten. Dennoch blieb sie von Zeit zu Zeit stehen und lauschte, sie war davon überzeugt, dass es hier draußen Wölfe gab, die bis an die Mauern vordrangen. Zwei Frauen, die ohne Laterne und Waffen durch den Schnee liefen, waren für ein ausgehungertes Rudel leichte Beute. Regina erinnerte sich, dass ihr Vater schon vor dem ersten Frost mit Erlaubnis des Fürstbischofs zu einer Wolfsjagd rund um die Stadt aufgerufen und für jedes erlegte Raubtier einen stattlichen Lohn ausgesetzt hatte. Als ein unheimliches Geheul durch den Wald drang, ergriff sie spontan Riekes Hand und drückte sie.

«Still, hab keine Angst!» Die Gauklerin legte einen Finger über ihre Lippen. «Die Wölfe folgen unserer Spur, aber sie werden uns erst jagen, wenn wir wie die Hasen zu rennen anfangen.» Regina nickte. So leise sie nur konnte folgte sie der Gauklerin auf einen mit bloßem Auge kaum erkennbaren Pfad, der Richtung Osten wies. Nach einer Weile hörte Regina ein verhaltenes Rauschen und entdeckte, dass sie auf den Main zuliefen. Das Gehöft, das die Gaukler bewohnten, musste sich ganz in der Nähe des Ufers befinden, vermutlich bei den Hütten der Fährleute, die im Dienst des Hochstifts standen. Der Weg wand sich noch einige Male, dann endete er abrupt vor einer Mauer aus Feldsteinblöcken.

«Wir sind da», sagte die Gauklerin knapp, doch Regina hörte die Erleichterung aus ihren Worten heraus. «Hinter dieser Mauer liegt der Adamshof.» Sie lief auf ein Tor zu, das nur angelehnt war und den Blick auf einen verwahrlosten Innenhof freigab. In der Mitte des Hofs standen drei Wagen sowie eine größere Anzahl von Kisten, Fässern und Handkarren. Das eigentliche Gutshaus war auf den ersten Blick kaum auszumachen, es schien sich hinter zwei gewaltigen Lindenbäumen zu verstecken. Als Regina den Hof durchquerte, fand sie auch heraus, warum. Es war eine bessere Ruine, die den Bewohnern des Adamshofs Obdach gewährte. Die Hälfte des Daches war bereits vor langer Zeit eingestürzt, nur der hintere Teil des Anwesens schien noch einigermaßen Schutz vor Regen und Kälte zu bieten. Dort erspähte

Regina auch einen schwachen Lichtschein, der von einer Lampe oder von einem Herdfeuer herrührte. Vermutlich hatten die Gauklerin und ihre Getreuen ein paar der Kammern bewohnbar gemacht, die ursprünglich dafür vorgesehen waren, Korn einzulagern. Eine wackelige Holzstiege führte zum Eingang.

«Ich werde dich den anderen vorstellen», verkündete die Gauklerin mit einem breiten Grinsen, als sie Regina die Stiege hinaufschob. «Wie ich das faule Pack kenne, sitzt es jetzt um die Kochstelle herum und prahlt von vergangenen Heldentaten.» Das Geräusch einer Säge, das aus dem Inneren der Stube drang, belehrte die Frau jedoch eines Besseren. Es wurde gearbeitet.

Da Regina nicht auf den sonderbaren Anblick gefasst war, der sich ihr beim Betreten der Gauklerunterkunft bot, verschlug es ihr erst einmal die Sprache. Der Raum war rußig und vom Rauch der Feuerstelle so stickig, dass man kaum atmen konnte. Ein Mädchen, das in einem Kochtopf rührte, blickte kurz auf, als die Gauklerin eintrat. Als sie die Fremde bemerkte, legte sie sofort den Löffel zur Seite, richtete sich auf und schaute sich nach ihren Gefährten um, die sich im hinteren Teil des Raumes damit abmühten, einige Bretter zu kürzen. Die Männer, ein schlanker, stattlicher Bursche, dessen blondgelockter Bart sorgfältig gestutzt war, sowie ein zwergenhaftes Kerlchen mit heiserer Stimme schienen eine Art Bühne zu errichten, die auf zwei rot angemalten Säulen ruhte. Auf der Vorderseite waren merkwürdige Zeichen zu sehen. Planten die Männer ein religiöses Mysterienspiel aufzuführen oder eher ein Possenstück?

Ein dritter Gaukler stand neben der Bühne auf einem dreibeinigen Schemel und trank Unmengen Wasser aus einem Tonkrug. Fassungslos verfolgte Regina, wie er kurz gurgelte, den Inhalt seines Mundes dann aber in drei Schalen spie. In die erste Schale rann das Wasser rot, in die zweite grün und in die dritte schließlich gelb.

Das Mädchen am Kochtopf und ein älterer, kräftiger Mann, der soeben den Raum durch eine kleine Seitentür betreten hatte, zollten dem Wasserspeier jubelnd Beifall. «Gratuliere, Silvester», rief das Mädchen. «Endlich ist dir Fortuna hold!»

Ich bin in ein Narrenhaus geraten, befand Regina. Erschüttert wandte sie sich ab, denn sie befürchtete, ihr Kopf könnte von der Flut neuer Eindrücke bersten. Wohl war ihr klar gewesen, dass die Welt, die sie hier erwartete, mit nichts zu vergleichen war, was ihr lieb und vertraut war. Doch der Lärm, den diese Menschen veranstalteten, ihr derbes Gelächter und die Zoten, die wie Schneebälle durch den Raum flogen, überstiegen all ihre Befürchtungen. Sie fragte sich, was Dorothea wohl zu alldem gesagt hätte, entschied aber, dass es besser war, nicht an ihre Freundin im Kloster zu denken.

«Komm zum Feuer und wärm dich auf, mein Kind», rief ihr die Gauklerin zu. «Ich kann verstehen, dass dich dieser Anblick aus der Fassung bringt, aber du darfst nicht glauben, unser Silvester stünde mit schwarzer Magie im Bunde. Bislang hat es nur einer geschafft, Wasser in Wein zu verwandeln, und der hatte es wahrhaft nicht nötig, auf billige Taschenspielertricks zurückzugreifen, nicht wahr? Wir sind ohne Ausnahme gottesfürchtig, auch wenn wir unser Brot mit der Kunst des Taschenspiels verdienen.»

Der Gaukler auf dem Schemel machte ein beleidigtes Gesicht. «Von wegen billige Tricks, du faule, alte Kröte», fauchte er. «Ich gehöre nicht erst seit heute zu den ersten Meistern der magischen Künste. Vielleicht möchte die Kleine erst einmal einen Schluck kosten, bevor du ihr meinen Wein madig machst.» Er lächelte Regina zu, wobei er seinen Körper gewandt von dem Schemel bewegte. «Du siehst mir so aus, als könntest du einen guten Tropfen von billigem Sauerampfer unterscheiden.» Er winkte. «Na los, nur nicht so schüchtern. Was du siehst, ist wirklich Wein.»

«Silvester, lass sie in Ruhe.» Die Gauklerin rollte mit den Augen. Dann deutete sie auf die noch unfertige Bühne, an der seine Gefährten arbeiteten. «Dieses verrückte Ding ist ja immer noch nicht fertig. Ich kann es nicht mehr sehen. Morgen steht es, und du führst uns vor, womit du die Leute unterhalten willst, oder es fliegt hinaus in den Schnee, verstanden?»

Der Gaukler sprang mit einem Satz über den Schemel, wich den Wasserschalen aus und kam mit schnellen Schritten zum Feuer gelaufen, wo er dem Mädchen, das ihn mit glänzenden Augen ansah, einen dicken Kuss auf den Hals drückte. Sie wich quietschend vor ihm zurück, doch Regina erkannte sogleich, dass das Mädchen nur die Spröde spielte. Der Röte nach zu urteilen, die ihre blassen Wangen färbte, war sie dem stattlichen Gaukler mit Leib und Seele verfallen. Während Regina auf einen Hocker sank, gab Rieke dem verliebten Mädchen den Befehl, eine Schale mit heißer Suppe zu füllen. Währenddessen erklärte der Wasserspeier ihr und seinen Gefährten seinen neuesten Einfall, der angeblich vor den Augen der Zuschauer die Mysterien des alten Ägypten wiederauferstehen lassen sollte.

«Die Leute haben eine Schwäche für die alten Heiden», behauptete er. «Tamar hat mir erzählt, dass im Kalifat von Granada jahrhundertelang alte Schriften arabischer, hebräischer und ägyptischer Herkunft gesammelt und übersetzt wurden, bevor es den allerkatholischsten Majestäten Ferdinand und Isabella gefiel, diesen Stützpunkt der Mauren einzunehmen und die Juden zu vertreiben.»

«Tamar sollte aufhören, Salz in die Suppe zu schaufeln, bevor sie ungenießbar wird», drohte Rieke. Dabei klang sie wie eine Mutter, die ihre ungezogenen Kinder bändigen wollte. «Und dich werden sie doch noch eines Tages als Hexenmeister abführen.» Die Gauklerin schöpfte einen Löffel Suppe, pustete und schluckte sie hastig hinunter. «Aber glaub bloß nicht, dass ich dann den Marienberg hinaufsteige und mich dem Fürstbischof zu Füßen werfe, um dich zu retten.»

«Ach, das ist aber schade!» Der Gaukler schüttelte bedauernd den Kopf. «Ich war mir sicher, dass dem hohen Herrn unser Spiel im Bischofspalast gefallen hat. Ganz besonders Tamars Tanz. Ich konnte sein Herz durch das feine Gewand klopfen hören. Als dieser Schwachkopf von Ritter sein Schwert zückte, wäre er beinahe in Ohnmacht gefallen. Und die Priester haben sich bestimmt vor Angst in die Hosen gemacht.» Er blickte das Mädchen an, das nun auch an die übrigen Bewohner des Hofes Suppe austeilte, und erntete einen feurigen Blick aus dessen schwarzen Augen.

«Auch wenn Bischof Lorenz uns gut bezahlt hat, werden wir uns bis auf weiteres ruhig verhalten und nicht mehr zur Burg hinaufsteigen», sagte nun der Mann, der Silvester spontan applaudiert hatte. Er schien im Haus etwas zu sagen zu haben, denn keiner der Männer und Frauen wagte, ihm zu widersprechen. Die Gauklerin lief auf den Hünen zu und überreichte ihm eigenhändig seine Schale. Dann setzten sich alle dort nieder, wo sie Platz fanden, denn einen Tisch, der groß genug für alle war, gab es nicht in dem Raum.

«Wer ist das?», flüsterte Regina dem Mädchen zu, das sich mit angewinkelten Beinen auf dem festgestampften Lehmboden niedergelassen hatte.

«Du meinst unseren Hauswirt, Bernt Buntrock? Was für eine dumme Frage. Er ist Riekes Ehemann, was sonst? Oder glaubst du, sie würde einem anderen Kerl die Suppe servieren?» Sie lachte spöttisch. «Das wird kein Mann jemals erleben.»

«Konnte ich doch nicht wissen», murmelte Regina. Sie widmete sich wieder ihrem Essen, das zu ihrer Überraschung ausgezeichnet schmeckte, obwohl Regina nicht wissen wollte, was das blasse Geschöpf, das fast noch ein Kind war, alles in den Topf geworfen hatte. Zu ihrer Überraschung würzten die Gaukler verschwenderischer als so mancher Edelmann. Sie schienen keine Not zu leiden, wenn sie sich diesen Luxus leisten konnten.

«Buntrock sagt den Gauklern, die hier eine Unterkunft gefunden haben, wo es langgeht», fuhr das Mädchen in Plauderstimmung fort.

«Also gehört diesem Buntrock der Adamshof?»

Das Mädchen runzelte die Stirn; offensichtlich hatte die Frage sie verärgert. «Was geht dich das an? Dir gehört er jedenfalls nicht. Hier stellen die Buntrocks die Regeln auf, nach denen wir leben. Vergiss das besser nicht, sonst jagen sie dich gleich wieder fort.» Einen Moment sagte sie nichts, und auch Regina fand es klüger, den Mund zu halten. Doch dann besann sich das Mädchen plötzlich. Eine Spur freundlicher erklärte es: «Eigentlich gehören hier jeder Stein und Strohhalm der Rieke. Sie bekam den Hof vom Fürstbischof, und niemand darf ihn ihr jemals wieder wegnehmen.»

«Ach, tatsächlich? Wieso das? Ich meine, es ist doch höchst ungewöhnlich, dass eine verheiratete Frau über ihr eigenes Stück Land verfügt, oder?» Regina musste an das Haus ihrer Mutter denken, das am Tag ihrer Eheschließung in den Besitz ihres Ehemannes übergegangen war. Genauso wäre es auch ihr eines Tages ergangen, doch darüber nachzudenken war müßig. Als verstoßener Tochter stand ihr von Rechts wegen kein Erbteil mehr zu. Vermutlich vermachte ihr Vater seinen Besitz der Kirche.

«Nun, Rieke hängt es auch nicht an die große Glocke. Für sie ist Bernt der Herr des Hofes. Was nicht heißen soll, dass sie nicht auch zu befehlen versteht. Aber offiziell wurde ihr das Gut übergeben. Der Fürstbischof und Rieke scheinen sich von früher zu kennen, man munkelt sogar, sie sei seine unerreichbare Liebe und dass er es nicht ertragen könne, sie aus Würzburg fortgehen zu sehen. Aber das ist natürlich Unsinn. Rieke und Bernt sind miteinander verbunden wie zwei Kirschen, die am selben Zweig hängen. Wenn sie eines Tages entscheiden, woanders ihr Glück zu suchen, wird der Fürstbischof sie nicht davon abhalten können. Ich hoffe jedoch, dass sie den Adamshof behalten werden.

Solange Rieke lebt, wird kein Gaukler in Würzburg in der Kälte stehen müssen. Du bist das beste Beispiel für ihre Mildtätigkeit, auch wenn ich keine Ahnung habe, warum sie ausgerechnet dich mitgebracht hat.»

Regina hob den Kopf und beobachtete das ältliche und doch so lebendig wirkende Gauklerpaar, das eng aneinandergeschmiegt vor dem dampfenden Kessel hockte und gemeinsam aus einer Schale aß. Die Art, wie sie einander mit Blicken streichelten und sich mit Gesten der Zuneigung umsorgten, bestätigte Regina, dass die Worte des Mädchens wahr waren. Rieke schien ihren Mann aufrichtig zu lieben.

Nach einer Weile flüsterte die Gauklerin ihrem Mann etwas ins Ohr, woraufhin beide sich von ihren Kissen erhoben und zu ihr hinüberbegaben.

«Hast du dich ein wenig von den Strapazen des Tages erholt?», wollte Rieke von Regina wissen. Doch ehe sie antworten konnte, schob der Gaukleranführer seine Frau behutsam zur Seite und baute sich breitbeinig vor ihr auf. Mit einem Blick, der keinen Widerspruch zuließ, befahl er dem zierlichen Mädchen neben Regina, seine Schale zu nehmen und woanders aufzuessen, weil er allein mit Regina reden wollte. Dann machte er eine Handbewegung, als fordere er etwas von Regina.

«Mach schon, zeig sie mir!»

Regina zuckte ratlos die Achseln, denn sie hatte keine Ahnung, was der Mann von ihr wollte. «Was, bitte?»

«Die rote Fiedel will ich sehen», erklärte Buntrock schroff. «Mein Weib glaubt, dass du sie mit dir herumträgst. Also will ich mich mit eigenen Augen davon überzeugen, dass es sein Instrument ist und kein wertloser Plunder.»

Regina presste die Lippen zusammen. Allmählich gingen ihr die geheimnisvollen Andeutungen dieser Leute mächtig auf die Nerven. Was glaubten sie an dem alten Instrument zu entdecken? Gewiss war es keine Kostbarkeit, dennoch hatte bereits die

Gauklerin vor der Kapelle angedeutet, Regina hätte die Fiedel gestohlen. Aber von wem bloß?

Trotzig zog sie das von ihr sorgsam in Tuch eingeschlagene Instrument aus dem Bündel und reichte es dem Gaukler. Buntrock schien kein besonderer Kenner zu sein, jedenfalls hielt er die Fiedel wie einen Schmiedehammer, als er sie in Augenschein nahm.

«Beim großen Albertus Magnus, du hattest recht, Rieke», verkündete er nach einer eingehenden Prüfung. Er wirkte ehrlich überrascht. Immer wieder wanderten seine Blicke von dem roten polierten und mit Saiten bespannten Kasten zu Regina, die mit verschränkten Armen auf ihrem Schemel saß und ins Leere starrte.

«Rieke sagt, du steckst in Schwierigkeiten?» Buntrock gab ihr die Fiedel zurück.

«Danke, mir geht es bestens.»

«Egal. Du kannst bei uns bleiben, vorausgesetzt, du machst mir die Burschen hier nicht verrückt. Aber das hat natürlich seinen Preis.»

Der Mann sprach mit unbewegter Miene; weder Hohn noch Schadenfreude lagen in seiner Stimme, und doch spürte Regina, wie plötzlich aufsteigende Hitze ihr Gesicht glühen ließ. Sah so also ihr Schicksal aus? Brauchten die Gaukler eine Hure, die sie des Nachts im Stroh wärmte, wenn draußen Wind und Schneeregen an den Läden rüttelten? Wütend fuhr sie in die Höhe. Als sie jedoch in das wütende Gesicht der Gauklerin sah, wusste sie, dass sie falschlag.

«Wenn du uns für gottlose Kuppler hältst, die Mädchen für einen Bissen Brot verschachern, kannst du die Tür gleich von außen zumachen», fauchte Rieke sie an.

«Werft sie hinaus», mischte sich das Mädchen ein, das offenbar die Ohren gespitzt hatte, damit ihr kein Wort der Unterhaltung entging. «Die passt doch überhaupt nicht zu uns. Sie wird uns nur Ärger machen, das spüre ich. Habt ihr sie euch mal genau angeschaut?» Das Mädchen lief um Regina herum wie um eine Kuh auf dem Markt. «Ihrem Gesicht und den feinen Händen nach ist sie ein Püppchen, das von jedem Windhauch umgeworfen wird. So eine würde uns bei jeder Fahrt über die Dörfer nur jammernd auf dem Wagen hocken. Gewiss hat sie ihre Tage früher nur mit Beten und Sticken verbracht.» Sie machte eine Bewegung, als wollte sie eine Nadel einfädeln, wobei sie geringschätzig die Nase rümpfte.

«Sie erinnert mich an dich, Tamar!» Die Gauklerin funkelte das Mädchen warnend an. «Als wir dich auflasen, konntest du nicht einmal aufrecht stehen. Es hat Wochen gedauert, bis du endlich so kräftig warst, dass der Jokulator dir beibringen konnte, deine Füße zum Tanzen zu gebrauchen. Und jammern tust du heute noch für drei.»

Tamar schürzte schmollend die Lippen. An ihre Vergangenheit wurde sie ungern erinnert. Hilfesuchend blickte sie sich nach dem Wasserspeier um, doch den schien Riekes Bemerkung nicht aufzuregen, im Gegenteil, er nickte zustimmend. Ohne die Unterstützung ihres Geliebten blieb ihr nur noch die Flucht. Mit rotem Kopf eilte sie hinaus auf den Hof; das raue Gelächter der Männer verfolgte sie, bis die Tür zufiel und ihre Stimmen dämpfte.

Regina trat ans Fenster und blickte dem aufgebrachten Mädchen nach. Tamar konnte kaum älter sein als sie. Sie hatte mit ihr geplaudert, da sie angenommen hatte, ihr Aufenthalt sei nur vorübergehend. Dass das Gauklerpaar Buntrock ihr jedoch Obdach gewähren wollte und mit dem Gedanken spielte, sie in die Gemeinschaft der Gaukler aufzunehmen, passte ihr nicht.

Warum?, fragte sich Regina. Fürchtete Tamar, ausgerechnet Regina könnte ihr den mühsam erkämpften Rang streitig machen? Die Zuneigung Riekes oder die hungrigen Blicke des Burschen, den Regina nach wie vor für einen Hexenmeister hielt?

Wie lächerlich, so etwas auch nur in Erwägung zu ziehen. Bedauerlich war nur, dass Regina nun von dem einzigen weiblichen Wesen ihres Alters weit und breit kein Wohlwollen mehr erwarten durfte. Was aber sollte sie unternehmen, um das Mädchen zu besänftigen? Regina sah zwar ein, dass sie fürs Erste hier unterschlüpfen musste, wenn sie nicht verhungern und erfrieren wollte; aber insgeheim klammerte sie sich an die Hoffnung, dass sie als Angehörige des Würzburger Stadtpatriziats ihr Leben nicht in einem dem Verfall preisgegebenen Gemäuer vor den Toren ihrer Vaterstadt beschließen musste. Gott war doch allmächtig, so hatten es die Nonnen und ihr Beichtvater ihr beigebracht. Wenn er aber auch gerecht war, so würde er sie nicht lange dem Elend aussetzen, sondern ein Wunder bewirken. Bis es so weit war, musste sie tun, was in ihrer Macht stand, um sich Recht zu verschaffen und Rache an denen zu nehmen, die ihr übel mitgespielt hatten.

Und wenn es Jahre dauern mag, dachte sie erschöpft. Irgendwann würde sich eine Gelegenheit finden, mit Diemut und Hartmut von Weikersheim abzurechnen.

«Habe ich nun alle Bewohner des Adamshofes kennengelernt?», erkundigte sich Regina nach einer Weile höflich bei Rieke Buntrock. Sie hoffte, dass ihre Frage beiläufig genug klang, um keinen Argwohn zu erwecken. Die Gauklerin hob überrascht die Augenbrauen und ließ die Nadel sinken, mit der sie soeben einen Riss im Wams ihres Mannes ausbesserte. Misstrauisch blickte sie Regina an. Wie es aussah, hatte sie nicht erwartet, dass ihr Schützling seinen Schock so rasch überwinden würde, sich unvermittelt in der Gesellschaft ausgestoßener Tagediebe wiederzufinden. Tamars Geschichte hatte sie gelehrt, dass die Mädchen, die zu ihnen stießen, lange brauchten, bis sie sich in ihr Schicksal ergaben. Rieke erinnerte sich mit Schaudern an die schweren Wochen nach Tamars Ankunft, die nun fast fünf Jahre zurücklag. Keiner der Gaukler hatte sich ihr damals nähern dürfen, nicht einmal ihr Essen hatte sie angerührt. Das Mädchen hatte nur in einem Winkel des Hofes gehockt, dabei ins Leere gestarrt und jedem, der ihr zu nahe kam, gedroht, sie werde sich in den Main werfen, falls es den Buntrocks oder einem anderen einfallen sollte, sie wie eine Gauklerin auf die Jahrmärkte und Dorffeste zu führen. Erst der stets zu Scherzen aufgelegte Silvester, der trotz seiner Eigenheiten ein feinfühliger Geselle war, hatte es mit viel Geduld geschafft, allmählich den Schutzpanzer aus Kummer und Verbitterung über Tamars Seele zu durchbrechen. Dafür hing sie seitdem wie eine Klette an ihm.

«Ich werde dir schon noch alle vorstellen, mein Kind», sagte die Gauklerin. Als sie jedoch das Schnarchen der Männer hörte, die, satt von Tamars schmackhaftem Eintopf, eingeschlafen waren, entschied sie, dass dafür auch morgen noch Zeit genug war. Sie zeigte Regina ein winziges Kämmerchen hinter einem Vorhang, in dem ein Strohsack sowie zwei mit Holzspänen gefüllte Kopfrollen zum Ausruhen einluden. Regina glaubte nicht, dass die Buntrocks in diesem engen Stübchen ihr Nachtlager aufschlugen, folglich gehörte dieser Schlafplatz der bis heute einzigen Frau der Gauklergruppe: Tamar.

Das kann ja nett werden, dachte Regina. Die Angst vor einem nächtlichen Angriff führte sie in Versuchung, sich draußen ein Plätzchen zwischen den Binsen zu suchen, wo sie niemandem zu nahe rückte. Doch der Verdacht lag nahe, dass das Rieke, die sich sehr um sie sorgte, nicht recht gewesen wäre.

Vorsichtig ließ sie sich auf dem vergilbten, aber leidlich sauberen Leintuch nieder und deckte sich mit einem der beiden Schaffelle zu. Mochte es auch von Ungeziefer bevölkert sein, im Augenblick erschienen ihr die warmen Decken kostbarer als Gold. Als ihr Atem sich beruhigte, hörte sie ein leises Gackern, das ihr verriet, dass hinter dem Kopfende des Lagers, nur von einer dünnen Bretterwand von ihr getrennt, der Hühnerstall lag. Allmählich bemerkte sie auch, wie weh ihr sämtliche Glieder taten. Die

Verletzungen und Schläge, die ihr erst Hartmut von Weikersheim und dann die Nonnen beigebracht hatten, machten sich nun, da die Kälte allmählich aus ihren Knochen wich, mit einem wütenden Pochen und Ziehen bemerkbar.

Der Schmerz raubte ihr lange den Schlaf, aber vielleicht war es ja besser, in diesem armseligen Verschlag nicht die Augen zu schließen. Solange Schmerz und Wut in ihr tobten, vergaß sie wenigstens den Schwur nicht, der sie aufrecht hielt. Sie würde so lange bei den Buntrocks und ihren Gauklerfreunden bleiben, bis sie den Mann gefunden hatte, der Diemut von Pinzburg im Kloster aufgesucht und ihr die Flaschen mit Gift geliefert hatte. Dem Gift, das die alte Äbtissin von St. Afra langsam, aber sicher tötete.

Die Gaukler waren eine verschworene Gemeinschaft, sie kannten einander und mussten folglich wissen, wo der Fremde mit dem Turban zu finden war. Selbst wenn er nicht bei ihnen auf dem Adamshof überwinterte, sondern mit seinem gefährlichen Gut durch die Lande zog, würde er in Würzburg gewiss nicht in einem Gasthaus absteigen. Eines Tages würde er sich hier blicken lassen, vermutlich schon bald, denn Diemut von Pinzburg hatte bei ihrem letzten Treffen an der Pforte keinen Zweifel daran gelassen, dass sie weitere Lieferungen von ihm benötigte. Regina brauchte also nur abzuwarten, bis er ihr in die Falle ging. Zwar hatte sie noch keine Ahnung, wie sie den Mann zwingen konnte, in Gegenwart des Fürstbischofs gegen die Priorin auszusagen, aber darüber konnte sie sich den Kopf zerbrechen, wenn es so weit war. Einstweilen galt es, das Vertrauen der Buntrocks zu gewinnen, denn ihr Wort hatte in der sonderbaren Gemeinschaft Gewicht. Vermutlich schadete es nichts, sich ein wenig mit den Sitten und Gebräuchen hier vertraut zu machen. Denn falls es tatsächlich eine Verbindung zwischen ihr, diesen Leuten und dem Fürstbischof gab, so konnte sie sich diese womöglich zunutze machen.

Mit diesem Gedanken sank Regina schließlich doch noch in einen bleiernen Schlaf, aus dem sie nicht einmal erwachte, als Stunden später eine vor Kälte bebende Tamar neben ihr unter die Decke schlüpfte.

11. Kapitel

Marcello musste bald feststellen, dass er seine Abreise aus Würzburg nicht so schnell antreten konnte, wie er vorgehabt hatte. Während er noch damit beschäftigt gewesen war, seine Angelegenheiten zu ordnen, war ein Bote des Fürstbischofs erschienen, der ihn aufgefordert hatte, sich ein weiteres Mal in der Burg einzufinden.

«Ich glaube nicht, dass ich dem hochwürdigen Bischof noch etwas zu sagen habe», erklärte der alte Mann, als er im Haus seines alten Freundes, des Bildschnitzers Tilman Riemenschneider, am Feuer saß und an dem erklärten Lieblingsgetränk seines Gastgebers nippte, einem Becher heißem Bier mit Molke. Marcello verzog kaum merklich das Gesicht und zwang sich dazu, einen weiteren Schluck zu nehmen. Mit diesem Getränk würde er sich vermutlich nie anfreunden, aber er war zu höflich, um Riemenschneider, der eine ganze Kanne hatte kommen lassen, dies zu sagen.

«Sei nicht albern», riet ihm dieser, nachdem Marcello ihn über seine Bedenken bezüglich des Bischofs aufgeklärt hatte. «Der Fürstbischof steht in deiner Schuld. Es wäre töricht, diese nicht einzufordern.» Er neigte den Kopf und warf Marcello einen verschwörerischen Blick zu. «Mir sind da einige Gerüchte zu Ohren gekommen, die dich betreffen könnten.»

Von Gerüchten habe ich genug, dachte Marcello bitter. Stirnrunzelnd ergriff er seinen Becher und schluckte den Rest des Gebräus in einem Zug hinunter. Doch er wollte seinen alten Freund nicht enttäuschen, der offensichtlich annahm, ihm mit den

Neuigkeiten eine Freude zu machen. Marcello wischte sich mit dem Finger über die Lippen und zwang sich zu einem interessierten Nicken.

Tilman Riemenschneider lächelte zufrieden. Er war ein Mann, der dem vierzigsten Lebensjahr mit Würde, aber nicht ohne Sorge entgegenblickte. Sein Gesicht spiegelte Güte und Gottvertrauen wider, Tugenden, mit denen er seinem Haus vorstand und auch seine Geschäfte führte. Obwohl er keiner alteingesessenen Würzburger Familie entstammte und einige Jahre lang nur als einfacher Malerknecht in der ehrenwerten St.-Lucas-Gilde geduldet worden war, deutete sein gewandtes Auftreten auf das Selbstverständnis eines reifen Mannes hin, der keinen Zweifel daran hegte, dass Gott ihm eine Gabe verliehen, aber auch Prüfungen auferlegt hatte. Riemenschneiders besonderes Geschick als Bildschnitzer hatte ihn in den letzten Jahren an die Höfe von Fürsten und geistlichen Würdenträgern geführt, die es sich etwas kosten ließen, ihm Aufträge zu erteilen. Seine Skulpturen schmückten bereits einige der wichtigsten Kirchen des Hochstifts. Somit war es keine Überraschung, dass er sich auch mit dem Fürstbischof bestens verstand und oft in dessen Gemächern ein und aus ging. Riemenschneider legte Wert darauf, sich mit dem Regenten des Hochstifts gutzustellen, denn das Ansehen, das er als Künstler genoss, brachte auch Würzburg Ruhm und Bewunderung, während seine Kunstwerke ihm zu einem beträchtlichen Wohlstand verhalfen. Inzwischen besaß Riemenschneider längst das Bürgerrecht, denn er war mit einer Würzburgerin aus bester Familie verheiratet. Zum zweiten Mal, wie Marcello gehört hatte; denn Riemenschneiders erste Gemahlin, eine Witwe, war zum großen Kummer des Meisters vor zwei Jahren gestorben. Sie hatte das Haus in der Franziskanergasse mit in die Ehe gebracht, das er mit seinen Kindern noch heute bewohnte.

In seinem Schmerz hatte sich Riemenschneider damals zurückgezogen; wochenlang war die Tür zu seiner Werkstatt verriegelt geblieben und keine Arbeit fertiggestellt worden. Den Gesellen hatte er verboten, Schnitzmesser oder Meißel auch nur zur Hand zu nehmen. Schließlich hatten einige seiner engsten Freunde sich ein Herz gefasst und ihn zu einer erneuten Heirat überredet; schließlich konnten sie es nicht zulassen, dass er sich in seinem Haus vergrub. Davon abgesehen brauchten seine vier verwaisten Kinder wieder eine Mutter, der es nicht zu viel war, ein betriebsames Haus zu führen, Knechte und Mägde zu befehligen und für Gesellen, Lehrburschen und Besucher zu sorgen. Riemenschneider hatte, wenn auch nicht bereitwillig, so doch gehorsam, eingewilligt, weil er vernünftigen Argumenten von jeher zugänglich war. Und es war gewiss vernünftig, was die Würzburger Gilde von ihm verlangte. Mit seiner sanften, zurückhaltenden Art war es ihm auch nicht schwergefallen, eine Frau zu finden, die all die Vorzüge besaß, die seine Freunde an Frauen schätzten. Erst im vergangenen Sommer war die neue Riemenschneiderin in die Goldschmiedegasse gezogen. Sie kümmerte sich umsichtig um die Häuser, die der Meister in der Stadt erworben hatte, und bewirtschaftete seine Gärten und Weinberge.

Trotz dieser Wendung zum Guten wirkte Riemenschneider immer noch traurig und niedergeschlagen. Marcello schätzte, dass er mindestens zwanzig Jahre jünger war als er selbst; dennoch erweckte er den Anschein eines alten Mannes. Er ging gebeugt, die Augen stets auf den Boden gerichtet, als fürchtete er, über einen der straffgewobenen Teppiche seiner Frau zu stolpern. Sooft er den Kopf hob, zog er die Schultern zusammen. Dazu gesellte sich ein Ausdruck von Angst in seinen grauen Augen, die Marcello völlig unbegründet erschien. Hatte der Künstler mit seinen fünfunddreißig Jahren nicht alles erreicht, was ein hart arbeitender Mann in seinem Leben erreichen konnte? Zumindest, wenn man von städtischen Ämtern einmal absah? Während die Männer sich die Erfrischungen schmecken ließen, beobachtete Marcello seinen Freund eingehend und fragte sich, warum Riemenschneider seine alte Lederkappe nicht vom Kopf nahm, obwohl sein braunes Haupthaar dicht, ja beinahe struppig wirkte und nicht den leisesten Ansatz einer Glatze erkennen ließ. Dass er eitel war, glaubte Marcello nicht, dafür ging er viel zu nachlässig mit seiner Kleidung um. Wie viele seiner Gildebrüder trug auch er ein taubengraues Gewand aus grobem Kattun, in dessen Ärmel trotz mehrmaligen Abklopfens noch genügend Holzsplitter aus seiner Werkstatt steckten, um eine kleine Kiste daraus zu zimmern. Vermutlich arbeitet er zu viele Stunden am Tag und ruht zu wenig, überlegte Marcello, der sich als Arzt seine Gedanken über das Befinden seines alten Freundes machte.

«Willst du nun, dass ich dir erzähle, was der Fürstbischof plant?», fragte Riemenschneider. Der Vorwurf in seiner Stimme war nicht zu überhören.

«Oh, tut mir leid, alter Knabe. Ich war mal wieder in Gedanken.» Marcello lächelte. «Also, warum glaubst du, dass ich meine Abreise verschieben sollte?»

Riemenschneider antwortete nicht sofort, denn seine Frau steckte den Kopf in die Stube und fragte, ob sie den Knecht ein weiteres Bierfass anstechen lassen sollte. Zur Antwort hielt ihr Riemenschneider seinen noch halbgefüllten Becher entgegen. «Wir kommen schon zurecht, meine Liebe», antwortete er betont höflich, aber ohne Wärme. «Du kannst schlafen gehen. Gott behüte dich.»

Die Frau murmelte einen Abschiedsgruß, wobei sie weder ihrem Ehemann noch Marcello in die Augen sah.

«Eine hübsche Frau hast du», sagte Marcello, dem nicht entgangen war, wie kühl die Eheleute miteinander umgingen. Er hoffte für seinen Freund, dass sich dies legen würde, sobald sie sich aneinander gewöhnt hatten.

«Ich bin ungerecht zu ihr – das ist es doch, was du eigentlich sagen willst, nicht wahr?» Riemenschneider ging zu der großen, mit Eisen beschlagenen Truhe, die zu den wenigen Möbeln seiner Stube zählte. Auf ihr stand eine kleine Marienfigur, deren Gesicht er liebevoll mit dem Zeigefinger berührte. Marcello ahnte, dass er der Figur das Gesicht seiner verstorbenen Gemahlin gegeben hatte. Und der Gedanke machte ihn traurig.

«Aber wenigstens musste ich mich an keinen neuen Namen gewöhnen, da nun auch die zweite Riemenschneiderin Anna heißt. Meine Gildenbrüder dachten wohl, mir damit einen Gefallen zu tun, als sie mir den Vorschlag machten, um sie zu werben. Aber in Wahrheit quält mich der Gedanke, meine verstorbene Frau zu verraten, indem ich eine andere mit ihrem Namen rufe.»

Marcello sah ein, dass er die Sprache wieder auf den Fürstbischof bringen musste, um seinen Freund von seiner Schwermut abzulenken. Damit hatte er auch Erfolg, denn Riemenschneiders Miene hellte sich wieder ein wenig auf.

«Gut, dass du mich daran erinnerst. Vermutlich weißt du noch nicht, dass Bischof Lorenz seit einiger Zeit mit dem Gedanken spielt, in Würzburg eine Universität zu gründen. Aus diesem Grund lädt er die gelehrtesten Männer Europas an seinen Hof. Er möchte sie prüfen, ob sie bereit wären, hierherzukommen, um *ex cathedra* zu unterrichten.»

Marcello schüttelte den Kopf. «Auch wenn ich dich enttäuschen muss, die Idee ist nicht neu, mein Freund. Es gab schon vor Jahrzehnten den Versuch, eine hohe Schule in der Stadt aufzubauen. Ein Versuch, der kläglich scheiterte.»

«Warum?», fragte Riemenschneider.

«Was soll ich sagen? Ein paar Magister der Theologie und der Philosophie kamen damals in die Stadt, ich glaube, sie stammten aus Prag oder Heidelberg, doch das spielt keine Rolle. Kaum waren sie eingetroffen, da beschwerten sie sich auch schon über die ungünstigen Bedingungen, die sie vorfanden. Die Stadt war in Aufruhr, weil der damalige Fürstbischof der Bürgerschaft hohe Steuern abpresste, um seinen Magistern das Leben am Main erträglicher zu machen. Und gerade, als die gelehrten Herren begannen, sich heimisch zu fühlen, wurde der alte Kanzler der hohen Schule von einem Knecht erschlagen. Ich glaube, der Bursche ertappte seinen Herrn dabei, wie er seiner jungen Frau gegen deren Willen die sieben freien Künste beibringen wollte. Es kam, wie es kommen musste. Die wenigen Studenten, die nach Würzburg gezogen waren, verließen fluchtartig die Stadt, ebenso die Gelehrten. Vermutlich wollte keiner in eine Mordgeschichte hineingezogen werden, denn die Studenten waren in Würzburg alles andere als beliebt. Der Fürstbischof tobte vor Wut, und die Ratsherren beschwerten sich, weil sie das Geld, das sie hatten vorstrecken müssen, nicht wiedersahen. Insgesamt war es ein schlechtes Geschäft.»

«Fürstbischof Lorenz ist aber kein Narr», erhob Riemenschneider Einspruch. Das Vorhaben seines Herrn und Auftraggebers schien ihm am Herzen zu liegen. «Er wird bestimmt behutsam an eine Neugründung der Universität herangehen und nichts überstürzen. Und er wird zusehen, dass er vernünftige Magister gewinnt. Ich bin der Meinung, du wärest für die Fakultät der Medizin der beste Mann, den er sich wünschen könnte. Bischof Lorenz weiß, dass du etwas von der Heilkunst verstehst, außerdem bist du vertrauenswürdig und aufrichtig.» Riemenschneider stellte die Marienfigur wieder zurück auf die Truhe. Als er sich zu Marcello umdrehte, lächelte er. «Würzburg geht schwierigen Zeiten entgegen. Die Stadt braucht Männer wie uns beide, das sage ich aus tiefer Überzeugung, obwohl ich diesen Mangel an Demut morgen früh meinem Beichtvater auf Knien bekennen muss.»

Marcello konnte ein Grinsen nicht unterdrücken. Wenn Riemenschneider einmal unbescheiden wurde, so konnte das nur eines bedeuten: Er hatte von seinem Bischof den Auftrag erhalten, mit ihm zu sprechen, weil dieser von ihrer alten Freundschaft wusste. Riemenschneider sollte ihm das Amt des Universitätslehrers so schmackhaft wie möglich machen. Marcello dachte nach. Bislang hatte er sich immer dagegen gesträubt, zu unterrichten. Er war ein Mann der Praxis, der vor gebrochenen Knochen und blutenden Wunden nicht zurückschreckte. Die Vorstellung, in einer muffigen Kirche oder in einem kalten Klostersaal von einem Katheder hinunterzustarren und mehr oder minder interessierte Burschen mit den Schriften Avicennas oder Galens zu langweilen, jagte ihm Angst ein. Und dennoch barg der Gedanke daran auch einen Reiz, den er nicht verleugnen konnte. Dieser Reiz bestand in der Weitergabe eines alten Wissens, das von längst verstorbenen Meistern der Heilkunde gesammelt worden war. Die Erfahrungen, die er bei ärztlichen Behandlungen gemacht hatte, durften nicht verlorengehen. Sonst starben sie mit den alten Männern, zu denen auch er zählte.

«Eigentlich hatte ich vor, Würzburg so schnell wie möglich zu verlassen, weil ich nicht gewillt bin, am Hof des Fürstbischofs Zeuge des pfeilschnellen Aufstiegs eines unverschämten Speichelleckers zu werden», erklärte Marcello nach einer Weile.

«Willst du mich beleidigen?», scherzte Riemenschneider. «Was habe ich dir nur getan?»

Marcello winkte ungeduldig ab; ihm stand der Sinn nicht nach Scherzen. «Unsinn, Tilman. Wer redet denn von dir? Ich meine diesen aufgeblasenen jungen Gecken, dem es in der Burg gelungen ist, deinen Fürstbischof mit seinem aufgesetzten Lächeln für sich einzunehmen. Nun, eigentlich gehen mich die Entscheidungen der hohen Herren ja nichts an, aber falls Hartmut von Weikersheim sich entschließen sollte, in Würzburg zu bleiben, sollte er sich ein wenig vorsehen. Er wird es nämlich mit Männern zu tun bekommen, die ihm auf die Finger sehen.»

Riemenschneider erhob seinen Becher und prostete Marcello gutgelaunt zu. «Auf zwei dieser Männer möchte ich trinken. Du kannst jederzeit auf mich zählen. Noch hört der Bischof auf mich, denn er ist ganz vernarrt in meine Kunst. Erst vor kurzem bestellte er mich zu sich auf die Burg, um eine neue Skulptur in Auftrag zu geben. Eine ganze Bildergruppe aus feinstem Holz. Außerdem möchte er das Portal der Marienkapelle ausschmücken lassen. Solange er mir gewogen bleibt, werde ich mich dafür einsetzen, dass sich dieser Weikersheim und seine Schwester keine Frechheiten herausnehmen.» Er holte tief Luft. «Nun, wirst du in Würzburg bleiben?»

Marcello ließ sich nicht lange um eine Antwort bitten, was ihn überraschte, denn für gewöhnlich änderte er seine Absichten nicht so schnell. Aber wenn er ehrlich mit sich war, musste er zugeben, dass seine Sehnsucht nach Rom sich in Grenzen hielt. Seit dem Tod seiner Frau, die vor einigen Jahren von einem Fieber dahingerafft worden war, während er sich in Pisa aufgehalten hatte, kam ihm sein Haus kalt und abweisend vor. Seine einzige Tochter hatte sich bemüht, ihn so zu versorgen, wie ihre Mutter es getan hatte, doch irgendwann hatte sie aufgegeben; nichts hatte sie ihm recht machen können. Resigniert hatte sie den Antrag eines Tuchhändlers angenommen, der sie nach Padua mitgenommen hatte. Ansonsten gab es nur noch einen Neffen, den Sohn seiner verstorbenen Schwester, aber auch der wohnte nicht in Rom, sondern nur eine Tagesreise von Würzburg entfernt. Was Marcello an Rom band, waren Erinnerungen und seine Krankenbesuche im Papstpalast, doch selbst die wurden immer seltener. Denn der Heilige Vater erfreute sich seit seiner Genesung von einem Magenleiden bester Gesundheit. Je nach Bedarf konnte der Papst unter einigen brauchbaren römischen Ärzten wählen oder einen Boten zu Marcello schicken. Dies war also kein Problem.

«Also schön, ich bleibe und warte ab, ob es dem Fürstbischof mit seiner Universität wirklich ernst ist», entschied er seufzend. «Zunächst kann ich mich ja im Spital zum Heiligen Geist nützlich machen. So komme ich auch dem Würzburger Stadtarzt und den Wundchirurgen nicht in die Quere.» Er hielt kurz inne, bevor er hinzufügte: «Aber es gibt noch etwas anderes, das mir auf dem Herzen liegt.»

«Das Mädchen, von dem du mir erzählt hast. Die Tochter unseres Stadtvogts.»

Marcello nickte; insgeheim fragte er sich, wie ein Künstler, der sich in Gesellschaft seiner hölzernen und steinernen Heiligenfiguren wohler fühlte als in der geselligen Runde seiner Gildegenossen, so messerscharfe Schlussfolgerungen ziehen konnte. Als er Riemenschneider darauf ansprach, wehrte dieser lachend ab. «Meiner Frau bin ich auch unheimlich. Ich meine damit die zweite Riemenschneiderin. Sie traut sich kaum in die Werkstatt, weil sie fürchtet, meine Figuren könnten Grimassen schneiden oder anfangen, mit ihr zu reden. Sie hält toten Stein für lebendig, aber mich für einen Träumer.» Schlagartig wurde er ernst. «Aber der Träumer versteht es, seine Umgebung zu beobachten. Diese Gabe ist jedem Kunsthandwerker angeboren. Ich lese in den Gesichtern der Menschen wie ein Mönch im Sanktuar. Wie sonst sollte ich Gesichter in Stein meißeln oder aus Holz schnitzen, die voller Leben sind und uns vermitteln wollen, was es heißt, zu hassen, zu lieben oder zu trauern.»

Marcello stand auf und schlüpfte in seine mit Pelz gefütterte Schaube, die er über die Stuhllehne gehängt hatte. Draußen wütete noch immer ein heftiger Schneesturm; es würde kein Vergnügen werden, sich durch den eisigen Wind zu kämpfen. Obwohl er an dem Bier aus Riemenschneiders Keller nur genippt hatte, spürte er eine gewisse Schwere in seinem Kopf, die ihm nicht gefiel. Als Arzt hatte er sich lieber unter Kontrolle.

«Bevor ich hierherkam, stattete ich dem Stadtvogt Babel einen Besuch ab, um ihm ein wenig ins Gewissen zu reden», sagte er auf dem Weg zur Tür. «Solange er nicht weiß, ob die Anschuldigungen, die gegen seine Tochter erhoben wurden, wahr sind, sollte er nicht den Stab über sie brechen.»

«Nach allem, was du mir über das Kloster St. Afra erzählt hast, stimme ich dir zu, dass dort etwas nicht mit rechten Dingen zugeht. Diemut von Pinzburg genießt in Würzburg zwar keinen ausgesprochen schlechten Ruf, aber ich halte sie für äußerst ehrgeizig. Nun ja, das scheint wohl in der Familie zu liegen.» Riemenschneider zögerte einen Augenblick, bevor er erklärte: «Ich mag den Stadtvogt nicht, obwohl er zu meinen Gönnern gehört. Aber seine Gemahlin und die erste Riemenschneiderin waren entfernt miteinander verwandt. Damit wäre die junge Regina so etwas wie eine Nichte, nicht wahr?»

«Würde die zweite Riemenschneiderin damit leben können, sie für eine Weile in ihrem Haus zu beherbergen?», fragte Marcello hoffnungsvoll. Daran hatte er noch gar nicht gedacht.

Riemenschneider lächelte. «Eine davongejagte Klosterschülerin, über die sich bald ganz Würzburg das Maul zerreißen wird? Ganz sicher nicht, mein Freund. Aber mir ist sie willkommen. Sie kann bleiben, bis wir herausgefunden haben, was tatsächlich geschehen ist. Ich denke, meine Anna würde sich im Grab umdrehen, wenn ich das Mädchen draußen auf der Gasse ihrem Schicksal überließe.»

Damit meinte er natürlich die erste Riemenschneiderin.

Marcello hatte kaum seine Kammer im «Hof zum Stachel» erreicht, wie das Gasthaus in der Gressengasse genannt wurde, als eine junge Magd anklopfte und ihm einen Brief überreichte.

Marcello nahm das Schreiben mit einem Seufzen entgegen. Er war todmüde und fragte sich, ob er noch recht bei Verstand gewesen war, als er Riemenschneiders Angebot, in seinem Haus zu übernachten, ausgeschlagen hatte. Doch zum einen lag die Werkstatt des Künstlers nur wenige Schritte von seiner Herberge entfernt, zum anderen brauchte er ein wenig Zeit, um über das Gespräch mit seinem alten Freund nachzudenken.

«Wer hat das Schreiben abgegeben?», wollte er von der Magd

wissen, die sich in der Hoffnung auf eine Belohnung für den Botengang noch immer in der Kammer herumdrückte und so tat, als richte sie ihm das Bett.

Das Mädchen hob erstaunt die Augenbrauen; nur widerwillig rückte es mit der Sprache heraus. Erst die blankpolierte Silbermünze, die Marcello ihr unter die Nase hielt, lockerte ihre Zunge. «Es war eine von den Benediktinerinnen. Ich kenne ihren Namen nicht, aber soviel ich weiß, hütet sie die Pforte. Manchmal erlauben sich die Jungen aus dem Gerberviertel einen Spaß mit ihr, weil sie so ruppig ist. Sie schießen mit ihren Schleudern tote Spatzen oder Mäuse auf das Pförtnerinnenhäuschen. Die Schwester brüllt dann Zeter und Mordio, aber sie darf das Tor nicht öffnen und hinauslaufen, um die Bengel zu verdreschen. Ist verboten. Daher begnügt sie sich damit, sie nach allen Regeln der Kunst zu beschimpfen.»

Heute hat sie ihr Häuschen offensichtlich aber doch verlassen, überlegte Marcello. Hastig überflog er die wenigen Zeilen. Sie waren in lateinischer Sprache abgefasst, was für eine Nonne, auch für eine Pförtnerin, nicht ungewöhnlich war. Was er las, verblüffte ihn so sehr, dass er sich sogleich wieder in seine gerade erst mühsam abgestreiften Stiefel zwängte. Sie waren noch nass vom Schnee, aber er konnte keinesfalls warten, bis sie getrocknet waren. Er warf einen wehmütigen Blick auf die geöffneten Bettvorhänge seines Nachtlagers. Er brauchte dringend Ruhe, aber das Schreiben der Nonne würde ihm ohnehin nicht erlauben, einzuschlafen. Ebenso gut konnte er ihrer Bitte nachkommen und sich mit ihr treffen.

Eilig drückte er der Magd das Geldstück in die Hand und bat sie, die Kammer nicht vor der neunten Stunde zu betreten. Als er sich an ihr vorbeischob und auf den Schankraum zulief, hörte er noch, dass sie ihm eine Frage stellte. Aber er hatte es zu eilig, um sich nochmal nach dem Mädchen umzudrehen.

Es war bereits nach Mitternacht, als sich vor ihm die Umrisse der Klostermauer aus der Dunkelheit erhoben. Der Schneeregen hatte nachgelassen, Marcello dankte allen Heiligen, die er kannte, dafür. Vorsichtig blickte er sich um, während er sich leise dem gewaltigen Tor näherte, durch das er am Vormittag schon einmal geschritten war. Das wuchtige, aus grauem Stein errichtete Gebäude jenseits der Mauer jagte ihm Unbehagen ein, was vielleicht auch daran lag, dass aus keinem der schmalen Fensterschlitze zum Hof auch nur ein Lichtschein nach draußen drang. Der Turm der Klosterkirche erschien Marcello wie ein drohend aufgerichteter Pfeil. Er blieb ratlos stehen. Die Nonne hatte ihn gebeten, Schlag Mitternacht an der Pforte auf sie zu warten, weil sie ihm etwas Wichtiges zur Angelegenheit der verstoßenen Klosterschülerin Regina Babel mitteilen musste. So hatte sie es jedenfalls in ihrem Schreiben ausgedrückt. Sie behauptete, eine Freundin des Mädchens zu sein und hart mit ihrem Gewissen gerungen zu haben, bevor sie sich im Namen ihrer Schutzpatronin, der heiligen Agnes, entschlossen hatte, ihm zu schreiben.

Marcello überlegte, ob es nicht besser wäre, morgen noch einmal zu kommen. Da wurde ein Riegel zurückgeschoben, und ein etwa fünf Finger breites Guckloch in der Pforte ging auf. Zwei funkelnde Augen starrten ihn an. Ein Gesicht konnte Marcello indes nicht erkennen, denn als er seine Laterne hob, sprang die Gestalt rasch zurück und verbarg sich in der Dunkelheit.

«Was soll das?», flüsterte Marcello entnervt. Er sandte einen giftigen Blick in Richtung Guckloch. «Seid Ihr die Pförtnerin, die mich hierherbestellt hat?»

Keine Antwort.

«Hallo, seid Ihr eingeschlafen?», rief der Arzt ein wenig lauter. «Unglaublich.» Er stellte seine Laterne auf der glatten Oberfläche eines großen Findlings ab, der die Einfahrt zum Klosteranwesen markierte. Eine Weile wartete er, dann trat er ärgerlich gegen den Stein und wandte sich zum Gehen. «Na schön, danke für das Gespräch! Ich gehe jetzt.»

«Geht nicht, Herr, ich bitte Euch», vernahm er die dünne Stimme der Frau hinter dem verschlossenen Tor. «Ich glaubte nur, aus dem Kreuzgang ein Geräusch gehört zu haben, und musste mich verbergen, bis die Luft rein war. Hier lungern in letzter Zeit viele Gestalten herum, die nicht nach St. Afra gehören.»

Ja, und eine davon bin ich, dachte Marcello. Er kam sich lächerlich vor. Aber da die Nonne sich endlich aufgerafft hatte, mit ihm zu sprechen, wollte er nachsichtig sein. Außerdem brannte er darauf zu erfahren, was sie ihm über Regina Babel und die Vorgänge im Kloster berichten konnte. Die Nonne schien ihre Freundschaft zu der Verstoßenen über die Regel des Gehorsams zu stellen. Allein das verdiente gewiss Beachtung, wenn man sich vor Augen hielt, dass die Stimme der Frau einerseits forsch klang, andererseits aber auch verriet, dass sie Angst hatte.

«Habt Ihr Beweise für Regina Babels Unschuld?», wollte er wissen. Hoffnung regte sich in ihm, die jedoch rasch erlosch, als die Frau hinter dem Guckloch die Augen niederschlug.

«Sie hat gewiss nichts Böses getan, Herr. Ich muss es wissen, denn wir standen einander immer nah wie Schwestern. Diemut von Pinzburg, unsere Priorin, ist die Natter, deren Gift das Kloster zu einem Ort des Unheils macht. Ihr Bruder hat Regina wochenlang nachgestellt. Ich möchte auf der Stelle tot umfallen, wenn sie sich ihm freiwillig hingegeben hat, wie die Priorin behauptet.»

«Hartmut von Weikersheim!», entfuhr es Marcello. Wie ein Blitz suchte ihn die Erkenntnis heim, dass der Mann sich an den Hof des Fürstbischofs geschlichen und dort im Kreis von ehrbaren Herren und geistlichen Würdenträgern getafelt hatte, während das Mädchen blutend und kaum ihrer Sinne mächtig auf dem eisigen Fußboden des Kapitelsaals knien musste. Marcellos Zorn auf den Bruder der Priorin wurde so heftig, dass er am liebsten mit den Fäusten gegen das Tor geschlagen hätte. «Ich vertraue Euch, Herr», hörte er die Stimme der Nonne. «Verzeiht mir, dass ich Euch nicht einlassen kann. Man hat mir nach meiner Rückkehr aus der Stadt die Schlüssel abgenommen. Ihr seid nun meine einzige Hoffnung. Ihr habt Euch voller Barmherzigkeit um sie gekümmert, bevor sie … verschwand.»

«Verschwand? Heißt das, Ihr wisst auch nicht, wo sie steckt?» Das war schlecht, befand Marcello. Insgeheim hatte er gehofft, dass einige der Nonnen sich des Mädchens angenommen hatten. Wie sollte er sie nun ausfindig machen und zu Riemenschneider bringen? Stadtvogt Babel brauchte er gar nicht erst zu fragen, der hatte keinen blassen Schimmer, wohin seine Tochter gegangen war. Dennoch hatte er ihn beschworen, Regina mit nach Rom zu nehmen. Aus den Augen, aus dem Sinn. Aber das würde ihm nichts nützen. Sein Streben nach Macht und Würden war erschüttert worden. Fortan konnte er froh sein, wenn die Patrizier und Ratsherren, mit denen er verkehrte, nicht im Wirtshaus von ihm abrückten.

«Sie durfte kaum etwas von ihrer Habe mitnehmen», jammerte die Nonne. «Nur die Gauklerfiedel, auf der sie so wunderbar musizieren konnte.» Sie machte eine Pause. Marcello befürchtete bereits, sie habe ihn stehenlassen, doch dann sagte sie: «Ich habe mich heute in die Gemächer der Äbtissin geschlichen.»

Marcello horchte auf. «Habt Ihr sie gesehen? Wie steht es um sie?»

«Das weiß ich nicht, sie redet viel wirres Zeug. Aber ich habe etwas gefunden, das ich an mich genommen habe. Wartet … ich höre wieder dieses Geräusch. Als ob jemand um das Pförtnerhäuschen herumgeht. Lasst mich nur rasch nachschauen, ob ich …»

«Sagt endlich, was Ihr entdeckt habt und was ich damit anfangen soll?», drängte Marcello. Er konnte verstehen, dass die Nonne sich fürchtete, aber seine Hände fühlten sich schon an wie

Eiszapfen. Von seinen Füßen in den nassen Stiefeln gar nicht erst zu reden.

«Regina hat davon gesprochen, vielleicht könnt Ihr es zum Fürstbischof bringen und … Mein Gott!» Sie sprach nicht weiter. Stattdessen kreischte sie schrill. Marcello hörte Schritte, die sich eilig vom Tor entfernten. Sein Herz zog sich zusammen, als ein ersticktes Röcheln folgte. Er stürzte vor zur Pforte, griff seine Laterne und spähte durch das Loch, um einen Blick auf die Hofseite zu erhaschen; doch im nächsten Moment wurde die Klappe von innen verschlossen.

Ein stechender Schmerz an der Nasenspitze ließ Marcello aufheulen. Aber das war nicht das Schlimmste. Er spürte einen heftigen Schlag gegen seinen Kopf, und die Erschütterung ließ ihn taumeln. Das Letzte, was er sah, war die weiße Schneedecke, auf die er zu raste und in der sein Kopf wie in einem weichen Daunenkissen versank. Dann verwandelte sich das kalte, strahlende Licht in tiefe Finsternis, und er spürte nichts mehr.

12. Kapitel

Regina erwachte erst am späten Vormittag.

Sie blinzelte verschlafen und schaute aus dem winzigen Fenster über ihrem Lager. Draußen war es trüb, der Himmel glich einem ergrauten Ballen Leintuch. Aber es schneite nicht mehr. Vorsichtig rieb sich das Mädchen die Schläfen, um die Benommenheit zu vertreiben, die immer noch zentnerschwer auf ihr lastete. Sie hatte Schwierigkeiten, sich im Zwielicht des Verschlages zurechtzufinden. So blieb sie erst einmal liegen und wartete, bis die Erinnerung allmählich zurückkehrte.

Der Adamshof, fuhr es ihr durch den Kopf. Es war also gar kein Traum gewesen, wie sie insgeheim gehofft hatte. Sie lag tatsächlich auf einer Schütte Stroh, ihr Magen krampfte sich zusammen, und ihr Gesicht fühlte sich so gereizt an, als wäre es auf die Größe einer Schweinsblase aufgeschwollen.

Sie kämpfte sich auf die Füße und entfernte beschämt einige Strohhalme aus ihrem Haar. Eine Bürste oder gar Spangen, um es zu bändigen, durfte sie hier vermutlich nicht erwarten. Wenn sie Glück hatte, war der Ziehbrunnen, den sie gestern auf dem Hof gesehen hatte, nicht zugefroren, sodass sie Wasser schöpfen und sich notdürftig reinigen konnte. Hoffentlich sah ihr niemand dabei zu, doch das war noch die geringste Befürchtung, die sie hegte. Sie fühlte sich auf eine Weise schmutzig, die sie noch nicht kennengelernt hatte, und wünschte sich nur, ihren Körper zu schrubben, bis er errötete. Wann hatte sie sich zum letzten Mal gewaschen? Gestern? Unmöglich.

Gestern früh war sie noch in St. Afra aufgewacht. Sie hatte

darauf gehofft, dass ihr Vater erschien und die Priorin zur Rede stellte. Verwirrt schüttelte sie den Kopf, während sie gegen die Tränen ankämpfte. War alles, was sie während der Nacht gequält hatte, tatsächlich erst gestern geschehen?

In der benachbarten Stube, in der die Gaukler gestern ihre Suppe gelöffelt hatten, ertönten Stimmen. Vermutlich gingen die Leute vom Adamshof schon seit Stunden ihrem zwielichtigen Tagwerk nach. Sie, die Fremde, hatte man dagegen schlafen lassen, niemand hatte sie geweckt. Regina vermutete, dass das Riekes Idee gewesen war. Von Tamar, mit der Regina sich den Strohsack geteilt hatte, war nichts zu sehen. Sie musste sich bereits vor Tagesanbruch leise davongeschlichen haben, um ihr nicht begegnen zu müssen. Über nennenswerte persönliche Habe schien die Tänzerin nicht zu verfügen. Oder sie hatte alles mitgenommen, als sie gegangen war. Regina ergriff ihr Bündel und drückte es an sich. Der Geruch von feuchtem Leder stieg ihr in die Nase; er gehörte nun zu dem wenigen in ihrem Leben, was ihr noch vertraut vorkam. Der Wunsch, die Schnüre des Bündels zu lösen und nachzusehen, ob sich jemand an ihrer Habe vergriffen hatte, war überwältigend, doch Regina gab ihm nicht nach. Von nun an war sie auf Gedeih und Verderb den Launen dieser ruppigen Gesellen ausgesetzt. Sie konnten sich nehmen, was immer sie wollten und wann immer sie es wollten. Regina hatte ihnen nicht das Geringste entgegenzusetzen. Nicht, solange ihr die Bräuche und Gesetze des Gauklervolks vom Adamshof noch fremd waren. Ihre Mutter hatte sie vor langer Zeit einmal dafür gelobt, wie schnell sie sich an das Leben in St. Afra gewöhnt hatte. Aber dieses verlotterte Gehöft vor den Stadtmauern, in dem es nach abgestandenem Essen, verschüttetem Wein und billigen Duftwässerchen roch, war kein Kloster, sondern eine bessere Räuberhöhle, auch wenn die ältere Gauklerin dies heftig bestritten hätte.

«Na, ausgeschlafen?», begrüßte sie der Mann, der am Abend zuvor buntes Wasser in Töpfe gespien hatte. Neugierig blickte er sie an. Regina rang sich ein Lächeln ab, fürchtete jedoch, gleich in Tränen auszubrechen. Doch der Bursche schien sie weder belästigen noch mit Fragen quälen zu wollen. Er warf ihr einen Kanten Brot zu und wies mit dem Daumen zum Tisch, auf dem Käse sowie ein blauer Tonkrug mit frischer Ziegenmilch standen.

«Nimm dir, was du brauchst», sagte der Wasserspeier mit einem fröhlichen Grinsen. «Du hast zwar die Morgenandacht unseres Buntrocks versäumt, aber Brot und Milch werden dir schon nicht im Hals stecken bleiben.»

«Die Morgenandacht?»

Der Gaukler schüttelte verwundert den Kopf. Seine Augen waren so dunkel wie reife Pflaumen, was gut zu seinem Haar passte. Er schien sich die üppige Lockenpracht eigenhändig mit einer glühenden Schere in Form gebracht zu haben, wovon etliche versengte Stellen am Hinterkopf kündeten. Zu einem Maulhelden und Spaßmacher passte die Aufmachung, fand Regina. Bei Tageslicht betrachtet, war der Mann wesentlich jünger, als sie zunächst angenommen hatte. Die Fältchen, die seine wachen Augen umgaben, verrieten sein wahres Alter nicht, bewiesen jedoch, dass er oft und gerne lachte. Und nun lachte er Regina aus, weil die annahm, die Gaukler vom Adamshof huldigten siebenköpfigen Dämonen, schwarzen Katzen oder Teufelsgesellen.

«Anders als ihr Stadtbürger können wir nicht einfach so in die Kirche gehen, um die Messe zu hören», erklärte er. «Dafür betet Bernt jeden Morgen mit uns. Ich kann es dir beweisen.» Ohne mit der Wimper zu zucken, begann der Gaukler in fließendem Latein, das *Paternoster* zu sprechen. Anschließend fügte er das *Credo* hinzu und beendete seine Litanei, indem er mit einer wahrhaft komödiantischen Geste, aber doch hingebungsvoll das Zeichen des Kreuzes über Brust und Stirn schlug.

«Ich verstehe», sagte er, als Regina betreten schwieg. «Dir wurde beigebracht, dass du dich von Menschen wie uns fernhalten musst, nicht wahr? Die Leute, egal, ob Leibeigene oder freie

Bürger, wagen es nicht einmal, uns zu berühren, weil sie Angst davor haben, eine Berührung mache sie auch unehrlich. Aber wenn ich die Spuren der Tränen sehe, die in deinem Gesicht getrocknet sind, glaube ich, dass dir von den ehrbaren Bürgern Würzburgs übel mitgespielt wurde, nicht von einem harmlosen Gaukler.»

Regina blieb nichts anderes übrig, als ihm zuzustimmen. Der Wasserspeier hatte den Nagel auf den Kopf getroffen.

«Wo ist denn Rieke?», fragte Regina schüchtern. Ihr war sogleich aufgefallen, dass sich nur der freche Gaukler und sein Freund in der warmen Stube aufhielten. Dieser war jedoch so vertieft in seine Arbeit an dem merkwürdigen Jahrmarktsgerüst, dass er Regina nur einen flüchtigen Blick zuwarf und sich sofort wieder seinen Brettern, Nägeln, Winden und Seilen zuwandte. Die übrigen Gaukler schienen außer Haus zu sein, vielleicht waren sie draußen im Hof. Tatsächlich konnte Regina gedämpft Hundegebell, Pfiffe und Gelächter hören. Es klang fröhlich und ausgelassen. Der Winter zeigte sich heute allem Anschein nach nicht bedrohlich.

«Die Buntrocks sind mit der kleinen Tamar nach Würzburg gelaufen», klärte sie der Gaukler bereitwillig auf. «Unser ehrenwerter Fürstbischof Lorenz scheint keine gute Nacht hinter sich zu haben. Er hat in aller Herrgottsfrühe einen berittenen Boten geschickt, um sie zu sich zu befehlen.» Er lachte. Vermutlich hat sich der Ärmste die halbe Nacht lang wach auf seinem Lager hin und her gewälzt und überlegt, wie Tamar vor seinen Augen durch die Luft fliegen und danach spurlos verschwinden konnte.»

«Bitte? Wie meinst du das?»

Der Mann winkte lachend ab. «Ach ja, du hast ja keine Ahnung von dem, was gestern in der Marienburg los war. Ein köstlicher Spaß, dabei sah es zunächst gar nicht so aus, als ob wir die Gäste Seiner Eminenz unterhalten könnten. Ich werde dir später mal erzählen, wie ich Tamar beigebracht habe, in einem

Saal voller Menschen unbemerkt zu entkommen. Der Bischof möchte es vermutlich auch gern wissen, doch fürchte ich, dass er dieses Geheimnis weder Tamar noch Bernt entlocken wird.»

Regina, die soeben erst ein wenig Zutrauen zu dem Gaukler gefasst hatte, machte einen Schritt zurück und verengte misstrauisch die Augen. Eine Hexe, die durch die Luft flog und unversehens verschwand? Ein Fürstbischof, der sich darüber den Kopf zerbrach, was Gaukler im Bistum trieben, und sie deshalb in seine Burg einlud? Das klang schon sehr geheimnisvoll, um nicht zu sagen, bedrohlich.

Es ist zwecklos, dachte sie mutlos. Und wenn ich mich noch sosehr bemühe, ich werde diese Menschen nie verstehen. Ich gehöre nicht hierher.

Die Hand, die sie auf ihrem Arm spürte, gehörte nicht Silvester, sondern dessen Freund, dem Jokulator. Für einen Possenreißer, dem angeblich der Schalk im Nacken saß, verfügte der Mann über die wehmütigsten Augen, die Regina je gesehen hatte. Sein bleiches Gesicht mit den grauen Bartstoppeln passte eher zu einem Totengräber.

«Keine Sorge, Kleine», sagte er in beruhigendem Ton. «Silvester redet manchmal dummes Zeug, das du nicht so ernst nehmen darfst.» Er kratzte sich am Kopf. «Ich heiße übrigens Wendel. Sie nennen mich aber nur den Jokulator, weil mein Albertus Magnus zu denen gehörte, die das Volk mit allerlei Späßen unterhalten können.»

«Was ist denn ein Albertus Magnus?», erkundigte sich Regina. Sie erinnerte sich, dass der Name schon einmal gefallen war, doch sie konnte sich nicht mehr so genau an den Zusammenhang erinnern.

Der Jokulator klärte sie geduldig auf. «Jeder Gaukler, egal, ob Mann oder Frau, der nicht auf der Straße zur Welt kommt, sondern später von einer reisenden Truppe aufgenommen wird, bekommt einen Mentor an die Seite gestellt, der ihn alles lehren soll, was nötig ist, um sich als Fahrender durchs Leben zu schlagen. Diese Personen verfügen über einen großen Erfahrungsschatz, den sie mit den Neuankömmlingen teilen. Sie tun es manchmal nur widerwillig, weil der Anführer der Truppe sie dazu zwingt. Oftmals entwickelt sich aber auch ein Vertrauensverhältnis zwischen Mentor und Adepten. Ich bin meinem Albertus Magnus zu Dank verpflichtet, dass er mich nicht davonjagte, nachdem ich mich als zu ungeschickt erwies, mit Bällen und Ringen zu jonglieren oder die Menge mit bissigen Zoten zu unterhalten.»

«Es ist wahrhaft jämmerlich, diesen Mann erzählen zu hören», bestätigte Silvester schmunzelnd. «Er raubt jeder lustigen Geschichte im ungeeignetsten Moment die Pointe. Aber er darf bei uns bleiben, weil er mit Hammer, Säge und Beil geschickt umzugehen weiß.» Er grinste. «Auch ein Gaukler braucht seinen Leibsklaven.» Barsch wies der selbsternannte Magier auf den monströsen Bühnenaufbau. «Du hast gehört, was Rieke gesagt hat. Mein Tempel muss heute noch fertig werden.»

Unbeeindruckt zuckte der Jokulator mit den Schultern. «Ich könnte mir jedenfalls gut vorstellen, dass Bernt dein Albertus Magnus werden möchte, Mädchen», sagte er. «Er war so verblüfft, als er deine Fiedel sah, dass er darüber sogar seine Absicht vergaß, nicht mehr zur Burg zu gehen.»

Regina betete stumm, dass Bernt weder mit Bällen jonglierte noch Wein in Becher spuckte.

«Als ob Rieke dem Fürstbischof etwas abschlagen könnte», witzelte Silvester. Der Mann zog ein blaues Band aus seiner Gürteltasche und drückte Regina einen Zipfel in die Hand. Neugierig zog sie an dem Band. Es wurde länger und länger, schien jedoch kein Ende zu nehmen. Irgendwann riss Regina der Geduldsfaden, und sie ließ den schmutzigen Stoffstreifen zu Boden fallen. Die Männer prusteten vor Lachen. Vergnügt winkten sie einem weiteren Mitglied ihrer Truppe zu, das soeben die Stube betreten hatte. Mit ihm drang ein Schwall kalte, aber reine Luft hinein, die den stickigen Rauch der kleinen Feuerstelle vertrieb. Regina wandte sich um und erkannte den Zwerg, der gestern kein Wort zu ihr gesagt, sie beim Essen aber mit seinen großen Augen angestarrt hatte.

«Eine Saukälte», murmelte der Kleinwüchsige, während er seine mit Fellstücken umschnürten Schnabelschuhe von Schnee- und Eisresten befreite. «Hat dieses Luder von Tamar mir nichts von der Suppe übrig gelassen? Ich hatte sie so darum gebeten.» Blitzschnell wie ein Wiesel sauste der Zwerg zur Kochstelle und lupfte den Deckel des Topfes, der an einer Kette über den Holzscheiten hing. Empört verzog er das Gesicht. «Davon wird ja nicht mal eine Maus satt», beklagte er sich mit weinerlicher Stimme. «Dabei habe ich mich eine geschlagene Stunde mit den Tieren beschäftigt.»

Regina entsann sich, dass sie draußen Hundegebell gehört hatte. Nach dem Wolfsgeheul der vergangenen Nacht hatte sie das ein wenig beruhigt. Ein Hofhund sorgte wenigstens für etwas Schutz. Dass weitere Tiere auf dem Adamshof gehalten wurden, hatte sie jedoch nicht geahnt.

«Du wirst schon nicht verhungern», versuchte Wendel den aufgebrachten kleinen Mann zu beruhigen, der tatsächlich den Tränen nahe war. Und es gelang ihm, denn im nächsten Moment huschte ein dankbares Lächeln über das runzlige Gesicht des Zwergs. Geräuschvoll zog er die Nase hoch. Regina fand, dass die Gaukler sich glücklich schätzen konnten, einen Gefährten wie den Jokulator in ihren Reihen zu haben. Er mochte kein geborener Possenreißer sein wie Silvester und auch nicht so entzückend tanzen können wie Tamar. Dafür schien er gütig und empfindsam zu sein; er trug das Herz auf dem rechten Fleck und verlieh dem alten Gemäuer so etwas wie eine Seele. Sie beschloss, über ihren Schatten zu springen und auf den Zwerg zuzugehen. «Ich bin Regina», stellte sie sich schüchtern vor. «Regina Babel aus Würzburg.» Der kleine Mann musterte sie eingehend.

«Hans», sagte er nach einer Weile. «Bernt hat mir auch noch einen anderen Namen gegeben, aber den vergesse ich dauernd.» Er wandte sich zerstreut nach Wendel um, der sich wieder mit Hammer und Nägeln an die Arbeit gemacht hatte, um Silvesters ägyptischen Tempel fertigzustellen. «Es war Balduin, nicht wahr? Oder Merkur?»

«So ein Unsinn», seufzte Silvester. «Merk dir doch endlich, dass du Adamo heißt, nach dem ersten Menschen, den der Herrgott erschuf.» Er kicherte hämisch. «Wobei Eva vermutlich lieber mit der Schlange durchgebrannt wäre, wenn ihr Gemahl so ausgesehen hätte wie unser Adamo, der Bärenführer. Ich kann übrigens noch immer nicht verstehen, warum Bernt und Rieke ausgerechnet diesem schwachsinnigen Gnom die Aufsicht über dieses Bärenungetüm übertragen haben. Eines schönen Tages hockt er selbst im Käfig, weil er es dort so kuschelig findet, und lässt den Bären über den Hof spazieren und die Hühner fressen.»

Regina machte ein entsetztes Gesicht. Über die Gesellschaft eines Hundes hatte sie sich gefreut. Aber sie war nicht sicher, ob sie in Nachbarschaft mit einem Bären leben wollte, der von einem zerstreuten Zwerg in Schach gehalten wurde. Als hätte Hans ihre Zweifel erraten, sagte er: «Mein Albertus Magnus hat mir beigebracht, wie man mit tanzenden Bären umgeht. Ehrlich, ich schwöre es dir. Ich behandle den Bären wie ein Kindlein und spiele mit ihm, sogar, wenn es kalt ist. Ich bin nicht so unbarmherzig wie andere Gaukler, die ihre Tiere am Wagen anketten und dann mit eisernen Haken traktieren.» Ein listiges Lächeln breitete sich über dem verhutzelten Gesicht aus. «Du bist sehr hübsch, Mädchen, wenngleich auch ein wenig zu dünn für meinen Geschmack. Vielleicht zeige ich dir meinen Bären eines Tages.»

«Das würde mir schon gefallen», log Regina. Sie war heilfroh, dass sie nicht dem Geschmack des Zwerges entsprach, beschloss aber, es sich nicht mit ihm zu verderben.

Silvester warf einen Blick aus dem Fenster und schüttelte den

Kopf. «Es schneit schon wieder. Ich hoffe nur, dass der Winter bald zu Ende geht und wir wieder über die Dörfer ziehen können. Je länger das Wetter einen zwingt, untätig herumzusitzen, desto wirrer wird man im Kopf. Der Zwerg und sein idiotischer Bär sind das beste Beispiel dafür.»

«Du bist doch der Wirrkopf hier», brauste der Zwerg beleidigt auf. «Außerdem bist du der einzige Kerl, der hier müßig auf dem Hintern sitzt. Alle anderen arbeiten oder bemühen sich darum, dass uns der Fürstbischof weiterhin beschützt.»

Regina stutzte. Offensichtlich war der Zwerg nicht der Narr, den Silvester gern in ihm sehen wollte. Sie hoffte, dass der Jokulator mit seiner besonnenen Art den Streit der beiden Gaukler beenden würde, aber diesmal hüllte sich Wendel in Schweigen. Vermutlich teilte er die Ansicht seines kleinwüchsigen Gefährten, wollte aber kein Öl ins Feuer gießen. Es war gewiss kein Vergnügen, den ganzen Tag mit dem wunderlichen Silvester und seinen Launen in der Stube zu verbringen, während es draußen zu kalt und ungemütlich war, um etwas Vernünftiges zu unternehmen. Sie entschied, dass der Augenblick günstig war, etwas für die Gaukler zu tun, wozu die drei trotz ihrer unterschiedlichen Fähigkeiten offensichtlich nicht in der Lage waren. Sie begab sich zur Herdstelle und begann in Tamars Vorratskiste zu stöbern. Dann legte sie Holz nach, um das nur noch schwach glimmende Feuer zu schüren, wie sie es im Kloster gelernt hatte. Schließlich machte sie sich an die Arbeit, aus einer Handvoll getrockneter Bohnen und Graupen, einem Stück Räucherfleisch, den sie in schmale Streifen schnitt, ein paar Eiern und getrockneten Kräutern einen Eintopf zu kochen. Eine Stunde später waren sie und die Männer satt. Ihre Streitlust hatte sich gelegt, und Zufriedenheit und gute Laune breiteten sich aus.

«Du kochst wesentlich besser als Tamar», verkündete Silvester feierlich, nachdem er seine Schüssel ausgeleckt hatte. «Die schüttet einfach alles in den Kessel, was noch nicht verschimmelt aussieht.» Regina lächelte, auch wenn sie der Meinung war, dass der Zauberkünstler etwas freundlicher über das Mädchen sprechen sollte, dem er schöne Augen machte. Trotzdem freute sie sich über das Lob. Gewiss bereitete es ihr keine große Mühe, für einen großspurigen Taschenspieler, einen zwergenhaften Bärenführer und einen melancholischen Handlanger eine Mahlzeit zuzubereiten, aber sie ahnte, dass Tamar und Rieke ihr diese Aufgabe nicht kampflos überlassen würden.

«Auch wenn dein Eintopf geschmeckt hat, hoffe ich, dass sich deine Fähigkeiten nicht darin erschöpfen», sagte der Zwerg nach einer Weile. «Du hast doch eine Fiedel mitgebracht, nicht wahr? Ich habe gesehen, wie Buntrock sie gestern angestarrt hat, als fürchtete er, der Teufel könnte aus ihrem Loch schlüpfen und ihn ins Ohr beißen.» Er kicherte albern. «Aber dann wäre der Leibhaftige ja kleiner als ich. Sollte die Welt so verrückt sein?»

«Nur Küchenschaben und Wanzen sind kleiner als du», entgegnete Silvester, der keine Gelegenheit ausließ, sich über seinen Gefährten lustig zu machen. Doch diesmal klang sein Spott in Reginas Ohren nicht gehässig. Offensichtlich mussten die Männer zuweilen auf diese Weise miteinander umgehen, wenn sie der Übermut trieb. Der Zwerg schien auch gar nicht beleidigt. Statt sich aufzuregen, bat er Regina, ihm und den anderen etwas auf der Fiedel vorzuspielen.

«Rieke beherrscht das Flötenspiel», sagte er. «Bernt kann gut mit der Sackpfeife umgehen, obwohl die bereits viele Mottenlöcher aufweist. Aber das Schluchzen einer Geige habe ich schon lange nicht mehr gehört. Ich sehne mich wirklich danach. Fast so sehr, wie einmal auf einem seidenen Kissen zu schlafen. Oh bitte, mach mir die Freude.»

Regina zögerte. Im Kloster war sie so oft ausgeschimpft worden, wenn sie auf ihrer Fiedel gespielt hatte. Vermutlich hatte ihre Liebe zu dem Klang dieses Instruments dazu beigetragen, sie in der Klosterschule zu isolieren. Dies hatte nichts mit Diemuts

Ränken oder Hartmuts gemeinem Übergriff zu tun, und doch klebte das Gefühl, dass sie sich durch ihre Eigenheiten verwundbar gemacht hatte, wie Pech an ihr.

Wieder war es der Jokulator, der ihre Zurückhaltung richtig deutete. Mit einigen warmen Worten gab er ihr zu verstehen, dass sie vor ihm und seinen Freunden ohne Scheu spielen konnte. Die Männer blickten sie voller Vorfreude an.

Regina lief in ihre Kammer und kam mit Fiedel und Bogen zurück. Sie ließ sich auf einem leeren Heringsfass nieder und strich prüfend über die gespannten Seiten. Wie lange hatte sie nicht mehr gespielt? Sie erinnerte sich nicht mehr, doch als die ersten Takte eines bekannten Tanzliedes in der Stube erklangen, horchte nicht nur der Jokulator überrascht auf.

Regina schloss die Augen; die wohlklingenden Töne schienen sie zu tragen. Mehr noch, sie wärmten ihren Körper, stärkten ihren Geist, bis sie vergessen hatte, dass sie in einem schmutzigen Kleid, ohne Schuhe und mit verrutschtem Brusttuch in einer Gauklerbehausung saß. Die Musik entführte sie aus der stickigen Stube. Es war ein Augenblick höchster Wonne, und Regina hoffte, dass er endlos sein würde. Sie bekam nicht mit, wie die drei Männer sich um sie scharten, die Augen vor Staunen und Wonne aufgerissen. Mit dem Ausdruck auf ihren Gesichtern huldigten sie Regina, als sei sie ihre Königin.

Die Königin der Gaukler, wenngleich auch nur für einen kurzen Augenblick. Dann stimmten sie in die Melodie ein: der Zwerg krächzend, Wendel zurückhaltend und Silvester schmetternd und voller Lebenslust. Als Gaukler, die etwas von Straßen-, Bade- und Tanzliedern verstanden, kannten sie auch die Texte der fröhlichen Weisen, die Reginas Mutter ihr schon als kleines Mädchen beigebracht hatte, und sie sangen begeistert mit. Silvester klatschte in die Hände.

Als der Zwerg aus vollem Halse das Lied *Es hett ein biderman ein weib* anstimmte, flog plötzlich die Tür auf, und Bernt Buntrock stürmte in die Stube. Er musste gerade angekommen sein und hatte sich nicht die Mühe gemacht, seine Stiefel von Schnee und Schmutz zu säubern. Eiskristalle glitzerten in seinem Schnurbart. Mit empörter Miene schritt er auf Regina zu, die ihn noch gar nicht bemerkt hatte, und entriss ihr wütend die Fiedel.

Starr vor Schreck wichen die Männer vor ihrem Anführer zurück. Regina fühlte sich brutal in die Wirklichkeit zurückgeworfen. Fassungslos starrte sie Buntrock an. Inzwischen hatten auch Rieke und die junge Tamar die Stube betreten. Die Gauklerin machte ein bedrücktes Gesicht.

Regina stand auf und machte ein paar Schritte auf Bernt zu. «Wärt Ihr so freundlich, mir das Instrument zurückzugeben?», forderte sie mit fester Stimme. «Es gehört mir, auch wenn Ihr das bezweifelt!» Regina streckte die Hand aus. Hatte sie sich am Abend zuvor noch vor dem hünenhaften Gaukler gefürchtet, so verspürte sie nun nichts weiter als Ärger über dessen Unverfrorenheit. Ihr Verdruss wuchs noch, als sie in Tamars Gesicht den Ausdruck von Billigung wahrnahm. Das Mädchen hatte keinen blassen Schimmer, worüber sich der Gaukler so aufregte, doch sie freute sich, dass er Regina anfuhr.

«Ich will nicht, dass du Lieder spielst, die ich nicht mag», antwortete Buntrock ein wenig lahm. «Du hast ja keine Ahnung ...»

«Dann klärt mich auf, anstatt mich und die Männer anzubrüllen. Warum ängstigt Euch der Anblick dieses Instruments, und warum wollt Ihr nicht, dass ich darauf spiele?»

Rieke versuchte, ihr zu Hilfe zu eilen, ohne jedoch ihrem Mann in den Rücken zu fallen. Das war nicht leicht. Doch schließlich sagte sie: «Du sollst ja darauf spielen, Regina. Die Weise, die ich gehört habe, klang wunderschön. Tatsächlich hatten wir noch nie jemanden, der einem Instrument so herrliche Töne entlockte. Das ist gewiss eine Gabe Gottes, die dir in die Wiege gelegt wurde.»

«Du meinst, weil ich ein Gauklerkind bin?» Brüsk nahm Regina dem Hausherrn die Fiedel aus der Hand und verbarg sie vor den neugierigen Blicken der Gaukler. «Das bin ich nicht. Ich bin die Tochter des Rechtsgelehrten und Stadtvogts Heinrich Babel. Gewiss habt Ihr schon von ihm gehört. Seine Büttel pflegen Bettler und Fremde, die in der Stadt aufgegriffen werden, in der Schergenstube einzusperren, bevor sie sie zum Tor hinausjagen.»

Im selben Augenblick erkannte Regina, dass sie einen Fehler gemacht hatte, der durch nichts wiedergutzumachen war. Sie verwünschte ihr loses Mundwerk und dass sie sich aus Ärger zu dieser Bemerkung hatte hinreißen lassen. Niemand sagte ein Wort. Entsetzen spiegelte sich in den Gesichtern der Gaukler wider; nicht einmal der Jokulator konnte verbergen, wie schockiert er war. Er blickte auf seinen Hammer, als überlegte er, jemandem damit den Schädel einzuschlagen.»

«Ich weiß genau, wen du meinst», beendete Buntrock nach einer Weile das eisige Schweigen. Er sah seine Frau streng an. «Du hast es gewusst, nicht wahr? Als du sie mit der verdammten Fiedel hier angeschleppt hast, wusstest du, dass sie Babels Tochter ist.» Er packte Rieke grob am Arm. «Na los, sag ihr doch, wem ihre Fiedel einst gehörte und wo der Mann heute ist, den ihre Eltern auf dem Gewissen haben. Hast du sie nicht damals verflucht?»

Rieke nickte. «Aber nicht hier vor aller Ohren. Ich finde, das Mädchen und ich sollten ein wenig spazieren gehen.»

«Zu dieser Stunde?» Reginas Herz pochte, aber sie war froh und dankbar, dass die Gauklerin sie vor dem Zorn ihres Mannes in Sicherheit bringen wollte. «Wohin willst du mit mir?»

«Hinunter zum Main. Ich muss dir etwas zeigen.»

Riemenschneider verließ sein Haus in der Franziskanergasse ohne Frühstück; obwohl die tückische Eisschicht auf den Pflastersteinen zum Ausrutschen einlud, eilte er so rasch er konnte durch die verschneiten Straßen der Stadt, die ihm während der letzten fünfzehn Jahre zur Heimat geworden war. Die wenigen Menschen, die ihm unterwegs begegneten, blieben verwundert stehen, denn für gewöhnlich war der bekannte Bilderschnitzer in aller Frühe schon in seiner Werkstatt. In der Stadt ließ er sich zu dieser Morgenstunde selten blicken.

Riemenschneider wich den Blicken seiner Nachbarn aus und stapfte weiter, bis er das Heiliggeistspital vor sich sah, das in einem länglichen, von braunem Fachwerk durchzogenen Haus eingerichtet worden war. Zum Anwesen gehörten auch mehrere sorgfältig umzäunte Kräuter- und Gemüsegärten sowie eine Schmiede, aus deren Schornstein bereits Rauch aufstieg.

«Wo ist er?», bestürmte er den alten Zisterziensermönch, der ihn mit einer Laterne in der Hand vor dem Haus empfing. In der Nähe hörte er den Main rauschen. Das Spital war bewusst an den Fluss verlegt worden, damit die Kranken im Sommer eine kühle Brise abbekamen. Bis in den Winter hinein wurde die abfallende Böschung hinter den beiden benachbarten Gebäuden von Frauen bevölkert, die Leintücher, Kleider und Verbände wuschen. Nun aber waren die Waschplätze am Ufer leer. Nur ein paar Vögel hüpften auf der Suche nach Nahrung durch den Schnee.

«Als wir ihn fanden, atmete er kaum noch», sagte der Mönch mit heiserer Stimme. «Vermutlich ist er vor dem ‹Hof zum Stachel› im Schnee ausgerutscht und auf den Kopf gefallen. Er konnte noch Euren Namen nennen, aber seitdem schläft er wie ein Toter.» Der Zisterzienser zog geräuschvoll die Nase hoch; offensichtlich litt er unter einer heftigen Erkältung, die ihn jedoch nicht davon abhielt, sich um die ihm Anvertrauten zu kümmern, die er gemeinsam mit einigen anderen Mönchen des Ordens, Laienbrüdern und Knechten aus der Stadt pflegte. Der städtische Medicus, der schon hochbetagt war, schaute nur gelegentlich herein. Meistens musste er nach einigen tröstenden Worten und

Gebeten wieder abziehen. Vereinzelt sah man auch Bürgerfrauen oder Witwen, die Verwundete betreuten, doch in Zeiten, in denen das Fieber täglich neue Opfer holte, wurde dieser Dienst der Barmherzigkeit nur von wenigen gebilligt. Die Ansteckungsgefahr war einfach zu groß.

Riemenschneider wurde schwer ums Herz, als er an das Vorhaben seines Freundes dachte, seine Dienste im Spital anzubieten. Nun hatte ein unbarmherziges Geschick es gewollt, dass er genau die Räume, in denen er ärztliche Behandlungen hatte durchführen wollen, als Schwerverletzter kennenlernte. Der erkältete Zisterzienser teilte ihm mit, dass er nicht an eine Genesung glaubte. Daher hatte er nach einem Priester geschickt, der dem weitgereisten Gelehrten die letzte Ölung spenden konnte.

Marcello lag in einer kleinen Stube, die bis auf ein einfaches Kastenbett, ein Kruzifix an der weißgekalkten Wand und einer wurmstichigen Kleidertruhe leer war. Der Geruch von Erbrochenem verunreinigte die Luft. Dennoch ließ sich Riemenschneider auf der Truhe nieder und wartete, bis der Mönch mit dem Hinweis verschwunden war, dass man die Kammer eigentlich für weniger hoffnungslose Fälle benötigte. Riemenschneider schickte ihm eine obszöne Geste hinterher. Dann starrte er niedergeschlagen auf den Kopfverband, der vom Gesicht seines Freundes nur wenig mehr als die Augen frei ließ.

Nach einer Weile schlug Marcello die Augen auf. Riemenschneider sprang auf und ergriff die Hand des Arztes. Sie war kalt wie Stein. «Ist er endlich weg? Dieser Mönch sollte besser Schweinehälften zerlegen, auf Menschen sollte man ihn jedenfalls nicht loslassen.» Er bleckte die Zähne. «Wenn ich nicht an meinem zerdrückten Schädel verrecke, dann nur, weil ich mir von dem geschwätzigen Kuttenträger vorher die Schwindsucht eingefangen habe. Ich habe ihm in die Augen geblickt, als er mich untersuchte. Oder was sie hier so untersuchen nennen. Der macht's nicht mehr lange, glaub mir.»

Riemenschneider seufzte. Es sah seinem Freund ähnlich, sogar in seinem Zustand noch über medizinische Fragen zu sinnieren. «Es tut mir so leid, mein Freund», sagte er so ruhig er konnte. «Dein schwindsüchtiger Krankenpfleger behauptet, du seist auf den Stufen deines Wirtshauses ausgerutscht und gestürzt.»

«Halt mir bloß diesen Mann vom Leib, bevor ich noch den Nachttopf nach ihm werfe», knurrte Marcello. «Es stimmt nicht, was er behauptet, selbst wenn er es in goldenen Lettern über den Türsturz schreibt. Ich wurde vor dem Tor des Klosters St. Afra niedergeschlagen. Wer auch immer mich überfiel, muss sich anschließend die Mühe gemacht haben, mich zu meinem Wirtshaus zu schleifen und dort abzulegen wie einen leeren Sack. Das bedeutet ...»

«Entweder wusste der Übeltäter, wo du zu finden warst, oder er hat dich heimlich beobachtet», ergänzte Riemenschneider nachdenklich. Er machte ein bekümmertes Gesicht. «Aber wie konntest du nur mitten in der Nacht allein zum Kloster laufen?», fragte er. «Bist du völlig von Sinnen gewesen? Du hättest mich mitnehmen sollen.»

Marcello zog es vor, den Vorwurf des Bildschnitzers zu übergehen und sich zum Schutz vor weiteren unbequemen Bemerkungen stöhnend in seine Kissen sinken zu lassen. «Eine Nonne wollte mich dringend sprechen. Ich glaube, sie ist die Pförtnerin und mit der kleinen Babel befreundet. Sie hatte vor, mir etwas anzuvertrauen. Ein Geheimnis oder eine Entdeckung, die sie in den Räumen der Äbtissin gemacht hatte, aber dann war sie plötzlich fort. Ich fürchte, ihr ist etwas zugestoßen.»

«Ich würde sagen, *dir* ist etwas zugestoßen. Und nur, weil dein Schädel härter ist als die Pfeiler eines Kreuzgewölbes, bist du noch am Leben.» Riemenschneider atmete scharf aus. Im Raum war es so kalt, dass sein Atem ein Wölkchen bildete. «Hör bitte auf, dich in Dinge einzumischen, die dich nichts angehen, Marcello. Wir können deiner Priorin nun mal nicht nachweisen, dass sie in irgendwelche Machenschaften verwickelt ist. Solange wir nicht wissen ...»

«Hartmut von Weikersheim», fiel Marcello ihm brüsk ins Wort. Der alte Mann richtete sich im Bett auf und schnippte mit den Fingern.

«Was ist mit ihm? Glaubst du, dass er dich überfallen hat?»

«Warum nicht? Er war es jedenfalls, der sich an die Tochter des Stadtvogts herangemacht hat. Das hat mir die Klosterpförtnerin noch verraten, bevor unser Gespräch so jäh endete. Ich erinnere mich nun wieder ganz genau. Und jetzt sitzt der feine Herr oben in der Burg und lässt es sich als Gast des Fürstbischofs gutgehen, während das Mädchen immer noch verschwunden ist. Das ist sie doch. Oder hat man sie inzwischen aufgegriffen?»

Riemenschneider schüttelte bedauernd den Kopf. Ihm war zumindest nichts davon zu Ohren gekommen. Allerdings hatte er an diesem Morgen auch keine Gelegenheit gehabt, sich umzuhören. Er war sofort aufgebrochen, als er von Marcellos Unfall gehört hatte.

«Würde es dich denn beruhigen, wenn ich zum Kloster laufe und mich nach dem Wohlbefinden der Pförtnerin erkundige?»

Der alte Arzt winkte desinteressiert ab. «Wozu das? Die können dir ja doch jeden Bären aufbinden. Bestimmt sitzt seit Mitternacht schon wieder irgendeine Nonne am Tor, die dir seelenruhig bestätigt, die wahre Pförtnerin zu sein. Außerdem möchte ich dich nicht in Gefahr bringen.» Er hielt kurz inne, um nachzudenken. Dann erklärte er: «Vermutlich wäre es das Beste, die Sache vorerst ruhen zu lassen. Aber das kann ich nicht; jetzt nicht mehr. Ich nehme es sehr persönlich, wenn jemand es auf mein Leben abgesehen hat. Ich muss das Mädchen finden, diese Regina Babel.»

Riemenschneider räusperte sich geräuschvoll. Als ehrlichem Mann und loyalem Freund fiel es ihm schwer, Marcello zu sagen, was er in diesem Moment wirklich dachte. Nämlich, dass er ihn für einen sturen alten Maulesel hielt, der auf dem besten Weg war, sich das Wohlwollen des Fürstbischofs zu verscherzen. Am liebsten hätte er sein Angebot, die Tochter des Stadtvogts bei sich aufzunehmen, zurückgezogen. Obwohl Lorenz von Bibra große Stücke auf ihn hielt, war seine Position in der Würzburger Bürgerschaft nicht unanfechtbar. Wenn er sich mit den falschen Leuten einließ und den falschen Fährten nachjagte, konnte ihm das schlecht bekommen. Sein Blick fiel auf seine rauen, aber doch behüteten Hände, die er brauchte, um zum Lobe Gottes und der Zufriedenheit seiner Auftraggeber die herrlichsten Figuren aus Stein oder Holz zu formen. Was sollte er tun, wenn man ihm seine Hände brechen würde? Würde die zweite Riemenschneiderin Verständnis aufbringen, wenn er sie um der Freundschaft eines starrköpfigen alten Römers willen an den Bettelstab brachte?

Wortlos rückte er seine Lederkappe zurecht, stellte zum Schutz vor der Kälte den Kragen seines mit Biberpelz gefütterten Mantels auf und ging zur Tür.

«Ich kann hier doch nicht weg», hielt ihn die flehende Stimme seines Freundes auf. «Meine Füße tragen mich im Moment keinen Schritt weit. Ich weiß, was ich verlange, aber könntest du nach dem Mädchen forschen? Ich muss wissen, was dieser Weikersheim im Schilde führt, und vermutlich ist sie der Schlüssel zu ihm.»

Vielleicht ist sie aber auch unser Untergang, dachte Riemenschneider, als er das Spital verließ und sich auf den Heimweg begab. Eigentlich war er kein furchtsamer Mann, doch heute ertappte er sich dabei, wie er sich regelmäßig umdrehte und dann schneller lief. Er hatte das Gefühl, Schritte zu hören. Schritte, die verstummten, sobald er stehenblieb. Doch außer ihm war niemand auf der Straße zu sehen.

13. Kapitel

Rieke Buntrock kannte den Weg zum Mainufer hinunter wie im Schlaf, so oft war sie ihn schon gegangen. Doch normalerweise nahm sie niemanden mit, sie wollte dort unten allein sein und auf die Wellen blicken, die gemächlich an ihr vorüberzogen. Allein sein mit ihren Gedanken und Erinnerungen.

Im Sommer war die Stelle zwischen den Bäumen, wo der Fluss am flachsten war, friedlich und still, voller wilder Blumen und Gräser. Die Sonne wärmte die Ansammlung von Steinen, die sie selbst zusammengetragen hatte, um in ihrer Mitte ein unscheinbares Kreuz zu errichten. Ein Gedenkkreuz, das gewiss von so manchem Fährmann oder Bootsknecht gesehen wurde, wenngleich niemand wissen konnte, wofür es stand. Rieke hörte sich zuweilen in der Stadt um, fragte auf dem Krämermarkt oder auf dem Domplatz nach, ob ihr jemand etwas über das Kreuz am Main sagen konnte. Sie war stets erleichtert, wenn sie mit einem Kopfschütteln oder einem Achselzucken abgespeist wurde. Das bedeutete, dass ihr Geheimnis bewahrt blieb und auch dem Fürstbischof nicht zu Ohren kam.

Nun stand sie mit Regina vor dem kleinen Kreuz. Die Steine waren mit Schnee bedeckt. Ein paar Tiere, vermutlich Katzen oder Füchse, hatten die schmale Stelle zwischen Böschung und Strom passiert, davon zeugten winzige Abdrücke in der Schneedecke.

Fröstelnd wartete Regina, bis die ältere Frau das Kreuz vom Schnee befreit hatte. Sie wagte nicht, sie dabei zu stören, denn in Riekes Bewegungen lag etwas Ehrfurchtgebietendes, das Regina an eine heilige Handlung erinnerte. Rieke ähnelte einigen der älteren Nonnen, die sie im Kloster beobachtet hatte und die manchmal beim Chorgesang verklärte Mienen und verzückte Augen bekamen. Auch diese Frauen hatte niemand angesprochen, sie waren versunken in der geistigen Zwiesprache mit einer Macht, die sich allem Irdischen entzog. Es verging eine Weile, bis Rieke bereit war, sich wieder mit Regina zu befassen.

«Du fragst dich, warum ich dich hierhergeführt habe, nicht wahr?» Rieke lächelte.

«Vor allem interessiert mich, warum dein Mann vorhin behauptet hat, du hättest meine Eltern verflucht. Ist das wahr?» Sie holte tief Luft. «Und wen sollen sie auf dem Gewissen haben?»

Rieke wies auf das kleine Kreuz. «Ich erwartete ein Kind, als mich die Männer des damaligen Fürstbischofs aus unserem Haus zerrten und in Ketten legten. Mich und Bernt, der mir nicht helfen konnte. Wir gerieten in Gefangenschaft, beinahe wäre es um uns geschehen. Monatelang hauste ich in völliger Finsternis, die nur durch den Schein einiger Fackeln durchbrochen wurde, wenn unser Kerkermeister nachschaute, ob wir noch am Leben waren. Ich verlor mein Kind …»

Regina senkte voller Anteilnahme den Kopf. Was Rieke da erzählte, klang fürchterlich traurig. Aber es beantwortete keine ihrer Fragen. Doch da sprach die Gauklerin weiter:

«Ich gab deiner Mutter die Schuld an unserem Elend, aber das war dumm von mir. Sie konnte nicht wissen, dass die Männer des Fürstbischofs in unser Dorf gekommen waren, um den Mann zu verhaften, den wir alle wie einen Heiligen verehrten. Sie hatte sogar versucht, ihn zu warnen und zur Flucht zu bewegen. Doch es war zu spät. Noch bevor wir uns davonmachen konnten, wurden wir auch schon gefasst.»

Regina stutzte. Sprach die Frau etwa von dem sogenannten heiligen Jüngling, dem Pfeifer von Niklashausen, über den in zahlreichen Schriften, wie dem «Narrenschiff», gespottet wurde? Sie starrte die Frau ungläubig an. «Ich weiß, von wem du redest.»

«Gut. Aber was weißt du von ihm?»

«Nur das, was uns die Nonnen in St. Afra berichtet haben», gab Regina zu. «Dass er ein Gaukler und Lügner war, der behauptete, himmlische Zeichen erhalten zu haben. Er war ein Gotteslästerer, der es darauf angelegt hat, dass die heilige Kirche ihn für seine Reden zur Verantwortung zog. Aber … meine Mutter?» Regina konnte nicht glauben, dass ausgerechnet ihre Mutter, die ihre Gemächer fast nie verließ, etwas mit dem falschen Propheten aus Niklashausen zu tun gehabt hatte. Doch was wusste sie schon wirklich von ihr? Es gab wohl keine Frau auf der Welt, die ihr fremder war. Und wenn die Gaukler sich nicht irrten und ihre Fiedel tatsächlich einst dem Ketzer gehört hatte, musste an Riekes Geschichte zumindest ein Körnchen Wahrheit sein.

Regina verschränkte die Arme und wandte sich dem Fluss zu. Am gegenüberliegenden Ufer bemerkte sie eine Schar junger Männer, die mit Spießen bewaffnet den Schnee nach Spuren absuchten. Vermutlich waren sie auf Wolfsjagd oder verfolgten einen wilden Keiler. Sie konnte ein Jagdhorn hören.

«Es tut mir leid, dass du dein Kind verloren hast», sagte sie nach einer Weile. Sie drehte sich nicht um, ahnte aber, dass Rieke noch immer neben dem Gedenkkreuz stand und sie anblickte. «Aber wenn meine Mutter und ihr Anhänger dieses Mannes wart, wie …»

«Du meinst, warum wir noch am Leben sind?», fiel Rieke ihr ins Wort. «Warum deine Mutter das Leben einer angesehenen Patrizierin führt, während wir Buntrocks als ausgestoßene Gaukler unser Dasein fristen?»

Regina nickte.

«Nun, das Leben hielt so manche Überraschung für uns bereit. Mein Mann und ich wurden im Kerker der Marienburg festgehalten, denn da ich ein Kind erwartete, durften sie mich weder foltern noch zum Schafott schleppen. Bernt wurde zweimal dem peinlichen Verhör unterzogen, doch er war nur ein einfacher Bauer, der im Grunde für die hohen Herren uninteressant war. Was konnte er schon bekennen, außer, dass er dem Pfeifer von Niklashausen einen Teller Suppe gegeben hatte. Doch dann geschah das Wunder. Wir wurden schlichtweg vergessen. Die Wachen wechselten immer häufiger. Keinem fiel auf, dass sich die Schwangerschaft der Gefangenen über mehr als neun Monate hinzog.»

«Aber das Kind …» Regina begriff nicht sogleich, doch ihr schwante Grauenhaftes. «Du hast doch nicht etwa …»

Rieke schüttelte den Kopf. Ihre Miene blieb ausdruckslos, denn die Tränen, die zu ihrer Geschichte gehörten, hatte sie vor langer Zeit vergossen. Damals war sie ein anderer Mensch gewesen. Nicht die Gauklerin Rieke, die nun vor Regina stand. «Es war eine Totgeburt», sagte sie. «Eine Frau, die mit mir zusammen eingesperrt war, half mir, den kleinen Körper unter einer losen Steinplatte zu begraben. Das Kreuz dort vorne ziert ein leeres Grab. Wir blieben so lange in Gefangenschaft, bis der alte Fürstbischof gestorben war.»

Regina nickte. Der Gauklerin war übel mitgespielt worden; sie hatte Schlimmes erlebt und war doch noch immer am Leben. Sie besaß sogar einen eigenen Hof, den sie mit Freunden bewohnte. Demnach waren sie und Bernt nach dem Tod des früheren Fürstbischofs aus der Kerkerhaft befreit und in ein Leben als unehrliche Gaukler entlassen worden.

«Aber warum habe ich die Fiedel dieses Pfeifers bekommen?», fragte sie. «Hat meine Mutter sie ihm gestohlen?»

«Nein, sie war wohl so was wie ein letztes Lebewohl. Eine Mahnung, wie leicht man alles verspielen kann. Seinen Besitz, seinen Ruf und seine Familie. Als ich dich gestern mutterseelenallein mit dieser Fiedel in der Hand sah, war mir klar, dass ich dich aufnehmen musste. Wenigstens so lange, bis du weißt, wer du bist.»

Bis vor kurzem hatte Regina geglaubt zu wissen, wer sie war. Eine Patriziertochter aus wohlhabenden Verhältnissen, die im Kloster darauf wartete, dass ihr Vater ihr einen geeigneten Ehemann vorstellte. Doch dies war Vergangenheit. Selbst wenn es ihr gelingen sollte, diejenigen zur Rechenschaft zu ziehen, die an ihrem Unglück schuld waren, beantwortete das nicht die Frage nach ihrer Herkunft. Oder ihrer Zukunft.

«Wenn ich darf, würde ich gern eine Weile auf dem Adamshof bleiben», erklärte sie schließlich zaghaft. «Vermutlich könnt ihr mir einiges beibringen, was mir helfen wird zu überleben.» Sie dachte an die Männer auf dem alten Anwesen, die ihr voller Begeisterung zugejubelt hatten, als sie ihnen auf der Geige vorgespielt hatte. Nicht, dass es ihr darauf ankam, Gauklerkönigin zu werden, aber die Fertigkeiten, die sie besaßen, konnten für ihre Pläne nützlich sein.

Rieke warf ihr einen Blick zu, der ihre Zweifel erkennen ließ. Ganz geheuer schien ihr Reginas plötzlicher Sinneswandel nicht zu sein, aber für den Augenblick gab sie sich mit der Erklärung zufrieden.

«Nun, dann sollten wir uns beeilen, nach Hause zu kommen», sagte sie und machte kehrt, ohne noch einmal zu dem einsamen Gedenkkreuz hinüberzuschauen.

Am Nachmittag riefen Silvester und der Jokulator die Gauklertruppe zusammen, denn die Bühne des Magiers war endlich fertig. Mit vereinten Kräften hatten er und seine Kameraden die Konstruktion hinausgetragen und mitten im Hof aufgestellt. Der Zwerg hatte mit einem Besen den Schnee zur Seite gekehrt, damit die Zauberbühne nicht gleich nass wurde.

Regina lief um die Bühne herum und wunderte sich darüber, wie aufgeregt sie war. Sie kannte die Menschen nicht, in deren

Mitte sie sich befand, dennoch fieberte sie mit dem Jokulator, der nervös an der Seilwinde stand und den Zwerg anschrie, weil Hans ihn und Silvester mit Schneebällen bewarf.

Auf dem hölzernen Podest, das über zwei Stufen erreicht wurde, erhob sich eine etwa fünf Ellen hohe Wand aus fachkundig gezimmerten Brettern. Die Ritzen waren ordentlich mit Pech ausgefugt worden, damit keine Zwischenräume zu sehen waren. In die Mitte der hölzernen Wand war eine Tür mit zwei Flügeln eingelassen worden. Säulen flankierten die Bühne an allen vier Seiten. Am eigenartigsten erschien Regina jedoch der altarartige Blechkasten, der nur wenige Schritte vor der Tür auf dem Boden stand. Wie die vier Säulen war auch der untere Kasten bunt bemalt und mit Schriftzeichen versehen worden, die nach den Worten des Zauberkünstlers ägyptisch sein sollten. Nun, das konnte niemand nachprüfen, am allerwenigsten die Menschen, die im Frühjahr Silvesters Vorstellung Beifall zollen sollten.

Bernt kam über die Außentreppe in den Hof hinuntergelaufen. Er hatte sich einen Sack über die Schulter geworfen, dessen Inhalt Silvester für sein Gauklerspiel brauchte. Während Bernt und Silvester leise ein paar Worte miteinander wechselten, sah sich Regina verstohlen nach dem gefährlichsten Mitbewohner um. Wo konnte Hans seinen Bären versteckt haben? Es gab im hinteren Teil des Gehöfts einen Schuppen und einen Hühnerstall, aus dem müdes Gackern drang. Dass die Gaukler Hühner hielten, wusste sie von Rieke. Doch eine geeignete Behausung für einen Bären entdeckte sie nirgends. Sie nahm sich vor, um die verfallenen Nebengebäude, in denen das Ungetüm vermutlich während der Wintermonate hauste, einen großen Bogen zu machen.

Silvester verschwand mit seinem Sack hinter der Bretterwand und kehrte wenige Momente später völlig verändert zurück. Regina blieb vor Verblüffung der Mund offen stehen; der Zauberkünstler war tatsächlich nicht wiederzuerkennen. Sein sehniger Körper steckte in einem weiten Mantel, für den Ratten, Hasen,

Füchse und Biber ihr Leben hatten lassen müssen. Auf dem Kopf trug er einen Turban, der sein Haar verbarg und seine durchdringenden Augen noch schärfer wirken ließ. Mit Holzkohle hatte er einige alchemistische Zeichen auf seine Wangen gezaubert, die ihm einen geheimnisvollen Ausdruck verliehen. Regina wagte kaum zu atmen. Sie erbleichte, als Silvester zuerst etwas trockenes Holz und Reisig neben den Altar legte, dann die Hand hob und sich nach kurzem Beifall seiner Gefährten verbeugte.

«Was hast du denn, Regina?» Rieke warf ihr einen besorgten Blick zu. «Ist dir nicht wohl?»

«Dieser merkwürdige Mantel und der Turban. Wie lange trägt Silvester die Sachen schon?»

Die Gauklerin zuckte leicht mit den Schultern. «Keine Ahnung. Sind mir noch nie aufgefallen. Es gibt Männer unter dem fahrenden Volk, die sich nach dem Vorbild der Türken oder Mamelucken kleiden, weil es so geheimnisvoll anmutet. Meistens sind sie die Ersten, die in den bösen Verdacht geraten, wahrhaftige Hexenmeister zu sein.»

«Aber wo könnte er die Kleidungsstücke herbekommen haben? Kam vielleicht vor kurzem erst ein Mann auf dem Weg nach Würzburg zum Adamshof, der einen ähnlichen Mantel trug?»

Bernt, der sich zu seiner Frau gesellt hatte, runzelte leicht die Stirn. Reginas Fragen weckten seinen Argwohn. «Es kommen viele Gaukler hierher, damit sie während der Wintermonate nicht umherziehen müssen. Silvester, der Jokulator, Hans und Tamar sind die letzten, die noch geblieben sind. Aber was soll diese Frage? Wen suchst du? Oder willst du uns bloß aushorchen?»

«Ach was», beruhigte Rieke ihren Mann. «So hat sie das doch nicht gemeint. Wir Frauen sind eben an außergewöhnlichen Kleidern interessiert. Ich finde, dass Mantel und Turban gut zu unserem Silvester passen. Er wirkt darin nicht so mickrig wie für gewöhnlich.»

Regina zwang sich zu einem Lächeln.

«Pst!» Tamar warf den beiden Frauen einen Blick zu, der Honig in Essig hätte verwandeln können. Wie es aussah, hatte sie Riekes Bemerkung aufgeschnappt und war damit überhaupt nicht einverstanden. Silvester war ihr Held, und wer sich über ihn lustig machte, bekam es unweigerlich mit ihr zu tun.»

«Ja, ja, schon gut», murmelte die Gauklerin und rollte genervt mit den Augen. «Mach schon weiter!» Fortan widmete sie sich Silvesters salbungsvollen Worten, mit denen er seine sechs Zuschauer einlud, ihn in den ägyptischen Tempel der Magie zu begleiten. Regina allerdings bekam davon kaum noch etwas mit. Ihre Gedanken überschlugen sich. Nach seiner Verwandlung zum fremdländischen Heidenpriester sah Silvester auf erschreckende Weise dem Mann ähnlich, der sich mit Diemut von Pinzburg an der Klosterpforte getroffen hatte. Dem Mann mit der Giftphiole. Ihre Blicke glitten über den Altartisch, auf dem mehrere Krüge und Flaschen standen. Sie sahen nicht so aus wie das Gefäß, das der fremde Gaukler Diemut überreicht hatte, wiesen aber darauf hin, dass Silvesters Versuche sich offensichtlich nicht darin erschöpften, farbiges Wasser in Schüsseln zu speien.

«Das junge Mädchen mit dem verträumten Blick ist genau die richtige Person, um die Tempeltür zu öffnen», hörte sie plötzlich Silvesters Stimme wie aus weiter Ferne. Der Magier schenkte ihr ein weihevolles Lächeln. Sogleich lief Tamar auf die Stufen zu, um auf die Bühne zu steigen, doch zu aller Überraschung schüttelte Silvester den Kopf und deutete auf Regina.

«Nein, Herzchen. Heute nicht. Ich möchte, dass mir unsere hübsche Musikantin zur Hand geht.»

«Nun geh endlich», raunte die Gauklerin Regina zu. «Er kann es nun mal nicht lassen. Sobald er ein Mädchen sieht, ist es um ihn geschehen, aber vielleicht wacht Tamar dann endlich auf und sieht ein, dass unser flatterhafter Silvester nicht ihr Eigentum ist und sie kein Hündchen, das es nötig hat, ihm hinterherzulaufen.»

Wie es aussah, wäre Tamar liebend gern gelaufen. Umso härter traf sie Silvesters Zurückweisung. Ihre Gesichtszüge verkrampften sich, als breche sie jeden Moment in Tränen aus. Doch das tat sie nicht. Stattdessen richtete sie ihre ganze Wut auf die vermeintliche Nebenbuhlerin. «Du hast den Morgen offenbar gut genutzt», sagte sie kalt. «Aber für Huren ist hier kein Platz, die gehören ins Würzburger Weiberhaus.»

Regina war es leid, sich die Vorwürfe des erbosten Mädchens anzuhören. Sie war sich keiner Schuld bewusst. Nicht im Traum wäre sie auf den Gedanken gekommen, auf Silvesters Schmeicheleien und seine feurigen Blicke hereinzufallen. Doch das würde ihr Tamar niemals glauben. Weil sie in den Gaukler verliebt war, nahm Tamar wohl an, dass alle Welt genauso empfand wie sie.

Regina beachtete Tamar nicht weiter. Sie erklomm die wenigen Stufen, stellte sich vor den Altartisch und wartete auf Silvesters Anweisungen. Sollten die Gaukler doch ihren Willen bekommen. Vor allem aber durfte sie in Zukunft nicht mehr so plump vorgehen, wenn sie versuchte, an Informationen zu gelangen.

«Hunderte von Jahren war der Tempel der Göttin Isis verschlossen, deren Mysterien Ägypter und Römer huldigten», begann Silvester seine Geschichte. Er machte die Sache gut, das musste auch Regina zugeben. Die Gesten, mit denen der Mann die weiten Ärmel seines Mantels zurückstreifte, strahlten Erhabenheit aus. Er ergriff einen Stab und schlug damit dreimal gegen die Tür, die das Tempeltor darstellte. Regina hörte den Zwerg kichern. Der Jokulator war nicht zu sehen; er schien sich auf der anderen Seite der Konstruktion zu schaffen zu machen. Es wurde mucksmäuschenstill in dem verschneiten Hof, als Silvester Regina bat, die Flaschen von seinem Altar zu nehmen und ihn mit Holz und Reisig zu belegen. Anschließend sollte sie das Holz mit einer Flüssigkeit aus einem der Krüge beträufeln. Regina gehorchte und sprang im nächsten Moment erschrocken zurück, als grünliche Flammen sich ihren Weg durch das trockene Reisig bahnten. Es dauerte nicht lange, bis ein beachtliches Feuer brannte. Es knisterte und rauchte.

Regina starrte den Blechkasten an. Ihre Finger verkrampften sich um den Griff des Kruges; sie konnte ihn nicht absetzen. Vorsichtig schnupperte Regina und verzog das Gesicht, als ihr ein scharfer Geruch in die Nase stieg.

Silvester beachtete sie nicht. Er war viel zu sehr auf seine Darbietung konzentriert. Wieder ergriff er seinen Stab und versprach, dass die alte Göttin sogleich aus ihrem Schlaf erwachen und den Zuschauern das Tor zu ihrem Tempel öffnen würde. Alle Augen richteten sich auf die buntbemalte Tür.

Und tatsächlich. Nach wenigen Augenblicken zitterte zuerst der linke, dann der rechte Flügel der Tür, als rüttelten unsichtbare Hände daran. Regina keuchte. Nie zuvor in ihrem Leben hatte sie etwas derart Unheimliches erlebt. Als sie die angespannten Mienen der Buntrocks und Tamars bemerkte, erkannte sie, dass selbst die erfahrenen Gaukler ein solches Spektakel noch nie gesehen hatten.

Die Tempeltür öffnete sich, ohne dass ein menschliches Wesen nachgeholfen hätte. Sanft bewegten sich die Flügel. Dahinter lag nichts als Schnee.

«Und nun lösch das heilige Feuer», rief Silvester triumphierend. Er deutete auf einen zweiten Krug. Es war derselbe, aus denen die Gaukler am Abend ihr Bier getrunken hatten. Diesmal hatte der Zauberkünstler ihn jedoch mit Wasser gefüllt. Mit einer schwungvollen Handbewegung leerte Regina es über dem Blechkasten.

«Ihr glaubt vielleicht, der Jokulator hätte insgeheim geholfen, die Tür zu öffnen, nicht wahr?» Silvester blickte sich listig um. «Nicht wahr, das denkt ihr doch?»

«Wenn du es sagst!», krakeelte der Zwerg. Übermütig sprang er vor der Bühne auf seine kräftigen Hände und schlug gekonnt einige Purzelbäume. «Der Jokulator ist unsichtbar geworden. Schade, das hätten wir uns eher von dir gewünscht!»

«Dann schaut einmal hinüber zum Haus, Freunde!»

Regina wandte den Blick und erkannte den Jokulator am Fenster des Gutshauses. Er winkte ihnen zu, dann schloss er das Fenster.

Mit einem dröhnenden Knall schloss sich nun auch wieder die sogenannte Tempeltür. Tamar entwich ein spitzer Aufschrei.

Silvester indes lächelte, zufrieden mit sich und seinem Werk. Es hatte lange gedauert, bis die Bühne fertiggestellt worden war. Wochenlang war er Rieke und den anderen auf die Nerven gegangen, hatte den Zwerg angeschrien und Tamar die kalte Schulter gezeigt. Aber es hatte sich gelohnt. Diese Vorstellung war einmalig, etwas Vergleichbares war im ganzen Reich nicht zu finden. Mit Hilfe der Tempeltür würde er auf Jahrmärkten und Dorffesten alle anderen Gaukler ausstechen. Sein Ruhm würde sich bis weit über die Grenzen des Hochstifts Würzburg verbreiten. Tamars Tanz auf dem Seil konnte da schwerlich mithalten.

«Schön und gut», sagte Bernt, nachdem sich die kleine Truppe mit geröteten Wangen und kalten Füßen wieder in die Wärme der Stube geflüchtet hatte. «Aber wie sollen wir dein Ungetüm von Pharaonentempel von einem Ort zum anderen schaffen? Kannst du das Ding vielleicht auch fliegen lassen? Das wäre hilfreich.»

Die Männer blickten sich ratlos an. Daran hatte noch keiner gedacht. Es war eine Sache, einen schweren hölzernen Bau über den Hof zu ziehen, eine andere jedoch, ihn mit auf die Reise zu nehmen.

«Wir könnten einen besonders großen Karren für die Bühne bauen», schlug der Jokulator vor.

«Natürlich!» Silvester klopfte seinem Freund anerkennend auf die Schulter. «Einen Karren, und den zieht dann unser Zwerg. Wir stecken ihn in ein Geschirr, obwohl ich nicht annehme, dass es Geschirre für Kreaturen seiner Größe gibt.»

«Träum nur weiter!» Der Zwerg verzog das Gesicht und streckte ihm die Zunge heraus. «Wenn du glaubst, ich rühre auch nur einen Finger für dein Ungetüm, bist du ein größerer Narr, als ich dachte. Ich hab genug mit meinem Bären zu tun.»

«Dann lassen wir den eben die Bühne ziehen.»

Der Zwerg sprang von seinem Schemel auf und spuckte in die Binsen. Dann ballte er die Fäuste und richtete sie gegen Silvester. «Wer es wagt, meinem Bären zu nahe zu kommen, ist des Todes», schrie er. Rieke beeindruckte die Drohung nicht. Im Nu sprang sie herbei und baute sich vor den beiden Männern auf. «Von mir aus könnt ihr euch die Nasen blutig hauen. Aber nicht in meinem Haus. Und du, Zwerg, spuck mir ja nicht nochmal in die Binsen, verstanden? Ich hasse es, euren Schmutz zu beseitigen.»

«Aber dafür ist doch jetzt die Neue da», bemerkte Tamar. Sie warf Regina, die in einer Ecke hockte und ihre Fiedel stimmte, einen griesgrämigen Blick zu. «Sie kommt aus einem Kloster. Die frommen Betschwestern sind daran gewöhnt, Fußböden zu schrubben.»

«Ein wenig mehr Frömmigkeit täte dir auch ganz gut», tadelte Rieke das Mädchen. «Wie lange ist es her, dass du die Messe gehört oder gebeichtet hast?» Sie legte Tamar die Hand auf die zierliche Schulter und blickte sie besorgt an. «Du weißt doch, dass du aufpassen musst.»

Regina beobachtete aus den Augenwinkeln, wie Tamar nickte. Sie wurde aus dem Mädchen einfach nicht schlau. Wie alle Bewohner des Adamshofs schien sie ein Geheimnis zu hüten, das nur Rieke kannte. Aber die Gauklerin verriet nichts. Regina holte tief Luft, bevor sie aufstand und den Männern einen Vorschlag machte: «Wie wäre es, wenn ihr, statt einen Karren zu bauen, einfach Räder an der Unterseite der Tempelbühne anbringt? Auf diese Weise lässt sie sich doch bewegen, wohin ihr wollt.»

Der Jokulator lachte. «Und darauf muss mich erst eine Klosterschülerin bringen», rief er. «Bei Gott, ich fürchte, ich werde langsam alt.»

14. Kapitel

Würzburg, im Frühjahr 1505

Wie in jedem Jahr lockten die närrischen Tage, welche die lange Fastenzeit bis Ostern einleiteten, viele Bürger aus den Häusern. Auf den Märkten wurde gefeiert; in den Schenken flossen Wein und Bier in Strömen. Trotz des kalten Wetters, das den ersehnten Frühling vermissen ließ, wollte niemand das närrische Treiben versäumen, das der Fürstbischof keinesfalls verbot, sondern ausdrücklich guthieß.

Auch die Gaukler vom Adamshof hielten sich während dieser Tage in der Stadt auf. Sie gaben ihre Vorstellungen und ernteten dafür Beifall und so manche Münze. Die Börsen der Reichen saßen lockerer als in den Wochen zuvor. Das hatte wohl auch damit zu tun, dass die Kaufleute im letzten Jahr große Gewinne eingefahren hatten. In den Werkstätten der Handwerker wurde von früh bis spät gearbeitet. Dienstboten eilten hin und her; Boote wurden am Mainufer beladen. Die Auftragslage war besser denn je.

Regina fühlte sich von den Schatten der Vergangenheit verfolgt, als sie neben Bernt und Rieke Buntrock über den Schmalzmarkt schritt, wo Silvester seine rollende Bühne aufgebaut und die Menge zusammengetrommelt hatte. Ihr war nicht ganz wohl dabei, sich in der Öffentlichkeit zu zeigen, auch wenn sie nicht annahm, dass die lachende, feiernde Menge, die dem Mummenschanz zusah, überhaupt Notiz von ihr nahm. Dafür war ihr Kleid zu abgetragen, der Schnürkittel zu vergilbt. Das fleckige weiße Leinentuch, mit dem sie ihr Haar bedeckte, ließ sie nicht besonders anziehend wirken. Da gab es andere Frauen auf dem Markt und in den engen Gässchen, die ihre Reize williger zur Schau stellten. Neugierig folgte Regina den Buntrocks zu einer hochgewachsenen Schönheit, die hinter einem Stand knusprig gebackene Krapfen feilbot und die Vorbeigehenden mit süßer Stimme einlud, von dem Gebäck zu kosten. Dass sie den Männern nicht nur Krapfen anbot, sah ihr Regina an der Nasenspitze an. Praktischerweise hatte sie ihren Stand vor einem Torbogen aufgebaut, in dessen Schatten die ersten Paare schon eingetaucht waren. Regina hörte das wilde Stöhnen eines Mannes und ein Geräusch, das sie an zerreißenden Stoff erinnerte. Ein spöttisches Lächeln glitt über ihre Lippen, als sie an Tamar dachte, die zur Stunde auf dem Domplatz tanzte. Der Zwerg begleitete sie. Regina hatte ihre Fiedel mitgenommen, war aber froh, dass ihr heute ausnahmsweise erspart bleiben sollte, für das betrunkene Gesindel in den Gassen und Schenken aufzuspielen. Ganz ungeschoren sollte sie allerdings nicht davonkommen. Denn sobald es dunkel wurde, begann der Leichtsinn über die Bürger zu triumphieren.

Aufmerksam beobachtete Regina, wie Rieke ein paar Worte mit der verführerischen Schönheit wechselte. Dabei zeigte sie verstohlen in ihre Richtung. Regina nickte der Frau knapp zu, doch die Hochgewachsene erwiderte ihren Gruß nicht. Kein Blick, nicht einmal die Andeutung einer Geste sollten die beiden Frauen miteinander in Verbindung bringen. So wollten es ihre Pflegeeltern, die Regina während der letzten Jahre nicht nur Obdach gewährt, sondern ihr auch beigebracht hatten, wie eine Gauklerin zu denken und zu handeln.

«Du kannst dich auf sie verlassen», sagte Bernt zu Regina. «Sie macht liebend gern mit, denn einige der ehrbaren Leute schulden ihr noch etwas. Genauso wie uns.»

«Du meinst, sie haben ihre Schmalzkrapfen nicht bezahlt?», fragte Regina mit einem unschuldigen Blick. Sie nahm sich eine der duftenden Süßigkeiten, die Bernt vom Stand mitgebracht hatte, um keinen Verdacht zu erregen. Kauend setzten sie sich auf einen Mauervorsprung und ließen die Blicke über das bunte Jahrmarktstreiben schweifen. Auch fremde Gaukler waren überall zu sehen. Breitschultrige Feuerschlucker, die sich ihre muskulösen Oberkörper mit duftenden Ölen eingerieben hatten, gaben Kostproben ihrer Kunst. Ein paar halbwüchsige Mädchen, an deren Ohren lange Reifen schaukelten, brachten mit Worten aus einer fremden Sprache dressierte Hunde zum Tanzen, während sich ein Stück weiter eine Gruppe von Männern um einen schmächtigen Hütchenspieler scharte. Enttäuschtes Gemurmel erschallte, sooft der Mann seine Lederbecher anhob.

«Adamo hätte seinen Bären mitbringen sollen», murmelte Regina. «Siehst du, wie viel Zulauf der Kerl neben dem Marktkreuz schon wieder hat?»

Buntrock kniff die Augen zusammen, winkte aber ab. «Ich kenne den Kerl. Er beißt schwarzen und weißen Hühnern die Köpfe ab und packt die Kadaver dann in eine Truhe, die er von einem Mädchen öffnen lässt. Natürlich ist das Federvieh noch am Leben. Das schwarze Huhn trägt einen weißen Kopf und umgekehrt. Blödsinniger alter Gauklertrick. Nichts wirklich Aufregendes. Gegen unseren Silvester und seinen Pharaonentempel kann der Bursche einpacken.»

Regina schmunzelte. Im Laufe der letzten Jahre hatte sie unzählige Male erlebt, welche Aufregung die Menschen in all den Dörfern und Marktflecken erfasst hatte, wenn die Gaukler ihre Vorstellung gaben. Silvester war entzückt, wenn sie die wartende, kreischende Menge auf dem Platz ein wenig mit ihrer Fiedel unterhielt, bevor er die Tempeltür öffnete. Regina hatte sich damit abgefunden, ja, sie empfand es nur als gerecht, dass sie den Gauklern half, wenn diese sie schon durchfütterten. Trotz aller Bereitwilligkeit hatte Regina sich bislang hartnäckig geweigert, Würzburg zu betreten. Sie lebte so nah, fast im Schatten der

Türme und Dächer der ihr seit frühester Kindheit vertrauten Häuser. Dennoch wollte sie nicht an den Ort zurück, wo sie ins Elend gestürzt und verraten worden war. Es genügte ihr, wenn die Gaukler von Zeit zu Zeit berichteten, was sich in der Stadt und oben auf der Burg des Fürstbischofs tat. Ob Fremde in der Stadt aufgetaucht waren und wie es um den Rat der Stadt stand. In der Tat war einiges geschehen, was Regina gleichermaßen mit Angst und Abscheu erfüllte. Keine sechs Monate nach ihrer Vertreibung aus dem Kloster war die alte Äbtissin verstorben, und Diemut von Pinzburg war ihr in das Amt gefolgt. Zur gleichen Zeit hatte der Würzburger Rat voller Staunen die Ernennung eines neuen bischöflichen Beraters zur Kenntnis nehmen müssen. Eines Mannes, den niemand kannte, weil er buchstäblich aus dem Nichts aufgetaucht war.

Regina verband mit dem Namen, der alsbald in aller Munde war, mehr als nur eine vage Erinnerung. An dem Nachmittag, an dem Bernt und Rieke ihr die Nachricht von der Ernennung Hartmuts von Weikersheim überbracht hatten, war sie in ihre Kammer geflüchtet und hatte dort stundenlang gegrübelt. Ihre schlimmsten Befürchtungen schienen sich bestätigt zu haben. Die einstige Priorin hatte ihr Ziel erreicht, war Äbtissin eines wohlhabenden und einflussreichen Klosters geworden, das der Fürstbischof seinen ganzen Stolz nannte. Stolz schien er auch auf den Mann zu sein, der kurz nach seiner Einsetzung in das Kanzleramt begonnen hatte, das Hochstift Würzburg nach seinen Vorstellungen zu verändern.

Von ihren Eltern hatte sie nichts gehört, denn aus gutem Grund machten die Gaukler einen Bogen um den Stadtvogt. Sein Name fiel ohnehin immer seltener, man erzählte sich, der Stadtvogt spräche dem Wein zu stark zu und klammere sich an den bischöflichen Bildhauer, weil dieser der Einzige in der Stadt sei, der noch mit Heinrich Babel rede. Je größer Hartmut von Weikersheims Macht auf dem Marienberg wurde, desto bedeutungsloser wurde der Stadtvogt. Tamar behauptete sogar, sein einst so prächtiges Haus verfiele. Seine Diener ergriffen angeblich die Flucht. Reginas Magen verkrampfte sich, als sie an ihre Mutter dachte. Als die Gaukler sie überredet hatten, zum Narrentreiben mit ihnen nach Würzburg zu ziehen, hatte sie sich geschworen, nicht in die Nähe der Orte zu gehen, die sie mit ihrer zerstörten Kindheit verband. Sie wollte weder das Kloster noch ihr Elternhaus wiedersehen, doch ihr Vorsatz begann zu wanken. In dem Gedränge der Menschen, die sich zwischen Domplatz und Krämermarkt aufhielten, war es schwer, Gesichtern auszuweichen, die sie von früher her kannte. Der Jokulator, der noch immer für sein Leben gern bastelte, hatte auch hierfür eine Lösung gefunden. Kurz vor dem Stadttor hatte er sie mit einer kunstvoll gearbeiteten Maske überrascht, die er aus weichem Lindenholz geschnitzt hatte. Regina hatte ihm vor Freude einen Kuss auf die Wange gedrückt. Mit dieser Maske und einem hauchdünnen Schleier vor dem Gesicht würde sie garantiert niemand erkennen.

Aus der Gasse der Fleischhauer, in der es im Sommer bestialisch stank, kam eine Gruppe jüngerer Nonnen gelaufen. Die sechs Frauen, offensichtlich Angehörige des Franziskanerordens, schleppten Leinenbündel mit sich herum, die sie mühsam gegen eine Schar grölender Gassenkinder verteidigten. Eine Franziskanerin schwang ihr Bündel wie eine Keule und brüllte einen vorwitzigen Jungen an, ihr schleunigst aus dem Weg zu gehen. Durch das Tuch sickerten Blutflecke. Die Nonnen hatten im Zunfthaus der Knochenhauer Fleisch- und Wurstreste erbettelt, die sie für die Armenspeisung vor ihrer Pforte verwendeten, bevor die Fastenzeit begann.

Regina musste an Dorothea denken, von der sie schon so lange nichts mehr gehört hatte. Sie vermisste ihre Freundin mehr, als sie mit Worten ausdrücken konnte. Mehrmals hatte sie den Jokulator gebeten, nach St. Afra zu laufen und an die Klostertür zu klopfen. Doch jedes Mal war es eine andere Nonne gewesen, die dem Gaukler mit wüsten Schimpfworten Beine gemacht hatte. Und an einen Brief war leider auch nicht zu denken. Die neue Äbtissin kontrollierte gewiss jedes Schreiben, das am Tor abgegeben wurde. Am schlimmsten war jedoch, dass Reginas Suche nach dem Giftmischer in eine Sackgasse geraten war. Nun, da Diemut von Pinzburg ihr Ziel erreicht hatte und im Kloster schalten und walten konnte, wie sie wollte, gab es für ihren Mitverschwörer keinen Grund mehr, heimlich zum Kloster zu kommen. Nicht einmal die Gaukler, deren Ohren nichts entging, schienen den Mann zu kennen oder auch nur einmal gesehen zu haben. Er blieb verschwunden, Diemut allein mochte wissen, wohin er gegangen war. Es war wirklich zum Verzweifeln.

«Und du bist sicher, dass du es tun willst?», fragte Bernt zum wiederholten Male. Seine Miene drückte eine väterliche Besorgnis aus, die Regina rührte. Es hatte lange gedauert, bis Riekes Mann sich dazu durchgerungen hatte, ihr, der Tochter des Stadtvogts, zu vertrauen und ihr nicht nur Duldung, sondern auch Freundschaft und Zuneigung entgegenzubringen. Inzwischen respektierte er sie jedoch als anerkanntes Mitglied der Gauklergemeinschaft, die sich in all den Jahren nicht einen Tag getrennt hatte. Alle waren sie auf dem Adamshof geblieben, der seit Reginas Ankunft ebenso aufgeblüht war wie sie selbst. Im warmen Frühsommer hatten Silvester und der Zwerg erwogen, sich einer Truppe anzuschließen, die unterwegs nach Böhmen war. Doch nach einem hitzigen Streit mit dem böhmischen Anführer, der sich geweigert hatte, die rollende Zauberbühne mitzunehmen, hatten sie ihre Pläne begraben und waren bei den Buntrocks geblieben. Für den Zwerg stand fest, dass er und sein Bär nicht ohne den Magier weiterziehen würden. Tamar war über diese Entscheidung glücklich gewesen; auch wenn Silvester sie immer noch zappeln ließ, klammerte sie sich weiterhin an die Hoffnung, er werde sich eines Tages doch noch zu ihr bekennen und mit ihr auf Wanderschaft gehen. Nach Florenz oder weiter in den Süden. Dorthin, wo es warm und sonnig war.

Regina wischte sich die letzten Zuckerkrümel des Krapfens aus den Mundwinkeln. Besorgt begutachtete sie ihre Hüften, die sich unter dem weiten grasgrünen Kleid mit den roten Knöpfen ein wenig zu drall für ihren Geschmack abzeichneten. Im letzten Sommer hatte sich ihr Körper scheinbar in einer einzigen Nacht gerundet, hatte wie ein Schmetterling, der sich aus seinem Kokon zwängt, alles Kindliche abgeworfen. Ihr Haar hatte einen seidigen Glanz bekommen, um den Tamar und die anderen Gauklerinnen, die zeitweise auf dem Adamshof Aufnahme fanden, sie beneideten. Das Mädchen, das bei den Nonnen lateinische Verse, Choräle und das Besticken von Altartüchern und Tafelwäsche gelernt hatte, gab es nicht mehr. An seine Stelle war eine junge Frau getreten, der das Schicksal nicht nur ein hübsches Gesicht geschenkt hatte, sondern die wusste, was sie wollte.

«Ich gelte doch schon überall auf dem Land als Gauklerkönigin», sagte Regina lächelnd. «Das verdanke ich dir, Bernt. Du hast mir beigebracht, die Leichtgläubigen und die Hartherzigen mit ihren eigenen Waffen zu schlagen.» Sie sprang mit einem Satz auf die Füße. Ihr grüner Rock wurde von einem Windstoß aufgebläht und sah aus wie die Kappe eines Giftpilzes. «Es war unnötig, Würzburg so lange zu meiden. Ich hätte schon viel früher mit euch in die Stadt gehen sollen. Wer soll mir hier noch gefährlich werden? Ich bin vom Erdboden gefegt worden. Kaum jemand wird sich noch daran erinnern, dass der Stadtvogt Babel überhaupt eine Tochter hatte. Im Grunde bin ich das ja auch nicht mehr. Seine Tochter, meine ich. Aber es wird Zeit, dass Würzburg eine andere Regina kennenlernt. Regina, die Gauklerkönigin. Klingt das nicht hübsch?»

«Es klingt ziemlich gefährlich», brummte Bernt skeptisch. «Ich habe keine Ahnung, was du wieder Verrücktes ausheckst, Mädchen. Aber das Aufblitzen deiner Augen sagt mir, dass wir gut auf dich aufpassen müssen. Ich werde den Zwerg zu dir in die Schenke schicken, damit er ein Auge auf dich hat.»

Regina wurde ernst. Sie mochte es nicht, wenn Bernt fürsorglich wurde, als habe er eine Tochter und keine gleichberechtigte Gefährtin vor sich. Von ihm hatte sie den Umgang mit den Steinen gelernt, die in einem Beutel an ihrem Gürtelband hingen. Seitdem begleiteten die Steine sie überallhin. Sie hatten Regina in den Dörfern und Marktflecken gute Dienste geleistet, in die sie mit Silvester, dem Jokulator und Bernt gereist war. Ihr Geigenspiel lockte viele Menschen an. Es machte sie weich, melancholisch und empfänglich für das Schauspiel, für das ihre Gruppe überall im Fränkischen bekannt geworden war. Wenn sie abends im Schein der Kerzenflammen ihre Steine aus dem Beutel holte, um den Gutgläubigen ihr Geschick zu prophezeien, gab es kaum einen Bauern, Krämer oder Handwerker, der nicht gebannt an ihren Lippen hing.

Die Würzburger hatten sich bereits den ganzen Tag lang dem närrischen Treiben hingegeben. Sie waren bereit für die nächste Vorstellung der Gaukler.

Regina war ebenfalls bestens vorbereitet.

Es war gerade dunkel geworden, als sie in einem Nebenraum der Schenke «Zum roten Fuchs» die ersten Ratsuchenden empfing. In der Tür befand sich ein kleines Loch, das der Wirt, ein geschäftstüchtiger Mann, der den Gauklern nicht ungern sein Stübchen vermietete, eigenhändig gebohrt hatte. So konnte Regina sich die Männer und Frauen anschauen, die zu ihr kamen, ohne selbst gleich gesehen zu werden.

Nur gedämpft drang der Wirtshauslärm in den Nebenraum. Das war gut, denn obwohl Regina im Umgang der Steine Übung hatte, musste sie sich darauf konzentrieren, was ihr Bernt beigebracht hatte. Die Steine hatten nichts Magisches an sich; es waren einfache Kiesel, die Regina selbst am Ufer des Mains aufgelesen hatte. Doch ihre Inschriften sahen im Licht der Kerze, die auf dem schmalen Tisch neben ihr stand, eigenartig aus. Seit Jahrhunderten ächtete die Kirche den Gebrauch solcher Runen. Ohne Erfolg. Immer wieder gab es Gaukler, die sich gerne der Steine bedienten, um verliebten Mädchen, eifersüchtigen Ehefrauen oder leichtsinnigen Händlern einen Blick in die Zukunft zu erlauben.

Reginas Steine waren mit roter Farbe beschriftet. Die Kunst bestand darin, sie auf ein mit Kreide aufgemaltes Schaubild zu werfen, das den Körper eines Menschen darstellte. Fielen die Steine, die Reginas Ratsuchender ausgewählt hatte, auf den Kopf, so galt es, ein geistiges Problem zu lösen, das die Person um den Schlaf brachte. Oftmals fielen die Steine in die Mitte des Körpers und berührten die Stelle in der Brust, die für Herzensangelegenheiten zuständig war.

Regina trug ihre Maske an diesem Abend nicht. Sie hatte sich durch das Loch in der Tür vergewissert, dass sie keinen der Wirtshausbesucher kannte, die sich den Luxus gönnten, heimlich ihr Stübchen zu betreten. Der Wirt warb wortgewaltig für sie, unterstützt von dem Zwerg, der Bernts Befehl nachgekommen war und die zechende Menge im Schankraum mit seinen Späßen und Verrenkungen unterhielt. In regelmäßigen Abständen konnte Regina seine hohe Stimme hören.

Seufzend legte Regina ihre Hand auf den prallgefüllten Beutel und wog ihn in ihrer Hand. Ihr Besucher, ein asketisch aussehender Mann mit schiefen Zähnen und einem hässlichen Brühfleck auf dem Hals, blickte sie voller Erwartung an. Er stellte sich ihr als Schreiber im Zunfthaus der Seifensieder vor.

«Ich werde für Euch tun, was ich vermag», versprach Regina mit einem Lächeln.

«Habe ich dich nicht schon einmal gesehen, Mädchen?» Anzüglich leckte sich der Seifensieder über die Lippen, die ebenso rot wurden wie der Brühfleck auf seinem Hals. «Vielleicht auf dem Michaelismarkt. Oder beim Fest des heiligen Florian, wenn die Blumenbinderinnen alle Brückenheiligen mit Blüten schmücken. Wenn du fremd bist, könnte ich dich ein wenig herumführen.»

Regina gab vor, die letzten Worte nicht gehört zu haben. Von Rieke hatte sie schon gehört, dass manche der Burschen mehr am Körper der Gauklerinnen interessiert waren als an den Ratschlägen, die sie ihnen mit auf den Weg gaben. Manche blieben ihnen sogar den versprochenen Lohn schuldig. Regina konnte nur hoffen, dass ihre Gefährten in der Schankstube warteten.

«Nun, was hältst du von meinem Angebot, Kleine?»

Nicht das Geringste, du hässliches Frettchen, dachte Regina. Sie schlug den Blick nieder und gab vor, sich um Konzentration zu bemühen. «Ist das die Frage, die Ihr meinen Steinen stellt, Herr? Ob ich schon in Würzburg war? Einen hellen Kreuzer bekomme ich für jede Frage, die Ihr an die heiligen Steine habt. Das hat Euch mein Beschützer doch gewiss erklärt.»

Der Mann stieß ein boshaftes Lachen aus. Dabei blies er Regina seinen sauren, nach Wein riechenden Atem ins Gesicht. «Dein Beschützer? Wer soll das sein? Etwa der lächerliche Winzling, der draußen auf Händen läuft?»

«Oh, urteilt nie nach dem äußeren Schein», sagte Regina trocken. «Wir nennen ihn Bärenführer, denn ihm gehört eines dieser Tiere. Ein gefährliches Geschöpf, das alles zerfleischt, was sich ihm in den Weg stellt. Der Zwerg ist der Einzige, der das Ungetüm bändigen kann.» Sie lächelte liebenswürdig. «Wenn er will.»

Der Mann erbleichte. Er erinnerte sich, dass der Zwerg im Schankraum tatsächlich von einem Kerl als Bärenführer angesprochen worden war.

«Im Übrigen habt Ihr mir schon wieder eine Frage gestellt», sagte Regina. Sanfter Tadel schwang in ihrer Stimme mit. «Wenn das so weitergeht, ist mein Beutel bald voll, ohne dass meine armen Steine auch nur einmal haben sprechen dürfen.»

Der Seifensieder stieß einen erstickten Laut aus. Er wollte sich nicht mit einem menschenfressenden Bären anlegen, den diese verteufelt hübsche Gauklerin auf ihn hetzen würde, wenn er nicht spurte. Seufzend stellte er ihr die Frage, die ihn eigentlich zu ihr geführt hatte.

«Aus dem Kasten unseres Zunfthauses in der Karmelitergasse ist Geld abhanden gekommen», schilderte der Mann widerstrebend sein Problem. «Nicht viel ... ich meine, nicht genug, um es zu melden.» Er begann unter dem steifen Kragen seines Wamses zu schwitzen. Seine Brühnarbe nahm die Farbe einer reifen Mohrrübe an.

«Tatsächlich? Und wann war das?»

Er zuckte mit den Achseln. Doch Regina merkte sofort, dass er log. Bei manchen Kerlen kannst du die Steine auch getrost im Sack liegen lassen, erinnerte sie sich an einen von Bernts weisen Aussprüchen. Stelle die richtigen Fragen, und du findest heraus, ob sie lügen, wen sie lieben, wen sie hassen. Studiere ihre Gesichter und zähle eins und eins zusammen. Das ist die ganze Kunst.

Der Seifensieder war in der Tat der Inbegriff des schlechten Gewissens. Als Regina die ersten Runensteine über den Kreidemenschen warf, schnappte er nach Luft.

«Siehst du was?», fragte er atemlos. «Wird man mir den Diebstahl anlasten?»

Sieh mal einer an, überlegte Regina, während sie unbemerkt zwei Steine in den Lendenbereich des aufgemalten Kreidemannes schob. Also weißt du, dass es sich um einen Diebstahl handelt. Interessant. Sie räusperte sich.

«Was hat das zu bedeuten?», erkundigte sich der Seifensieder. Er klang ängstlich.

Die Lenden wurden unter den Gauklern mit Fruchtbarkeit und Nachkommenschaft, aber auch mit Gier und Verlangen in Verbindung gebracht. Gierig wirkte der Seifensieder zweifellos. Vermutlich galt sein Verlangen aber nicht nur hübschen Frauen, sondern auch dem Geld. Als Zunftschreiber nahm er zwar eine vertrauliche Position ein – Gott allein wusste, warum man sie ausgerechnet diesem Frettchen übertragen hatte –, aber Reichtümer konnte er nicht anhäufen. Außerdem schien er ein miserabler Sieder zu sein, was der Brühfleck auf seinem Hals bewies. Vielleicht hatten die Zunftbrüder ihn aus Mitleid die Bücher führen lassen. Zum Dank dafür griff er nun in ihre Kasse.

«Das Geld wurde aus dem Kasten gestohlen, da habt Ihr recht. Außerdem sehe ich, wie Eure Zunftbrüder den Dieb stellen und dem Stadtvogt übergeben. Das sagen mir die Steine *Hagalas* und *Ferus*, die schon unseren Ahnen heilig waren.»

«Mein Gott, dann soll mich lieber der Bär deines Zwerges fressen», murmelte der Sieder erschüttert. Schweißperlen traten ihm auf die Stirn.

«Euch?» Regina spielte die überraschte Unschuld. Dabei fiel es ihr schwer, nicht vor Lachen zu prusten. Es war tatsächlich leicht, in den Gesichtern der Menschen zu lesen, wie Rieke es ihr gesagt hatte. Ein schlechtes Gewissen vermochten die wenigsten zu verstecken. Ein so unglückseliger Tropf wie der Sieder schon zweimal nicht. «Ein Ehrenmann wie Ihr macht sich Sorgen? Ihr seid doch Zunftschreiber. Eure Meister bringen Euch Vertrauen entgegen …»

Der Seifensieder atmete heftig aus, konnte den Blick dabei aber nicht von den wunderlichen Zeichen auf den Steinen abwenden, die im Schein der Kerze blutrot leuchteten. Blut würde fließen, wenn das Verbrechen ruchbar würde, daran bestand für ihn nun kein Zweifel mehr. Er glaubte den Steinen der Gauklerin. Und mit dem Stadtvogt war nicht zu spaßen, da er in seiner Enttäuschung, das Amt des bischöflichen Rechtsbeistands verspielt zu haben, zweifellos keinen Missetäter entkommen ließ. Regina hatte den Mann genau dort, wo sie ihn haben wollte.

«Mein Gott, was soll ich denn tun?», fing der Seifensieder an zu jammern. «Ich wollte das Geld doch nicht nehmen, aber meine Frau ist krank. Der neue Medicus vom Heiliggeistspital kostet ein Vermögen.»

Regina hob die Augenbrauen. Da hatte sie etwas ganz anderes gehört. Es gab einen Arzt, der den Mönchen im Spital unter die Arme griff. Aber er stand nicht in dem Ruf, seine ärztliche Hilfe teuer zu verkaufen. Der Sieder log, um seine Haut zu retten. Daran bestand für sie kein Zweifel. Eine Idee begann sich in ihrem Kopf zu formen.

«Die Steine verraten mir, dass Eure Zunft die Sache auf sich beruhen lassen wird, wenn das Geld bis zum Tag des Aschekreuzes wieder im Kasten liegt.»

Der Seifensieder stöhnte auf. Er erhob sich schwerfällig von seinem Schemel und steckte seine Hand in den Geldbeutel, der an der Seite seines gefältelten Wamses hing. Seine Erleichterung spiegelte sich in seiner Miene wider; allerdings hieß das nicht, dass er sich besonders großzügig zeigte.

Mistkerl, dachte Regina, während sie auf die kümmerliche Münze biss, die der Sieder ihr gezahlt hatte. Von wegen kranke Frau und teurer Medicus. Vom Erlös der goldenen Löwenkopfschnallen, welche die Schnabelschuhe des Mannes schmückten, hätte eine Gauklertruppe einen Monat lang Eierpfannkuchen speisen können.

«Da wäre aber noch etwas», rief sie dem Mann nach, als der schon an der Tür war. «Die Steine sprechen noch eine dringende Warnung aus. Wollt Ihr sie hören?»

«Was kostet mich das?»

Regina lächelte nachsichtig. Der Mann war wirklich unmöglich. Aber bereit, sich in dem Netz zu verfangen, das sie sorgfältig geknüpft hatte.

«Sehe ich aus, als ob ich mich an der Not meiner Mitmenschen bereichern würde? Natürlich verlange ich dafür nichts von Euch.»

«Das klingt gut», sagte der Seifensieder. «Dann erlaube ich dir, mich zu beraten.» Neugierig kam er an den Tisch zurück und beobachtete, wie Regina einige ihrer Steine mit den Fingerspitzen berührte. Dabei hatte sie die Augen geschlossen und bewegte die Lippen.

«Seht Ihr diese beiden Steine? Sie sind kalt wie Eis. Tatsächlich nennt man die Rune, die das Zeichen des Stabs trägt, *Isa*. Ein altes Wort für Eis. Es weist auf eine Gefahr hin. Den anderen Stein bezeichnet man als ‹Schicksalsrune›. Auf ihr ist kein Zeichen zu sehen, er ist wie … tot. Beide Steine verraten mir, dass Ihr noch heute Abend eine unglückselige Begegnung haben werdet.»

«Nun ja, ich bin auf dem Weg zu meinem Weib …»

Schwachkopf, dachte Regina, blieb aber höflich. «Die Frage ist, ob Ihr überhaupt zu Hause ankommen werdet. Ein angesehener Zunftschreiber wie Ihr hat in dieser Stadt gewiss nicht nur Freunde. Ich sehe in den Steinen zwei dunkel gekleidete Männer, die Euch in der Karmelitergasse auflauern werden, um Euch zu berauben.»

Der Seifensieder rülpste vor Aufregung. Erschüttert warf er die Hände in die Luft. «Man will mich überfallen, sagst du? Wenn ich es mir genau überlege, so könntest du recht haben. Mir war doch gleich so, als hätte mich heute Abend jemand verfolgt. Die Spitzbuben wollten mich vermutlich ausspionieren, bevor sie zuschlagen.» Er warf Regina einen flehentlichen Blick zu. «Worauf wartest du noch?», fuhr er sie an. «Deine heidnischen Steine haben mich gewarnt, nun sollen sie dir auch sagen, wie ich dem Diebsgesindel aus dem Weg gehen kann.»

Regina antwortete nicht gleich. Versonnen strich sie sich eine Strähne, die sich aus ihrem dichten Haar gelöst hatte, unter das Kopftuch zurück. Es schadete bestimmt nicht, den Seifensieder noch ein wenig zappeln zu lassen. Angebissen hatte er jedenfalls. Sie spuckte auf den Tisch und wischte den Kreidemann weg, bis nichts mehr von ihm zu sehen war. Der Wirt mochte die Gaukler vom Adamshof; nicht selten spendierte er Silvester und seinen Freunden einen Becher Dunkelbier. Dafür wollte Regina ihm keinen Ärger machen, indem sie verräterische Bilder und Zeichen auf seinem Mobiliar hinterließ. Was sie hier betrieb, war trotz stiller Duldung der Menschen, die sie aufsuchten, verboten. Hartmut von Weikersheim, so erzählte man sich, nahm es mit den Gesetzen gegen Zauberei und heidnische Riten sehr genau. Seine Spitzel lauerten überall in Würzburg. Regina konnte manchmal selbst nicht glauben, dass ausgerechnet sie, die noch vor wenigen Jahren das Leben einer Klosterschülerin geführt hatte, sich heute ihr Geld mit der Kunst der Weissagung verdiente. Und nicht einmal ein schlechtes Gewissen verspürte, gegen die Gebote der Kirche zu verstoßen. Doch das sollte nicht heißen, dass sie es darauf anlegte, von den Schergen des bischöflichen Beraters geschnappt und ins Verlies geworfen zu werden. Das Schicksal der Buntrocks, die ihre Heimat und all ihr Hab und Gut verloren hatten, weil sie einst einem jugendlichen Prediger Obdach gewährt hatten, war ihr Mahnung genug.

«Du packst zusammen?», keifte der Seifensieder aufgebracht. Seine Fistelstimme holte Regina unsanft aus ihren Gedanken. «Du kannst mich doch nicht so stehenlassen, Gauklerweib. Wie wollen mich deine Steine beschützen?»

Regina stieß scharf die Luft aus. «Die Steine sagen, dass du der Begegnung mit den beiden Räubern nicht ausweichen kannst. Tut mir leid, aber sie werden dich finden. Heute oder morgen. Schützen könnt Ihr Euch davor nicht, aber ...»

«Ja?»

«Um wie viel die Männer Euch erleichtern, wenn sie Eure Börse abschneiden, könnt Ihr selbst entscheiden. Ihr tragt eine Menge Geld mit Euch herum. Ich hörte es, als Ihr die Münze für mich herausholtet.» Das veruntreute Geld aus der Seifensieder-Zunftkasse, vermutete Regina. Aber sie sagte es nicht.

«Die Steine empfehlen Euch, die Hälfte der Münzen hierzulassen und nur mit einem Rest Eures Geldes das Wirtshaus zu verlassen. Ihr werdet seinen Verlust verschmerzen und Euch freuen, dass Ihr so glimpflich davongekommen seid. Euer übrig gebliebenes Eigentum dürft Ihr Euch dann morgen abholen.»

«Abholen, aber wo?», hakte der Seifensieder misstrauisch nach. Reginas Vorschlag bereitete ihm Bauchschmerzen, aber er schien nicht mehr daran zu zweifeln, dass ihm ein böses Erwachen bevorstand, falls er den Rat der Steine nicht befolgte. Seufzend ergab er sich in sein Schicksal und zählte die Münzen ab, die er mitnehmen wollte, um den angekündigten Halsabschneidern damit den Rachen zu stopfen. Dabei schimpfte er auf den Stadtvogt und seine Büttel, die ein ehrenwertes Würzburger Zunftmitglied wegen eines dummen Missverständnisses eher aufknüpfen würden, als dafür zu sorgen, dass das Bettelpack und Diebsgesindel von den Gassen verschwand.

«Der Jungfrau Maria sei Dank für unseren neuen Kanzler oben auf der Burg. Die neue Polizeiverordnung, an der er arbeitet, wird dafür sorgen, dass der Schlendrian, der unter dem alten Stadtvogt eingezogen ist, bald ein Ende nehmen wird.»

Regina biss sich auf die Zunge. Obwohl sie nichts mehr mit ihrem Vater verband, ärgerte es sie, was der Mann da behauptete. Mit schneidender Stimme erklärte sie: «Auf dem Markt gibt es eine Krämerin, die gesottene Schmalzkrapfen feilhält.»

«Nicht nur Krapfen, falls es die ist, die ich meine. Ein hübsches Ding …»

«… das Euch Euer Geld erstatten wird. Morgen. Gleich nach der Frühmesse.» Sie gab vor, müde zu sein. Bat den Sieder, nun zu gehen, damit sie sich ausruhen konnte. Der Seifensieder nickte. Sein Besuch bei der Runenwerferin war nicht so ausgefallen, wie er erwartet hatte. Doch in einigen Punkten hatte sie ihn beruhigt.

Regina zählte bis dreißig, nachdem der Mann die Stube verlassen hatte. Dann lief sie hinüber in den Schankraum und gab Silvester und dem Jokulator, die in einem dunklen Winkel schweigend Bier tranken, ein Zeichen. Es war so weit. Sie mussten sich auf den Weg machen, wenn sie den Seifensieder, wie vorher besprochen, noch einholen wollten. Die Prophezeiung der heidnischen Steine würde sich erfüllen. Auch wenn die Gaukler ein wenig nachhelfen mussten.

Die Männer warfen dem Wirt eine Münze zu, dann gingen sie ohne Eile zum Ausgang. Nur der Zwerg blieb zurück. Als sich seine und Reginas Blicke kreuzten, schenkte sie ihm ein Lächeln, das ihn dafür entschädigte, dass er wegen seiner Körpergröße nichts von dem Spaß mitbekommen sollte.

«Du darfst mich nachher begleiten, wenn ich das Geld dieses armseligen Gauners zu unserer Freundin, der Krämerin, bringe», schlug sie dem kleinen Mann vor. Dies brachte die Ohren des Zwergs vor Freude zum Glühen. Auch Regina war zufrieden. Der Abend war erfolgreich verlaufen. Das Geld, das sie eingenommen hatte, gehörte ihr. Sie durfte damit machen, was sie wollte. Der Seifensieder würde sich hüten, wegen des Betrugs zum Stadtvogt zu laufen. Dennoch legte sich plötzlich ein bedrückendes Gefühl über Reginas Gemüt. Ihr Besuch in Würzburg nach all den Jahren riss alte Wunden auf. Aber das allein war es nicht. Als sie in die Stube neben dem Schankraum ging, um ihre Sachen zu holen, verfiel sie ins Grübeln. Sie glaubte nicht daran, dass die Steine, die sie in ihrem Beutel verwahrte, Macht besaßen. Die Macht lag allein in ihrem Geschick, sich die Schwächen der Menschen zunutze zu machen. Nun aber ertappte sie sich bei dem Wunsch, sie könnte die grauen Kiesel wirklich fragen, woher die plötzliche Unruhe kam, die sie ängstigte.

«Was hast du denn, Mädchen?», wollte der Zwerg wissen. Er war immer besorgt um sie. So wie all ihre Freunde auf dem Adamshof. Dabei hatte sie ihnen hundert Mal gesagt, dass dazu kein Anlass bestand.

«Ich weiß nicht, es ist nur …»

Plötzlich musste sie an Hartmut von Weikersheim denken. Sie lief zu dem kleinen Fenster und blickte hinauf zur Burg. Das trutzige Gebäude auf dem Berg wurde von einem Mantel aus Finsternis eingehüllt; nicht einmal die Wachfeuer waren zu sehen. Dennoch spürte Regina die Nähe des Bösen so stark, als blase es seinen verdorbenen Atem geradewegs in ihr Genick.

«Was hast du nur?», wiederholte der Zwerg seine Frage etwas drängender. «Ist es wegen dieses Kerls …?»

Regina legte ihrem kleinen Gefährten beide Hände auf die Schultern. «Ich mache mir Sorgen um unsere Freunde. Nein, nicht um Silvester und den Jokulator. Die können gut auf sich selbst aufpassen. Aber …» Sie sprach nicht weiter. Auf einmal kamen ihr die düsteren Ahnungen, mit denen sie sich herumschlug, albern vor. «Es ist gut. Heute ist es gutgelaufen. Wer weiß, vielleicht verdienen wir ja noch so viel, dass wir dir ein seidenes Kissen kaufen können! Ich weiß doch, dass es dein größter Wunsch ist, einmal im Leben auf einem seidenen Kissen zu ruhen.»

Mit einem tapferen Lächeln band sie ihr Kopftuch fester, griff ihren Beutel und nickte dem Zwerg zu, der ihr sogleich in den kühlen Märzabend hinaus folgte.

15. Kapitel

Da die Gaukler vorhatten, auch am nächsten Tag in Würzburg auf den Plätzen einige Vorstellungen zu geben, beschloss Bernt, die Nacht mit seiner Truppe innerhalb der Stadtmauern zu verbringen. Der Rat sah das zwar nicht gern, musste es aber in der Zeit des Faschingstreibens wohl oder übel hinnehmen. Allerdings gab es nur wenige Herbergen, die Angehörigen des fahrenden Volks eine Unterkunft boten. Diese Gasthäuser befanden sich fast ausschließlich in den ärmeren Stadtvierteln nahe der Südpforte, wo der Scharfrichter und die Schinder wohnten. Kein ehrbarer Bürger wagte sich nach Einbruch der Dunkelheit auch nur in die Nähe der schmutzigen, engen Gassen. Die aus Lehm, Holz und Stroh errichteten Häuschen boten ein Bild des Jammers. Nicht anders ihre Bewohner. Viel lichtscheues Gesindel in zerlumpten Kleidern, das die Gerichtsbarkeit des Stadtvogts ebenso fürchtete wie die Macht des Fürstbischofs, lungerte vor den Behausungen herum. Bettler krochen in Bierfässer, die sie zu Schlafstätten umgewandelt hatten. Alte Dirnen in grellen Gewändern, die ihre Lippen ordinär geschminkt hatten, um jünger zu wirken, boten ihre Dienste in schattigen, von Unkraut überwucherten Höfen an, weil sie im nahen Dirnenhaus jüngeren Frauen Platz machen mussten. Der Henker und seine Gehilfen nahmen im Auftrag der Ratsherren regelmäßig Kontrollen vor und jagten diejenigen davon, deren Nase ihnen nicht passte oder die alt und unansehnlich geworden waren.

In der Behausung, die neben dem verfallenen Dirnenhaus stand, hatte sich ein blinder Krämer mit seinen beiden Töchtern niedergelassen. Trotz seines Gebrechens wurde der Mann von seinen Nachbarn geduldet. Sogar der Hurenwirt ließ ihn und die Mädchen in Ruhe. Der Alte handelte hauptsächlich mit billigem Trödelkram, welchen er und seine Töchter zusammentrugen. Aber er vermietete in seinem Haus auch einigermaßen saubere Räume an Gaukler, die nicht auf dem Adamshof, sondern in Würzburg übernachten durften.

Das Haus war beliebt, denn zum einen waren die beiden Krämerstöchter hübsch, was insbesondere Silvester und den Jokulator erfreute, zum anderen verfügte das verwinkelte Haus über eine heimliche Badestube, in der auch an Sonn- und Märtyrertagen eingeheizt wurde.

Die Männer vom Adamshof fanden sich alsbald in einem der gewaltigen Zuber wieder. Ausgelassen rekelten sie sich in dem dampfenden Wasser und ließen sich die gebratenen Blutwürste, den Räucherspeck und die weißen Semmeln schmecken, welche ihnen die Bademägde mit einem bezaubernden Lächeln servierten, ohne beim Anblick der entblößten Leiber auch nur zu erröten.

Normalerweise machte Regina einen großen Bogen um die Schwitzkammer, die zu dieser Stunde das Reich der Männer war. Frauen hatten dort nichts zu suchen, es sei denn, sie legten es darauf an, wie Huren zu den Kerlen ins Wasser zu steigen. Doch nun stand sie lauschend vor der halbgeöffneten Tür. Sehen konnte sie nichts, dafür war der Dampf zu dicht. Als sie die Stimme des Jokulators vernahm, ging sie lächelnd davon. Ihre Freunde waren von dem kleinen Abenteuer wohlbehalten zurückgekehrt. Das war gut. Sie vermutete, dass Rieke und Tamar sich bereits schlafen gelegt hatten. Tamars Füße mussten höllisch wehtun, hatte sie doch fast den ganzen Tag lang vor dem Dom getanzt, während Rieke mit funkelnden Augen das Tamburin geschlagen hatte. Gewiss waren ihre Gefährten zufrieden mit dem Tag. Das durften sie auch sein, die Weißpfennige, die sie eingenommen hatten, wurden dringend gebraucht, um den Adamshof instand zu setzen. Seit dem Winter schmiedeten Rieke und Bernt ehrgeizige Pläne. Sie träumten davon, die Gärten hinter dem alten Haus sowie die Wiese, die zu dem kleinen Gehöft gehörte, wieder nutzbar zu machen. Selbstverständlich war ihnen klar, dass sie als Ausgestoßene niemals das Leben ehrbarer Gutsherren würden führen können, aber vielleicht erlaubte ihnen die fürstbischöfliche Kanzlei ja wenigstens, im Sommer einige Schafe auf dem Stück Land am Main weiden zu lassen und Kirsch- und Apfelbäume zu pflanzen. Irgendetwas, das nichts mit dem Gauklerwesen zu tun hatte. Doch dafür würden sie mehr Geld brauchen, als ihnen momentan zur Verfügung stand.

Regina kam das Geld in den Sinn, das der Seifensieder ihr für den Rat der Steine bezahlt hatte. Sie malte sich aus, was sie damit anfangen konnte, doch was ihr einfiel, hob ihre Laune nicht. Plötzlich aber kam ihr ein Gedanke, der ihr gefiel. Sie wollte gerade das Haus verlassen, als der Zwerg sie aufgeregt winkend zurückhielt.

«Willst du noch weg?», rief der kleine Mann besorgt. «Du solltest aber nicht ohne Begleitung durch die Gassen laufen.» Er drohte ihr scherzhaft mit dem Finger, doch seine Augen verrieten, dass er es ernst meinte. Trotz seiner spitzen Zunge und der närrischen Anwandlungen konnte er zuweilen recht teilnahmsvoll sein.

«Was soll mir schon passieren?», fragte Regina mit einem spöttischen Lachen, bedauerte dies aber sogleich, als sie das bestürzte Gesicht des Zwergs sah. Sie wollte seine Gefühle nicht verletzen, aber sie hatte auch nicht vor, sich künftig überallhin begleiten zu lassen wie von einem Leibwächter. Zusammen fielen sie mehr auf als eine Kuh mit zwei Köpfen. Dies schien der Zwerg zwar anders zu sehen, aber nach einem kurzen Wortwechsel ließ sich der kleinwüchsige Gaukler überreden, ihr nicht zu folgen.

«Dann mach, was du willst. Tamar ist auch schon ausgebüxt,

ohne auf mich zu hören. Wo die sich wohl herumtreibt? Sie hat sich mal wieder mit Silvester gezankt. Ach, was sage ich: Ersäuft hätte sie ihn beinahe im Badezuber. Das Mädchen ist verrückter als eine Herde wilder Auerochsen.»

Regina wünschte dem Zwerg eine gute Nacht, dann stahl sie sich aus dem Haus. Als sie sich durch das Getümmel der Menschen schob, die noch immer singend und tanzend die Gassen rund um den alten Pulverturm bevölkerten, wünschte sie sich jedoch, das Angebot ihres Gefährten nicht so leichthin abgelehnt zu haben. Mehrere Male musste sie sich gegen die Zudringlichkeiten Betrunkener zur Wehr setzen, die sie übermütig in den Po kniffen oder in eine Ecke ziehen wollten. Regina konnte den Burschen kaum einen Vorwurf machen. Zu dieser Stunde trieb sich eine ehrbare Frau auch nicht mehr allein auf der Straße herum. Insgeheim fand sie die Atmosphäre jedoch auch aufregend. Aus den billigen Schenken an der Krautgasse drangen Flötentöne, in die sich die Stimmen der Männer mischten, die sich mit Armdrücken, Bankspringen und Ringkämpfen die Zeit vertrieben. Beim Fest der Narren war nun mal alles erlaubt, was den Bürgern Zerstreuung versprach. Gewiss befanden sich unter den starren Masken, die einige der Prasser trugen, auch angesehene Zunftherren oder Mitglieder des Rates.

Um sich keiner größeren Gefahr auszusetzen, schlug Regina die Straße ein, die am Karmeliterkloster vorbeiführte. Sie spazierte eine Weile am Mainufer entlang, etwas, das sie sich in ihrem früheren Leben nicht getraut hätte, bis sie schließlich vor dem Tor des Heiliggeisthospitals stand. Sie atmete auf, als der Klopfer gegen das Holz der mächtigen Eichentür donnerte, trotzdem blickte sie sich vorsichtig um, weil sie sichergehen wollte, dass niemand ihr gefolgt war. Die Straße vor dem Spital war leer, das Gebäude lag im Dunkeln, und niemand erschien, um ihr zu öffnen. Regina versuchte ihr Glück noch einmal. Morgen früh würde sie sich vielleicht dafür schelten, dass sie, eine

Gauklerin, ihr mühsam erarbeitetes Geld für die Pflege von Kranken spenden wollte, aber es erschien ihr vernünftiger, als es in den Opferstock der Kirche zu werfen. Angeblich hatten Gaukler ja keine Seele. Daher war es gewiss angebrachter, wenn sie ihr Geld dafür hergab, irdisches Leid zu lindern. Es war zwar schon spät, aber sie hoffte, man würde ihre Gabe dennoch entgegennehmen. Ob sie am Morgen den Mut aufbrachte, noch einmal zum Hospital zu laufen, wusste sie nicht. Sie klopfte ein weiteres Mal.

Der Mönch, der ihr mit mürrischer Miene schließlich die Tür öffnete, nahm ihre Weißpfennige entgegen, bestand aber darauf, sich für die fromme Gabe mit einer langatmigen Flut von Ermahnungen zu bedanken, die keinen Zweifel daran ließen, dass für ihn Gaukler ebenso schlimm waren wie die ungläubigen Osmanen, die mit ihren Heeren das christliche Abendland bedrohten.

Regina wollte gerade zu einer Entgegnung ansetzen, als ein weiterer Mann am Tor erschien. Er trug das bodenlange Gewand eines Arztes, das allerdings ein wenig staubig und am Saum zerschlissen war. Der Medicus schien keinen großen Wert auf sein Äußeres zu legen, wovon auch die nachlässig gebundene Ohrenkappe und der vergilbte steife Faltkragen zeugten.

«Könnt Ihr etwas leiser sein, Bruder?», wandte sich der Arzt mit strengem Blick an den geschwätzigen Mönch. «Meine Kranken brauchen Ruhe, sonst steigt das Fieber gleich wieder. Das wisst Ihr doch.»

Mehr trotzig als schuldbewusst senkte der Mönch den Blick. Offensichtlich war es ihm wichtiger, einem streunenden Gauklermädchen ins Gewissen zu reden, als den Anordnungen des Arztes zu gehorchen. Reginas Spende für das Spital erwähnte er nicht einmal, obwohl die Münzen verräterisch in seinem Beutel klimperten. Der Arzt schwenkte seine Lampe, die so schrecklich rußte, dass der Mönch sich hustend aus dem Staub machte.

«Na, warum nicht gleich so, Sandalenträger», murmelte der Medicus spöttisch. Dann betrachtete er die junge Frau vor dem Tor genauer und schnappte nach Luft.

Regina erging es nicht anders. Als der schwache Lichtschein das zerfurchte Gesicht des Mannes streifte, erkannte sie in ihm sogleich den italienischen Arzt wieder, der an jenem verhängnisvollen Tag vor fast zehn Jahren mit ihrem Vater nach St. Afra gekommen war. Damals hatte er sich gütig gezeigt. Er hatte sich um sie gekümmert, ihre Wunden verbunden, dabei jedoch fast kein Wort mit ihr gesprochen. Dass sie ihm nun ausgerechnet hier wieder über den Weg lief, ärgerte Regina. Sie sah nicht nur wie eine Ausgestoßene aus; sie war in der Tat zu einer Gauklerin geworden. Während der Arzt sie noch anstarrte, suchte Regina in der Miene des Mannes nach Abscheu oder Missbilligung. Gleich würde er die Nase rümpfen und sie davonjagen, wie es die Stadtknechte und Büttel mit ihr und den Buntrocks tun würden, sobald das festliche Narrentreiben zu Ende ging.

Doch nichts dergleichen geschah. Der Arzt musterte sie noch einen Augenblick lang, dann lachte er auf. Es war kein boshaftes Gelächter, es klang vielmehr befreit, als sei dem Mann eine Last von den Schultern genommen worden, die er schon lange mit sich herumtrug.

«Lacht Ihr mich aus?» Regina bemühte sich um einen strengen Ton, so, wie Rieke es ihr beigebracht hatte. Die Leute ließen sie eher in Frieden, wenn sie entdeckten, dass auch Gaukler mit Selbstbewusstsein auftreten konnten. «Weil ich nur eine Gauklerin bin?»

«Entschuldige, mein Kind», bat der Arzt mit leiser Stimme. «Ich wollte mich nicht über dich lustig machen, sondern stellte mir gerade das Gesicht meines Freundes Riemenschneider vor, wenn er erfährt, dass ich dich gefunden habe. So lange hat er nach dir geforscht und doch nie etwas herausgefunden. Nun ja, ein wenig habe ich auch beigesteuert, denn im Hospital begegnen mir viele Menschen. Jeden Mann, der in Frage kam, haben wir gefragt, ob er die Tochter des Stadtvogts Babel kennt, aber keiner konnte uns etwas sagen. Du schienst spurlos verschwunden, vom Erdboden verschluckt. Und das von dem Tag an, als ich dich im Kloster zum letzten Mal sah. Du erinnerst dich doch an mich, nicht wahr? Ich habe dich sofort wiedererkannt.» Er rieb sich die Hände; vermutlich wurde ihm kalt. «Marcello di Landri ist mein Name. Heilkundiger aus Rom, früher Arzt der Päpste. Dein Vater bat mich damals, dich aufzuspüren und aus der Stadt zu bringen. Nach Rom wollte er dich schicken, damit niemand erfährt, was sich hier zugetragen hat.»

«Sehr fürsorglich von ihm.»

«Nun, es ist anders gekommen. Die Wege des Herrn sind sonderbar.»

Regina seufzte. Sie wollte dem Arzt nicht erklären, wie sie zur Gauklerin geworden war, weil sie fand, dass ihn das nichts anging. Zu ihrem Erstaunen fragte er aber auch nicht danach.

«Riemenschneider wird sich freuen, wenn ich ihm erzähle, dass es dir gutgeht.» Marcello warf einen Blick über seine Schulter, um sich zu vergewissern, dass der Mönch sich auch wirklich verdrückt hatte. Hinter ihm lag der schmale, mit groben Steinen gepflasterte Hospitalhof, in dessen Mitte Regina die Umrisse eines Brunnens sowie von Handkarren, einigen Fässern und einer Mehlwaage ausmachen konnte.

«Warst du schon bei deinem Vater?»

Reginas Miene nahm einen verschlossenen Ausdruck an. «Nein», antwortete sie. «Und ich wäre Euch sehr dankbar, wenn Ihr vergessen könntet, dass Ihr mich heute Abend gesehen habt.»

«Aber wie kannst du so etwas von mir verlangen? Schließlich bin ich zum Teil auch deinetwegen in Würzburg geblieben.»

«Meinetwegen?», fragte Regina. «Aber Ihr kennt mich doch kaum. Außerdem habe ich Euch um nichts gebeten.»

«Das mag sein, aber ich weiß inzwischen, dass du das Opfer eines skrupellosen Geschwisterpaars geworden bist, das meiner Meinung nach den armen Fürstbischof nach Strich und Faden hintergeht. Hartmut von Weikersheim ist heute bischöflicher Kanzler, seine Schwester Äbtissin des Klosters, in dem du erzogen wurdest. Du siehst, ich bin genau im Bilde.» Er machte eine Pause, um sich zu sammeln. Regina kam es vor, als würde er gleich mit einer schlechten Nachricht herausplatzen. Und diese folgte auch prompt.

«Deine Freundin, du weißt schon ... Diese Nonne, die damals an der Pforte saß ...»

«Dorothea?» Ohne nachzudenken, ergriff Regina die von Altersflecken übersäte Hand des Arztes und drückte sie ungestüm. «Beim Blut Christi, wenn Ihr etwas von ihr gehört habt, dann sagt es mir! Bitte!»

«Ich fürchte, sie ist schon seit Jahren tot, mein Kind», erwiderte Marcello. Sein Blick verlor sich im Sternenhimmel. «Sie bat mich um Hilfe, aus irgendeinem Grund glaubte sie, dass sie mir vertrauen kann. Aber bevor sie mir sagen konnte, was sie auf dem Herzen hatte, wurde ich hinterrücks niedergeschlagen, und sie verschwand. Seitdem ist sie nie wiederaufgetaucht. Es heißt, die Nonne sei in ein böhmisches Kloster gezogen, mit dem St. Afra eine Gebetsverbrüderung unterhalte. Vielleicht ist das aber nur ein Gerücht. Es wird so viel geredet, wenn der Tag lang ist.»

Regina wandte sich ab, sie kämpfte mit den Tränen. Dorothea, dachte sie niedergeschlagen. Deshalb haben meine Freunde dich nicht antreffen können. Ihre Hände ballten sich zu Fäusten. «Dafür wird Diemut von Pinzburg bezahlen», zischte sie.

«Wir wissen viel zu wenig über sie», entgegnete Marcello abwehrend. Er sah müde aus; seine Hände zitterten. Die mühevolle Arbeit, die er jeden Tag von früh bis spät im Spital verrichtete, forderte ihren Tribut. Auch war er seit dem Anschlag auf sein Leben, bei dem er fast gestorben wäre, nicht mehr der Alte. Das wusste er. Manchmal erschreckte es ihn, wie vergesslich er geworden war. Dennoch verschaffte ihm die Arbeit in den beiden Krankenstuben, zu denen auch eine Kräuterkammer und eine kleine Kapelle gehörten, ein Gefühl innerer Zufriedenheit, das ihn für manche Unbequemlichkeit entschädigte. Der Fürstbischof schien zufrieden mit Marcellos Entscheidung, seinen Lebensabend in Würzburg zu verbringen, auch wenn er nicht verstehen konnte, warum ein gelehrter Mann von untadeligem Ruf es vorzog, in einer Kammer des Spitals zu wohnen, anstatt am Fuße des Burgbergs ein eigenes Haus mit Dienerschaft zu beziehen. Wann immer Marcello in die Burg gerufen wurde, lag Lorenz von Bibra ihm damit in den Ohren. Doch Marcello gefiel es im Hospital. Er war in die Jahre jener Männer und Frauen gekommen, die dort als Pfründner Aufnahme fanden; zudem fühlte er sich inmitten seiner ärztlichen Bücher und Instrumente, der duftenden Heilkräuter und Salben wohl. Noch immer hatte der Fürstbischof seinen Plan, in Würzburg eine Universität zu gründen und Marcello zum Rektor zu berufen, nicht in die Tat umgesetzt. Marcello schob diesen Umstand auf die Berater des Bischofs, allen voran Hartmut von Weikersheim, der die Einrichtung einer hohen Schule vermutlich als Gefahr für seinen eigenen Einfluss auf den Fürstbischof betrachtete. Das war allerdings nur eine Mutmaßung. Tatsächlich lag im Hochstift noch so vieles im Argen, dass der Fürstbischof kaum Zeit fand, sich mit den Plänen für eine Universität zu befassen.

«Ich würde dich gern zu meinem Freund, dem Bildschnitzer Riemenschneider, mitnehmen», sagte Marcello nach einer Weile freundlich. «Er hat sich bereits vor fünf Jahren erboten, dich in seinem Haus aufzunehmen.»

Regina schüttelte ungläubig den Kopf. «Oh, möchte der Herr, dass ich ihm mit meinen Runensteinen die Zukunft vorhersage? Ich habe mein Handwerk gelernt und bin auch gar nicht teuer. Oder soll ich ihm und seinem Weib vielleicht auf meiner

Fiedel zum Tanz aufspielen? Die ehrbaren Herrschaften setzen beim Narrentreiben zwar nur ungern einen Fuß vor die Tür, doch haben sie einen Sinn für angenehmen Zeitvertreib. Für uns Gaukler ist das Narrentreiben der einzige Feiertag im Jahr, an dem wir sogar mit dem Segen des Fürstbischofs singen und gaukeln dürfen.» Regina deutete eine spöttische Verbeugung an, als sie jedoch sah, wie dem alten Mann vor Verlegenheit die Röte ins Gesicht stieg, tat es ihr leid, ihn geneckt zu haben. Er war kein übler Kerl, das wusste sie nicht erst seit heute.

«Schluss mit dem Unsinn», sagte Marcello streng. «Wer auch immer dir in den vergangenen Jahren Schutz und Obdach gewährt hat, wird Gottes Segen dafür empfangen. Du aber solltest trotzdem nicht vergessen, dass du keine Gauklerin bist. Du bist von hoher Geburt. Sobald wir den Fürstbischof davon überzeugt haben, dass du an deinem Schicksal keine Schuld trägst, wird er …»

«… seinen Berater, dem er vertraut wie keinem anderen, in den Kerker werfen und mir meine Ehre wiedergeben», fiel Regina ihm ins Wort. Sie blickte Marcello mit einem milden Lächeln an. «Ihr seid ein guter Mensch, Medicus, aber ich fürchte, ihr lauft träumend durchs Leben. Wacht auf, Herr! Ich kann nichts gegen Weikersheim ausrichten, er ist viel zu gerissen. Das weiß ich inzwischen. Und auch Ihr solltet Euch nicht mit ihm anlegen, wenn Euch Euer Leben lieb ist. Dasselbe gilt für Euren Freund, den Bildschnitzer.»

Marcello schüttelte energisch sein Haupt. «Sollen wir den Kopf in den Sand stecken wie Euer Vater? Weder Meister Riemenschneider noch ich fürchten uns vor dieser Ratte.»

Aber ich, dachte Regina. Ich sorge mich um diejenigen, die vom Wohlwollen des Fürstbischofs abhängig sind. Sie holte einen Gulden aus dem Beutel und drückte ihn Marcello in die Hand. «Würdet Ihr etwas für mich tun? Eine Seelenmesse für meine Freundin Dorothea lesen lassen? Geht am besten zum

Priester von St. Burkhard, den mochte sie besonders gern, weil er eine schöne Stimme hat. Der von St. Stephan dagegen schrie ihrer Meinung nach wie ein Esel.»

Bevor Marcello noch etwas sagen konnte, machte sie auf dem Absatz kehrt und eilte mit wehenden Röcken die Straße hinunter. Als sie sich kurz umblickte, sah sie, dass der Arzt ins Haus zurückgegangen war. Vermutlich überlegt er nun, was er und sein Freund, der Bildschnitzer, tun können, um mich umzustimmen, ging es ihr durch den Kopf. Am liebsten wäre sie zurückgelaufen. Manchmal tat es doch gut, auf Menschen zu treffen, die sich um einen sorgten.

Doch dann musste sie an ihre Freunde denken. Wünschte sie sich ihr altes Leben wirklich zurück?

In der winzigen Spitalkapelle sehnte Marcello das Ende der Nacht herbei. Da er nach dem Gespräch mit dem Mädchen ohnehin nicht schlafen konnte, zog er es vor, die Jungfrau Maria auf Knien um Rat und Kraft zu bitten. Kraft. Ja, die hatte er nötig. In der Kapelle war es kalt, zudem zog es durch ein Fenster hinter dem Altar, das bei einem Unwetter im vergangenen Herbst zerbrochen war. Aber Marcello ertrug die Kälte tapfer. Obwohl er sich manchmal nach der Wärme Italiens zurücksehnte, hatte er sich an das zuweilen unwirtliche Wetter am Main gewöhnt. Versonnen ließ er die glänzenden Perlen seines Rosenkranzes durch die Finger gleiten und hielt den Blick auf die Figur des heiligen Damian gerichtet, der als Schutzpatron der Kranken galt. Riemenschneider hatte die Figur angefertigt und dem Spital geschenkt, nachdem Marcello sich in der Stadt niedergelassen hatte. Wie sein Freund wohl reagieren würde, wenn er ihm von seiner Begegnung berichtete? Marcello brannte darauf, es herauszufinden.

Als die Morgendämmerung endlich hereinbrach und die Mönche eintrafen, um nach den Kranken zu sehen, war Marcello längst auf den Beinen. Er wechselte zwei Verbände, obwohl das für gewöhnlich die Laienbrüder taten, und beruhigte eine Frau, die befürchtete, sich mit den schwarzen Pocken angesteckt zu haben. Ihr Gejammer beunruhigte die anderen Kranken so nachhaltig, dass Marcello nichts anderes übrig blieb, als die Frau in die Kammer gegenüber der Spitalküche tragen zu lassen. Seiner Meinung nach litt sie an einem Ausschlag. Aber es konnte nicht schaden, vorsichtig zu sein. Als er endlich den letzten Patienten behandelt und dem Pfleger weitere Anweisungen gegeben hatte, läuteten die Glocken bereits die Mittagsstunde ein. Nun musste er sich beeilen, wenn er Riemenschneider noch in seiner Werkstatt antreffen wollte. Als er aus dem Tor trat, begrüßten ihn einige herausgeputzte Bürgerfrauen, die Körbe voller mildtätiger Gaben für die Spitalküche brachten. Höflich bedankte sich Marcello und wünschte den Frauen einen gesegneten Tag. Für Plaudereien hatte er keine Zeit. Außer Riemenschneider musste er auch noch dem Apotheker einen Besuch abstatten. Einige der Arzneien, die er zur Behandlung entzündeter Abszesse brauchte, gingen zur Neige. Am liebsten hätte Marcello die Heilmittel selbst hergestellt, anstatt sich immer wieder von dem Apotheker vertrösten zu lassen, aber das war gegen das Gesetz. Der Fürstbischof achtete seit einiger Zeit sehr genau darauf, dass jeder, dem man in Würzburg Privilegien verlieh, auch zu seinem Recht kam.

Zu Marcellos Enttäuschung traf er Riemenschneider weder in dessen Werkstatt noch im Haus oder im Schuppen an. Die zweite Riemenschneiderin teilte ihm mit, dass der Meister in die Burg gerufen worden sei. Dem Gesichtsausdruck der Frau nach zu urteilen, gefiel ihr das ganz und gar nicht.

Marcello konnte sich denken, was der Fürstbischof von seinem Freund wollte. Seit einigen Wochen sprach Riemenschneider nur noch von einem grandiosen Auftrag, der ihn und alle seine Gesellen vermutlich jahrelang in der Werkstatt beschäftigen würde. Dabei ging es um eine Schnitzerei, ein Altarbildnis, das alles in den Schatten stellen sollte, was der Künstler jemals zuvor entworfen hatte. Beinahe täglich ließ Lorenz von Bibra nach Riemenschneider schicken, um die neuen Entwürfe zu studieren. Soweit Marcello gehört hatte, sollte Riemenschneiders Altar keine der Würzburger Kirchen zieren, sondern eine kleine Wallfahrtskapelle auf dem Land.

«Ihr Männer heckt doch wieder etwas aus, nicht wahr?», erkundigte sich die zweite Riemenschneiderin. Sie wirkte heute noch griesgrämiger als sonst. An ihren Rockzipfel klammerte sich ein etwa dreijähriges Mädchen, dem die Nase lief.

Marcello lächelte das Kind an und kniff ihm scherzhaft in die Wange. Er glaubte sich zu erinnern, dass Kindern so etwas gefiel. «Aber nicht doch, Meisterin», sagte er. «Als Gevatter ist es meine Pflicht, hin und wieder nach dem zauberhaften Geschöpf hier zu sehen, das ich vor ein paar Jahren im Dom über den Taufstein hielt.»

«Dann putzt Ihr dem Mädchen doch die Nase», brummte die Riemenschneiderin. Es klang jedoch nicht mehr ganz so gereizt. «Gehabt Euch wohl, Gevatter, und wenn Ihr meinen Mann sehen solltet, richtet ihm aus, dass in der Werkstatt jede Menge Arbeit auf ihn wartet.»

16. Kapitel

Marcello hasste den steinigen Pfad, der zur Burg hinaufführte, noch genauso wie vor Jahren, als er ihn zum ersten Mal erklommen hatte. Damals hatte der Schnee seine Schritte verlangsamt. Heute war sein Alter daran schuld, dass er sich wie eine Schnecke bewegte. Lachendes junges Volk, offenbar Knechte und Mägde, die in der Burgküche oder im Waschhaus arbeiteten, überholten ihn mühelos mit Handkarren, auf denen gewaltige Käseleiber und luftgetrocknete Schinken lagen. Zwei Lastesel wurden an ihm vorbeigetrieben, die Krüge mit Öl beförderten.

Als Marcello über dem Burgtor schließlich die große Schildtafel mit dem herrschaftlichen Wappen der Familie von Bibra erspähte, das einen schwarzen Biber mit roter Zunge und silbergeschupptem Schwanz zeigte, schwitzte er aus allen Poren. Er überlegte, sich auf einer Bank im Burghof ein wenig auszuruhen. Die Sonne schien recht warm, und unter dem mit Holzschindeln bedeckten Dach, das die nach vorne offene Schmiede vor der Witterung schützte, war es angenehm windstill. Von dort hatte Marcello einen guten Blick auf das geschäftige Treiben am Hof und würde Riemenschneider schon nicht verpassen. Kaum hatte er sich jedoch niedergelassen, wurde er auch schon von einem bärtigen Ritter entdeckt, der würdevollen Schrittes auf ihn zukam. Marcello kannte den älteren Edelmann nur flüchtig, erinnerte sich aber, dass er von Hutten hieß und einem angesehenen niederadeligen Geschlecht entstammte. Seit vielen Jahren befehligte er die Burgbesatzung und war auch für den persönlichen Schutz des Fürstbischofs und seines Kanzlers verantwortlich, wenn diese sich auf Reisen befanden. Wie es aussah, war der grauhaarige Mann auf dem Weg zu seinem Herrn, er hatte seinen üblichen bescheidenen Waffenrock gegen ein sauberes Gewand aus kupferrotem Samt eingetauscht, das der Mode entsprechend an den Hüften eng, an den Schultern indessen ausladend geschnitten war. Ein Ring mit Wappen, ein breiter Ledergürtel und schwarze Stulpenstiefel verwiesen auf den ererbten und zudem mit dem Schwert erstrittenen Stand des alten Soldaten.

«Was verschafft uns die Ehre, Herr Doktor?», begrüßte der Ritter Marcello mit einem misstrauischen Blick. «Ist jemand krank? Ich wurde nicht darüber unterrichtet, dass Ihr heute kommt.»

Marcello seufzte. «Ich kann Euch beruhigen, Hauptmann von Hutten. Es ist keine Seuche ausgebrochen, jedenfalls keine, von der mir etwas zu Ohren gekommen wäre. Und falls dem Fürstbischof etwas fehlen sollte, wüsstet Ihr das gewiss vor mir. Um Eurer nächsten Frage zuvorzukommen. Danke, auch mir geht es bestens. Zuweilen zwingen mich auch andere Gründe als Krankenbesuche, das Heiliggeistspital zu verlassen.»

«Dann sollten wir die Herren nicht länger warten lassen», entgegnete Hauptmann von Hutten kurz angebunden. «Der Fürstbischof hat mich zu einer Unterredung mit Meister Riemenschneider und seinem Kanzler gebeten. Wenn Ihr schon mal hier seid, wird er Euch bestimmt sehen wollen.»

Marcello bezweifelte das. Er wollte protestieren, dem Hauptmann erklären, dass es keinen Grund gab, den Fürstbischof zu stören, aber seine Ausflüchte stießen auf taube Ohren. Ehe Marcello sich versah, wurde er von dem Hauptmann in die Halle begleitet, wo bereits einige Männer mit dem geistlichen Fürsten eine Unterhaltung führten. Die Männer, allesamt Ritter und Vögte, waren Marcello bekannt, auch wenn er für gewöhnlich nicht viel mit ihnen zu tun hatte. Riemenschneider entdeckte er über einen Tisch mit Büchern und Schriftstücken gebeugt. In seiner Hand hielt er einen Kohlestift, mit dem er hastig verschiedene Heiligenfiguren skizzierte. Die Anspannung stand dem Künstler ins Gesicht geschrieben. Unzufrieden schüttelte er den Kopf, während sein Stift flink über das Papier eilte. Als er ihn schließlich weglegte, betrachtete er das Ergebnis mit der Miene des zweifelnden Kritikers.

«Verehrter Freund», holte der Fürstbischof Marcello aus seinen Gedanken. «Wie schön, dass Ihr mir heute Eure Aufwartung macht. Vielleicht brauchen wir nachher auch Euren Rat.»

Marcello verbeugte sich so tief, wie es sein schmerzender Rücken zuließ. Aus den Augenwinkeln nahm er das gleichmütige Gesicht Hartmuts von Weikersheim wahr, der wie selbstverständlich mit verschränkten Armen neben dem Bischof stand und ihn ungeniert musterte. Dem fürstbischöflichen Ratgeber schien sein neues Amt zu gefallen. Einträglich war es auf jeden Fall, denn der Mann wirkte längst nicht mehr so schlaksig, wie Marcello ihn in Erinnerung behalten hatte. Um die Hüften herum hatte er deutlich Speck angesetzt. Und er trank offensichtlich zu viel.

Übel konnte es einem werden, dachte Marcello.

«Ihr Herren, ich habe Euch heute in einer ernsten Angelegenheit auf den Marienberg gerufen», eröffnete der Kanzler nun das Gespräch. Mit Ausnahme des Fürstbischofs, der auf seinem geschnitzten Lehnstuhl Platz genommen hatte, blieben die Männer stehen. Höflich, aber auch ein wenig besorgt hörten sie zu. Marcello trat zu Riemenschneider und hob fragend die Schultern, doch der Bildschnitzer war noch immer zu sehr mit seinen Entwürfen beschäftigt, um es zu bemerken. Allem Anschein nach war dies kein günstiger Moment, um mit ihm über die Intrige gegen das Haus Babel zu reden.

«Wie Ihr vermutlich wisst, hat unser hochwürdiger Herr, Fürstbischof Lorenz von Bibra, dem Bildschnitzer Tilman Riemenschneider, der zu Würzburg das Bürgerrecht genießt und dem Rat angehört, den Auftrag erteilt, einen Marienaltar für die Herrgottskirche zu Creglingen anzufertigen», fuhr Hartmut von Weikersheim fort. Seine Augen schienen Marcello zu verfolgen. «Die Arbeit an diesem Altar, durch die unser geehrter Meister einmal mehr sein Geschick beweisen kann, wird ihn und seine Gehilfen noch einige Jahre beschäftigen.»

«Wir kennen die Arbeiten des Meisters Riemenschneider», rief ein kleiner, dicker Mann dazwischen. Marcello blickte ihn an. Es war Johannes Trithemius, der Abt des Klosters Sponheim, der Würzburg auf seinen Reisen durch das Reich gern besuchte. «Ich habe nach meiner Ankunft das Grabmal des verstorbenen Fürstbischofs Konrad im Dom besucht, um davor zu beten. Man verspürt sogleich heilige Ehrfurcht, wenn man sich dem Bildnis nähert.» Er lächelte Riemenschneider freundlich zu. «Als ich das Amt des Abtes in Sponheim antrat, wünschte ich mir, hundert Jahre alt zu werden. Denn so viel Zeit wird nötig sein, um den widerspenstigen Geist meiner Brüder zu brechen und sie wahren Gehorsam vor der Regel des heiligen Benedikt zu lehren. Doch nachdem ich gesehen habe, wie wunderbar Meister Riemenschneider arbeitet, wäre ich bereit, früher abzutreten. Vorausgesetzt, ich erhalte ebenfalls ein so herrliches Grabmal.»

Riemenschneider verbeugte sich ehrerbietig, doch Marcello entging das Funkeln in seinen Augen nicht. «Das eine schließt das andere doch nicht aus, Herr Abt», sagte er. «Stein verdirbt nicht, er wartet mehr als hundert Jahre auf Euch. Mir ist es lieber, ich modelliere die Gesichter lebendiger Auftraggeber.»

«Die können den guten Meister wenigstens noch bezahlen», bemerkte Hauptmann von Hutten nicht ohne Spott. «Aber vielleicht wäret Ihr so freundlich, nun auf den eigentlichen Grund dieser Zusammenkunft zu sprechen zu kommen.»

Wie die meisten der Anwesenden schien auch von Hutten sich zu fragen, warum man ihn in die Halle gebeten hatte. Gewiss nicht, um über die Kunst dieses Bildschnitzers zu diskutieren.

Das konnten die Geistlichen unter sich ausmachen. Für einen Ritter sahen die hölzernen und steinernen Heiligenfiguren ohnehin alle gleich aus.

«Unser Hauptmann hat recht», sagte Hartmut von Weikersheim in einem Ton, der sämtliches Gemurmel in der Halle augenblicklich verstummen ließ. «Deswegen hört, was ich zu sagen habe. Unser gnädiger Fürstbischof berät Seine Majestät, Kaiser Maximilian, nun schon eine geraume Weile in vielen Angelegenheiten des Reiches. Der Kaiser schätzt seinen weisen Rat sehr. Er hat zum Ausdruck gebracht, dass er es gern sehen würde, die Freundschaft, die ihn mit dem Hochstift Würzburg verbindet, durch eine fromme Stiftung zu festigen. Er hat von Meister Riemenschneiders Geschick erfahren und die Figuren unserer ersten Eltern, Adam und Eva, über dem Portal der Marienkapelle bewundert, die der Meister angefertigt hat.»

«Aber wo liegt das Problem?», fragte der Abt von Sponheim, der langatmige Einleitungen nicht mochte. «Ich gehe davon aus, dass sich der Bildschnitzer mit Fleiß und Tatkraft ans Werk machen wird.»

Hartmut von Weikersheim öffnete den Mund, um zu antworten, doch da stand der Fürstbischof auf und rang ungeduldig die Hände. «Es geht doch hier nicht um Meister Riemenschneiders Geschick, dieses kennen und schätzen wir alle. Doch von dem Ort, wo der Altar aufgestellt werden soll, sind uns schreckliche Dinge zu Ohren gekommen. Furchtbare Fälle von Gotteslästerung haben sich ereignet und …» Er stockte kurz, bevor er fortfuhr: «Die Herrgottskirche zu Creglingen ist ein heiliger Wallfahrtsort, seit ein Bauer vor über hundert Jahren beim Pflügen seines Feldes eine unversehrte Hostie fand. Niemand kann sagen, wie sie dorthin kam. Womöglich wurde sie von ketzerischen Frevlern verscharrt, die glaubten, auf diese Weise den auferstandenen Herrn ein zweites Mal zu begraben. Ich weiß es nicht. Die frommen Menschen bauten jedenfalls an dem Ort dieses heiligen

Fundes eine Kapelle, in die bis zum heutigen Tag Scharen von Pilgern einkehren, um Gebete zu sprechen. Aber nun ... Es gibt Gerüchte, nach denen der Teufel versuchen soll, sich der Kirche zu bemächtigen, und dabei nicht davor zurückschreckt, Menschen zu ermorden.»

Marcello, der anfangs nur mit halbem Ohr zugehört hatte, spitzte die Ohren. Er kannte die Stadt Creglingen, dort lebte der einzige Blutsverwandte, den er noch hatte. Nur wenige wussten davon, und er selbst hütete sich, darüber zu reden, denn der Sohn seiner verstorbenen Schwester war kein besonders umgänglicher Mann. Als er ihm vor Jahren, nach dem Tod seiner Frau, begegnet war, hatte sein Haus mehr der verwahrlosten Kartause eines Eremiten geglichen als der Schreibstube eines städtischen Bediensteten. Doch trotz seines schlampigen Äußeren hatte es der Junge zum Stadtschreiber gebracht. Verstand hatte er. Was auch immer in Creglingen vorgefallen war, musste zweifellos durch seine Hände und über sein Schreibpult gewandert sein.

«Darf ich fragen, um welche schrecklichen Vorfälle es sich im Einzelnen handelt?», erkundigte sich Marcello. Da man ihn genötigt hatte, an dieser Ratsversammlung teilzunehmen, wollte er nun auch etwas mehr als bloße Andeutungen hören.

«Wie ... äh, gewiss, teurer Marcello», sagte der Fürstbischof zerstreut. «Vielleicht ist das sogar etwas für einen geschickten Arzt wie Euch, auch wenn ich zu diesem Zeitpunkt eher an heimtückischen Teufelsspuk als an eine Krankheit glaube. Mit solchem beschäftigt sich unser Freund Abt Trithemius seit Jahren. Ich bin froh, dass er hier ist, um uns zu beraten.» Er holte tief Luft, bevor er seine Tiara, die er trug, um den offiziellen Charakter der Zusammenkunft hervorzuheben, zurechtrückte. Dann räusperte er sich und fuhr fort: «Sogleich, nachdem das Schreiben der Ratsherren von Creglingen die fürstbischöfliche Kanzlei erreicht hatte, ließ ich einen Boten ins Taubertal hinabsenden.

Der Mann fand aber nichts heraus, was auf unnatürliche Vorgänge hindeutet, weil keiner bereit ist, mit ihm zu reden.»

«Euer Bote fand nichts heraus, weil er ein Schwachkopf ist», warf Hartmut von Weikersheim ein. «Er hat sich von dem Gerücht, in Creglingen gehe der Teufel um, anstecken lassen. Sein Gestammel brachte uns nicht weiter als das Schreiben der Ratsherren. Und die stecken den Kopf in den Sand.»

«Aber die frommen Bürger sind verängstigt», rief der Fürstbischof. «Sie wollen das Gotteshaus nicht mehr betreten und verweigern, wie es in diesem Schreiben heißt, sogar weitgereisten Pilgern den Zutritt, weil der Priester es für entweiht hält. Wenn wir nicht eingreifen, könnte es zu einem Aufruhr kommen, von dem nicht nur unsere Feinde erfahren werden. Ihr wisst genau, wie unzufrieden die Bauern sind. Und wie bereit, sich den Frondiensten zu entziehen. Merkwürdigerweise ist der Zehnt ausgerechnet in den Dörfern rund um Creglingen abhanden gekommen.» Der Fürstbischof war so aufgeregt, dass Marcello um seine Gesundheit bangte.

«Ich habe nach einem der Creglinger Ratsherren schicken lassen, der uns Näheres berichten kann. Er müsste in Kürze eintreffen. Hauptmann von Hutten?»

Der Ritter verbeugte sich.

«Ihr werdet dafür sorgen, dass der Mann gleich nach seiner Ankunft zu mir geführt wird. Wehe Euch, Ihr lasst ihn zuerst ins Wirtshaus oder in die Badestube verschwinden. Seinen Durst kann er auch in der Burg löschen.

Es vergingen keine zwanzig Minuten, da kehrte von Hutten mit dem vom Fürstbischof angekündigten Ratsherrn aus Creglingen zurück. Der Mann war etwa dreißig Jahre alt, hochgewachsen und schlank. Obgleich er nicht kränklich aussah, wirkte er erschöpft; mühsam versuchte er, mit dem Tempo, das der Burghauptmann vorlegte, Schritt zu halten.

Marcello beobachtete, wie der Mann mit unbeholfenen Bewegungen sein von dem scharfen Ritt über die Landstraßen staubiges Wams abklopfte. Es war bescheiden geschnitten; am Bauchansatz verdeckten mehrere Lederflicken, die farblich nicht zu dem braunen Tuch passten, Risse und Löcher. Unter den herausgeputzten Adeligen und Würdenträgern wirkte der fremde Ratsherr wie ein Spatz unter einer Schar Fasanen. Marcello hatte schon geahnt, wen der Fürstbischof zu sich beorderte, stieß aber dennoch verblüfft die Luft aus, als die Männer vor den Lehnstuhl des Fürstbischofs traten. Der Ratsherr, den man aus Creglingen geholt hatte, war sein Neffe.

«Mathias Sattler, Ratsherr und Stadtschreiber zu Creglingen», stellte von Hutten den jungen Mann mit lauter Stimme vor. «Wie der hochwürdige Bischof wünschte, habe ich ihn noch vor dem Badehaus abgefangen und hierhergebracht. Deswegen staubt er auch noch ein wenig.»

Der Ratsherr sah nicht so aus, als sei er zu Scherzen aufgelegt. Er würdigte von Hutten keines Blickes, verbeugte sich aber tief vor dem Fürstbischof, wie es das Zeremoniell verlangte. Als Lorenz ihm seine Hand entgegenstreckte, berührte er mit seinen Lippen den Bischofsring. Dann verharrte er mit gesenktem Kopf so lange, bis der Fürstbischof ihm erlaubte, sich wieder zu erheben.

«Ihr habt den Brief geschrieben, der uns in helle Aufregung versetzt hat?», fragte der Fürstbischof streng.

«Im Auftrag des Bürgermeisters und aller Räte, Exzellenz. Der Rat weiß nicht, wie er mit den merkwürdigen Vorkommnissen in unserer Stadt umgehen soll. Er hat angewiesen, dass die Tore noch vor Einbruch der Dunkelheit geschlossen werden, und schaut Fremden, die sich auf der Durchreise befinden, auf die Finger. Aber ...»

«Vielleicht wäre es hilfreich, von Euch zu hören, was nun genau in Eurer Stadt geschieht», wurde der junge Stadtschreiber von Johannes Trithemius unterbrochen, der ungeduldig von einem Bein aufs andere trat. «Wie allgemein bekannt ist, studiere ich seit Jahren alle erdenklichen Fälle von Teufelsspuk. Und ich darf wohl behaupten, dass mein Kloster eine der größten Bibliotheken des Reiches besitzt.»

Marcellos Neffe hob die Hand. «Ich glaube nicht, hoher Herr Abt, dass sich die erschreckenden Dinge, die wir in Creglingen gerade zu erdulden haben, in einem Eurer Bücher wiederfinden.»

«Nun, was habt Ihr bei der Herrgottskirche beobachtet?», fragte der Fürstbischof.

«Alles fing an, als Meister Riemenschneider uns zum ersten Mal besuchte, um den Altarraum zu vermessen. Damals ging ihm ein Bursche aus der Stadt zur Hand, ein gewisser Kaspar, der sich mit Gelegenheitsarbeiten herumschlägt. Nach der Abreise des Bildschnitzers veränderte sich der Bursche auf geradezu beängstigende Weise. Er wurde schreckhaft und launisch, keine Handreichung, um die man ihn bat, konnte er mehr zufriedenstellend ausführen. Er trieb sich nur noch vor der Stadt herum. Bei der Herrgottskirche war er besonders oft anzutreffen. Auf die Fragen, was er denn dort zu suchen habe, antwortete er, sein Herr würde bald eintreffen und er müsse Vorbereitungen treffen.»

«Sein Herr?» Der Abt strich sich durch den Bart. Seine stechenden Augen gaben nicht preis, was er dachte. «Meinte er Meister Riemenschneider, dem er zur Hand gehen durfte?»

«Aber ich kenne den Burschen doch kaum», wies Riemenschneider diese Vermutung zurück. «Er tat mir leid, nur aus diesem Grund nahm ich ihn für ein paar Tage in meine Dienste. Allerdings machte er auf mich da noch einen recht pfiffigen Eindruck. Er war flink und folgsam. Interessierte sich brennend für meine Kunst. Ich gab ihm ein Stück Holz und brachte ihm bei, wie man ein Gesicht daraus schnitzt.»

«Ja, das hätte ich mir denken können», sagte der Stadtschreiber. Seiner düsteren Miene nach schien er von Riemenschneiders Auftrag, einen Marienaltar zu schnitzen, nicht besonders angetan. «Kaspar scheint ein gelehriger Schüler gewesen zu sein, denn er hat seit diesem Tag recht viel geschnitzt. Teuflische Fratzen. Dämonen, die geradewegs der Hölle entstiegen sein könnten. Aber eine Darstellung schnitzte der Junge besonders oft, und die entsprang nicht seiner Einbildung.» Er holte tief Luft, ehe er erklärte: «Es handelte sich um das Abbild des alten heidnischen Gottes Wotan. Der fürchterliche Kopf ist draußen an der Kapelle zu sehen: Wotan, der oberste der alten Götter, mit einem einzigen Auge, der große Widersacher des christlichen Glaubens.»

«Aber ähnliche Figuren befinden sich an vielen Kirchen», warf der Fürstbischof ein. «Sie sollen böse Geister erschrecken und ihnen so den Zutritt zum Gotteshaus verwehren. Außerdem wird den Gläubigen durch solche Darstellungen der Sieg des Glaubens über die heidnischen Mächte der Finsternis vor Augen geführt.»

«Ich kann nur hoffen, dass die Götzenhäupter an anderen Kirchen nicht auch Tränen vergießen!» Mathias Sattler wandte den Blick, als plötzlich Glockengeläut zu hören war. Es kam von St. Burkhard, der Wind trieb es den Berg hinauf. Es war bereits Mittag. Endlich entdeckte der Stadtschreiber Marcello, doch seine Miene blieb gleichmütig. Er neigte nicht einmal den Kopf, um seinen Onkel zu begrüßen.

«Wollt Ihr behaupten, dieses Götzenhaupt an Eurer Kirche vergieße Tränen?», rief der Abt erschüttert. Das Gesicht des Mannes hatte jegliche Farbe verloren; seine wachen Augen schienen sich tief in ihre Höhlen zurückzuziehen.

Mathias Sattler nickte bestätigend. «Blutige Tränen, Herr. Jedenfalls vermute ich, dass es sich bei der Flüssigkeit, welche die Mauer hinabrinnt, um Blut handelt. Aber das müsste ein gelehrter Medicus feststellen, denn in unserem Creglingen haben wir nur einen Wundchirurgen, der schon halb blind ist und keinen Geruchssinn mehr besitzt. Ich habe dem Bürgermeister vorgeschlagen, einen Medicus aus Rothenburg ob der Tauber kommen zu lassen.»

«Darauf kommen wir später noch, Ratsherr!» Der Fürstbischof warf Marcello, der noch immer reglos neben Riemenschneider stand, einen wohlwollenden Blick zu, aus dem der alte Mann las, dass er in Kürze mit einem Auftrag des Hochstifts würde rechnen können. Aber warum bei allen Heiligen hatte sein Neffe sich nicht gleich an ihn gewandt? Er wusste doch genau, wo er zu finden war. Vertraute er ihm etwa nicht, oder hielt er ihn für ebenso unfähig wie den greisen Wundchirurgen? Ein wenig verwundert schüttelte Marcello den Kopf und konzentrierte sich dann wieder auf das, was gesprochen wurde.

«Anfangs hielten die Menschen aus der Stadt es tatsächlich noch für ein Wunder», fuhr Mathias Sattler fort. «Immerhin wurde die Kapelle an einem Ort errichtet, an dem schon einmal ein Wunder geschah. Aber Vater Thomas, der Priester von St. Peter und Paul, wurde darüber sehr ärgerlich und erklärte, dass es sich um einen bösen Teufelsspuk handele, weil die Figur keine Heiligenfigur, sondern das Abbild eines Heidengottes sei. Er machte die Leute verrückt mit seinem Geschwätz vom nahenden Ende der Welt. Sogar hinaufsteigen wollte er, um den steinernen Götzenkopf vor den Augen der Menge mit einem Hammer zu zertrümmern. Aber dann ...» Sattler sprach nicht gleich weiter, denn offensichtlich überwältigte ihn die Erinnerung an das, was sich anschließend ereignet hatte.

«Der junge Kaspar gebärdete sich wie ein Wahnsinniger», sagte er schließlich. «Er warf die Leiter um, auf der der Priester stand, sodass dieser hinunterstürzte. Zum Glück kam Vater Thomas mit dem Schrecken davon und brach sich nichts. Kaspar brüllte, er werde nicht zulassen, dass seinem Herrn etwas angetan wird. Das sei ein Frevel, der mit dem Tode bestraft würde. Er scheint von der Idee besessen, dass ... Wotan auf die Erde zurückkehren wird, um Rache an denen zu nehmen, die ihn vergessen und verdrängt haben. Angeblich befand sich nämlich am selben Ort eine Esche, welche von den Menschen früher wie ein Tempel verehrt wurde.»

«Dieser Kaspar ist entweder schwachsinnig oder ein Ketzer», sagte der Abt. «Um das herauszufinden, solltet ihr ihn herschaffen lassen. Mit Erlaubnis Seiner Exzellenz würde ich ihn gern im Schottenkloster befragen.»

Mathias Sattler blickte erstaunt auf. «Oh, das ist unmöglich. Der Junge ist tot. Seine Leiche trieb zwei Tage später in einem Fischteich, ungefähr zwei Meilen südlich von der Herrgottskirche entfernt. Sie war grauenvoll zugerichtet, als wäre der Junge vor seinem Tod mit einem Spieß brutal gefoltert worden. Eines seiner Augen fehlte, und sein Mund war voller schwarzer Rabenfedern.»

Marcello biss sich auf die Lippen. Was sein Neffe da berichtete, klang nicht nur unglaublich, sondern verrückt.

«In den letzten fünfzig Jahren trieb so manche Sekte im Fürstbistum ihr Unwesen», gab der Abt von Sponheim zu bedenken. «Die meisten dieser Gruppen behaupteten, angebliche Missstände in unserer Kirche entdeckt zu haben. Ihr erinnert Euch an den Aufruhr der Bauern von Niklashausen und ihren Führer, den sie den «heiligen Jüngling» nannten. Damals entging das Hochstift nur knapp einem Bauernaufstand.» Trithemius wandte sich nun an von Hutten, der mit versteinerter Miene auf einen der kostbaren Wandteppiche starrte. «Habt *Ihr* damals nicht den Ketzer dingfest gemacht und nach Würzburg gebracht?»

«Ich handelte auf Befehl meines Herrn, des seligen Vorgängers Seiner Eminenz», antwortete von Hutten knapp, als müsste er sich verteidigen. «Aber warum fragt Ihr, Herr Abt? Ich sehe beim besten Willen keinen Zusammenhang zwischen dem Ketzer von damals und einem schwachsinnigen Burschen, den irgendwelche Strolche im Taubertal aufgeknüpft haben.»

«Der Junge war ein wenig seltsam, aber nicht schwachsinnig», protestierte Mathias Sattler empört. «Außerdem ist dieser Todesfall noch nicht alles, was die Menschen in meiner Stadt beunruhigt.» Marcello sah seinem Neffen an, dass er weder dem Abt noch von Hutten besondere Sympathien entgegenbrachte, und hoffte, er würde sich ein wenig zügeln.

«Sprecht weiter, mein Sohn», sagte der Fürstbischof ruhig.

«Nun, seit das Götzenbild an der Kirchenmauer vor Zorn seine Tränen vergießt, vergeht kaum ein Tag, an dem ich nicht ein weiteres merkwürdiges Geschehnis ins Stadtbuch eintragen müsste. So starb im Ort ein reicher Kürschner. Dabei dachte sich niemand etwas, denn der Mann fraß und soff mehr als ein Ochse. Er wurde auf dem Kirchhof von St. Peter und Paul beigesetzt, doch in der gleichen Nacht noch verschwanden seine sterblichen Überreste aus dem Grab. Sie wurden mitsamt den Leichentüchern verschleppt. Nur der Sarg blieb zurück. Der Leichnam tauchte erst zwei Tage später wieder auf. Ebenfalls verstümmelt.»

Der Fürstbischof schüttelte fassungslos den Kopf. «Nun sagt nicht, draußen bei der Herrgottskirche!»

Mathias Sattler rieb sich über die Bartstoppeln, die nach dem zügigen Ritt über die Landstraßen staubig geworden waren. «So war es aber, Eure Eminenz. Auch dem Kürschner fehlte ein Auge. Ich könnte schwören, es wurde ihm ausgekratzt oder vom Schnabel eines Vogels ausgepickt. Bezeichnenderweise lag ein toter Rabe neben ihm im Gras. Auf dem entblößten Oberkörper des Toten entdeckten wir eine Reihe sonderbarer heidnischer Zeichen, die ihm in die Haut geritzt worden waren. Eine … Schrift vielleicht; soweit ich weiß, nennt man sie Runenschrift, aber was sie bedeuten soll … Nun, damit kenne ich mich nicht aus, wir sind gottesfürchtige Händler und Handwerker, die täglich die Messe hören und zur Beichte gehen. Ich habe Vater Thomas gefragt, aber der hat mir die Tür vor der Nase zugeschlagen. Weder er noch die frommen Zisterzienserinnen vom Kloster Frauental, die für ihre Gelehrsamkeit bekannt sind, wollten mit mir reden. Warum sollten sie auch. Bin ja nur der Stadtschreiber.»

Marcello wurde blass, als sein Neffe diese Schrift erwähnte. Seine Gedanken wanderten zu seiner Begegnung mit Regina zurück. Hatte das Mädchen nicht behauptet, die Kunst des Runenlesens zu beherrschen? Wie waren doch gleich ihre Worte gewesen? Marcello verwünschte sein Gedächtnis, das ihm löchrig wie ein alter Sack vorkam. Vielleicht spielte es ja auch keine Rolle. Für das fahrende Volk war der Umgang mit Orakeln nichts Ungewöhnliches, obwohl die heilige Kirche diesem Treiben kritisch gegenüberstand. Marcello konnte nur hoffen, dass sich das Mädchen zurückhielt und in Zukunft mit ihren Äußerungen vorsichtiger war. In die Burg schien der Fürstbischof sie und ihre Gefährten noch nicht gerufen zu haben. Seit dem verhängnisvollen Tag, an dem die Gaukler in der großen Halle ihr Spiel aufgeführt hatten, hatte der Fürstbischof klugerweise darauf verzichtet, sich noch einmal von Gauklern unterhalten zu lassen.

Marcello dankte Gott dafür. Der dicke Abt aus Sponheim sah nämlich ganz so aus, als könne er es gar nicht erwarten, die Jagd auf Ketzer und Geheimbündler zu eröffnen. Hauptmann von Hutten dagegen befolgte stur jeden Befehl, den der Fürstbischof oder sein Kanzler erteilte. Wer sich ihm in den Weg stellte, durfte nicht mit Nachsicht rechnen.

Marcello spähte zu Hartmut von Weikersheim hinüber, der sich ungewohnt still verhielt und kaum das Wort an Mathias Sattler richtete. Der Arzt kam ins Grübeln. Falls dort unten, im Taubertal, wirklich eine heidnische Sekte entstand, die Knaben tötete, den Zehnten stahl und zudem Leichen schändete, war es die Pflicht des Kanzlers, etwas zu unternehmen und die Schuldigen zu bestrafen. Sonst konnten gefährliche Unruhen daraus erwachsen.

«Ihr seid heute so still, Hartmut», richtete der Fürstbischof da auch schon das Wort an seinen Berater, als habe er Marcellos Gedanken gelesen. «Glaubt Ihr an einen Spuk, den der Satan ins Land schickt?»

Hartmut von Weikersheim verzog geringschätzig den Mund. Nein, an einen Spuk glaubte er nicht, das war ihm anzusehen. «Ich möchte dem ehrwürdigen Abt nicht zu nahe treten, aber ich könnte mir eher vorstellen, dass man uns zum Narren halten will. Blutende Steine. Ha, was für ein Unsinn! Mich erinnert das alles mehr an die Kunststücke eines geschickten Gauklers. Vielleicht haben die Herren das Spektakel dieses angeblichen Ägypters auf dem Schmalzmarkt gesehen, der eine Tür öffnete, ohne sie zu berühren?» Er tauschte einen Blick mit dem Fürstbischof. «Wer auch immer in Creglingen sein Unwesen treibt, soll sich nur vorsehen. Ich werde sogleich ein Schreiben an die Grafen von Weinsberg und den Markgrafen von Brandenburg-Ansbach aufsetzen lassen. Wenn sie uns mit bewaffneten Söldnern unterstützen, werden andere Fürsten ihrem Beispiel folgen, damit wir den ketzerischen Schuften auf die Schliche kommen.

«Gebe es Gott, der Herr.» Der Fürstbischof faltete die Hände und schloss einen Herzschlag lang die Augen, bevor er weiterredete: «Was mir aber am meisten Sorgen bereitet, ist, dass Meister Riemenschneider die Arbeit am Altar unserer heiligen Mutter Gottes möglicherweise nicht fortsetzen kann. Er muss sie aber unverzüglich wiederaufnehmen, denn es wäre ein schlechtes Omen, wenn bekannt würde, dass der Marienaltar nicht errichtet werden kann, weil wir unseren Bildhauer nicht beschützen können. Schon gar nicht darf der Kaiser erfahren, was uns Sorgen bereitet, daher lehne ich eine bewaffnete Strafexpedition ins Taubertal ab. Vorerst sollten wir Messen lesen lassen und dafür beten, dass die Ketzer, denen anscheinend nichts heilig ist, die Herrgottskirche künftig in Ruhe lassen. Mein seliger Vorgänger im Bischofsamt, Gerhard von Würzburg, hat die

Kirche mit päpstlichem Segen als Wallfahrtsort geweiht, und Papst Bonifacius IX. rief einen allgemeinen Ablass für diejenigen aus, die zum Fundort der Hostie pilgerten. Ich erneuere hiermit den Ablass. Wer trotz der Drohungen des Satans bereit ist, nach Creglingen zu pilgern, wird seine Zeit im Fegefeuer deutlich abkürzen.»

17. Kapitel

Marcello musste noch eine ganze Weile warten, bis sich eine Gelegenheit ergab, mit Riemenschneider zu sprechen. Die beiden Männer trafen gleichzeitig am Fuß des neuen, prachtvollen Treppenaufgangs zum Fürstenbau ein, wo der Fürstbischof seit einigen Monaten stattlichere Räumlichkeiten bezogen hatte, in denen es nicht so zog wie in der alten Burg.

Marcello legte den Kopf in den Nacken; ihn schwindelte, als er nach oben blickte und die Anzahl der Treppenstufen überflog, die sich in die Höhe schlängelten.

«Ich habe Regina Babel aufgespürt», platzte es schließlich aus dem alten Arzt heraus, kaum dass sein Freund den Torbogen durchquert hatte. «Nun ja, eigentlich war es ein Zufall. Sie ist gestern im Hospital aufgetaucht, um ein wenig Geld zu spenden.»

Riemenschneider, der noch immer über die Versammlung nachzugrübeln schien, hob verblüfft die Augenbrauen. «Was sagst du da?»

«Wie es aussieht, wurde das Mädchen von einer Schar Gaukler aufgenommen und von ihnen bis heute durchgefüttert. Scheint bei den Leuten einiges gelernt zu haben. Kein Wunder, dass wir nie wieder etwas von ihr gehört haben. Ich vermute, dass sie auf dem Adamshof Unterschlupf gefunden hat, und um den machen die meisten Würzburger einen Bogen.»

Riemenschneider setzte sich auf eine der unteren Treppenstufen und stützte seinen Kopf in beide Hände. «Und nun? Hast du sie im Hospital untergebracht?»

«Wo denkst du hin? Glaubst du, sie ist freiwillig geblieben?», fragte Marcello ungeduldig. Der Bildschnitzer war manchmal aber auch zu weltfremd. «Sie nahm schneller Reißaus, als ich auf meinen lahmen Beinen hinter ihr herhumpeln konnte.»

Riemenschneider seufzte. «Wen wundert es, dass die Kleine misstrauisch ist. Für die Würzburger ihres Standes ist sie gestorben, noch bevor ihr Leben eigentlich begonnen hat. Im Kloster zu St. Afra kräht längst kein Hahn mehr nach ihr. Auch ihrer Freundin, dieser Dorothea, weint keiner eine Träne nach. Nonnen werden ja manchmal in ein anderes Kloster geschickt. Wer fragt schon danach, ob sie dort auch wirklich ankommen.» Er stand auf, weil ihm auf der blanken Steinstufe allmählich kalt wurde. «Ich glaube nicht, dass wir nach fast fünf Jahren noch viel für sie tun können. Es sei denn, ich spräche noch einmal im Haus des alten Stadtvogts vor. Vielleicht interessiert es ihn ja doch, was aus seiner Tochter geworden ist. Es ist nie zu spät, um Gerechtigkeit zu fordern.» Er wandte sich dem Burghof zu, auf dem geschäftiges Treiben herrschte. Ein verführerischer Duft von frischgebackenem Brot lag in der Luft. Zwei junge Küchenmägde hatten sich mit einem Tisch voller Blechnäpfe und Pfannen in die Sonne gesetzt und putzten singend das Geschirr. Ihr Lied wurde von den übermütigen Pfiffen zweier Turmwächter gestört, die vom Marienturm aus das Tal im Auge behalten sollten, jedoch mehr Freude am Anblick der hübschen Mädchen zu haben schienen als an den Weinbergen und Pfaden, die hinunter zum Main führten. Als Riemenschneider auf den Hof treten wollte, rumpelte ein Wagen mit Mehlsäcken auf das Scherenbergtor zu, das den inneren Burghof vom äußeren trennte. Der Mann auf dem Kutschbock ließ seine Peitsche durch die Luft sausen, um das gackernde Federvieh zu vertreiben, das über die Pflastersteine hüpfte.

«Regina Babel scheint sich als Gauklerin einige Künste angeeignet zu haben, die diesem Abt nicht gefallen würden!» Marcellos Stimme klang so eindringlich, dass Riemenschneider sich mit einem Seufzen wieder seinem Freund zuwandte. «Sie kann Runen deuten.»

Riemenschneider blickte seinen Freund erschrocken an. «Was sagst du da? Ist das dein Ernst?»

«Das ist bestimmt nur ein Zufall, aber ...»

Mit einem Satz stürzte Riemenschneider auf Marcello zu, packte ihn bei den Schultern und schüttelte ihn. «Zufall oder nicht, Runensteine sind Teufelswerkzeuge», zischte er. «Mir ist natürlich nicht entgangen, dass es einfältige Leute gibt, die sich auf dem Jahrmarkt von Gauklern die Zukunft voraussagen lassen, aber hier geht es doch um etwas ganz anderes. In Creglingen wurde ein Junge getötet und in einen heidnischen Gott verwandelt. Der arme Bursche mag den Verstand eines Welpen gehabt haben, doch vielleicht wurde er von seinem Mörder verführt. Für mich spielt das keine Rolle. Er war mein Gehilfe, und ich möchte herausfinden, wem er auf den Leim gegangen ist. Falls es sich bestätigt, was dieser Stadtschreiber erzählt hat, wird bald kein frommer Mensch auch nur seinen Fuß in die Herrgottskirche setzen.» Riemenschneiders Hände entspannten sich, doch er ließ sie noch eine Weile auf Marcellos Schultern liegen. Sein Zorn verrauchte ebenso schnell, wie er entstanden war. Was blieb, war eine Entschlossenheit, die der Arzt an seinem oft schwermütigen Freund gar nicht kannte.

«Welches Scheusal auch immer Kaspar ermordet und so zugerichtet hat, es wird mich nicht daran hindern, die Herrgottskirche zu betreten, sooft ich das will. Ich werde diesen Altar zum Lob Mariens schnitzen, und er wird herrlich werden. Selbst wenn ich die nächsten fünfzig Jahre damit zubringen müsste.»

Auf dem Treppenabsatz hoch über den Köpfen der beiden Männer war plötzlich ein Geräusch zu hören. Erschrocken blickte Marcello hinauf. Schritte waren zu hören. Die Schritte eines Mannes, die aus dem Nichts zu kommen schienen. Marcello hielt die Luft an und verwünschte sich dafür, dass er seine Stimme nicht gesenkt hatte, als er ausgerechnet Hartmut von Weikersheim auf sich zukommen sah.

Ohne Eile schritt der Kanzler an dem alten Arzt vorbei, seine Augen waren auf Riemenschneider gerichtet. «Wart Ihr auf dem Weg zu mir, Meister?», fragte er mit fester Stimme. Er wirkte alles andere als überrascht, ihn und Marcello am Eingang des Fürstenbaus anzutreffen.

Riemenschneider zog seine Lederkappe, unter der leicht ergrautes Haar zum Vorschein kam, und verneinte höflich, während Marcello stocksteif stehenblieb.

Von Weikersheim verschränkte lässig seine Hände hinter dem Rücken; die Ärmel seines Mantels funkelten im hellen Sonnenschein weinrot. Einen Moment lang wandte er sein Gesicht den hellen Strahlen zu, dann drehte er sich unvermittelt um. «Eine wirklich unangenehme Geschichte», sagte er mit einem feinen Lächeln. «Und nicht ungefährlich für einen Handwerker, der keine Waffen trägt. Ich will Euch keine Angst einjagen, aber ich könnte gut verstehen, wenn Ihr unter den gegebenen Bedingungen lieber einen anderen Auftrag vorziehen würdet. Der Marienaltar läuft Euch ja nicht davon. Wie der bischöflichen Kanzlei inzwischen zu Ohren gekommen ist, wurdet Ihr auch gebeten, in Rothenburg ein Altarbild zu schnitzen.»

Zu Ohren gekommen, dachte Marcello. Dass ich nicht lache. Aber eines muss man ihm lassen: Seine Spitzel sind wenigstens nicht faul.

«Gott segne Euch für Eure Sorge um das Wohlbefinden eines einfachen Handwerksmeisters», erwiderte Riemenschneider höflich. «Aber der Fürstbischof hat mir sein Vertrauen geschenkt, und das werde ich gewiss nicht enttäuschen. Ich gehöre nicht zu den Männern, die sich rasch ängstigen. Meine Werkstatt in der Franziskanergasse ist außerdem groß genug, um mehr als nur einen Auftrag auszuführen. Mit Gottes Hilfe und dem Segen der

Jungfrau Maria werden mich die Dämonen in Creglingen in Ruhe lassen.»

«Oh, das wünsche ich Euch, mein bester Riemenschneider.» Aus Hartmut von Weikersheims Gesicht verschwand das Lächeln so jäh, als fliehe es vor dem Schein der Sonne. Die Finger des jungen Mannes spielten mit einem hübschen silbernen Medaillon, das er an einer Kette um den Hals trug. Vermutlich ein Geschenk seines Herrn. «Wir wollen ja nicht, dass sich der Fürstbischof wegen Eures Versagens vor Seiner Majestät, dem Kaiser, schämen muss, nicht wahr?»

«Dann sorgt gefälligst dafür, dass mein Freund in Creglingen seines Lebens sicher sein kann», brummte Marcello. Er hatte lange an sich gehalten, doch das anmaßende Verhalten des Kanzlers machte ihn wütend.

Von Weikersheim musterte den alten Arzt kühl. «Ihr braucht mich nicht an meine Pflichten zu erinnern, Medicus. Zu Eurer Beruhigung kann ich Euch aber mitteilen, dass ich beschlossen habe, eine fähige Person nach Creglingen zu senden, die sich nicht nur mit diesem heidnischen Firlefanz auskennen dürfte, sondern auch die Runen, die vor der Kirche gefunden wurden, zu deuten versteht. Mit Sicherheit wird es ihr gelingen, Licht in diese Angelegenheit zu bringen. Da Ihr Euch als ehemaliger päpstlicher Medicus gewiss auch auf das Totenbeschauen versteht, werde ich dem Fürstbischof empfehlen, dass Ihr dieser Person mit Eurem Rat zur Seite steht. Aber hütet Euch davor, Fremde ins Vertrauen zu ziehen. Ihr habt gehört, dass der Fürstbischof den Kaiser noch nicht zu informieren wünscht. Plaudert Ihr etwas aus, so könnte es Euch den Kopf kosten.»

Marcello wurde weiß wie die Wand hinter dem Treppenlauf. Er war nun davon überzeugt, dass Hartmut von Weikersheim ihn und Riemenschneider belauscht und jedes ihrer Worte gehört hatte.

«Grüßt Euren Neffen, falls Ihr ihn noch einholt», sagte von

Weikersheim, während er mit ausladenden Schritten auf das Tor zuging. Nach den beiden Männern drehte er sich nicht mehr um. Stattdessen winkte er Hauptmann von Hutten, der gerade aus der Turmpforte trat, ihm zu folgen.

«Deinen Neffen?» Riemenschneider fasste Marcello scharf ins Auge. «Hast du alter Geheimniskrämer vielleicht vergessen, mir etwas zu sagen?»

Erschrocken schlug Marcello sich mit der flachen Hand gegen die Stirn. Es wurde immer schlimmer mit ihm. Den Jungen hatte er in der Tat fast vergessen.

Die Buntrocks und ihre Gaukler verbrachten noch zwei Tage in Würzburg, bevor sie den Heimweg antraten. Alle waren bester Laune, das närrische Treiben hatte sich für sie gelohnt.

Silvesters Vorstellung war von den Würzburger Schaulustigen nicht nur begeistert aufgenommen worden; sie hatte die Männer und Frauen, die auf den Schmalzmarkt geströmt waren, um seinen magischen Tempel zu sehen, geradezu verzaubert. Silvester hatte erfahren, dass in den Schenken und Gasthäusern der Stadt voller Eifer darüber gerätselt wurde, wie es ihm gelang, eine Tür von Geisterhand öffnen und danach ebenso geheimnisvoll wieder schließen zu lassen. Während Silvesters Abschiedsvorstellung hatten einige vorwitzige Glasergesellen, die bereits zu tief ins Glas geschaut hatten, die Bühne gestürmt, aber die Tempeltür war wie von Geisterhand vor ihnen ins Schloss gefallen. Danach waren zahlreiche Münzen aus den Reihen der Zuschauer auf die Bühne geflogen, die der Zwerg Grimassen schneidend eingesammelt hatte. Sogar einige der Domherren, die es normalerweise für unter ihrer Würde hielten, sich mit dem gemeinen Volk die Kunststücke eines Gauklers anzusehen, hatten mit Beifall nicht gegeizt.

Die Buntrocks waren mit dem Erfolg ihrer Schützlinge ebenfalls zufrieden. Alle Gaukler hatten ihr Bestes gegeben. Tamars

Tanz auf dem Marktplatz kam immer gut an. Um sie musste sich niemand Sorgen machen. Und was Regina betraf, so würden einige ehrbare, aber auch weniger ehrbare Bürger der Stadt sich noch lange den Kopf über die Botschaften zerbrechen, die ihnen ihre Steine zugeflüstert hatten. Auf der Fiedel hatte Regina nur wenig gespielt, da sie Angst gehabt hatte, jemand könnte das Instrument wiedererkennen.

An dem Abend nach ihrer Rückkehr saßen die Gaukler in der Stube des Gutshauses vor der warmen Herdstelle beisammen. Sie prahlten, plauderten und neckten einander wie üblich, bis zwischen Tamar und Silvester wieder einmal Streit ausbrach.

Die Tänzerin vertrat die Meinung, Silvester sei in Würzburg einigen Hausmägden nachgestiegen – eine Unterstellung, die Silvester mit einem spöttischen Lächeln abtat. Er leugnete den Vorwurf jedoch auch nicht, sondern tauschte mit Bernt und dem Jokulator verschwörerische Blicke aus, was Tamar noch wütender machte. Ihre schwarzen Augen blitzten, als Rieke sie am Handgelenk packte und auf den Hof zerrte. Dort spritzte die alte Gauklerin der jungen Frau kaltes Wasser ins Gesicht, bis diese prustete. Regina folgte den beiden Frauen.

«Ich hoffe, die Abkühlung lässt dich wieder vernünftig werden, Tamar», sagte Rieke. Energisch warf sie den Eimer, der an einem Seil hing, in den tiefen Schacht zurück. «Ich warne dich, wenn du dich nicht mit Silvester verträgst, werdet ihr beide mein Haus verlassen. Das ewige Gekeife geht mir allmählich auf die Nerven.»

«Vertragen?», protestierte die kleine Tänzerin. In ihren Augen glitzerten Tränen. «Ich vergeude meine ganze Jugend, weil ich auf ihn warte. Bald bin ich eine alte Vettel, die kein Bettler mehr nimmt. In Würzburg hätte es mir an Gelegenheiten zum Stelldichein nicht gemangelt.»

Riekes Herz wurde weich, mit einem Zipfel ihrer Schürze wischte sie dem Mädchen die Augenwinkel trocken. «Du bist ein hübsches Ding», sagte sie verständnisvoll. «Und weit davon entfernt, eine alte Vettel zu sein.»

«Hättest dich ruhig mal zu einem Becher Wein einladen lassen können», bemerkte Regina spitz. Im Lauf der Jahre hatte sie sich an Tamars dramatische Ausbrüche gewöhnt und musste zugeben, dass tief im Innern der dunkelhaarigen Tänzerin ein guter Kern schlummerte. Tamar war wie eine Schwester für sie geworden. Eine kleine Schwester, die sie zuweilen gern geohrfeigt hätte, wenn sie sich über ihre Frechheiten aufregte, danach aber auch wieder in die Arme schließen wollte, um gemeinsam mit ihr zu lachen und zu weinen.

«Dem Silvester, diesem Herumtreiber, hätte ich es gegönnt.» Sie zwinkerte Tamar zu. «Ich hätte ihm liebend gern unter die Nase gerieben, dass du einen feurigen Verehrer hast, der dir schöne Augen macht. Du hast vermutlich keine Ahnung, dass unser Freund jeden Abend, wenn er in der Badestube mit den anderen Burschen im Zuber saß, nach dir gefragt hat. Ob du bereits im Haus bist, wollte er wissen. Oder ob einer der Kerle auf dem Marktplatz nach deinem Tanz zudringlich geworden ist. Der Zwerg hat mir davon erzählt.»

Tamar schniefte. Sie schien ein wenig getröstet und bereit, wieder zu den anderen ins Haus zu gehen. Rieke legte ihr den Arm um die Schulter, aber Regina bemerkte, dass die Tänzerin noch etwas auf dem Herzen hatte.

«Ist denn in Würzburg noch etwas vorgefallen, von dem du mir berichten willst?», fragte sie teilnahmsvoll, obwohl ihr allmählich kalt wurde.

Tamar zögerte einen Augenblick, dann aber nickte sie aufgeregt. Der Abendwind blies ihr das dichte schwarze Haar ins Gesicht. «Mein Bruder ... Er lebt noch. All die Jahre dachte ich, er sei wie unsere Eltern in Spanien getötet worden, aber am Tag nach unserer Ankunft habe ich ihn gesehen. Er stand einfach da, mitten auf dem Marktplatz, und starrte mich an.»

Regina machte ein ratloses Gesicht. Von einem Bruder hatte Tamar nie etwas erzählt. Wenn sie es recht betrachtete, wusste sie so gut wie gar nichts von Tamar und ihrer Familie, da sie über ihre persönlichen Verhältnisse eisernes Schweigen bewahrte. Es schien, als habe sie erst angefangen zu leben, als sie auf den Adamshof gekommen war, aber das war natürlich ein törichter Gedanke. Jeder Mensch hatte eine Geschichte.

«Tamars Familie wurde aus Spanien vertrieben», sagte Rieke. «Im gleichen Jahr, in dem dieser Mann aus Genua im Auftrag Königin Isabellas von Kastilien in See stach, um einen neuen Handelsweg nach Indien zu suchen. Ihre Eltern und ihr Bruder sind Juden.»

Regina hob die Augenbrauen. Sie wunderte sich stets darüber, wie gut Rieke über die Dinge unterrichtet war, die draußen, vor den Toren des Adamshofs, vor sich gingen, obwohl sie das Anwesen fast nie verließ. Natürlich brachten fremde Gaukler und Krämer, die auf dem Hof für eine Weile ihre Gastfreundschaft genossen, auch Neuigkeiten mit, doch in der Regel unterhielten sich die Männer eher mit Bernt oder dem Jokulator. Dennoch war Rieke über die Reisen der spanischen Seefahrer ebenso unterrichtet wie über die Studien der Männer, die sich Humanisten nannten und sich der Erforschung längst vergessener lateinischer und griechischer Schriften widmeten, um das Wissen des Altertums neu zu entdecken. Rieke interessierte sich für alle Entdeckungen gelehrter Männer, die ihr halfen, die Gesetze der Natur zu verstehen. Gesetze, welche die Kirche missbilligte, wenn sie ihren Auffassungen widersprachen. Einmal hatte sie sogar einem wandernden Scholaren ein Buch abgekauft, das in hebräischer Schrift geschrieben war und Kommentare zu biblischen Texten enthielt. Sie hatte es Tamar gezeigt, in der Hoffnung, dass die Tänzerin ihr daraus vorlesen konnte, aber Tamar hatte für das Buch nur einen flüchtigen Blick übrig gehabt.

«Mich und meinen Bruder haben die Männer des Inquisitors

Torquemada in ein Kloster verschleppt und dort zur Taufe gezwungen. Mein Bruder aber weigerte sich, das Sakrament anzunehmen», sagte Tamar. «Er spuckte den Mönchen ins Gesicht. Da peitschten sie ihn und zerrten ihn in ein Gewölbe ... Ich hörte seine Schreie, roch sein verbranntes Fleisch.» Sie fing wieder an zu weinen. «Mein Bruder hat ihnen widerstanden, er muss ihnen entkommen sein und das Land verlassen haben. Er ist stark. Im Gegensatz zu mir hat er den Glauben der Kinder Abrahams auch unter der Folter nicht verleugnet.»

Regina grübelte den ganzen Abend lang über Tamars Worte nach. Wie es aussah, war auch sie gegen ihren Willen in einem Kloster gewesen, wenn auch nur für kurze Zeit. Ihr Bruder musste lange unterwegs gewesen sein, bis er endlich nach Würzburg gekommen war. Und dort, inmitten all der lachenden und feiernden Menge, fand er seine Schwester ausgerechnet als Gauklerin wieder, die vor einer christlichen Kapelle Männer mit ihrem Tanz unterhielt. Tamar hatte nicht erzählt, ob sie mit ihm gesprochen hatte, da Silvester, der plötzlich ungewöhnlich aufmerksam und liebenswert gewesen war, ein weiteres Gespräch verhindert hatte.

Regina spürte den warmen Körper des Mädchens neben sich und hörte dessen gleichmäßiges Atmen. Sie selbst indessen grübelte noch recht lange, bevor auch sie in einen tiefen Schlaf fiel.

Die Sonne war noch nicht ganz aufgegangen, als Regina unsanft geweckt wurde. Verschlafen fuhr sie auf ihrem Lager empor und nahm dabei einen Schatten wahr, der an ihr vorbei zu der kleinen Luke huschte, welche die enge Kammer mit etwas frischer Luft versorgte. Der Schatten gehörte zu Tamar, die wortlos auf den Hof hinausstarrte. Der Hund, der neben dem Tor angebunden war, machte einen Radau, der Tote aufgeweckt hätte. Aber da waren auch noch andere Geräusche. Ein lautes Pochen ließ Regina erschrocken aufhorchen. Was, bei allen Heiligen, hatte das zu bedeuten? Wollte jemand das Tor einschlagen? Bernt

Buntrock hatte Regina erzählt, dass vor den Stadtmauern Würzburgs lichtscheues Gesindel umherstreifte, das sich zuweilen sogar in Banden organisierte und einsam gelegenen Gehöften unliebsame Überraschungen bereitete. Auf dem Adamshof gab es keinen Platz für Männer, die mit dem Gesetz in Konflikt gekommen waren. Dennoch versuchten immer wieder Diebe und Räuber bei den Gauklern unterzutauchen.

Auch jetzt dachte Regina an einen dieser unwillkommenen Besuche. Daher blieb sie ruhig. Die Männer waren gegen Überfälle dieser Art gewappnet; sie würden dem Gesindel dort draußen schon zeigen, dass es hier nichts zu holen gab. Regina fand gerade noch Zeit, sich von ihrer Decke zu befreien, als Rieke mit vor Schreck geweiteten Augen in die Kammer der beiden Mädchen stürmte. Ihr Mieder war nicht geschnürt, über ihrem Nachtgewand trug sie lediglich einen dünnen Schal mit Weinrankenmuster, den Bernt ihr von einer Reise ins Erzbistum Köln mitgebracht hatte. In ihrer Hand hielt Rieke einen Bratspieß, den sie in aller Eile zu ihrer Verteidigung gegriffen hatte.

«Beeilt euch, ihr müsst aufstehen und euch anziehen!», rief sie Regina zu, die in Windeseile auf den Füßen stand. Ihr Herz klopfte bis zum Hals. «Vor dem Tor stehen bischöfliche Soldaten!»

«Soldaten?», wiederholte Tamar. Ihre Stimme zitterte.

«Silvester versteckt seine Bühne hinter dem Dunghaufen, er hat Angst, dass sie sie ihm nehmen wollen, aber nur mit dem Zwerg und dem Jokulator an seiner Seite wird Bernt nicht mit den Burschen fertig!»

Das Hämmern wurde lauter, fordernder. Es klang fast so, als würde mit einem Beil auf das Tor eingeschlagen. Lange würde es den heftigen Schlägen nicht mehr standhalten. Wer auch immer auf diese Weise Einlass begehrte, war energisch genug, sich nicht vom Gekläff eines Hundes und den warnenden Rufen der Gaukler abhalten zu lassen, die sich mit ihrem ganzen Gewicht gegen den Balken lehnten, der die beiden Flügel des Tores stützte. Regina erkannte die Stimme des Jokulators, die begütigend auf den Hund einredete, ohne ihn zu beruhigen. Nur wenige Augenblicke später zerbarst das Tor zum Innenhof. Pferdehufe und die rauen Stimmen mehrerer Männer drangen zum alten Gutshaus hinüber, wo sich die Frauen in der Stube verängstigt aneinanderdrängten. Sie hörten Gebrüll, das auf einen aussichtslosen Kampf gegen die Eindringlinge hindeutete. Keiner der Gaukler beherrschte das Waffenhandwerk auch nur im Ansatz. Sie waren harmlose Männer, die ihr Leben damit zugebracht hatten, trotz mancher Schmähung andere Menschen mit der Fertigkeit ihrer Hände zu unterhalten. Eine Waffe führen konnte lediglich Bernt, der fast jeden Morgen auf dem Hof Hafersäcke stemmte und Übungen mit einem kleinen, verrosteten Schwert machte, das er vor Jahren im Wald gefunden hatte.

«Regina, du läufst besser mit Tamar nach oben», befahl Rieke. «Versteckt euch. Vielleicht kann ich diese Männer noch aufhalten.»

Regina schüttelte trotzig den Kopf. «Wir lassen dich hier nicht allein zurück. Nicht wahr, Tamar?»

Tamar spähte durch einen dünnen Spalt zwischen den noch geschlossenen Läden. «Ich sehe Silvester nicht mehr», flüsterte sie. «Gerechter Gott, was soll ich nur tun, wenn sie ihn erschlagen haben?»

Regina lag auf der Zunge zu bemerken, dass dort draußen möglicherweise auch Bernt, der Zwerg und der Jokulator um ihr Leben kämpften. Aber sie ließ es bleiben. Silvester war nun mal alles, was Tamar auf dieser Welt interessierte. Ihr eigenes Leben kümmerte sie weitaus weniger. Doch in einem stimmte sie mit Regina überein. Auch sie weigerte sich, über die Dachkammern zu fliehen.

Im nächsten Moment erklangen schwere Schritte auf der Treppe. Dann wurde die Tür aufgestoßen, und zwei Männer in

Waffenröcken, auf denen das blutrote Wappen des Fürstbischofs prangte, betraten die Stube. Argwöhnisch blickten sie sich nach möglichen Angreifern um.

«Was willst du mit dem Spieß, Weib?», höhnte der eine, ein grobschlächtiger Hüne, dessen bärtiges Gesicht von einer schlecht verheilten Narbe verunziert wurde. Er richtete drohend sein Schwert auf Rieke, die diese Geste mit einer Flut von Beschimpfungen beantwortete. Sie schien sich nicht zu fürchten, was Regina, die am ganzen Körper zitterte, mit Bewunderung, aber auch mit Sorge erfüllte.

«Ihr seid doch Männer des Fürstbischofs», zeterte Rieke, als weitere Soldaten in ihr Haus kamen. Bleich vor Ohnmacht musste sie mit ansehen, wie die Eindringlinge sich daranmachten, Stube und Nebenräume zu durchsuchen. Dabei gingen sie mit den Habseligkeiten der Gaukler nicht gerade sorgsam um. Schalen und Krüge gingen zu Bruch, Strohsäcke wurden mit scharfen Klingen aufgeschlitzt.

«Wie könnt Ihr es wagen, den Frieden unseres Hofes zu stören?», schrie Rieke. Sie entriss einem der Männer einen zierlichen Stickrahmen, der Tamar gehörte. Das Mädchen tanzte nicht nur wie ein Engel, sie hatte auch äußerst geschickte Finger beim Nähen und Sticken. «Gib das sofort her, du Taugenichts! Lorenz von Bibra würde uns niemals seine Schergen auf den Hals hetzen. Er hat eine Urkunde ausgestellt, die mich und meine Hausgenossen vom Tag seiner Ordination an für fünfzig Jahre unter den Schutz des heiligen Krummstabs stellt!» Sie legte Stickrahmen und Bratspieß zur Seite und eilte flink wie ein Wiesel zu einer Buckeltruhe, die gleich neben dem Wandbord stand. Sie brauchte keine zwei Atemzüge, bis sie fand, was sie suchte. Mit einem feurigen Blick hielt sie dem Ritter mit dem Schwert ein fleckiges Stück Papier mit dem Siegel des Fürstbischofs unter die Nase.

«Dein blöder Wisch kümmert mich einen Dreck, Weib», brummte der Ritter, ohne die Urkunde eines Blickes zu würdigen. «Den kannst du gleich in die Dunggrube werfen. Der Herr Kanzler hat diese Untersuchung befohlen, weil ihr hier eine Ketzerin und Betrügerin beherbergen sollt. Damit habt ihr das Gesetz gebrochen, und nichts kann euch vor der Polizeigewalt des Hochstifts schützen. Ausnahmen mögen früher gemacht worden sein, aber der Fürstbischof wird sie nicht mehr zulassen.»

Regina erschrak bis in die Knochen. Der Kanzler hatte diese Schar grobschlächtiger Raufbolde zum Adamshof geschickt? Das konnte nur bedeuten, dass Hartmut von Weikersheim dahintergekommen war, wo sie sich aufhielt. Vermutlich genügte es ihm nicht, dass er und seine heimtückische Schwester mit ihren Lügen ihr Leben zerstört hatten. Sie hatten vor, sie endgültig mundtot zu machen, damit nie wieder jemand mit dem Finger auf ihn oder Diemut zeigen und sie anklagen konnte. Doch was auch immer Hartmut im Schilde führte, sie würde dafür kämpfen, dass er es nicht im Verborgenen tun konnte. Zu ihrer Angst gesellte sich Todesmut. Sie trat vor und stellte sich dem Ritter in den Weg. Da sie viel kleiner war, musste sie beinahe den Kopf in den Nacken legen, um ihm ins Gesicht zu sehen. Seine Züge erinnerten sie an jemanden, doch an wen?

«Darf ich Euren Namen erfahren, Herr?»

Der Ritter starrte sie an. «Ich bin Ritter von Hochstein. Merk dir den Namen gut, denn vermutlich hast du ihn heute nicht zum letzten Mal gehört. Der edle Kanzler Seiner Eminenz war so weise, die Ausführung obrigkeitlicher Gewalt in meine Hände zu legen.»

Hochstein. Regina schluckte; sie hatte sich schon so etwas gedacht. Daher kam ihr der bärtige junge Ritter so bekannt vor, er musste mit Jutta von Hochstein verwandt sein, die damals im Kloster ein falsches Zeugnis gegen sie abgelegt hatte. Ein Bruder vielleicht, aber das spielte keine Rolle. Dass Hartmut von Weikersheim einen derart überheblichen Kerl in seine Dienste genommen hatte, wunderte Regina nicht. Vermutlich gehörte es zur Taktik des Kanzlers, diejenigen an sich zu binden, die ihm einmal einen Gefallen erwiesen hatten.

«Ihr seid meinetwegen gekommen», sagte sie ruhig, obwohl sie innerlich bebte. «Bringt mich schon auf die Burg. Aber lasst meine Freunde in Ruhe und erlaubt mir außerdem, Herrn Marcello, dem Medicus vom Heiliggeistspital, eine Nachricht überbringen zu lassen.»

«So, du bist also Tamar, die Tänzerin?» Der grobschlächtige Mann stieß verächtlich die Luft aus. «Ich hatte dich nicht so drall in Erinnerung, als du vor der Marienkapelle deine hauchdünnen Schleier abgeworfen hast.»

Tamar? Wieso Tamar? Verwirrt wich Regina einen Schritt zurück und warf Rieke einen Blick zu, die fassungslos den Kopf schüttelte. Offensichtlich hatte nicht einmal die Gauklerin daran gezweifelt, dass die Männer wegen Regina auf den Hof gekommen waren. Tamar war doch nur ein Kind. Zuweilen launisch und streitlustig, aber im Herzen doch liebenswert und verspielt. Wie konnte der Fürstbischof oder sein Kanzler darauf kommen, ihr den Vorwurf der Ketzerei zu machen?

«Also? Ich warte.» Der Bärtige funkelte Regina an. «Ich habe nicht den ganzen Tag Zeit. Bist du Tamar?»

«Natürlich ist sie es», kreischte die Tänzerin aus dem Hintergrund. Ihre Stimme verriet die Todesangst, die sie ausstand. «Sie ist die verfluchte Tänzerin. Eine Hexe, die uns jede Menge Ärger gemacht hat, seit sie den Adamshof das erste Mal betreten hat. Ihr könnt jeden hier fragen.» Sie begann aufgeregt zu weinen. Vor Scham oder Wut auf sich selbst.

Regina senkte betroffen den Blick. Sie vermochte nicht zu sprechen, brachte aber ein bestätigendes Nicken zustande, von dem sie hoffte, dass es die Schergen des bischöflichen Kanzlers zufriedenstellte. Tamar würde Gefangenschaft und Befragung niemals überstehen. Schon gar nicht ohne Silvester an ihrer Seite. Wo steckte er eigentlich? Von den Männern, die auf dem

Hof versucht hatten, das Tor zu verteidigen, war kein Mucks zu hören.

«Wie steht es um die Gaukler?», wollte Regina wissen, während ihr die Hände auf den Rücken gebunden wurden. «Sind sie …?»

«Wir haben dem Pack ordentlich das Fell gegerbt, was sonst?» Angewidert spuckte der Bärtige auf den Fußboden. «Wo kommen wir denn hin, wenn ehrloses Gesindel sich erdreistet, seine Hand gegen die Garde des Fürstbischofs zu erheben? Aber sie haben Glück gehabt, denn sie sie sind noch am Leben. Die beiden Weiber können sich von mir aus später um ihre Wunden kümmern.» Er lachte. «Ihr Gaukler kennt doch gewiss Mittel, die den Wundbrand aufhalten?»

Ehe Regina etwas erwidern konnte, sah sie, wie Rieke Tamars Hand ergriff und sie zärtlich drückte. Dabei flüsterte sie ihr mit weicher Stimme zu: «Ich liebe dich wie eine Tochter, mein Kind. Ich hoffe, das weißt du. Ich werde für dich zum Herrn beten und nichts unversucht lassen, um dir zu helfen, denn ich weiß, dass du nichts verbrochen hast.»

«Nein», schrie Tamar fassungslos auf; ihre Augen weiteten sich. «Rieke, wie kannst du nur?»

«Ich bitte dich, willst du wirklich ein so großes Unrecht auf dein Gewissen laden?» Die Gauklerin straffte die Schultern und warf dem Ritter von Hochstein, der Reginas Fesseln fester zog, einen vernichtenden Blick zu.

«Ihr habt die falsche Frau gefesselt, Mann! Diese Frau hier ist Tamar, die Tänzerin, das schwöre ich beim Leben meines Mannes!»

18. Kapitel

«Aber warum haben sie ausgerechnet Tamar geholt? Meine süße, liebenswerte Tamar? Ich verstehe das nicht!»

Silvester presste ein feuchtes Tuch gegen seine Stirn, auf der eine dicke Beule prangte. Morgen würde der Bluterguss vermutlich blau anlaufen, danach grün und gelb werden, bevor er den Nasenrücken abwärtswanderte. Aber seine Verletzung sah schlimmer aus, als sie war. Alle Gaukler hatten Glück im Unglück gehabt. Es schien fast so, als wären die Männer, die der Kanzler des Fürstbischofs auf den Adamshof geschickt hatte, davor zurückgeschreckt, ein Blutbad anzurichten. Der Zwerg war der Einzige, der einen Schwertstreich abbekommen hatte und verbunden werden musste. Er biss tapfer die Zähne zusammen.

Mit vereinten Kräften hatten Regina und Rieke alle ins Haus geschleppt, nachdem die Reiter den Hof mit der schreienden, wild um sich schlagenden Tamar schließlich verlassen hatten. Nun eilten sie seit Stunden von einem zum anderen, fütterten den Jokulator, der beim Gerangel mit einem Soldaten einen Zahn verloren hatte, mit warmer Gemüsesuppe, schmierten selbstgemachte Salbe auf Schrammen und legten notdürftige Verbände an. Regina erwog, nach Würzburg zu laufen und Marcello zu bitten, sich die Männer anzusehen; noch konnte niemand vorhersagen, ob sich nicht zumindest bei dem Zwerg das Wundfieber einstellen würde, das in vielen Fällen tödlich verlief. Aber trotz ihrer Sorge um den kleinen Gaukler verbot ihr Rieke, den Hof zu verlassen. Sie wollte kein weiteres Mitglied ihrer Gemeinschaft verlieren. Nach einem knappen Wortwechsel fügte sich Regina der Anweisung. Vermutlich hätte sie es aber auch nicht einmal bis zum Stadttor geschafft, so erschöpft, wie sie war. Der Zwerg hatte dafür Verständnis und erklärte verschmitzt, dass er schon ganz andere Wunden davongetragen hatte. Auf den wütenden Protest seiner Kameraden unterließ er es aber, sich dort zu entblößen, wo seiner Meinung nach die interessantesten Narben saßen.

«Der Kanzler wirft Tamar Ketzerei vor», sagte Bernt ein wenig später mit bitterer Miene. Er hatte sich in einen Winkel der Stube zurückgezogen, wo er ein Stück Holz mit dem Schnitzmesser bearbeitete. Regina sah ihn mitfühlend an. Sie konnte verstehen, dass es ihn ärgerte, von den Männern des Kanzlers so rasch überwältigt worden zu sein. Der Hochsteiner hatte ihn überrumpelt. Nun lag die einzige Waffe, die er je besessen hatte und besitzen würde, zerbrochen in der Sickergrube. Der Bärtige hatte sie lachend weggeworfen.

«Ketzerei? Das ist ein lächerlicher Vorwurf!» Silvester stöhnte, als Regina ihm die Stirn abtupfte. «Pass doch auf, Mädchen, das tut verdammt weh!»

«Wie bitte? Ich gehe mit dir so zart um wie mit einem Welpen!»

«Welpen ersäuft man», brummte der Taschenspieler missmutig.

«Nun, möglicherweise ist die Anklage nicht ganz grundlos ergangen», sagte Rieke leise. Sie zögerte, war sich nicht sicher, ob sie ihre Vermutungen mit den anderen teilen wollte, entschied sich dann aber dafür, sich ihren Freunden anzuvertrauen. Von dem Buch in hebräischer Sprache, das die Bischöflichen gefunden und ebenfalls mitgenommen hatten, sagte sie jedoch nichts. Stattdessen erklärte sie: «Tamars Bruder ist neulich in der Stadt aufgetaucht. Sie hat es mir erst gestern erzählt. Nicht wahr, Regina? Du erinnerst dich doch.»

Regina nickte.

«Der Mann ist spanischer Jude und verfügt gewiss über ein ebenso aufbrausendes Temperament wie unsere Tamar. Vielleicht hat er Tamar überzeugt, ihr Taufgelöbnis zu widerrufen und wieder zu ihrem alten Glauben zurückzukehren. Vergesst nicht, dass sie gegen ihren Willen von den spanischen Mönchen getauft wurde.»

«Aber dann hat sie doch das Recht auf ihrer Seite», rief der Zwerg. Er streckte die Zunge heraus, um seine Missbilligung auszudrücken. «Ich hätte diesem spanischen Pack in den Arsch getreten. Bier brauen, huren und saufen – das ist alles, was diese Burschen können.»

Rieke seufzte. Leider betrachtete die Kirche das anders. Die Inquisition wertete die Rückkehr eines getauften Ungläubigen zu seiner alten Religion als schweren Fall von Ketzerei. Um Tamar ans Messer zu liefern, genügte es schon, wenn sie in Würzburg dabei beobachtet worden war, wie sie mit ihrem Bruder gemeinsam Kerzen entzündet und ein hebräisches Gebet zum Gedenken an ihre Eltern gesprochen hatte. Tamar hatte ihre Herkunft zwar all die Jahre verleugnet, um zu überleben, doch wer konnte sagen, ob sie nicht unvorsichtig genug gewesen war, sich während des Narrenfests mit ihrem Bruder zu treffen, nachdem Silvester sie wieder mal zurückgewiesen hatte.

«Und was sollen wir nun tun, um Tamar zu befreien?» Silvester bemühte sich nach Kräften um einen gleichmütigen Tonfall, doch seine Freunde erkannten sehr wohl, wie es in ihm aussah. Der Gedanke, Tamar zu verlieren, machte ihn beinahe wahnsinnig. «Mein Gott, ich würde die kleine Kratzbürste noch heute vor den Traualtar führen, wenn sie nur gesund zu mir zurückkehrt.»

«Du scheinst dir keine großen Hoffnungen zu machen, sonst würdest du dich hier nicht um Kopf und Kragen reden», unkte der Zwerg.

Silvester warf ihm einen giftigen Blick zu. «Pass auf, was du sagst, sonst stecke ich dich in einen Ameisenhaufen im Wald, dann kannst du mit deinen Artgenossen um die Wette krabbeln.»

«Ach ja? Und ich hetze meinen Bären auf dich!»

«Dieser Bettvorleger ist doch längst an Altersschwäche krepiert. Oder warum hast du ihn nicht auf die Bischöflichen gehetzt, die uns im Schlaf überfallen haben?»

So ging es noch eine ganze Weile hin und her, bis Regina in ihre Kammer floh und die Tür hinter sich ins Schloss warf. Sie hatte genug von den beiden Männern, die sich wie dumme Gassenbuben aufführten. Sie brauchte Ruhe, um nachzudenken. Sie war nach wie vor überzeugt davon, dass Hartmut von Weikersheim im Grunde nicht Tamar, sondern sie treffen wollte. Tamar kannte er nicht, sie bedeutete ihm nichts. Was ging ihn ein unbekanntes Gauklermädchen an, das er nie gesehen hatte? Der Vorwurf gegen sie war ebenso wertlos wie Silvesters halbherziges Versprechen, Tamar zu heiraten.

Als in die Stube wieder Ruhe eingekehrt war, ging sie zum Herd und legte etwas Holz nach, weil ihr kalt wurde. Es war spät geworden. Den ganzen Nachmittag hatten ihre Freunde damit zugebracht, sich den Kopf über Tamar und den bischöflichen Kanzler zu zerbrechen. Zu einem Schluss aber war keiner von ihnen gekommen.

Es wurde Zeit, dass sie etwas unternahm.

Am nächsten Morgen stahl sich Regina vor dem ersten Hahnenschrei aus dem Haus. Sie wollte nach Würzburg, ohne dass Rieke und ihre Gefährten es bemerkten. Sie hatte ihr einziges Kleid aus ordentlichem Tuch angezogen und das Mieder straff geschnürt; Bernt hatte das Kleid für sie schneidern lassen, bevor sie die Gaukler zum ersten Mal begleitet hatte, um auf einer Bauernhochzeit Violine zu spielen. In den letzten Monaten war sie ein wenig fülliger geworden, weshalb es in den Hüften kniff. Aber es gab Schlimmeres.

Die Sonne stand bereits hoch am Himmel, als Regina die Mainbrücke überquerte. Vor ihr ragten die Türme der Marienburg in den Himmel. Eingehüllt von blitzenden Sonnenstrahlen, wirkte die Residenz des Fürstbischofs weniger bedrohlich als damals in der Herberge. Im Gegenteil, auf Regina machte sie den Eindruck eines Hauses, in dem Engel und andere himmlische Wesen ein und aus gingen. An den sanften Hängen vor ihr lagen die Weinberge, welche die Hügel wie Teppiche bedeckten. In wenigen Wochen würden die Rebstöcke frisches, grünes Laub tragen.

Das Wetter war an diesem Morgen herrlich, die Luft rein und frisch, denn in den frühen Morgenstunden hatte es eine Weile heftig geregnet. Regina musste auf ihrem Weg immer wieder schmutzigen Wasserlachen ausweichen.

Als sie schließlich vor dem Tor zur fürstbischöflichen Kanzlei stand und hinauf zu dem schlanken Turm blickte, der das Gebäude überragte, wiesen nicht nur ihre Schuhe, sondern auch der Saum ihres Kleides hässliche Schlammspritzer auf. Doch darum konnte sie sich jetzt nicht kümmern.

Hastig rückte sie das steife Gebände aus Leinen gerade, unter das sie ihre blonden Locken gezwängt hatte. Keiner der Bediensteten, die sie anstarrten, während sie geschäftig mit Urkunden und Büchern ein und aus gingen, sollte sie auf den ersten Blick für eine Gauklerin halten.

«Der Kanzler wird Euch empfangen!» Die Stimme des dürren älteren Sekretarius, der Regina auf deren nachdrückliches Verlangen in der Kanzlei angemeldet hatte, klang überrascht. Offensichtlich hatte der Mann darauf gehofft, Regina davonjagen zu dürfen. Frauen stahlen ihm nur die Zeit. «Keine Ahnung, was er sich dabei denkt», sagte er. «Vermutlich eine seiner Launen, weil er Tag und Nacht zum Wohle des Fürstbischofs arbeitet. Nun ja, das Hochstift verwaltet sich schließlich nicht von allein.» Der Sekretarius kratzte sich hinter dem Ohr. «Ich hoffe nur, Ihr wisst Euch zu benehmen, Jungfer? Schließlich befindet Ihr Euch in der Residenz eines Fürsten. Ihr könntet dem Fürstbischof begegnen, denn Seine Eminenz pflegt jeden Morgen nach dem Frühstück in der Kanzlei vorbeizuschauen, um sich über die Bitten und Sorgen seiner Untertanen zu informieren.»

Regina lächelte. «Ich werde mir die Schuhe nicht mit Euren Urkunden ausstopfen und mich bemühen, nicht auf den Teppich zu spucken. Zufrieden?»

«Dann ist es ja gut», sagte der Schreiber.

Hartmut von Weikersheim wartete bereits, als Regina in den Raum geführt wurde, in dem der Kanzler in den Morgenstunden für gewöhnlich arbeitete. Regina bemühte sich, ihre Furcht vor der Begegnung zu verdrängen und kühl aufzutreten. Doch sie konnte nicht verhindern, dass ihr Herz stürmisch gegen das zu enge Mieder klopfte. Ihr Mund wurde beim Anblick des Mannes, der sie ins Elend gestürzt hatte, so trocken, dass sie befürchtete, kein Wort herauszubringen. Das aber durfte nicht passieren. Der Kanzler durfte ihr nicht ansehen, wie groß ihr Hass und ihre Verbitterung waren. Er hätte sich nur über sie lustig gemacht und den alten Sekretär doch noch angewiesen, sie vom Burghof zu jagen.

Regina brauchte nur wenige Augenblicke, um sich alle Besonderheiten des Mannes ins Gedächtnis einzuprägen. Das hatte Bernt mit ihr geübt. Schon lange entging ihr keine Einzelheit mehr, die die äußere Gestalt und die Gesichtszüge eines Menschen betraf. Aus den Gesichtern zu lesen wie aus einem Buch war für einen Gaukler überlebensnotwendig.

Hatte Hartmut damals im Kloster auch schon einen lockigen Bart getragen, der ihn zehn Jahre älter machte?, fragte sich Regina. Bestimmt nicht, denn mit diesem wirren Gestrüpp unter der Nase wäre es ihm schwerer gefallen, sie als junges Mädchen zu beeindrucken. Auch an die kleinen braunen Flecken an den Schläfen erinnerte sie sich nicht, aber als halbwüchsige Klosterschülerin hatte sie auf Nebensächlichkeiten nicht geachtet. Außerdem trug er sein Haar, das an den Seiten leicht ergraut war, kürzer als vor fünf Jahren. Zufrieden stellte Regina fest, dass er Fett angesetzt hatte; sein Bauch quoll ihm über den Gürtel, der die elegante Schaube zusammenschnürte.

Hartmut von Weikersheim stand hinter einem Schreibpult mit geschnitzten Füßen, das Regina an die Amtsstube ihres Vaters erinnerte. Es gab auch eine Bank und mehrere Schemel für Besucher, doch schienen die selten benutzt zu werden. An den Wänden befanden sich mannshohe Regale voller Bücher.

Trotz der Weitläufigkeit des Raumes empfand Regina die Luft als stickig; es roch nach Pergament, Tinte und Staub. Der mit Dielenholz belegte Fußboden knirschte bei jedem Schritt von dem Streusand, der von Urkunden geblasen, aber nicht aufgekehrt worden war. Regina fragte sich, warum von Weikersheim etwas dagegen hatte, dem bedrückenden Kanzleiraum Luft und Sonne zu gönnen. Das einzige Licht, das auf die gelblichen Papiere auf dem Schreibpult fiel, stammte von einem gewaltigen Wagenradleuchter mit Kerzen, der an einer Kette von der Decke herabhing. Die Kerzen waren bereits fast heruntergebrannt, was zeigte, dass der Kanzler des Fürstbischofs oft bis spät in die Nacht arbeitete.

Der Kanzler ließ Regina noch eine ganze Weile vor seinem Pult warten, bevor er sich endlich dazu herabließ, sie anzublicken. Nachdem er sie eingehend gemustert hatte, lächelte er. «Sieh an, die Jungfer Babel!» Er klappte das Buch zu, in das er etwas eingetragen hatte. «So hübsch wie damals, aber auch ebenso berechenbar.»

«Berechenbar? Wie meint Ihr das?»

Hartmut von Weikersheim bedeutete dem Schreiber, der neugierig neben der Tür zum Vorraum stehengeblieben war, sich zu entfernen.

«Nun, ich wollte damit sagen, dass mich dein Besuch nicht überrascht. Ich wusste, dass du kommen würdest, um mich zu bitten, deine kleine Freundin freizulassen. Eigentlich hatte ich dich sogar schon früher erwartet.» Er warf Regina einen Blick zu, der Wasser in Eis hätte verwandeln können. «Nach dem, was mir Hochstein, der neue Hauptmann der Burgwache, berichtet hat, wäre es allerdings genauso gut möglich gewesen, dass du diese Kratzbürste hier in ihrem Saft hättest schmoren lassen. Sie beißt jeden, der sich in ihre Nähe wagt. Dem Kerkermeister schüttete sie den Napf Suppe, den er ihr gab, ins Gesicht und bedachte ihn zudem mit einem Schwall von Flüchen. Jedenfalls nimmt der Ärmste an, dass er von der kleinen Hexe verflucht wurde. Verstanden hat er kein Wort von ihrem fremdländischen Geschwätz. Sie ruft immerzu nach einem Kerl namens Silvester. Sag mir, ist das ihr Buhle?»

«Er ist der Mann, den sie liebt», antwortete Regina. «Aber bemüht Euch bloß nicht, das zu verstehen. Begriffe wie Liebe und Vertrauen sind für Euch vermutlich auch nur fremdländisches Geschwätz. Eigentlich könnt Ihr einem leidtun!»

Hartmut von Weikersheim kam hinter seinem Pult hervor und streckte die Hand aus. Regina fuhr zusammen, weil sie erwartete, dass der Kanzler ihr für diese Bemerkung eine schallende Ohrfeige versetzen würde. Doch zu ihrer Überraschung berührte er nur ihre Wange. Zielsicher fanden seine Finger die Stelle, an der eine blasse Narbe sie noch heute an die Schläge erinnerte, welche ihr die Nonnen damals im Kloster verabreicht hatten, bevor man sie zu Diemut von Pinzburg gezerrt hatte.

«Ich tue dir vielleicht leid, aber was hat die Liebe dir eingebracht, Mädchen?», hörte sie die flüsternde Stimme des Mannes. «Wohin hat sie dich geführt? Auf den verwahrlosten Hof eines alternden Gauklerpaars. In die Gesellschaft des Abschaums unserer Gesellschaft. Die Kirche lehrt überzeugend, dass ihr keine Seele besitzt. Ihr gehört nicht zu den Kindern Gottes, sondern seid die Brut des Teufels. Seine bevorzugten Spielkameraden. Ihr werdet auf der Straße verhöhnt und angespuckt. Frauen zeigen mit Fingern auf euch. Kein anständiges Gasthaus gibt euch

Obdach, es sei denn, im Stall. Deinen Vater und deine Mutter würde es umbringen, wenn sie erführen, wer die Königin der Gaukler ist, der die geilen Burschen während der närrischen Fastnachtszeit in der Stadt zu Füßen lagen.»

«Ihr habt wohl vergessen, dass Ihr an meinem Los alles andere als unschuldig seid, Herr Kanzler!» Regina funkelte Hartmut an. Welcher Teufel hatte sie nur geritten, die bischöfliche Kanzlei aufzusuchen? Hatte sie denn tatsächlich geglaubt, Tamar helfen zu können, indem sie an Hartmuts Gewissen appellierte? Wie konnte sie nur so naiv gewesen sein zu glauben, dass Hartmut von Weikersheim etwas anderes im Sinn hatte, als sie zu verhöhnen? Hatte er womöglich recht mit seiner Einschätzung? War sie nicht mehr als eine Puppe, die an seidenen Fäden hing und tanzen musste, um dem Teufel die Zeit zu vertreiben?

«Oh, ich habe nichts vergessen, teure Gauklerkönigin», beantwortete der Kanzler ihre Frage. Sein Ton nahm einen geschäftsmäßigen Ausdruck an. Mit einer hastigen Geste bot er Regina einen Schemel mit einem hübsch bestickten Kissen an, bevor er weitersprach. Regina setzte sich.

«Ich möchte keineswegs, dass du glaubst, es ginge mir nur darum, eine alte Schuld zu begleichen. Wenn ich dir heute ein großzügiges Angebot unterbreite, dann allein deshalb, weil die fürstbischöfliche Kanzlei womöglich Verwendung für einige deiner erstaunlichen Gauklerfähigkeiten hat. Ich spreche insbesondere von deinem Wissen um die Bedeutung dieser sogenannten sprechenden Steine. Runen nennt ihr sie, nicht wahr?»

Regina hob erschrocken den Blick; sie fühlte sich entlarvt. Unwillkürlich berührte sie das Gürtelband, das sie um die Hüfte trug. Sie spürte das Gewicht des Beutels mit ihren Steinen. Nie nahm sie ihn ab, er begleitete sie überallhin. «Aber die sprechenden Steine sind doch nichts als abergläubischer Firlefanz», wandte sie ein und wunderte sich darüber, wie leicht es ihr fiel, die Steine zu verleugnen. Aber was sollte sie tun. Der heilige

Petrus hatte sogar den Herrn verleugnet. «Sie haben gewiss keine magischen Kräfte.»

«Natürlich nicht, meine Liebe, das weiß ich», lachte der Kanzler. «Mit deinen Taschenspielertricks hast du die Habgierigen und die Leichtgläubigen getäuscht, also diejenigen, die nichts anderes verdient haben, als von einer hübschen Frau hinters Licht geführt zu werden. Mögen diese Narren glücklich werden mit dem, was ihnen deine Steine für die Zukunft offenbart haben.» Schlagartig wurde er ernst. «Mich kümmert es keineswegs, wie viel Geld du mit deinen heidnischen Runen für gewöhnlich ergaunerst, hörst du? Doch wenn die Zeichen deiner Runen in die Körper von Toten gestochen werden, wenn Leichen aus ihren Gräbern gestohlen und nach heidnischem Ritual wieder bestattet werden, muss ich etwas unternehmen. Das verstehst du sicher.» Er dachte kurz nach, bevor er hinzufügte: «Ich schicke dich im geheimen Auftrag unseres Fürstbischofs nach Creglingen, eine kleine beschauliche Stadt, nicht weit ab von der Straße nach Rothenburg. Das heißt, beschaulich war sie, bevor Gott Wotan es sich in den Kopf setzte, ausgerechnet innerhalb ihrer Bannmeile sein neues Walhalla aufzubauen. Du wirst dich dort umschauen und herausfinden, welcher Unhold es wagt, mich … ich meine das Hochstift, herauszufordern.»

Regina sprang so hastig auf, dass sie dabei den Schemel umstieß. Hatte sie sich verhört? Der Kanzler musste den Verstand verloren haben. Nie zuvor hatte sie von einem derart närrischen Auftrag gehört. Doch ihr wurde keine Zeit gegönnt, sich darüber den Kopf zu zerbrechen.

«Nun verstehe ich, warum Ihr mich für berechenbar haltet», sagte sie nach einigem Nachdenken. «Ihr braucht meine Fähigkeiten als Runendeuterin, wolltet mich aber nicht wie einen gewöhnlichen Gast auf die Burg bitten. Ist Euch denn kein anderes Druckmittel eingefallen, um mich für Euer Vorhaben zu gewinnen, als die arme Tamar zu verhaften und uns alle in Angst und

Schrecken zu versetzen? Ihr seid so erbärmlich, Hartmut von Weikersheim!»

Der Kanzler war wieder zu seinem Schreibpult zurückgekehrt. Dort nahm er einen Radierstein zur Hand, mit dem er einige Zeilen aus dem Schriftstück vor sich verschwinden ließ. «Wärest du gekommen, wenn ich dich einfach so hätte rufen lassen?»

«Bestimmt nicht.»

«Na also. Und hätte ich dich statt der Tänzerin unter einem Vorwand festnehmen lassen, würdest du vermutlich lieber im Kerker der Marienburg vermodern, als dem Fürstbischof diese klitzekleine Gefälligkeit zu erweisen, um die ich dich bitte. Habe ich nicht recht?» Er ergriff ein goldenes Glöckchen, dessen schriller Klang den dürren Sekretär herbeirief. Er sollte Regina hinausbegleiten.

«Mein Schreiber wird dir draußen Geld sowie einige Papiere übergeben, die dir helfen sollten, dich in Creglingen zurechtzufinden», erklärte von Weikersheim, bevor er sich wieder seinen Urkunden widmete. «Selbstverständlich kannst du nicht als Gauklerin reisen. Du wirst das Gewand einer ehrbaren Frau tragen. Ich schlage vor, du gibst dich als Witwe aus. Deine Freundin, die jüdische Tänzerin, bleibt als Geisel auf der Burg, aber keine Bange: Ich werde persönlich dafür Sorge tragen, dass ihre hübschen Beine keinen Schaden nehmen. Vorerst. Sollte ich allerdings nicht bald von dir hören, muss ich bedauerlicherweise einen Bruder von der heiligen Inquisition auf ihre Verirrungen aufmerksam machen. Wir haben in der Stadt einen Abt, der danach fiebert, die Übel der Ketzerei mit Stumpf und Stiel auszurotten. Fällt sie in seine Hände, kann nicht einmal ich sie mehr vor der Folter retten.»

19. Kapitel

Zwei Tage später fand sich Regina in einem Wagen wieder, der sie in die Stadt Creglingen befördern sollte. Pferde und Gefährt gehörten Tilman Riemenschneider, der auf dem Bock die Peitsche schwang. Er musste einiges an Werkzeug in die Werkstatt schaffen, die er angemietet hatte, um seinen Auftrag auszuführen. Marcello, der ihn begleitete, saß schweigend neben Regina. Einige Male unternahm er den Versuch, mit ihr ins Gespräch zu kommen, doch Regina sah in der schwarzen Witwentracht mit Schleier und steifer Halskrause so unnahbar aus, dass er sich kaum traute, das Wort an sie zu richten. Irgendwann gab er es auf und vertiefte sich in eine Schrift über medizinische Probleme.

Die Anweisungen des Kanzlers, die Regina betrafen, waren eindeutig ausgefallen. Der Fürstbischof persönlich hatte Marcello das Versprechen abverlangt, sich für ihre Einhaltung zu verbürgen. Regina hatte bis zu ihrer Abreise in Würzburg bleiben müssen. Da sie aber weder Besuch empfangen noch schreiben durfte, hatte sie keine Gelegenheit mehr gefunden, ihre Freunde auf dem Adamshof zu verständigen. Dies lag ihr schwerer auf der Seele als die Erinnerung an die Unterhaltung mit Hartmut, die alte Wunden aufgerissen hatte. Nach Tamar war nun auch sie verschwunden, und sie konnte sich vorstellen, dass Rieke vor Sorge ganz krank wurde.

Regina lehnte sich zurück, um trotz des unbequemen Sitzes ein wenig zu schlafen. Doch sooft sie die Augen schloss, sah sie die ratlosen Gesichter ihrer Freunde vor sich. Angestrengt kämpfte sie gegen die Tränen an, die ihre Augen füllten, doch irgendwann gab sie es auf. Sie hoffte nur, dass keiner der Gaukler so töricht war, zur Marienburg hinaufzugehen, um nach ihr oder Tamar zu fragen. Das konnte gefährlich werden.

Es wurde bereits dunkel, als Riemenschneider vor dem Stadttor von Creglingen endlich die Pferde zügelte. Der Torwächter schaute sich gelangweilt die Meißel, Maßschnüre und Schnitzmesser an und ließ sich die Funktion des Holzhobels erklären, den der Bildschnitzer sorgfältig in zwei geölte Ziegenhäute geschnürt hatte. Der Wächter hatte nichts zu beanstanden, der Zoll fiel gering aus. Sicherlich hatte sich längst herumgesprochen, in wessen Gunst der Bildschnitzer stand, der von Zeit zu Zeit in der Stadt auftauchte. Regina konnte sich sogar über ein höfliches Lächeln des Turmwächters freuen, der ihr zuwinkte, als ihre Blicke sich kreuzten. Marcellos Auskunft, es handele sich bei seiner jungen Begleiterin um eine Witwe, deren verstorbener Gemahl entfernt mit ihm und daher auch mit seinem Neffen, dem Stadtschreiber, verwandt war, wurde ohne Einwände akzeptiert.

Nachdem sich Riemenschneider in eine Wachliste eingetragen hatte, die jeden zweiten Abend dem Stadtschreiber überbracht werden musste, durften die drei ihre Fahrt fortsetzen. Regina stellte fest, dass sie als letzte Reisende des Tages eingelassen wurden, denn kaum hatte der Wagen den modrigen Gang durchquert, schlug das Tor mit einem dumpfen Knall zu. Riegel wurden vorgeschoben, Schlüssel im Schloss umgedreht.

Während der Karren stadteinwärts fuhr, fand Regina Gelegenheit, sich einen ersten Eindruck von der kleinen Stadt zu verschaffen. Creglingen gefiel ihr. Sie fand nichts Aufregendes an den Katen und Schuppen, die sich wie hölzerne Schächtelchen aneinanderdrückten. Nein, bedrohlich kamen ihr hier nicht einmal die finsteren Gässchen und die wenigen steinernen Türme vor, neben denen die Häuser nahezu verschwanden. Was auch immer den Kanzler dazu bewogen haben mochte, sie hierherzuschicken, es konnte sich doch eigentlich nur um einen großen Irrtum handeln. Auf sie machte die Ansammlung bescheidener Fachwerkhäuser zu beiden Seiten der staubigen, pflasterlosen Straße eher den Eindruck eines Bauerndorfes, von denen sie im Laufe des Tages viele gesehen hatte. Ställe, Schuppen, Zäune und sorgfältig angelegte Gärtchen mit Ziegenställen und Hühnerhäusern prägten das Stadtbild. Auf einem gemauerten Sockel stand eine Getreidewaage. Daneben eine Kelter. Die Gerätschaften, die dazugehörten, befanden sich vor dem einzigen größeren Gebäude weit und breit, das vermutlich als Rathaus diente und über eine repräsentative steinerne Treppe und einen kleinen Dachreiter verfügte, auf dem sich eine Wetterfahne in Form eines geflügelten Engels drehte.

Riemenschneider lenkte den Wagen am Rathaus vorbei über einen Platz, auf dem die Bauern der umliegenden Ortschaften und Weiler an Markttagen ihre Erzeugnisse feilhielten. Das leise Plätschern von Wasser deutete auf einen nahen Brunnen hin, an dem jemand noch zu dieser Stunde Wasser schöpfte.

«Ich hoffe, wir sind bald da», bemerkte Regina, die allmählich brennenden Durst verspürte. Marcello, froh darüber, dass sie mit ihm redete, wies auf einen kleinen Kirchplatz, der nur wenige Schritte hinter dem Rathaus lag. «Siehst du die Kirche? Dort wohnt Vater Thomas, der Ortsgeistliche. Das Haus meines Neffen befindet sich nur wenige Schritte von der Kirche entfernt, hinter dem Hof.» Regina nickte. Sie konnte nicht umhin, einen Blick auf das Gotteshaus und das rechteckige Gräberfeld zu werfen, von dem Marcello und Riemenschneider ihr schon erzählt hatten. Hoffentlich erwartete man nicht von ihr, nachts zwischen den alten Grabstätten herumzustreifen und darauf zu warten, dass ein grausamer, einäugiger Heidengott sich an ihnen zu schaffen machte. Im Grunde konnte sie immer noch nicht recht glauben, was sich hier zugetragen hatte. Der Ort wirkte friedlich, ja, beinahe kam es ihr so vor, als sei er von den Unruhen des Reiches vergessen worden. Nürnberg, Würzburg und selbst Rothenburg waren Städte, die Aufruhr kannten. Oft genug ging er von Bürgern selbst aus, die sich um Rechte und Privilegien betrogen fühlten. Oder von Bauern, die unter der Last des Frondienstes und der Abgaben stöhnten. Aber von Creglingen hatte sie nie dergleichen gehört. In diesem Moment verspürte sie den Wunsch, die Menschen, die hier lebten, kennenzulernen. Aber das war schließlich auch der Auftrag, der sie hergeführt hatte. Wenigstens einer der vorgeblich harmlosen Küfer, Weinhändler, Wollscherer und Krämer spielte ein grausames Spiel. Sie musste herausfinden, wer das war und welche finsteren Absichten er verfolgte.

«Marcellos Neffe wird Euch gefallen», sagte Riemenschneider, als er vor einem zweistöckigen Fachwerkhaus die Pferde zügelte. «Als Stadtschreiber hat er hier eine verantwortungsvolle Aufgabe, nicht wahr, Marcello?»

Der Arzt rang sich ein gequältes Lächeln ab. Er hatte sich mit Einzelheiten über den Sohn seiner Schwester zurückgehalten, sich jedoch nicht gegen Riemenschneiders Einfall gesträubt, Regina in dessen Haus unterzubringen. Es war glaubwürdig, dass eine durch den Tod ihres Mannes in Bedrängnis geratene Witwe das Angebot eines ebenfalls verwitweten Verwandten annahm, ihm und seinem Kind den Haushalt zu führen.

Noch bevor Marcello den Türklopfer anheben konnte, wurde die Tür aufgerissen, und eine Schar lärmender Kinder stürmte an ihm vorbei. Das jüngste konnte kaum laufen und wackelte, nur mit einer vor Schmutz starrenden Windel umhüllt, kichernd hinter den größeren Spielkameraden, drei weizenblonden Jungen und einem Mädchen mit Zöpfen, hinterher. Marcello verlor vor Schreck das Gleichgewicht und wäre fast gestürzt, wenn Regina ihn nicht eilfertig am Arm festgehalten hätte.

«Meine Güte», sagte sie verblüfft. «Wie viele Kinder hat denn der Stadtschreiber? Ihr verlangt doch hoffentlich nicht, dass ich mich um diese Wilden kümmern soll.»

Marcello kratzte sich verlegen am Kopf und sah zu, wie die lärmende Schar durch die Tür eines Nebengebäudes verschwand, das, dem Geruch nach zu schließen, einen Schweinestall beherbergte.

«Offen gestanden weiß ich das auch nicht so genau. Mein Neffe und ich …»

«… pflegen einander aus dem Weg zu gehen und nicht miteinander zu reden, sofern sich das vermeiden lässt», ertönte plötzlich die Stimme eines Mannes, der mit verschränkten Armen am Eingang stand. «Hat mein Onkel Euch nicht gesagt, dass ich für ihn das schwarze Schaf der Familie bin?» Er verbeugte sich vor Regina, dann ergriff er ihre Hand und hauchte einen Kuss darauf. «Aber keine Angst, ich bin nur für die Existenz eines der wilden Geschöpfe verantwortlich. Die anderen gehören meinen Nachbarn!»

Sein Atem war warm und kitzelte Regina. Obwohl ihr natürlich bewusst war, dass sowohl die Geste als auch die Äußerung des Stadtschreibers spöttisch gemeint waren, fand sie das Gesicht des Mannes mit den glänzenden, intelligenten Augen anziehend. Gekleidet war er nachlässig und gewiss nicht so, wie es seinem Stand als Ratsherr und Stadtschreiber entsprach. Doch das schien ihm weniger peinlich zu sein als seinem Onkel, der ein Gesicht machte, als habe er einen Schluck saurer Milch zu verdauen.

«Dann seid Ihr wohl der Stadtschreiber?», fragte Regina und ärgerte sich, weil ihr keine geistreichere Bemerkung einfiel.

«Oh ja, gewiss hat mein Onkel Euch schon von mir erzählt. Ich bin der arme Verwandte, der es nur zu einem Schreiber gebracht hat, während seine Angehörigen allesamt hochgeachtete Ärzte, Gelehrte und reiche Kaufleute wurden.»

«Deine übrigen Verwandten sind alle tot, wenn ich mich recht entsinne», entgegnete Marcello mit einem scharfen Seitenblick, der Riemenschneider galt. Der Bildschnitzer konnte sich ein Lachen kaum verkneifen. Vermutlich tat es ihm gut, einmal mitzuerleben, dass auch sein Freund einen Konflikt mit der Verwandtschaft auszufechten hatte. Doch da weder er noch Regina bis vor kurzem von der Existenz eines Neffen gewusst hatten, schwiegen sie lieber. Regina, die den jungen Schreiber nicht uninteressant fand, hoffte, dass ihre plötzlich erwachte Zuneigung keine trotzige Reaktion auf Marcello darstellte. Sie hatte dem alten Arzt noch nicht verziehen, dass seine Schwatzhaftigkeit Hartmut von Weikersheim auf ihre Spur gebracht hatte, auch wenn ihr klar war, dass er es nicht absichtlich getan hatte. Der alte Mann vermisste sein Hospital bestimmt nicht weniger als sie den Adamshof und ihre Gefährten.

Als sie in die Stube des Hauses geführt wurde, die der Stadtschreiber seit dem Tod seiner Frau allein bewohnte, fragte sie sich, was Marcello seinem Neffen wohl über sie erzählt haben mochte. Wusste Mathias Sattler, dass sie eine Gauklerin war? Ein Mädchen der Straße, vor dem die Geistlichen warnten? Falls er es wusste oder ahnte, so ließ er es sie jedenfalls nicht spüren. Höflich bot er ihr an, ihre Tasche in die Kammer zu tragen, die sie während ihres Aufenthalts bewohnen sollte. Regina freute sich darüber, sie wertete die Geste als Zeichen dafür, dass sie noch nicht ganz gelernt hatte, sich in besseren Kreisen zu bewegen.

«Ihr müsst leider mit einer kalten Mahlzeit vorliebnehmen», entschuldigte sich der Stadtschreiber. «Für gewöhnlich kommt seit Hellas Tod eine Frau aus der Stadt, die sich um die Wäsche kümmert und das Kind mit warmen Mahlzeiten versorgt. Aber sie kümmert sich auch noch um Vater Thomas' leibliches Wohl, und der Pfaffe ist anspruchsvoller, als es sein geistliches Gewand eigentlich zulassen sollte. Manchmal erlaubt er ihr nicht zu kommen.»

Regina nickte verständnisvoll. Bevor sie nachdenken konnte, was sie sich auflud, hatte sie dem Stadtschreiber schon angeboten, sich nützlich zu machen, wann immer das nötig wurde. Ein Blick in die Stube ließ Regina bereuen, so vorschnell gehandelt zu haben. Denn das Durcheinander, das im Haus des Stadtschreibers herrschte, spottete jeder Beschreibung. Hier schien überhaupt nichts an dem Platz zu sein, an den es eigentlich gehörte. Umhänge und Schuhe lagen auf dem Fußboden vor einer großen, bemalten Bauerntruhe, deren Deckel sperrangelweit offen stand. Auf dem Spülstein stapelten sich schmutzige Schüsseln und Becher, von denen ein säuerlicher Geruch aufstieg. Der große Eichentisch, der die Stube beherrschte, drohte indessen unter der Last von Büchern und Schriften zusammenzubrechen, die der Schreiber zusammengetragen hatte, um inmitten des Wirrwarrs zu arbeiten.

«Meine Güte, ich frage mich, warum man dich nicht schon längst aus dem Amt gejagt hat», murmelte Marcello. Der Arzt hielt angesichts der Zustände, die im Haus seines Neffen herrschten, nichts von Takt und Zurückhaltung. Er fuhr mit dem Zeigefinger über eines der Regale, auf denen sein Neffe Tintenhörner aus zerbeultem Zinn, einen speckigen Brotbeutel, Schreibfedern verschiedener Größe und Schärfe sowie eine Kupferschale aufbewahrte, in der die Reste geschmolzenen Siegelwachses lagen.

Eine dicke Staubwolke schlug ihm entgegen, die ihn so sehr zum Husten reizte, dass Riemenschneider ihm eilends einen Becher Wasser reichen musste.

«Vielleicht sollte ich im Gasthof übernachten», murrte der Arzt, nachdem er sich wieder erholt hatte. «Wie es scheint, hast du ohnehin nicht genug Platz in deinem Haus. Dein Söhnchen soll nicht unter unserer Anwesenheit leiden.»

Mathias Sattler ließ sich von seinem Onkel nicht aus der Ruhe bringen. Ohne mit der Wimper zu zucken, füllte er Marcellos

Becher ein weiteres Mal. «Im Gasthaus wirst du um diese Zeit kein Glück mehr haben. Die Wirtin öffnet nach Einbruch der Dunkelheit nur noch Leuten, die sie kennt. Sie fürchtet sich, seit die Sache mit dem Kürschner passiert ist. Da könnte auch der Graf von Brandenburg-Ansbach klopfen.»

Sattler räumte seine wertvollen Bücher zur Seite, um Platz für das Brot und die Klumpen Butter und Käse zu finden, die er aus irgendeinem Kasten geholt hatte. «Du weißt, dass ich dich nie um etwas gebeten habe, Onkel», sagte er zögerlich. «Aber ich hatte gehofft, ich könnte Daniel zu dir nach Würzburg schicken. Wenigstens, bis sich hier alles aufgeklärt hat.»

«Ins Heiliggeisthospital?» Marcello schüttelte ein wenig zu rasch den Kopf, wofür Regina ihn mit einem vorwurfsvollen Blick bedachte. «Aber das ist kein Ort für ein Kind. Wie leicht könnte sich der Knabe bei den Kranken anstecken. Außerdem muss ich wohl oder übel eine Weile hierbleiben, bis ich herausgefunden habe, was es mit den Todesfällen in deiner Stadt auf sich hat. Der Fürstbischof will es so.»

«Ich würde ihn aufnehmen, Ratsherr», schlug Riemenschneider vor. «Meine Frau hat gewiss nichts dagegen, wenn er bei uns einzieht, bis sich die Wogen hier geglättet haben. Vielleicht hat Daniel ja Spaß daran, in meiner Werkstatt etwas über die Kunst des Bildschnitzens zu lernen.» Sattlers Augen leuchteten vor Dankbarkeit, dennoch zögerte er, Riemenschneiders Angebot anzunehmen. «Wir werden sehen», sagte er unverbindlich.

Regina war erschöpft; sie zog sich in ihre Kammer zurück, die zwar kärglich eingerichtet war, aber über ein Kastenbett mit sauberer Decke verfügte. Zu ihrer Überraschung stellte sie fest, dass jemand aufgeräumt und sorgfältig Staub gewischt haben musste. Das war eine angenehme Überraschung. Regina fragte sich, ob der Schreiber die Magd des Pfarrers gebeten hatte, die Schlafkammer für die Ankunft der vermeintlichen Verwandten aus der Stadt vorzubereiten. Wie würden ihr die Leute hier wohl begegnen? Ob sie mit ihr redeten? Oder behielten sie ihre Geheimnisse lieber für sich? Offiziell wusste ja außer Sattler keine Menschenseele von dem geheimen Auftrag des Fürstbischofs. Nicht einmal der Bürgermeister und seine Ratsherren waren eingeweiht, denn wie die Dinge lagen, waren Besucher, die ihre Nase in fremde Angelegenheiten steckten, in Creglingen nicht gerade wohlgelitten. Regina hoffte, dass nicht alle Einwohner so einsilbig waren wie der Stadtschreiber. Ansonsten standen ihr härtere Wochen bevor, als sie gedacht hatte.

Regina verzichtete darauf, sich auszukleiden. Sie lockerte lediglich ihr Mieder und wusch sich Gesicht und Hände, dann kroch sie unter die Decke, die sie mit einem angenehmen Duft nach Lavendel und Schafgarbe empfing. Mit geschlossenen Augen lauschte sie auf das dumpfe Gemurmel der Männer, das durch die Bodenbretter zu ihrer Kammer emporstieg. Dabei gab sie sich ihren eigenen Gedanken hin. Sattler war ihr ein Rätsel. Er gab sich zynisch, konnte aber nicht verhehlen, dass er Angst hatte. Sie begriff nicht, warum manche Männer so stur waren, wenn an ihrem Stolz gekratzt wurde. Aber vielleicht urteilte sie nicht gerecht. Möglicherweise litt der Stadtschreiber noch immer unter dem Tod seiner Frau und fühlte sich in seinem Kummer ebenso unfähig, seinem Sohn ein ordentliches Zuhause zu bieten, wie ihre Eltern unfähig gewesen waren, ihr Vertrauen und Zuneigung entgegenzubringen. Doch während Letztere sie damals ins Kloster gesteckt hatten, hatte sich Sattler heute geweigert, den jungen Daniel in Riemenschneiders Obhut zu geben. Vermutlich hatte der Mann keine Ahnung, wie viele Würzburger aus angesehenen Familien für die Ehre, in Tilman Riemenschneiders berühmter Werkstatt lernen zu dürfen, auf Knien um die ganze Stadt gerutscht wären.

Bevor Regina die Augen zufielen, nahm sie sich noch fest vor, der Unordnung im Stadtschreiberhaus ein Ende zu bereiten. Sattler durfte sich natürlich nicht einbilden, dass sie es seinetwegen tat. Wenn sie ein wenig aufräumte, dann nur, um nicht in der Wohnstube von Staub erstickt zu werden. Es konnte auch nichts schaden, wenn der kleine wilde Junge, der inzwischen hoffentlich irgendwo im Haus ruhig schlief, etwas Nahrhafteres zwischen die Zähne bekam als einen Kanten zähen Käses.

Der Weg durch den Wald schien der Frau nicht einmal in der Dunkelheit Mühe zu bereiten. Es war eine sternenlose Nacht, selbst das Licht der Laterne vermochte die Finsternis nicht zu durchdringen. Aber sie bewegte sich vorwärts, ohne auch nur einmal vom Pfad abzuirren oder über eine Wurzel zu stolpern. Geschmeidig wie ein Luchs wich sie jedem Hindernis aus, bis sie auf das große Tor des Gehöfts stieß.

Sie blieb stehen und berührte vorsichtig die zersplitterten Balken, die längst keinen Schutz mehr vor Eindringlingen boten. Sie bemerkte, dass das Tor gewaltsam aufgebrochen worden war, aber das wusste sie bereits. Obwohl sie kaum jemals den Fuß vor die Tür setzte, gab es doch nur wenige Ereignisse in der Stadt, die ihr entgingen. Wie ein Schatten zwängte sich die Frau nun durch die Flügel des zerborstenen Tores, wobei es nicht einmal nötig war, das Hanfseil zu zerschneiden, das die zersplitterten Latten notdürftig zusammenhielt.

Ein Lächeln umspielte ihre Lippen, als sie daran dachte, wie verzweifelt sich die jungen Mädchen in der Stadt an unwichtige, vergängliche Dinge wie eine schmale Taille und eine blasse Haut hängten. Sie selbst achtete nicht mehr auf ihr Gewicht oder die Qualität ihrer Roben und Schleier, etwas dermaßen Lächerliches wäre ihr nicht einmal in ihrer Jugend in den Sinn gekommen. Nun aber war sie dankbar für die vielen Fastentage, die sie seit dem Christfest streng eingehalten hatte. Es waren weit mehr, als die heilige Kirche vorschrieb, aber diesen Stunden, die sie allein auf dem Fußboden ihrer Hauskapelle zugebracht hatte, war es zu verdanken, dass sie so unauffällig wie ein schwarzer

Schatten über den Hof huschen und sich lautlos der Frau nähern konnte, die mit einem leeren Eimer aus einem der Ställe gelaufen kam.

Als die Frau sie mit wehendem Mantel über den aufgeweichten Boden eilen sah, ließ sie den Eimer fallen. Der Blick der Frau heftete sich auf die ausgetretene Treppe, die zum Eingang des Hauses führte. In der Stube war es hell, vermutlich brannte ein Feuer im Herd. Und eine flackernde Kerze stand in einem der schmalen Fenster.

Seltsamerweise schrie die Frau nicht um Hilfe. Sie stand einfach nur da, die Hand in schwacher Abwehr erhoben, als erwarte sie Erlösung oder Untergang. Beiden Möglichkeiten schien sie sich zu ergeben. Beeindruckend. Damals, bei ihrer ersten Begegnung, hatte sie vor Angst geschluchzt, aber die Bedingungen waren auch nicht dieselben gewesen. Inzwischen hatten beide Frauen gelernt, dass die Nacht nicht nur Feindin, sondern oftmals auch Verbündete war.

«Ich nehme an, du erkennst mich wieder?», fragte sie die Frau mit dem Eimer, während sie ihre Kapuze abnahm. «Wir leben nun schon fast ein Menschenalter in der Nähe voneinander, aber begegnet sind wir uns nie, Friederike.»

Die Gauklerin hob den Eimer wieder auf, dann trat sie einige Körner, die von der Fütterung der Hühner übrig geblieben waren, mit dem Absatz ihres Holzschuhs in den Erdboden und schaufelte anschließend Sand darüber. «Ich heiße Rieke», sagte sie. «Das eingeschüchterte Bauernweib, an das du dich erinnerst, Johanna Babel, starb vor vielen Jahren im Kerker des alten Fürstbischofs.» Sie lachte kurz auf. «Hatte eben nicht das Glück, eine reiche Bürgerfrau zu sein. Noch dazu die Gemahlin des ehrgeizigen Vogts. Aber wenn ich dich so ansehe, dann möchte ich behaupten, dass es auch die Bürgerfrau von einst nicht mehr gibt. Deine Wangen sind schlaff, dein Haar ergraut. Und der Eifer, der deine Augen damals funkeln ließ, scheint erloschen. Das scheint unser Schicksal zu sein. Das Schicksal aller Frauen, die mit dem Jüngling von Niklashausen in Berührung kamen.»

Johanna Babel hatte sich gegen Flüche und Beschimpfungen gewappnet, weil in ihrer Erinnerung stets nur das Bild der Bauersfrau lebendig gewesen war, die der Hauptmann der Bischöflichen in Fesseln von ihrem Grund und Boden verjagt hatte. Aber die Gauklerin, die heute vor ihr stand, schien kein Interesse daran zu haben, ihr Vorwürfe zu machen. Warum dies so war, konnte sie sich allerdings denken. Sie war allein deshalb zu ihr gekommen.

«Du hast Regina aufgenommen, obwohl du genau wusstest, dass sie meine und Babels Tochter war», sagte sie mit heiserer Stimme. «Was hast du ihr erzählt? Dass ich dich ins Unglück gestürzt habe? Hast du sie zur Gauklerin gemacht, um Rache zu üben?»

Rieke lachte leise. «Oh, das brauchte ich nicht, meine Liebe. Erinnerst du dich an die Prophezeiung, die der Jüngling ausgesprochen hat, bevor ihn die Männer des Fürstbischofs fortschleppten? Er hat deinem Mann auf den Kopf zugesagt, dass du ein Gauklerkind bekommen würdest. Hat er nicht recht behalten, Bürgersfrau? Regina spielt geschickter auf der Fiedel, als der Jüngling es jemals konnte. Sie verfügt über die Fingerfertigkeit eines Taschenspielers und ist gewitzter als jeder Wunderheiler, der auf dem Markt seine Tinkturen feilhält. Aber all das ist nicht wichtig, im Gegenteil, es ist bedeutungslos für mich.» Rieke schlug den Blick nieder, denn sie wollte der Frau keinesfalls die Tränen zeigen, mit denen sich ihre Augen füllten. Sie spähte zum Haus hinüber. Es war hellerleuchtet. Leise Flötenmusik war zu hören. In Kürze würde Bernt wohl nach ihr Ausschau halten, denn seit dem Überfall auf ihren Hof und Tamars Gefangennahme ließ er sie nur ungern abends zu den Ställen gehen, um die Tiere zu füttern. Zu Riekes Bedauern fühlte er sich nicht mehr sicher auf dem Adamshof und hatte bereits angedeutet, dass er am liebsten mit den Männern auf Wanderschaft gehen würde. Silvester und den Jokulator zog es in die reichen Handelsstädte Flanderns und Brabants, der Zwerg hingegen schwärmte von Böhmen, wo ein süffiges, starkes Bier gebraut wurde. Doch dies waren nur Träume. Es lag auf der Hand, dass sich keiner der Gaukler ohne Tamar und Regina auf den Weg machen würde. Das wäre ihnen wie ein Verrat vorgekommen.

«Regina ist mir ans Herz gewachsen wie eine eigene Tochter», erklärte Rieke ruppig. «Sie könnte mir nicht mehr bedeuten, wenn ich sie selbst zur Welt gebracht hätte. War ja außer mir auch niemand zur Stelle, der sich um das Kind sorgte, als es aus dem Kloster gejagt wurde und vor der Marienkapelle kauerte. Sie wusste nicht, wohin sie gehen sollte. Wäre wohl lieber verhungert und erfroren, als an eine Tür zu klopfen, die man ihr vor der Nase zugeschlagen hatte.»

«Ich war völlig ahnungslos. Als ich erfuhr, was mein Gemahl getan hatte ... Wir hatten Vorkehrungen für Regina getroffen, aber dann ...» Noch während Johanna Babel um Worte rang, spürte sie, dass nichts, was sie hätte sagen können, auch nur annähernd die Schuldgefühle zu schmälern vermochte, die sie empfand. Die Wahrheit sah so aus, dass der Gauklerin das gelungen war, was sie selbst nicht geschafft hatte. Sie hatte Regina Schutz gewährt, dafür sollte sie dankbar sein. Dann aber stellte die Gauklerin ihr eine Frage, die sie erschrocken aufhorchen ließ.

«Hast du eine Ahnung, ob es Regina gutgeht?», erkundigte sich Rieke. «Ist sie auf der Burg?»

«Aber ich dachte, sie sei hier bei euch?»

Rieke schüttelte den Kopf. Knapp berichtete sie der Frau des Stadtvogts, was sich wenige Nächte zuvor ereignet hatte.

«Wir vermuten, dass Regina heimlich zur Burg hinaufging, um sich trotz meines Verbots für Tamar einzusetzen. Warum, kann ich dir nicht sagen, denn die beiden sind nicht immer die besten Freundinnen. Was sie aber eint, ist ihr überschäumendes

Temperament. Das, so vermute ich, hat Regina nicht von dir, sondern von ihrem Vater geerbt. Sie hätte doch wahrhaftig wissen müssen, dass der Kanzler nur auf eine günstige Gelegenheit wartete, ihrer habhaft zu werden. Vermutlich hat sie ihm genau die geliefert und sich dabei um Kopf und Kragen geredet.»

Johanna Babel schüttelte den Kopf. «Nein, da muss mehr dahinterstecken. Mir ist inzwischen zugetragen worden, dass der Kanzler und diese durchtriebene Diemut von Pinzburg für unser Unglück verantwortlich sind. Meister Riemenschneider, der Bildschnitzer aus der Franziskanergasse, kam vor einigen Tagen in mein Haus. Er zierte sich zuerst, über Regina zu reden, aber er scheint sie gesehen zu haben, und zwar, nachdem sie auf der Burg vorgesprochen hat. Warum sollte der Kanzler sie also ausgerechnet jetzt mundtot machen wollen?»

Rieke kniff die Augen zusammen. Johanna Babel hatte nach einem Grund gefragt, warum Regina dem Kanzler des Fürstbischofs ausgerechnet jetzt gefährlich werden konnte. Nun, ihr fiel ein Grund ein, den die Frau des Stadtvogts nicht kennen konnte. Ja, nicht einmal Regina wusste davon, denn Rieke, die so froh darüber gewesen war, dass das Mädchen die Geister der Vergangenheit anscheinend endlich abgeschüttelt hatte, hatte davor zurückgeschreckt, ihr die Wahrheit zu sagen.

Rieke hatte in Würzburg einen Mann gesehen, auf den Reginas Beschreibung des Gauklers, der damals mit der Priorin finstere Geschäfte abgewickelt hatte, haargenau passte. Für sie gab es keinen Zweifel, dass der Giftmischer wieder in der Stadt war.

Dieser Hartmut von Weikersheim hat Regina aus Würzburg gelockt, schoss es ihr durch den Kopf. Und er wird nicht zulassen, dass sie jemals wieder zurückkehrt. Es sei denn, wir unternehmen etwas.

«Hast du eine Ahnung, wie ich diesen Meister Riemenschneider erreichen kann?», wollte Rieke wissen. «Ich glaube, ich sollte einmal persönlich mit dem Mann reden.»

«Da wirst du kein Glück haben, denn in seiner Werkstatt sind nur einige Gehilfen anzutreffen. Und seine Frau Anna, aber die ist nicht gerade die Sanftmut in Person. Eine Gauklerin wie dich würde die von ihren Hunden auf die Gasse jagen lassen. Es heißt auch, Riemenschneider habe die Stadt verlassen, um in Ruhe an dem neuen Marienaltar für die Herrgottskirche in Creglingen zu arbeiten.

Creglingen? Rieke blickte überrascht auf. Sie erinnerte sich an das beschauliche Städtchen, auch wenn es lange her war, dass sie und ihre Gaukler dort gewesen waren. Anno 1486, wenn sie sich recht entsann. Schließlich sagte sie: «Geh jetzt nach Hause, bevor dein Mann merkt, dass du ihm wieder einmal davongelaufen bist. Das könnte genauso verhängnisvoll für uns werden wie damals in Niklashausen. Doch heute geht es nicht um einen prophezeienden Jüngling, der dem Fürstbischof Angst macht, sondern um das Leben deiner Tochter, und das möchtest du doch nicht aus purem Leichtsinn aufs Spiel setzen, oder?»

Johanna Babel warf den Kopf in den Nacken. Angriffslustig blitzten ihre Augen auf, und Rieke dachte, dass sie ihre Meinung revidieren musste. Die Bürgerfrau hatte den leidenschaftlichen Eifer in ihren Zügen doch nicht eingebüßt. Sie verspürte sogar leichte Gewissensbisse, weil sie Reginas Mutter so grob abfertigte; zweifellos hatte es eine Menge Mut gefordert, sich bei Nacht und Nebel aus der Stadt zu schleichen, um zum Adamshof zu laufen. Entweder ließen sich die Wächter am südlichen Tor immer noch bereitwillig bestechen, oder die Frau des Stadtvogts musste die Nacht außerhalb der schützenden Mauern verbringen, was für eine Frau wie sie gewiss nicht angenehm war. Doch auf dem Hof konnte sie ihr kein Lager anbieten. Das hätten weder Bernt noch die anderen geduldet, die den Stadtvogt hassten wie die Pest. Außerdem galt es nun, Pläne zu schmieden.

Gauklerpläne.

Und obwohl Rieke annahm, dass Johanna Babel sich wie in ihrer Jugend auch heute noch so manches Mal über Regeln und Verbote hinwegsetzte, wagte es Rieke doch nicht, sie ganz ins Vertrauen zu ziehen.

20. Kapitel

Regina schlief schlecht. Einige Male schreckte sie auf, weil das Geschrei eines Raben sie bis in ihre Träume verfolgte. Sie streckte die Hand aus, glaubte, Tamars weichen Körper neben sich zu spüren. Aber da war nichts. Als sie sich umdrehte, fiel ihr wieder ein, wo sie sich befand. Die Enttäuschung legte sich wie ein Stein auf ihren Magen. Sie war nicht zu Hause bei den Buntrocks, sondern in Creglingen, im Haus des unordentlichen Stadtschreibers mit den traurigen Augen.

Als es ihr gegen Morgen endlich wieder gelang, sich dem Schlaf hinzugeben, hörte sie einen Schrei. Erschrocken riss sie die Augen auf und starrte in die Finsternis, die wie ein schwarzer Vorhang vor ihren Augen hing.

Es war der Schrei einer Frau gewesen, so viel schien festzustehen. Ausgestoßen in höchster Not oder panischer Angst um das eigene Leben. Ohne zu zögern, sprang Regina aus dem Bett und ordnete ihre zerdrückten Röcke. Marcello würde den Kopf darüber schütteln, wie unachtsam sie mit den Kleidern umging, die er für sie hatte schneidern lassen, doch wen kümmerte das schon? Sie war froh, dass sie zu müde gewesen war, um sich aus dem steifen Kleid zu schälen, so musste sie nicht halbbekleidet aus dem Haus laufen. Die gefältelte Halskrause war zerdrückt und erschwerte ihr das Atmen, aber auch das spielte im Augenblick keine Rolle.

Wieder ertönte ein gellender Schrei. Er klang noch schauriger als beim ersten Mal, stammte aber zweifellos von derselben Frau. Regina stürzte zu dem kleinen Fenster und rüttelte ungestüm am

Rahmen. Zwecklos. Es ließ sich nicht öffnen. Also blieb ihr nichts anderes übrig, als die Stiege hinunterzulaufen.

Vor dem Haus traf sie auf Sattler und Riemenschneider. Die beiden Männer hatten sich in aller Eile in ihre Beinkleider geworfen.

«Woher kommen die Schreie?», rief ihnen Regina zu. Sie vermisste den alten Arzt und war verwundert, dass er sich nicht zu seinem Neffen und dem Bildschnitzer gesellte, aber vermutlich hatte Marcello einen tiefen Schlaf und war trotz des Getöses nicht wach geworden. Beinahe beneidete ihn Regina darum.

In dem kleinen, ein wenig verwahrlost aussehenden Häuschen mit dem schiefen Dach, in dem vermutlich der Pfarrer seine Kammer hatte, bemerkte Regina plötzlich zwei Gestalten, die sich anbrüllten.

«Das sind Vater Thomas und seine Magd, die alte Lisbetha», erklärte Sattler, der Reginas Blick bemerkte. «Da stimmt etwas nicht! Würdet Ihr mich begleiten, Meister Riemenschneider?»

Die Männer eilten sogleich über den Kirchhof. Regina folgte ihnen, obwohl Sattlers Einladung ihr nicht gegolten hatte. Doch sie würde gewiss nicht allein vor dem finsteren Haus warten. Von Marcello war noch immer nichts zu sehen oder zu hören.

Dafür hörte Regina, wie ein hagerer Mann, der eine bescheidene Soutane trug, auf eine schluchzende Frau einredete, während er mehrfach auf die benachbarte Kirche und den ummauerten Hof zeigte, der zu den Grabstätten führte. Inzwischen hatte der Radau auch die Nachbarn aus ihren Häusern gelockt. Furchtsam und bleich, aber auch neugierig näherten sich einige von ihnen der Kirche. Die kleine Schar wurde von einem Ehepaar angeführt, das nicht nur einen gefassten Eindruck machte, sondern auch durch seine Gesten und die distanzierten Blicke, die es den anderen zuwarf, ein gewisses Standesbewusstsein an den Tag legte.

Regina konnte nicht umhin, den Mann und die Frau aufmerksam zu mustern. Trotz der frühen Morgenstunde waren beide schon vollständig bekleidet. Die Frau trug ein Gebände aus blütenweißem Linnen, das ihrem runden Gesicht die Form einer Herzkirsche verlieh. Zwischen ihren fleischigen Fingern entdeckte Regina eine verschlungene Silberkette, an denen die Kugeln eines Rosenkranzes klapperten. Ihr Gemahl war mindestens zwanzig Jahre älter als sie, stämmig und bereits ergraut. Er hatte sich eine vornehme Schaube aus besticktem Brokat über die breiten Schultern geworfen, deren Kragen mit Pelz verbrämt war und teuer aussah. In seiner Hand hielt er eine Tranlampe, die er so hektisch auf und ab schwenkte, dass die Pfarrmagd, die immer noch schluchzte, geblendet die Augen schloss.

«Aber ich habe ihn gesehen, Herr», beharrte die alte Lisbetha weinerlich. «Ihr müsst mir glauben, wir sind alle in Gefahr. Unser Seelenheil steht auf dem Spiel!» Sie erkannte den Mann mit der Laterne und taumelte auf ihn und sein Weib zu. «Es war Wotan, der alte Gott der Heiden», schrie sie. Der Mann erbleichte. «Er klopfte dreimal ans Fenster meiner Kammer. Zuerst dachte ich, die Einbildung würde mich narren, aber als ich mich aufrichtete, sah ich, wie er mit seinem toten Auge durch das Fenster spähte und seine Hand ausstreckte.» Sie fing wieder an zu weinen. «Ich bin gottesfürchtig, deshalb hat Vater Thomas mich nach dem Tod meines Mannes in sein Haus geholt. Noch nie habe ich die heilige Messe versäumt. Aber ich schwöre, dass es Wotan war, der mit seiner dürren Hand auf mich deutete. Er sah so aus wie die schreckliche Steinfratze, die an der Mauer der Herrgottskirche hängt. Und ein Rabe begleitete ihn. Habt Ihr ihn nicht gehört? Ihr müsst das unheilvolle Geschrei doch auch gehört haben?»

Regina stutzte. Sie erinnerte sich vage daran, von einem Raben geträumt zu haben.

«Vater Thomas, sorgt endlich dafür, dass Eure Magd still ist», herrschte der Mann mit der Laterne den Priester an. «Sie bringt mir mit ihrem Gefasel vom alten Wotan noch die Leute durcheinander.» Er schien in der Stadt über Ansehen und Macht zu verfügen, denn Vater Thomas nickte zustimmend, bevor er seine Dienerin unsanft am Handgelenk packte. «Du hast gehört, was Bürgermeister Kessler gesagt hat, Lisbetha. Verschwinde ins Haus, bevor ich dir Beine mache.»

«Verdrück weniger Kohlsuppe, wenn sie dir Magendrücken beschert», rief jemand aus der Menge heraus. Gelächter folgte, aber das vermochte die Beklemmung der meisten Leute nicht zu vertreiben.

Regina wartete das Ende des Wortwechsels nicht ab, sondern beschloss, die Zeit zu nutzen, solange die alte Lisbetha noch keifend zwischen ihrem Dienstherrn, dem Bürgermeister und Riemenschneider stand. Der Bildschnitzer tat ihr leid, denn wie es aussah, war die Magd nicht die Einzige, die seine Arbeit für die Herrgottskirche skeptisch betrachtete. Lisbetha mochte vor Angst zwar schlottern. Aber sie machte auch einen geschwätzigen Eindruck. In wenigen Stunden würde sich vom Stadtbrunnen aus das Gerücht verbreiten, das Unglück habe erst mit der Ankunft des Bildschnitzers begonnen. Er sei schuld, weil er einen Ketzer und Frevler in seine Dienste genommen habe. Und nun, hörte Regina sie schon mit beschwörender Stimme behaupten, verwandelte sich der tote Junge vor aller Augen in den alten Wotan. Er oder der Kürschner, das könne man natürlich nicht genau sagen. Nein, sie habe nicht erkannt, wer sie heimgesucht hatte. Aber den fürchterlichen Anblick würde sie bis zum Grabe mit sich herumtragen.

Regina konnte nur hoffen, dass Vater Thomas so vernünftig war, die Alte in ihre Kammer einzusperren, bis sie wieder Ruhe gab. Unbemerkt von den Leuten auf dem Kirchhof, schlich Regina um das kleine Haus des Geistlichen, den Blick forschend auf den Boden gerichtet. Das einzige Fenster, durch das eine erwachsene Person, die nicht über die Gabe verfügte, wie ein Vogel durch die Luft zu fliegen, spähen konnte, befand sich gleich neben einer kleinen Pforte, durch die man wahrscheinlich in den

Vorratsraum gelangte. Regina bückte sich, tastete mit der flachen Hand den Boden ab, der mit Lehm bedeckt und von schmierigen Grasbüscheln überwuchert wurde. Ein penetranter Lavendelgeruch verriet Regina, dass sich in der Nähe ein Kräutergarten befinden musste. Der alten Lisbetha traute Regina ohne weiteres zu, einen Teil des Friedhofs abgezweigt zu haben, um Gemüse zu ziehen. Ob ihr Dienstherr das erlaubte? Das Herumstochern im bröckeligen Lehm bescherte Regina zu ihrer Enttäuschung kein brauchbares Ergebnis. Sie entdeckte weder Schuhabdrücke noch die Federn eines Raben. Schade, dachte sie. Zumindest Letzteres hatte sie gehofft. Sie war sich inzwischen sicher, dass tatsächlich jemand durch das Fenster gestarrt hatte, um die Magd zu erschrecken. Allerdings konnte das auch ein ungezogener Lümmel aus der Stadt gewesen sein, der sich später im Beisein seiner Freunde über den gelungenen Streich totlachen würde.

«Wo seid Ihr gewesen?»

Die Frage und der ungehaltene Ausdruck im Gesicht ihres neuen Hauswirts versprachen Ärger. Auch Riemenschneider schüttelte den Kopf und gab Regina damit zu verstehen, dass er sich Sorgen gemacht hatte. Von Vater Thomas und seiner Magd war nichts mehr zu sehen; vermutlich hatten sich die beiden zurückgezogen. Aber der Mann mit der Laterne, der sich als Bürgermeister von Creglingen zu erkennen gegeben hatte, war noch da. Ebenso seine Frau.

«Seit wann bin ich Euch Rechenschaft schuldig, Schreiber?», entgegnete Regina. Nur nicht klein beigeben. Fehlte gerade noch, wenn ihre Untersuchungen künftig behindert wurden, nur, weil dem Herrn Sattler einfiel, dass sie eine Frau war. Nun, seine Frau war sie jedenfalls nicht. Angebrachter wäre es gewesen, er hätte sich nach seinem Sohn und seinem Onkel erkundigt. Doch das wagte sie dem Stadtschreiber nicht vorzuhalten, denn es ging sie nichts an. Dafür bemerkte sie nun, dass der Bürgermeister und seine Gemahlin auf sie aufmerksam geworden waren.

«Meister Riemenschneider, wärt Ihr so liebenswürdig, uns Eure junge Begleiterin vorzustellen? Wie ich hörte, kam sie mit Euch und diesem Arzt in die Stadt.»

Riemenschneider errötete; er tauschte einen Blick mit Regina, die innerlich aufstöhnte. Der Bildschnitzer war mit Abstand der ehrlichste Mensch, den sie jemals kennengelernt hatte. Erschreckend ehrlich, wie sie fand. Es würde sie nicht wundern, wenn er gleich zu stottern anfing wie ein Lateinschüler. Doch zu ihrer Überraschung holte Riemenschneider tief Luft und erzählte dem Bürgermeister die Geschichte, auf die ihn Marcello eingeschworen hatte. Regina sei die Witwe eines Verwandten des Stadtschreibers. Sie würde eine Zeit lang in seiner Obhut leben.

«Armes Kind», bemerkte die Frau des Bürgermeisters mitfühlend. «So jung und schon verwitwet. Gewiss war es eine Krankheit, die Euren armen Gemahl dahinraffte?»

Regina hatte keine Ahnung, ob Marcello sich diesbezüglich Vorstellungen gemacht hatte, und beschloss spontan, ihrem angedichteten Ehemann einen heldenhaften Tod zu gönnen. In leuchtenden Farben schilderte sie, wie er als bewaffneter Begleitschutz für einen Kaufmannszug im Kampf gegen Wegelagerer den Tod gefunden hatte.

Der Bürgermeister hörte ihr mit offenem Mund zu. Seine Frau schien erschüttert. «Ich bin fassungslos», sagte sie, während sie Sattler einen betroffenen Blick zuwarf. «Ich hatte ja keine Ahnung, dass ein solcher Held zu Eurer Familie gehört, mein Freund. Mein Mann ist sehr zufrieden mit Euren Fähigkeiten in der Ratsstube, aber …»

Sattler deutete eine Verbeugung an. «Oh, wir Sattlers sorgen dafür, dass unsere Waffen spitz und scharfgeschliffen und damit jederzeit zum Einsatz bereit sind. Dabei verachten wir weder Schwert noch Skalpell oder Gänsekiel. Ich wünsche Euch einen guten Morgen!» Damit machte der Stadtschreiber auf dem Absatz kehrt und lief zu seinem Haus zurück.

«Vergesst aber die Ratsversammlung nicht, Sattler», rief ihm Bürgermeister Kessler nach. «Wir müssen dem Spuk endlich ein Ende bereiten, sonst drehen unsere Weiber noch völlig durch!» Er ergriff die Hand seiner Frau, die dem Schreiber stirnrunzelnd nachblickte. «Ein sonderbarer junger Mann», murmelte sie. «Ich werde nicht schlau aus ihm. Aber zweifellos wird es ihm und dem kleinen Daniel guttun, wenn jemand im Haus ist, der ihm die Wirtschaft führt. Vielleicht entlockt Ihr ihm ja auch mal wieder ein Lächeln, wer weiß.»

Ja, wer weiß, dachte Regina niedergeschlagen, denn sie hatte das Gefühl, dass Sattler böse mit ihr war, und das gefiel ihr ganz und gar nicht. Eine innere Stimme schalt sie zwar eine Närrin, weil sie sich solchen Empfindungen überhaupt hingab. Schließlich würde sie Creglingen bald wieder verlassen und nie wieder einen Gedanken an den Stadtschreiber verschwenden. Andererseits durfte sie auch nicht zulassen, dass eine Auseinandersetzung mit ihm ihren Auftrag störte.

«Und Ihr habt wirklich nichts von dem Getöse gehört?» Regina hatte Marcello nach ihrer Rückkehr schlafend auf der Ofenbank vorgefunden. Im ersten Moment war sie erschrocken, denn der alte Mann rührte sich nicht einmal, als sie ihn heftig rüttelte. Nun saß er benommen gegen den Ofen gelehnt und fuhr sich mit der flachen Hand über das wirre Haar.

«Seit dem Weihnachtsfest passiert mir das öfter», gestand er, nachdem er so weit war, dass er sich verständlich machen konnte. «Ich fühle mich alt und verbraucht. Vermutlich werde ich dir keine große Hilfe sein.»

Regina schnalzte ungeduldig mit der Zunge; als Gauklerin hatte sie genügend Erfahrung mit Menschen gesammelt, um zu wissen, dass man sich nicht gehenlassen durfte. Gewiss taten Marcello nach der anstrengenden Fahrt in Riemenschneiders Karren die Knochen weh. Das war auch nicht weiter verwunderlich. Aber es wurde nicht besser, wenn er hier auf der Bank sitzen blieb. «Was redet Ihr da?», sagte sie mit fester Stimme. «Natürlich seid Ihr mir eine Hilfe. Eine große Hilfe sogar. Ohne Euren Rat wäre ich verloren.»

Sie bemerkte, wie ein wenig Glanz in seine Augen trat und freute sich darüber. Dabei hatte sie nicht einmal übertrieben. Die Vorstellung, sich allein die Leichen des Jungen und des Kürschners anzusehen und die Runen in Augenschein zu nehmen, ängstigte sie.

«Wo ist der Junge?», wollte Marcello wissen, als sie sich nach dem Frühstück auf den Weg zum Rathaus machten. Da die Frage sowohl seinem Neffen als auch dessen Sohn, dem kleinen Daniel, gelten konnte, erklärte Regina, dass Sattler zu einer eilig einberufenen Ratsversammlung gegangen sei. Daniel war von Riemenschneider, den er bereits vom letzten Besuch des Bildschnitzers in der Stadt kannte, eingeladen worden, ihn zur Herrgottskirche zu begleiten. Dort wollte Riemenschneider dem Jungen zeigen, wie man eine einfache Figur aus Holz schnitzte.

«Und diese Frau glaubt, dass Wotan persönlich durch ihr Fenster gesehen hat?» Marcello stellte die Frage zum wiederholten Mal. Er konnte sich aus dem nächtlichen Geschehen keinen Reim machen.

«Der Bürgermeister befürchtet zu Recht, dass die Leute hier allmählich die Nerven verlieren», sagte Regina. Sie wich einigen Pferdeäpfeln aus, die nur wenige Schritte von der Rathaustreppe entfernt auf dem Kopfsteinpflaster vor sich hin dampften. Da der Morgen warm und sonnig war, hatte sie ihr schwarzes Kleid gegen einen luftigeren Rock aus grünem Leintuch eingetauscht, der zwar nicht zur Witwentracht gehörte, aber dafür gut zu dem hellen Schnürkittel passte, den Rieke ihr vor einigen Jahren zum Namenstag geschenkt hatte. Marcello schien sich an ihrer Aufmachung nicht zu stören, vermutlich hatte er sie ohnehin kaum wahrgenommen. Er hing trüben Gedanken nach, und seine

Laune hob sich auch nicht, als er sich die schmalen Stufen der Rathaustreppe hinaufquälte. In der Ratsherrenstube, die hinter einer Tür aus dickem Eichenholz lag, wurde heftig diskutiert. Regina vernahm das Geräusch eines Hammers, mit dem sich jemand das Wort erkämpfte, und fragte sich, ob es der Bürgermeister oder Sattler war, der sich vergeblich bemühte, die erhitzten Gemüter der Ratsherren zu beruhigen. Sie begriff, dass die erschreckenden Vorgänge in der Stadt allmählich auf eine Katastrophe hinausliefen. Geriet die Herrgottskirche ins Gerede und die Stadt in den Ruf, ein Tummelplatz für Ketzer und Heiden zu sein, die ungestraft Menschen abschlachteten, so schadete das auch dem Handel. Wer zog dann noch mit seinen Waren auf den kleinen Marktplatz? Wer tätigte Geschäfte mit den ansässigen Kaufleuten? Im schlimmsten Fall wandte sich auch die Kirche gegen die Stadt, was bedeuten konnte, dass Vater Thomas eine Weile keine Kinder mehr taufen, keine Absolution mehr spenden und keine Beerdigung in geweihter Erde mehr vornehmen durfte.

«Komm schon, Mädchen», mahnte Marcello, der ungern dabei ertappt werden wollte, eine Versammlung der Ratsherren zu belauschen. Er schulterte seinen Kasten mit ärztlichen Instrumenten und zog Regina von der Tür weg. «Die braven Bürger haben die beiden Leichen und alles, was bei ihnen gefunden wurde, ins Gewölbe hinuntergetragen, weil Vater Thomas sie nicht auf seinem Friedhof haben will.»

Das Gewölbe, das sie über eine Treppe am anderen Ende des Gebäudes erreichten, erwies sich als verwinkelter Kellerraum, dessen einziger Vorzug die Kälte war, die das wuchtige Mauerwerk auszuatmen schien. An den kahlen, schmutzverkrusteten Wänden sah Regina eine Reihe von Weinfässern, aus denen vermutlich fleißig geschöpft wurde, wenn die Stadtväter hohen Besuch bewirten mussten. Die Leichen befanden sich in einem schlauchartigen Nebengelass des Gewölbes, dessen Decke niedriger war und bei Regina ein Gefühl der Platzangst erzeugte. Ein barmherziger Mensch hatte sich dazu herabgelassen, vor jeder Bahre eine Kerze anzuzünden. Müde flackerten die kleinen Flämmchen vor sich hin; sie warfen Schattenbilder an die Wände, die mit einigen verblichenen Wappentafeln geschmückt waren.

«Alles Familien, zu deren Herrschaft die Stadt einst gehörte», erklärte Marcello, dem Reginas Blick nicht entgangen war. «Das größere Wappen gehört zur Familie der Herren von Hohenlohe-Brauneck. Sie ist ausgestorben. Das gelbe, von dem die Farbe abblättert, ist das Wappen der Weinsberger Grafen. Vermutlich werden die Ratsherren Bürgermeister Kessler und meinen Neffen bestürmen, dass sie eine Abordnung zu Graf Philipps Stammsitz schicken und ihn um Hilfe bitten. Schließlich weiß keiner von denen, dass der Fürstbischof dich mit dieser Aufgabe betraut hat.»

Regina biss sich auf die Lippen. Sie fühlte sich alles andere als geschmeichelt. Rasch ergriff sie die Kerze, die zu Füßen des linken, lediglich mit einem dünnen Leinentuch bedeckten Körpers stand, und reichte sie Marcello. Dann lauschte sie, ob auf der Treppe zum Keller auch keine Schritte zu hören waren. Wenn sie hier unten erwischt wurden, würde man ihnen peinigende Fragen stellen.

Marcellos Schilderungen hatten sie schon darauf vorbereitet, dass die Toten keinen angenehmen Anblick boten, doch als Marcello mit einer hastigen Geste die Tücher entfernte, krampfte sich ihr Magen so heftig zusammen, dass sie sich beherrschen musste, Marcello nicht augenblicklich ihren Mageninhalt vor die Füße zu speien. Der Arzt, der dies vorausgesehen hatte, entnahm seinem Kasten einen Beutel, den er vermutlich aus Katzendarm hergestellt hatte, und reichte ihn ihr. Egal, dachte Regina, während sie den Beutel vor die Nase hielt. Sie nahm ihn erst wieder herunter, als sich ihr Magen und ihre Augen an den Anblick der leblosen Körper gewöhnt hatten, die im Schein der Kerze vor ihr lagen.

Marcello beugte sich leise murmelnd über den bläulichen Leichnam des Jungen und begann ihn vorsichtig zu untersuchen. Von Zeit zu Zeit quälte er Regina mit Einzelheiten, die sie eigentlich gar nicht wissen wollte. Was kümmerte es sie, dass die Totenwäscherin den Körper nur oberflächlich gereinigt hatte, dass Wirbelsäule und Brustkorb unversehrt waren, beide Arme und das rechte Bein jedoch zahlreiche Blutergüsse aufwiesen? Half das dem armen, verwirrten Jüngling etwa weiter, oder glaubte Marcello allen Ernstes, auf diese Weise Hinweise zu finden, die dem Mörder die Maske vom Gesicht riss? Sie war sich unschlüssig.

«Ich habe zwölf Wunden entdeckt, die ein Speer verursacht haben könnte», teilte Marcello ihr mit. «Einige sind tief, andere so leicht, dass ich sie lediglich als Kratzer bezeichnen würde.» Er schüttelte den Kopf. «Trägt der Gott Wotan der Überlieferung nach nicht einen Speer bei sich? Einen Speer, mit dem er Blitze schleudern kann?»

Regina hustete. Sie musste sich zwingen, das Gewölbe nicht fluchtartig zu verlassen. Und sie war Marcello dankbar, dass er sie trotz seiner Gebrechen überhaupt begleitete. «Für einen Römer wisst Ihr erstaunlich viel über die Götter meiner Vorfahren», sagte sie. Der Arzt zuckte zusammen. Um den fauligen Geruch des Todes nicht weiter einatmen zu müssen, hielt er sich den Ärmel vor Mund und Nase. Viel half das allerdings nicht; Regina hörte, wie schwer sein Atem ging.

«Das habe ich mir gedacht», erklärte er nach einer Weile.

«Wovon redet Ihr?»

Marcello deutete mit der Kerze auf den Leib des toten Kürschners. «Der Kürschner scheint nicht schlecht gelebt zu haben, dafür sprechen seine gepflegten Hände und sein stattlicher Bauch. Ist gewiss ein einträgliches Geschäft, Pelztieren das Fell über die Ohren zu ziehen. Aber darauf will ich nicht hinaus.» Er machte eine bedeutungsvolle Pause, bevor er hinzufügte: «Mag sein, dass der Bursche Fieber gehabt hat. Aber daran ist er nicht gestorben.»

Regina war so verblüfft, dass sie für einen Moment sogar ihre Scheu vor den übel zugerichteten Körpern vergaß; sie ergriff die zweite Kerze und trat näher an die beiden Bahren heran, damit sie mit eigenen Augen sehen konnte, was Marcello ihr zu beschreiben versuchte.

«Wollt Ihr damit sagen, dass der Kürschner nicht nur aus dem Grab geholt wurde ...»

«Wer immer ihn aus dem Grab herausgeholt hat, hat zunächst dafür gesorgt, dass er hineinkam!» Marcello beugte sich über den aufgedunsenen Körper des Kürschners und versuchte, dessen Mund mit einem flachen Holzspatel zu öffnen, was aber misslang. «Na ja, macht nichts», sagte Marcello. «Ich wollte mir einmal die Zunge ansehen, aber obwohl ihn die rigor mortis wieder verlassen hat, ist da nichts mehr zu machen.»

«Rigor mortis?»

«Wenn der Tod eingetreten ist, beginnen die Muskeln im Körper allmählich starr zu werden. Lagert man einen Leichnam an einem kalten Ort wie diesem Gewölbe, verlangsamt das den Prozess ein wenig. Nach zwei Tagen lässt die Starre wieder nach, dafür ... Nun ja, der Kürschner liegt hier wohl schon seit geraumer Zeit. Wir können von Glück reden, dass die Verwesung noch nicht so weit fortgeschritten ist. Immerhin konnte ich feststellen, dass der Leichnam ein paar Wundmale aufweist, die denen des Jungen ähneln. Er wurde mit einer Lanze oder einem Speer verletzt. Gestorben ist er jedoch nicht am Blutverlust. Ich verwette meine Büchersammlung, dass der Totenwäscherin die Einstiche unter den Achselhöhlen des Mannes nicht einmal aufgefallen sind. Siehst du sie wenigstens?»

Regina zwang sich, der kleinen Kerzenflamme zu folgen, mit der Marcello den aufgeschwemmten Oberkörper ableuchtete. Tatsächlich fand sie einige, mit bloßem Auge kaum noch wahrnehmbare Kratzer in der fahlen Haut, die sie scharfen Fingernägeln zugeschrieben hätte. Vielleicht hatten den armen Kürschner Flöhe zum Wahnsinn getrieben, die in den Pelzen hausten, mit denen er tagtäglich umgegangen war. Ein Blick auf die Nägel des Mannes verriet Regina jedoch, dass sie hierbei falschlag. Die Fingernägel waren kurz und ungewöhnlich sauber, was sicher nicht auf die Umsicht der Totenwäscherin zurückzuführen war. Sie starrte den alten Arzt ungläubig an. Sie begann zu begreifen, was er ihr zu sagen versuchte.

«Gift, nicht wahr? Jemand hat dem Mann mit einer vergifteten Waffe die Haut geritzt und in Kauf genommen, dass er jämmerlich daran zugrunde gegangen ist.» Sie stieß scharf die Luft aus. «Damit haben wir nicht nur einen Ermordeten, sondern zwei. Der erste ist ein verwirrter Junge, der sich wie aus heiterem Himmel für einen Propheten und Wegbereiter Wotans hielt, der zweite ein wohlhabender Mann, der zur Familie des Bürgermeisters gehörte.»

«Sieht ganz so aus», bestätigte Marcello. «Allerdings starb der Kürschner, wie wir jetzt wissen, vor dem Jungen.»

Regina nickte. So hatte der Spuk also angefangen. Diese Einzelheit konnte wichtig sein, denn während der Mörder nicht davor zurückgeschreckt hatte, seine Schandtat an Riemenschneiders jungem Gehilfen bekannt zu machen, war das erste Opfer rasch und in aller Heimlichkeit bestattet und erst nach der Grabschändung verunstaltet worden. Wie aber passten die beiden Taten, die so gar nichts gemeinsam zu haben schienen, zusammen? Gab es überhaupt eine Verbindung?

Regina war sich darüber im Klaren, dass Hartmut von Weikersheim sich nicht mit einigen Spekulationen abspeisen lassen würde, aber ihr lief die Zeit davon. Und das hatte nichts damit zu tun, dass sie sich fühlte, als sei sie einen Pakt mit dem Teufel eingegangen. Tamar war eine zähe kleine Person, die nicht einmal ahnte, wie viel Stärke in ihr schlummerte. Hätte sie ihre Zeit doch nur nicht damit vergeudet, Silvester nachzulaufen. Aber Kerkerhaft war auch zermürbend. Hinzu kamen Gefängniswärter, die es sich gewiss nicht nehmen lassen würden, einem hübschen Mädchen nächtliche Besuche abzustatten. Regina wurde übel, wenn sie nur daran dachte.

«Lasst mich jetzt die Runen sehen», sagte sie mit fester Stimme. «Ich will es nicht versprechen, aber vielleicht kann ich mit den Zeichen etwas anfangen.»

Es kostete Regina einiges an Überwindung, sich die Schrammen anzuschauen, die Marcellos Neffe für Runen hielt. Sie befanden sich nicht auf dem Brustkorb, wie Regina vermutet hatte, sondern über der rechten Hüfte. Ein Unkundiger hätte sie für Abschürfungen gehalten, die entstanden waren, nachdem der grausame Unbekannte sein wehrloses Opfer über den Erdboden geschleift hatte. Aber dem war nicht so. Bei genauerer Betrachtung sah Regina, dass die Runen in der Haut des Toten einen makabren Vers bildeten, der in vier Zeilen angeordnet war. Die letzten fünf Zeichen erstreckten sich bis hinunter zum Oberschenkel.

«Und?», fragte Marcello ungeduldig. «Kannst du diese Teufelsschrift entziffern, Mädchen?»

Regina antwortete nicht auf die Frage des alten Mannes, so sehr nahmen sie die wunderlichen Symbole gefangen. Aufmerksam betrachtete sie Rune für Rune. Sie erkannte jede einzelne von ihnen auf Anhieb, und obwohl sie es schrecklich fand, dass jemand sie einem Menschen in die Haut geritzt hatte, schaffte sie es kaum, den Blick von ihnen abzuwenden. Sie vergaß beinahe, dass sie in einem Keller mit zwei Leichen kniete, sie vergaß Marcello, der sich vernehmlich räusperte. Die Runen waren in diesem Augenblick alles, was für sie zählte. Sie offenbarten sich ihr, zogen sie in ihren Bann, als erwiesen sie ihr als ihrer Priesterin Achtung. Nach einer Weile glaubte sie gar, ein Flüstern wahrzunehmen, das wie das Rauschen eines Baumes in ihren Ohren klang.

Erst als sie die letzte Zeile des Verses entziffert hatte, entließen die Runen sie aus ihrem Bann. Regina richtete sich auf und schüttelte das Haar zurück, das ihr in die Stirn gefallen war. Zu ihrer Überraschung war es schweißnass. Sie fühlte sich auf eigenartige Weise erschöpft, als wäre ein Aderlass an ihr vorgenommen worden. Mit ihren Runensteinen im Beutel hatte sie eine solche Erfahrung nie gemacht. Die bedeuteten ihr auch nichts, jedenfalls hatte sie das immer angenommen, denn Bernt hatte ihr eingeschärft, sie nicht ernst zu nehmen. Sie erfüllten den Zweck, verliebten Mädchen einen Blick in die Zukunft zu erlauben oder habgierigen Burschen eine Lehre zu erteilen.

Ohne Marcello anzusehen, stellte Regina die Kerze zurück auf die Bahre und ging zur Treppe hinüber, die aus dem Gewölbe nach oben führte.

«Moment», rief der Arzt. «Du kannst mich hier doch nicht einfach stehenlassen!» Regina hörte, wie er murrend seine Instrumente zusammensuchte und sie in den Arzneikasten mit den Trageschlaufen warf.

«Ich schätze, für den Moment komme ich hier nicht weiter», sagte sie. Ihre Stimme klang so fern und abwesend, dass sie sie selbst kaum wiedererkannte. Noch immer glaubte sie, das Rauschen eines Baumes, durch dessen Blätter der Wind strich, zu hören. Sie hätte Marcello gern gefragt, ob er die Geräusche ebenfalls vernommen hatte, aber sie traute sich nicht. Der Arzt schien sich über sie aufzuregen.

«Du konntest die Schrift lesen, die der Mörder hinterlassen hat, gib es zu!» Marcello holte Regina noch vor der Treppe ein und packte sie so derb am Arm, dass sie einen Schmerzensschrei nur mit Mühe unterdrücken konnte. Sie schüttelte seine Hand ab, dann begegnete sie seinem kalten Blick.

«Ihr tut mir weh. Was ist bloß in Euch gefahren?», fauchte sie Marcello an. Plötzlich sah sie klar. Das Rauschen in ihren Ohren war verstummt. Dafür hörte sie Schritte, die ihr verrieten, dass die Versammlung in der Ratsherrenstube zu Ende gegangen war. Sie mussten schleunigst von hier verschwinden, ehe man sie zur Rede stellte.

«Du weißt, was sie bedeutet, aber du willst es mir nicht sagen!»

Regina zuckte die Achseln. «Na schön, wenn Ihr es unbedingt wissen wollt ...»

21. Kapitel

Riemenschneider war schon in seiner Jugend ein Frühaufsteher gewesen, den es nach dem ersten Hahnenschrei ungeduldig aus dem Bett trieb. Schlafen konnte er noch, wenn er alt war und den Fäustel nicht mehr halten konnte. Davon abgesehen war ihm Tageslicht für seine Arbeit lieber als Kerzenschein. Wenn er bis spät in der Nacht an seinen Figuren schnitzte, ließ sich Letzteres natürlich nicht umgehen, aber er hatte es sich angewöhnt, dann keine Gesichtszüge mehr zu schnitzen. Gesichter sollten am Tag entstehen, nicht in der Nacht. Wenn es in der Werkstatt ruhig wurde und die Gesellen und Knechte sich schlafen legten, war für ihn jedoch der Tag noch lange nicht zu Ende. In diesen Stunden war es ihm überhaupt erst möglich, einer Leidenschaft zu frönen, von der nicht einmal die zweite Riemenschneiderin oder seine Kinder etwas ahnten. Riemenschneider liebte es, sich mit den Figuren, die durch sein Geschick aus Holz oder Stein entstanden, zu unterhalten. Natürlich band er das niemandem auf die Nase, auch sein bester Freund Marcello wusste nicht, dass er hinter den verrammelten Türen seiner Werkstatt Zwiesprache mit dem heiligen Georg geführt hatte. Er hatte Maria Magdalena bei Kerzenlicht über ihr ereignisreiches Leben an der Seite des Heilands ausgefragt und sich bemüht, anhand der stillen, duldsamen Miene, die sein Schnitzmesser der Heiligen verliehen hatte, herauszufinden, wie sie sich wohl gefühlt haben musste, als sie das Grab des auferstandenen Herrn an jenem Ostermorgen leer vorgefunden hatte. Traurig war er gewesen, als er seine Maria hatte hergeben müssen, denn das Magdalenenretabel war für die

Kirche von Münningstadt bestimmt gewesen. Riemenschneider war froh, dass ihm wenigstens seine Figuren von Adam und Eva blieben. Das erste Paar der Menschheit blickte Seite an Seite aus wachsamen Augen auf den Würzburger Marktplatz herab. Welch einen Aufruhr hatte es damals in der Stadt gegeben, als er es gewagt hatte, den nackten Körper der Eva aus weichem Sandstein zu schlagen. Die zweite Riemenschneiderin wurde noch heute rot, wenn sie von Nachbarinnen darauf angesprochen wurde. Nur gut, dass sie damals noch nicht seine Frau gewesen war. Sie hätte sein Vorhaben nicht gebilligt.

Diese Gedanken gingen Riemenschneider durch den Kopf, als er den Wagen an den Äckern und Feldern vorüberlenkte, die vor den Creglinger Stadtmauern lagen. Daniel saß neben ihm und plapperte unaufhörlich. Aber er stellte keine Fragen, was Riemenschneider wunderte. Nicht einmal die Kinder sprechen über die merkwürdigen Vorgänge in ihrer Stadt, grübelte er. Normal war das nicht. Aber Daniel war immerhin der Sohn des Stadtschreibers. Vermutlich hatte sein Vater ihm eingeschärft, mit Fremden nicht über Angelegenheiten zu sprechen, die sein Amt und seinen guten Ruf hätten gefährden können.

«Wir sind gleich da, Meister», rief der Knabe. Aufgeregt rutschte er auf seinem Sitz hin und her. Dann deutete er auf ein Gebäude aus grauem Stein, das mit seinem stark abfallenden Dach und dem spitzen, keck in den Himmel ragenden Türmchen verwunschen und einsam in der Landschaft stand.

Riemenschneiders Herz begann heftig zu klopfen, als er das Pferd zügelte. Er war kein besonders furchtsamer Mann, denn als Künstler, der für die Kirche arbeitete, fühlte er sich stets geborgen. Aber als er über seinem Kopf mehrere schwarze Vögel ausmachte, die sich krächzend auf dem Dachfirst und der Außenkanzel niederließen, musste er daran denken, was die alte Pfarrhausdienerin gesagt hatte.

Mit seiner Ankunft hatte alles begonnen. Seine Arbeit am

Marienaltar hatte böse Mächte geweckt, die nun gegen die Stadt zu Felde zogen. Mit bewaffneten Soldaten des Weinsberger Grafen war ihnen nicht beizukommen, das ahnte Riemenschneider, als er sich mit unsicheren Schritten dem alten Gotteshaus näherte.

Daniel hatte er am Handgelenk gepackt, was dieser gewiss seltsam und ein wenig übertrieben fand. Aber der Junge ließ kein Wort des Protests verlauten. Im Gegenteil, die schwarzen Unglücksraben auf dem Kirchendach, die die Ankömmlinge aus ihren kalten runden Knopfaugen boshaft musterten, schienen auch ihn zu irritieren.

«In der Stadt sagen sie, wer in diesen Tagen die Rufe eines Raben hört, wird von Wotan geholt wie Kaspar und der Kürschner», flüsterte der Junge. Er lächelte schief, als er beteuerte, kein Wort davon zu glauben, denn sein Vater habe ihm erklärt, dass es zwar böse Menschen gebe, aber keine bösen Geister und schon gar keine Götter neben dem Herrn Jesus.

Riemenschneider hätte sich ohrfeigen können. Wie hatte er nur so töricht sein und den Jungen mitnehmen können? In der Stadt wäre er sicherer gewesen. Aber hier … Der Bildschnitzer ließ seine Blicke über die Wiesen und Felder schweifen. Keine Menschenseele hielt sich in der Nähe auf. Kein Pilger, der den schmalen Pfad zur Kapelle entlangwanderte. Kein Bauer, der seinen Pflug durch die Ackerfurchen zog. Rings um die Kirche war ein Friedhof angelegt worden. Die Grabkreuze sahen alt und verwittert aus, manche waren von einer Moosschicht bedeckt; Inschriften ließen sich nur noch schwer lesen. Vermutlich lagen hier rund um die Kirche auch Pilger, die ihr Leben ausgehaucht hatten, nachdem ihr Wunsch wahr geworden war und sie ihre Gebete an dem geweihten Ort hatten sprechen dürfen. Das Haupt des Gottes Wotan mied Riemenschneider. Er verspürte keine Lust, es sich noch einmal anzusehen, und verbot auch Daniel, sich der steinernen Figur zu nähern. Etwas Bedrohliches lag über diesem Ort, das konnte auch Riemenschneider nicht abstreiten.

«Das Altarbild unserer Jungfrau Maria wird dem Spuk ein Ende bereiten», erklärte er, auch, um sich selbst Mut zu machen. Er klopfte dem Sohn des Stadtschreibers auf die Schulter. Der Junge reagierte nicht. Abwesend starrte er auf den Turm der Kirche, über den sich dunkle Wolken geschoben hatten. Riemenschneider fand, dass der Knabe seinem Vater ähnlich sah, ein klein wenig sogar Marcello. Aber das würde er dem alten Brummbär gewiss nicht sagen. Stattdessen erklärte er Daniel: «Ist der Altar erst einmal geweiht, wird er die düstere Atmosphäre, die diesen Ort ergriffen hat, vertreiben. Was ich mit Hammer und Schnitzmesser dazu beitragen kann, werde ich tun.»

Die beiden setzten sich auf ein Mauerstück und betrachteten das rohgezimmerte Bußkreuz, einen runden Balken mit fünfundfünfzig Nägeln, der über dem Portal der Kirche hing. Während sie plauderten, packte Riemenschneider ihr Vesperbrot aus. Für gewöhnlich aß Riemenschneider erst, nachdem er mindestens drei oder vier Stunden gearbeitet hatte, doch er war der Meinung, dass heute eine Ausnahme mehr als angebracht war. Ein voller Magen vertrieb düstere Stimmungen, so behauptete es wenigstens die zweite Riemenschneiderin.

Während Daniel kräftig zulangte und sich die gesalzenen Heringe schmecken ließ, begann Riemenschneider ihm zu erklären, wie er sich den Aufbau des Altars vorstellte. Auf jeden Fall würde er gutes Föhrenholz verwenden, für die Figuren jedoch weiches Lindenholz. Eine prächtige Predella mit drei gleich großen Nischen für die Aufbewahrung der heiligen Hostie musste er schaffen, dazu Seitenflügel, auf der die Verkündigung Mariens, ihre Heimsuchung und die Begegnung mit Elisabeth, der Mutter Johannes' des Täufers, zu sehen waren. Danach einen Mittelschrein mit einem hölzernen Rankengeflecht, das für die Jungfräulichkeit der Gottesmutter stand und ihrer Aufnahme in den

Himmel den geeigneten Rahmen bot. Und schließlich das Gesprenge, das die Krönung Marias zur Himmelskönigin darstellte. Auf die Figuren freute er sich am meisten, mit ihnen konnte er reden, während er ihren Zügen innere Empfindsamkeit und Regungen verlieh, die selbst dann noch Zeugnis von ihm und seiner Kunst ablegen würden, wenn er längst nicht mehr sein würde.

«Die Vögel sind verschwunden», sagte Daniel unvermittelt. Der Junge reckte den Hals. Sein Blick heftete sich auf die steinerne Predigerkanzel, von der aus zuweilen Bußprediger und Mönche das unten stehende Volk ermahnten. Riemenschneider hob den Kopf. Tatsächlich, der Junge hatte recht; die Raben, die so anmaßend auf der Brüstung Stellung bezogen hatten, hatten das Weite gesucht. Riemenschneider erhob sich und klopfte flüchtig die Brotkrumen von seinem Wams. Nun konnte er in die Kirche gehen und ...

Den Stein, der wie aus dem Nichts auf ihn zu schoss, sah er nicht kommen. Er fühlte lediglich einen scharfen Schmerz am Kopf und ein Brennen, das seine Beine in zwei dünne Halme verwandelte, die einknickten, ohne dass er etwas dagegen tun konnte. Der Schrei, den der Junge neben ihm ausstieß, hörte sich schrill an, aber meilenweit entfernt.

Er wollte Daniel mit einer Handbewegung fortscheuchen, ihm so zu verstehen geben, dass er sich nicht um ihn kümmern, sondern die Beine in die Hand nehmen sollte. Aber auch das schaffte er nicht mehr. Rotes Licht flackerte vor seinen Augen auf, in das sich alsbald grelle Blitze mischten.

Dann traf ihn ein weiterer Stein aus dem Hinterhalt.

Riemenschneider schlug hart auf dem Boden auf. Blut schoss ihm aus der Nase; er würgte, weil er Angst hatte, zu ersticken. Bevor das gleißende rote Licht ihn in die schwere Dunkelheit der Ohnmacht entließ, durchzuckte ihn noch der Gedanke, dass auch er den Raben gehört hatte.

Auf dem Marktplatz vor dem Rathaus flatterten bunte Fahnen und Zeltdächer im Wind. Die Bauern und Krämer hatten ihre Stände und Buden aufgebaut und hofften auf gute Geschäfte. In eigens gezimmerten Gattern blökten Kühe. Enten und Gänse schnatterten in hölzernen Käfigen, die auf den Karren der Bauern aus den umliegenden Dörfern standen.

Verglichen mit dem Würzburger Markt, auf dem zuweilen ein sehr großes Gedränge herrschte, ging hier alles recht beschaulich zu. Marktaufseher ließen sich nicht blicken. Ein Barbier, dessen Verschlag weiße Vorhänge vor neugierigen Blicken schützen sollte, schien sich dieses Amt eigenmächtig unter den Nagel gerissen zu haben. Während er einen Kunden rasierte, verjagte er einen hinkenden Bettler vom Platz, tauschte mit der Butterhändlerin aus der Kreidegasse Neuigkeiten aus und drohte einer Magd, die einen Topf mit verdorbenem Gemüse aus dem Fenster gegenüber schüttete, Prügel an, falls sie seine Vorhänge treffen sollte. Neben der Bude des Barbiers buhlten die Gewürzhändler lautstark um die Gunst zweier junger Frauen, die sich mit skeptischen Mienen über die ausgestellten Töpfchen und Schalen beugten und an Muskatnüssen, Rosmarin und Gewürznelken schnupperten. Ein Stück weiter, in der Nähe der Stadtmauer, wurden Bienenwachs, Entenfedern und Stopfgarn feilgehalten. Ein Fischhändler pries seine Ware an, bis er heiser war. Da Fastenzeit herrschte, konnte der Mann sich über Kundschaft freuen, während die Fleisch- und Knochenhauer erst gar nicht auf dem Markt erschienen waren.

Regina zählte einige Münzen ab und kaufte zwei geräucherte Stockfische, dazu ein Säckchen mit Erbsen und reichlich Salz, da sie sich vorgenommen hatte, die leere Speisekammer im Stadtschreiberhaus aufzufüllen. Der Junge brauchte endlich einmal wieder etwas Vernünftiges auf dem Teller. Marcello, der sie begleitete, ließ es sich nicht nehmen, den Korb zu tragen. Er hatte immer noch ein schlechtes Gewissen, weil er sie im Gewölbe des Rathauses so unbeherrscht angefahren hatte.

«Ein merkwürdiger Vers», murmelte er dabei zum wiederholten Male. «Ich kann mir einfach keinen Reim darauf machen, so sehr ich mir auch den Kopf zerbreche.»

Regina wusste, was der Alte meinte. Sie hatte Marcello die Botschaft verraten, die der Mörder auf dem Körper des toten Kürschners hinterlassen hatte, aber deuten konnte sie sie nicht.

Wode, Wode,
Hale dinnen Rosse nu voder
nu Diestel un Dorn
ächter jar beter Korn

Der Vers, so viel schien klar, war uralt, noch aus vorchristlicher Zeit, und richtete sich an Gott Wotan persönlich. Der Einäugige wurde aufgefordert, Futter für sein Ross zu beschaffen. Eine Verheißung besagte ferner, dass sich Disteln und Dornen übers Jahr in bestes Korn verwandeln würden. Mit diesem Vers bereitete Wotan seine Ankunft vor. Er verhieß, dass er das Land bald in Besitz nehmen würde.

Und vermutlich würde es weitere Tote geben.

Hinter einem der Marktkarren sah Regina die alte Pfarrhausdienerin. Lisbetha trug einen grauen Rock, dazu eine steife Haube mit zwei Flügeln, die gut zu der blassen Haut der Frau passte. Lisbetha keuchte erschöpft, doch nach der Geschwindigkeit zu schließen, mit der sie auf einem Holzbrett Kräuter hackte, schien sie den Schreck der vergangenen Nacht erstaunlich rasch überwunden zu haben. Vielleicht hatte Vater Thomas ihr geistlichen Beistand geboten, überlegte sie, aber nach dem, was sie über den Geistlichen gehört hatte, fiel es ihr schwer, das zu glauben. Einen besonders einfühlsamen Eindruck hatte der hagere Kirchenmann nicht auf sie gemacht.

«Seid gegrüßt, Lisbetha», sprach sie die Alte an, die sie mit argwöhnischen Blicken musterte. «Ich wusste ja gar nicht, dass Ihr auf dem Markt Kräuter verkauft. Und so saftige noch dazu.»

Friedhofsgewächs. Regina nahm sich vor, ein paar Bündel Salbei zu kaufen, um der alten Frau einen Gefallen zu tun und ihr Vertrauen zu gewinnen. Aber sie würde ihn gewiss nicht zum Kochen verwenden, sondern wegwerfen.

«Meine Kräuter sind die besten weit und breit», erklärte die Frau im Brustton der Überzeugung. Reginas Anerkennung schien sie tatsächlich zu freuen, denn der misstrauische Ausdruck in ihren Augen begann zu weichen. «Ihr seid die verwitwete Base unseres Stadtschreibers, nicht wahr? Vater Thomas hat mir schon von Euch erzählt.» Was er ihr erzählt hatte, behielt Lisbetha für sich, demnach war es nicht schmeichelhaft. Mit Reginas Kleidung, dem grünen Rock und dem Gebände, schien die alte Frau auch nicht einverstanden zu sein, aber sie verkniff sich eine Bemerkung. Stattdessen schnellte ihr ausgemergelter Oberkörper unvermittelt über die Schragen ihres Tisches; mit dem fleckigen Ärmel ihres Kittels fegte sie ein paar Blätter Kerbel zur Seite, die sie mit einem stumpfen Messer zerkleinert hatte. Ihre Lippen berührten fast Reginas Ohr.

«Die Leute glauben, ich sei die Nächste, die das Zeitliche segnen wird», raunte sie Regina beschwörend zu. «Seht Ihr, wie diese Weiber ihre Köpfe zusammenstecken? Am liebsten würden sie schon jetzt das Totenglöckchen für mich läuten, dabei habe ich bislang noch jede Krankheit, jede Seuche überlebt, die der Satan mir geschickt hat.» Sie klopfte sich gegen die Brust. «Solange ich das Amulett mit dem Anhänger des heiligen Sebastian um den Hals trage, wird mir der einäugige Unhold mit seinem Raben nichts anhaben können. Das haben die frommen Schwestern vom Kloster Frauental gesagt, als ich es ihnen abkaufte. Es schützt mich vor allem, nur nicht vor dem Geschwätz meiner neidischen Nachbarn!»

Regina konnte beim besten Willen keine gehässigen Nachbarn entdecken, die den Kräuterstand der Pfarrhausdienerin auch nur eines Blickes gewürdigt hätten. Und für Geschwätz sorgte sie selbst genug. Lisbetha schien zu dieser Stadt zu gehören wie der Brunnen, die alte Schandsäule mit den rostigen Handfesseln, die vor dem Rathaus stand; doch das bedeutete noch lange nicht, dass sie in Creglingen wohlgelitten war. Es konnte daher gut sein, dass ihr wirklich jemand einen bösen Streich gespielt hatte. Ein Knabe vielleicht? Regina schaute sich nach Marcello um, doch der Arzt war bereits weitergegangen; er unterhielt sich mit dem Barbier, der soeben die Rasur seines Kunden beendet hatte und das nächste Geschäft witterte. Wollte Regina der alten Lisbetha nützliche Informationen entlocken, musste sie einfühlsam vorgehen und sich bemühen, das Vertrauen der Frau zu gewinnen. Immerhin verbrachte sie viel Zeit in ihrem gepflegten Garten zwischen Kirche und Friedhof und war vermutlich auch in der Nähe gewesen, als der Kürschner zur letzten Ruhe gebettet worden war.

«Der Kürschner Christian Kessler war ein unangenehmer Mensch», verkündete Lisbetha bereitwillig. Offensichtlich fühlte sie sich geschmeichelt, dass eine fremde Edeldame von Stand Wert darauf legte, ihre Meinung zu hören. «Er hatte sich in der Stadt mit vielen Leuten überworfen. Vater Thomas hasste ihn, weil er geringschätzig über ihn und die Kirche sprach. Kein Wunder, er beharrte sogar darauf, der selige Kaiser Siegmund habe ein Verbrechen begangen, weil er diesen böhmischen Ketzer Hus in Konstanz hatte verbrennen lassen, obwohl der sich auf freies Geleit zum Konzil berief. Dabei weiß doch jedes Kind, dass man einem Ketzer nichts versprechen darf. Aber der Kürschner ist wütend geworden, als Vater Thomas ihm ins Gewissen reden wollte. Hat herumgeschrien wie ein besoffener Landsknecht. Ich stand zufällig unter dem Fenster der Sakristei und habe jedes Wort mitbekommen. Keinen Weißpfennig wollte

Christian mehr für die Herrgottskirche und den neuen Altar in den Opferkasten werfen. Dabei haben sich die Kesslers in der Stadt immer durch fromme Stiftungen hervorgetan. Ihrem Opferwillen haben die ehrwürdigen Nonnen von Frauental ihr Chorgestühl zu verdanken. Und die Bürgermeisterin speist die armen Pilger, die zur Herrgottskirche ziehen. Ihre Mägde müssen immer einen Kessel mit Suppe in die Esse hängen. Wenn Ihr mich fragt, könnte sie sich das sparen. Kommt ja sowieso niemand mehr zu uns. Jetzt, wo der unselige Wotan zurückgekehrt ist!»

Regina blickte die Frau erschrocken an. Sie schien tatsächlich zu glauben, dass eine neue Heidenzeit angebrochen war. Ob ihr der Runenvers etwas sagte? Sie spähte zu dem Barbier mit dem verschlagenen Blick hinüber und hoffte, dass er nichts von ihrer Unterhaltung mitbekommen hatte. Was aber den Kürschner anbelangte, so war sie kaum klüger als zuvor. Es war wie verhext; sie fand einfach nichts, was den Mann mit dem toten Jungen verband, wenn man davon absah, dass beide sich in den Augen der Kirche unbeliebt gemacht hatten und nun Seite an Seite in einem zugigen Gewölbe darauf warteten, bis sich jemand herabließ, sie zu begraben. Das Leben war ungerecht.

Regina wollte gerade gehen, als sich plötzlich eine warme Hand auf ihren Arm legte. Es war die Bürgermeisterfrau, die sich fast lautlos neben sie gestellt hatte. Sie lächelte, als sie ihre Hand zurückzog. «Verzeiht mir bitte, meine Liebe, ich wollte Euch nicht erschrecken. Ich kam nur her, um mir einige von Lisbethas Heilkräutern abwiegen zu lassen. So etwas sollte man nicht seinen Mägden überlassen.» Regina neigte höflich den Kopf und machte einen Schritt zur Seite, damit sich Helena Kessler die Kräuterbündel anschauen konnte.

«Ich habe zufällig gehört, dass Ihr Euch nach meinem unglückseligen Schwager erkundigt habt», sagte die Bürgermeisterin. «Es ist ein Jammer um ihn.» Sie sah Lisbetha streng an. Sofort senkte die Alte den Blick. «Gewiss hatte er nicht viele

Freunde. Er war nie verheiratet, lebte nur für seine Kürschnerei; dabei verstand er es nicht einmal, seinen Wohlstand auf die rechte Weise zu genießen. Für die Armen hatte er leider auch nicht viel übrig. Ich frage mich, warum er sich mit allen Nachbarn anlegen musste. Er stritt mit dem Priester, mit den Krämern und Schneidern, die ihm seine Pelze abkauften. Allein mein Gemahl liebte ihn, schließlich waren sie Zwillingsbrüder. Christian hatte es ihm zu verdanken, dass der Priester einlenkte und ihm nach einer Buße verzieh.»

Regina ließ sich die Überraschung nicht anmerken, insgeheim aber war sie froh über die Neuigkeiten. Die Bürgermeisterfrau schien sie als ebenbürtig anzusehen. Zu Reginas Freude lud Helena Kessler sie ein, sie zu besuchen, wann immer ihr nach Gesellschaft zumute war.

«Unsere Stadt macht auf Fremde manchmal einen etwas verschlafenen Eindruck», sagte die Frau mit Bedauern in der Stimme. «Aber glaubt mir, wenn man wie ich im Kloster aufgewachsen ist, so dankt man der heiligen Jungfrau für jede Zerstreuung, und mag sie auch noch so klein sein. Ich genieße es, vor den Toren spazieren zu gehen oder ohne meine Dienerinnen über den Markt zu streifen. Falls Eure Pflichten im Stadtschreiberhaus es Euch erlauben, würde ich mich freuen, wenn ich in Euch eine Begleiterin gefunden hätte.»

Regina bedankte sich. Sie mochte die Frau und war sich sicher, in ihr eine Person gefunden zu haben, die ihr bereitwillig Auskunft gab, wenn sie etwas wissen wollte.

Ihre gute Laune hielt indes nicht lange vor. Schon auf dem Nachhauseweg holte Marcello Regina unbarmherzig in die Wirklichkeit zurück.

«Und was willst du machen, wenn sie herausfindet, dass du nur eine Gauklerin bist, die sich mit Hilfe faustdicker Lügen hier eingeschlichen hat, um zwei Morde und Fälle düsterer Ketzerei zu untersuchen? Hä? Auf der Fiedel vorspielen oder ihr aus der

Hand lesen? Sie und ihr Mann werden davon alles andere als begeistert sein. Helena Kessler mag liebenswert sein, aber sie stammt aus einer geachteten Familie.»

Regina presste die Lippen aufeinander und schritt schweigend weiter. Am liebsten hätte sie sich die Ohren mit Wachs verstopft. Sie fand es überflüssig, dass der Arzt sie ständig an ihren unehrlichen Stand erinnerte. Als ob sie diesen jemals vergessen konnte. Aber wie sollte sie ihm, der sich stets eines guten Rufs und der Gesellschaft von Edelleuten erfreut hatte, erklären, wie gut es ihr tat, einmal nicht als Gauklerin betrachtet zu werden?

Als sie in die Pfarrgasse einbogen, sah Regina den Stadtschreiber. Sattler stand am Tor des Kirchhofs und war in ein Gespräch mit Vater Thomas vertieft. Der Priester schien sich über etwas, das Sattler gesagt hatte, zu ärgern, denn sein Gesicht hatte einen harten, strengen Zug angenommen. Er hob mahnend den Zeigefinger. Ein Mann wie er konnte das Predigen offensichtlich auch außerhalb der Messe nicht lassen. Regina nahm sich vor, eilig an den beiden Streithähnen vorbeizugehen. Aber es sollte ihr nicht gelingen.

«Ach, Frau … Ja, Euch meine ich! Wollt Ihr bitte einen Augenblick warten?» Vater Thomas bedeutete ihr mit einer herrischen Geste, stehenzubleiben.

Regina unterdrückte mit Mühe einen Seufzer. Erst Marcellos Nörgelei und nun das. «Ja, Vater, kann ich Euch helfen?»

«Ich habe Eurem starrköpfigen Verwandten soeben klargemacht, dass ich es nicht gern sehe, wenn zwei junge Menschen, die nicht durch das heilige Sakrament der Ehe miteinander verbunden wurden, miteinander unter einem Dach leben.»

Regina machte ein verdutztes Gesicht. Das hatte ihr gerade noch gefehlt. Sie hoffte nur, dass Sattler dem Geistlichen bereits ordentlich Bescheid gestoßen hatte, glaubte aber nicht recht daran. Der Stadtschreiber konnte einen verrückt machen mit seiner Lethargie. Und nun? Sollte sie Mathias Sattler vielleicht heiraten, nur damit sie ein paar Tage in seinem Haus wohnen konnte? Oder musste sie ihr Bündel schnüren? Aber wohin konnte sie als alleinstehende angebliche Witwe schon gehen, wenn sie nicht schief angesehen werden wollte?

«Ihr vergesst wohl, dass ich vorübergehend auch im Haus meines Neffen wohne», mischte sich nun Marcello ein. Der alte Mann warf Vater Thomas einen angriffslustigen Blick zu. «Ihr werdet doch wohl nicht behaupten wollen, ich würde irgendwelche Dinge dulden, die sich nicht gehören? Oder sehe ich für Euch wie ein Kuppler aus?»

«Nein, so seht Ihr beileibe nicht aus», gab Vater Thomas zu. «Aber Ihr und dieser Bildschnitzer werdet Euch nicht auf Dauer in Creglingen niederlassen, und ich kann keinesfalls dulden, dass das Ansehen der seligen Stadtschreiberin mit Füßen getreten wird. Schließlich war sie die Nichte meiner Halbschwester.»

Regina raufte sich gedanklich die Haare. Hatte sie sich verhört, oder war hier wirklich die ganze Stadt miteinander verschwägert? Kein Wunder, dass es zu Mord und Totschlag kam und die Mauer des Schweigens vor ihr rascher wuchs als eine Bohnenranke.

«Sattler, ich sage es Euch zum letzten Mal! Eure junge Verwandte muss sich ein anderes Quartier in der Stadt suchen, vielleicht bei einer Witwe, oder noch besser bei den frommen Schwestern im Kloster Frauental. Die haben eine ordentliche Herberge für alleinstehende Frauen.»

«Ein paar finstere Kammern voller Wanzen und Flöhe sind das», antwortete Sattler in einem Ton, der einer offenen Kriegserklärung gleichkam. «Na schön, na schön, ich werde es mir durch den Kopf gehen lassen!» Grußlos machte er kehrt und ging zu seinem Haus hinüber.

Die nächsten Stunden benötigte Regina, um ihre wirren Gedanken zu ordnen. Sie wünschte sich sehnsüchtig Rieke und Bernt herbei. Mit ihnen und dem besonnenen Jokulator hätte sie das Problem zu gern erörtert. Vielleicht sogar mit Silvester und dem Zwerg. Im Grunde wäre jeder von ihnen eine größere Hilfe gewesen als Sattler, der schweigend über seinen Büchern brütete. Seinem Onkel hatte er gesagt, er müsse das Ratsprotokoll niederschreiben, denn die Sitzung der Ratsherren werde morgen früh zeitig fortgesetzt, da noch keine Einigung erzielt worden sei. Einige der Kaufleute stimmten dafür, zum Grafen von Weinsberg zu reiten, andere hofften auf Hilfe aus Würzburg. Er, Sattler, sei ins Schwitzen gekommen, denn man glaubte ihm nicht recht, dass der Fürstbischof ihn nach Hause geschickt habe, ohne wenigstens ein paar fähige Ritter oder Mönche ins Tauber-Tal zu schicken. «Wenn meine Ratskollegen wüssten, wie die Hilfe aus Würzburg aussieht, würden sie mich aus der Stadt jagen», brummte Sattler.

Regina bereitete die Stockfische zu. Sie hackte Zwiebeln, briet sie in Gänseschmalz und fügte dann eine Handvoll Getreide und Erbsen, dann etwas Ziegenmilch hinzu und schließlich den Fisch. Bald verbreitete sich ein köstlicher Duft im Haus, der Marcello und schließlich sogar den Stadtschreiber schnuppernd an den inzwischen gescheuerten Tisch lockte. Regina stellte sich vor, wie warm und wohnlich die Stube zu Lebzeiten der verstorbenen Sattlerin ausgesehen haben mochte. Einige Spuren früherer Behaglichkeit waren noch deutlich zu erkennen. Dafür sorgten schon die beiden silbernen Kerzenhalter auf dem Kamin, in denen heruntergebrannte Kerzen steckten. Das Silber war im Laufe der Jahre ein wenig schmutzig geworden, doch mit etwas Pflege würde es bald wieder erstrahlen wie ein Abendstern.

«Wo stecken eigentlich Riemenschneider und Daniel?», fragte Regina, als sie die Suppe umrührte. «Es wird schon dunkel, außerdem beginnt es zu regnen. Ich kann nicht glauben, dass der Bildschnitzer immer noch arbeitet.»

Sattler spähte hinaus. Ein mit Mehlsäcken beladener Leiterwagen rumpelte am Haus vorbei. In der Kirche brannte Licht.

Vermutlich hatte Vater Thomas noch etwas mit dem Mesner zu besprechen oder nahm einem armen Sünder die Beichte ab. Von Riemenschneider und Daniel war jedoch weit und breit nichts zu sehen.

«Verflixt nochmal, was glaubt dieser Kerl eigentlich, wer er ist?», schimpfte Sattler, als er sich wieder Regina und seinem Onkel zuwandte. «Es dauert nicht mehr lange, dann werden die Stadttore geschlossen. Will der Kerl mit meinem Jungen etwa dort draußen übernachten? Ich hätte niemals erlauben dürfen, dass er ihn mitnimmt.»

«Ruhig Blut», mahnte Marcello. Doch dem Arzt war anzusehen, dass auch er sich Sorgen machte. «Meister Riemenschneider ist der zuverlässigste Mensch, den ich kenne. Er wird gut auf deinen Sohn aufpassen. Du wirst sehen, in wenigen Minuten sind sie hier und fallen über Reginas köstlichen Fischeintopf her.»

Marcello glaubte nicht daran. Regina war eine Gauklerin, die sofort durchschaute, wenn ihr Menschen einen Bären aufzubinden versuchten. Außerdem kannte sie den alten Mann inzwischen gut genug, um zu wissen, wann er log. Mittlerweile machte auch sie sich große Sorgen. Es war ein Fehler von Riemenschneider gewesen, nur in Begleitung des Jungen zur Herrgottskirche zu fahren. Ohne weiter nachzudenken, entledigte sie sich ihrer Schürze und griff zur Haube, die sie abgelegt hatte, als ihr der Rauch der Esse den Schweiß auf die Stirn trieb.

«Vermutlich haben die beiden einfach die Zeit vergessen», sagte sie. «Oder sie wurden vom Regen überrascht und mussten noch die Marienfiguren ins Trockene bringen, an denen Meister Riemenschneider arbeitet. Dennoch schadet es nichts, wenn Ratsherr Sattler und ich ihnen ein Stück entgegengehen.»

«Ich schaffe das auch allein», widersprach Sattler. «Bleibt hier und esst euren Fisch. Ich kriege sowieso keinen Bissen hinunter.»

So leicht ließ sich Regina nicht abschütteln. «Für unsere Herumtreiber ist es noch unangenehmer, wenn wir ihnen gemeinsam die Leviten lesen. Glaubt mir, ich habe gelernt, die richtigen Worte dafür zu finden.»

Marcello brummte etwas, das für sie ganz nach Zustimmung klang. Im Gegensatz zu seinem Neffen wusste er genau, durch welch harte Schule Regina gegangen war. Was man ihr zutrauen durfte und was nicht. «Nun macht euch schon auf den Weg», rief er übellaunig. «Mir gefällt die Sache auch nicht. Hab ein ganz mieses Gefühl in meinen alten Knochen.» Er starrte auf die gefüllte Schale, die vor ihm auf dem Tisch stand. Das Essen dampfte nicht mehr. Plötzlich hob er den Kopf. «Ich hoffe, bei der heiligen Jungfrau Maria, dass keiner von euch heute … einen Raben gehört hat.»

22. Kapitel

Riemenschneider erwachte in einem Raum mit niedriger Decke, dessen schiefe Wände durchgehend aus zerklüftetem Felsgestein bestanden.

Ein widerlicher Gestank nach Verwesung verpestete die ohnehin schon stickige Luft. Der Gestank des Todes.

Wie im Hof eines Abdeckers, dachte Riemenschneider, obwohl er noch immer kaum einen klaren Gedanken fassen konnte. *Verendete Tiere. Blutige Häute.* Es dauerte sehr lange, Stunden, wie ihm schien, bis er die Kraft fand, den Kopf ein wenig zu heben. Dabei stellte er fest, dass er auf eine etwa drei Fuß über dem Boden schwebende Pritsche gebunden war, die wie ein Bratrost an eisernen Ketten hing und bei jeder seiner Bewegungen zu schaukeln begann. Der Kopfteil der sonderbaren Bettstatt war mit einem Kissen aus Ziegenleder gepolstert. Es roch schlecht, erlaubte es Riemenschneider aber, seinen Rücken ein wenig aufzurichten, um besser atmen zu können. Als er den Kopf anhob, marterte ihn ein mörderischer Schmerz; über seinen Augen klopfte es aggressiv.

Riemenschneider schnappte nach Luft; vergeblich versuchte er die Stricke zu zerreißen, die in seine Handgelenke schnitten.

Wo, bei allen Heiligen, war er nur? Wer hatte ihn niedergestreckt, und was hatte dieser Jemand mit ihm vor? Er erinnerte sich dunkel daran, dass sie bei der Herrgottskirche gegessen hatten.

Sie? Wer war bei ihm gewesen? Marcello? Er schloss die Augen und biss sich auf die Lippen, während er versuchte, die Panik niederzuzwingen, die sich seiner bemächtigte. Nein, jetzt fiel es ihm wieder ein. Es war nicht Marcello, sondern Daniel,

Sattlers Sohn, gewesen. Der Junge hatte plötzlich auf die Außenkanzel gezeigt und ihm erklärt, dass die Raben verschwunden seien. Was dann geschehen war, wusste Riemenschneider nicht mehr. Er konnte nur vermuten, dass ihn jemand mit einem gezielten Steinwurf niedergestreckt und anschließend fortgeschleppt hatte.

Aber was war mit Daniel geschehen? Befand sich der Junge ebenfalls an diesem entsetzlichen Ort, der auf ihn wie eine Höhle wirkte? Oder wie eine Gruft? Wenn er wenigstens hätte einschätzen können, wie lange er ohnmächtig gewesen war. Aber auch das war unmöglich. Es konnte Tag oder Nacht sein. Vielleicht befand er sich in Creglingen, vielleicht aber auch ganz woanders. Trotz der Schmerzen in seinem Schädel wagte er einen weiteren Blick auf sein Gefängnis. Finster war es nicht mehr, also hatten sich Riemenschneiders Augen an die Dunkelheit gewöhnt. Und es gab auch ein flackerndes Licht, das hinter einer steinernen Säule brannte. Eine Laterne oder ein Öllämpchen beleuchtete einen Winkel, in dem drei oder vier hölzerne Masken an der Wand hingen. Sie waren von recht primitiver Machart und schienen ihn aus breiten Mäulern anzugrinsen. Eine Tür sah er nicht, vermutlich lag sie hinter der Säule verborgen.

Und von dem Jungen fehlte jede Spur.

Riemenschneider war allein. Keine Menschenseele war in seiner Nähe. Niemand würde sein Schreien hören. Nicht einmal den verflixten Wind vernahm er in diesem Kerker, der, wie er vermutete, tief unter der Erdoberfläche angelegt worden war. Vielleicht der Stollen eines stillgelegten Bergwerks? Gab es denn Minen in der Nähe? Einen Steinbruch hatte er bei einer seiner Wanderungen entdeckt, er befand sich nicht weit entfernt von der Burg Brauneck. Wem aber half es, sich darüber den Kopf zu zerbrechen? Riemenschneider verspürte keine Kraft in seinen Gliedern. Auch drückte ihn die Angst um den Jungen, auf den aufzupassen er versprochen hatte. Niemals hätte er einen Angriff am hellichten Tag für möglich gehalten. Nun aber war Daniel vielleicht längst erschlagen und irgendwo verscharrt worden. Er würde es vielleicht nie erfahren.

Andererseits war der Sohn des Stadtschreibers mit seinen zehn, elf Jahren ein aufgeweckter Bursche und flink wie ein Fuchs. Wenn er sogleich Fersengeld gegeben hatte, war er seinem Verfolger möglicherweise entkommen und konnte Hilfe holen.

Was aber, wenn nicht?

Riemenschneider lag in dieser stinkenden Höhle, gefesselt wie ein Stück Vieh. Wie passend dieser Vergleich war, fand Riemenschneider heraus, als er sich die Ausstattung des Höhlenraums genauer anschaute. Nur wenige Schritte von seiner Pritsche entfernt sah er einen Tisch aus Stein, dessen wuchtige Platte an einen Altar erinnerte. Auf dem Tisch standen zwei blaue Kerzen. In einer flachen Schale lagen die Kadaver mehrerer geschlachteter Tiere. Riemenschneider identifizierte ein Kaninchen, mehrere Ratten und sogar zwei Rebhühner, deren Körper bereits fast verwest waren und einen bestialischen Gestank verströmten. Ein einziger Blick genügte, um festzustellen, dass keines der Tiere auf dem schrecklichen Tisch noch über beide Augen verfügte, denn diese lagen am Rand des Tisches ordentlich aufgereiht wie schwarze Perlen.

Der Schmuck eines Wahnsinnigen, der Leichen aus ihren Gräbern raubte und Augen ausstach, um sie seiner grausamen Gottheit zuzuführen.

Vor dem Altar sah Riemenschneider noch einige weitere Binsenkörbe, die alle mit Stricken umwickelt waren. Zwei von ihnen waren so groß, dass ein ausgewachsener Mensch darin Platz finden konnte. Riemenschneider fragte sich, ob er nach dem Überfall in einem dieser Körbe hierhergeschafft worden war. Natürlich, auf diese Weise hatte der Transport so gut wie kein Aufsehen erregt. Vermutlich hatte sein Angreifer auch noch seinen eigenen Wagen benutzt. Und er konnte nun ausschließen, im Keller eines Stadthauses zu sein. Kisten und Körbe dieser Größe mussten an jedem Stadttor geöffnet, ihr Inhalt vorgelegt werden, damit der Zoll errechnet werden konnte. Riemenschneider zitterte vor Aufregung, als sein Blick sich auf den kleineren Korb heftete.

«Daniel?» Seine Stimme klang belegt und heiser, so trocken war sein Mund. Er war am Verdursten. «Kannst du mich hören, Junge? Steckst du in diesem Korb?»

Keine Antwort. Aber was war das? Hatte sich nicht soeben etwas in dem kleinen Korb bewegt, oder spielten Riemenschneiders Nerven ihm einen Streich? Er begann zu zittern, als ein schleifendes Geräusch an sein Ohr drang. Es klang fast so, als schabe ein Schwert oder ein Dolch über den rauen Fels seines Kerkers.

Oder ein Speer.

Hinter der steinernen Säule fiel Licht in den Raum, eine Tür wurde geöffnet. An der Felswand wuchs der Schatten eines Mannes, der auf der Schwelle verharrte und lauschte. Die Gestalt schien prüfen zu wollen, ob Riemenschneider wieder bei Bewusstsein war. Riemenschneider beschloss, den Ankömmling nicht zu reizen, obwohl er sich kaum beherrschen konnte. Wieder hörte er das quälende Schleifgeräusch. Er hatte richtig vermutet. Der riesige Schatten hielt einen Speer mit scharfer Schneide in der Hand. War es Blut, das an der Spitze klebte? Riemenschneider konnte jedoch nicht verhindern, dass seine Hand- und Fußgelenke krampfartig gegen ihre Fesseln aufbegehrten.

Wotan, schoss es Riemenschneider durch den Kopf, als er den Schatten aus den Augenwinkeln lautlos auf sich zu gleiten sah. Sein Herz raste, während ihn ein eisiger Schrecken durchfuhr. *Es gibt ihn also doch.*

Tatsächlich glich die Gestalt auf erschreckende Weise dem steinernen Kopf an der Fassade der Herrgottskirche: Ein schwarzer Hut mit ausladender Krempe verdeckte das vermutlich schon lange erloschene linke Auge, betonte gleichzeitig jedoch eine scharfgeschnittene Nase. Die Haut wirkte im Zwielicht verdorrt wie die Schale einer alten Frucht. Ansonsten war vom Gesicht des Mannes kaum etwas zu erkennen. Sein Körperbau überraschte Riemenschneider, der sich die germanischen Gottgestalten stets wuchtig und muskulös vorgestellt hatte. Der Mann, der ihm gegenüberstand, war zwar hoch aufgeschossen, wirkte aber eher schlaksig. Ein struppiger weißer Bart, der zu Zöpfen geflochten war, reichte ihm bis zur Brust. Sowohl Haar als auch Bart rochen derart abstoßend, dass sich Riemenschneiders Magen krümmte.

Langsam schritt die Gestalt auf Riemenschneiders Lager zu, dabei bewegte sie sich jedoch so unbeholfen, als habe sie erst kürzlich gehen gelernt und misstraue ihren eigenen Beinen.

Der Unbekannte legte die rechte Hand hinter sein Ohr und lauschte angestrengt wie ein Arzt auf Riemenschneiders Atem. Mit der linken, die in einem ledernen Handschuh steckte, klopfte er auf Riemenschneiders Brust. Dann trat er unvermittelt zurück, schob seinen Speer über die schmale Schulter und stieß ein kurzes Lachen aus, das schaurig von den kahlen Felswänden zurückgeworfen wurde. Riemenschneider, dessen Nerven bereits zu versagen drohten, stockte das Blut in den Adern.

«Gib dir keine Mühe, Bildschnitzer, du kannst mich nicht täuschen. Ich weiß, dass du nicht mehr bewusstlos bist. Und da du wach bist, kannst du auch sehenden Auges deiner Bestimmung entgegengehen.»

Bittere Galle stieg in Riemenschneiders Kehle auf. Nackte Angst ließ ihn erstarren. Dennoch raffte er sich auf zu fragen: «Und … was ist meine Bestimmung?»

Der Hochgewachsene kehrte ihm den Rücken zu und begab sich zu seinem Altar hinüber. Dort kniete er umständlich nieder und berührte jede einzelne der aufgebahrten Opfergaben mit der Spitze seines Speeres. Dabei murmelte er einige Worte in einer Sprache, die Riemenschneider fremd vorkam. Sie erinnerte den Bildschnitzer an das Rauschen eines Baches.

«Wer seid Ihr?» Riemenschneider richtete sich so weit auf, wie seine Fesseln es ihm erlaubten. «Was habt Ihr mit mir vor? Ich bin kein Creglinger Bürger, sondern ein treuer Untertan des Fürstbischofs von Würzburg. Ich stehe hoch in seiner Gunst, müsst Ihr wissen. Er wird nicht eher ruhen, bis er mich gefunden hat, selbst, wenn er hundert Bewaffnete entsenden müsste.»

Nun, das war natürlich reichlich übertrieben, und Riemenschneider ärgerte sich noch, während er sprach, sich so eine Blöße gegeben zu haben. Auf den Bärtigen, der die erloschenen Tieraugen mit seinem Speer liebkoste, als wollte er ihnen wieder ihren Glanz zurückgeben, machte sein Protest jedenfalls nicht den geringsten Eindruck. Der Mann schüttelte nur verwundert den Kopf und fuhr mit seinem sonderbaren Ritual fort.

«Du darfst mich gern Wotan nennen, Bildschnitzer», sagte er, nachdem er sich von seinen schaurigen Weihegaben getrennt hatte. In seiner Stimme lag eine Teilnahmslosigkeit, die Riemenschneider rasend machte; am liebsten hätte er laut geschrien. Er wollte diesen Wahnsinnigen mit seinem Hut und dem Speer nicht Wotan nennen. Er wollte raus hier. Verzweifelt dachte er an Würzburg, an seine Frau und die Kinder, die nicht ahnten, was ihrem Vater widerfahren war. Trotz seiner Panik verspürte er einen Anflug von schlechtem Gewissen, weil er bislang keinen Gedanken an sie verschwendet hatte. An nichts anderes als an den Marienaltar hatte er gedacht. An die Figuren, die ihn zieren sollten. An die Gesichter, die Freude und Leid, Kummer und Sehnsucht ausdrücken sollten. Nun aber bereute er von Herzen, dass er der zweiten Riemenschneiderin nie gesagt hatte, wie sehr er sie achtete und wie dankbar er ihr und den Kindern für alles war, was sie für ihn getan hatten. Sie lebten, ihr Herz schlug. Es bestand nicht aus Holz oder Stein.

Die Einsicht kam spät, vermutlich würde Anna nie davon erfahren, denn der Wahnsinnige würde ihm wohl kaum gestatten, diese Höhle lebend zu verlassen. Ob Kaspar seine letzten Stunden auf Erden wohl auch in dieser Gruft zugebracht hatte?

«Drohe mir ruhig mit den Bewaffneten deines Bischofs», flüsterte der Mann nun. Er stand auf und kehrte an Riemenschneiders Lager zurück. In seiner Hand hielt er plötzlich einen Wasserschlauch, den er Riemenschneider auffordernd an die Lippen setzte.

«Trink schon, Bildschnitzer», erklärte er. Seine Lippen verzogen sich spöttisch. «Es ist bloß Wasser, kein Schierlingsbecher. Jedenfalls nicht dieses Mal.» Bei dem Versuch, Riemenschneider die Öffnung des Schlauchs in den Mund zu schieben, verschüttete er fast die Hälfte. Aber Riemenschneider wehrte sich trotz seines mörderischen Durstes so verbissen, dass der Mann den Schlauch schließlich sinken ließ. Seine Gleichgültigkeit verwandelte sich in Wut über den unerwarteten Widerstand seines Opfers. Er schien sich kurz zu besinnen, bevor er den Wasserschlauch in den Sand warf und stattdessen seinen Speer zur Hand nahm. Leise fluchend ließ er die scharfe Klinge über Riemenschneiders Gesicht wandern, als suche er die richtige Stelle.

Riemenschneider drückte seine Augen so fest zu, wie er nur konnte, doch als der stechende Schmerz ihn erreichte, schrie er vor Schmerz auf. Er glaubte zu brennen, seine Haut schien in Flammen zu stehen, gleichzeitig spürte er, wie etwas Warmes, Klebriges über seine Wange lief und eine Spur hinterließ wie eine Schnecke. Tränen quollen unter seinen Lidern hervor, doch als er seine Augen furchtsam öffnete, stellte er fest, dass beide heil geblieben waren. Er sah die kahle Felswand vor sich und den Mann, der ihn höhnisch anstarrte.

«Dieses Mal habe ich dein Auge noch geschont, Bildschnitzer, aber du fängst an, mich zu langweilen.» Offensichtlich war der vermeintliche Wotan enttäuscht von seinem Gefangenen. «Schade, mein Freund. Ich hatte mir von unserer Begegnung hier in meinem Reich mehr versprochen. Immerhin sind wir beide Meister unserer Kunst.»

«Ihr bezeichnet Euch als Meister?»

«Aber ja. Wie du, so besitze auch ich die Gabe, Unvergängliches zu erschaffen, auch wenn es sich nur um Ideen, Legenden und Verheißungen handeln mag, denen die Erfüllung noch bevorsteht.» Mit einer beiläufigen Geste wischte er die blutige Speerspitze an Riemenschneiders Beinlingen sauber.

«Tut mir leid, dass ich Euren Erwartungen nicht entspreche!» Riemenschneiders Lippen zuckten nervös nach dem ausgestandenen Schrecken. Zu seiner Erleichterung beruhigte sich jedoch seine aufgeschürfte Haut; das Brennen ließ nach. Dafür schien sein Körper in einen Zustand bleierner Schwere zu sinken, der ihn noch hilfloser machte, als er ohnehin schon war. «Ich bin weder ein Mann der Kunst, wie Ihr ihn Euch vorstellt, noch ein Philosoph. Ich möchte meinem Gott durch die Arbeit meiner Hände dienen, das ist alles.»

«Und dein Gott gibt sich mit totem Holz oder kaltem Stein zufrieden? Sag, ist er so bescheiden, weil er selbst an einem Stück Holz sein Leben aushauchte, bevor man seinen Leichnam in einer Felsengruft verschwinden ließ?»

«Holz und Stein überdauern aber Jahrhunderte. Habt Ihr jemals die uralten Bäume draußen bei der Herrgottskirche beobachtet? Sie waren unseren Vorfahren heilig, mir sind sie es auch heute noch. Ebenso wie die Bäume im Wald. Wir können sie ehren, indem wir an ihnen vorübergehen, aber auch, indem wir sie nutzen, um aus ihnen Häuser zu bauen und unsere Stuben zu heizen. Ich schnitze Figuren aus ihrem Holz, und das tue ich voller Ehrfurcht vor dem Preis der Schöpfung. Aber meine Arbeit taugt nur dann zu etwas, wenn sich der Ausdruck von Zuversicht auf den Gesichtern meiner Figuren wiederfinden lässt. Von Zuversicht und bedingungslosem Glauben daran, dass das Gute siegt, so, wie die Menschen, die sie darstellen, im Leben gesiegt haben. Der Anblick meiner Figuren weckt im Herzen der Aufrichtigen den Wunsch, ihrem Gefühl zu folgen, anstatt sich der Verzweiflung hinzugeben. Sie sind Boten der Liebe und des

Glaubens für alle, die sich in ihrer Gegenwart Gott nähern. Könnt Ihr Gleiches von den stinkenden Kadavern sagen, die dort drüben auf Wotans Opfertisch liegen? Oder von den übel zugerichteten Körpern der beiden Toten in der Stadt? Die sind Euch doch auch zum Opfer gefallen, nicht wahr? Ihr habt sie verstümmelt wie Vieh und danach einfach bei der Kirche liegen lassen. Warum, weiß ich noch nicht, aber glaubt mir, ich werde es herausfinden. Ich oder ein anderer, der Euch auf den Fersen ist. Haltet mich nur nicht für so töricht, an diesen Unsinn vom wahren Kunstwerk für Wotan zu glauben. Mit diesem Blödsinn mögt Ihr Euch ein paar wehrlose Bauern und Krämerleute gefügig machen, aber weder den Fürstbischof von Würzburg noch mich.»

Riemenschneiders Angst hatte ihn dazu gebracht, sich in Rage zu reden. Dies hatte er eigentlich nicht gewollt, denn ihm war klar, dass der Wahnsinnige ihn töten würde, wenn er jetzt die Nerven verlor. Der Mann, der sich für Wotan hielt, würde ihm sein Auge ausstechen, verrückte Runenzeichen in seine Haut schneiden und ihn dann vor die Herrgottskirche werfen wie faules Obst.

Die Kirche schien für ihn ein Ort höchster mystischer Bedeutung zu sein, obwohl Riemenschneider sich nicht recht erklären konnte, warum dies so war.

«Du wurdest gewarnt, nach Creglingen zu kommen», sagte der Mann plötzlich. Es klang nachdenklich. «Aber natürlich wolltest du auf diese Warnung nicht hören, weil du sogar jetzt noch im Stillen hoffst, dass dein Gott mächtig genug ist, um dich zu retten. Du klammerst dich an den unsinnigen Glauben, beschützt zu werden, weil du Figuren von Menschen erschaffst, die selbst voller Zweifel und Begierden waren. Ich habe sie mir angesehen, deinen Adam und deine Eva aus Sandstein. Sie wurden aus dem Paradies vertrieben, weil sie zu schwach waren, der Versuchung zu widerstehen. Welch ein trauriges Paar, diese beiden. Sag selbst, hält ihr schwaches Vorbild den Heldentaten eines mächtigen, zornigen Gottes Wotan stand, der, ohne zu zweifeln, sein eigenes Auge hingab, um am Baum der Erkenntnis Weisheit zu erlangen?»

Riemenschneider war kein Gelehrter, kein Mann, der sich wie die Magister an den hohen Schulen des Reiches den Kopf über die Auslegungen der Schrift zerbrachen. Doch er konnte nicht dulden, dass dieser Teufel in seiner schlecht sitzenden Kutte seine Figuren verspottete. Wenn es etwas Wundervolles, etwas Reines auf dieser Welt gab, dann waren es die Abbildungen der Menschen, die gerade durch ihr mit Fehlern und Schwächen behaftetes Leben gezeigt hatten, dass es einen Weg zu Gott gab. Weil Gott barmherzig war. Zornig hob er den Kopf und schrie dem Mann entgegen: «Christus hat sein Leben geopfert, um für die Sünden der Menschen zu sühnen, nicht bloß ein Auge. Denk daran, wenn du zur Hölle fährst!»

Der Mann warf ihm einen verächtlichen Blick zu. «Wie oft musstest du an deines Fürstbischofs Tafel in Gesellschaft der Pfaffen speisen, bis du ebenso hochmütig wurdest wie sie?» Er schwieg kurz, bevor er Riemenschneider eine Frage stellte, die diesen aufhorchen ließ.

«Würdest du freiwillig nach Würzburg zurückkehren und niemandem von mir erzählen, wenn ich dich freiließe?»

Das ist ein Trick, dachte Riemenschneider. Er lässt mich nicht gehen, niemals. Er spielt mit mir, weil er meine Antwort kennt, noch ehe ich sie ihm gegeben habe. Und doch begann ein Fünkchen Hoffnung in ihm aufzuglimmen. Vielleicht langweilte er *Wotan* doch nicht so sehr.

«Du kannst es dir ja noch überlegen», sagte der Mann. Er trat hinter das Kopfende der Pritsche und überprüfte die Stricke, mit denen Riemenschneider festgebunden war. Mit dem Ergebnis zufrieden, schritt er auf die Tür zu. Der Saum seines langen Mantels wirbelte dabei Staubwolken auf.

«Ich werde dich eine Weile allein lassen, denn mich erwarten dringende Geschäfte. Außerdem sollte ich mich noch um den verflixten Bengel kümmern, den ich bei der Kirche gesehen habe.» Er lachte boshaft in seinen wirren Bart hinein. «Ich schätze, er würde ein hervorragendes Geschöpf Wotans abgeben, sobald ich ihn erst einmal von dem überflüssigen Auge befreit habe, das ihn daran hindert, die Welt so zu sehen, wie sie wirklich ist.»

«Wenn Ihr den Jungen anrührt, breche ich Euch alle Knochen, das schwöre ich!», brüllte Riemenschneider. Er wand sich auf der Pritsche wie ein verwundetes Tier und kämpfte voller Verzweiflung gegen die Fesseln an, die sich nur noch enger um seine Handgelenke zu schließen schienen. Wotans Mundwinkel zuckten verärgert. Er schien Riemenschneiders Schwäche für wenig würdevoll zu halten, doch sein unverdecktes Auge blitzte belustigt auf, und das war bedrohlicher als alles, was er zuvor von sich gegeben hatte.

«Ruh dich aus, mein Freund. Ich erwarte deine Entscheidung, wenn ich mit einem weiteren Auge für Wotans festliche Tafel zurückkehre.» Er zog seinen Hut noch ein Stückchen tiefer in die Stirn. Dann holte er aus einem Winkel eine hohe Kiepe, wie sie Krämer oder Bäuerinnen für gewöhnlich trugen, um Feldfrüchte nach Hause zu tragen. Riemenschneider vermutete, dass der Mann sie brauchte, um in ihr seine ekelhaft riechende Verkleidung zu verstecken. Darin konnte er sich nicht in der Stadt zeigen. Nicht, nachdem die Pfarrersmagd vergangene Nacht Alarm geschlagen hatte. Riemenschneider fragte sich plötzlich, ob der Mann seine Untaten ohne Mitwisser beging oder ob es nicht den einen oder anderen Handlanger gab, den er für seine Machenschaften einspannte. Riemenschneider biss sich auf die Lippe. Verflucht nochmal. Daran hatte er gar nicht gedacht. Der Mann war über seine Arbeiten für die Marienkapelle im Bilde, und er kannte Würzburg. Es musste jemand sein, der über ihn und sein Verhältnis zum Fürstbischof Bescheid wusste.

«Damit du hier keine Dummheiten machst, habe ich mir erlaubt, dir ein Mittel aus Kräutern meines Waldes zu verabreichen, das deinen Körper vorübergehend lähmen wird», hörte er die Stimme seines Peinigers. Der Mann hatte bereits die Tür geöffnet. Seine Stimme hallte, als gehörte sie einem Geist. Luft drang in den Raum.

«Oh nein, nicht das Wasser, Bildschnitzer. Schließlich habe ich dir versprochen, dass es nicht vergiftet ist. Aber …» Er deutete auf die schartige Spitze des Speers, mit dem er Riemenschneider die Wunde im Gesicht beigebracht hatte. Durch sie drang das Gift in seinen Körper ein.

23. Kapitel

Als Regina, Marcello und Mathias Sattler bei der Herrgottskirche ankamen, schüttete es wie aus Kübeln. Der Weg war schlammig. Durchnässt von Kopf bis Fuß, suchten die drei den Platz ab und rüttelten an der Kirchentür, die jedoch verschlossen war.

«Hier ist niemand mehr», sagte Marcello enttäuscht. Regentropfen liefen ihm über das Gesicht. Es sah aus, als vergösse er Tränen. Verzweifelt versuchte er, seine Laterne vor der Nässe zu schützen, aber es lag auf der Hand, dass die kleine Flamme bald ausgehen würde. In der Dunkelheit verschmolzen die Bäume und Hecken vor der Kirche mit der Fassade des Gotteshauses und den Grabsteinen zu einem grauen Brei.

Regina lief an der Mauer entlang und zuckte zusammen, als sie das erste Donnergrollen vernahm. Ein Gewitter zog auf. Das hatte gerade noch gefehlt. Wenig später zerschnitt auch schon ein Blitz den schwarzen Himmel. Er beleuchtete die hohen bemalten Fenster des Kirchenschiffs. Aus den Mäulern der Wasserspeier, die Regina anzuglotzen schienen, schossen wahre Sturmfluten. Regina hörte Sattler leise fluchen, als er hinter ihr im Schlamm ausglitt und sich gerade eben noch an einem aus der Mauer ragenden Stein festhalten konnte.

Ein weiterer Blitz zuckte durch die Nacht. Und dann sah Regina den Kopf des Wotan schräg über ihr. Sie starrte ihn an, unfähig, auch nur einen weiteren Schritt zu tun. Der starke Regen hatte sämtliche Spuren des vermeintlichen Blutes von der Mauer gewaschen, dennoch konnte sich Regina lebhaft vorstellen, wie sehr diese Figur die Menschen aus Creglingen verängstigt haben musste. Bei diesem Unwetter hatte sie etwas an sich, das auch Regina beunruhigte. Unwillkürlich fuhr ihre Hand zu dem Beutel an ihrem Gürtelband, in dem sie ihre Runensteine verwahrte. Bernt hatte ihr einmal erzählt, auf welche Weise die Runen entstanden waren. Angeblich hatte der germanische Gott ihre Bedeutung entdeckt, als er kopfüber an einem Baum, der sogenannten Weltenesche, gehangen war. Die Zeichen waren die Offenbarung gewesen, die er infolge der Zeit seiner Läuterung und Prüfung empfangen hatte.

«Ich habe etwas gefunden», hörte sie Marcello rufen. «Kommt, schaut es euch an!» Kaum hatte er das ausgesprochen, wurde der alte Mann von einem Hustenreiz geschüttelt, der seine ausgemergelte Gestalt ungelenk durch den Matsch wanken ließ. Regina blickte ihn voller Sorge an. Er würde sich hier draußen den Tod holen, aber natürlich war er zu stur gewesen, um auf ihre Warnung zu hören und im trockenen Stadtschreiberhaus zurückzubleiben.

Zu Füßen des Arztes fanden Regina und Sattler die Reste einer Mahlzeit, angebissenes Brot, einen Becher sowie einen Stoffstreifen, in den der Imbiss einmal eingewickelt gewesen war. Der Zustand des schmalen Tuches überzeugte Regina davon, dass Tiere, vermutlich Vögel, sich über den Rest des unerwarteten Leckerbissens hergemacht hatten. Ihre Brust schnürte sich angstvoll zusammen. Bis zuletzt hatte sie noch gehofft, dass Riemenschneider und Daniel sich angesichts des drohenden Unwetters hier bei der Kirche untergestellt hatten und sie beide finden würden. Doch sie waren nicht hier. Auch von Riemenschneiders Karren und dem braven alten Gaul, der ihn gezogen hatte, fehlte jede Spur. Der Bildschnitzer musste überstürzt aufgebrochen sein, vielleicht nicht freiwillig. «Hier liegt eine Tafel», rief Sattler, der sich zwischen den Grabsteinen umgesehen hatte. Er hob sie auf und zeigte sie den anderen. Es handelte sich um eine flache Scheibe aus Holz, die mit einer dünnen Wachsschicht überzogen war.

Regina hatte sie noch nie gesehen, doch Marcello fiel ein, dass Riemenschneider ganz ähnliche Holzscheiben verwendete, um seine Skizzen darauf anzufertigen.

«Riemenschneider hätte die Sachen nicht freiwillig zurückgelassen», sagte Sattler düster. Sein gutaussehendes Gesicht war bleich, eine tiefe Falte grub sich senkrecht in seine Stirn. Keuchend stützte er sich auf einen der hohen, von Efeu überwucherten Grabsteine. Die Sorge um seinen Sohn schien ihn aller Kräfte zu berauben. Gleichzeitig war ihm klar, dass er jetzt nicht rasten durfte.

Regina sah das ebenso. Auch sie war erschöpft und kaum eines klaren Gedankens fähig, doch die Suche hier aufzugeben bedeutete, Riemenschneider und den Jungen im Stich zu lassen. Das durften sie nicht. Eine bange Ahnung flüsterte ihr indessen zu, dass die beiden hier draußen auf den Mörder des Kürschners und des Knaben gestoßen waren.

Während Marcello sich mit seinem Neffen beriet, entfernte sie sich ein Stück vom Kirchhof, um den Weg zu untersuchen, auf dem sie zu Fuß gekommen waren. Huf- oder Wagenspuren waren wegen des Regens nicht mehr auszumachen. Vor einem ausladenden Ginsterbusch fand sie eine Stelle, wo das Gras reichlich zerdrückt aussah. Hatte hier jemand einen schweren Gegenstand oder einen Körper über den Boden geschleift? Regina grub ihren Zeigefinger in die nasse Erde und hoffte, irgendein Zeichen zu finden, das Riemenschneider hinterlassen hatte. Aber da war nichts, bis auf ein paar Steine, die zur Einfriedung der Kirchhofmauer gehörten.

Gab es etwa noch eine andere Straße außer dem alten Handelsweg, der aus früheren Zeiten stammte? Wieder ertönte ein mächtiger Donnerschlag, der Regina zusammenfahren ließ. Als sie den Blick hob, erkannte sie undeutlich die rechteckige Silhouette einer Burg oder eines Herrenhauses in der Dunkelheit. Das Gebäude machte keinen hochherrschaftlichen Eindruck, es wirkte vielmehr wie eines der kleinen Raubritternester, gegen die der Fürstbischof seit Jahren zu Felde zog. Vergeblich, wie man hörte, denn die Burgen, deren Besitzer dem Herrn des Hochstifts das Leben erschwerten, verfügten über starke Schildwälle. Auch diese Burg besaß eine wehrhafte Schildmauer und einen Bergfried. Licht ließ sich aus der Entfernung nicht ausmachen. Das Anwesen lag in völliger Dunkelheit. Regina dachte nach. Vor ihrer Ankunft in Creglingen hatte sie eine Abzweigung zum Zisterzienserkloster Frauental gesehen. Ein Weg, der hinauf zu dieser Burg führte, war ihr nicht aufgefallen.

«Könnte Riemenschneider im Kloster oder auf der Burg Zuflucht gesucht haben?», erkundigte sie sich bei Sattler. Der Regen hatte inzwischen ein wenig nachgelassen, was angesichts der Tatsache, dass sowohl Regina als auch die Männer tropfnass waren, jedoch kaum mehr von Bedeutung war.

«Ich glaube nicht, dass die Zisterzienserinnen einem Fremden zu dieser Stunde noch das Tor öffnen.» Sattler fuhr seinen Daumennagel über das Wachs der Tafel, die er umklammerte, als könnte sie ihm einen Hinweis auf den Verbleib seines Sohnes geben.

«Aber was ist mit dieser Burg? Wem gehört sie?»

Sattler gab nur widerstrebend Auskunft. Das Bauwerk auf dem Bergsporn, an dem die Steinach, ein Nebenfluss der Tauber, vorbeiströmte, war den Bürgern von Creglingen ein Ärgernis, seit es in den Besitz des Markgrafen von Brandenburg-Ansbach gelangt war. «Jahrhundertelang gehörte es den Grafen von Hohenlohe-Brauneck. Zwei von ihnen, die frommen Brüder Gottfried und Konrad, errichteten die Herrgottskirche. Daher erinnert man sich in der Stadt noch gern an sie. Mit dem Brandenburger verbindet uns dagegen nichts. Wir bekommen ihn kaum zu Gesicht. Vermutlich ist das auch besser so, denn er schickt seine Fronvögte jedes Jahr mit höheren Forderungen in die Dörfer. Die Bauern haben die Nase voll von ihm. Und wir in der Stadt sitzen zwischen allen Stühlen, schulden jedermann Respekt, der einen Krummstab oder ein Schwert in der Hand hält und damit auf unseren Rücken klopft.»

«Ich fürchte, dass wir nicht darum herumkommen werden, der Burg einen Besuch abzustatten», sagte Regina. Wohl war ihr dabei nicht, denn sie hatte am eigenen Leib erfahren, wie schlecht es einer Person niederen Standes ergehen konnte, die es wagte, sich mit den Mächtigen anzulegen. Aber vielleicht hatten sie Glück, und der Bildschnitzer war nach Beendigung seines Tagwerks einer plötzlichen Laune gefolgt, die ihn hinauf nach Brauneck geführt hatte. Sie glaubte zwar nicht recht daran, denn schließlich hatte sie Riemenschneider als zuverlässigen Menschen kennengelernt. Doch wenn sie herausfinden wollten, wo er und Daniel steckten, mussten sie die Gebäude der näheren Umgebung absuchen. Ihre Befürchtung, dass die beiden womöglich schon seit Stunden tot waren und im Fluss trieben, behielt sie für sich. Der Stadtschreiber machte sich Vorwürfe genug, und sein Onkel, der mehr jammerte, als brauchbare Vorschläge zu machen, war weder ihm noch ihr eine große Hilfe. Ungeachtet ihrer Zweifel, entfachte Reginas Vorschlag, sich unverzüglich zur Burg aufzumachen, in Sattler neuen Eifer. Er warf Regina einen Blick voller Wärme zu, der ihr die Sprache verschlug. Dann ergriff er ihre Hand und drückte sie. «Danke!»

«Wofür denn?»

«Dafür, dass Ihr nicht die Nerven verliert.»

Reginas Herz begann stürmisch zu klopfen, und sie bedauerte, dass der Moment der innigen Verbundenheit, der sie beide einen Herzschlag lang ergriffen hatte, zerrann wie das Regenwasser, das von ihrem Schultertuch tropfte. Sie hätte dem Stadtschreiber gern mehr Mut zugesprochen, weil sie begriff, dass ihre Anwesenheit ihn auf unerklärliche Weise beruhigte. Doch in Gegenwart seines Onkels traute sie sich nicht einmal, seinem Blick zu begegnen. Allzu deutlich hatte Marcello ihr eingeschärft, dass ihre Aufgabe einzig und allein darin bestand, Hartmut von Weikersheim einen Mörder auszuliefern und dafür zu sorgen, dass die Bevölkerung von Creglingen in Zukunft von heidnischen und ketzerischen Umtrieben verschont blieb. Um dies zu gewährleisten, hatte sich der Arzt schweren Herzens bereit erklärt, auf Regina aufzupassen.

Von seinem Versteck aus konnte Daniel beobachten, wie der Mann das Gebäude betrat und eine Weile später wieder verließ. Hinter der Tür hielt er Riemenschneider gefangen, daran gab es keinen Zweifel. Wenn er nicht so schnell gelaufen wäre, hätte er ihn ebenfalls eingesperrt. Daniel wurde heiß, als er nur daran dachte, wie der Fremde ihn verfolgt hatte. Aber erwischt hatte er ihn nicht. Statt seiner habhaft zu werden, wäre er um ein Haar über den Saum seines wallenden Gewandes gestolpert. Daniel hielt den Mann für einen Geist. Die Kinder, seine Spielkameraden, sprachen seit Tagen über nichts anderes mehr, und obwohl der Bildschnitzer gesagt hatte, dass sein Altar böse Mächte von der Wallfahrtskirche vertreiben würde, schien dieser Geist sich nicht vertreiben zu lassen. Er hatte Riemenschneider auf dessen eigenen Karren gelegt und war mit ihm davongefahren. Daniel war ihm in einiger Entfernung gefolgt, was nicht weiter schwierig gewesen war. Bei der Dunkelheit und dem plötzlichen Unwetter war er nicht aufgefallen. Er hatte genau gesehen, was das Gespenst mit Riemenschneiders Karren und dem armen Pferd gemacht hatte. Er hatte den Wagen in den Fischteich gefahren und dem Pferd dort ein Messer in die Kehle gerammt. Daniel schüttelte es, wenn er nur daran dachte.

Daniel wartete, denn er hatte Angst, der Unbekannte könnte zurückkehren. Er hatte so merkwürdig auf den Boden gestarrt, als er den Weg hinunter zu den Feldern eingeschlagen hatte, als suche er nach Fußspuren. Ob er nun hinter ihm her war? Er musste verschwinden, nach Hause zu seinem Vater, der sich gewiss schon Sorgen um ihn machte.

Mühsam zwängte sich Daniel aus seinem Versteck hinter der Brombeerhecke, deren Dornen sein Hemd zerrissen. Aufgeregt blickte er zu dem Haus hinüber, in dem der Mann mit Riemenschneider verschwunden war. Er wusste, dass es den Wildhütern von Burg Brauneck als Quartier und Lagerhaus diente. Sein Vater hatte einmal behauptet, das Gebäude, das etwa eine Viertelmeile von Brauneck entfernt lag, sei mit der Burg durch einen unterirdischen Gang verbunden, aber vermutlich war das nur Gerede. Daniel verspürte wenig Lust, herauszufinden, ob etwas daran war. Am liebsten wäre er zum Stadttor gelaufen. Wenn er nur lange genug bettelte, ließen die Wächter ihn bestimmt durch die kleine Pforte unter dem Turmstübchen schlüpfen. Aber vielleicht wartete der schaurige Kerl mit dem ausladenden Hut auch nur darauf, dass er sich den Mauern der Stadt näherte. Daniels Herz schlug schneller. Irgendwie glaubte er nicht wirklich an einen Geist. Geister hatten keinen Körper, folglich besaßen sie auch keine Macht über die Lebenden. Sie konnten sie erschrecken, aber nicht mit Steinen bewerfen. Sie töteten auch keine Pferde und versenkten Karren im See. Wenn der Mann ihm nun hinter einem Busch auflauerte und ihn niederschlug, war er verloren.

Daniel war sich nicht sicher, ob es eine gute Idee war, sein Versteck zu verlassen. Dennoch beschloss er, auf leisen Sohlen hinüber zum Wildhüterhaus der Burg zu schleichen. Es musste ihm gelingen, Riemenschneider zu finden. Zusammen mit dem Bildschnitzer hatte er keine Angst.

Zu seiner Erleichterung entdeckte Daniel, dass die Tür kein Schloss hatte, sondern lediglich mit Hilfe eines Riegels gesichert wurde. Dieser saß allerdings so fest, dass er alle Kraft aufwenden musste und ihm beinahe schwarz vor Augen wurde, als er sich daran abmühte. Zunächst ließ sich der Riegel keinen Fingerbreit bewegen. Mit rotem Kopf hängte sich Daniel an den eisernen Bolzen und schob und zerrte aus Leibeskräften. Tränen schossen ihm in die Augen. Da. Ein Stückchen hatte er sich bewegt. Daniel hoffte zumindest, dass ihm seine Einbildung keinen Streich spielte. Ängstlich warf er einen Blick über die Schulter. Der Mann würde bald zurückkehren. Er musste sich beeilen. Warum saß dieser schreckliche Bolzen nur so fest? Wenn Daniel doch nur Butterschmalz gehabt hätte oder ein Stückchen …

Käse, schoss es ihm durch den Kopf. Natürlich, fetter Käse. Riemenschneider hatte sein Frühstück mit ihm geteilt, bevor der Angreifer ihn mit zwei Steinwürfen niedergestreckt hatte. Daniel war aufgesprungen und hatte den Bissen Ziegenkäse, an dem er gekaut hatte, vor Schreck in sein Wams wandern lassen. Fieberhaft klopfte er die Falten des vom Regen durchnässten Kleidungsstücks ab und betete zur Jungfrau Maria, dass er den kleinen Käseklumpen nicht verloren hatte, während er den gewissenlosen Schuft bis hier hinauf verfolgt hatte. Als seine Fingerspitzen eine halbe Ewigkeit später endlich auf eine Erhebung stießen, hätte der Junge vor Freude beinahe laut gejubelt. In letzter Sekunde beherrschte er sich. Er zog den Ziegenkäse hervor und begann damit den widerspenstigen Riegel einzufetten, bis er sich schließlich mit einem schrillen Laut zurückschlagen ließ.

Daniel verlor keine Zeit. Obwohl der schmale Flur, der vor ihm lag, stockdunkel und nicht gerade einladend war, tastete er sich mutig vorwärts durch den finsteren Schlund. Hier drinnen musste Daniel den Kopf einziehen, denn die Decke war außerordentlich niedrig. Davon abgesehen hingen gut ein halbes Dutzend Wildenten und Rebhühner an Eisenhaken vom Gebälk herunter und stanken. An einem fürchterlicheren Ort war Daniel nie gewesen, und er nahm sich vor, Vater Thomas zu fragen, ob er sich die Hölle so ähnlich vorstellen konnte.

«Meister Riemenschneider, seid Ihr hier?», fragte Daniel im Flüsterton. Laut zu rufen, wagte er nicht, denn selbst, wenn der

Mann mit dem Hut nicht hier war, so konnte sich doch einer der Wildhüter in der Nähe aufhalten. Vor den finsteren Männern, die zuweilen in der Stadt auftauchten, um in einer Schenke zu würfeln, hatte Daniel nicht weniger Angst.

«Wo seid Ihr denn?»

Die Antwort war so schwach, dass Daniel sie schon seiner Phantasie zuschreiben wollte. Doch im nächsten Augenblick vernahm er ein Stöhnen, das sich in einen heiseren Hustenanfall verwandelte. Rasch kämpfte sich der Junge an einigen Sensen und Bärenfallen vorbei und drang in den Winkel, aus dem die Geräusche kamen. Die Tür aus vier, fünf Brettern hätte er vermutlich übersehen, wenn nicht durch eine winzige Ritze Licht gefallen wäre.

Als Daniel in den geräumigen Lagerraum stürzte, schlug ihm ein so beißender Geruch entgegen, dass er sich gegen den hohen Stützpfeiler lehnen und erbrechen musste. Sein Magen sprang auf und ab wie ein Lederball.

«Daniel, mein Junge», hörte er die schwache Stimme des Bildschnitzers. «Ich fasse es nicht, dass du hier bist. Vielleicht träume ich ja auch.» Riemenschneider hatte ihn trotz des dünnen Lichtscheins sogleich erkannt. Er lag rücklings sowie an Händen und Füßen gefesselt auf einer schaukelnden Pritsche und lachte wie ein Verrückter. Was war mit dem Bildschnitzer geschehen? War er betrunken? Daniel zögerte. Plötzlich fürchtete er sich mehr als vorher in dem finsteren Gang mit all dem toten Geflügel.

«Schau mich an, mein Sohn», verlangte Riemenschneider mit schwerer Zunge. Sein Blick war glasig; Schweißperlen rannen über seine Stirn, als hätte er Fieber. «Hast du noch beide Augen? Wirklich? Sag mir die Wahrheit, denn ich selbst kann sie nicht erkennen. Ich sehe fast gar nichts mehr, dafür ist mein Kopf leicht, als schwebte ich über die Wolken wie ein germanischer Gott. *Wotan* war bei mir, er hat mich in seine Geheimnisse eingeweiht, obwohl ich ihn langweile. Er mag meine Kinder nicht, meine lieben kleinen Kunstwerke. Dafür ist er hinter dir her, Schreibersohn. Er folgt deiner Spur, um auch dich in einen Götterjungen zu verwandeln.» Wieder kicherte er.

Daniel begriff rasch, dass Riemenschneider betäubt worden war. Nach Wein roch der Bildschnitzer nicht, aber unterhalb seines Auges entdeckte Daniel eine Schramme, die wie ein zackiger Buchstabe aussah. Sie hatte geblutet, leuchtete nun aber gelblich, als wäre heller Sand in die Wunde geraten. Der Junge begann vor Sorge zu schwitzen; er fragte sich, wie er Riemenschneider unbemerkt fortschaffen konnte, wenn der Bildschnitzer sich zwar nicht bewegte, dafür aber den Mund nicht halten konnte und in den unpassendsten Momenten in Gelächter ausbrach. Hektisch zerrte er an Riemenschneiders Fesseln, was diesem jedoch wehtat.

«Warum nimmst du nicht mein Messer, so wird das ja nie etwas!»

Ein Messer? Daniel starrte Riemenschneider verständnislos an; er befürchtete, dass der Bildschnitzer nicht mehr bei Verstand war. Aber Riemenschneider bestand hartnäckig darauf, sein Schnitzmesser, das in einem schmalen Lederfutteral steckte, noch bei sich zu tragen. Tatsächlich fand Daniel es nach einigem Suchen. Rasch zertrennte er die Stricke um Riemenschneiders Hand- und Fußgelenke.

«Unser Widersacher ist bei weitem nicht so klug, wie er vorgibt zu sein», bemerkte Riemenschneider, während Daniel ihn unter Aufbietung all seiner Kräfte von dem schwankenden Lager zog. Ungelenk massierte er seine Beine, die sich taub und weich wie Wachs anfühlten. Er bemühte sich, aufzutreten, doch sooft er versuchte, einen Schritt zu machen, knickten seine Beine ein. Das Zeug, mit dem *Wotan* die Spitze seines Speers vergiftet hatte, entfaltete seine Wirkung. Riemenschneider entfuhr ein wüster Fluch, als er das Gleichgewicht verlor und bäuchlings zu Boden ging. Daniel schluchzte. Aufgeregt rüttelte er an der Schulter des Bildschnitzers, der wie ein Käfer mit den Armen ruderte, aber der Mann war zu schwer für ihn.

«Meister Riemenschneider, steht auf», flüsterte der Junge. «Wir müssen weg sein, bevor dieser Dämon zurückkehrt.» Seine Stimme verebbte, als vor der Tür ein Geräusch erklang. Ein grausiges Schleifen von Metall auf Stein.

«Zu spät», jammerte Daniel in Todesangst. «Großer Gott, was soll ich nur tun?» Seine Faust umklammerte den Hirschhornknauf des Schnitzmessers. Es half ein wenig, die Waffe zu spüren, mit ihr fühlte er sich dem Feind nicht völlig ausgeliefert. Doch konnte er sich wirklich damit gegen einen heimtückischen Mörder wehren? Riemenschneider schien das nicht zu glauben; er packte die eiserne Kette, an der die Bettstatt befestigt war, und zog sich mit einem Kraftakt, der all seine verbliebene Energie forderte, keuchend in die Höhe.

Schritte waren zu hören.

«Er ist wieder da», bestätigte Riemenschneider, was Daniel längst wusste. Das Gesicht des Bildschnitzers glänzte fiebrig. Sein Atem ging stoßweise. Schweiß strömte ihm aus allen Poren. Dennoch wusste er, was nun zu tun war. «Dort, versteck dich hinter dem Tisch mit dem Viehzeug», befahl er. «Rasch, bevor er dich sieht!»

Daniel gehorchte keinen Augenblick zu früh; es blieb ihm gerade noch Zeit, ein Versteck zwischen den Binsenkörben zu finden, da betrat der Mann mit dem Hut auch schon den Raum. Zorn sprühte aus seinem einzigen Auge, als er Riemenschneider sah, der sich zwar geschwächt, aber ohne Fesseln an Händen und Füßen gegen die Pritsche lehnte.

«Wie ich sehe, hast du deine Entscheidung getroffen, Bildschnitzer.» Er zog einen Mundwinkel hoch, um auszudrücken, dass er auch nichts anderes von ihm erwartet hatte. Ohne Hast schritt er auf Riemenschneider zu. Er wirkte wie ein Priester, der eine Prozession anführte. Dann zielte er mit dem Speer in der Hand auf Riemenschneiders Kopf. «Ein Jammer, Bildschnitzer. Ich bin sicher, du hättest mich und meine Motive eines Tages verstehen können. Männer wie du haben die Macht, mit Hilfe ihrer Fähigkeiten etwas zu verändern. Sie könnten die Fesseln der unterdrückten Bauern und der angeblichen Ketzer sprengen, deren einziges Vergehen darin besteht, Herren wie deinem Auftraggeber zu widersprechen. Dabei ist der Würzburger nicht einmal so übel, denn er sorgt sich wenigstens um seine Untertanen. Er wünscht sich eine gereinigte Kirche mit gebildeten Pfaffen, die ihren Pfarrkindern ein Trost sind, statt sich nur um ihre Pfründe zu kümmern und sich die Bäuche vollzuschlagen. Doch auch seine Bemühungen werden die abgefallene Kirche, der er dient, nicht mehr vor Wotans Zorn retten.» Der Mann schnaubte verdrossen. «Du hättest die Chance gehabt, für mich zu arbeiten, Bildschnitzer. Ich hätte dich Heiligtümer erschaffen lassen, die das Ende der alten und den Beginn einer neuen Zeit verkündet hätten. Figuren, deren Gesichter weder verklärt noch weltabgewandt, sondern geheimnisvoll gewesen wären. Aber du wolltest ja nicht hören …» Die Hand, die den Speer hielt, begann zu beben; misstrauisch ließ er seine Blicke durch den Raum wandern. «Wer hat dir geholfen? Du kannst dich unmöglich allein befreit haben!»

Riemenschneider lehnte sich weiter zurück. Obwohl er in seinen Beinen wieder ein wenig Kraft verspürte, sah er keine Möglichkeit, seinen Körper oder sein Gesicht vor dem todbringenden Stahl des Wahnsinnigen in Sicherheit zu bringen. Dieser holte aus – und erstarrte, als ein schriller Schrei, ausgestoßen in höchster Not, sich an den nackten Wänden brach.

Daniel, durchfuhr es Riemenschneider. Er dankte Gott für den tapferen Jungen. Ohne darüber nachzudenken, ob seine Beine ihn auch wirklich schon trugen, warf er sich auf die vermummte Gestalt, die erschrocken zurückwich; seine Arme schlossen sich wie eine Zange um die langen Beine. Tatsächlich gelang es ihm, seinen Angreifer aus dem Gleichgewicht zu bringen. Ihm war bereits bei ihrer ersten Begegnung aufgefallen, dass der Mann sich unsicher auf den Füßen bewegte und den Hals reckte, um größer zu wirken. Dies sollte ihm nun zum Verhängnis werden. Mit einem erstickten Stöhnen schlug er auf den Rücken, hob aber sogleich die Arme, um sein Gesicht, oder vielmehr die Maske, zu schützen, die seine Züge verbarg. Mit einer Hand schlug er in die Luft, während er mit der anderen versuchte, seinen Speer direkt unterhalb der Spitze zu fassen zu kriegen. Obwohl Riemenschneider noch immer so benommen war, dass es in seinen Ohren rauschte, begriff er sofort, dass sein Widersacher ihn ein weiteres Mal mit der vergifteten Spitze verletzen wollte. Ehe es dazu kam, holte er aus und donnerte dem Bärtigen seine Faust so heftig gegen den Hals, dass diesem mit einem gurgelnden Laut der Speer entglitt: Mit einem leisen Klirren schlug die Waffe auf den Stein.

«Nun hast du wohl keine Worte mehr», keuchte Riemenschneider grimmig. Aus den Augenwinkeln bemerkte er Daniel, der sich mit gezücktem Messer näherte. Der Junge schlotterte vor Angst und Abscheu. Sein Schrei hatte *Wotan* überrumpelt, ihm aber gleichzeitig verraten, wer für Riemenschneiders Befreiung verantwortlich war. Der Unbekannte funkelte Riemenschneider an. «Es war mir von Anfang an klar, dass du für mich eine Gefahr darstellst», presste er mit vor Hass bebender Stimme hervor, die er mit Mühe zu verstellen schien. «Ich werde erst dich und dann den Burschen töten!» Sein schwelender Zorn verlieh ihm unerwartete Kräfte, denn als der Bildschnitzer seine Hand ausstreckte, um ihm den Hut vom Kopf zu reißen, schnellte er plötzlich auf und hackte den hölzernen Absatz seines Schuhs in Riemenschneiders Oberschenkel.

Riemenschneider zuckte zusammen. Doch der Schmerz vertrieb wenigstens die zermürbende Taubheit aus seinen Gliedern.

Es gelang ihm, den Mann, der sich gerade auf die Füße kämpfte, am Arm herumzureißen und damit Daniel die Gelegenheit zu verschaffen, ihm das Schnitzmesser ins Bein zu jagen.

Der Mann gab keinen Laut von sich; beinahe ungläubig starrte er erst die verletzte Stelle an seiner Wade und dann Daniel an. Der Junge floh mit einem gellenden Schrei zu Riemenschneider und drückte ihm das Messer in die Hand. Er hatte getan, was in seiner Macht stand, aber war es seine Schuld, dass der Messerstich diesem Dämon nichts anhaben konnte?

Zu Riemenschneiders Erstaunen schien sein Angreifer sich aber auf kein weiteres Handgemenge einlassen zu wollen. Mit einem derben Fluch wirbelte er plötzlich auf dem Absatz herum und stürmte schwankend dem Ausgang entgegen. Es sah aus, als liefe er auf Stelzen. An der Tür blickte er noch einmal über die Schulter. «Sieh dich vor, Bildschnitzer!», rief er. «Heute schone ich dein jämmerliches Dasein, aber vergiss nicht, dass du und der Junge meinen Raben gehört habt.»

Riemenschneider richtete sich unter Schmerzen auf; er war dankbar, dass Daniel ihm dabei buchstäblich unter die Arme griff. Seine Hand zitterte noch leicht, als er die Klinge seines Messers betrachtete. Irgendetwas stimmte nicht.

«Wollt Ihr denn nicht hinter ihm her, Meister?», fragte Daniel. «Beinahe hättet Ihr ihn entlarvt. Es hat nur so viel gefehlt ...» Er deutete mit Daumen und Zeigefinger die Größe einer Erbse an. Als Riemenschneider den Kopf schüttelte, brach er vor Erleichterung beinahe in Tränen aus.

Wieder fuhr Riemenschneider über die Klinge des Schnitzmessers. An der Schneide hatten sich winzige Spuren hellen Holzstaubs festgesetzt, der noch von seiner Arbeit am Relief der Verkündigung Mariens herrühren musste. Einer alten Gewohnheit folgend, reinigte er das Messer selten, weil er den Duft des Holzes gern hatte und zudem manchmal, wenn er einen Einfall oder ein Bild vor Augen hatte, sogar nachts in seine Werkstatt ging, um diesem Bild eine Form zu verleihen. Was der Klinge jedoch nicht anhaftete, war Blut. Das Blut *Wotans*. Wie war das möglich, nachdem er doch mit eigenen Augen gesehen hatte, wie das Messer in seine Wade gedrungen war?

24. Kapitel

Regina war die Erste, die Riemenschneider und Daniel erspähte, als die beiden sich mühsam die Straße hinunterschleppten. Gemeinsam mit Sattler und Marcello waren sie bis zur Burg gelaufen, hatten das schwere Tor jedoch verrammelt vorgefunden. Kein Wachfeuer hatte gebrannt, und niemand war am Fenster des Turmstübchens erschienen, um nach ihrem Begehr zu fragen. Daher hatten sie sich schweren Herzens wieder auf den Rückweg gemacht, um das Flussufer und den Teich abzusuchen, in dem damals die Leiche von Riemenschneiders ermordetem Gehilfen gefunden worden war.

Mathias Sattler war überglücklich, seinen Sohn in die Arme schließen zu können. Der Junge war erschöpft, ließ es sich aber nicht nehmen, Sattler und den anderen voller Stolz zu berichten, dass er es gewesen war, der sie vor einem schrecklichen Tod im Haus des Wildhüters gerettet hatte. Riemenschneider bestätigte das lächelnd und beglückwünschte den Stadtschreiber zu seinem Sohn.

Am nächsten Morgen überraschte er Regina und Marcello mit der Ankündigung, Creglingen zu verlassen und nach Würzburg zurückzukehren.

«Aber fügt Ihr Euch damit nicht dem Willen dieses Schurken?», fragte Regina. Sie hatte während der Nacht keinen Schlaf gefunden; immer wieder musste sie daran denken, was der Bildschnitzer seinen Freunden noch auf dem Heimweg in die Stadt über seinen grausamen Peiniger erzählt hatte. Wer auch immer sich unter dem Hut und dem wallenden Mantel verbarg, er verfügte über Kenntnisse, die sie eher einem Mönch oder einem Gelehrten zugeschrieben hätte als einem gespenstischen Heiden. Ihre Vermutung, er könnte Arzt sein, da er sich mit Giften auskannte, war von Marcello empört zurückgewiesen worden. «Ärzte, gleichgültig, ob sie die Harnschau praktizieren, der Lehre vom Gleichgewicht der Körpersäfte frönen oder gebrochene Gliedmaßen schienen, müssen einen heiligen Eid schwören, Leben zu retten. Sie zerstören es nicht. Zumindest nicht willentlich!», war seine Meinung.

Und doch musste Marcello zugeben, dass das Gift der Pflanze, mit dem der Unbekannte Riemenschneider außer Gefecht gesetzt hatte, nur sehr wenigen Heilkundigen bekannt war. Er selbst hatte sie nie mit eigenen Augen gesehen und wusste nur, dass ähnliche Gewächse im Orient heimisch waren und im Gefolge der Kreuzfahrer vor mehr als hundert Jahren nach Europa gelangt waren. Sie blühten in einigen italienischen Klostergärten.

Regina nahm einen Reisigbesen und fegte alle Stuben des Stadtschreiberhauses. Sie konnte am besten denken, wenn sie irgendeiner Tätigkeit nachging, anstatt nur auf einem Schemel zu sitzen und die Wände anzustarren. Als das Mittagsläuten ertönte, schnürte Riemenschneider sein Bündel.

«Ich habe beim Rat vorgesprochen», sagte er. «Der Bürgermeister war fassungslos, als ich ihm von unserem Erlebnis berichtete. Er hat einige bewaffnete Reiter zum Haus des Wildhüters geschickt, damit sie die Bude auf den Kopf stellen. Am liebsten würde er sie niederbrennen und Salz auf die Asche streuen.» Er zuckte die Achseln. «Zeitverschwendung, wenn ihr mich fragt. Brauchbare Spuren werden sie nicht mehr finden, aber wenn der Rat jetzt keinen kühlen Kopf bewahrt, handelt er sich Schwierigkeiten mit dem Burgherrn ein. Dem Ansbacher wird nicht gefallen, was sich der Herr Bürgermeister anmaßt. Schließlich gehört das ganze Land nun ihm.»

Regina und Sattler begleiteten Riemenschneider hinaus, wo

schon zwei gesattelte Pferde auf ihn warteten. «Eine kleine Aufmerksamkeit des Stadtrates», erklärte der Bildschnitzer lächelnd. «So komme ich wesentlich schneller an mein Ziel als mit dem alten Karren. Allerdings tut es mir leid um mein Werkzeug. Das liegt jetzt auf dem Grund dieses verdammten Tümpels.»

Sattler schwieg, als Riemenschneider Regina mit einer galanten Verbeugung die Hand küsste. In seinem Kopf schien es zu arbeiten. Mehrmals schien er etwas sagen zu wollen, machte dann jedoch wieder einen Rückzieher.

«Eurer Miene nach glaubt Ihr, ich laufe weg, weil es mir beinahe an den Kragen gegangen wäre!» Riemenschneider warf Sattler und seinem Onkel, der soeben aus der Kirche kam und nun raschen Schrittes die Straße überquerte, einen nachsichtigen Blick zu.

«Ihr seid der Schlüssel zu den rätselhaften Vorgängen hier», sagte Regina. «Das hat der Mörder doch selbst zugegeben. Ohne Euch werden wir ihn nicht finden. Und er wird weiter morden, davon bin ich überzeugt.»

Riemenschneider nickte, während er mit zwei Fingern über sein stoppeliges Kinn fuhr. Schmerzen schien er keine mehr zu verspüren. Marcello hatte getan, was in seiner Macht stand, um die Verletzung seines Freundes zu reinigen und das betäubende Gift aus dessen Körper zu ziehen. Bis in die frühen Morgenstunden hatte er ihn Dampf einatmen, trinken und dann wieder kräftig schwitzen lassen. Arme und Beine hatte er mit einer Paste aus Zitronenmelisse, wildem Thymian und Kardamon eingerieben. Inzwischen war das lähmende Gefühl ebenso verschwunden wie der Rauschzustand in seinem Kopf. Doch trotz der ärztlichen Bemühungen sah der Bildschnitzer noch arg mitgenommen aus.

«Du gehörst nicht auf einen Gaul, sondern wieder ins Bett, du sturer Ziegenbock», murrte Marcello. Er griff mit strenger Miene nach den Zügeln des Pferdes. «Wenn du mir nicht gehorchst, werde ich dem Fürstbischof sagen, wie starrköpfig du deine Gesundheit aufs Spiel setzt. Das wird ihm nicht gefallen. Wer entwirft künftig bischöfliche Grabmäler, wenn du tot bist?»

Riemenschneider schüttelte den Kopf. «Er wird heilfroh sein, dass ich noch beide Augen besitze und der Stich mit dem Speer lediglich meine Wange aufgeschürft hat. Was würde er mit einem blinden oder wahnsinnigen Bildschnitzer anfangen?» Dann wendete er sich Sattler zu. «Wo wir gerade über Starrköpfigkeit sprechen, mein Freund. Habt Ihr Euch meinen Vorschlag noch einmal durch den Kopf gehen lassen?»

Der Stadtschreiber nickte. Wortlos lief er ins Haus und kehrte wenige Augenblicke später mit Daniel zurück. Regina bedachte Vater und Sohn mit einem milden Blick. Sattler und Riemenschneider waren am Morgen gemeinsam zum Rathaus gegangen. Sie vermutete, dass das Angebot des Bildschnitzers, den Jungen nach Würzburg zu bringen, dieses Mal nicht auf taube Ohren gestoßen war. Darüber freute sie sich, denn nach der Drohung, die der Unbekannte auch gegen Daniel ausgestoßen hatte, wäre es leichtsinnig und töricht gewesen, ihn hierzubehalten. Nun verstand sie auch, warum Meister Riemenschneider es trotz seines erbärmlichen Zustands so eilig hatte, die Stadt zu verlassen. Das bedeutete aber auch noch etwas anderes. Er hatte nicht vor, sie im Stich zu lassen.

Regina machte einen Schritt auf Riemenschneider zu und flüsterte ihm ins Ohr: «Dann dürfen wir also bald wieder mit Eurer Hilfe rechnen, Meister?»

Der Bildschnitzer erwiderte ihren Blick. «Was habt Ihr denn gedacht, meine Liebe? Dass ich mich in Würzburg in meiner Werkstatt verkrieche, während Ihr hier in höchster Gefahr schwebt? Da kennt Ihr mich aber schlecht. Immerhin habe ich dort draußen bei der Herrgottskirche einen Marienaltar zu errichten, und davon wird mich niemand abbringen. Es wird Zeit, dass die Herzen meiner hölzernen Kinder zu schlagen beginnen.»

Am nächsten Morgen besuchte Regina die Frau des Bürgermeisters. Ein Bote hatte ihr eine Einladung überbracht, und obwohl Marcello skeptisch den Kopf schüttelte, begab sie sich zu dem stattlichen Haus der Kesslers am Marktplatz. Helena empfing Regina in einem Raum, der nach Blüten und frischgewaschenem Leinen duftete. Er war von purer Weiblichkeit erfüllt, und Regina fühlte sich auf Anhieb wohl. Die Wände waren weißgekalkt, nur unterhalb der Kerzenhalter waren ein paar Rußflecken zu sehen. Helena Kesslers behaglich gepolsterter Armsessel stand auf einem Teppich, auf dem farbenfrohe Pfauen mit gespreiztem Federkleid zu sehen waren. Vermutlich hatte die Herrin des Hauses ihn eigenhändig geknüpft.

«Ihr ahnt gar nicht, wie sehr ich mich darüber freue, dass Ihr meiner Einladung gefolgt seid, meine Liebe», sagte Helena. Ihr steif von den Hüften abstehendes Kleid rauschte, als sie eine Kanne aus der Wandnische nahm und zwei Zinnbecher füllte. «In Creglingen geht die Angst um. Mein Gatte hat mir erzählt, dass die Hälfte der Stühle im Ratssaal heute leer geblieben ist. Unsere Ratsherren haben sich in ihren Häusern verschanzt und wagen sich kaum noch auf die Gasse. Jeder fürchtet, der Nächste zu sein, der sein Leben aushaucht.»

Regina blickte die Frau an. Vermutlich machte sie sich Sorgen um ihren Mann, der den erschreckenden Vorgängen in seiner Stadt nach wie vor hilflos gegenüberstand. Die Stadtknechte, die er ausgesandt hatte, waren unverrichteter Dinge zurückgekehrt. Nicht einmal den Speer, mit dem *Wotan* den Kürschner getötet und Riemenschneider betäubt hatte, hatten sie gefunden. Marcello würde das besonders schmerzen, war er doch erpicht darauf, weitere Spuren des Giftes zu finden.

«Nun, wenigstens ist Meister Riemenschneider nicht länger in Gefahr», unterbrach Helena Kessler Reginas Gedankengänge. «Bis nach Würzburg wird der Mörder ihm doch nicht folgen, oder?»

Regina hoffte, dass sie recht hatte. Unterwegs konnte einem Reisenden allerhand zustoßen. Und Riemenschneider hatte Sattlers Sohn bei sich. Aber ihr Gefühl sagte ihr, dass der Bildschnitzer im Augenblick weniger gefährdet war als diejenigen, die sich noch immer im Dunstkreis der Herrgottskirche aufhielten.

«Ihr müsst Euch doch hier auskennen», versuchte sie das Gespräch auf die Kirche zu lenken. «Gab es denn auch früher schon ähnliche Vorkommnisse in der Gegend?»

Helena Kessler blickte sie erschrocken an, dann schüttelte sie den Kopf so heftig, dass ihr strenggeschnürtes Gebände verrutschte. Mit einem entschuldigenden Blick erhob sie sich, um die goldenen Spangen vor dem Spiegel wieder festzustecken.

«Nein, so etwas erdulden wir zum ersten Mal», sagte sie leise. «Natürlich leben die Menschen im Tal der Tauber mit vielen Traditionen ihrer Ahnen. Sie bauen Kapellen und errichten Wegkreuze, um ihrer Frömmigkeit Ausdruck zu verleihen. Sie beten für eine gute Weinernte, denn in dieser Gegend dreht sich vieles um den Wein. Das habt Ihr bestimmt schon bemerkt.»

Regina lächelte. «Ich komme aus Würzburg. Der Anblick von Weinbergen ist mir vertraut.»

«Oh, natürlich. Wie dumm von mir, das zu vergessen. Allerdings weiß ich nicht, ob die Würzburger Weinbauern und Händler im Schatten der großen Bischofsburg noch dem alten Brauch frönen, der durstigen Erde Opfer darzubringen, damit die Ernte auch im kommenden Jahr gut ausfällt.»

Regina horchte verwundert auf. Nein, davon hatte sie noch nie etwas gehört. «Ihr wollt doch nicht andeuten, dass Menschen ...»

«Aber nein, wo denkt Ihr hin?», wiegelte die Frau des Bürgermeisters ab. «Einige Reben werden nicht abgeerntet, quasi als Weihegabe an diejenigen, an die unsere Ahnen in früheren Zeiten glaubten. Auf den abgeernteten Feldern bleibt etwas Getreide für ... nun, für die alten Mächte, stehen. Die Bauern zahlen den Zehnten, aber manche fürchten, ihnen könnte etwas Schlimmes zustoßen, wenn sie den Herrn … ich meine, die alte Macht verraten und ihr etwas vorenthalten, was eigentlich ihr zusteht.» Die Frau klammerte sich an ihren Becher. Es fiel ihr sichtlich schwer, darüber zu sprechen, was die Menschen in dieser Gegend bewegte. Vermutlich war es ihr peinlich, und sie fürchtete, dass Regina, die aus Würzburg kam, sie für rückständig hielt. Nicht einmal den Namen der Gottheit, um die es eigentlich ging, wagte sie auszusprechen. Regina atmete tief durch. Vermutlich würde sie aus Helena Kessler nicht wesentlich mehr herausholen. Sie auf die Runen anzusprechen, die der geheimnisvolle *Wotan* auf den Leibern seiner Opfer hinterließ, war daher überflüssig. Abgesehen davon wollte sie die Frau nicht misstrauisch machen. Niemand brauchte zu erfahren, dass sie und Marcello sich in das Gewölbe geschlichen hatten, um die Leichen zu begutachten. Als hätte Helena Kessler ihre Gedanken erraten, nippte sie an ihrem Würzwein und erklärte dann: «Wie Ihr unschwer erraten habt, hegt unser Vater Thomas eine starke Abneigung gegen alles, was mit diesen ketzerischen Vorgängen zu tun hat. Gegen die uralten Gebräuche der Bauern kann er nicht viel ausrichten, solange sie, oberflächlich betrachtet, fromme Christen sind und ihren Pflichten nachkommen. Meinen unglückseligen Schwager mochte er hingegen gar nicht. Aber er hat sich inzwischen dazu durchgerungen, ihn ein zweites Mal zu beerdigen. Ihn und den armen geistesschwachen Kaspar, Meister Riemenschneiders Botenjungen.»

«Das ist sehr großherzig von ihm», sagte Regina. Sie war heilfroh, dass die beiden Toten nun nicht mehr lange in dem finsteren Gelass vor sich hin gammeln mussten.

«Mit Großherzigkeit hat das nichts zu tun», widersprach Helena. «Mein Gatte und Vater Thomas streiten sich schon zu lange darüber. Man könnte sagen, sie messen ihre Kräfte wie zwei kleine Jungen, die auf einem Jahrmarkt Armdrücken spielen. Aber der törichte Priester macht das Haus Kessler zum Gespött, weil er sich in seiner blödsinnigen Scheinheiligkeit weigert, den Bruder des Bürgermeisters wie einen Christenmenschen zu behandeln und in geweihter Erde zu bestatten. Der Pöbel fängt schon an, sich darüber das Maul zu zerreißen und meinen Mann und mich schief anzuschauen.» Ärgerlich setzte Helena ihren Becher ab. «Der Ruf der Familie steht auf dem Spiel, und das sollte Vater Thomas nicht gleichgültig sein!»

«Jetzt sagt nur nicht, dass Vater Thomas mit Euch verwandt ist.» Regina starrte auf die dunkelroten Tropfen, die das hübschbestickte Tuch neben Helenas Becher färbten. Sie verstand genug von Handarbeiten, um beurteilen zu können, wie lange die Bürgermeisterin an dem durchaus schwierigen Motiv, einer Heldenszene vor einer Mauer mit Zinnen und Türmchen, gearbeitet haben musste. War es ein Johanniter mit Mantel und Helm? Egal. Ganz rein würde das Tüchlein nicht mehr werden, denn Weinflecken gingen, wie sie aus eigener Erfahrung wusste, nur schwer wieder raus. Helena fand ihr Missgeschick keiner Erwähnung wert. «Wer kann schon etwas für seine liebe Verwandtschaft?», sagte sie. Ihr Zorn war so schnell verraucht, wie er gekommen war. «Wir erwähnen es ungern, aber mein Gatte und der Priester sind Vettern.»

Regina konnte den Blick nicht von der verdorbenen Stickerei abwenden. In ihrem Kopf arbeitete es so heftig, dass sie befürchtete, Helena Kessler könnte es hören. Am liebsten wäre sie gegangen, aber das wäre unhöflich gewesen. Also blieb sie und versuchte, ein wenig Ordnung in ihre Gedanken zu bringen. Die Kesslers, auch der ermordete Kürschner, waren mit Vater Thomas verwandt. Der wiederum hatte behauptet, ein Verwandter der verstorbenen Stadtschreiberfrau zu sein. Von welcher Seite? Gehörte Sattler etwa auch zu den Kesslers? Und wenn ja, warum hatte er bislang kein Wort darüber verloren? Regina hatte niemals angenommen, dass der Unbekannte, der die Stadt in der Maske des *Wotan* heimsuchte, seine Opfer wahllos aussuchte. Seine Absicht war offenkundig. Er wollte diejenigen von der Herrgottskirche vertreiben, die dort regelmäßig zu tun hatten.

«Könnt Ihr mir sagen, welcher Art die Buße war, die Vater Thomas dem Bruder Eures Gemahls auferlegte?», fragte Regina, während Helena ihre Stickarbeit in ein Kästchen aus Elfenbein legte, das auf dem Regal neben einem prächtig verzierten Hausbuch stand. Wie es aussah, wollte sie nicht, dass ihr Mann oder eine der Dienerinnen sie auf ihr Missgeschick ansprach. Helena drehte sich um; verwundert hob sie die Augenbrauen. «Er sollte ein Jahr lang jeden Tag zur Herrgottskirche laufen, etwas in den Opferstock werfen und ein Gebet sprechen. So hat mein Gemahl es mir jedenfalls berichtet. Ich weiß noch, wie erleichtert er war, dass Vater Thomas sich mit einer derart milden Buße beschwichtigen ließ. Wir hatten schon erwartet, dass er den armen Christian nach Rom oder zum Grab des Heilands nach Jerusalem pilgern lassen würde. Das hätte ihm ähnlich gesehen. Aber so …»

… lief der Schwager bei der Herrgottskirche nur seinem Mörder in die Arme, beendete Regina den Satz in Gedanken. Es war eindeutig zu früh, um zu frohlocken, denn das wahre Motiv des Täters lag immer noch im Dunkeln. Dennoch vermutete Regina, ein Stück weiter gekommen zu sein. Es ging dem Unbekannten also um die Kirche, genau das hatte sie ja schon lange vermutet. Möglicherweise dienten seine Maskerade, der Speer und die Runenzeichen, die er auf der Haut seiner Opfer hinterließ, nur dem einen Zweck, von seinen eigentlichen Absichten abzulenken. Aber warum wollte er Pilger, Creglinger Bürger und einen Würzburger Bildschnitzer mit aller Gewalt von der Herrgottskirche fernhalten? Suchte er etwas an dem heiligen Ort? Etwas, das seine Identität offenbaren könnte?

«Ich kann nachvollziehen, wie erleichtert Euer Gemahl über die Entscheidung des Priesters sein muss, den Kirchhof ein weiteres Mal für das Begräbnis seines Bruders zur Verfügung zu stellen», sagte sie so aufmunternd sie nur konnte. «Auch der arme Junge hat es verdient, endlich in Frieden zu ruhen.»

Helena Kessler nickte flüchtig. «Kaspar war nicht gerade ein Kind des Lichts. Er war schon als Knabe eigenartig. Die Frauentaler Nonnen hatten ein wenig Angst vor ihm, sie ließen ihn in der Scheune schlafen, weil sie annahmen, er trüge einen Dämon in sich. Nun, zuletzt hat er sich ja wohl auch mit einem Dämon eingelassen.»

«Die Nonnen?», fragte Regina verblüfft. Sie hatte Riemenschneider über seinen Gehilfen ausgefragt, doch der hatte nicht viel über ihn erzählt. Dass Kaspar zuvor kleinere Arbeiten im Kloster verrichtet und dort auch geschlafen hatte, war Regina neu, aber Helena Kessler nickte eifrig, als sie ihre Verwunderung über die Neuigkeit zum Ausdruck brachte. «Die Äbtissin hatte Mitleid mit Kaspar. Vielleicht fühlte sie sich auch ein wenig schuldig, weil seine Mutter bei einem Feuer ums Leben kam, das durch den Leichtsinn einiger Klosterschwestern entfacht wurde. Sie war eine der hörigen Klostermägde und zog ihr Kind ohne Vater auf. Keine Ahnung, mit wem sie sich eingelassen hatte. Aber das ist auch alles so furchtbar lange her. Inzwischen liegt die Magd auf dem Klosterfriedhof von Frauental, und Kaspar wird schon morgen seine letzte Ruhestätte bei St. Peter und Paul finden.»

Regina bemerkte, dass die Frau des Bürgermeisters nicht länger über den toten Jungen und das Kloster Frauental reden wollte. Sie hoffte, auf Helena keinen allzu neugierigen Eindruck gemacht zu haben. Vermutlich hatte diese sich den Nachmittag in ihrer Gesellschaft ohnehin anders vorgestellt. Edeldamen und Bürgersfrauen plauderten für gewöhnlich über Stickereien, Geschmeide und den neuesten Tratsch aus der Stadt. Aber nicht über düstere Götter, heidnische Riten und verstümmelte Leichen, auch wenn genau diese Themen momentan die Gemüter berührten. Regina wollte gerade gehen, als die Tür aufgerissen wurde und Helenas

Mann in die Stube stürmte. Kessler war bleich wie eine Wand, seine Haare hingen ihm zerzaust in die Stirn.

«Der Mörder hat wieder zugeschlagen», rief er atemlos. «Die alte Lisbetha, Vater Thomas' Magd. Sie wurde erdolcht und am Auge verstümmelt aufgefunden, genau wie mein Bruder.» Er stapfte auf seine Frau zu und schlang umständlich seine Arme um ihre Taille. Auf Regina wirkte er wie ein Bär, der sein Junges beschützen will. Helena Kessler ließ es sich gefallen, obwohl er ihr ein wenig peinlich zu sein schien. «Grundgütiger», war alles, was sie hervorbrachte.

«Wo hat man sie gefunden?», fragte Regina. Sie versuchte, sich das Gesicht der alten Frau in Erinnerung zu rufen, die auf dem Marktplatz Kräuter verkauft hatte, doch das Bild blieb undeutlich und verzerrt.

«Sie lag auf der Schwelle des Pfarrhauses. Ihr Kleid war voller Brotteig. Und Blut natürlich. Vermutlich hat sie ihrem Mörder die Tür geöffnet und ist ihm arglos Aug in Aug gegenübergestanden. Aber das ist noch nicht alles.» Kessler griff sich an den Kopf. «Der steinerne Wotan draußen bei der Herrgottskirche vergießt wieder seine blutigen Tränen! Sie rinnen unaufhörlich an der Wand hinunter. Ich werde noch wahnsinnig, Helena. Wirklich, ich fürchte, den Verstand zu verlieren.»

«So beruhige dich doch!»

«In wenigen Tagen beginnt die Karwoche. Doch sobald die hohen Feiertage vorüber sind, wollen Vater Thomas und die Frauentaler Nonnen nach Würzburg schreiben, um den Beistand der heiligen Inquisition zu erbitten.»

«Das musst du verhindern!» Helena schrie es ihrem Mann förmlich entgegen. «Die Inquisitoren werden jedes Haus in der Stadt durchschnüffeln, das Unterste zuoberst kehren, bis sie ihre Verdächtigen gefunden haben. Aber wir wissen beide, dass dieser Unhold dort draußen viel zu gerissen ist, um der Inquisition ins Netz zu gehen. Unschuldige werden an seiner Statt leiden. Vielleicht sogar auf dem Scheiterhaufen sterben. Willst du daran schuld sein?»

Obwohl die Stube gut eingeheizt war, begann Regina zu zittern; ihre Nägel gruben sich vor Aufregung tief in die Handflächen. Dass die Situation Bürgermeister Kessler völlig überforderte, war kaum zu übersehen. Wenn er jedoch nicht bald eine Lösung fand, mit der sich die Ratsherren einverstanden zeigten, jagte man ihn mit Schimpf und Schande aus seinem Amt. Und falls Vater Thomas seine Drohung wahrmachte und die Inquisition einschaltete, waren Reginas Tage in Creglingen ebenfalls gezählt. Ein Inquisitor duldete neben sich keine Person, die Heimlichkeiten hatte, umherlief und den Leuten auf dem Markt und in den Straßen unangenehme Fragen stellte. Schon gar keine Gauklerin, die in verschiedene Rollen schlüpfte, um ihre wahre Herkunft zu verschleiern. Damit hätte Regina in den Augen Hartmut von Weikersheims schmählich versagt. Tamar würde im Kerker der Würzburger Burg versauern.

Wie durch einen Nebel hörte sie Helena Kesslers Stimme, die zu ihr sprach. Als sie den Kopf hob, begegnete sie dem besorgten Blick der Bürgermeisterfrau. «Ihr werdet doch nicht ohnmächtig, meine Liebe?»

Regina schüttelte den Kopf.

«Das ist gut», sagte Helena Kessler aufatmend. «Ich habe mich gefragt, ob ich Euch zumuten kann, mich zum Kloster Frauental zu begleiten. Äbtissin Romula ist eine vernünftige Person, die sich dem Humanismus verschrieben hat. Wie viele geistliche Würdenträger träumt auch sie von einer Reinigung unserer Kirche, wenngleich sie es nicht wagt, dies laut zu äußern. Sie wird uns sicher anhören, wenn wir ihr unsere Bedenken gegen die Pläne von Vater Thomas schildern. Wie ich gehört habe, beherbergt sie dieser Tage einen hohen Gast, der mit seinem Gefolge aus Würzburg gekommen ist. Wer weiß, vielleicht trefft Ihr sogar auf Bekannte, die uns helfen können.»

Regina bezweifelte das, denn sie konnte sich nicht vorstellen, dass die Nonnen von Frauental, die sich an humanistischer Bildung erfreuten, gleichzeitig mit Gauklern Umgang pflegten. Natürlich gab es auch noch einige andere Menschen, die sie aus ihrem früheren Leben kannte, doch denen wollte sie keinesfalls über den Weg laufen. Weigern durfte sich Regina dennoch nicht, da sie dies in den Augen der Kesslers verdächtig gemacht hätte. Möglicherweise fand sie in Frauental ja eine Möglichkeit, mehr über Kaspar und seine Verbindung zum Bruder des Bürgermeisters sowie zur Herrgottskirche herauszufinden.

25. Kapitel

Der Bürgermeister ließ sich vom Vorhaben seiner Frau auf Anhieb überzeugen. Vermutlich war ihm ohnehin jedes Mittel recht, das Vater Thomas die Suppe versalzte. Darin stimmte Regina mit ihm überein, seine Weigerung, Marcello mit der Untersuchung von Lisbethas Leichnam zu betrauen, überraschte sie jedoch.

«Vater Thomas wird das nicht zulassen», prophezeite er mit einem Seitenblick auf seine Frau. «Dieser Arzt mag ja in Würzburg tüchtig sein, hier aber wird er nicht gebraucht. Ich wünsche, dass er sich aus unseren Angelegenheiten heraushält. Das Gleiche gilt auch für Euch, Herrin!»

«Für mich?» Regina öffnete überrascht den Mund.

«Wie kannst du behaupten, dass Frau Regina ...», begann Helena zu protestieren, doch der Bürgermeister hob gebieterisch die Hand. Der Anflug von Schwäche, der ihn in die Arme seiner Frau getrieben hatte, war vorüber; vermutlich grämte es ihn schon, die Fassung verloren zu haben. Daher sagte er bärbeißig: «Ich habe noch meine beiden Augen im Kopf, außerdem Ohren, mit denen ich nicht schlecht höre. Ihr lauft in der ganzen Stadt herum und stellt Fragen, Frau. Nehmt Euch in Acht. Vater Thomas möchte Euch loswerden.»

Die Ereignisse des vergangenen Tages hatten Regina vergessen lassen, dass der Priester sie schon einmal aufgefordert hatte, das Stadtschreiberhaus zu verlassen und sich eine neue Unterkunft zu suchen. Sie wurde erneut darauf gestoßen, als Sattler sie nach ihrer Rückkehr von den Kesslers fragte, warum sie so spät komme. Ob sie nicht gehört habe, dass der Mörder erneut zugeschlagen hatte.

In diesem Moment ertönte eine Kirchenglocke, um den Bürgern des Städtchens anzuzeigen, dass eine weitere Seele aus ihrer Mitte dahingerafft worden war.

«Unsere Nachbarn vernageln alle Fenster und Türen, die zur Straße führen», sagte Sattler. Seine Stimme verriet nicht, ob er die Aufregung, die alle befallen hatte, guthieß oder töricht fand. «Einige wollen die Stadt verlassen, aber der Rat hat beschlossen, einstweilen die Tore schließen zu lassen. Die Bürger verschanzen sich, bereiten sich auf eine Belagerung vor, aber wie sie gegen einen Feind kämpfen sollen, der vermutlich unerkannt unter ihnen weilt, wissen sie nicht. Sie haben ihr Trojanisches Pferd längst hereingeholt.»

Regina nickte. Der Vergleich gefiel ihr. Sie schaute sich in der Stube um und stellte fest, dass sie vor Sauberkeit glänzte. Sattler und sein Onkel schienen sich bemüht zu haben, keine Unordnung zu machen, wofür sie ihnen von Herzen dankbar war. So hatte sich Regina immer ein behagliches Heim vorgestellt. Ein steinerner Kamin, in dem ein wärmendes Feuer flackerte, Regale, auf denen irdene Krüge, Kupferkannen und Kelche standen. Eine Kleidertruhe unter dem schon etwas rußigen Gebälk. War es unvernünftig, ihr Herz an leblose Dinge zu hängen? Oder war ihre Sehnsucht nach einem ganz normalen Leben der Grund dafür, dass sie bei dem Gedanken, das Stadtschreiberhaus verlassen zu müssen, einen Stich in ihrer Brust spürte? Vielleicht hatte ihr Gefühl gar nichts mit dem prasselnden Feuer und dem Topf mit duftender Suppe zu tun, der in der Esse hing, sondern mit den Menschen, die hier lebten. Sie hatte sich bislang verboten, über den Stadtschreiber nachzudenken. Er war für sie ein Buch mit sieben Siegeln, aber gerade dieser Umstand forderte sie heraus. Dass er etwas für sie empfinden könnte, hatte sie bis zu diesem Tag für unmöglich gehalten, doch als sie mit einigen Kleidern zum Wechseln die Holztreppe hinunterkam und verkündete, nun aufbrechen zu wollen, bemerkte sie, wie sich eine steile Falte über die Stirn des Stadtschreibers legte.

«Hört Ihr mir eigentlich niemals zu?», beschwerte er sich. «Ich habe Euch doch gesagt, dass die Stadtwächter den Befehl haben, jeden abzuweisen, der Creglingen verlassen will. Wir müssen den Beschluss der Ratsherren abwarten und hoffen, dass Vater Thomas sich einstweilen besänftigen lässt. Lisbethas Tod hat ihn ziemlich mitgenommen. Hört Ihr die Glocke?» Er legte den Kopf schräg und lauschte. «Vater Thomas hat befohlen, dass sich morgen in aller Frühe sämtliche erwachsenen Bürger bei St. Peter und Paul einfinden, um von ihm eigenhändig geweihte Benedictusglocken zu kaufen. Ich nehme an, Ihr wisst, was das bedeutet?»

Regina wusste es, denn Bernt und Rieke hatten es ihr beigebracht. Einer alten Überlieferung nach hielten diese geweihten Glocken das Böse von jedem fern, der eine besaß. Angeblich entlarvten sie Dämonen und böse Geister, indem sie zu läuten begannen, sobald sich einer dieser Unholde näherte.

Regina holte tief Luft; mit fahrigen Bewegungen zog sie das weiße Gebände, mit dem sie ihr Haar bedeckt hatte, unter dem Kinn straff, denn sie wollte nicht, dass die Äbtissin von Frauental irgendeinen Anstoß an ihrem Erscheinungsbild nahm. Für sie war Regina eine ehrbare Witwe. Sie beschloss, auch ihren Anhänger mit dem kleinen goldenen Kreuz, eine Erinnerung an glückliche Tage im Kloster St. Afra, anzulegen. «Ihr müsst nicht zu den Zisterzienserinnen gehen», sagte Sattler. «Vater Thomas hat jetzt andere Sorgen als … uns.» Sattler errötete vor Verlegenheit. Er blickte sich nach seinem Onkel um, doch der war in ein Buch über heilende, aber auch todbringende Pflanzen vertieft. Ein heilkundiger Mönch aus Padua hatte es für den Regenten des Stadtstaates geschrieben, der jedoch einige Jahre später abgesetzt und im Kerker erdrosselt worden war. Darüber, wie Marcello in den Besitz des wertvollen Werkes gekommen war, schwieg sich der Arzt beharrlich aus. Das war sein Geheimnis.

«Was meint Ihr denn mit … *uns*?», wollte Regina wissen. Sie hatte beileibe nicht vor, Sattler zappeln zu lassen wie einen Fisch an der Angel, denn die Streitigkeiten zwischen Silvester und Tamar hatten sie gelehrt, dass Männer es selten mochten, wenn sie zu etwas gedrängt wurden, wofür sie noch nicht bereit waren. Aber tief im Herzen frohlockte sie, dass Sattler sie nicht gehen lassen wollte.

«Hast du verlernt, wie man mit einem Weib spricht?», krächzte Marcello auf seine übliche liebenswürdige Weise. Offensichtlich hatte er sich doch von seinem Buch losreißen können. Nun warf er seinem Neffen einen auffordernden Blick zu, der diesem ein wütendes Grollen entlockte. Doch er besann sich sogleich. Zum ersten Mal, seit Regina in Sattlers Haus wohnte, sah sie ihn lächeln. Er wirkte beinahe unbeschwert, als er ihre Hand nahm und sanft mit seinen Lippen berührte.

Regina spürte ihr Herz schlagen und wünschte Marcello auf den Mond.

«Ich weiß, was dir widerfahren ist», flüsterte ihr Sattler zu. Er ließ ihre Hand nicht los, während er sie hinüber zu den beiden alten Lehnstühlen führte, in denen er es sich früher gewiss oft mit seiner verstorbenen Frau bequem gemacht hatte. Worüber mochten die beiden dann gesprochen haben?, fragte sich Regina, die den Zauber des Augenblicks aufsaugte wie ein Kätzchen einen Tropfen süßer Milch. War sie gebildet gewesen? Verstand sie etwas von Sattlers schweren, in Leder gebundenen Büchern, die in einer Reihe neben dem Schreibpult standen? Möglicherweise hatte sie Anteil an seiner Arbeit genommen und mit ihm über die Angelegenheiten des Stadtrates gesprochen, nachdem sie ihm nach seiner Rückkehr aus der Ratsstube eine Mahlzeit und einen Becher kräftiges Bier aufgetischt hatte. Zweifellos war sie fromm und tugendhaft gewesen. Sie hatte für ihre Mitmenschen nicht die Runen geworfen oder sie mit falschen Orakelsprüchen übers Ohr gehauen.

Kurzum, sie war keine Gauklerin gewesen. Keine in Schande geratene Angehörige des fahrenden Volkes, die nun, um ihre Haut und die einer anderen Gauklerin zu retten, einen Pakt mit einem Mann geschlossen hatte, den sie aus tiefstem Herzen verabscheute. Wenn Sattler behauptete zu wissen, was ihr widerfahren war, so spielte er damit auf die wenigen Details an, die Marcello erzählt haben konnte. Dass sie dabei gut weggekommen war, rechnete sie dem alten Arzt hoch an. Er und Riemenschneider waren vielleicht die einzigen Menschen auf der Welt, die ihre Zugehörigkeit zu den Gauklern vom Adamshof für eine vorübergehende Verirrung hielten, aus der sie sie eines schönen Tages erretten würden. Doch Regina konnte nicht mehr daran glauben. Die Übereinkunft mit Hartmut von Weikersheim, der sie sich nicht hatte widersetzen können, besiegelte ihr Schicksal. Ihre geheime Mission für den Fürstbischof bestätigte, dass Täuschung und Mummenschanz auch künftig zu ihrem Leben gehören würden.

Und darüber wusste Mathias Sattler nicht Bescheid.

Regina erhob sich jäh aus dem Armsessel, weil sie das Gefühl hatte, sie könnte ihn mit der Hitze, die durch ihren Körper flutete, in Brand stecken. Hektisch wischte sie sich über ihre Augen, in denen Tränen schimmerten. Sattlers zärtlicher Blick, der gleichzeitig seine Sorge um sie zum Ausdruck brachte, kam ihr vor wie ein Traum. Ein Traum, aus dem sie schleunigst aufwachen musste, wollte sie sich nicht völlig verlieren.

«Habe ich dich gekränkt?», fragte Sattler. Behutsam streichelte er ihr eine Träne von der Wange. Dann betrachtete er seinen Finger, als läge auf ihm der Splitter eines Diamanten. «Das wollte ich nicht. Mir wäre es wirklich lieber, du würdest hierbleiben, anstatt zum Kloster zu gehen.» Regina war davon überzeugt. Ebenso sicher war sie, dass er sie geküsst hätte, wenn

Marcello sich taktvoll zurückgezogen hätte. Doch daran dachte der Arzt nicht im Traum. Er blätterte schon wieder in seinem Kräuterbuch; offensichtlich war er immer noch auf der Suche nach dem Gift, das der Mörder verwendete. Gut so, mein Freund, dachte Regina. Vater Thomas wird dir dafür dankbar sein.

26. Kapitel

Rieke war es nicht schwergefallen, sich an die Fersen des Mannes zu heften, den sie für den Giftmischer hielt. Silvester mochte in vielerlei Beziehung ein Taugenichts sein, vor dem die Frauen gewarnt werden mussten, damit es ihnen nicht wie der armen Tamar erging. Doch davon, sich in einen Schatten zu verwandeln und andere lautlos zu verfolgen, verstand der Mann etwas. Er hatte Rieke beizeiten beigebracht, im richtigen Moment mit Mauern zu verschmelzen oder den Schutz wuchernder Hecken zu suchen, um unentdeckt zu bleiben.

Doch Riekes Vermutung, der Mann würde sich Nacht für Nacht zur Pforte von St. Afra aufmachen, erwies sich als Irrtum. Mit dem Kloster schien ihn nicht mehr zu verbinden als sie oder die anderen Gaukler. Für gewöhnlich begann er seinen Tag damit, in einem Gasthaus einen Teller Hafergrütze zu bestellen. Danach holte er aus dem Herbergsschuppen einen mit zwei Körben beladenen Handkarren, dessen Seiten mit farbenfrohen Pflanzen und Blüten bemalt waren, und schlug den Weg zum Marktplatz ein, wo er verschiedene Kräutertränke, Salben und Seifen anpries. Sein Zulauf war groß. Auch Rieke kaufte ein kleines Stück Seife, das herrlicher duftete als alles, was sie je zuvor besessen hatte. Der Giftmischer verstand sich also auf die Zubereitung seiner Ware. Das erklärte, warum sogar Soldaten der Burgwache, die für gewöhnlich jeden Krämer beleidigten, dem Fremden mit betonter Höflichkeit begegneten. Rieke konnte sich gut vorstellen, dass die Burgleute von ihm Tränke bezogen, die ihre Manneskraft stärkten, denn die Männer lachten und warfen ihr derbe Anzüglichkeiten an den Kopf, wenn sie mit ihren beim Kräuterhändler gekauften Flaschen an ihr vorüberritten.

Drei Tage später zog der Giftmischer weiter. Natürlich hatte Rieke keinen Beweis gefunden, der Reginas Geschichte bestätigte, aber sie hatte es sich nun einmal angewöhnt, den Mann mit dem fremdländischen Turban so zu nennen.

«Hast du dich auch nicht verhört?», wollte Bernt wissen, als Rieke atemlos ins Haus gelaufen kam. «Der Torwächter nannte als Ziel wirklich Creglingen?»

Rieke fächelte sich Luft zu, sie war vom schnellen Laufen immer noch ganz außer Atem und schwitzte aus allen Poren. Obwohl die ersten, sehnsüchtig erwarteten Boten des Frühlings lange auf sich hatten warten lassen, brannte die Sonne heute kräftig vom blauen Himmel herab. Zwischen den Zweigen der hohen Kastanien, die hinter der halbverfallenen Mauer zum Wald hin wuchsen, jubilierten Finken und Drosseln.

«Meister Riemenschneider ist gestern aus Creglingen zurückgekehrt», sagte Rieke. «Ich habe gesehen, wie er und ein Junge durch die Franziskanergasse ritten, aber ich fand keine Gelegenheit, mit ihm zu reden.»

«Warum nicht?»

Rieke rollte mit den Augen. Manchmal war Bernt aber auch zu begriffsstutzig. «Ich konnte einen Mann seines Standes doch unmöglich in Verlegenheit bringen, indem ich mich ihm in den Weg stellte. Die Würzburger mögen mich dulden, aber so weit ist es mit ihrer Großmütigkeit nun auch wieder nicht her, dass sie es zulassen, von einer Gauklerin belästigt zu werden. Aber seltsam finde ich diesen Zufall schon. Regina verschwindet aus der Stadt zeitgleich mit Riemenschneider und seinem Freund, diesem italienischen Arzt. Dann kehrt der Bildschnitzer zurück, aber von Regina fehlt weiterhin jede Spur. Dafür taucht nun nach Jahren dieser Mann mit dem Fellmantel und dem Turban auf, der Kräutertränke und so manches mehr verkauft, was Männern gefällt, und …»

«… macht sich wieder aus dem Staub, nachdem er den Würzburger Wein gekostet und einige Blaue Zipfel im Sud verdrückt hat», vollendete der Zwerg Riekes Satz. Rieke hatte ihn nicht hereinkommen hören. Der kleinwüchsige Gaukler war nicht allein, sondern hatte Silvester und den Jokulator im Schlepptau. Alle drei warfen den Buntrocks erwartungsvolle Blicke zu.

«Wir sollten keine Zeit verlieren, wenn wir den Kerl verfolgen wollen», sagte Silvester. «Meinetwegen auch nach Creglingen, obwohl ich fürchte, dass die Leute dort nicht die Muße haben werden, sich an meiner Kunst zu erfreuen.» Der Zauberkünstler war schmal geworden, sein Gesicht wirkte hohlwangig. Seit Tamars Gefangenschaft trank er nur noch wenig Bier, und man hörte ihn selten lachen; er zog nicht einmal mehr den Zwerg auf, was ein bedenkliches Zeichen war. Silvester trauerte heimlich, doch hätte er sich eher die Zunge abgebissen, als das vor seinen Freunden zuzugeben. Nun aber begannen seine Augen zu leuchten.

«Wir dürfen aber nicht vergessen, dass Regina, falls sie sich in Creglingen aufhält, gewiss gute Gründe hat, sich nicht bei uns zu melden», mahnte der Jokulator, um Silvester, der am liebsten sofort das Pferd angeschirrt hätte, ein wenig zu bremsen.

«Aber wir wollen ihr helfen», protestierte der Zwerg. «Außerdem muss ich endlich wieder die Landstraße unter meinen Füßen spüren, sonst gehe ich ein. Immer nur herumsitzen und grübeln, das liegt mir nicht.»

Rieke wandte sich um und betrachtete die verrußten Ziegelsteine, aus denen ihre Herdstelle bestand. In Gedanken schnürte sie bereits die Bündel, stellte Vorräte zusammen und vergab Aufträge. Sie würden eine Weile unterwegs sein, zunächst den Main hinunter, dann entlang der Tauber. Gewisse Vorbereitungen waren für die Reise unerlässlich. Beeilen mussten sie sich auch wegen der Karwoche, während der es Gauklern untersagt war, das Volk mit Tänzen, akrobatischen Kunststücken und Taschenspielertricks zu unterhalten. Doch das war nicht so wichtig. Die Fahrt, die ihr vorschwebte, sollte sowieso keine gewöhnliche Reise übers Land werden.

Die Überraschung kam für Rieke am folgenden Morgen. Als sie ihre Kammer verließ, hatten die Gaukler das Gepäck, Gewänder für den Mummenschanz, Requisiten und Vorräte bereits auf den beiden Wagen verstaut, die von Bernt und dem Jokulator gelenkt werden sollten. Silvester hatte sich wie gewöhnlich der allgemeinen Aufbruchsstimmung entzogen und stattdessen an seiner Zauberbühne herumgeschraubt, die seiner Meinung nach ohnehin das Herzstück ihres Auftritts bildete. Er hatte ihr einen neuen Anstrich verpasst und die Wände sowie die magische Tür mit kunstvollen Halbmonden und Tieren bemalt, von denen er steif und fest behauptete, sie würden in Ägypten leben. Da keiner der Gaukler jemals den Boden des Reichsgebiets verlassen hatte, wurde ihm auch nicht widersprochen.

Ein wenig wehmütig wurde Rieke, als ihr Blick auf die Plätze auf dem Wagen fiel, die bei dieser Fahrt leer bleiben würden. Sie hatte wenigstens ein Dutzend Mal versucht, Tamar auf dem Marienberg zu besuchen, war aber stets mit barschen Worten abgefertigt worden. Den Korb mit Leckerbissen, den sie für Tamar gepackt hatte, hatte der Kerkermeister ihr mit gierigem Grinsen aus der Hand gerissen und versichert, ihn sogleich abzuliefern. Vermutlich hatte sich der feiste Kerl nur selbst den Bauch vollgeschlagen. Rieke gab ihm Geld, damit er es Tamar angenehmer machte, frisches Stroh in die Zelle schüttete und sie einen Schluck kräftigen Würzburger Wein anstelle des kalten Brunnenwassers trinken ließ. Ob der Kerl ihr den Wunsch erfüllte, war allerdings mehr als fraglich. Rieke hatte nach jedem ihrer Besuche Mühe damit, Silvester und den Zwerg zu beschwichtigen, die damit drohten, den Kerkerwächter nach Einbruch der Dunkelheit abzupassen und in den Main zu werfen.

Die Wagen der Gaukler hatten kaum das Kloster Unterzell hinter sich gelassen, als ein Reiter sich an ihre Fersen heftete. Rieke, die hinten auf dem Wagen saß und einen Kittel flickte, stach sich vor Aufregung in den Finger. Sie erkannte sofort, wer die Truppe verfolgte. Verärgert lutschte sie an ihrem Finger, bis er aufhörte zu bluten. Dann sprang sie vom Wagen und stellte sich ihrem Verfolger mit grimmiger Miene entgegen.

«Ich fasse es einfach nicht», rief sie erbost. Der Gauklerwagen schaukelte weiter. Außer ihr hatte noch niemand die Gestalt mit dem wehenden Mantel aus rötlicher Wolle bemerkt, die nun keine zehn Schritte vor Rieke die Zügel anzog und ihren braunen Wallach zum Stehen brachte.

«Wieso verfolgst du uns, Bürgersfrau? Bist du deinem Mann wieder ausgerissen, um dich unter das fahrende Volk zu mischen? Woher, bei den Pfeilen des heiligen Sebastians, weißt du eigentlich, dass wir uns auf den Weg gemacht haben?» Noch bevor Johanna Babel ihr darauf eine Antwort geben konnte, schlug sie sich selbst mit der flachen Hand gegen die Stirn. «Du bist auch hinter dem vermaledeiten Kerl her, der Regina damals in diesen Schlamassel hineingezogen hat, nicht wahr? Du hast den Giftmischer in der Stadt gesehen und deine Schlüsse gezogen, richtig? Und da du, wie die meisten Weiber deines Standes, vor Langeweile kaum noch atmen kannst, dachtest du, du könntest ihm doch ein Stückchen folgen.»

«Falsch, Gauklerin!» Johanna Babel reckte sich im Sattel, und ihr Blick heftete sich an den Proviantwagen der Gaukler. Bernt Buntrock schwang die Peitsche, dabei pfiff er eine bekannte Volksweise über zwei Liebende, die nicht zueinanderfanden, weil ihre Eltern verfeindet waren. Das Liedchen war sehr beliebt, überall, wo die Gaukler auftraten, mussten sie es vorsingen. Doch ohne Reginas Begleitung auf der Fiedel klang die Melodie nur halb so hübsch.

«Wieso denn falsch?», fragte Rieke verwundert. Sie setzte sich in Bewegung, um den Anschluss an die Karren nicht zu verlieren. Ihre Gefährten durch einen Pfiff oder durch Rufen aufzuhalten, verkniff sie sich, denn noch hegte sie die Hoffnung, die lästige Bürgersfrau abzuschütteln und zur Rückkehr nach Würzburg bewegen zu können. Doch ihre Hoffnung zerrann, als sie die entschlossene Miene der Frau bemerkte.

«Glaubst du, ich hätte während der letzten Jahre nicht alles unternommen, um den Burschen zu finden, den Regina damals an der Pforte von St. Afra gesehen hat? Den Kerl, der Diemut von Pinzburg vermutlich das Gift verkauft hat, das sie auf den Stuhl der Äbtissin gebracht hat?» Sie lachte freudlos auf. «Du einfältiges Ding! Während mein Gemahl in Selbstmitleid zerfloss, habe ich mich auf die Suche nach Krämern und Spezereihändlern begeben. Ich kenne vermutlich jede Apotheke, jedes Herbarium im Umreis von hundert Meilen. Inzwischen wage ich zu behaupten, dass ich mich auch mit den meisten Giften und ihrer Wirkung auf den menschlichen Körper auskenne. Aber die Ehre, diesen Krämer gefunden zu haben, gebührt unserer alten Köchin, die Regina von Kindesbeinen kennt. Sie brachte vom Markt ein Bündel Lungenkraut nach Hause und beschrieb mir den Mann, der es feilbot, ganz genau. Der Rest war ein Kinderspiel. Ich habe euch beide beschattet, den Fremden und dich. Besonders viel Mühe, keine neugierigen Blicke auf dich zu ziehen, hast du dir ja nicht gegeben. Wir können froh sein, wenn der Bursche uns nicht durch die Lappen geht, weil er sich beobachtet fühlt.»

Die Gauklerin schnappte nach Luft. Sie war zutiefst empört über diesen Vorwurf, hauptsächlich deshalb, weil sie ihn sich gefallen lassen musste. Wenn sogar diese verwöhnte Bürgersfrau sie bemerkt hatte, war es mit ihren Beschattungskünsten vielleicht wirklich nicht weit her.

«Und darf man fragen, was die edle Dame nun vorhat?», wollte sie von Johanna Babel wissen. «Du kannst nicht hierbleiben!» Reginas Mutter war von ihrem Wallach abgestiegen und spazierte hocherhobenen Hauptes neben Rieke her. Mit einer Hand führte sie ihr Pferd, mit der anderen raffte sie ihr langes Gewand, um nicht über knorrige Baumwurzeln oder anderes Gehölz auf dem Pfad zu stolpern. Eine durchweg grazile Geste, die so vornehm aussah, dass Rieke beinahe vor Neid platzte. Mochten an der Frau des Stadtvogts auch noch so viele Sorgen nagen, in Riekes Beisein wirkte sie so ruhig, als ob sie sich auf dem Weg zur Frühmesse nach St. Burkhard befand. «Und warum kann ich nicht bleiben?», erkundigte sich Johanna liebenswürdig. «Bin ich zu alt und gebrechlich, um etwas für meine Tochter zu tun? Zu füllig vielleicht?» Sie schüttelte den Kopf und lief weiter. «Nein, denn sonst würdest *du* die Gauklertruppe auch nicht begleiten.»

«Ich habe es mir nicht ausgesucht!» Rieke funkelte Johanna giftig an. Diese Frau machte sie seit über zwanzig Jahren wütend. Eines Tages, das schwor sie, würde sie ihr den Hals umdrehen. «Wir haben vor, diesen Giftmischer abzufangen und ihn zu einem Geständnis zu zwingen, bevor er die nächste Stadt erreicht», sagte Rieke. Sie bemerkte, dass die Wagen langsamer fuhren. Bernt und der Jokulator hatten entdeckt, dass sie vom Wagen abgestiegen war und sich mit einer Frau unterhielt. Das würde Ärger geben, für die Bürgersfrau, aber auch für sie, denn sie hatte Bernt verschwiegen, dass Reginas Mutter wieder in ihr Leben getreten war. In einiger Entfernung lag vor ihnen ein Bach, über den ein so schmaler Steg führte, dass die Männer ohnehin absteigen und die Karren an einer anderen Stelle ans gegenüberliegende Ufer würden ziehen müssen. Johanna Babel schien das Hindernis ebenfalls zu bemerken, doch ihrer Miene war zu entnehmen, dass sie eine Begegnung mit Bernt nicht schreckte. Im Gegenteil.

«Nun, ich muss gestehen, dass ich mich mit ähnlichen Gedanken trug», bekannte Johanna. Sie beschleunigte ihren Schritt. «Dann wäre das zumindest geklärt. Wenn der Fremde mit dem morgenländischen Turban derjenige ist, den wir suchen, wird er zunächst Regina Rede und Antwort stehen, danach dem Fürstbischof. Den sollte es doch wohl interessieren, was die Schwester seines sauberen Hofbeamten alles getrieben hat, um Äbtissin zu werden.»

Bernt schäumte vor Wut, als er die Frau wiedererkannte, die begütigend den Hals ihres Wallachs tätschelte und seine Gefährten mit einer Mischung aus Neugier und Skepsis betrachtete. Er forderte eine Erklärung von Rieke, die ihm recht kleinlaut mitteilte, dass Reginas Mutter es sich in den Kopf gesetzt hatte, die Truppe der Gaukler zu begleiten.

«Ich habe mich redlich bemüht, ihr klarzumachen, dass sie hier nicht erwünscht ist und von uns weder Schutz noch Nahrung zu erwarten hat», beschwor sie ihren Mann händeringend. «Glaubst du, mir gefällt es, dass sie hier ist? Ich kann ihre Gegenwart nicht ertragen. Ihr hochnäsiges Getue, das feine Lächeln, mit dem sie mir zeigt, dass sie dem Giftmischer nur nachjagt, um ihr Gewissen zu beruhigen, sind mir lästig. Sie mag höflich und verständnisvoll sein, ja, sie behauptet ständig, niemandem zur Last fallen zu wollen. Aber ich verwette meinen letzten Zahn, morgen früh wird Silvester sein Frühstück mit ihr teilen. Wenn er es ihr nicht ganz überlässt. Der Bursche denkt doch nur mit seinem Hosenlatz!»

«Na, diese Wette wirst du gewinnen», erwiderte Bernt schlechtgelaunt. «Schau doch hinüber. Silvester bietet diesem Frauenzimmer schon seine Decke an, damit es nicht frieren muss. Sie hockt ja auch nur zehn Schritte von meinem Feuer entfernt! Tamar hätte er mit den Zähnen klappern lassen, bis sie steif und blau gewesen wäre.»

Vermutlich, dachte Rieke. Aber Liebe ging manchmal die sonderbarsten Umwege, bis sie das Herz erreichte.

Die Gaukler hatten eine Rast eingelegt, die eigentlich überflüssig war, denn bis zum nächsten Dorf war es nicht mehr weit.

Aber Bernt hielt es für nötig, erst einmal zu beraten, was sie mit dem unwillkommenen Gast machen sollten. Wie Rieke erwartet hatte, gab es von Seiten der Männer, mit Ausnahme von Bernt, nichts dagegen einzuwenden, dass Reginas Mutter sich ihnen anschloss. Als es zu dämmern begann, sandte Bernt den Zwerg als Späher aus, weil dessen Augen scharf wie die eines Falken waren und er flink wie ein Rehbock durch das Dickicht springen konnte. Sie konnten nur hoffen, dass der Mann, den sie verfolgten, noch nicht weit gekommen war und wie sie sein Nachtlager unter freiem Himmel aufgeschlagen hatte. Soweit Rieke bei den Wächtern des Stadttors in Erfahrung gebracht hatte, besaß der Krämer weder Pferd noch Maulesel und musste daher die Bündel mit seinen Pülverchen, Salben, Kräutern und Tinkturen selbst tragen. Gewiss kam er nicht schneller vom Fleck als die Gauklertruppe, auch wenn Silvesters Bühne sich nur schwerfällig bewegen ließ. In regelmäßigen Abständen hielt er an, um die Räder, auf denen seine Vorrichtung ruhte, von Ästen und Blättern zu befreien, die sich in den Speichen verfangen hatten.

«Die Buntrocks haben mich nicht besonders ins Herz geschlossen», fing Johanna Babel eine Unterhaltung mit Silvester an, während sie sich eines der Nussbrötchen schmecken ließ, die Silvester ihr heimlich zugesteckt hatte. Sie hatte ihr Pferd abseits des Gauklerlagers an einen Baum gebunden und leistete ihm Gesellschaft. Etwas anderes blieb ihr auch nicht übrig, denn Bernt hatte ihr schroff zu verstehen gegeben, dass sie ihm nicht unter die Augen kommen und sich auch von den übrigen Männern fernhalten sollte. Das beeindruckte Silvester jedoch keineswegs. Er ließ sich von Bernt nichts verbieten, schließlich war er ein erwachsener Mann und sprach, mit wem er wollte. Zu direkt wollte er sein Interesse an der gutaussehenden Patrizierin allerdings auch nicht zeigen, denn er fürchtete, sich Ärger mit Bernt und Rieke einzuhandeln, wenn er mit ihr herumtändelte. Falls sie dazu überhaupt aufgelegt war. Außerdem rührte sich das schlechte Gewissen in ihm. Tamar saß im Kerker, und er konnte seine Augen kaum von der Frau lassen, die zwar nicht jünger als die Herrin des Adamshofs war, aber über eine glatte, beinahe milchweiße Haut sowie hübsche blaue Augen verfügte. Nun wusste Silvester auch, von wem Regina ihr gutes Aussehen und die zierliche Figur geerbt hatte.

«Macht Euch keine Sorgen wegen der Buntrocks», sagte er. «Sie können Euch nicht verbieten, nach Regina zu suchen, immerhin seid Ihr ihre Mutter.» Nachdenklich betrachtete er seinen ägyptischen Tempel, für den er inzwischen ein windgeschütztes Plätzchen vor einer Gruppe dicht zusammenstehender Bäume gefunden hatte. «Natürlich möchte auch ich Regina wiederfinden. Sie ist ein gutes Mädchen, das wir alle liebgewonnen haben. Sie spielt auf der Fiedel, als könnte sie damit den Teufel zurück in die Hölle treiben, und ihre Runenleserei beherrscht sie auch recht passabel. Dennoch kommt sie mir vor wie ein Vogel, der sich die Flügel gebrochen hat und nur darauf wartet, bis es so weit ist, dass er sich endlich wieder in die Lüfte erheben kann. Rieke und Bernt wollen das nicht wahrhaben. Die glauben, Regina würde wieder zu ihnen auf den Adamshof zurückkehren.» Er schüttelte den Kopf. «Ich glaube das nicht.»

«Du bist viel einfühlsamer, als ich dachte», sagte Johanna Babel lächelnd. «Aber das solltest du deiner kleinen Tänzerin zeigen, sobald sie wieder frei ist. Rieke hat mir erzählt, dass meine Tochter vermutlich vorhatte, sich für sie einzusetzen, bevor sie verschwand. Glaubst du nicht, dass sie schrecklich eifersüchtig wäre, wenn sie sehen könnte, wie du mich anschaust?»

Silvester hatte nicht geglaubt, dass er als gestandener Mann und Gaukler, denen man ohnehin eine lockere Moral nachsagte, noch erröten konnte; doch die Hitze, die seinen Kopf durchflutete, wies genau darauf hin. Jawohl, Tamar war eifersüchtig und obendrein eine Nervensäge. Wenn er an sie dachte, fiel ihm der Scherz über Eva ein, die jedes Mal, wenn Adam nach Hause kam, nachzählte, ob auch keine seiner Rippen fehlte. Er überlegte, wie er der vornehmen Patrizierin klarmachen sollte, dass er verzweifelt nach Möglichkeiten suchte, Tamar aus der Bischofsburg zu befreien, und dass er keine Ahnung hatte, ob die Spur des vermeintlichen Giftmischers ihm dabei eine Hilfe war, als Johannas Pferd unruhig mit den Hufen zu scharren begann. Er hörte Riekes Stimme, die verkündete, der Zwerg sei zurückgekehrt, und die alle Gaukler aufrief, sich ums Feuer zu versammeln. Johanna sprang auf die Füße und reckte den Hals; näher zu treten, traute sie sich nicht.

Der kleinwüchsige Gaukler winkte seinen Gefährten bereits von fern mit einem Stecken zu, den er aus einem Zweig geschnitten hatte. Er kam jedoch nicht allein, wie die anderen angenommen hatten. In Begleitung des Zwergs befand sich der Fremde mit dem Turban. Genaugenommen war dieser sein Gefangener, denn seine Hände waren auf dem Rücken mit Hanfstricken gefesselt. Zudem wurde er von Hans mit dem Stecken gepiekt, sooft er sich umdrehte, um gegen die rüde Behandlung zu protestieren. Der Blick, mit dem der Mann die Gaukler bedachte, war feindselig. Er überschüttete sie mit einem Schwall fremdländisch klingender Wörter, die weder den Buntrocks noch ihren Freunden angenehm in den Ohren klangen.

«Halt dein Maul, Kerl», unterbrach Bernt die Schimpfkanonade brüsk, während er dem Zwerg anerkennend zunickte. «Hier versteht dich doch keiner!»

«Oh, er sagt, dass der kleine Mann ihn erst um Hilfe gebeten und dann wie ein Meuchelmörder überfallen hat!» Verwundert drehte sich Rieke um und starrte Johanna Babel an, die bereitwillig und anscheinend mühelos die letzten Sätze des Gefangenen übersetzt hatte. Die Frau des Stadtvogts lächelte milde. «Besonders gut spreche ich das Kastilische nicht, aber ich verstehe genug, um den Mann wissen zu lassen, dass er sich besser in deutscher Sprache mit euch unterhält, wenn ihm sein Leben lieb ist.»

Sowohl Rieke als auch den Männern verschlug es einen Moment lang die Sprache. Nur der Zwerg, der seinen Triumph, den arglosen Kräuterhändler überlistet zu haben, noch ein Weilchen auskosten wollte, kicherte amüsiert. Ihm schien es zu gefallen, mit welcher Beharrlichkeit die Frau des Stadtvogts sich unter den Gauklern zu behaupten verstand. Das Lachen verschwand erst aus seinem Gesicht, als die Frau ihm unvermittelt das Seil, an dem der Fremde hing, aus der Hand riss, ihn nah ans Feuer zog und mit einer blitzschnellen Bewegung einen Dolch aus ihrem Umhang hervorholte, den sie ihm an die Kehle setzte. Sie schien wie verwandelt; alles Harmlose war von ihr abgefallen.

«So, mein Freund, und nun werden wir beide uns miteinander unterhalten!», sagte sie mit gefährlich leiser Stimme. Sie stieß ihn auf die Flammen zu, die begierig nach dem Tuch seines Mantels griffen. «Und zwar über einige Flaschen mit Gift, über Diemut von Pinzburg und die Geschäfte, die dich jetzt nach Creglingen führen! Suche dir meinetwegen die Sprache aus, die dir gefällt. Fluche und lästere in ihr, wenn dir danach ist, aber wage es nicht, mich zu belügen oder mir eine Antwort schuldig zu bleiben, wenn du nicht wie ein Spanferkel im Feuer enden willst!»

27. Kapitel

Ein eigenartiges Gefühl beschlich Regina, als sie an der Seite von Helena Kessler durch den Kreuzgang des Klosters Frauental ging. Die Geräusche ihrer eigenen Schritte auf den steinernen Platten des Gangs hallten in ihren Ohren. Es war Jahre her, dass sie sich einem Kloster auch nur auf hundert Fuß genähert hatte, doch unwillkürlich begannen sich Empfindungen in ihr zu regen, die sie daran erinnerten, dass ein solches Haus einst ihr Zuhause gewesen war. Sie dachte an Dorothea, an die Handarbeitsstunden, den Lateinunterricht, ja sogar an die Arbeit im Kräutergarten und fühlte sich einsamer als je zuvor. Sie spürte Helenas fragende Blicke; die Frau war klug, sie schien zu begreifen, dass der Besuch bei den Frauentaler Nonnen in ihrer Begleiterin etwas aufrüttelte.

Die Heimstatt der Zisterzienserinnen bestand aus einer Klosterkirche und einigen, mit dem Langhaus durch Torbögen verbundenen Nebengebäuden. Das größte betrat man durch ein prächtiges Portal, an dem an Spalieren Rosen in die Höhe kletterten. Überhaupt machte der Klosterhof, der ordentlich mit winzigen Steinchen bestreut war, einen sauberen Eindruck. Auch der Kreuzgang, durch dessen Säulen Regina auf ein rechteckiges Gärtchen blicken konnte, blitzte vor Sauberkeit. Der Duft von Apfelessig und Seife, mit denen die Novizinnen des Ordens vermutlich die Steinplatten geschrubbt hatten, lag angenehm in der Luft.

Während Helena Kessler in knappen Worten davon berichtete, dass in der Klosterkirche auch eine Gruft mit der Grablege der früheren Herren von Creglingen bestand, schweiften Reginas

Gedanken immer wieder zu der armen Lisbetha, deren sterbliche Überreste in das Gewölbe unterhalb des Rathauses geschafft worden waren. Warum die Pfarrersmagd?, fragte sie sich ratlos. Was hatte sie mit Kaspar und Helena Kesslers Schwager gemein gehabt? Sie traute sich nicht, ihre Begleiterin darauf anzusprechen, wollte ihr keine Angst machen. Die Familie des Bürgermeisters barg ein düsteres Geheimnis, von dem Helena vermutlich keine Ahnung hatte. Kessler, der so rasch die Nerven verlor, erschien Regina plötzlich in einem anderen Licht. Warum hatte er sich geweigert, Lisbethas Leiche untersuchen zu lassen?

Die Äbtissin empfing Helena Kessler und Regina in einem schmalen, aber mit erlesenem Geschmack eingerichteten Kaminzimmer, von dessen Fenster man einen Blick auf das Langschiff der Kirche erhaschen konnte. Seidene Wandbehänge und bestickte Polster in warmen Farben verliehen dem Raum, in dem die Äbtissin zu ruhen pflegte, eine behagliche Note. Auf einem mit hübschen Schnitzereien verzierten Betpult entdeckte Regina einen reichbebilderten Psalter, in dem die Äbtissin vermutlich gerade gelesen hatte. Sie wühlte in ihrem Gedächtnis, um sich an die privaten Räumlichkeiten der verstorbenen Äbtissin von St. Afra zu erinnern, die sie zu Beginn ihrer Krankheit oft besucht hatte, weil diese überzeugt davon gewesen war, Reginas Spiel auf der Fiedel lindere ihre Beschwerden. Doch es gelang ihr nur, einige undeutliche Bilder heraufzubeschwören. Diemut von Pinzburg hatte zweifellos keine Zeit verloren, um aus dem bescheiden ausgestatteten Raum eine hochherrschaftliche Kemenate zu machen, die ihren Ansprüchen genügte.

Während das Alter mancher Klosterschwestern unter dem strengen Gewand ihres Ordens nur schwer zu schätzen war, ließ das Erscheinungsbild der Äbtissin Romula keinen Zweifel übrig, dass sie das achte Lebensjahrzehnt bereits vor langer Zeit überschritten hatte. Sie war klein und dürr wie eine Weidenrute; ihr Gesicht erinnerte an ein Stück verblichenes Pergament und hatte auch die gleiche Farbe. Unzählige Falten zogen sich von den Augen hinunter zur Mundpartie. Die Frau hatte hohe Wangenknochen, die spitz hervortraten, und einen kleinen Mund, von dem Regina sich fragte, ob er regelmäßig geöffnet wurde, um Nahrung einzulassen. Die meisten Zähne waren der Frau bereits ausgefallen, doch ihre Stimme klang überraschend kräftig und war von einnehmender Wärme. Gewiss war sie eine gute Sängerin, welche die Choräle, mit denen sie täglich Gott und die Jungfrau Maria pries, voller Leidenschaft und Inbrunst intonierte.

Mit einem freundlichen, aber distanzierten Lächeln streckte sie ihre nicht minder faltige Hand aus, damit Helena Kessler und Regina ihr die nötige Ehrenbezeugung erweisen konnten.

«Diese schrecklichen Vorfälle der letzten Zeit bedrücken uns zutiefst», erklärte die alte Frau mit Nachdruck. Sie schien sich aufrichtig über das Wiedersehen mit Helena Kessler zu freuen, die sich, wie Romula mit gespielter Empörung versicherte, nicht gerade oft in Frauental blicken ließ. Dabei war dieses ruhige Haus doch einst auch ihr Heim gewesen, bevor sie diesen ehrgeizigen Mann geheiratet hatte. Die Äbtissin schien von Bürgermeister Kessler keine hohe Meinung zu haben. «Wann war es das letzte Mal, dass Ihr uns mit Eurer Gesellschaft beehrtet, meine Tochter?» Sie dachte scharf nach. Ihr Gedächtnis schien trotz ihres hohen Alters noch ausgezeichnet zu sein, denn sogleich hellte sich ihre Miene auf. «Richtig, es war damals, als die Handwerker in der Unterkirche das Kreuzrippengewölbe abstützen mussten. Ihr hattet uns freundlicherweise einige Arbeiter aus der Stadt geschickt und persönlich darüber gewacht, dass den Altarfresken und den Sarkophagen unserer lieben entschlafenen Hohenloher Grafen nichts geschieht. Kaspar, der arme Junge, war dabei auch so fleißig. Friede seiner Seele. Möge Gott in seiner Barmherzigkeit ihn und die anderen armen Menschen in sein himmlisches Reich aufnehmen, denn sie sind wahrhaftig Märtyrer, die für ihren Glauben gestorben sind. Sie haben sich vor ihrem Ende geweigert, dem Heiland abzuschwören und stattdessen den finsteren Heidengott anzubeten. Diesen Handlanger des Satans.»

Regina hatte zwar keine Ahnung, ob es sich so abgespielt hatte, doch sie erhob auch keinerlei Einwände, als die Äbtissin hinzufügte: «Vater Thomas war hier. Er hat mich gebeten, einen Brief zu unterzeichnen, in dem er Vertreter der Inquisition um Hilfe bittet. Glücklicherweise ist in Frauental gerade erst ein Gast aus Würzburg eingetroffen, der uns in dieser Angelegenheit mit Rat und Tat zur Seite stehen kann.»

Bevor Helena das Wort ergreifen konnte, klatschte Äbtissin Romula energisch in die Hände. Der Nonne, die nur wenige Augenblicke später eintrat, flüsterte sie etwas ins Ohr. Es verging nur eine kleine Weile, bevor sich die Tür ein weiteres Mal öffnete. Regina glaubte, ihr Herz müsste aussetzen, als sie die Person erkannte, die mit hocherhobenem Haupt eintrat. Barmherziger, dachte sie, das alles kann kein Zufall sein!

Der wichtige Gast aus Würzburg war niemand anderes als Diemut von Pinzburg, nun Äbtissin des Klosters St. Afra.

Diemut hatte sich während der letzten Jahre kaum verändert. Ihre Haltung war von einer bedrohlichen Anmut geprägt, die jede ihrer Bewegungen zu einem Schauspiel werden ließ. Einem Schauspiel, das nur dem Zweck diente, jedermann davon zu überzeugen, dass sie Achtung und Unterwerfung verdiente. Das kleine Kreuz, das an einer Kette um ihren dürren Hals hing, mochte bescheiden aussehen, kündete aber voller Autorität von dem Amt, das seine Besitzerin einnahm. Mit einem Lächeln ging die Frau auf ihre Gastgeberin zu und küsste sie auf die Wange. Reginas Herz klopfte; sie hatte Mühe, sich zu beherrschen. Wäre sie ein kleines Mädchen gewesen, hätte sie hinter dem ausladenden Samtkleid ihrer Begleiterin Schutz gesucht, um nicht entdeckt zu werden. Doch sie war kein Kind mehr, und es gab keine Möglichkeit, sich zurückzuziehen, ohne dabei von Diemut bemerkt zu werden oder sich den Zorn der Äbtissin zuzuziehen.

«Darf ich Euch die Äbtissin eines befreundeten Klosters in Würzburg vorstellen? Sie ist seit einigen Jahren ein lieber und vor allem gerngesehener Gast in unserem Haus. Mutter Diemut, Äbtissin der Benediktinerinnen zu St. Afra.» Dann stellte Romula ihre beiden Besucherinnen vor. «Und das sind Helena Kessler, die Gemahlin des Creglinger Bürgermeisters und einst Zögling dieses Hauses, und ihre Begleiterin, Regina Sattler, eine Verwandte des Stadtschreibers.»

Regina empfand die Blicke, die aus Diemuts starren Augen schossen, wie Pfeile, die sich in ihr Fleisch bohrten. Sie hatte kaum genügend Kraft, um es Helena Kessler gleichzutun und sich höflich zu verneigen. Ungelenk machte sie einen Schritt zurück. Diemut hatte sie erkannt, daran hegte Regina nicht den geringsten Zweifel. Was als Nächstes geschehen würde, lag auf der Hand. Sie würde sich entrüstet darüber zeigen, dass eine ausgestoßene Klosterschülerin, die seit Jahren kein anständiges Leben mehr unter ehrlichen Menschen führte, sich im Gewand einer Witwe in das Vertrauen der Creglinger Oberschicht und Geistlichkeit geschlichen hatte. Sie war eine Betrügerin, und Diemut würde nicht auf den Triumph verzichten, das in die ganze Welt hinauszuposaunen.

Doch merkwürdigerweise verzichtete Diemut darauf. Mit einem liebenswürdigen Lächeln erkundigte sie sich nach Helenas Befinden und dem Aufruhr, der wegen der Morde in der Stadt herrschte.

«Auch in Würzburg ist man voller Sorge über das Ausmaß der Ketzerei, die diesen frommen Landstrich ergriffen hat», sagte sie in dem Ton, den Regina in der Klosterschule zu hassen gelernt hatte. Inzwischen hatte Äbtissin Romula ihre Gäste an die Speisetafel des Refektoriums geladen, was Helena hocherfreut und Regina widerstrebend angenommen hatte. Bei goldbraun gebackener Forellenpastete, gepfeffertem Erbsenbrei und Bier, der perfekten Fastenspeise, ließ es sich gemütlicher plaudern.

Regina aß nur wenig, sie bekam kaum einen Bissen hinunter, während die anderen kräftig zulangten. Zu Reginas Unglück hatte man ihr einen Platz direkt gegenüber von Diemut zugewiesen, der Frau, die sie vor kaum sechs Jahren ins Unglück gestürzt und den Namen ihrer Familie in den Schmutz gezogen hatte. Doch trotz ihrer Magenschmerzen dachte sie nicht daran, den Blick zu senken. Diemut hatte sie jetzt zwar nicht bloßgestellt, doch das bedeutete noch lange nicht, dass sie bereit war, Regina zu schonen. Vermutlich wollte sie ein wenig mit ihr spielen wie eine Katze, bevor sie der Maus den Kopf abbiss. Doch auch Regina waren Krallen gewachsen. Wenn Diemut es wagen sollte, Verleumdungen auszustreuen, würde sie das ebenfalls in ein schlechtes Licht rücken. «Dieser gefährlichen Raserei wahnsinniger Ketzer muss unbedingt Einhalt geboten werden, das ist auch die Ansicht des ehrwürdigen Fürstbischofs», sagte die Würzburger Äbtissin, während eine Magd ihr den mit Rubinen prunkvoll besetzten Becher nachfüllte. «Das ist doch gewiss auch Eure Meinung, Frau Sattler?» Regina hustete. Nun war es also so weit. Der Schlagabtausch konnte beginnen.

«Natürlich, aber wie ich unseren Fürstbischof und seinen treuesten Ratgeber kenne, haben sie längst Maßnahmen ergriffen, die Ordnung wiederherzustellen. Hartmut von Weikersheim soll ja ein sehr tüchtiger Mann sein, dem nichts so sehr am Herzen liegt wie der Dienst für das Hochstift. Arbeitet er nicht im Auftrag seines Herrn an einer neuen Polizeiordnung, welche die Straßen sicherer machen soll? Das wäre ein Segen, denn so manche ehrbare Jungfer musste es sich in der Vergangenheit gefallen lassen, dass ehrlose Lumpen sich über sie hermachten. Leider blieb später an so manchem wehrlosen Opfer die Schande hängen, während der Übeltäter ohne Strafe davonkam.»

Äbtissin Romula schüttelte bestürzt den Kopf; das Gespräch weckte ihr Unbehagen. «Was Ihr sagt, meine Liebe, klingt traurig», befand sie. «Das ist fast ebenso schändlich wie die Untaten des Ketzers.»

«Darf ich fragen, warum Ihr die Reise ins Taubertal auf Euch genommen habt, ehrwürdige Mutter?» Helena Kessler hatte offensichtlich ebenfalls genug vom Essen und besann sich auf den eigentlichen Grund ihres Besuchs in Frauental. Sie warf Regina einen Blick zu, der diese zur Zurückhaltung mahnte.

Diemut von Pinzburg nippte an dem Fastengebräu, wobei sie fast unmerklich das Gesicht verzog. «Ganz einfach, verehrte Bürgermeisterin. Unser Kloster in Würzburg strebt eine Gebetsverbrüderung mit Frauental an. Gegenseitig wollen die Nonnen unserer Häuser für die Seelen verstorbener Mitschwestern, aber auch großzügiger Stifter und adeliger Herren beten, die sich um den Aufbau der heiligen Kirche verdient gemacht haben. Durch die Kraft des Gebets werden wir unseren Beitrag dazu leisten, die unheilvollen Kräfte, unter denen Creglingen zu leiden hat, zu vertreiben.» Sie lächelte Regina kalt an. «Habe ich richtig gehört, dass Ihr aus Würzburg stammt, Frau Sattler? Merkwürdig, von einer Familie dieses Namens habe ich nie etwas gehört. Dabei leben wir auch hinter den Mauern unseres Klosters nicht so zurückgezogen, dass uns die Geschicke der Stadtbürger nicht berühren würden.»

Regina erbleichte. Sie begriff Diemuts Warnung auf Anhieb. Während sie noch nach einer geeigneten Antwort suchte, kam ihr Helena Kessler zu Hilfe. «Soweit mir bekannt ist, hat ein Teil von Reginas Familie in Italien gelebt. Ihr Onkel ist der berühmte Medicus Marcello di Landri, einst Leibarzt Seiner Heiligkeit des Papstes, nun Vorsteher des Heiliggeisthospitals zu Würzburg.»

«So, das wusste ich nicht», sagte Diemut mit einem eisigen Lächeln. So sehr sich die Würzburger Äbtissin auch um Haltung bemühte, ganz konnte sie nicht verbergen, dass sie die Frau des Bürgermeisters, die Regina so unverblümt zur Seite stand, nicht mochte. Ein Gefühl, das durchaus auf Gegenseitigkeit beruhte. Nur Äbtissin Romula schien die plötzliche Spannung an ihrer Tafel nicht zu bemerken. Oder sie wollte sie nicht bemerken. «Nun, das ist ja überaus erfreulich», rief sie aus. «Zumal wir nun, da wir die Ehre haben, die Witwe Sattler in unserem bescheidenen Gästequartier für ehrbare Reisende zu beherbergen, sicher auch bald das Vergnügen haben werden, den Leibarzt unseres Papstes im Kloster begrüßen zu dürfen. Was meint Ihr, Schwester Diemut, vielleicht schaut sich der gelehrte Medicus einmal die junge Nonne an, die Ihr damals der Stille unseres Hauses anvertraut habt!»

«Ich glaube nicht, dass ...»

«Eine junge Nonne?», fiel Regina der Äbtissin von St. Afra ins Wort, ohne sich um die Etikette zu scheren. Eine seltsame Aufregung ergriff sie. «Woran leidet sie?»

Die alte Frau zuckte mit den Schultern, während Diemut ihren Becher so heftig absetzte, dass etwas von dem dünnen Bier ihren Ärmelaufschlag benetzte. «Nun, anfangs war ihr Geist verwirrt, als wäre sie von irgendetwas berauscht. Sie tobte wie eine Furie und warf mit ordinären Ausdrücken um sich, sodass wir sie in strenger Klausur halten mussten. Es war unmöglich, meine Mitschwestern mit ihr zu konfrontieren. Wir haben etwa ein Dutzend Nonnen in Frauental, und die meisten sind alt und gebrechlich. Die Würzburgerin bekam ihre Mahlzeiten durch eine Öffnung gereicht, die Kaspar, der ermordete Junge, in die Wand ihrer Zelle gebrochen hat. Inzwischen aber ...»

«Es geht ihr gut», beendete Diemut von Pinzburg brüsk das Gespräch. Sie erhob sich von ihrer Bank und nickte ihrer Gastgeberin zu. «Verzeiht meine Unhöflichkeit, aber ich möchte mich gern zurückziehen, um für die Gebete zur Prim ausgeruht zu sein. Die Reise auf den holprigen Straßen war doch recht anstrengend.» Mit diesen Worten wandte sie sich um und schwebte leichtfüßig aus dem Refektorium, ohne sich von Regina und Helena Kessler zu verabschieden.

«Eine ungewöhnliche Frau», bemerkte die Gemahlin des Bürgermeisters, wobei sie Regina verschwörerisch mit dem Ellenbogen anstieß. Keine Frage, Helena Kessler hielt Diemut von Pinzburg für ein schreckliches Weib, auf dessen Anwesenheit sie gut verzichten konnte.

«Ja, die Ärmste scheint etwas auf dem Herzen zu haben.» Äbtissin Romula zuckte zusammen, als die Tür zum Korridor krachend ins Schloss fiel. «Aber lasst uns das Thema wechseln. Euer Gemahl hat also Einwände gegen den Wunsch von Vater Thomas, die heilige Inquisition zu rufen?»

Als Äbtissin Romula erfuhr, dass Vater Thomas sich über Reginas Verbleib im Haus des Stadtschreibers beschwert hatte, bot sie ihr sogleich eines der Gästequartiere im Kloster an. Mit Nachdruck bestand sie darauf, sie aufzunehmen, sodass Regina schließlich klein beigab. Mit gemischten Gefühlen begleitete sie Helena Kessler bis zur Pforte und sah zu, wie die Frau des Bürgermeisters in der Dunkelheit verschwand. Es behagte ihr überhaupt nicht, die Nacht unter einem Dach mit Diemut von Pinzburg zu verbringen, obwohl sie nicht mehr befürchtete, dass die ehemalige Priorin sie als Schwindlerin beschuldigen würde. Auf der anderen Seite konnte sie auch nicht davon ausgehen, gänzlich ungeschoren davonzukommen. Für Diemut, und damit auch für Hartmut, stellte sie möglicherweise immer noch eine Gefahr dar, selbst wenn sie keinerlei Beweise in den Händen hielt, die das falsche Spiel der Geschwister entlarven konnten.

Eine Weile hielt sich Regina in ihrer sparsam möblierten Kammer auf, einer düsteren Abseite mit einem bescheidenen Kastenbett, einem Betschemel und einem streng riechenden Teppich aus Schafwolle. Sie musste nachdenken. Erst, als auf dem Hof Ruhe einkehrte, schlüpfte sie ins Freie.

Da sie geahnt hatte, dass die Äbtissin zum Bleiben auffordern würde, hatte sie vor ihrem Aufbruch zum Kloster mit Sattler und

Marcello vereinbart, beide in der Nähe eines Gutshofes zu treffen, der wie die nahe gelegene Klostermühle zum Besitz der Zisterzienserinnen gehörte. Aus der Küferei, in der noch gearbeitet wurde, drang die glockenhelle Stimme einer Frau, die ein fröhliches Lied sang. Die Männer waren bereits angekommen. Regina sah, wie Sattler ihr zuwinkte. Er wirkte besorgt. Sein Onkel hingegen empfing sie mit einem mürrischen «Du kommst spät!».

«Diemut von Pinzburg ist bei den Frauentaler Nonnen aufgetaucht», verkündete Regina, bevor Marcello eine weitere Rüge hervorbringen konnte. «Ich glaube zwar nicht, dass sie mich beobachten lässt, aber bei ihr kann man nie wissen.»

Marcello riss entsetzt die Augen auf, als könnte er das Gehörte kaum glauben. «Meine Güte, ausgerechnet jetzt! Was hat die denn hier verloren? Und warum besteht die Alte nur darauf, dass du die Nacht im Kloster verbringen sollst, das ist zu gefährlich!»

Mathias Sattler berührte sanft Reginas Schulter. «Mein Onkel hat recht. Ich möchte nicht, dass dir etwas zustößt.»

«Mir bleibt aber keine andere Wahl», erwiderte Regina. «Ich spüre genau, dass mit Diemuts Ankunft alles eine Wendung nehmen wird.»

«Woher willst du das wissen? Verraten dir das etwa die Steine in deinem Beutel? Wenn wir erst einmal verheiratet sind, brauchst du diese Runen nicht mehr. Dann werde ich mich um unsere Zukunft kümmern.»

Regina runzelte die Stirn und fragte sich erneut, was Marcello seinem Neffen wohl über ihre Vergangenheit erzählt hatte. «Ich habe Euch doch schon gesagt, dass Ihr Euch eine Verbindung mit mir aus dem Kopf schlagen könnt. Sind denn eigentlich alle Männer begriffsstutzig?»

«Nein, nur die hübschen und klugen», erklärte Sattler ungerührt. «Und auch die nur, wenn sie sich in Gegenwart einer Frau deines Temperaments befinden. Das verschlägt uns doch die Sprache, nicht wahr, Onkel?»

«Keineswegs», meckerte Marcello. «Also, was ist nun? Uns läuft allmählich die Zeit davon. Außerdem finde ich es hier draußen ungemütlich und kalt.»

Sattler nickte. «Ich kann versuchen, Vater Thomas zu beschwichtigen, damit er seinen Brief an den Inquisitor oder diesen Abt, der sich gerade im Würzburger Schottenkloster aufhält, um die Umtriebe unseres Wotans zu studieren, noch ein wenig länger zurückhält. Vorausgesetzt, Kessler steht mir zur Seite. Aber sehr lange lässt sich der Mann nicht mehr aufhalten.»

Regina wurde nachdenklich. Eine Weile hatte sie Vater Thomas selbst im Verdacht gehabt, etwas mit den Morden zu tun zu haben. Denn erstens war er als Geistlicher unverdächtig, und zweitens wäre es ihm nicht schwergefallen, seine Magd zuerst zu erschrecken und dann zu töten. Vielleicht hatte sie etwas gesehen oder gehört, was auf den Priester hinwies. Aber wenn Vater Thomas hinter der Maske des Wotans steckte, wäre es unsinnig, sich selbst die Inquisition auf den Hals zu hetzen. Nicht nur unsinnig, sondern geradewegs verrückt. Angst vor deren Spürhunden hatten Bürgermeister Kessler und – sein Schreiber. Regina schrak zusammen, als Mathias Sattler ihre Hand nahm und sie drückte. Seine Finger waren eiskalt.

«Bitte bleib heute Nacht bei mir, Regina», bat er sie noch einmal mit seiner melodischen und doch so männlichen Stimme. Seine Lippen berührten ihr Ohr, und dieses Mal kümmerte es ihn nicht, dass sein Onkel in der Nähe war. «Weißt du, dass ich mich schrecklich in dich verliebt habe?»

«In eine Gauklerin?», fragte sie spöttisch. Bevor er antworten konnte, löste sie die Verschnürung des Lederbeutels, den sie am Gürtel ihres Untergewandes trug, und holte einige ihrer Runensteine heraus. Dann setzte sie sich im Schneidersitz unter einen Kirschbaum, der in höchster Blüte stand, hob ihre Arme weit über den Kopf und ließ schließlich die Steine vor sich auf den Boden fallen, ohne sich an den fassungslosen Blicken der beiden

Männer zu stören. Für sie sah plötzlich alles ganz einfach aus. Entweder Sattler akzeptierte sie mitsamt ihrer Vergangenheit und sah ein, dass sie eine Gauklerin war, die Violine spielte und Umgang mit Menschen pflegte, die jonglierten wie Bernt Buntrock, akrobatische Kunststücke aufführten wie der Zwerg und tanzten wie Tamar, oder sie zog von dannen, sobald sie herausbekommen hatte, wer der Mörder war und ob Diemut von Pinzburg auch in dieser schrecklichen Sache ihre Finger hatte.

Marcello starrte mit verkniffener Miene zu ihr herüber; Sattler bewahrte zumindest Haltung. Aufmerksam beobachtete er, wie Regina in das Meer von Kirschblüten schaute, wie ihre Runen gefallen waren. Wie bereits im Gewölbe des Rathauses durchfuhr auch jetzt ein Schauer ihren Körper, dem ein sonderbares Glücksgefühl folgte. Der Anblick der Steine schuf eine Verbindung zwischen ihrem Verstand und ihrem Herzen, die sie beinahe zittern ließ.

«Hast du etwas gesehen, was du uns mitteilen solltest?», wollte Sattler wissen und gab sich Mühe, dabei nicht herablassend zu klingen. Regina rechnete ihm das hoch an, denn sie wusste genau, was sie ihm gerade zumutete. Rasch erläuterte sie ihm, dass die Rune *Ehwaz*, die ein wenig tiefer als die anderen gefallen und in eine Mulde gerutscht war, auf einen Weg hinwies, den sie noch in dieser Nacht einschlagen musste, und auf ein Wiedersehen, das sowohl freudvoll als auch gefährlich sein konnte. Was das Zeichen *Eoh* betraf, so hätte sie Sattler seine Bedeutung am liebsten verschwiegen, stand es doch für eine dunkle, fast todesähnliche Phase, ähnlich wie die Rune *Laguz*, die auf eine weitere Gefahr hinwies. Die Rune deutete Bewegung an, Veränderungen und eine unkontrollierbare Kraft. Bernt hatte ihr einmal erklärt, diese Rune habe weibliche Wurzeln und könne nur von Frauen verstanden werden.

Regina verzichtete darauf, sich die letzte Rune anzusehen, doch statt sie mitsamt den anderen Steinen einfach in ihren Beutel zu legen, ließ sie sie unter dem Baum liegen und begrub sie mit einer Handvoll Blütenblättern. Es war an der Zeit, etwas zu unternehmen. Regina winkte Marcello herbei, denn sie brauchte die Hilfe des alten Arztes.

«Bürgermeister Kessler wehrt sich dagegen, dass Ihr die Leiche der armen Lisbetha untersucht», sagte sie leise. «Er hat es verboten, aber Ihr müsst es trotzdem so schnell wie möglich nachholen. Notfalls sprecht mit Vater Thomas. Erklärt ihm, dass der Fürstbischof Euch mit allen Vollmachten ausgestattet hat, dann wird er sich nicht dagegen sträuben. Ich muss unbedingt wissen, welche Runen der Mörder dieses Mal auf dem Leib seines Opfers hinterlassen hat.

Marcello zuckte ratlos mit den Achseln. Er hatte keine Ahnung, wie das Regina helfen konnte, versprach aber, sich sogleich nach St. Peter und Paul aufzumachen.

«Darf man fragen, was du im Sinn hast, während wir Vater Thomas bearbeiten?», fragte Sattler. In seiner Stimme lag ein leichter Argwohn, der Regina verriet, dass der Stadtschreiber noch immer dagegen war, sie allein in Frauental zurückzulassen. «Ich merke doch, wie es in deinem Kopf arbeitet. Du bist klüger als die meisten Frauen, die ich kenne, aber wenn du über eine Sache nachdenkst, tust du es so geräuschvoll, dass selbst der Gesang auf dem Fronhof davon übertönt wird.»

«Willst du mir etwa das Denken verbieten? Daran sind schon andere gescheitert. Ob ich im Kloster oder unter Gauklern lebe, ist mir gleichgültig, solange mir niemand vorschreibt, was ich zu tun habe.» Ohne es zu bemerken, hatte sie ihn geduzt, was ihm trotz ihrer kratzbürstigen Reaktion ein Lächeln entlockte.

«Ich werde dich im Auge behalten und über deinen Schlaf wachen. Ob du nun willst oder nicht.»

«Ich will nicht», beendete Regina seufzend den Wortwechsel. «Aber das wird dich wohl nicht davon abhalten. Doch lass dich besser nicht erwischen, es gibt Regeln, die Männern den Zutritt zu einem Frauenkloster verwehren.»

Und ich werde deswegen heute Nacht sehr einsam sein, fügte sie in Gedanken hinzu. Sattler schüttelte mit ernster Miene den Kopf. «Glaubst du wirklich, dass eine bröckelige Feldsteinmauer und ein paar schlechtbewachte Pforten ein Hindernis für einen Mörder darstellen? Was willst du denn bloß unternehmen?»

«Ich suche eine Nonne, die eigentlich nicht nach Frauental gehört», sagte Regina. Sie bedachte Sattler mit einem zärtlichen Blick, doch als die Glocken der Klosterkirche zu läuten begannen, machte sie kehrt und eilte mit wehendem Umhang auf den Eingang zu.

28. Kapitel

«Das ist bestimmt die unglaubwürdigste Geschichte, die ich jemals gehört habe», höhnte der Zwerg. Erhitzt von der Wärme des Feuers, um das die Gaukler mitten im Wald ratlos herumstanden, sah sein spitzes kleines Gesicht aus, als würde es glühen wie ein Stück Kohle in der Esse eines Schmieds.

«Dabei habe ich schon eine Menge Geschichten gehört. Und auch erzählt.»

«Aber ich sage die Wahrheit», heulte der Kräuterhändler mit erstickter Stimme. Während der letzten zehn Minuten hatte er zunächst gebockt wie ein Maultier, dann aber, als er der Glut so nahe gekommen war, dass sein langes Gewand beinahe Feuer gefangen hatte, hatte er plötzlich doch zu reden begonnen. Stockend und undeutlich hatte er den Gauklern und Johanna Babel eine Geschichte aufgetischt, die nicht nur dem Zwerg wie ein Stein im Magen zu liegen schien. Reginas Mutter blickte den Krämer eine Weile streng an, dann steckte sie ihr Messer ein und verblüffte die Umstehenden, indem sie verkündete, dem Mann zu glauben.

Rieke zerrte nervös an dem Tuch, das sie sich zum Schutz vor der nächtlichen Kälte um die Schultern gebunden hatte. «Ach, die Bürgersfrau, die soeben noch bereit war, den Halunken wie ein Ferkel zu grillen, ist also geneigt, den Ausflüchten dieses armen Irren Glauben zu schenken.»

«Ich bin kein Irrer», erhob der Gefangene ermattet Einspruch. Er hockte auf den Knien vor den Männern und keuchte. Als der Jokulator ihm gutherzig wie eh und je etwas zu trinken reichte, riss er dem Gaukler die Flasche geradezu aus der Hand; er stürzte das Wasser so rasch hinunter, dass mehr als die Hälfte davon den Waldboden tränkte. Dafür handelte er sich einen Fußtritt des Zwergs ein. «Du willst kein Irrer sein?», fauchte ihn der kleine Mann an. «Ich möchte auch kein Zwerg sein, sondern der Kaiser. Dann könnte ich endlich auf einem Seidenkissen schlafen.» Der Krämer gab etwas Unverständliches von sich. Als er den Blick hob, blitzten seine kleinen schwarzen Augen heimtückisch auf. Die Angst um sein Leben hatte er offensichtlich niedergerungen. An ihre Stelle traten Verachtung für die armselige Truppe von Gauklern und Wut auf sich selbst, weil er sich von ihnen hatte überwältigen und fesseln lassen.

Johanna Babel lehnte sich gegen den Proviantwagen, an dessen Plane der Wind stürmisch rüttelte. Auch in den Bäumen rauschte es; wie es aussah, legte das warme Frühlingswetter, das sie bislang begleitet hatte, eine Pause ein. In Kürze würde es regnen, und der Regen würde die schmalen Wege in einen schlammigen Morast verwandeln.

«Warum hast du Würzburg verlassen, wenn du, wie du vorhin erklärt hast, Diemut von Pinzburg aufsuchen willst?», fragte sie den Krämer, der es unter Bernts und Silvesters drohenden Blicken noch immer nicht wagte, sich vom Fleck zu rühren.

Erstaunt blickten sich alle zu ihr um. «Na los, du Wicht, gib der Bürgersfrau Antwort», zeterte der Zwerg, wobei er aufgeregt mit seinen kurzen Armen in der Luft herumfuchtelte.

«Weil Diemut nicht in der Stadt ist», antwortete der Krämer zähneknirschend. «Sie besucht ein Kloster bei Creglingen.»

«Dann folgen wir ihr dorthin, denn für mich gibt es nun keinen Zweifel mehr, dass Regina sich ebenfalls in Creglingen aufhält.» Johanna raffte ihr Kleid und kletterte auf den Wagen, von wo aus sie verkündete, dass sie nun ein wenig ruhen wolle, die Reise aber gern in aller Frühe fortsetzen würde. Mit einem liebenswürdigen Lächeln bat sie Silvester, ihr einen Becher Wasser zu bringen, da ihr der Appetit auf den Rest Milch vergangen sei. Den Zwerg beauftragte sie nicht minder freundlich, nach ihrem Wallach zu sehen. Sogleich taten die Männer wie geheißen, ja, sie wetteiferten dabei sogar miteinander.

Rieke schnappte erbost nach Luft. Wie hatte diese vermaledeite Bürgersfrau das nun wieder geschafft? Die dummen Burschen fraßen ihr schon aus der Hand, dabei waren sie erst seit wenigen Stunden unterwegs. Am liebsten hätte sie das freche Weib in hohem Bogen vom Wagen befördert. Da sie jedoch vor dem Kräuterkrämer keinen Streit provozieren wollte, schluckte sie ihren Ärger hinunter und begab sich zu ihrem Mann, der sein Lager am Feuer aufschlug.

«Regina muss unbedingt hören, was der Kerl uns berichtet hat», sagte er, während er es sich auf einer Decke bequem machte. «Am liebsten würde ich ihn am Kragen packen und zum Fürstbischof schleifen, damit er es vor ihm wiederholt.»

Rieke kuschelte sich an ihren Mann und ließ es sich gern gefallen, dass er die Schnüre ihres Mieders löste und sanft die Wölbung ihrer Brust berührte. Der Jokulator hielt wenige Schritte von ihnen entfernt Wache, aber er blickte nicht zu ihnen hinüber. Daher konnte sie das Liebesspiel genießen, bis sich Bernt erschöpft auf die Seite rollte. Rieke lag noch lange wach, starrte in den flimmernden Sternenhimmel und dachte nach. Wenn es nicht zu stürmen begann, konnten sie morgen ihre Reise fortsetzen, vielleicht unterwegs in einem Bauerndorf sogar noch ein paar Münzen verdienen, bevor sie an das Creglinger Stadttor klopften.

29. Kapitel

Es war gar nicht so einfach, in einem fremden Kloster eine bestimmte Nonne aufzuspüren, zumal Regina die räumlichen Gegebenheiten nicht kannte. Doch genau das hatte sie vor. Sie erinnerte sich daran, wie verstört Diemut von Pinzburg bei der bloßen Erwähnung dieser Klosterschwester reagiert hatte. Obwohl sie sich einredete, dass das, was ihr im Kopf herumspukte, eine fixe Idee war und unmöglich der Wahrheit entsprechen konnte, beschlich sie doch ein Gefühl, dass die Rune, die sie geworfen hatte und die von einer unerwarteten Begegnung kündete, sie nicht trog. Vielleicht war ja wirklich mehr an der Sache mit den sprechenden Steinen als der faule Zauber, den sie auf Jahrmärkten und Kirchweihfesten heraufbeschwor.

Die Stunden bis zur Prim, dem frühesten Gebet, das im Kloster von allen Nonnen gemeinsam gesprochen wurde, schienen im Schneckentempo zu vergehen. Doch früher durfte sich Regina nicht aus ihrer Kammer wagen, da sie sonst Gefahr lief, der Äbtissin oder Diemut von Pinzburg in die Arme zu laufen. Auf dem Weg zur Klosterherberge war sie am Pferdestall vorbeigekommen, wo einige hörige Knechte damit beschäftigt gewesen waren, einige edle Tiere zu striegeln. Vermutlich gehörten diese den Nonnen von St. Afra, die Diemuts Geleit bildeten.

Es mochten Stunden vergangen sein, als Regina endlich aus der Oberkirche, wo sich auf einer Empore die Plätze der Nonnen befanden, jenen bekannten Gesang vernahm, der sie in ihrer Kindheit viele Jahre begleitet hatte. Die Nonnen versammelten sich zur Prim. Und zweifellos würden auch die Äbtissinnen Romula und Diemut unter ihnen sein.

Regina unterdrückte ein Gähnen. Sie nahm die Kerze, die in einer Bastschlinge von der Decke herabhing, und schlich leise über den menschenleeren Hof. Er war viel kleiner als der von St. Afra. Außerdem roch er wie ein Bauerngehöft nach Dung und Stroh, was die an das ländliche Leben gewöhnten Bewohnerinnen von Frauental gewiss nicht störte. Ein Blick auf die Kirche überzeugte sie davon, dass die Nonnen wohl noch eine Weile beschäftigt sein würden. Die schwere Tür zum Refektorium war unverschlossen.

Was nun?, überlegte Regina, als sich gleich zwei kalte Gänge vor ihr auftaten, die, wenn man von einigen steinernen Skulpturen absah, völlig schmucklos gehalten wurden. Der rechte Korridor führte zum Kapitelsaal, den linken hatte sie mit Helena Kessler durchquert, um zu den Privatgemächern der Äbtissin zu gelangen. Im Gebäude war nichts zu hören, nicht einmal das Klappern eines Fensterladens, doch die Stille gefiel Regina nicht. Sie erinnerte sie an zwei Menschen, die einander in heimtückischem Schweigen anstarrten und lediglich auf ein Zeichen warteten, um dem anderen an die Gurgel zu gehen. Regina fühlte sich von tausend Augen beobachtet, als sie den rechten Korridor einschlug. Sie konnte nur vermuten, dass die Zellen der Nonnen, die in kleineren Klöstern oft nur aus einem durch Bretterwände abgeteilten Raum bestanden, sich im östlichen Flügel befanden. Von dort hatten die Frauen es nicht weit zum Kapitelsaal; auch die Kirche war gut zu erreichen. Vielleicht führte sogar eine Tür hinüber zur Nonnenempore, auf der die Frauentalerinnen schlaftrunken ihre Gebete sprechen und danach wieder ins Refektorium zurückkehren konnten, ohne im Winter über den Hof laufen zu müssen.

Natürlich war es fraglich, ob die Frau, die Diemut von Pinzburg hierhergebracht hatte und die sie nun seit Jahren klammheimlich besuchte, eine der regulären Zellen bewohnte. War sie überhaupt im Haus untergebracht, oder hielt man sie irgendwo versteckt, damit sie keinen Schaden anrichten konnte?

Eine dämliche Idee, ich muss völlig verrückt geworden sein, befand Regina, als sie die Zellen der Zisterzienserinnen betrat, aber jede von ihnen leer vorfand. Ein paar Strohsäcke. Kruzifixe an den nachlässig gekalkten Wänden, durch die sich hier und da bereits das Stroh des Flechtwerks durchfraß. Das war alles. Von einer aufsässigen Nonne nirgendwo eine Spur. Vielleicht war sie längst nicht mehr aufsässig genug, um sie von den gemeinsamen Gebeten auszuschließen. Dann saß sie nun sicher drüben auf der Empore der Oberkirche, demütig im Gebet versunken, aber kritisch beäugt von Diemut.

Enttäuscht machte Regina kehrt und huschte lautlos durch den Gang, der sie zum Ausgang bringen sollte, als sie plötzlich auf einen kirschroten Vorhang aufmerksam wurde, der sich durch einen Luftzug ein wenig bewegte. Dahinter befand sich eine Tür, die in einen winzigen Vorraum und von dort zu einer hölzernen Stiege mit ausgetretenen Stufen führte. Regina trat näher, obwohl ihr grummelnder Magen sowie der schneller werdende Herzschlag sie davor warnten. Dort oben musste es weitere Kammern geben, die vermutlich nicht jedem Besucher sofort ins Auge fallen sollten. Vielleicht das *Scriptorium* oder die Schreibstube der Wirtschafterin, die im Auftrag der Äbtissin die zum Klosterbesitz gehörenden Bauernhöfe, Mühlen und Seen verwaltete. Aus der Kirche drang der melodiöse Gesang des *Benedictus pro noctem*. Viele Gebete würden nicht mehr folgen. Regina hatte sich gerade dazu durchgerungen, die Treppe hinaufzugehen, als ein Geräusch sie jäh zusammenzucken ließ. Es kam vom anderen Ende der Treppe und hörte sich für Regina an, als kratze jemand mit einem metallischen Gerät über den nackten Stein der Wand.

Das Geräusch schmerzte Regina in den Ohren. Was, bei allen Heiligen, war das? Sie glaubte, oberhalb der Brüstung einen Schatten wahrzunehmen, doch als sie ihren Fuß auf die erste

Stufe der Stiege setzte, spürte sie plötzlich eine Hand auf ihrer Schulter. Der Schreck fuhr ihr durch alle Glieder.

«Was habt Ihr hier zu suchen?»

Regina starrte in das Gesicht einer alten Nonne, die sie argwöhnisch anstarrte. Sie trug den weißen Habit der Zisterzienserinnen, ihr schwarzes Skapulier hatte sie jedoch abgelegt und die Ärmel hochgeschoben. Die runzligen Arme und Hände rochen streng nach Bärlauch und anderen Kräutern, von denen noch einige Reste an ihren Fingern klebten. Offensichtlich hatte die Frau Kräuter gehackt, bevor sie Regina beim Umherschleichen ertappt hatte. Da um diese Zeit nicht mehr gekocht wurde, vermutete Regina, dass sie mit der Schwester *Infirmaria* sprach, der Spitalmeisterin, zu deren Aufgaben es gehörte, sich um die Krankenstube zu kümmern.

«Ihr habt mich erschreckt, ich ... bin ein Gast der Äbtissin Romula.»

«Weiß ich», sagte die Nonne kurz angebunden. «Fühlt Ihr Euch unwohl?» Ein sparsames Lächeln huschte über die dürren Lippen der Nonne, während ihre Augen unvermindert streng dreinschauten. Regina nickte ergeben. «Wo Ihr es schon ansprecht, Schwester, also ich verspüre tatsächlich ein unangenehmes Ziehen im Unterleib. Als ich dann auch noch dieses fürchterliche Geräusch hörte ...»

«Ein Geräusch?» Die Zisterzienserin runzelte die Stirn. «Unsinn. Ich habe nur Eure Schritte gehört, sonst nichts. Meine Mitschwestern sind in der Kirche. Kommt jetzt, es ist bereits spät, und ich wurde nur von den Gebeten befreit, um ein wichtiges Arzneimittel herzustellen, nicht aber, um mich auf dem Korridor über Geräusche zu unterhalten, die Ihr Euch nur eingebildet haben könnt. Meine Gehilfin wird Euch einen Sud aus getrocknetem Frauenmantelkraut kochen. Der wird Euch stärken.»

Die Gehilfin der Frau hockte auf einem Schemel in der Krankenstube, die sich nur wenige Schritte von der Treppe entfernt befand und in einen schlauchartigen Raum mit mehreren Betten mündete. Doch dort lag niemand. Auf dem Tisch, der fast die gesamte Breite des *Infirmariums* einnahm, waren verschiedene Kräuter zu sehen, die entweder gehackt oder an den Stielen zusammengebunden werden mussten, damit man sie aufhängen und trocknen konnte. Als Reginas Blick auf die mit Feuereifer arbeitende Gehilfin fiel, entfuhr ihr ein Schrei.

«Dorothea?»

Sie hatte es geahnt. Nein, das war der falsche Ausdruck. Gefühlt hatte sie es. So, wie alte Menschen es zuweilen fühlen, wenn das Wetter umschlägt, hatte sie gespürt, dass sich ihre Dorothea hinter der Würzburgerin verbergen musste, die Diemut von Pinzburg in den vergangenen Jahren hier aufgesucht hatte.

Mit einem Jubelschrei stürmte sie an der verblüfften Zisterzienserin vorbei und warf sich der Freundin, die von ihrem Schemel aufgestanden war, in die Arme. Die beiden Frauen umklammerten sich wie Schiffbrüchige, die endlich, nach langer Zeit, wieder Boden unter den Füßen spürten. Was Regina betraf, so schwankte der Boden gewaltig, so sehr zitterten ihre Beine aufgrund des erhofften, aber doch unerwarteten Wiedersehens.

«Alle glaubten, du seiest tot», schniefte sie schließlich. «Ermordet von … du weißt schon, von wem.» Sie holte tief Luft und blinzelte unter Tränen, damit sie ihre Freundin ansehen konnte. Dorothea war immer noch so rundlich wie früher, dennoch erschien sie Regina verändert. Ihre Augen waren glanzlos und leer. Die Gemütlichkeit, die ihr damals in St. Afra zu eigen gewesen war, schien ihr abhanden gekommen zu sein. Obwohl sie sich über das Wiedersehen mit Regina freute, hielt sie das nicht davon ab, sogleich wieder zum Hackbeil zu greifen und Kräuter zu hacken.

«Wie du siehst, lebe ich noch. Ich erfreue mich sogar bester Gesundheit.» Dorothea blickte Regina nicht an, während sie sprach. Der frische Bärlauch nahm ihre ganze Aufmerksamkeit in Anspruch. Keines der Ringlein, die sie schnitt, unterschied sich vom anderen, was Dorothea offensichtlich zufriedenstellte.

«Aber Diemut ...»

Die Nonne hörte abrupt auf zu hacken. Zum ersten Mal sah sie Regina an. Scharf und ohne jedes Mitgefühl. «Ich habe ihr viel zu verdanken, Regina. Daher möchte ich nicht, dass du falsches Zeugnis ablegst oder dich in irgendwelchen verrückten Ideen verfängst.» Sie fuhr mit dem Finger über die blanke Schneide des kleinen Hackbeils, um einige Kräuterreste zu entfernen. «Sieh mal, dass dir möglicherweise damals im Kloster Unrecht widerfuhr, ist traurig, und doch hättest du die Möglichkeit gehabt, dich einem Büßerinnenorden anzuschließen, anstatt davonzulaufen. Ich jedenfalls habe aus meinen Schwächen und Fehlern gelernt und sie bereut.»

«Dorothea war ein widerspenstiges Geschöpf, als sie zu uns gebracht wurde, aber nun hat sie ihren Frieden gefunden», mischte sich die Klosterapothekerin ein, die Wasser erhitzte, um Reginas Frauenmantelgebräu gegen das vermeintliche Ziehen im Unterleib anzusetzen.

Das kann ich jetzt auch gebrauchen, dachte Regina düster. Ein Schluck gewürzter Wein wäre allerdings noch besser gewesen. Was hatte Diemut nur mit ihrer einst so lebenslustigen Freundin gemacht?

«Ganz einfach», antwortete Dorothea lächelnd, als Regina ihr diese Frage stellte. «Sie hat mir geholfen, mich darauf zu besinnen, warum ich eigentlich die Gelübde abgelegt habe. Nicht, um ein angenehmes Leben zu führen und immer fetter und träger zu werden, obwohl ich den Kampf gegen diese Sünde wohl bis zu meinem Lebensende ausfechten werde. Unter deinem Einfluss, liebe Regina, habe ich die Regel des heiligen Benedikt zu oft gebrochen. Ich bin ungehorsam gewesen, und das hat meine Seele belastet.»

«Ach, wirklich?» Obwohl Regina sich vor Augen hielt, dass

die Person, die mit ihr sprach, ihre Dorothea war, die so manches durchgemacht haben musste, gelang es ihr kaum, den Ärger zu bezwingen. «Meinst du denn, meine Seele hätte es nicht belastet, als ich von diesem Mann, der mir auch noch Liebe vorgegaukelt hat, im Stall überfallen wurde? Hast du dich gefragt, warum gleich zwei Nonnen zur Stelle waren, die mich nicht leiden konnten, sowie ein Mädchen aus der Klosterschule, das mich verabscheute?»

«Jutta von Hochstein? Wie ich hörte, hat sie einen Grafensohn geheiratet.»

«Grafensohn oder Schinderknecht, das ist mir gleichgültig, denn sie werden mit ihrer Schuld leben müssen bis zum Jüngsten Gericht. Sie haben falsches Zeugnis gegen mich abgelegt. Das weißt du ganz genau, denn damals wolltest du mir noch helfen, das weiß ich von Marcello, dem Arzt, den *du* zum Kloster bestelltest, um ihm etwas mitzuteilen. Du warst es doch. Was hattest du herausgefunden?»

«Ich glaube, an Eurem Ziehen im Leib ist die Galle schuld», warf die Spitalmeisterin in strengem Ton ein. «Ihr müsst nun gehen, wir haben noch eine Menge Arbeit zu erledigen. Der Klostergarten ist so verwildert.» Sie seufzte. «Als sich noch Zöglinge wie Helena Kessler um ihn kümmerten und ihn bepflanzten, sah er anders aus. Sie wusste über die Wirkung jedes Krautes Bescheid.»

Regina stand der Sinn nicht nach einem Gespräch über die Gärten von Frauental. Daher warf sie Dorothea, die schon wieder hackte, noch einen bekümmerten Blick zu und verließ dann mit den letzten Klängen des Nachtsegens eilig die Krankenstube.

Am nächsten Tag zog die Truppe der Gaukler durch ein Dorf. Die Trommel schlagend, hüpfte der Zwerg voraus, schnitt Grimassen und kündigte ein Spektakel an, an das sich die braven Bauern, Schuhmacher, Weißgerber und Sattler noch in zwanzig

Jahren erinnern sollten. Wie immer bildete Silvesters magischer Tempel das Herzstück der Vorführung. Mit aufgerissenen Augen starrten die Menschen auf die Tempeltür, die sich ohne Zutun bewegte. Gern waren sie bereit, die Gaukler danach mit einigen Schläuchen Wein, gepökeltem Schweinefleisch und einem Sack voller Haselnüsse zu bezahlen. Schwer beladen rumpelten die Karren weiter. Keinen der Männer zog es dieses Mal in die örtliche Schenke. Ihr Ziel lag in greifbarer Nähe.

Als Rieke die ersten Türme der Stadtbefestigung von Creglingen ausmachte, zogen sich dunkle Wolken am Himmel zusammen. Kurze Zeit später fielen die ersten Tropfen. Bernt knallte mit der Peitsche und trieb das Pferd zur Eile an, doch vor dem Stadttor erlebte er eine böse Überraschung.

«Kein Zutritt zur Stadt, Gaukler», rief ihm einer der Torwächter aus einem kleinen Fenster unterhalb des Wehrgangs zu. «Zieht weiter nach Rothenburg ob der Tauber oder lagert meinetwegen bei der Fuchsmühle oder auf dem Klosterhof, bis die Ratsherren entschieden haben, ob sie die Tore wieder für fremdes Gesindel öffnen lassen wollen.»

Rieke sprang leichtfüßig vom Wagen und näherte sich der Mauer. Sie hatte vor verriegelten Stadttoren schon oft eine Abfuhr hinnehmen müssen, gehässige Worte kränkten sie längst nicht mehr. Manchmal ließen sich die Wächter sogar umstimmen, wenn sie ein wenig die Hüften kreisen ließ, ein Lied sang oder die Kunststücke anpries, mit denen sie und ihre Gefährten die Bürger der Stadt unterhalten wollten. Doch auch Rieke hatte heute kein Glück; der Mann am Fenster schüttelte den Kopf und scheuchte sie in den Regen hinaus wie eine lästige Stubenfliege.

«Was machen wir jetzt?», fragte der Jokulator. Er zog seinen Federhut tiefer in die Stirn, um sich vor dem Regen zu schützen. Die Wagen hatten er und der Zwerg aus dem Blickfeld der Stadtwächter geschoben. «Wie sollen wir Regina denn finden, wenn wir nicht einmal in die Stadt hineindürfen?»

Johanna Babel ergriff mit einem Lächeln Silvesters Hand, der ihr half, vom Wagen zu steigen. Zu Riekes Überraschung hatte die Bürgersfrau sich umgekleidet, was bei dem Schaukeln mit Sicherheit nicht leicht gewesen war. Sie trug eine kostbare Robe aus violettem Samt, die dem Schnitt und den Stickereien nach burgundischer Mode entsprach und in einer Schleppe auslief. Ihr sorgfältig zurückgebürstetes Haar zierte ein mit winzigen Perlen besetzter Kopfputz von auserlesenem Geschmack. Obwohl Rieke bereits in Burgen des Adels und bei wohlhabenden Kaufleuten aufgetreten war, staunte sie nicht schlecht, als Johanna ihr in dieser Aufmachung entgegenkam.

«Ich schlage vor, wir trennen uns», sagte Reginas Mutter gleichmütig. «Ihr kommt mit den Gauklerkarren nicht in die Stadt, aber vielleicht lassen die Wächter mich zu Pferd hinein. Eine einzelne Edeldame auf dem Weg zur Herrgottskirche, die ihre Reisegesellschaft verloren hat, werden diese Büttel nicht im Regen stehenlassen, falls sie sich keinen Riesenärger einhandeln wollen. Außerdem kann ich mit einer Reihe wohlklingender Namen von Stadtbewohnern aufwarten.»

Rieke musste ihr wohl oder übel zustimmen, auch wenn sie sich fragte, ob Johanna Babel nicht ein klein wenig übertrieb. Nun gut, die Stadtwächter schienen auch nicht die Hellsten zu sein. Als Silvester den Wallach brachte, der brav hinter dem letzten Wagen hergetrabt war, fasste sie einen Entschluss. Sie rief ihren Mann.

«Bernt, ihr müsst ohne mich einen Lagerplatz finden», sagte sie festentschlossen. «Ich werde mich als Dienerin dieser feinen Edeldame ausgeben, damit auch ich eingelassen werde.»

Nachdenklich legte Bernt die Stirn in Falten. Er kannte die Abenteuerlust seiner Frau genau, aber er wusste auch, dass es ihr dieses Mal um etwas anderes ging. Sie wollte nur ungern zurückbleiben, während die Frau des Vogts Regina suchte. Es war wohl das Beste, sie gehen zu lassen.

«Vielleicht sollten wir es alle versuchen?», schlug der Jokulator vor. «Creglingen fürchtet sich vor einem Mörder, der durch ihre Gassen schleicht. Da wäre es doch nicht klug, die beiden Weiber allein zu lassen, oder?» Er lächelte verschmitzt. «Eine edle Patrizierin kommt doch nicht mit einer einzigen Dienerin aus. Sie braucht auch einen oder zwei stramme Knechte für ihr Geleit.»

«Ich kann mich nicht erinnern, Euch in meine Dienste genommen zu haben», meinte Johanna Babel. «Aber wenn Ihr meint, dann kommt eben mit. Nur sorgt dafür, dass jemand unseren Quacksalber bewacht, damit er uns nicht entkommt. Seine Aussage vor dem Fürstbischof ist von großer Wichtigkeit!»

Rasch wurde entschieden, dass der Zwerg zurückbleiben sollte, da er in der Stadt sicher Argwohn erregen würde. Doch das bereitete dem kleinen Gaukler keinen Kummer, zumal er während der Abwesenheit seiner Gefährten auch Herr über den Proviantwagen war. Er würde sich einige der fetten Würste, Nüsse und Äpfel gut schmecken lassen.

«Wehe, du säufst mir den ganzen Wein weg», maulte Silvester; er verpasste dem Zwerg zum Abschied eine Kopfnuss, für die der sich mit einem gezielten Tritt gegen Silvesters Schienbein bedankte.

30. Kapitel

Als Regina sich früh am nächsten Morgen in die Pfarrgasse aufmachte, tat ihr der Kopf weh, und ihre Nase lief schneller, als sie sie putzen konnte. Zu ihrer Erleichterung traf sie am Klostertor Mathias Sattler, der sie begleiten wollte. Der Ärmste sah nicht besser aus als sie. Er war unrasiert, und die Ringe unter seinen braunen Augen verrieten ihr, dass er die Nacht über nicht in seinem Bett gewesen war, sondern die Klostergebäude im Auge behalten hatte. Regina hoffte, dass er wenigstens einen Unterschlupf gefunden hatte, denn fast die ganze Nacht über hatte es geregnet. Nach der bedrückenden Begegnung mit Dorothea freute sie sich, Sattler zu sehen. Am liebsten hätte sie sich an ihn geschmiegt und ihn geküsst, denn sie sehnte sich nach einem Moment von Geborgenheit.

«Du meinst also, dass es dieser Diemut von Pinzburg gelungen ist, deine Freundin einzuschüchtern?» Sattler pfiff leise durch die Zähne, was Regina ärgerte, denn es klang fast wie Bewunderung für die Durchtriebenheit dieser Frau. War es das, was Männer bei Frauen anziehend fanden? Raffinesse? Nun, gewiss waren nicht alle Männer so. Wenn Regina an ihren Vater dachte, so war diesem früher stets der Kragen geplatzt, wenn ihre Mutter auch nur den Mund geöffnet hatte, um ihm zu widersprechen. Sattler ging über ihre finsteren Blicke mit der ihm eigenen Gelassenheit hinweg. Er lächelte sogar. «Onkel Marcello will dich sehen», sagte er, als das Stadtschreiberhaus mit seinen roten Dachziegeln vor ihnen auftauchte. «Er hat Lisbethas Leiche untersucht, während ich Vater Thomas abgelenkt habe. Das wolltest du doch.»

«Wie ich vermutet habe», erklärte der alte Arzt, als sie wenige Minuten später in Sattlers Stube saßen. «Der armen Frau wurde durch einen kleinen Kratzer unterhalb des Schlüsselbeins Gift verabreicht und dann das rechte Auge ausgestochen. Diese verflixten Zeichen auf ihrem Körper habe ich auch wieder gefunden, wobei der Mörder diesmal keine Zeit hatte, das Weib zu entkleiden. Er hat einfach durch den Stoff ihres Kittels ... Hört ihr mir überhaupt zu?» Marcello schüttelte den Kopf.

«Regina hat im Kloster Frauental ihre Freundin aus St. Afra wiedergefunden», erklärte Sattler. «Du weißt schon, die Nonne, von der wir annahmen, Diemut von Pinzburg habe sie getötet und dann irgendwo verscharrt. Sie ist quicklebendig und möchte nur ungern an ihr früheres Leben in Würzburg erinnert werden.»

«So, so, nun, das ist wirklich eine Überraschung.» Der Arzt runzelte die Stirn, als das Klopfen an der Eingangstür ihn unvermittelt aus seinen Gedanken riss. Ein Bote überbrachte Sattler ein Schreiben, das dieser zunächst achtlos auf den Tisch warf. Als Schreiber bekam er andauernd irgendwelche Briefe, die städtische Angelegenheiten betrafen. Aber bis zur nächsten Versammlung der Stadtoberen blieb ihm noch ein wenig Zeit, die er mit Regina verbringen wollte. Doch der gingen derweil andere Dinge im Kopf herum. Was hatte sie übersehen, was überhört? Etwas, das sie im Kloster aufgeschnappt hatte, beunruhigte sie zutiefst. Gestern hatte sie nicht weiter darüber nachgedacht, was sicher ein Fehler gewesen war. Und nun war sie sich nicht mehr sicher. Sie hätte auf der Stelle nachhaken sollen. Aber warum mordeten Menschen überhaupt? Nun, dazu fielen ihr Gründe ein: Habgier, Eifersucht, Rache. Manche glaubten, sich oder jemanden, der ihnen nahestand, nur so beschützen zu können. Natürlich gab es noch die Wahnsinnigen, die aus Triebhaftigkeit, nicht aus Berechnung, töteten.

Es half alles nichts, sie musste nach Frauental zurückkehren, um noch einmal mit der Äbtissin und Dorothea zu sprechen.

Sie stand auf und ordnete die Röcke, die sie verabscheute, weil sie ihr das Gehen schwermachten. Überhaupt drohte diese unmögliche Witwentracht ihr allmählich die Luft abzuschnüren. Die Halskrause musste sie unbedingt loswerden, bevor sie ins Kloster zurückkehrte. «Vergesst Euren Brief nicht», sagte sie zu Sattler, der mit auf dem Rücken verschränkten Armen aus dem Fenster starrte. «Vielleicht ist er ja wichtig.»

«Welcher Brief? Ach so, ja.»

Zu Sattlers Überraschung stammte das Schreiben nicht, wie er zunächst vermutet hatte, von einem Ratsmitglied, sondern von Meister Riemenschneider, der ihm mitteilte, dass Daniel bei bester Gesundheit und in Sicherheit sei.

«Gott sei Dank», sagte Regina. Erleichtert drückte sie die Hand des Stadtschreibers und wünschte sich erneut, er würde sie umarmen. «Wenigstens eine Sorge weniger.»

Rieke fand es überhaupt nicht lustig, Johanna Babels Dienerin zu spielen. Insgeheim war sie davon überzeugt, dass ihre vermeintliche Herrin sie absichtlich schalt und Wackersteine in ihre Kleiderbündel gepackt hatte, nur, um sie zu ärgern.

«Eine fleißige Leibdienerin zu finden ist gar nicht so einfach», vertraute Johanna Helena Kessler an, die sie noch vor dem Mittagsläuten in ihrem Haus empfing. Sie knabberte mit einem liebenswürdigen Lächeln an dem Mandelgebäck, das Helena ihr persönlich reichte, da ihre Hausmagd auf ihr Rufen nicht reagierte. Rieke hingegen blieb an der Tür stehen und verschränkte grimmig die Arme. Wenn die Frauen an der Tafel sich einbildeten, dass sie nur einen Finger rührte, hatten sie sich geirrt.

Da weder sie noch Johanna eine Ahnung hatten, wo sie in der Stadt nach Regina suchen sollten, waren sie übereingekommen, dass die Männer sich in den Schenken und Gasthäusern umsahen, während sie sich zum Rathaus begaben. Doch in der Amtsstube, in der es drunter und drüber ging, wimmelte man sie rasch ab, ohne ihnen die gewünschte Information zu geben. Der Bürgermeister sei nicht zu sprechen, hieß es, aber unter Umständen ließe sich vielleicht seine Gemahlin überreden, die Fremden in ihren Gemächern warten zu lassen, bis er für sie und ihr Anliegen Zeit fände.

«Ihr seid also die Mutter der jungen Witwe Sattlerin. Seid mir willkommen!» Helena Kessler sah müde von ihrem Stickrahmen auf, betrachtete die Frauen in ihrer Stube jedoch voller Aufmerksamkeit. «Sie wird sich freuen, Euch zu sehen. Wie Ihr gewiss gehört habt, sind in unserer Stadt schreckliche Dinge geschehen. Freunde und Nachbarn wurden auf furchtbare Weise getötet. Versteht mich nicht falsch, Herrin, ich bewundere Eure Tochter dafür, dass sie ihren Witwensitz verließ, um einem ebenfalls verwitweten Verwandten zur Seite zu stehen. Männer sind in vielen Dingen ja so unpraktisch veranlagt. Und das Stadtschreiberhaus braucht gewiss eine Hand, die für Ordnung sorgt, insbesondere jetzt, da auch noch die arme Magd, die dort nach dem Rechten sah, nicht mehr unter uns weilt.»

Johanna begegnete dem Blick der Bürgermeisterfrau, ohne mit der Wimper zu zucken. «Ich bin gekommen, um meine Tochter zu sehen», sagte sie kühl. «Aber ich werde mich bestimmt nicht in ihr Leben einmischen. Dazu habe ich kein Recht, nach allem, was ihr widerfahren ist.»

«Hört, hört», brummte Rieke.

«Sie könnte aber die Nächste sein, auf die man es abgesehen hat», erklärte Helena. «Wenn Ihr nur einmal gesehen hättet, wie der steinerne Wotan, ich meine die Figur an der Wand der Herrgottskirche, blutige Tränen vergießt, würdet Ihr gewiss nicht zögern, Regina auf der Stelle nach Würzburg mitzunehmen. Dort kann ihr Vater sie beschützen, hier dagegen …»

«Ihr Vater ist tot!»

«Was?», entfuhr es Rieke. Verblüfft sperrte sie den Mund auf. Ihr war egal, was diese Bürgermeisterfrau von ihr dachte. Sollte sie sie ruhig für ein freches, vorlautes Ding halten, aber Johanna würde später noch einiges von ihr zu hören bekommen. Wie konnte sie es wagen, ihr und den Gauklern diese Neuigkeit vorzuenthalten? Bernt hat mich gewarnt, sie mitzunehmen, dachte sie ärgerlich. Warum habe ich bloß nicht auf ihn gehört und die Bürgerfrau im Wald sitzenlassen?

«Wie finde ich zum Haus des Stadtschreibers?», wollte Johanna Babel wissen. Sie stand auf und schnippte mit den Fingern nach Rieke, damit die ihr ihren Umhang brachte. Rieke drehte den Kopf zur Seite.

«Oh, den Weg könnt Ihr Euch sparen, meine Liebe.» Helena warf Rieke, die nach wie vor stocksteif neben der Tür stand, einen missbilligenden Blick zu. Vermutlich erinnerte sie sich daran, was Johanna über fleißige Dienstboten gesagt hatte. «Regina ist in die Herberge der Zisterzienserinnen von Frauental gezogen. Dort werdet Ihr sie gewiss antreffen.»

Johanna Babel wurde kreidebleich; die Maske der Selbstsicherheit, die ihre wahren Gefühle verbergen sollte, zerbrach in tausend Scherben. Hastig ergriff sie die Hand der Bürgermeisterfrau, die, wie es aussah, eine Vertraute ihrer Tochter war. Eine Freundin, die es gut mit ihr meinte. «Sagt mir, Herrin, hält sich dort in Frauental auch eine Benediktinerin namens Diemut von Pinzburg auf, die Äbtissin von St. Afra zu Würzburg?»

Helena Kessler nickte. «Ich mag diese Frau nicht, Gott möge mir verzeihen. Mir ist sie unheimlich.»

Mir auch, dachte Johanna Babel, während sie sich mit einer knappen Verbeugung verabschiedete. Gefolgt von einer verdutzten Rieke, die sich anstrengen musste, mit ihr Schritt zu halten, eilte sie durch den verschlafenen Ort. Die Leute wichen ihr aus, blickten ihr neugierig hinterher, wie sie mit wehender Schleppe den Weg zum Stadttor einschlug. Johanna konnte nur beten, dass ihre Hilfe nicht zu spät kam.

Regina musste lange warten, bis sie endlich in den Kapitelsaal eingelassen wurde, wo Äbtissin Romula sie empfing. Die alte Frau lächelte ihr entschuldigend zu. Dann erklärte sie, dass sie den ganzen Vormittag über dem Entwurf des Briefes gebrütet hatte, in dem Vater Thomas den Fürstbischof aufforderte, die Inquisition nach Creglingen zu rufen, um den mörderischen Ketzer dingfest zu machen sowie alle Bürger, die ihm Hilfe und Unterschlupf gewährten, einer strengen Befragung zu unterziehen.

«Ich bin nicht glücklich über Vater Thomas' zornigen Eifer», gestand die Äbtissin. Sorgenfalten zerfurchten ihre Stirn. «Aber ich kann seine Verzweiflung verstehen. Er ist ein Priester, der im Auftrag des hochwürdigen Bischofs die Seelen seiner Pfarrkinder schützen muss. Wir haben viel zu lange gewartet, fürchte ich. Aus diesem Grund habe ich beschlossen, Vater Thomas meine Unterschrift nicht zu verweigern. Äbtissin Diemut wird die Urkunde morgen mitnehmen, wenn sie den Heimweg nach Würzburg antritt.» Die Äbtissin hob die Hand, womit sie zum Ausdruck brachte, dass sie nicht gewillt war, das Thema weiterzuverfolgen. Höflich fragte sie Regina, womit sie ihr helfen konnte, doch einen Stuhl bot sie ihr dieses Mal nicht an. Sie war in Eile. Die vielen engbeschriebenen Schriftstücke auf dem Pult, unter denen sich auch die Verträge zwischen den Frauentalerinnen und den Nonnen von St. Afra befanden, mussten noch gesiegelt werden, bevor sie dem Generalkapitel der Zisterzienser vorgelegt werden konnten. Davon abgesehen war schon fast wieder Zeit für die Vesper.

«Ihr sagtet gestern, der junge Kaspar habe sich im Kloster nützlich gemacht, bevor er beschlossen hat, dem Bildschnitzer Tilman Riemenschneider zu dienen. Darf ich fragen, mit welchen Aufgaben er beschäftigt war? Wie ich vom Stadtschreiber gehört habe, ließ sein Gemütszustand nicht zu, dass man ihm allzu vertrauensvolle Pflichten auferlegte.»

Die Äbtissin dachte scharf nach. «Meine Schwestern ließen ihn im Garten arbeiten. Wir haben einen wunderbaren Kräutergarten, der so viele Pflanzen enthält, dass ich mich damit schwertue, sie auseinanderzuhalten. Der Garten blühte schon, als ich selbst noch eine junge Novizin war. Kaspar war allerdings nur für leichte Arbeiten zu gebrauchen. Unkraut jäten und dergleichen. Dann fanden wir heraus, dass er sich für das Gewölbe unterhalb der Klosterkirche interessierte.»

«Richtig, Ihr sagtet auch, es seien Ausbesserungsarbeiten nötig geworden», sagte Regina. «Die Kesslers halfen Euch, das Gewölbe wieder abstützen zu lassen.»

«Wollt Ihr es gern sehen? Die Fresken über dem Altar, die unseren Herrn Jesus Christus und seine Apostel darstellen, sind einfach herrlich. Sooft ich kann, verbringe ich dort unten ein wenig Zeit im Gebet.»

Regina folgte der Äbtissin hinüber zur Kirche. Ein starker Wind war aufgezogen, der an den Kleidern der Frauen zerrte. Romula schritt trotz ihres Alters wacker voran; ihr Schlüsselbund klirrte bei jedem Schritt. In der Kirche war zu dieser Stunde keine Menschenseele. Die Nonnen gingen noch ihren verschiedenen Tätigkeiten in Haus und Garten nach. Eine gewisse Beklemmung überfiel Regina; mehr denn je wünschte sie sich, Mathias Sattler wäre bei ihr. Wenn er eine Gauklerin wie sie lieben konnte, sollte sie ihm dann nicht auch eine Chance geben, dies zu beweisen? Der würzige Weihrauchduft, der von der letzten Messe herrührte, stieg ihr in die Nase, als sie sich mit geweihtem Wasser bekreuzigte und danach eine Kerze aus der Hand der Äbtissin entgegennahm. Nachdenklich betrachtete sie die drei buntbemalten Heiligenfiguren, vor denen Romula stehengeblieben war.

«Ehrwürdige Mutter?»

Eine der Novizinnen huschte mit wehendem weißem Gewand durch den Gang und rief nach der Äbtissin, bevor diese mit Regina die Treppe zum Gewölbe hinuntergehen konnte. Die alte Frau wurde am Tor erwartet. Es sei dringend, ließ man ihr ausrichten. Romula zuckte enttäuscht mit den Schultern. Sie hatte sich gefreut, ihr Asyl bei den Fresken aufsuchen zu können, doch wenn es wirklich wichtig war, durfte sie nicht säumen.

«Folgt der Treppe hinter dem Altar, bis Ihr auf die Stufen zur Grablege der Hohenloher Grafen stoßt», sagte sie zu Regina. «Ihr könnt den Altarbogen mit den Fresken gar nicht verfehlen. Aber passt auf, dass Ihr die Kerze nicht verliert, sonst seht Ihr dort unten die Hand vor Euren Augen nicht!»

In dem von Kreuzrippen getragenen Gewölbe war es so kalt, dass Regina ihren eigenen Atem sehen konnte. Gräber und Kälte gehörten offenbar zusammen. Vorsichtig schritt sie auf die eingelassenen Platten zu, unter denen die sterblichen Überreste der einstigen Herren über die Gegend ruhten. Im dürftigen Licht der flackernden Kerze war es schwierig, die Inschrift zu entziffern, doch nach einigen Anläufen fand Regina die Grablege der adeligen Brüder, die, von frommem Eifer getrieben, nicht nur das Kloster, sondern auch die Herrgottskirche gestiftet hatten.

Im Jahre des Herrn 1390 war die Linie der Grafen im Mannesstamm ausgestorben, worauf der gesamte Besitz dem Haus Brandenburg-Ansbach zugefallen war. Regina wandte sich der Deckenkonstruktion des Gewölbes zu. Nach dem, was die Äbtissin gesagt hatte, hatte Kaspar mitgeholfen, es zu stützen. Verflixt, es musste doch ein Zusammenhang zwischen all diesen angeblich zufälligen Verbindungen bestehen. Regina spürte ihr Herz schneller schlagen; sie ahnte, dass sie der Lösung des Rätsels gefährlich nahegekommen war. Aber wo war sie zu finden? Im Grab der verstorbenen Grafen von Hohenlohe-Brauneck? In den Wänden der Apsis, die zusammengebrochen war, nun aber aufgrund des Opferwillens der Familie Kessler wieder wie neu aussah? Die Kesslers schienen sich für Frauental verantwortlich zu fühlen, gerade so, als hätten sie die Nachfolge des ausgestorbenen Grafengeschlechts angetreten.

Regina leuchtete den Altarbogen ab und betrachtete die Fresken. Sie stellten zwölf Gesichter dar, die Apostel des Herrn, und ein dreizehntes, das Jesus Christus zugeordnet werden konnte. Doch weiter hinten erkannte Regina noch ein Wandbild, das vom Schatten des Altars nahezu verdeckt wurde. Anders als bei dem Apostelfresko wirkten die Farben hier recht blass; die Äbtissin schien eine Restaurierung der Malerei für überflüssig gehalten zu haben, lag sie doch versteckt an der hinteren Altarseite. Trotz des Dämmerlichts erkannte Regina das Bild eines bärtigen Mannes, der im martialischen Gewand eines Ordensritters einen Pflug über einen Acker führte. Vermutlich sollte es den Grafen Konrad zeigen, der die Herrgottskirche einst gestiftet hatte. Natürlich war nicht er es gewesen, der beim Pflügen eine Hostie gefunden hatte, doch der Künstler hatte sich eben beim Ausmalen des Gewölbes einige Freiheiten erlaubt. Das war nichts Ungewöhnliches. Ungewöhnlich kam Regina jedoch die anschließende Szene vor. Jemand hatte versucht, sie mit einem Stein oder einem Meißel unkenntlich zu machen, was ihm auch fast gelungen war. Die wenigen dürftigen Überreste verrieten Regina mit viel Phantasie, dass der Mann seinen Acker inzwischen verlassen hatte und nun in einem Gebäude stand, wo er sich an einer der Wände zu schaffen zu machen schien.

Regina durchfuhr die Erkenntnis wie ein Blitz; vor Aufregung ließ sie die Kerze fallen. «Auch das noch», murmelte sie aufgeregt, während sie sich bückte, um die Kerze wieder aufzuheben, bevor die Flamme das Altartuch in Brand steckte.

Sie bemerkte die Schritte auf der Treppe nicht, denn die Person, die sich auf sie zu bewegte, bemühte sich, Lärm zu vermeiden. Erst als Regina ihren Blick hob und der Schein einer Laterne auf ihr Gesicht fiel, wurde ihr klar, dass ihr der Weg zur Oberkirche versperrt war.

«Ich habe beobachtet, wie die Äbtissin mit dir in die Kirche hineinging, aber allein wieder herauskam!» Diemut von Pinzburg stand hocherhobenen Hauptes vor der schmucklosen Grabplatte, mit einem kalten Blick musterte sie Regina. «Da wusste ich, dass dies die letzte Gelegenheit sein würde, mich mit dir unter vier Augen zu unterhalten. Wollen wir hinauf ans Tageslicht gehen?»

Regina wollte nicht, sie traute Diemut von Pinzburg kaum mehr über den Weg als einem Beutelschneider. Andererseits war es ebenso unklug, in der Krypta zu bleiben. Hier unten hörte sie niemand, wenn sie um Hilfe rief. Nirgendwo gab es eine Fluchtmöglichkeit, der einzige Weg nach draußen führte über die schmalen Stufen, die Diemut wie der Höllenhund Zerberus bewachte. Betroffen wich Regina zurück, bis sie mit dem Fuß gegen ein Kniebänkchen stieß.

«Was wollt Ihr von mir?», fragte sie mit zitternder Stimme.

«Mit dir reden, das habe ich doch gerade gesagt!» Diemut von Pinzburg verzog das Gesicht zu einer Grimasse, die Regina nur als höhnisch empfinden konnte. «Du hast dich vielleicht gefragt, warum ich dich gestern nicht verraten habe?»

«Ihr vertauscht unsere Rollen ein wenig zu freimütig, ehrwürdige Mutter. Ich bin nicht diejenige, die etwas zu verbergen hat. Das seid *Ihr*!»

Diemut winkte verächtlich ab. «Es wird dir schwerfallen, das zu beweisen. Was ich aber mit Hilfe von Zeugen beweisen kann, ist die Tatsache, dass du dich den guten Zisterzienserinnen als ehrbare Witwe vorgestellt hast, in Wahrheit aber überall als davongejagte Hure, als Gauklerdirne und Betrügerin giltst. Aber der Betrug scheint in deiner Familie heimisch zu sein, wenn ich an deine Mutter denke. Ich habe schon vor Jahren herausgefunden, dass sie den Ketzer unterstützte, der sich ‹heiliger Jüngling› nannte. Leider konnte ich es nicht beweisen, da dein Vater alles vernichtete, was sie hätte verraten können. Bis auf die Fiedel, auf der du im Kloster so oft gespielt hast. Nun, mir kann das heute gleichgültig sein, solange du weder ein Wort über St. Afra äußerst noch verrätst, mit welchem Auftrag dich mein Bruder ins Taubertal geschickt hat. Hartmut verlangt nach wie vor bedingungsloses Stillschweigen von dir. Bis zu deinen Eltern mag seine Macht noch nicht reichen, aber wenn ich mich nicht irre, sitzt da immer noch ein Mädchen im Verlies.»

Regina schossen vor Wut die Tränen in die Augen, doch ihr Zorn richtete sich mehr gegen sich selbst als gegen Diemut. Da hatte sie sich all die Jahre auf dem Adamshof ausgemalt, was sie der Frau an den Kopf werfen würde, die ihr Leben zerstört hatte. Doch nun, da sie vor ihr stand, fehlten ihr die Worte, weil sie an etwas anderes dachte. Diemut von Pinzburg war unwichtig geworden, es ging darum, eine weitaus gefährlichere Person unschädlich zu machen, bevor diese ein weiteres Mal töten würde.

«Geht mir aus dem Weg», verlangte Regina. Hastig wischte sie sich die Augen trocken. Erfreut stellte sie fest, dass sie keine Angst mehr vor der Äbtissin und ihren Drohungen hatte. Das war für immer vorbei. Wenn sie den heutigen Tag überlebte, würde Diemut nur noch eine unangenehme Erinnerung sein, die mit der Zeit verblassen würde wie die Fresken des Altarbogens. «Eurem Bruder wird es nicht gefallen, dass Ihr mich aufhaltet. Von Euch beiden ist doch inzwischen er derjenige, der die wahre Macht in den Händen hält, nicht wahr? Ihr habt ihn dem Fürstbischof empfohlen, aber Euer Schüler ist flügge geworden und hat jede Menge dazugelernt. Er braucht Euch nicht mehr. Im Gegenteil, heute verlangt er von Euch, die Zunge im Zaum zu halten, um meine Mission nicht zu gefährden!»

«Du unverschämte Gauklerhure», stieß Diemut drohend hervor. Bei Reginas Worten war sämtliche Farbe aus ihrem Gesicht gewichen. Sie holte mit der Laterne aus, um Regina einen Hieb zu verpassen, doch die zog geistesgegenwärtig den Kopf ein und machte einen Schritt zurück.

Der Schlag ging ins Leere. Verblüfft schleuderte die Äbtissin die Laterne davon. Drohend richtete sie den Zeigefinger auf Regina. «Ich wollte dir erklären, warum ich damals in Würzburg so handeln und dich opfern musste», sagte sie voller Bosheit. «Aber du hast mich wirklich verärgert. Mein törichter Bruder mag sich von mir aus eine andere Gauklerin suchen. Sind nicht alle Gaukler käufliche Kundschafter, Feinde der Christenheit und Boten des Teufels? Ihr spioniert für die ungläubigen Türken und duldet Juden in euren Gruppen.» Diemuts Lachen hallte dröhnend durch das Gewölbe; Regina zuckte zusammen.

«Ich werde Äbtissin Romula sogleich aufsuchen und ihr sagen …» Weiter kam sie nicht. Ihre Augen weiteten sich in unfassbarem Staunen. Röchelnd öffnete sie den Mund und machte ein paar Schritte auf Regina zu. Dann blieb sie stehen und brach schließlich zusammen wie ein Baum, der seinen letzten Axthieb empfangen hatte.

Starr vor Entsetzen blickte Regina auf den hübschen Elfenbeingriff des Messers, der aus Diemuts Rücken ragte, und erkannte sogleich, dass hier jede Hilfe zu spät kam.

«Ihr habt sie getötet …»

Helena Kessler nickte. Sie stand noch immer auf der letzten Stufe der Treppe. Es war Diemuts Pech, dass sie die Schritte der Frau ebenso überhört hatte wie Regina einige Minuten zuvor die der Äbtissin.

«Es musste sein», erklärte die Frau des Bürgermeisters unumwunden. «Ich habe dich gerettet!» Wie sie es sagte, hörte es sich fast vernünftig an. So, wie es manchmal sein musste, die Stube auszufegen oder die Kopfkissen aufzuschütteln. Helena raffte ihre Röcke und stieg über Diemut hinweg. Dann ging sie in die Hocke und zog mit einem Ruck das Messer aus dem leblosen Körper. Warum bloß war Regina vorher nicht aufgefallen, wie kräftig sie war?

«Ich weiß, was Ihr getan habt», sagte Regina leise. «Und ich weiß auch, was Ihr im Schilde führt.» Es war vermutlich nicht klug, Helena Kessler gerade jetzt mit ihren Entdeckungen und Überlegungen zu konfrontieren, wo diese doch gerade ohne jede

Erregung einem Menschen ihr Messer in den Leib gerammt hatte. Aber Regina war zu erschöpft, um sich zu verstellen. Ihre Gemütsverfassung ließ ein weiteres Versteckspiel nicht zu.

Helena lachte; es klang beinahe vergnügt. «So, du hast also herausgefunden, dass kein Mann, sondern ich, die unbescholtene Gattin des ehrenwerten Bürgermeisters, der leibhaftige Wotan bin?»

Regina schüttelte den Kopf. «Nein, aber ich habe herausgefunden, dass Ihr diese abscheuliche Maske getragen habt, wann immer Ihr konntet, um die Menschen einzuschüchtern. Ich muss zugeben, dass Euer Plan geschickt eingefädelt war. All die Gerüchte, die unheilvollen Zeichen, die jedermann davon überzeugen sollten, dass hier ein übler Ketzer am Werk sei, um die unschuldigen Bürger zu verwirren. Dass Eure Familie selbst von den tödlichen Anschlägen betroffen war und Euer eigener Gemahl zusehends unter Druck geriet, machte Euch natürlich unverdächtig. Schließlich seid Ihr in Creglingen als fromme Wohltäter und Stifter bekannt, die sich um die Stadt verdient gemacht haben.» Regina hob ihren Arm und beschrieb mit der Kerze einen Bogen. «Sogar dieses Gewölbe habt Ihr mit Eurem eigenen Geld wieder aufbauen lassen. Stutzig wurde ich allerdings, als ich von der Äbtissin Romula hörte, dass nicht Euer Gemahl die Arbeiten beaufsichtigte, sondern Ihr. Ihr habt die Fresken dort hinter dem Altarbogen entdeckt und die richtigen Schlüsse daraus gezogen, nicht wahr? Ich vermute, sie waren übertüncht gewesen und kamen erst wieder unter dem Putz hervor, als Eure Arbeiter die Kreuzrippen abstützten.»

Helena fand nichts, um ihren Dolch mit dem verzierten Elfenbeingriff zu säubern, daher nahm sie den Saum ihres Rockes zu Hilfe. Versonnen betrachtete sie die Klinge. «Verzeiht, ich war in Gedanken», sagte sie nach einer Weile. «Nun, Ihr habt natürlich ins Schwarze getroffen mit Eurer Vermutung. Allerdings war es der unglückselige Kaspar, der die Fresken hinter dem Altarbogen fand. Er war ganz aufgeregt, der arme Narr. Er glaubte, Gott habe ihm ein Zeichen geschickt, so wie dem Bauern, der vor über hundert Jahren diese Hostie aus seinem Acker zog.»

Regina nickte. «Da Ihr hier, im Hohenloher Land, aufgewachsen seid, kennt Ihr die Geschichte natürlich auswendig. Ihr wisst, dass die Grafen Konrad und Gottfried an der besagten Stelle die Herrgottskirche errichteten. Aber damit ist die Geschichte der Grafen noch nicht vollständig erzählt, nicht wahr? Es gibt da noch etwas. Und Ihr habt es entdeckt, als Ihr noch im Kloster gelebt habt.»

«Es war kein gutes Geschäft», brachte Helena bitter hervor. «Graf Konrad hoffte, durch seine frommen Schenkungen einen männlichen Erben zu bekommen, aber der einzige Sohn, den er je sah, war ein Bastard, das Kind eines Bauernmädchens aus einem der umliegenden Dörfer. Der Graf war so großzügig, sie in dem Kloster unterzubringen, das ebenfalls von seiner Familie gestiftet worden war. Aber sein Sohn, der wohl ein wenig versponnen war, bekam keinen roten Heller von ihm. Es heißt, der Graf sei zu dieser Zeit schon ans Bett gefesselt gewesen, zu schwach, um sein Haus persönlich zu bestellen und ein Erbteil auszusetzen. So starb seine Linie mit ihm, und die Brandenburger bemächtigten sich des Landes, das nach Gottes Gesetzen meiner Familie zustand.»

Regina nickte. Plötzlich war es so leicht, die Zusammenhänge herzustellen. Wie sehr musste die stolze Helena unter dem Wissen gelitten haben, Abkömmling einer der reichsten Adelsfamilien des Landes zu sein und doch niemals zu den Mächtigen gehören zu dürfen. «Ich vermute, Ihr habt als junges Mädchen herausgefunden, dass nicht nur Ihr von diesem Bauernmädchen und ihrem versponnenen Sohn abstammt, sondern auch der unglückselige Kaspar. In Klöstern werden solche Geschichten doch gerne aufgeschrieben. Ihre Schreibstuben sind das Gedächtnis der Menschheit, im Guten wie im Bösen.»

«Das hast du aber schön gesagt. Ich kann kaum glauben, was diese schreckliche Frau von dir behauptet hat. Eine Gauklerin sollst du sein? Eine Dirne? Allein wegen dieser Beleidigung hat sie den Tod verdient.»

«Es ist wahr, dass ich von Gauklern aufgenommen wurde», sagte Regina. «Von ihnen habe ich weitaus wichtigere Dinge gelernt, als Altartücher zu besticken und lateinische Verse zu lesen. Sie haben mir beigebracht, dass es sich lohnt, nicht an vergangenes Unglück zu denken, sondern nach vorne zu schauen. Wir teilen unser letztes Brot miteinander, wenn es sein muss. Keinen verlangt es nach Reichtümern, und die einzige Gier, die ein Gaukler kennt, ist die Gier nach dem Jubel der Leute, die er mit seinem Können unterhält.»

«Ach, aber mir unterstellst du Habgier?» Helena Kessler schnaubte. «Ich will nur, was mir als letztem Abkömmling des Grafen von Hohenlohe-Brauneck zusteht: das Kästchen, das er bei der Herrgottskirche versteckt hat.»

«Der Graf muss ein frommer Mann gewesen sein. Er würde sich schämen, wenn er wüsste, was Ihr getan habt, um in den Besitz seiner Hinterlassenschaft zu gelangen.»

«Nenn es, wie du willst», erwiderte Helena Kessler von oben herab. Von einer armseligen Gauklerin wäre es auch zu viel verlangt, zu verstehen, wie ein Mensch aus dem Kreis des Hochadels denkt. Den alten Fresken, die Kaspar entdeckt hat, ließ sich eindeutig entnehmen, dass mein Ahnherr nicht nur Gold und Juwelen, sondern auch Schriftstücke versteckt hat. Urkunden, die seinen unehelich geborenen Erben vermutlich großen Landbesitz, vielleicht sogar eine Burg, in Aussicht stellten. Davon durften seine Nachfolger, die sich hier breitgemacht haben, natürlich nichts erfahren, da sie sich sonst alles unter den Nagel gerissen hätten. Als der Graf die Krypta des Klosters mit Wandmalereien ausstatten ließ, hoffte er, dass seine leiblichen, alle illegitime Nachkommen, denen er hier eine Zuflucht geboten hatte, die Bilder sehen und ihren tieferen Sinn verstehen würden. Leider war seine Hoffnung vergebens. Meine Familie war immer arm und hat es zu nichts gebracht. Gewiss, ich wurde an einen wohlhabenden Mann verkauft, aber Heinrich ist nicht nur ein Jämmerling, sondern auch ein Geizkragen, der mir nicht das geben kann, was ich brauche. Ich werde sein Haus verlassen, sobald ich das gefunden habe, was mir zusteht. Du siehst doch nun sicher ein, dass ich mir etwas einfallen lassen musste, um die Pilger und Bauern der Umgebung eine Zeit lang von der Herrgottskirche fernzuhalten. Wenigstens so lange, bis ich das Versteck entdeckt hätte. Als ich darüber nachdachte, fiel mir der steinerne Wotan an der Außenfassade auf. Es war ein regnerischer Tag, und tatsächlich sah es so aus, als würden aus dem steinernen Auge dieses dämonischen Kopfes Tränen rinnen. Der Rest war dann ein Kinderspiel.» Sie lachte, als habe sie einen gelungenen Scherz gemacht. «Wenige Wochen später war die Mär vom eifersüchtigen Germanengott geboren, der mit seinen Raben und bewaffnet mit einem Speer zurückgekehrt war, um seine alten Rechte im Tal zu fordern. Ich staune selbst, wie rasch sich dieses Gerücht in den Köpfen der Leute festsetzte. Sogar Männer und Frauen, die bis zu diesem Zeitpunkt als fromme Christen galten, brachten an den Pfosten ihrer Türen heimlich Runenzeichen an, damit Wotan ihren Hof verschone. Einige Dörfer hielten sogar den Zehnten zurück und belogen ihre Priester, aus Angst, nicht mehr genug geben zu können, wenn Wotan sein Opfer von ihnen forderte. Ist das nicht ein Zeichen dafür, wie dekadent und machtlos die römische Kirche geworden ist? Und wie laut der Ruf nach einer Erneuerung geworden ist? Die Bauern spüren ihn in den Knochen, sie werden ihren Grundherren nicht mehr lange Frondienste leisten.»

Regina wandte den Kopf ab, denn das grausame Lächeln auf den Lippen der Frau, der sie vertraut hatte, war mehr, als sie ertragen konnte. Helena Kessler hatte mit ihrer Freundlichkeit und

Hilfsbereitschaft alle getäuscht, insbesondere ihren eigenen Ehemann, der, wie Regina vermutete, völlig ahnungslos war. Ob er überhaupt noch lebte? Womöglich hatte Helena ihn schon beseitigt. Zu ihrem Entsetzen beobachtete Regina, wie die Bürgermeisterfrau vor ihren Augen eine gläserne Ampulle öffnete, die sie unter ihren weiten Röcken verborgen hatte. Vorsichtig benetzte sie ihr Messer mit einigen Tropfen der gelblich schimmernden Flüssigkeit, die wie Honig in langen, zähen Fäden über das Metall lief. Dabei ging sie mit der Präzision eines Apothekers vor.

«Der junge Kaspar musste sterben, weil er wusste, was Ihr vorhattet», rief Regina. «Und weil auch er ein potenzieller Erbe gewesen wäre.» Ein Schaudern erfasste sie. «Ihr habt ihn zu Eurem Handlanger gemacht, aber es war kein Verlass auf ihn, zumal sich sein Gemüt immer mehr verfinsterte. Ihr hattet Angst, dass er sich verplapperte und Euch, ohne es zu wollen, ans Messer lieferte. Eure anderen Opfer trieben sich für Euren Geschmack zu oft bei der Herrgottskirche herum. Auch sie mussten weichen. Euer Schwager, der Kürschner, weil er dort eine Buße zu erfüllen hatte, und die alte Pfarrersmagd ...»

«Sie hegte schon lange einen Verdacht gegen mich. Als sie mir die Tür öffnete und gierig die Hand ausstreckte, glaubte sie noch, sie könnte auf meine Kosten ihren Lebensabend genießen.»

«Und was ist mit Meister Riemenschneider? Warum habt Ihr ihn nicht getötet, als er sich in Eurer Gewalt befand?», fragte Regina. Ihre einzige Hoffnung war, Zeit zu gewinnen, indem sie die Frau mit ihren Schandtaten prahlen ließ. In Kürze würden sich die Zisterzienserinnen auf der Nonnenempore zum Gebet versammeln. Niemals konnte Helena es schaffen, dann unbemerkt die Klosterkirche zu verlassen.

Helena Kessler hob überrascht die Augenbrauen. «Ich achte den Bildschnitzer, denn seine Heiligenfiguren aus Holz oder Stein sprechen deutlicher darüber, was in unserem Innern vorgeht, als es so mancher Mensch mit Worten zu tun vermag. Als ich Riemenschneider gefangen nahm, hoffte ich insgeheim, ihn nicht opfern zu müssen. Aber ich durfte nicht zulassen, dass er weiterhin täglich zur Herrgottskirche geht. Sein Marienaltar wird ihn noch einige Jahre beschäftigen. Solange aber kann ich nicht warten. Ich werde langsam alt, meine Kräfte lassen nach. Ich will endlich das, was meiner Familie seit Generationen vorenthalten wird. Ich will nicht in diesem Nest versauern, an der Seite eines Mannes, der mich anwidert.»

«Ihr habt ein paar schwerwiegende Fehler begangen!»

Helena Kesslers Miene nach zu urteilen, hatte Regina einen wunden Punkt getroffen. «Ich habe dich unterschätzt», sagte die Frau. «Zunächst glaubte ich wirklich, du seiest eine Witwe, die im Haus ihres Verwandten Schutz sucht. Aber deine vielen Fragen zu den Getöteten hätten mir eigentlich früher zu denken geben sollen. Du bist eine Spionin des Fürstbischofs, nicht wahr? Du kennst die Sprache der Runen.»

«Offensichtlich besser, als Ihr glaubt. Wo habt Ihr nur den alten Vers über Wotans Rösser und seine beabsichtigte Rückkehr zur Erde aufgetrieben? In einer Schrift aus der Klosterbibliothek? Ihr müsst lange geübt haben, bis Euch die Zeichen geläufig waren, mit denen Ihr die Leute erschrecken wolltet.»

«Es war dumm, dich mit der Äbtissin bekannt zu machen», sagte Helena. «Wie hätte ich aber auch ahnen können, dass die Alte dich auf diesen Raum aufmerksam machen würde.»

«Nicht nur das. Hier erfuhr ich auch, dass Ihr den Klostergarten zu dem gemacht habt, was er heute ist. Nicht einmal Romula und die Schwester im Infirmarium können alle Pflanzen auseinanderhalten, die Ihr dort gezüchtet habt. Ich bin sicher, wenn der Onkel Eures Stadtschreibers dem Garten einen Besuch abstattete, würde er auch auf giftige Gewächse stoßen, die Euch halfen, Euer tödliches Werk auszuführen.»

Helena Kessler neigte den Kopf – eine Geste der Anerkennung, die Regina jedoch aufmerken ließ.

«Es wird allmählich Zeit, meine Liebe!» Die Frau des Bürgermeisters zerschnitt mit ihrem Dolch die kühle Luft des Gewölbes. «Ich möchte nicht zugegen sein, wenn die Äbtissin dich und diese Frau findet. Würdest du dich bitte direkt vor das Grabmal meines Ahnherrn stellen und deinen Arm entblößen? Nein? Nun, das macht nichts.» Helenas Augen glitzerten, als sie sich gewandt wie eine Viper auf Regina zu bewegte. «Ich verspreche dir, dass es nicht sehr wehtun wird; das Gift betäubt dich, ähnlich wie das einer Schlange, die ihre Beute lähmt.» Sie stürzte sich mit erhobenem Messer auf Regina, die in Todesangst das feinbestickte Tuch vom Altar zog. Dabei fielen zwei Kerzen und ein silbernes Kännchen zu Boden, ein dröhnendes Geräusch hallte von den Wänden der Krypta wider. Regina sprang zur Seite und wich damit im letzten Moment dem Streich aus, den die gewissenlose Frau gegen ihren Oberarm geführt hatte. Hastig drehte sie das Tuch zu einer Schlinge und drosch damit auf Helena ein, die wie eine Wahnsinnige auf den Stoff einstach. Nach kurzer Zeit waren nur noch Fetzen davon übrig, die Regina keinerlei Schutz vor der vergifteten Klinge mehr boten. Sie schrie aus Leibeskräften. Wo um alles in der Welt steckten die Nonnen? Warum erschienen sie nicht auf der Empore, es war doch längst Zeit für ihre Gebete!

Sie versuchte zur Treppe zu laufen, doch Helena versperrte ihr den Weg. Unnachgiebig drängte die Frau des Bürgermeisters Regina gegen den kalten grauen Stein des Grabmals, auf dem im Zwielicht nur die Umrisse eines Mannes mit zum Gebet gefalteten Händen sichtbar waren. Funken sprühten, als die Klinge einen Fingerbreit neben Reginas Kopf auf den Stein traf.

Während Helena zurückwich, um ein weiteres Mal auszuholen und auf ihr in die Enge getriebenes Opfer einzustechen, beugte sich Regina vor und rammte ihrer Widersacherin ihren Kopf so kräftig gegen die Brust, dass diese nach Luft ringen musste. Regina setzte alles auf eine Karte. Sie wirbelte auf dem

Absatz herum, versetzte Helena einen Schlag, der sie aufheulen ließ, und packte, die Überraschung der Frau ausnutzend, ihr Handgelenk. Im Nu entbrannte ein verbissener Kampf um die todbringende Klinge. Regina zerrte an Helenas Gelenk mit der Verzweiflung einer Todgeweihten, doch sie konnte nicht verhindern, dass Helena sie immer wieder von sich stieß. Ihre Bewegungen wurden unkontrollierter. Helena war im Vorteil, denn es genügte ja, Regina einen winzigen Kratzer beizubringen. Es gelang ihr, den Spieß umzudrehen und Reginas Arm zu fassen zu kriegen. Mit vor Anstrengung rotem Gesicht zog sie Regina näher an sich und die Klinge heran. Regina schluchzte verzweifelt. Sie starrte auf die bedrohliche Schneide, glaubte gar, die Flüssigkeit darauf riechen zu können.

«Warum nicht gleich so?», zischte Helena. Doch bevor sie endgültig zustechen konnte, erklang zu ihren Füßen plötzlich ein schwaches Stöhnen. Auf den Steinplatten wand sich etwas wie ein Tier, das aus einer Höhle hervorgekrochen kam. Eine Hand packte Helena Kesslers Fußknöchel und brachte die Frau aus dem Gleichgewicht.

Es war Diemut von Pinzburg, die sich mit letzter Kraft aufrichtete. Ein wütender Schrei zuckte durch die Krypta. Regina sah, wie die Frau des Bürgermeisters in die Knie ging und Diemuts Körper unter ihrem eigenen begrub. Das Messer fiel klirrend neben sie.

Obwohl ihre Beine weich wie Butter waren, hastete Regina zur Treppe, ohne sich noch einmal umzusehen. Als sie durch das Kirchenschiff wankte, spürte sie ein schmerzhaftes Brennen in ihrer Schulter, das in ein Klopfen überging und ihr beinahe den Atem nahm. Wie zum Hohn begann in diesem Augenblick das Glockengeläut.

Regina wandte sich um, aber Helena folgte ihr nicht. Niemand erklomm nach ihr die Stufen, die hinauf zur Oberkirche führten. Zitternd berührte sie ihre schmerzende Schulter. Der

Stoff des Kleides war zerfetzt und schimmerte rötlich. Mit letzter Kraft sank sie auf eine der Chorbänke und überließ sich dem Rauschen in ihren Ohren und dem Herzschlag, der ihre Brust zu sprengen schien.

So saß sie noch da, als sich drei Personen mit besorgten Mienen über sie beugten. Regina erkannte das faltige Gesicht der Äbtissin, die ihr ein Lächeln schenkte, sich aber sogleich zurückzog, um den Nonnen, die ratlos auf der Empore standen und miteinander flüsterten, einige Anweisungen zu geben. Kurz darauf stiegen sie in die Unterkirche hinab. Im Hintergrund hörte sie eine Frau schluchzen und eine andere zetern wie ein Bierkutscher. War das Dorothea, die so besorgt nach ihr rief? Vielleicht war ihre Freundin inzwischen aus dem langen Schlaf, in den Diemut sie versetzt hatte, erwacht. Regina wünschte sich das zumindest. Die Frauen gesellten sich zu ihr, streichelten ihr tröstend über die Wangen und redeten beruhigend auf sie ein. Es klang warmherzig, was sie sagten.

«Du?», brach es aus Regina hervor, als ihre Benommenheit sich löste und sie die Augen öffnete. Regina vergaß vor lauter Staunen den Schmerz und das Pochen in ihrer Schulter, denn nicht Dorothea beugte sich über sie. «Mutter!»

Sowohl Johanna Babel als auch Rieke nickten ihr lächelnd zu.

31. Kapitel

Regina lag in der Schlafkammer im oberen Geschoss des Stadtschreiberhauses und kämpfte gegen die bleierne Schläfrigkeit an, die ihr immer wieder die Augen zufallen ließ. Es roch nach Wachholder und scharfem Essigwasser. Reginas feine Nase nahm auch noch den Geruch von beißendem Rauch wahr, der unten aus der Stube zu kommen schien.

Sie wandte ihren Kopf, als ihr Ärmel aufgeschnitten und die schmerzende Schulter entblößt wurde, und erblickte Mathias Sattler, der sie verliebt ansah. Sie bedauerte, dass der Stadtschreiber ihre Hand nicht halten konnte, denn an die klammerten sich bereits ihre Mutter und die Gauklerin. Regina hatte auf ihre Frage, was die beiden hier machten, noch keine überzeugende Antwort bekommen.

Sie bemerkte den Jokulator und Silvester, die leise mit Bernt Buntrock tuschelten. Sie konnte nur vermuten, dass die Männer sich über Helena Kessler unterhielten. War sie tot? Voller Unruhe lauschte Regina, aber ihre Freunde sprachen so leise, dass es einen aufregen konnte. Zu allem Überfluss erschien nun auch noch Marcello, aber der unternahm wenigstens etwas, wofür Regina ihn küssen wollte: Er trieb die Gaffer mit einigen schroffen Worten aus der Kammer.

«Alles halb so schlimm, Mädchen», verkündete Marcello, nachdem sich auch Rieke und Johanna Babel zögerlich vom Bett entfernt hatten. Sattler durfte bleiben. Nicht, weil er seinem Onkel eine Hilfe war, sondern weil Regina so enttäuscht dreingeschaut hatte, als er den anderen Männern schon hinunter in die

Wohnstube folgen wollte. Regina schaute ihn an; sie fand, dass er gut aussah. Endlich einmal hatte er sich die Stoppeln aus dem schmalen Gesicht rasiert und seine Haare gekämmt. Sein Wams war sauber und duftete schwach nach Seife. Sollte Regina gleich für immer die Augen schließen, war dieser Duft das, was sie mit sich in die andere Welt nehmen wollte.

Aber Marcello dachte nicht daran, sie gehen zu lassen. Wohin auch immer. Er spähte mit halb zusammengekniffenem Auge durch ein dickgeschliffenes Glas, das in Blei gefasst und an einer feingliedrigen Kette befestigt war, sodass der Arzt es sich um den Hals hängen konnte.

«Bist du sicher, dass diese Frau dich mit ihrem Messer erwischt hat?», wollte Marcello wissen. «Ich sehe in der Abschürfung keine Spur von dem Gift.» Erleichterung stand in seinem Gesicht. «Vermutlich hast du dich in der Eile am rauen Stein des Treppenaufgangs verletzt. Du wirst uns also noch lange erhalten bleiben. Die beiden Frauen, die wir in der Krypta der Klosterkirche fanden, sind jedoch wirklich tot. Diese Helena Kessler muss in ihrer Rage auf ihr eigenes Messer gestürzt und sich einen Kratzer an der Hand beigebracht haben. Man muss sich das einmal vorstellen. Ein winziger Schnitt, und weg war sie. Sie muss geflucht haben, bevor der Teufel sie geholt hat.»

Regina wollte es sich nicht vorstellen. Sie hatte genug gesehen und gehört von Tod und Verderben. Allerdings beschäftigte es sie, dass ausgerechnet Diemut von Pinzburg diejenige gewesen war, die sie gerettet hatte. Vielleicht war das ungewollt gewesen, ein letztes Aufbäumen, ein zorniges Aufbegehren gegen diejenige, durch dessen Hand sie niedergestreckt worden war. Aber wenn dem so war, wieso hörte sie dann noch immer dieses Wort sagen, das sich in ihr Gehör gebrannt zu haben schien?

«Lauf!» Sie würde vermutlich nie erfahren, wo Wahrheit endete und Einbildung begann. Aber vielleicht halfen ihr die Jahre, die sie dank der Gnade Gottes noch auf der Erde verbrin-

gen durfte, ihren Frieden eines Tages zu finden. Nachdem Marcello ihr die Schulter und den Oberarm mit einer wohlriechenden Salbe aus Kamillenblüten und zerstoßenen Ringelblumen eingerieben und einen Verband angelegt hatte, rief Regina ihre Mutter wieder zu sich, die draußen gewartet hatte.

«Ich habe es schon von Marcello gehört, Mutter», sagte sie, nachdem Johanna neben ihr Platz genommen hatte. Sie atmete tief durch. «Vater ist gestorben. Daher konntest du Würzburg verlassen, ohne dass dich jemand zurückhielt.»

Johanna Babel nickte.

«Dann bist du endlich frei, nicht wahr? Das war es doch, was du wolltest. Freiheit. Wie die Gaukler sein oder die Zugvögel. Keinem Menschen Gehorsam zollen, der ihn nicht verdient. Auch wegen des Verdachts, du habest damals einen Ketzer unterstützt, brauchst du dich nicht mehr zu fürchten.»

Johanna Babel und Regina tauschten einen vorsichtigen Blick aus. Es gab noch so viel, was Johanna zu sagen hatte und wofür sie um Verzeihung bitten wollte, aber sie spürte, dass dieser Moment nicht ihr gehörte. Er gehörte dem jungen Mann, der neben dem Bett stand, ihrer Tochter einen Becher Wasser reichte und sich nicht von dem mürrischen Gemurmel des runzeligen Alten mit der Bleiglasbrille einschüchtern ließ. Er gehörte aber auch Rieke, die sich sichtlich für die beiden freute. Ob sie manchmal noch an den heiligen Jüngling dachte, der von einer neuen Welt gesprochen hatte? Einer Welt, die nicht nur den Mächtigen gehörte, sondern vor allem den Liebenden? Er war dafür auf dem Scheiterhaufen verbrannt worden, denn seine Worte hatten die Kirchenfürsten aufgeschreckt. Viele seiner Anhänger, die nach Würzburg gezogen waren, um sich für die Freilassung ihres Propheten einzusetzen, waren damals ebenfalls erschlagen worden. Johanna und die Gauklerin hatten überlebt, um das Gedenken an ihn wachzuhalten. Ihre Tochter hatte es getan, indem sie selbst zur Gauklerin geworden war und auf seiner Fiedel gespielt hatte.

Johanna konnte nur beten, dass ihr Augenblick eines Tages kommen würde.

«Es wird Zeit für uns Gaukler, unser Lager aufzusuchen», erklärte Rieke später. «Du weißt ja noch gar nicht, was für ein dicker Fisch uns ins Netz gegangen ist.» Ihre Augen blitzten. «Du erinnerst dich doch an den Giftmischer, den du damals mit Diemut von Pinzburg an der Klosterpforte beobachtet hast?»

Regina strampelte die leichte Decke von ihren Knien. «Den will ich mir persönlich anschauen. Ich glaube, nach all den Jahren habe ich ein Anrecht darauf.»

Der Zwerg hatte das Gauklerlager nicht weit von einem Gutshof aufgeschlagen, der zum Besitz der Zisterzienserinnen gehörte. Ordentlich bestellte Felder legten sich wie ein schmuckes Halsband um ein stolzes Anwesen, das aus einem von Mauern umgebenen Fachwerkhaus, einer Mühle und einer Wiese bestand, auf der einige Schafe grasten. Aus dem Schornstein des Gutshauses quoll Rauch. Lämmer blökten. Ein Bild des Friedens.

Sie fanden die Gauklerwagen zwischen einigen dichten Laubbäumen am Ufer des Baches, dessen Wasser das gewaltige Rad der Klostermühle aufwühlte. Dicke Feldsteine waren zu einer Feuerstelle aufgeschichtet worden, in der der Zwerg vermutlich Fische gegart hatte, denn zwischen der Asche entdeckte Regina noch einige Gräten.

Ansonsten machte das Lager einen verlassenen Eindruck; außer dem Rauschen des Baches und den Klopfgeräuschen eines Spechts war kein Laut zu hören. Und das beunruhigte nicht nur Regina. Bernt legte einen Finger über die Lippen. Sein langes Gauklerdasein hatte ihn gelehrt, stets wachsam zu sein, wenn man sich einem Lagerplatz näherte. Er gab den Männern und Frauen, die ihm hinaus zum Lager gefolgt waren, ein Zeichen, abzuwarten, bis er sich umgesehen hatte. Irgendetwas stimmte hier nicht.

Reginas Blicke wanderten zum Proviantwagen. Unter der Ziegenhaut flatterte etwas Rotes im Wind. Auf einmal hörten sie Silvester aufheulen. «Ich bringe den Kerl um!»

Regina beobachtete schockiert, wie der Gaukler auf eine Brombeerhecke zuhielt. Zwischen Dornenranken und hohem Gras erwartete ihn, was von seiner ägyptischen Tempelbühne übrig geblieben war: ein paar dürftige Bretter aus Holz. Ein verbeulter Kessel und zerrissene Vorhänge, die in den Staub des Waldbodens getreten worden waren. Silvester kämpfte mit den Tränen.

Regina, die wusste, wie stolz Silvester auf seine Arbeit gewesen war, wollte zu ihm gehen, um ihn zu trösten, als sie plötzlich Riekes warme Hand auf ihrer Schulter spürte. Fragend starrte sie die Frau an, deren Gesicht bleich wie ein Leichentuch war. «Habt ihr den Zwerg gefunden?»

Silvester wandte sich um; seine Hände waren zu Fäusten geballt, so wütend war er über den Verlust seines Bühnenaufbaus. «Die Antwort darauf interessiert mich auch, Rieke. Wo steckt dieser armselige Nichtsnutz? Dieser Floh mit dem Verstand einer Blattlaus? Wo, zum Teufel, hat er sich bloß herumgetrieben, als mein schöner Tempel zu Brennholz zerhackt wurde? Hat er den Giftmischer auch entkommen lassen? Das sähe ihm ähnlich!»

Rieke schüttelte langsam den Kopf. «Nein, der Giftmischer ist noch da.»

Silvester ließ sich nicht davon abhalten, zu zetern wie ein Waschweib, während er in Begleitung der Frauen zu den Wagen am Mühlbach zurückkehrte. Ein Fluch folgte dem nächsten, doch längst hörte ihm niemand mehr zu. Riekes und Reginas Aufmerksamkeit galt einzig und allein einem Flecken im hohen Gras, das vom Gewicht schwerer Stiefel niedergetrampelt worden war. Bernt, der Jokulator und Mathias Sattler bildeten einen Halbkreis um etwas, den sie erst auflösten, als sie Regina und Rieke bemerkten.

Der Zwerg lag auf dem Rücken im Gras, das sein Blut rotgefärbt hatte, und starrte zum blauen Himmel empor. Seine Lippen zitterten leicht, trotz der hässlichen, verkrusteten Wunde oberhalb der Schläfe steckte doch noch ein Hauch von Leben in ihm.

«Hab alles versucht», murmelte der kleinwüchsige Gaukler. Das Sprechen fiel ihm schwer, seine Zunge war um ein Vielfaches ihrer ursprünglichen Größe angeschwollen. Dennoch mühte er sich damit ab, seinen Freunden zu erklären, was während ihrer Abwesenheit geschehen war. «Ein heimtückischer Überfall ... glaubte zuerst nicht an die ... Gefahr. Wer hätte so etwas auch geahnt?»

«Was denn, bei Gott?», rief Bernt.

Der Zwerg hörte auf zu reden, als er Silvester erkannte, der sich zu seinen Freunden gesellt hatte und nun betroffen den Kopf schüttelte; ein Lächeln glitt über seine entstellten Züge. «Wollte nicht, dass deiner Bühne etwas geschieht ... tut mir leid, ich habe nicht geschafft, es zu verhindern!»

Silvester krächzte etwas, das keiner der Umstehenden verstehen konnte. Langsam ließ er sich neben seinem Kameraden auf die Knie nieder und ergriff die Hand des kleinen Mannes. In all den Jahren, die sie einander kannten, war es das erste Mal, dass er sie berührte. Er spürte die Schwielen, die von harter Arbeit kündeten.

«Du hast hoffentlich nicht mit anhören müssen, was ich eben Schreckliches gesagt habe.»

Der Zwerg hustete schwach; Blut rann aus seinem Mund. Sein Lächeln schmolz langsam dahin. «Du hast geschimpft, wie üblich.»

«Wenn du bleibst, werde ich dich noch oft ausschimpfen, das verspreche ich!»

«Ein verlockendes Angebot», sagte der Zwerg. Seine Stimme wurde schwächer, sie klang nur noch wie ein Wispern. «Von meinem besten Freund.» Dann erschlaffte die Hand des Zwergs in Silvesters Griff.

Silvester schloss dem Zwerg sanft die Augen, dann stand er auf und wandte sich an Regina, die ihren Kopf an Sattlers Schulter lehnte. «Es ist meine Schuld, ich hätte ihn nicht alleinlassen dürfen.»

«Sag das bitte nicht.»

«Der Zwerg hatte einen närrischen Wunsch, mit dem er uns ständig in den Ohren lag. Kannst du dich daran erinnern, Regina?»

Regina verstand auf Anhieb, von welchem Wunsch Silvester sprach. «Warte, ich denke, da lässt sich etwas machen!» Sie lief zu ihrer Mutter, die ein wenig abseits stand und ihrem Wallach beruhigend den Hals tätschelte. Vermutlich befürchtete sie, die Gaukler könnten sie in diesem Moment der Trauer als Störenfried ansehen. Als Regina ihre Bitte vortrug, zögerte sie jedoch nicht. Sie löste den Kinnriemen ihrer Kopfbedeckung, der von einer goldenen Spange gehalten wurde, und überreichte Regina den Schleier mit einem Nicken. Das duftige Gewebe war aus schimmerndem Seidendamast von bester Qualität, etwas Weicheres fand man nicht einmal am Hof des Kaisers.

Als Regina zu den anderen zurückkehrte, sah sie, dass Silvester und der Jokulator ihren toten Gefährten vom Boden aufgehoben und ihn ein Stück weiter des Wegs unter das grüne Dach einer knorrigen Eiche gelegt hatten. Rieke war zwar der Ansicht, dass die Äbtissin von Frauental dem Zwerg auf ihre Fürsprache hin gewiss einen Platz auf dem Gesindefriedhof des Klosters überlassen würde, doch davon wollte keiner ihrer Gefährten etwas hören. Silvester war es, der schließlich aussprach, was alle dachten: «Er hat sein Leben unter freien Menschen verbracht, Gauklerin. Soll er denn ausgerechnet im Tod seinen Platz unter Hörigen finden?»

Während der Jokulator mit Silvesters Hilfe eine kleine Grube aushob, wuschen die Frauen das Blut vom Kopf des Zwergs. Anschließend bettete Regina ihn auf Johanna Babels seidenes Schleiertuch. Einmal wollte der Gaukler auf Samt und Seide ruhen, und diesen Wunsch erfüllten ihm seine Freunde von Herzen.

Die Leiche des Giftmischers hatten Rieke und Bernt entdeckt, noch bevor sie auf den sterbenden kleinen Gaukler gestoßen waren. Sie lag, an Händen und Füßen gefesselt, an einer Stelle im Bach, wo das Wasser nicht einmal zwei Fuß tief war.

Marcello, der den Toten untersuchte, stellte fest, dass er trotz heftiger Gegenwehr ertrunken war. Offensichtlich war der Kopf des Mannes gewaltsam so lange unter Wasser gedrückt worden, bis dieser nicht mehr geatmet hatte. Mit vereinten Kräften hoben die Männer den schweren Körper auf einen der Gauklerwagen, was gar nicht einfach war, da sich seine Kleidung mit Wasser vollgesogen hatte.

«Das linke Auge wurde ausgestochen», berichtete Marcello atemlos. Regina kniete neben ihm und leuchtete ihm mit einer Laterne, denn inzwischen war es schon recht dämmrig. Vom nahen Klostergutshof drang der klagende Ton eines Horns, das den Feierabend verkündete. Die Gaukler hatten ein Feuer entzündet. Die Leiche des Zwergs lag auf einer Bahre, die Bernt aus den Überresten von Silvesters Bühne gezimmert hatte. Der Magier hatte es sich nicht nehmen lassen, die erste Totenwache zu übernehmen.

«Sein langer Mantel wurde der Länge nach bis zum Brustbein aufgeschlitzt, was eine leichte Schnittwunde am Körper verursacht hat», sagte der Arzt. «Aber wie es scheint, hat dieses mörderische Weib keine Zeit mehr gefunden, ihm auch noch ihre vermaledeiten Runen in die Haut zu ritzen. Diesmal scheint sie sich auch nicht auf ihr Gift verlassen zu haben.» Er schnaubte verdrossen. «Nun, warum sollte sie auch? Es musste schnell gehen; sie hatte keine Zeit, denn sie wollte zum Kloster zurück, um sich deiner zu entledigen. Im Gegensatz zu ihren ersten Opfern stellten die alte Magd und dieser Kerl keine Gefahr für sie dar. Deine Gauklerfreunde haben ihr den Mann ja buchstäblich auf einem silbernen Tablett serviert, gefesselt, wie er war. Sie hat den Zwerg mit einem Stein angegriffen, diese merkwürdige Schaubühne zerstört und den Giftmischer danach seelenruhig an seinen Fußfesseln zum Bach geschleift, wo sie ihn ertränkte. Er muss sich im Todeskampf gewunden haben wie ein Aal. Siehst du die Blutergüsse?» Er wies mit dem Zeigefinger auf einige verfärbte Stellen an den Wangenknochen und am Hals.

«Ich danke dem Herrn, dass dies nun endgültig die letzten waren, die ihrem Wahn zum Opfer fielen. Schade nur, dass der Mann nicht mehr für dich vor dem Fürstbischof aussagen kann.» Er tätschelte Reginas Hand. «Aber tröste dich mit dem Gedanken, dass nun alles vorbei ist, mein Kind. Wer weiß, ob der Fürstbischof dem Bekenntnis dieses Halunken überhaupt geglaubt hätte.»

Regina schüttelte langsam den Kopf. Ja, wer konnte schon wissen, was im Kopf des Fürstbischofs vorging.

32. Kapitel

Fürstbischof Lorenz von Bibra brach schon zwei Tage später mit einem Tross aus zwanzig bewaffneten Rittern sowie verschiedenen Klerikern nach Creglingen auf. Das Schreiben der Äbtissin von Frauental, die ihn mit beredten Worten vom Ende der Mörderin in Kenntnis gesetzt hatte, überzeugte ihn davon, dass er seine Pflicht als geistiger Hirte wahrnehmen und sich den verwirrten Bürgern der Stadt zeigen musste. Hartmut von Weikersheim und der gelehrte Abt Trithemius, der sich noch immer in Würzburg aufhielt, um Bücher für die Bibliothek seines Klosters zu kaufen, begleiteten ihn. Und noch jemand schloss sich dem langen Zug an, der sich gemächlich durch das hügelige Maintal schlängelte: Meister Riemenschneider, dem sein junger Lehrling Daniel so lange in den Ohren gelegen hatte, bis der Bildschnitzer zustimmte, ihn mitzunehmen. Der Junge wollte seinen Vater sehen. Dagegen gab es nichts zu sagen, denn wie die Dinge lagen, war sein junges Leben nicht mehr in Gefahr.

«Ich werde gleich morgen in aller Früh eine feierliche Messe in der Herrgottskirche lesen», kündigte der Fürstbischof an, nachdem er und seine Getreuen ihre Quartiere im Kloster bezogen und an der Tafel der Äbtissin gespeist hatten. «Hochstein soll Boten aussenden, um den Adel in der Nachbarschaft einzuladen!»

Die alte Ordensfrau lächelte. «Ich begrüße Eure Entscheidung, hochwürdiger Herr. Euer gutes Beispiel wird den Priestern der Umgebung, allen voran unserem Vater Thomas, Mut machen, sich wieder auf ihre Pflichten zu besinnen. Eine Messe wird das

Böse vertreiben, das durch die Ketzerei der irregeleiteten Bürger-
meistersfrau an diesen heiligen Ort gekommen ist.»

«Ich würde mir überlegen, ob nicht auch eine Austreibung
notwendig wäre, um das Gotteshaus zu reinigen», gab der Abt
mit vollem Mund zu bedenken. Er war schlechter Laune, denn
offensichtlich gab es hier nicht mehr allzu viel für ihn zu tun.
Hätte sich der törichte Priester nur rascher entschieden, ihn um
Hilfe zu bitten, wäre ihm die Ehre einer inquisitorischen Unter-
suchung zuteil geworden. Er hätte die verruchte Mörderin leben-
dig gefangen, um sie dem Feuer zu überantworten, so viel stand
für ihn fest. Dass der Fürstbischof sich eines Haufens unehrlicher
Spielleute, darunter sogar Weiber, bedient hatte, um das Geflecht
aus Ketzerei und Satansdienst zu zerschneiden, stieß ihm saurer
auf als die gesottenen Heringe, die die greise Zisterzienserin hatte
auftragen lassen.

«Mein lieber Riemenschneider, ich frage mich, wie es einem
erfahrenen Mann, der sogar zum zweiten Mal verheiratet ist, ent-
gehen konnte, dass es eine Frau war, die ihn in ihre Gewalt
brachte», sagte der Abt mit finsterer Miene. Er schob mit einem
Ausdruck tiefsten Abscheus seinen Teller mit den Fischresten zur
Seite. «Habt Ihr nicht behauptet, mit dieser Kreatur über Eure
Arbeit am Marienaltar und darüber hinaus auch über die Zu-
kunft der heiligen Kirche selbst diskutiert zu haben? Als ob eine
Frau zu solchen tiefsinnigen Gesprächen fähig wäre!»

Die Äbtissin errötete. Lorenz von Bibra, den die Bemerkung
des Abtes peinlich berührte, sah verstohlen zu ihr hinüber, fand
aber nicht die richtigen Worte, um einen Mann zurechtzuweisen,
dessen Gelehrsamkeit im ganzen Reich berühmt war. Sein Bera-
ter indessen schien um Worte nicht verlegen zu sein. Hartmut von
Weikersheim nahm einen tiefen Schluck aus seinem Becher und
wischte sich mit seinem Ärmel über den Mund, bevor er dem
Abt entgegnete: «Meiner Meinung nach solltet Ihr Euer hartes
Urteil bezüglich des Begriffsvermögens der Frau noch einmal

überdenken, verehrter Abt. Zweifellos war die Frau des Bürgermeisters vom Satan besessen. Wenn er ihr zur Seite stand, so gab er ihr auch ein, mit welchen Worten sie unseren braven Handwerksmeister Riemenschneider verwirren sollte. Es ehrt ihn, dass er nicht auf ihre Schmeichelreden hereinfiel wie Adam, der in die Frucht der Schlange biss, nachdem sie ihm von einer süßlächelnden Eva angeboten wurde. Ich denke, dass die Maskerade der Besessenen jeden hätte täuschen können. Auch Euch, Abt. Sie war kräftig und konnte ihre Stimme gut verstellen.» Er lächelte verächtlich, was dem Abt die Zornesröte ins Gesicht trieb.

«Im Übrigen war es auch eine Frau, die der Bürgermeisterin auf die Schliche kam. Ich habe sie persönlich ausgesucht, weil ihre Fähigkeiten mich überzeugten.»

Riemenschneider spitzte die Ohren; während Hartmut weitersprach, studierte er die Miene des Mannes und stellte fest, dass ihr jeder Ausdruck, jedes Gefühl, fehlte. Der Mann hatte erst vor kurzer Zeit vom Tod seiner Schwester erfahren, die ihn gefördert hatte, wo sie nur konnte, aber er fand dies nicht einmal einer Erwähnung wert. Dafür sparte er nicht mit lobenden Worten über Regina, der es mit Hilfe ihres wachen Blickes und ihrer Künste gelungen war, den Dämon im Gewand einer biederen Matrone zur Strecke zu bringen.»

«Was für Künste sind das?», bellte der Abt, der Hartmut von Weikersheims Köder geschluckt hatte wie ein Karpfen den Wurm am Angelhaken.

«Ich möchte die Gauklerin persönlich befragen», beschied der Fürstbischof streng. «Sie und die Leute, die ihr geholfen haben!»

Hartmut von Weikersheim verneigte sich tief.

Die Anhörung, zu der Regina durch einen bischöflichen Boten geladen wurde, fand im Kapitelsaal des Klosters statt, der von zahlreichen Kerzen in einen warmen Lichtschein getaucht wurde.

Regina fühlte sich unbehaglich in dem waidblauen Kleid mit flämischer Spitze, das ihre Mutter ihr aufgezwungen hatte, doch andererseits war ihr klar, dass sie vor dem Fürstbischof nicht wie eine Gauklerin auftreten durfte. Sie musste aussehen wie eine Frau, deren Wort Gewicht hatte, nur so hatte sie eine Chance. Einen Herzschlag lang ertappte sie sich bei dem Wunsch, Rieke und Johanna wären wirklich beide ihre Mütter und hätten ihre besten Eigenschaften an sie weitergegeben: die Kunst, in jede Rolle zu schlüpfen, sich an jedwede Situation anzupassen, und eine gehörige Portion Stolz. Doch vielleicht war die Zeit gekommen, sich darauf zu besinnen, wer sie war. Oder wer sie sein wollte. Die Entscheidung, das ahnte sie bei jedem Atemzug, würde nicht einfach sein. Entschied sie sich für ein bürgerliches Leben, würde man ihr vielleicht verbieten, Rieke und Bernt jemals wiederzusehen. Doch ob sie andererseits für ein Dasein auf dem Gauklerwagen geschaffen war?

Vor dem Fürstbischof sank sie in die ehrerbietige Haltung, die Marcello und Sattler ihr eingeschärft hatten. Die Gaukler waren an der Tür stehengeblieben; allein Johanna Babel wagte sich ein wenig näher an das prächtige Gestühl heran, wo die Zisterzienserinnen in blütenweißem Habit saßen. Als Reginas Lippen den Edelstein des fürstbischöflichen Ringes berührten, erstarb jedes Geräusch im Kapitelsaal.

«Steh auf, mein Kind. Was ich von dir höre, klingt so abenteuerlich, dass ich mich frage, ob man mir auch die Wahrheit gesagt hat. Aber das darfst du mir gleich selbst bestätigen. Du bist also die Tochter des jüngst verstorbenen Würzburger Stadtvogts Babel?»

«Jawohl, Exzellenz.»

«Allerdings sollst du auch als Regina, die Gauklerkönigin von Würzburg, bekannt sein.» Der Fürstbischof machte einen Schritt auf sie zu, als wollte er dadurch die Ungeheuerlichkeit dieser Feststellung betonen. «Ein Mädchen aus bester Familie soll fünf Jahre unter Gauklern gehaust haben? Unter …» Er drehte sich zu Hartmut von Weikersheim um, der mit verschränkten Armen neben dem Stuhl der Äbtissin stand. «Was waren das noch für Leute, von Weikersheim?»

«Ihr erinnert Euch vermutlich noch an den Adamshof, der einst zum Besitz des Hochstifts gehörte», antwortete der bischöfliche Ratgeber spröde. «Das Gehöft fiel durch einen Gnadenakt Eurer Exzellenz an ein Paar, das während des Aufruhrs um den sogenannten Pfeifer von Niklashausen von seinem Besitz vertrieben und zu Ehrlosen erklärt wurde.»

Der Fürstbischof nickte. Seine und Riekes Blicke kreuzten sich einen Moment. Niemals würde niedergeschrieben, dass er die Gauklerin schätzte, die sein altes Gut so fleißig bewirtschaftete. Es sollte auch niemand erfahren, dass er an ihrer Familie gutmachen wollte, was sein Vorgänger in seiner Angst und Verblendung verbrochen hatte.

«Habe ich es doch gewusst, alles Ketzerpack», rief der Abt Trithemius aus. «Ich habe mir die Gerichtsprotokolle angesehen, die damals im Prozess um den falschen Propheten, den sogenannten «heiligen Jüngling», geführt wurden. Einige Zeilen wurden nachträglich aus den Protokollen herausgestrichen oder mit schwarzer Tinte unkenntlich gemacht, sodass man die Namen nicht mehr lesen konnte. Leider gab es sogar einige Adelige und Patrizier, die den Frevler unterstützten.» Er zeigte auf Regina. «Wenn mich nicht alles täuscht, steht der Name Babel in Verbindung mit dem Fall, der für viel Aufregung gesorgt hat.»

Der Fürstbischof runzelte die Stirn. Das Geschwätz des Abtes schien ihm auf die Nerven zu gehen, was Regina nachvollziehen konnte. Äbtissin Romula trommelte ungeduldig mit den Fingern auf die Armlehne ihres Stuhles.

«Dieses Mädchen ist viel zu jung, um den Pfeifer von Niklashausen gekannt zu haben. Hier und heute geht es allein um einen Fall übler heidnischer Ketzerei, die wenigstens drei fromme Menschen das Leben gekostet hat. Regina Babel wurde als Kundschafterin nach Creglingen gesandt.» Sein Gesichtsausdruck wurde etwas weicher, als er Regina erlaubte, auf einem Hocker Platz zu nehmen. Er selbst blieb stehen. Ein alter Schreiber, der ganz in Schwarz gekleidet war, überreichte ihm einen Bogen Pergament.

«Regina Babel, kannst du bei der heiligen Jungfrau beschwören, dass die Frau des Bürgermeisters Heinrich Kessler folgende Verbrechen begangen hat: die Ermordung Christian Kesslers, Kürschner zu Creglingen, und Kaspars, eines Hörigen des Zisterzienserinnenklosters Frauental. Ferner den Mord an Lisbetha Meer, der Magd des Priesters von St. Peter und Paul, an der ehrenwerten Diemut von Pinzburg, Äbtissin zu St. Afra, sowie zuletzt an einem missgestalteten Gaukler vom Adamshof und einem reisenden Kräuterhändler?»

«Setz deinen Namen unter das Protokoll, dann darfst du gehen, wohin du willst», sagte Hartmut von Weikersheim. Plötzlich hielt er eine Schreibfeder in der Hand, deren Spitze schwarz glänzte.

Regina atmete kurz durch, bevor sie die Feder zur Hand nahm und sich damit zum Schreibpult begab, auf dem der Fürstbischof sein Pergament niedergelegt hatte. Die Augen aller Anwesenden richteten sich auf sie.

Regina starrte auf die schnörkelige Schrift der Seite, auf der die Untaten der Helena Kessler aufgeführt waren. Dann lauschte sie in sich hinein, hoffte beinahe, eine Stimme zu hören, die ihr riet, das verlockende Angebot anzunehmen. Es war doch ganz einfach. Sie musste nur tun, was man ihr aufgetragen hatte, und mit ihrer Unterschrift bezeugen, was der Fürstbischof verlesen hatte. Danach war sie entlassen und durfte gehen, wohin sie wollte. Der Fürstbischof war ein strenger, aber auch gerechter Mann. Indem er ihrer Unterschrift einen Wert zubilligte, erhob er sie über den Stand völlig ehrloser und rechtloser Frauen, denn diese durften mit ihrem Namen in keinem Fall einen formalen Gerichtsakt bezeugen, selbst wenn außer ihnen kein Zeuge vorhanden war. Ein Federstreich, und sie war keine Gauklerin mehr.

Mit ihrer Unterschrift gehörte ihr der Name wieder, der in Würzburg einen guten Klang hatte.

Ihre Hand begann sich zu verkrampfen. Sie spürte Mathias Sattlers gespannte Erwartung, denn sobald sie diese vermaledeite Unterschrift geleistet hatte, durfte er sie als ehrbare Bürgerstochter zur Frau nehmen. Wünschte sie sich das denn nicht auch? Oh doch, niemals zuvor war sie sich eines Wunsches so sicher gewesen.

«Ich kann nicht!»

Ein Raunen wanderte durch den Kapitelsaal. Der Fürstbischof hatte Regina bereits den Rücken zugewandt, nun drehte er sich wieder um und richtete sich zu seiner ganzen Größe auf. Seine Miene verhieß nichts Gutes. «Wie war das, Jungfer?»

Reginas Nacken versteifte sich vor Anspannung. «Ich kann das nicht bezeugen, weil es nicht wahr ist, Eure Exzellenz», sagte sie. Behutsam legte sie die Schreibfeder neben das Pergament. «Helena Kessler hat zwar die meisten der Morde begangen, die ihr zur Last gelegt werden. Und sie mag das gewesen sein, was Ihr von ihr behauptet habt: eine skrupellose Frau, die von Geltungsdrang und Habgier zerfressen wurde. Sie behauptete, das Leben habe ihr etwas vorenthalten: eine vornehme Geburt, Vermögen und die Ehe mit einem Edelmann, denn ihren Mann verachtete sie. Er ließ sie auch spüren, dass sie dankbar sein musste, ihm das Haus führen zu dürfen. Trotz alldem muss ich Euch mitteilen, dass sie für zwei der Verbrechen nicht verantwortlich war.»

«Ach ja?», rief der Abt wütend. «Dürfen wir auch erfahren, für welche?»

Sie senkte den Kopf. «Das Protokoll nennt ihre Namen nicht, weil sie so unbedeutend waren. Ein missgestalteter Mann, der sein Leben lang vom Gassenpöbel als Zwerg verspottet wurde.

Des Weiteren ein fahrender Krämer und Hausierer, der sich auf das Mischen verschiedener Gifte verstand und der eigentlich hier und heute eine Aussage hätte machen sollen. Aber das kann er ja nun nicht mehr.»

Meister Riemenschneider kratzte sich am Kopf. Er hatte keine Gelegenheit gehabt, vor der Anhörung mit Marcello zu sprechen, was er zutiefst bedauerte. Da alle im Kapitelsaal schwiegen, räusperte er sich nun. «Aber wie kommst du darauf, dass diese beiden nicht von Wotan, ich meine, von dieser Frau, umgebracht wurden?»

Regina lächelte schwach. «Die Bürgermeisterin mag verrückt gewesen sein, aber sie ging höchst zielstrebig vor. Sie tötete diejenigen, die sich ihrer Meinung nach zu oft bei der Herrgottskirche aufhielten, wo sie nach einer Hinterlassenschaft suchte. Das hat sie zugegeben, nachdem sie Diemut von Pinzburg erdolchte und mich vergiften wollte. Der zweite Mörder konnte ihre Beweggründe aber unmöglich kennen. Für ihn waren die Verbrechen die Taten eines Wahnsinnigen oder eines Ketzers, die er getrost nachahmen konnte. Als Marcello di Landri die letzte Leiche untersuchte, fiel ihm auf, dass dem Kräuterhändler das linke Auge ausgestochen wurde.»

«Aber hat die Mörderin nicht alle ihre Opfer auf diese abscheuliche Weise verstümmelt, weil der Heidengott Wotan auch nur ein Auge hatte?», nahm die Äbtissin Riemenschneiders nächste Frage vorweg.

Regina schüttelte den Kopf. «Der zweite Mörder hat übersehen, dass Wotan, der Überlieferung nach, auf dem rechten Auge blind war, nicht auf dem linken. Doch erst mit seinem zweiten Fehler offenbarte er sich mir so klar und deutlich, als hätte er einen Brief mit seiner Unterschrift zurückgelassen. Er hat nämlich darauf verzichtet, Runen in den Körper seines Opfers zu ritzen.»

«Vielleicht wurde er gestört.» Romula wurde unruhig. Aufgeregt rutschte sie auf dem Polster ihres Lehnstuhls hin und her, bis ihre Knochen zu knacken anfingen. Regina tat die alte Frau leid. Die Zisterzienserinnen führten hier draußen ein beschauliches Leben. Sie waren weder an einen Besuch des Fürstbischofs noch an die Untersuchung eines Mordes gewöhnt. Es würde lange dauern, bis die Äbtissin und ihre Nonnen wieder zur Tagesordnung übergehen konnten.

«Er wurde nicht gestört. Er kannte sich schlichtweg nicht gut genug mit Runen aus und fürchtete, sich zu verraten, wenn er dem Toten irgendwelche Zeichen in die Haut ritzen würde. Schließlich wusste er, dass ich mir die Runen ansehen würde.» Regina lachte. «Schließlich hatte er mich doch nur wegen meiner Kenntnisse dieser Zeichen ausgewählt.»

Der Fürstbischof starrte Regina fassungslos an. «Was sagst du da? Du musst den Verstand verloren haben, meinen Berater zu beschuldigen!»

Sattler durchquerte den Kapitelsaal. Vor dem Fürstbischof blieb er stehen. «Sie lügt nicht, ehrwürdiger Bischof. Bitte hört Euch an, was sie zu sagen hat. Ihr Weg zu Euch war sehr lang. Man könnte sagen, er hat zehn Jahre gedauert.»

«Ihr solltet diese Lügnerin in Ketten legen lassen», rief Hartmut von Weikersheim. Sein Gesicht war schneeweiß geworden, doch noch immer schwang in seiner Stimme ein Überrest jener an Arroganz grenzenden Selbstsicherheit, mit der es ihm einst gelungen war, den Fürstbischof von Würzburg auf sich aufmerksam zu machen.

«Ich habe auch einen weiten Weg zurückgelegt», brachte er kalt hervor. «Einen Weg, auf dem ich länger als lumpige zehn Jahre unterwegs war. Habe ich Euch nicht immer nach Kräften gedient, Exzellenz? Ich schlafe keine Nacht länger als drei Stunden, weil mich Eure Kanzlei aufzehrt. Aber seht Euch an, was aus dem Hochstift Würzburg geworden ist, das Euer Vorgänger beinahe in den Ruin getrieben hätte mit seiner Verschwendungssucht. Es ist reich geworden; es blüht wie eine verdammte Pfingstrose. Die Kaufleute tragen den Kopf höher als je zuvor, ihre Lagerhallen und Gewölbe quellen über von feinen Tuchen und Wein. Nicht einmal Nürnberg ist noch eine ernst zu nehmende Konkurrenz für uns. Die Polizeiordnung, die ich in Eurem Auftrag ausgearbeitet habe, hat auf den Straßen und Plätzen für Ruhe und Frieden gesorgt. Ich habe gewiss nicht verdient, dass eine hergelaufene …»

«Was maßt Ihr Euch an!», donnerte der Fürstbischof. Er war unsicher geworden, fragte sich insgeheim, wem in diesem Saal er noch vertrauen konnte und wer ihn hinterging. Sattlers Unerschrockenheit schien ihm jedenfalls zu imponieren. Als er die faltige Hand der Äbtissin auf dem Ärmel seines Gewandes spürte, beruhigte er sich ein wenig.

«Na schön, aber warum, bei allen Heiligen, sollte sich ausgerechnet Hartmut von Weikersheim an diesen Leuten vergriffen haben?»

«Der Kräuterhändler stand in den Diensten seiner Schwester, der Äbtissin Diemut von Pinzburg», erklärte Regina. Es war eine Wohltat, sich die Geschichte endlich von der Seele reden zu dürfen. «Er belieferte Diemut mit Rauschmitteln. Damals, als ich in St. Afra noch die Klosterschule besuchte, beobachtete ich eines Abends, wie er und Diemut an der Pforte miteinander redeten. Ich glaubte, sie habe vor, die alte Äbtissin zu vergiften, um ihren Platz einnehmen zu können.»

«Barmherziger Gott», entfuhr es Romula. «Ich bete zu dir durch alle Heiligen, dass sich meine unglückselige Schwester vom Orden des heiligen Benedikt nicht einer solchen Schandtat schuldig gemacht hat.»

Regina zuckte die Achseln. «Das hat sie auch nicht. Jedenfalls war es niemals ihre Absicht, ihre Vorgängerin zu ermorden. Wollt Ihr dem Fürstbischof nicht sagen, wofür Eure Schwester die Mittel des Kräuterhändlers brauchte, Hartmut?»

Der Berater des Bischofs bedachte sie mit einem vernichtenden Blick, schwieg aber. Daher fuhr sie selbst mit ihrem Bericht fort. «Die alte Äbtissin war krank, sie litt unter starken Schmerzen. Eines Tages klopfte der fahrende Kräuterhändler ans Tor und behauptete, er habe gehört, dass die Klostervorsteherin leidend sei. Er pries eine Arznei an, die sie von Schmerzen befreien sollte. Nun, das tat sie auch, zumindest für ein Weilchen. Als sie wiederkehrten, flehte die Äbtissin Diemut an, ihr mehr von dem angeblichen Wundertrank zu besorgen, nicht ahnend, dass es sich dabei um Stechapfelkraut, eine gefährliche, berauschende Droge, handelte. Sie brauchte mehr und mehr davon. Ihr Geist verdüsterte sich zunehmend. Diemut war schließlich so verzweifelt, dass sie niemanden mehr vorließ. Sie hatte Angst, man könnte der Äbtissin Besessenheit vorwerfen, das Kloster besetzen und sie als Helfershelferin beschuldigen, schließlich hatte sie das Rauschmittel beschafft. Vielleicht hing sie auch mit stärkeren Gefühlen an der Äbtissin, als wir ahnen. Doch dann drohte die Sache auf einmal aufzufliegen. Durch mich. Diemut ersann eine Intrige, die mich zu einem Leben verurteilte, das mir zunächst nicht lebenswert erschien. Doch ich habe es angenommen.

Der Fürstbischof stieß geräuschvoll die Luft aus. «Aber warum sollte Hartmut von Weikersheim diesen Mann töten, der seine Schwester vor Jahren mit berauschenden Mitteln belieferte?»

«Oh, ganz einfach. Der Mann kehrte nach Jahren wieder nach Würzburg zurück und erfuhr in der Stadt, dass Diemut von Pinzburg inzwischen Äbtissin geworden war. Er hätte Diemut, aber auch Hartmut, der es ebenfalls zu etwas gebracht hatte, schaden können. Vermutlich wies Diemut ihn mehrmals ab, bis er ihr drohte, sein Wissen mit Euch zu teilen. Zuvor aber reiste er Diemut nach Frauental hinterher, um seinen Forderungen Nachdruck zu verleihen. Er konnte nicht ahnen, dass nicht nur die Gaukler sich an seine Fersen geheftet hatten.»

Der Fürstbischof hatte genug gehört. Genug, um eine Entscheidung zu treffen. Er rief nach der Wache. War es ein letzter Triumph, dass ausgerechnet Ritter von Hochstein, den der Kanzler in die Burg geholt hatte, weil er glaubte, dass er aus Dankbarkeit seinen Zwecken dienlich sei, die Verhaftung vornahm?

Regina schloss die Augen. Ein Triumphgefühl stellte sich nicht ein. Es war vorbei.

Epilog

Herrgottskirche, Spätsommer 1510

Tilman Riemenschneiders Herz klopfte, und seine Hände zitterten vor Ehrfurcht, als er einen Schritt zurücktrat, um den Altar zum ersten Mal, seit er die Würzburger Werkstatt verlassen hatte, zu begutachten. Die Flügel, auf denen kunstvolle Schnitzereien von Trauben zu sehen waren, der Korpus mit dem Keilbogen und dem Gesprenge, rundherum alles war gelungen. Es war ein heiliger Moment. Die Luft im Langschiff der Kirche war erfüllt vom Duft der dunklen Lasur, die den Figuren auf den Relieftafeln edlen Glanz verlieh. Für Riemenschneider roch die Ölmischung angenehmer als Weihrauch.

Er rief nach seinem Gesellen und bat ihn um einen Lappen, mit dem er sich die öligen Hände abwischen konnte. Dann wandte er sich wieder dem Altarbild zu. Es grenzt an ein Wunder, dass es heute hier steht und seiner Weihe entgegensieht, dachte er. Ein Lächeln umspielte seine Lippen.

Erhaben blickten die Figuren vom Altaraufsatz zu ihm herab, sodass er sich ganz klein und unbedeutend fühlte. Er, der Schöpfer, zog seine Lederkappe und verneigte sich in Demut vor dem, was seine schwieligen Hände geschaffen hatten, denn er wusste, dass es ihn und alle, die er liebte, überdauern würde. Daniel, der seit einiger Zeit bei der Arbeit in der Werkstatt von nichts anderem mehr redete als von Mathilda, der hübschen Tochter eines befreundeten Gürtlers, Mathias Sattler, der die Schreibfeder gegen die Kette des Bürgermeisters eingetauscht hatte, und dessen ebenso hübsche wie kluge Gemahlin.

Als hätten seine Gedanken sie hergezaubert, standen auf einmal Mathias Sattler und Regina hinter ihm. Sie gaben vor, zufällig in der Nähe gewesen zu sein, was sicher ein Vorwand war. Natürlich waren sie von Neugier getrieben zur Herrgottskirche gekommen, um sich den fertigen Marienaltar zuerst anzusehen. Aber ihr Glückwunsch klang aufrichtig. Besorgt erkundigten sie sich, ob er bei bester Gesundheit sei und nach der feierlichen Altarweihe, die in wenigen Tagen vollzogen werden sollte, nicht noch einige Tage als Gast in ihrem Haus bleiben wollte.

«Wir würden uns sehr freuen», meinte Regina.

Das Angebot fand Riemenschneider verlockend, denn die letzten Wochen vor der Fertigstellung des Altars waren anstrengend gewesen. Sie hatten ihm gezeigt, dass die besten Jahre des Lebens bereits hinter ihm lagen und nicht wiederkehrten. Dessen ungeachtet hatte Riemenschneider hartnäckig, wie es seine Art war, darauf bestanden, die letzten Handgriffe selbst vorzunehmen und die Figuren zu polieren. So hatte er es immer gehalten. Er hatte auch den Transport von Würzburg aus persönlich überwacht.

Lächelnd beobachtete er, wie Regina Sattler seinem Gesellen über das blonde Haar strich und ihn ermahnte, mehr zu essen und früher die Kerze zu löschen. Junge Menschen brauchten ihren Schlaf, erklärte sie ihm. Daniel bedankte sich artig. Er schien seine Stiefmutter gern zu haben, auch wenn sie einander nicht oft sahen, herrschte eine Vertrautheit zwischen ihnen, um die Riemenschneider seinen einstigen Lehrjungen beinahe beneidete.

Er konnte nicht umhin, die Frau seines Freundes Sattler verstohlen zu beobachten. Nichts an ihrem makellosen Gesicht und den vor Lebendigkeit sprühenden Augen deutete darauf hin, dass Regina eine ehemalige Gauklerin war, die vor ihrer Heirat auf Jahrmärkten und in billigen Schenken zur Unterhaltung der lärmenden Menge auf der Fiedel gespielt oder Männern und Frauen mit Hilfe heidnischer Runensteine die Zukunft vorausgesagt hatte. Sie selbst hatte immer abgestritten, wirklich die Gabe der Hellsicht zu haben. Gleich nach ihrer Hochzeit mit dem Stadtschreiber hatte sie ihre sprechenden Steine aus dem Haus geschafft, nicht einmal Mathias Sattler hatte sie verraten, wo sie sich jetzt befanden.

Riemenschneider fragte sich jedoch, ob der Frau nicht doch gewisse Gaben in die Wiege gelegt worden waren. Hatte sie nicht damals, am Abend vor der verhängnisvollen Auseinandersetzung mit der Mörderin Kessler, ihre Runensteine befragt, die sie auf eine Gefahr hingewiesen hatten?

Davon wollte sie heute nichts mehr hören. Dieses Kapitel ihres Lebens, so erklärte sie, war abgeschlossen, und den Schlüssel verwahrte sie in ihrem Herzen.

«Wie ich hörte, werden auch die Buntrocks zur feierlichen Weihe kommen», sagte Riemenschneider nach einer Weile. «Ich freue mich übrigens, dass der Obere Rat von Würzburg in ihrem Sinne entschieden und ihnen das Stück Land zugesprochen hat, das an den Adamshof grenzt. Wie ich hörte, gehören ein paar stattliche Weinberge dazu. Wenn Bernt und der Jokulator es geschickt anstellen, dann werden sie mit dem Wein gutes Geld verdienen. Würzburger Wein ist im ganzen Reich bekannt und beliebt.»

Reginas Gesicht nahm einen wehmütigen Ausdruck an, der Riemenschneider verriet, dass sie gerade an Würzburg denken musste. Obwohl sie in Creglingen eine neue Heimat gefunden hatte, kam es zuweilen schon vor, dass sie voller Sehnsucht an den Adamshof zurückdachte. Dort hatte sich manches verändert, nachdem Silvester und Tamar ihn verlassen hatten, um irgendwo ein neues Leben zu beginnen. Weder die Buntrocks noch Regina hatten seitdem von ihnen gehört. Sie konnten nur hoffen, dass die beiden nach ihrer Heirat glücklich geworden waren, aber immerhin hatte Silvester sein Wort gehalten. Noch bevor Hartmut von Weikersheim durch das Beil hingerichtet worden war, hatte der Fürstbischof dafür gesorgt, dass Tamar aus dem Kerker geholt und für ihre Gefangenschaft sowie die ausgestandene Todesangst großzügig entschädigt wurde. Niemand hatte sie noch einmal dazu befragt, ob sie insgeheim zum jüdischen Glauben ihrer aus Spanien vertriebenen Verwandten zurückgekehrt war, doch Silvester hielt es für sicherer, seine ungestüme Braut außer Landes zu bringen.

«Nun, wie gefällt euch die Himmelfahrt unserer Mutter Gottes?» Riemenschneider sprühte vor Stolz, als er Sattler und Regina herumführte. Der Altar war wirklich das prachtvollste Werk, das Regina je gesehen hatte. Die Reisen ihres Mannes hatten sie nach Rothenburg und in andere Städte geführt, für die Riemenschneider Altäre und Heiligenfiguren gefertigt hatte, doch dieser Altar gehörte ihnen. Er war das Zeugnis eines besonderen Bundes und machte aus dem kleinen, verschlafenen Städtchen etwas Bedeutungsvolles.

Und er hatte das Böse, das sie und ihre Freunde hatten vernichten wollen, tatsächlich vertrieben. Die friedliche Stimmung, die an diesem Spätsommerabend herrschte, sprach dafür. Es war angenehm warm draußen, im Gras zirpten die Grillen. Riemenschneiders Gehilfen lachten.

«Das Beste werdet ihr jetzt gleich erleben», versprach Riemenschneider. «Blickt auf dieses Fenster, die kleine Rosette. In wenigen Augenblicken werdet ihr Zeuge eines Wunders!»

Regina schmiegte sich an die Brust ihres Gemahls, der stumm vor Staunen auf das runde Fenster starrte. Und tatsächlich. Das von Riemenschneider angekündigte Wunder ließ nicht auf sich warten, und es war umwerfend schön. In einem majestätischen Farbenspiel drangen die letzten Strahlen der untergehenden Sonne durch die westliche Rosette und fielen auf das Relief, das die Himmelfahrt Mariens darstellte. Die Figur der seligen Jungfrau badete förmlich in einem warmen honiggelben Schein, der sie völlig einhüllte.

Regina hielt die Luft an; sie hätte schwören können, dass die Gesichtszüge von Riemenschneiders Maria den ihren verblüffend ähnelten, doch als sich der Lichtschein langsam entfernte und den Schatten Raum gab, verschwand mit ihm auch dieser Eindruck. Sattler musste es jedoch ebenfalls bemerkt haben. Amüsiert über ihre ratlose Miene blinzelte er ihr zu.

«Wahrhaftig, sehr beeindruckend», lobte der Bürgermeister, nachdem er um den Altar herumgelaufen war und die Darstellung der sieben Freuden Marias sowie die zwölf Apostel und den bekrönten Schmerzensmann hinreichend gewürdigt hatte. «Und was meint meine kunstliebende Gemahlin?»

Regina wischte sich mit einem Tüchlein den Schweiß von der Stirn. Seit einiger Zeit fühlte sie sich plump wie Kuchenteig, immer öfter wurde ihr morgens übel. Sie hatte es ihrer Mutter geschrieben, die ihr sogleich mitgeteilt hatte, was sie in einigen Monaten zu erwarten hatte. Nach all den Jahren des Wartens verspürte sie ein wenig Angst davor. Aber vermutlich gehörte das dazu und war völlig normal.

«Der Fürstbischof wird zufrieden sein», bemerkte sie lächelnd. «Vorausgesetzt, du bewahrst weiterhin einen kühlen Kopf. Sicher ist es nicht leicht, einerseits dem Hochstift gegenüber loyal zu sein, andererseits aber im Oberen Rat von Würzburg zu sitzen.» Sattler pflichtete ihr bei. «Mein Onkel Marcello hätte dir vermutlich den Rat gegeben, nie das Amt des Bürgermeisters anzustreben; in diesen unruhigen Zeiten, in denen die Bauern sich lieber heute als morgen erheben würden, um die alte Ordnung auf den Kopf zu stellen, und immer mehr Menschen nach einer Erneuerung der Kirche verlangen, hat niemand es leicht, der für die Schönheit lebt.»

Riemenschneider schaute hinauf zur schönsten der hölzernen Apostelfiguren und überlegte, was sein Freund Marcello wohl dazu gesagt hätte, dass er ihr seine Züge verliehen hatte. Ob er sich gefreut hätte? Der Apostel wirkte mit seinem kritischen Blick nicht gerade wie ein heiliger Mann, das musste Riemenschneider zugeben. Dafür strahlte er Herz und Neugier aus; man sah der Figur den Drang an, Wissen zu erlangen und es weiterzugeben.

Wie sehr Riemenschneider seinen bärbeißigen Freund doch vermisste. Drei Jahre war es nun schon her, dass er an einem Fieber gestorben war, während er im Heiliggeistspital Kranke gepflegt hatte.

Ein Geräusch holte Riemenschneider aus seinen Gedanken. Es klang, als stürze ein Teil der Kirchenmauer ein. Entnervt raufte sich der Bildschnitzer die Haare. «Was veranstalten diese dummen Bengel eigentlich da draußen?», zürnte er. «Sie sollten den Flaschenzug wegschieben und ein wenig vor dem Portal fegen.»

Auf der anderen Seite der Kirche ertappte Riemenschneider seinen Gesellen, der sich mit einer Hand an die Sprosse einer hohen Leiter klammerte, die von einem seiner Freunde gehalten wurde. Er befand sich auf Augenhöhe mit der Figur des steinernen Wotans, dessen Kopf mit seinem über das blinde Steinauge gezogenen Hut und der grimmigen Miene auch im sanften Licht der versinkenden Sonne noch furchterregend aussah. Nur wenige Zoll unterhalb des dämonischen Hauptes aus Stein klaffte ein verräterisches Loch in der Mauer, aus dem Sand und Steinbröckchen rieselten.

«Was, zum Teufel, hast du da oben zu suchen?», fuhr Riemenschneider den Jungen an, der beim Anblick seines Meisters den Hammer, mit dem er offenkundig kräftig gegen das Mauerwerk geschlagen hatte, ins Gras fallen ließ. «Willst du die Kirche einreißen?»

«Es war meine Schuld, Meister», erklärte der Junge neben der Leiter kleinlaut. Er war noch nicht lange in Riemenschneiders Diensten, wusste aber bereits, dass der berühmte Bildschnitzer seinen Lehrjungen und Gesellen keinen Unfug durchgehen ließ. Wer nicht spurte, flog hinaus. So war es kein Wunder, dass der Bursche vor Angst ganz blass war. «Ich dachte nur, nach all dem Unheil, das der Wotan angerichtet hat, wäre es ratsam, das schreckliche Götzenbild ein für alle Mal von der Mauer herunterzuschlagen. Wo doch bald die Fürsten und Bischöfe eintreffen, um der feierlichen Altarweihe beizuwohnen.»

«Du meinst, bevor es wieder blutige Tränen vergießt?», fragte Regina milde. «Aber das war nur ein Trick, eine Blase, die mit den roten Sporen einer Pflanze gefüllt war und sich langsam auflöste.»

Der Lehrjunge hob die Schultern; restlos überzeugte ihn Reginas Erklärung nicht. Gerüchte hielten sich immer länger als die Wahrheit.

«Schluss mit dem Unsinn», entschied Riemenschneider. «Der Wotan bleibt, wo er ist, und du steigst auf der Stelle von der Leiter herunter, Daniel Sattler. Wird's bald?»

«Aber …»

«Keine Widerrede, sonst mache ich dir Beine!»

Daniel blickte unglücklich auf den kleinen Hohlraum, den er soeben entdeckt hatte. Ganze Büschel trockenen Unkrauts und Efeus, das sich an der Mauer entlangschlängelte, hatten dafür gesorgt, dass er sich jeglicher Blicke von unten entzog. Daniel zögerte. Sollte er seinem Vater und Riemenschneider erklären, dass ein flüchtiger Blick genügt hatte, um in dem schmalen Hohlraum ein paar uralt aussehende Pergamentrollen zu entdecken? Sie schienen nicht unwichtig zu sein, wenn sogar Siegel an ihnen hingen. Außerdem hätte Daniel schwören können, dass hinter den Rollen etwas funkelte.

Oder hatte er sich das nur eingebildet?

Dem jungen Mann blieb keine Zeit, der Sache nachzugehen. Er musste gehorchen und den eigenartigen Fund auf sich beruhen lassen, solange Riemenschneider und seine Eltern sich bei der

Herrgottskirche herumdrückten. Sein Freund beäugte ihn auch schon misstrauisch.

Vielleicht gelang es ihm aber eines Tages, die Leute wenigstens für eine kurze Zeit von diesem Ort fernzuhalten?

Dann würde Daniel nachforschen, was sich unter dem steinernen Wotan verbarg. Niemand würde ihn davon abhalten.

Nachwort des Autors

Die Geschichte der Regina Babel, die im Roman als «Königin der Gaukler» bezeichnet wird, ist zwar frei erfunden, basiert aber auf einer Reihe von historischen Fakten und Überlieferungen, welche helfen sollen, die fundamentalen Umwälzungen zu verstehen, mit denen sich die Menschen des Spätmittelalters auf der Schwelle zur frühen Neuzeit konfrontiert sahen.

Tilman Riemenschneider gehört nachweislich zu den herausragenden Künstlern der Spätgotik. Seine figürlichen Darstellungen aus Holz und Stein, die nach 1485 entstanden, als er sich in Würzburg niederließ und eine Werkstatt aufbaute, zeichnen sich vor allem durch ausdrucksstarke, lebendig erscheinende Gesichter aus, die für seine Zeit bemerkenswert sind.

Nachdem er bereits seit 1504 den Ratsherren, seit 1509 dem «oberen Rat» angehörte, wurde er 1520 zum Bürgermeister von Würzburg gewählt. Dieses Amt bescherte ihm allerdings eine Menge Ärger, denn Riemenschneider geriet nach Ausbruch der Bauernkriege zwischen die Fronten. Er wurde gefangen genommen und lernte den Kerker der Festung Marienberg kennen, in der er so oft ein gerngesehener Gast des Fürstbischofs gewesen war. Der Legende nach wurden ihm bei der Folter die Hände gebrochen, was allerdings durch historische Quellen nicht eindeutig belegt ist.

Während der Reformation verschwanden zahlreiche seiner Arbeiten, insbesondere seine Heiligendarstellungen erfreuten sich im Zuge der gewaltigen Umwälzungen in den ersten Jahrzehnten des 16. Jahrhunderts keiner großen Beliebtheit mehr. Vieles wurde im Zuge fanatischer Bilderstürme zerstört. Die Arbeit an dem berühmten Marienaltar, der noch immer in der Herrgottskirche zu Creglingen bewundert werden kann, nahm Riemenschneider vermutlich in den Jahren zwischen 1505 und 1510 auf. Eine eindeutige Datierung konnte bis heute nicht vorgenommen werden, es scheint jedoch einiges darauf hinzuweisen, dass die Vorlage für die Darstellungen ein Holzschnitt der bedeutenden Schedel'schen Weltchronik war, die 1494 in Nürnberg gedruckt wurde. Der Altar wurde in der Reformationszeit hinter einer Bretterwand in der Kirche versteckt, wo er bis ins 19. Jahrhundert auf seine Wiederentdeckung warten musste.

Tilman Riemenschneider starb 1531 in Würzburg.

Die Darstellung des germanischen Gottes Wotan befindet sich tatsächlich an einer der Außenmauern der Herrgottskirche. Warum sie dort angebracht wurde, ist nach wie vor rätselhaft, doch findet man an einigen Kirchen heidnische Abbildungen, die vermutlich den alten, vorchristlichen Glauben der Landbevölkerung dämonisieren sollten. Dessen ungeachtet hielten sich Bräuche und Gepflogenheiten germanischen Ursprungs noch bis in die frühe Neuzeit, so auch die Sitte, auf den abgeernteten Feldern einige Garben stehenzulassen.

Auch Runen, die sogenannten «sprechenden Steine», wurden noch weit über das Mittelalter hinaus von Gauklern benutzt, um die Menschen mit ihrem Schicksal zu konfrontieren. An der Schwelle zur frühen Neuzeit brachten viele Menschen ihre Frömmigkeit durch Marien- und Heiligenverehrung, Stiftungen und Wallfahrten zum Ausdruck, aber auch abergläubische Vorstellungen blühten.

Die Angst vor himmlischen Zeichen und dem drohenden Weltende war gerade im ausgehenden Mittelalter und zu Beginn der Frühneuzeit allgegenwärtig. Bußprediger und Schwärmer, die durch die Lande zogen und Anhänger sammelten, wurden in den Jahren vor der Reformation immer zahlreicher, oft aber nahm ihr Leben ein tragisches Ende. So fand der im Roman «heiliger Jüngling» genannte Prediger, ein Hirtenknabe namens Hans Böhm, der 1476 in dem kleinen Flecken Niklashausen die frommen Massen begeisterte, vielfach auch Frauen, darunter einige Adelige, nach einem kurzen Ketzerprozess den Tod in Würzburg. Zahlreiche seiner Anhänger, die in die Stadt gekommen waren, um sich für seine Freilassung einzusetzen, wurden nach einem militärischen Schlag ebenfalls hingerichtet oder gerieten in Gefangenschaft.

Fürstbischof Lorenz von Bibra trat nach diesen blutigen Unruhen ein schwieriges Erbe an, doch sollte das Hochstift Würzburg unter seiner Herrschaft auch eine kulturelle und wirtschaftliche Blütezeit erleben, die darauf zurückzuführen ist, dass der Bischof Künstler und Handwerker wie Riemenschneider nach Kräften förderte und sich bemühte, aus den politischen Fehlern seiner Vorgänger zu lernen. Ausgebildet an den besten Hochschulen seiner Zeit, trat er als weitsichtiger Diplomat auf, dem es gelang, verfeindete Fürsten miteinander zu versöhnen und auch den lange ersehnten Ausgleich zwischen der selbstbewusst auftretenden Kaufmannschaft, dem umliegenden Adel und der Kirche herzustellen. Als geistlicher Würdenträger, der an den Entdeckungen und Gedankenströmungen seiner Zeit, wie dem Humanismus, Interesse zeigte, führte er auch einen Briefwechsel mit dem jungen Martin Luther. Die Wiederbelegung der Würzburger Universität erlebte er allerdings nicht mehr. Sie wurde von einem seiner Nachfolger vorgenommen. Lorenz von Bibras Grabmal, das Tilman Riemenschneider um das Jahr 1522 schuf, kann heute im Würzburger Dom besichtigt werden. Sein intriganter Kanzler Hartmut von Weikersheim ist allerdings meine Erfindung, auch eine Äbtissin Diemut von Pinzburg hat es im Kloster St. Afra nicht gegeben.

Bedanken möchte ich mich bei allen, die mir während dieses Buchprojekts mit Rat und Tat zu Seite standen. Ihrer Unterstützung ist es zu verdanken, dass der Königin der Gaukler Leben eingehaucht werden konnte.

Guido Dieckmann, Juli 2010

MIX
Papier aus verantwortungsvollen Quellen
FSC® C083411

Das für dieses Buch verwendete FSC®-zertifizierte Papier
Pamo Super liefert Arctic Paper Mochenwangen, Deutschland.